Bernhard Büchsenschütz, Xenophon, Charles E. Bennett

Hellenica

Books V-VII

Bernhard Büchsenschütz, Xenophon, Charles E. Bennett

Hellenica
Books V-VII

ISBN/EAN: 9783337388058

Printed in Europe, USA, Canada, Australia, Japan

Cover: Foto ©Andreas Hilbeck / pixelio.de

More available books at **www.hansebooks.com**

COLLEGE SERIES OF GREEK AUTHORS

EDITED UNDER THE SUPERVISION OF

JOHN WILLIAMS WHITE AND THOMAS D. SEYMOUR.

XENOPHON

HELLENICA

BOOKS V-VII

EDITED

ON THE BASIS OF BÜCHSENSCHÜTZ'S EDITION

BY

CHARLES E. BENNETT

PROFESSOR IN BROWN UNIVERSITY

BOSTON, U.S.A., AND LONDON
PUBLISHED BY GINN & COMPANY
1892

PREFACE.

Tnis edition of *Hellenica V–VII* is based upon Büchsenschütz's fourth edition, Leipsic, 1880. The few slight deviations from Büchsenschütz's text have been duly noted in the Appendix, but no attempt has been made to give credit for additional explanatory matter, which has been drawn with freedom from the admirable editions of Breitenbach, Kurz, and Grosser.

In the matter of the orthography of the Greek text, the Editor has aimed to conform as closely as possible to the recognized Attic standards of Xenophon's day, as determined by the evidence of contemporary inscriptions. Thus the spelling ει has been restored in several words, e.g. Φλειοῦς, ἀποτεῖσαι, Τεισίφονος, συμμεῖξαι. Accusative-forms in -εῖς from nominatives in -εύς have been discarded, and -έας has been written instead. In the inflexion of comparatives in -ων, -ονος, -ους has been restored for -ονες and -ονας, in accordance with the inscriptions. The syllabic augment has been retained in all pluperfects, and ηὐ- has been written uniformly in augmented and reduplicated forms of verbs with initial εὐ-, e.g. ηὕρισκον, ηὐδοκίμει. It is hoped that these slight emendations of the conventional text will meet with the approval of teachers.

The thanks of the American Editor are hereby extended to Director Dr. Büchsenschütz for the kind permission to use his work, and to Professor Seymour, whose assistance in connexion with the proof-reading has imposed a special obligation.

BROWN UNIVERSITY, Dec. 29, 1891.

INTRODUCTION.

1. *Contents of the First Four Books.* — The first Book of the *Hellenica* takes up the narrative of the Peloponnesian War at the point where Thucydides's history ends (411 B.C.) and continues it for the next five years, including an account of the operations in the vicinity of the Hellespont, the return of Alcibiades to Athens, the Battle of the Arginusae, and the subsequent trial of the generals who were in command on that occasion.

The second Book covers the period from 405 to 403 B.C., and includes the disaster of the Athenians at Aegospotami, in September of the former year, the subsequent siege and surrender of Athens, the establishment of the Thirty Tyrants, the strife between Critias and Theramenes, with the death of the latter, and concludes with the overthrow of the Thirty by Thrasybulus, and the restoration of the democracy.

The events detailed in the third and fourth Books are chiefly connected with Sparta. The close of the Peloponnesian War had left that nation supreme in Greece, and she now ventured to extend her arms abroad. At the instance of the Asiatic Greeks, who were suffering from Persian oppression, the Spartan ephors, in 399 B.C., despatched first Thibron and later Dercylidas into Asia Minor. Neither of these generals accomplished much, and three years later Agesilaus, who had meanwhile been chosen king at Sparta, succeeded to the Asiatic command. He was brilliantly successful in his operations against the Persians, but in the midst of his career of conquest was suddenly recalled to take part in the hostilities which had recently broken out in Greece. A dispute, fomented by the Thebans between Phocis and Locris, had resulted in the formation of new alliances. Thebes, Athens, and Locris were ranged on one side ; Sparta and Phocis, on the other. Agesilaus, though sacrificing prospects of further successes in Asia, promptly obeyed the summons of the ephors and returned to Greece. On his march through Boeotia he met and defeated

1

the allied enemies of Sparta in the Battle of Coronea in 394 B.C.
The next year saw the struggle transferred to the Isthmus of
Corinth, where, under the name of the Corinthian War, it was
waged with varying success until 387 B.C. It is at this point
that the fifth Book opens. Briefly stated, the subject of the
remaining Books (v.-vii.) is the decline of the Spartan supremacy
and the rise of Thebes.

2. *The Peace of Antalcidas.* — In 388 B.C., the Spartan Antalci-
das had accompanied Tiribazus, satrap of Ionia, up to the court
of the Great King at Susa. His object was to secure the inter-
vention of the King, in bringing about a peace between the
Greek states. He had long cherished this plan. As the personal
enemy of Agesilaus and leader of the peace-party at home, he
aimed, by bringing the war to an end, to deprive Agesilaus of the
chief source of his glory and influence. Accordingly, four years
before, he had appealed to Tiribazus to exert his influence for
peace ; but the attempt had failed in consequence of the opposi-
tion of the other Grecian states. His second effort, which was
addressed directly to the King himself, was more successful, and
in the spring of 387 B.C., Antalcidas, accompanied by Tiribazus,
arrived in Greece, bringing the famous ' Peace of Antalcidas.' In
this document, Artaxerxes claimed for himself the possession of
the Greek cities of Asia Minor, and commanded the belligerent
states of Hellas to make peace with each other, threatening to
wage war upon such as refused compliance, ' on land, and on sea,
with ships and with money.' The Peace was at once ratified by
all the states. Agesilaus, who had hitherto opposed the policy of
Antalcidas, now yielded his assent to the proposals of the King,
and in fact was prompt to threaten with war the Thebans, who at
first were disinclined to subscribe their name to the treaty unless
allowed to do so in the name of the Bocotian confederacy.

The shameful nature of the Peace was evident from the begin-
ning. It was an open sacrifice of the principle which had been
maintained so vigilantly for more than a century, *viz.* the inde-
pendence of the Asiatic Greeks, — a principle which Agesilaus
himself had only recently fought to maintain, when setting sail
from Aulis (like Agamemnon of old), he had invaded Asia, in

order to establish more securely the independence of the Hellenic population. That population was now summarily abandoned to the dominion of the Persian king; and the further spectacle was witnessed of the Greeks of Hellas appealing to the sanctions of that ruler, whom for generations they had defied, and through whose empire, within a dozen years, the 'Ten Thousand' had marched with impunity. The language of the Peace was also humiliating. It amounted to dictation. Isocrates in his *Panegyric* oration (iv. 176) indignantly characterizes it as 'an order, not a treaty,' — πρόσταγμα καὶ οὐ συνθήκας.

Quite as important as the foregoing was another feature of the Peace. The Spartans were appointed by the King executors (προστάται) of his orders, and at once proceeded to exercise their functions in a thoroughly despotic fashion. They had in fact already sufficiently shown their animus, by forcing Thebes to sign the treaty and to renounce her claims as mistress of the Boeotian confederacy. Sending now to Mantinea, which they fancied had been rather lukewarm during the recent Corinthian War, they ordered the inhabitants to tear down their walls and separate the city into the four or five villages of which it had been originally composed. The Mantineans refused compliance and prepared to stand a siege, but, after some ineffectual resistance, yielded to the Spartan demands. Similar proceedings were also instituted against Phlius and Corinth.

3. *The Olynthian Confederacy.* — In 384 B.C., ambassadors arrived at Lacedaemon from Acanthus and Apollonia, two cities situated on the Chalcidian peninsula. They brought tidings of the growing power of the Olynthian confederacy, an organization with Olynthus at its head, which already included most of the neighboring states and seemed likely soon to absorb the remainder. Although the confederacy was organized on a liberal democratic basis, yet the Acanthians and Apollonians, with their inherent Greek instincts of independence, had been unwilling to sacrifice their own autonomy, and had thus far succeeded in holding aloof. In order to ensure their permanent independence, they now appealed to Sparta to crush the confederacy.

After a short debate, the Spartans voted to send an army of

10,000 men against Olynthus. A small detachment under Euda-
midas was despatched immediately, and a larger one soon after
under Phoebidas; the departure of the main body, to be com-
manded by Teleutias, was delayed for some time.

4. *Seizure of the Cadmea.* — Eudamidas proceeded at once to
the vicinity of Olynthus, but Phoebidas stopped at Thebes. In
this city there were, as usual, two factions, and party spirit ran
high. The aristocrats were at present in a minority, but ready
for any desperate move to secure the upper hand. Approaching
Phoebidas, their leaders set before him the glory and advantage
to be secured for him and his country by a vigorous *coup de main.*
They proposed that he should march out from Thebes, as if on
his way to Olynthus, and then suddenly return, thus taking the
city unawares. The plan was completely successful. The Cadmea
or citadel was captured and occupied by a Spartan garrison; in
the city the democratic leaders were put to death or driven into
exile, and the Spartan control of the town was absolute. Whether
Phoebidas's act had been deliberately planned before he left
Sparta, or was done on the spur of the moment, is uncertain.
The Spartans dismissed him from his command, but still retained
possession of the Cadmea. Rumor credited Agesilaus with having
prompted the deed.

5. *Subjugation of Olynthus.* — The war against Olynthus lasted
for five years. That city gained some successes, but was finally
compelled to yield before the vigorous operations of the Lace-
daemonians.

The overthrow of the Olynthian confederacy was undoubtedly
a great calamity to Greece. It had been organized on equitable
and liberal principles, and was perhaps the nearest approach yet
made by the Greeks to a centralized government. Had it con-
tinued unmolested, there is every reason to believe that its influ-
ence would have been beneficent and civilizing. Its overthrow,
moreover, removed what might otherwise have proved an effective
barrier against Macedonian encroachments, and helped prepare
the way for Philip and Chaeronea.

6. *Expulsion of the Spartans from Thebes.* — With the dissolu-
tion of the Olynthian confederacy Sparta's supremacy seemed

complete. She had humbled Athens; Thebes was in possession of her troops; Mantinea, Phlius, Argos, and Corinth had been severally disciplined for their shortcomings in the past; while the recent rival in the North, Olynthus, was now completely subdued. Under these circumstances a certain degree of complacency was not surprising. This was, however, soon to be dissipated. Ever since the seizure of the Cadmea, patriotic Thebans, living in exile at Athens, had been planning the liberation of their native city. Foremost among them was Pelopidas, a man of wealth and family, and intensely patriotic. Having concerted plans with trusted friends at home, a number of the exiles, one stormy afternoon in December, 379 B.C., stole unobserved into Thebes. By a well-executed stroke they gained access to the persons of the oligarchical leaders, slew them, and then proclaimed the restoration of the democracy. The next day they assaulted the Cadmea, the Spartan garrison of which at once agreed to withdraw on assurance of safety.

7. *Spartan Invasions of Boeotia.* — The Spartans, though expelled from Boeotia, invaded the country repeatedly in the course of the next few years, — sometimes under the command of Agesilaus, and sometimes under that of his colleague Cleombrotus. Agesilaus's warfare was altogether the more aggressive; Cleombrotus was often charged with lack of desire to inflict damage upon the enemy, and doubtless lacked sympathy with the violent hatred of Thebes which was manifested by Agesilaus. Neither king, however, gained any decided military advantage.

8. *Increase of Theban Power.* — The results of the Spartan invasions of Boeotia were on the whole decidedly in favor of Thebes. The frequent inroads of her enemies developed the skill and endurance of the Theban soldiers, and had the further effect of re-establishing the Boeotian confederacy upon a firm basis. Stimulated by the personal influence and example of such leaders as Pelopidas and Epaminondas, a healthy national sentiment became diffused among the Boeotians, and exercised a powerful influence in developing and maintaining military skill and discipline.

An event which occurred in 378 B.C. gave the Thebans still another advantage. Sphodrias, who had been left by Cleombrotus as harmost of Thespiae (one of the few Boeotian towns which yet remained under Spartan control), influenced by motives which are difficult to determine, conceived the plan of a night attack upon the Piraeus. The enterprise proved a complete failure, but the revulsion of feeling against Sparta, caused by this unprovoked attempt upon a neutral city, was such as to force Athens at once into an alliance with Thebes. The new relation was the more helpful to the latter city, as Athens at this time was organizing her second maritime confederacy, and was able to lend efficient naval aid to her ally, as soon became apparent in the overwhelming naval defeat administered by Chabrias to the Spartan admiral Pollis, at the Battle of Naxos, in 376 B.C.

9. *Treaties of 374 B.C. and 371 B.C.* — A general treaty of peace was ratified in 374 B.C., but hostilities were resumed on slight provocation in the same year. In 371 B.C., a congress was held at Sparta, and peace was concluded in accordance with the general provisions of the Peace of Antalcidas. No difficulty arose until the signing of the treaty. The Spartans had taken the oath and appended their signature in the name of their allies as well as themselves. The Thebans, headed by Epaminondas, hereupon demanded, on their part, the privilege of taking the oath in the name of the Boeotian confederacy. Upon this, Agesilaus, in great heat, excluded them from the peace, and prepared at once for an invasion of their territory.

10. *Battle of Leuctra.* — The command of the Spartan troops was entrusted to Cleombrotus, and he at once entered Boeotia by way of Phocis. Such was the rapidity of his movements, that the two armies met at Leuctra within twelve days of the exclusion of the Thebans from the treaty. The Boeotians were commanded by Epaminondas, and the experience and discipline which they had gained during the recent harassing invasions of their country by the Spartans, now became apparent. The genius of Epaminondas had also originated a new plan of attack, while the famous Sacred Band of 300 chosen Thebans, commanded by Pelopidas, stood ready to make use of any advantage or to execute any stroke which required special daring. The encounter was sharp and decisive. Cleombrotus, with 400 Spartans and 1000

Peloponnesians, was left dead upon the field. It was the most crushing defeat ever sustained by Sparta, and the shattered remnants of her army at once withdrew to Peloponnesus.

11. *Epaminondas's First Invasion of Peloponnesus.* — The war was now transferred to Peloponnesus. At the instance of the Arcadians, Epaminondas, in the year following the Battle of Leuctra, led an army of 70,000 men through Arcadia into Laconia, appeared before the city of Sparta, and continuing his course further south, assaulted and took by storm Gythium, the Lacedaemonian navy-yard. Convinced of the banefulness of Sparta's exclusive influence in Peloponnesus, he determined to restore nationality to the Messenians, whose territory for years had been reckoned as a part of Laconia, and whose population had been scattered wherever it could find refuge. On the slope of Mt. Ithome he assisted them to build the city of Messene as their capital, and thus laid anew for them the foundation of a national existence.

12. *The Arcadian League.* — Even before the appearance of Epaminondas in Peloponnesus, the Arcadians, encouraged by the Spartan overthrow at Leuctra, had been agitating the question of a national league. The resolve was formed to combine the existing Arcadian communities into one central city, with a national assembly called the Ten Thousand. οἱ μύριοι. Epaminondas, arriving during the discussion of these plans. lent them his hearty support, and probably joined actively in the foundation of the Arcadian capital, Megalopolis, in the year 370 B.C.

13. *Epaminondas's Subsequent Invasions of Peloponnesus.* — Again in the following year, 369 B.C., and subsequently in 367 B.C., Epaminondas invaded Peloponnesus. In the latter of these expeditions he endeavored to establish the Theban influence on a solid basis in Achaea by liberal treatment of the oligarchical party. This far-sighted and generous policy would probably have been successful, had it not been for the partisan conduct of the authorities at Thebes. Urged on by Epaminondas's opponents, they sent to the Achaean cities harmosts, whose vigorous conduct in expelling the oligarchs soon brought about a reaction and once more left the oligarchical element in supreme control.

14. *Political Complications in Peloponnesus.* — Meanwhile Athens, alarmed at the growing power of Thebes, had formed an alliance with Sparta, while the Arcadians, encouraged by recent successes, were gradually withdrawing from co-operation with Thebes, and were already acting independently. In 366 B.C., the year after Epaminondas's third invasion of Peloponnesus, Athens, though still in alliance with Sparta, formed a defensive league with Arcadia. Thus we have the curious spectacle of a state in alliance with Sparta, allying itself with one of Sparta's enemies. Athens's object, however, was not to injure Sparta, but rather to support the Arcadians in their growing indifference to Thebes, with which state they were still in nominal alliance.

The situation was further complicated in the following year by the outbreak of hostilities between the Arcadians and Eleans. The strife began with border troubles, but soon involved the entire population of both states. The Eleans appealed to the Lacedaemonians for support; but the Arcadians succeeded in gaining possession of Olympia, and actually celebrated the games there at the one hundred and fourth Olympiad, 364 B.C.

15. *Internal Dissensions among the Arcadians.* — During their occupation of Olympia, the Arcadians had plundered the rich treasures of the temples, and their leaders were now proceeding to use these as resources for the payment of troops and the general maintenance of the war. The sacrilegiousness of such conduct called forth indignant protests from many quarters, particularly from the Mantineans, who promptly sent money to pay their quota of the military expenses. Feeling and personal interest were so divided on the issue that two parties were soon formed. The supporters of those who had misused the sacred funds appealed to Thebes to intervene; the other element, headed by the Mantineans, as earnestly besought that city to hold aloof. The matter seemed at length in fair way of adjustment; a settlement had been agreed upon, and representatives from all Arcadia were present at Tegea to ratify the treaty; the day had been spent in feasting and merriment, and was drawing to a close, when the Theban harmost, stationed at Tegea, suddenly closed the gates of the town, and arrested all the oligarchs on whom he

could lay hands. The move is said to have been aimed particularly against the Mantineans, whose anti-Theban proclivities had recently been manifest. Another report was, that the seizures were made in consequence of a rumored conspiracy against the Theban troops who were stationed at Tegea.

The persons arrested were soon released; but the excitement caused by the incident, coupled with the prevailing jealousy of Thebes, precipitated a fresh conflict. Athens, Sparta, Elis, Achaea, and part of Arcadia, on the one hand, united against Thebes, supported by the remainder of Arcadia, on the other.

16. *Battle of Mantinea.* — Epaminondas now for the fourth time invaded Peloponnesus. Marching upon Sparta, he entered the city, and was prevented from capturing it only by the merest accident. By a forced march he then planned to surprise and capture Mantinea; but by the timely arrival of a detachment of Athenian cavalry, he was a second time foiled of his purpose. The next day, with admirable strategy, he planned and fought the battle of Mantinea, employing the same tactics as at Leuctra. His success would have been complete had he not himself fallen mortally wounded, leaving his troops unnerved and incapable of following up and turning to account the victory already won.

17. *Character of Xenophon's Narrative in Books V.-VII.* — Xenophon's narrative in Books v.-vii. may be more fitly characterized as a collection of memoirs than as a history. In the first place, it is exceedingly incomplete; events of great moment are frequently passed over without a word of mention. Thus, in the account of Epaminondas's first invasion of Peloponnesus in 370 B.C., no mention is made of the foundation of Megalopolis, a movement to which he lent his influence and probably his active personal co-operation. Again, during the same expedition, Epaminondas had founded the town of Messene on the slopes of Mt. Ithome and raised the Messenians once more to the dignity and importance of a nation. Both of these events were of the greatest significance; both were the direct outcome of the Spartan defeat at Leuctra; yet neither is even so much as alluded to in Xenophon's account of Epaminondas's campaign. The Theban

operations in Thessaly in 364 B.C., against Alexander of Pherae, culminating in the death of Pelopidas and the complete defeat of Alexander, are passed over in silence, while other similar omissions are frequent.

As regards reference to individual names, Xenophon proceeds strangely in the case of Epaminondas. This statesman is really the central figure of the period under review. From the time of his first public appearance, after the expulsion of the Spartans from the Cadmea, to the time of his unhappy death at Mantinea, his was the controlling hand in Greek affairs. He stimulated the national spirit of his countrymen, he trained and guided them in war, he established anew the Boeotian confederacy, and stoutly defended the rights of Thebes against the assumptions of Agesilaus. After the victory at Leuctra his activity had occupied a much wider field. In Arcadia and Messenia he had been instrumental in establishing a new and better order, and had failed of the same in Achaea simply because of the partisan hostility of a few of his enemies at home. Few Greeks before him had made so near an approach to comprehensive statesmanship, or had been so actuated by a genuine patriotism for Greece as a whole, and so willing to make sacrifices for her interests. Yet, notwithstanding all this, Xenophon never once mentions Epaminondas's name until the events of his final campaign.

Xenophon's narrative, furthermore, is pervaded through and through with evidences of strong Spartan sympathies. This tendency is not surprising in one who had not only made his home for years in Peloponnesus, but had also enjoyed the intimate personal friendship of Agesilaus. It constitutes, nevertheless, a very serious defect in his work. The fault alluded to never takes the form of actual fabrication, but exhibits itself rather in the omission of important facts, in unfair imputations, and in lack of generosity in allowing credit to Sparta's enemies. Thus, the expulsion of the Spartans from the Cadmea is attributed to divine intervention, and a similar interpretation is put upon their defeat at Leuctra.

At times, it is true, Xenophon rises superior to his prejudices, — as for instance, at the close of his work, where he makes at least partial recognition of the genius of Epaminondas ; but such instances are exceptional.

Xenophon's work, nevertheless, in spite of all its short-comings, is by far our most important source of knowledge for the history of the period which it covers. He is the only contemporary historian whose works have come down to us, and is earlier by several centuries than our sources of next importance, Diodorus and Plutarch. As compared with both these writers — particularly the former, — he is much the more trustworthy, and where discrepancies exist between their statements and his, criticism has shown that Xenophon's account is almost always entitled to the greater credit.

ΕΛΛΗΝΙΚΑ.

E.

Καὶ τὰ μὲν δὴ περὶ Ἑλλήσποντον Ἀθηναίοις τε καὶ 1
Λακεδαιμονίοις τοιαῦτα ἦν. ὧν δὲ πάλιν ὁ Ἐτεόνικος ἐν
τῇ Αἰγίνῃ, καὶ ἐπιμιξίᾳ χρωμένων τὸν πρόσθεν χρόνον
τῶν Αἰγινητῶν πρὸς τοὺς Ἀθηναίους, ἐπεὶ φανερῶς κατὰ
5 θάλατταν ὁ πόλεμος ἐπολεμεῖτο, συνδόξαν καὶ τοῖς ἐφόροις
ἐφίησι λήζεσθαι τὸν βουλόμενον ἐκ τῆς Ἀττικῆς. οἱ δ' 2

Book V. 390 B.c. to 375 B.c. See
Grote, *History of Greece*, chaps. lxxv-
lxxvii ; Curtius, *History of Greece*,
Book V, chaps. iv, v ; Book VI,
chap. i.

1. 1, 2. *Beginning of hostilities be-
tween Athens and Aegina. Summer of
390 B.C.*

1. μὲν δή: a favorite expression of
Xenophon in making a résumé, where
a simple μέν would suffice. *Cf.* 35;
vii. 4. 11.—πάλιν: Xenophon no-
where states that Eteonicus had pre-
viously been in Aegina, though the
present passage implies that.—ὁ
Ἐτεόνικος: the art. seems to indicate
that this is the Eteonicus already
mentioned in i. 1. 32, as Spartan har-
most of Thasos. What his present
office was, is not clear.—καί: used
like the more freq. καίπερ to empha-
size the concessive force of the par-
tic. χρωμένων. G. 277, N. 1, *b*; H. 979.
—χρωμένων Αἰγινητῶν κτέ.: an an-
cient feud had existed between the
Athenians and Aeginetans. The lat-

ter had been driven from their island
at the beginning of the Peloponne-
sian War, 431 B.c. (Thuc. ii. 27),
but had been restored by Lysan-
der in 405 B.C., after the disaster of
Aegospotami. Since the close of the
war commercial relations apparently
had sprung up again between the
two states.—τὸν πρόσθεν χρόνον: *i.e.*
during the recent past.—ὁ πόλεμος
ἐπολεμεῖτο: the same expression also
iv. 8. 1. It answers to the act. const.
with cognate acc., πόλεμον πολεμεῖν.
The cognate acc. is often retained in
the passive const.; it seldom becomes,
as here, the subj. of the pass. verb.
See Kühn. 410, 2, note 2. The war
referred to is the Corinthian War.
See Introd. p. 2.—συνδόξαν: acc.
abs., the partic. being impersonal.
G. 278, 2 ; H. 973 and a.—καί: *i.e.*
the ephors *also*, as well as Eteonicus
himself.—ἐφίησι: *urges on ;* 'author-
ized and encouraged,' Grote. So vi.
i. 13.—τὸν βουλόμενον: *everybody
who wished.*

13

Ἀθηναῖοι πολιορκούμενοι ὑπ' αὐτῶν, πέμψαντες εἰς Αἴγι-
ναν καὶ ὁπλίτας καὶ στρατηγὸν αὐτῶν Πάμφιλον ἐπετεί-
χισαν Αἰγινήταις καὶ ἐπολιόρκουν αὐτοὺς καὶ κατὰ γῆν
10 καὶ κατὰ θάλατταν δέκα τριήρεσιν. ὁ μέντοι Τελευτίας
τυχὼν ἐπὶ τῶν νήσων ποι ἀφιγμένος κατὰ χρημάτων
πόρον, ἀκούσας ταῦτα περὶ τοῦ ἐπιτειχισμοῦ ἐβοήθει τοῖς
Αἰγινήταις· καὶ τὸ μὲν ναυτικὸν ἀπήλασε, τὸ δ' ἐπιτεί-
χισμα διεφύλαττεν ὁ Πάμφιλος.
15 Ἐκ δὲ τούτου ἀπὸ Λακεδαιμονίων Ἱέραξ ναύαρχος ἀφι- 3
κνεῖται. κἀκεῖνος μὲν παραλαμβάνει τὸ ναυτικόν, ὁ δὲ
Τελευτίας μακαριώτατα δὴ ἀπέπλευσεν οἴκαδε. ἡνίκα
γὰρ ἐπὶ θάλατταν κατέβαινεν ἐπ' οἴκου ὁρμώμενος, οὐδεὶς
ἐκεῖνον τῶν στρατιωτῶν ὃς οὐκ ἐδεξιώσατο, καὶ ὁ μὲν
20 ἐστεφάνωσεν, ὁ δὲ ἐταινίωσεν, οἱ δ' ὑστερήσαντες ὅμως
καὶ ἀναγομένου ἔρριπτον εἰς τὴν θάλατταν στεφάνους καὶ
ηὔχοντο αὐτῷ πολλὰ καὶ ἀγαθά. γιγνώσκω μὲν οὖν, ὅτι 4
ἐν τούτοις οὔτε δαπάνημα οὔτε κίνδυνον οὔτε μηχάνημα
ἀξιόλογον οὐδὲν διηγοῦμαι· ἀλλὰ ναὶ μὰ Δία τόδε ἄξιόν
25 μοι δοκεῖ εἶναι ἀνδρὶ ἐννοεῖν, τί ποτε ποιῶν ὁ Τελευτίας
οὕτω διέθηκε τοὺς ἀρχομένους. τοῦτο γὰρ ἤδη πολλῶν

2. πολιορκούμενοι: *being blockaded.*
—Τελευτίας: coming from Rhodes,
iv. 8. 25.— ἐπὶ τῶν νήσων ποι: *to some
of the islands, viz.* the Cyclades. Equiv.
to ἐπὶ τῶν νήσων τινός. — κατὰ χρημά-
των πόρον: *to collect money.* — τὸ ναυ-
τικόν: *i.e.* the blockading fleet.
3, 4. *Arrival of Hierax at Aegina.
Departure of Teleutias. Spring of
389 B.C.*
3. Ἱέραξ: nothing is known of him
beyond what is here stated. — μακα-
ριώτατα: "with a great ovation."—
δή: emphasizes the superlative. H.
1037, 4.— οὐδεὶς ὅς οὐκ: *every one
without exception.* The customary form

of the expression is οὐδεὶς ὅστις οὐκ.
ἦν or ἐστί, which is usually omitted,
is sometimes expressed, *e.g.* vii. 5. 26
οὐδεὶς ἦν ὅστις οὐκ ᾤετο.—ἐκεῖνον: em-
phasizes οὐδεὶς and its gen. τῶν στρα-
τιωτῶν, by being placed between them.
—ὅμως: note its position in the con-
cessive clause, as in vi. 4. 14. H.
979 b.—καὶ ἀναγομένου: καί as in
καὶ χρωμένων in 1. With ἀναγομένου
supply αὐτοῦ. G. 278, 1, ʀ.; H.
972 a.
4. ἐν τούτοις: *in mentioning these
incidents.* — ἄξιον ἐννοεῖν: *worthy of
consideration,* as opposed to ἀξιόλογον,
worthy of mention. — ἤδη: here em-

καὶ χρημάτων καὶ κινδύνων ἀξιολογώτερον ἀνδρὸς ἔργον
ἐστίν.

Ὁ δ᾽ αὖ Ἱέραξ τὰς μὲν ἄλλας ναῦς λαβὼν πάλιν ἔπλει 5
30 εἰς Ῥόδον, ἐν Αἰγίνῃ δὲ τριήρεις δώδεκα κατέλιπε καὶ
Γοργώπαν τὸν αὐτοῦ ἐπιστολέα ἁρμοστήν. καὶ ἐκ τούτου
ἐπολιορκοῦντο μᾶλλον οἱ ἐν τῷ ἐπιτειχίσματι τῶν Ἀθη-
ναίων ἢ οἱ ἐν τῇ πόλει· ὥστε ὑπὸ ψηφίσματος Ἀθηναῖοι
πληρώσαντες ναῦς πολλὰς ἀπεκομίσαντο ἐξ Αἰγίνης
35 πέμπτῳ μηνὶ τοὺς ἐκ τοῦ φρουρίου. τούτων δὲ γενομέ-
νων οἱ Ἀθηναῖοι πάλιν αὖ πράγματα εἶχον ὑπό τε τῶν
λῃστῶν καὶ τοῦ Γοργώπα· καὶ ἀντιπληροῦσι ναῦς τρισ-
καίδεκα, καὶ αἱροῦνται Εὔνομον ναύαρχον ἐπ᾽ αὐτάς.
ὄντος δὲ τοῦ Ἱέρακος ἐν τῇ Ῥόδῳ οἱ Λακεδαιμόνιοι 6
40 Ἀνταλκίδαν ναύαρχον ἐκπέμπουσι, νομίζοντες καὶ Τιρι-
βάζῳ τοῦτο ποιοῦντες μάλιστ᾽ ἂν χαρίζεσθαι. ὁ δὲ
Ἀνταλκίδας ἐπεὶ ἀφίκετο εἰς Αἴγιναν, συμπαραλαβὼν
τὰς τοῦ Γοργώπα ναῦς ἔπλευσεν εἰς Ἔφεσον, καὶ τὸν

phatic like δή, but stronger. —ἀνδρὸς
ἔργον: 'a true man's achievement,'
Grote.

5-9. *The Athenians withdraw from
Aegina. Antalcidas succeeds Hierax.
The Spartans are blockaded in Abydus.
Naval fight on the Attic coast. Spring
and summer of 388 B.C.*

5. αὖ: with Ἱέραξ, marking the
transition to him from Teleutias. —
πάλιν: the fleet had come to Aegina
from Rhodes and now sailed back. —
οἱ ἐν τῇ πόλει: *i.e.* the Aeginetans. —
ὑπὸ ψηφίσματος: *in consequence of
(i.e.* in accordance with) *a decree.*
II. 808 c. — τοὺς ἐκ τοῦ φρουρίου: *ἐκ*
instead of *ἐν,* owing to the idea of
motion involved in ἀπεκομίσαντο. —
πάλιν αὖ: pleonastic. — ὑπὸ λῃστῶν:

the const. with ὑπό is justified by the
pass. signification involved in πράγ-
ματα εἶχον, *were annoyed.* II. 820. —
Γοργώπα: Dor. genitive. G. 39, 3;
II. 149. — ναύαρχον: an unusual offi-
cer with the Athenians, whose fleets
were usually commanded by στρατη-
γοί. ναύαρχος, however, is used of
an Athenian commander, as here, in
i. 6. 29. — ἐπ᾽ αὐτάς: *to* the command
of *them.*

6. Ἀνταλκίδαν: for his previous
attempts to arrange a peace with Per-
sia, through Tiribazus, satrap of Io-
nia, see iv. S. 12 ff. — μάλιστ᾽ ἂν χα-
ρίζεσθαι: Antalcidas had already won
the favor of Tiribazus. — συμπαρα-
λαβὼν κτέ.: prob. for the purpose of
making a greater display of power

μὲν Γοργώπαν πάλιν ἀποπέμπει εἰς Αἴγιναν σὺν ταῖς
45 δώδεκα ναυσίν, ἐπὶ δὲ ταῖς ἄλλαις Νικόλοχον ἐπέστησε
τὸν ἐπιστολέα. καὶ ὁ μὲν Νικόλοχος βοηθῶν Ἀβυδηνοῖς
ἔπλει ἐκεῖσε· παρατρεπόμενος δὲ εἰς Τένεδον ἐδῄου τὴν
χώραν, καὶ χρήματα λαβὼν ἀπέπλευσεν εἰς Ἄβυδον. οἱ 7
δὲ τῶν Ἀθηναίων στρατηγοὶ ἀθροισθέντες ἀπὸ Σαμοθρᾴ-
50 κης τε καὶ Θάσου καὶ τῶν κατ᾽ ἐκεῖνα χωρίων ἐβοήθουν
τοῖς Τενεδίοις. ὡς δ᾽ ᾔσθοντο εἰς Ἄβυδον καταπεπλευ-
κότα τὸν Νικόλοχον, ὁρμώμενοι ἐκ Χερρονήσου ἐπολιόρ-
κουν αὐτὸν ἔχοντα ναῦς πέντε καὶ εἴκοσι δύο καὶ τριάκοντα
ταῖς μεθ᾽ ἑαυτῶν. ὁ μέντοι Γοργώπας ἀποπλέων ἐξ Ἐφέ-
55 σου περιτυγχάνει Εὐνόμῳ· καὶ τότε μὲν κατέφυγεν εἰς
Αἴγιναν μικρὸν πρὸ ἡλίου δυσμῶν· ἐκβιβάσας δ᾽ εὐθὺς
ἐδείπνιζε τοὺς στρατιώτας. ὁ δ᾽ Εὔνομος ὀλίγον χρόνον 8
ὑπομείνας ἀπέπλει. νυκτὸς δ᾽ ἐπιγενομένης, φῶς ἔχων,
ὥσπερ νομίζεται, ἀφηγεῖτο, ὅπως μὴ πλανῶνται αἱ ἑπόμε-
60 ναι. ὁ δὲ Γοργώπας ἐμβιβάσας εὐθὺς ἐπηκολούθει κατὰ
τὸν λαμπτῆρα, ὑπολειπόμενος, ὅπως μὴ φανερὸς εἴη μηδ᾽
αἴσθησιν παρέχοι, λίθων τε ψόφῳ τῶν κελευστῶν ἀντὶ

upon his arrival in Ionia. — ταῖς δώ-
δεκα: i.e. the twelve which he had
previously had at Aegina; cf. 5. —
ἐπὶ ταῖς ἄλλαις ἐπέστησε: ἐπί with
the dat. here, since the notion of *being*
in command is predominant in the
writer's mind, rather than of *putting*
in command. In the latter case the
acc. is used; cf. 5 ἐπ᾽ αὐτάς. After
leaving Ephesus, Antalcidas went up
to Susa to the court of the king, as is
implied in 25. — Ἀβυδηνοῖς: the Spar-
tan harmost at Abydus, Anaxibius,
had just been killed by the troops of
Iphicrates. Cf. iv. 8. 34-39.

7. οἱ δὲ στρατηγοί: among them
Iphicrates and Diotimus. See iv. 8.

39; v. 1. 25. — κατ᾽ ἐκεῖνα: in that
region, as vi. 2. 38. Cf. v. 4. 64 τὰς
περὶ ἐκεῖνα πόλεις. — δύο: here not de-
clined; so frequently; cf. An. i. 2. 23
δύο πλέθρων. — πρὸ ἡλίου δυσμῶν:
note the omission of the art., as freq.
with such natural designations of
time, especially when accompanied
by a prep. See Kr. Spr. 50, 2, 12,
and II. 661.

8. τὸν λαμπτῆρα: the torch-light. —
ὅπως μὴ ... παρέχοι: "in order not
to be seen or heard." Cf. An. iv. 6.
13 ἀπελθεῖν τοσοῦτον ὡς μὴ αἴσθησιν
παρέχειν. — λίθων ... χρωμένων: the
κελευσταί generally gave the stroke
to the rowers by chanting some rude

φωνῆς χρωμένων καὶ παραγωγῇ τῶν κωπῶν. ἐπεὶ δὲ 9
ἦσαν αἱ τοῦ Εὐνόμου πρὸς τῇ γῇ περὶ Ζωστῆρα τῆς
65 Ἀττικῆς, ἐκέλευε τῇ σάλπιγγι ἐπιπλεῖν. τῷ δ' Εὐνόμῳ
ἐξ ἐνίων μὲν τῶν νεῶν ἄρτι ἐξέβαινον, οἱ δὲ καὶ ἔτι ὡρμί-
ζοντο, οἱ δὲ καὶ ἔτι κατέπλεον. ναυμαχίας δὲ πρὸς τὴν
σελήνην γενομένης, τέτταρας τριήρεις λαμβάνει ὁ Γοργώ-
πας, καὶ ἀναδησάμενος ᾤχετο ἄγων εἰς Αἴγιναν· αἱ δ'
70 ἄλλαι νῆες αἱ τῶν Ἀθηναίων εἰς τὸν Πειραιᾶ κατέφυγον.

Μετὰ δὲ ταῦτα Χαβρίας ἐξέπλει εἰς Κύπρον βοηθῶν 10
Εὐαγόρᾳ, πελταστάς τ' ἔχων ὀκτακοσίους καὶ δέκα τριή-
ρεις. προσλαβὼν δὲ καὶ Ἀθήνηθεν ἄλλας τε ναῦς καὶ
ὁπλίτας αὐτὸς μὲν τῆς νυκτὸς ἀποβὰς εἰς τὴν Αἴγιναν
75 πορρωτέρω τοῦ Ἡρακλείου ἐν κοίλῳ χωρίῳ ἐνήδρευσεν,
ἔχων τοὺς πελταστάς. ἅμα δὲ τῇ ἡμέρᾳ, ὥσπερ συνέ-
κειτο, ἧκον οἱ τῶν Ἀθηναίων ὁπλῖται, Δημαινέτου αὐτῶν
ἡγουμένου, καὶ ἀνέβαινον τοῦ Ἡρακλείου ἐπέκεινα ὡς
ἑκκαίδεκα σταδίους, ἔνθα ἡ Τριπυργία καλεῖται. ἀκούσας 11
80 δὲ ταῦτα ὁ Γοργώπας ἐβοήθει μετά τε τῶν Αἰγινητῶν καὶ

melody. In this instance, resort is
had to the quieter method of striking
stones one upon another. — παραγω-
γῇ: only here in this sense, which
moreover is not clear. The word
probably refers to some peculiar
method of handling the oars by which
the noise was reduced to a mini-
mum.

9. Ζωστῆρα: promontory on the
west coast of Attica, midway between
Sunium and the Piraeus. — τῷ δ' Εὐ-
νόμῳ: dat. of interest. (G. 184, 3, N.
4; cf. II. 707. — ἐξ ἐνίων μέν: instead
of οἱ μὲν ἐξ ἐνίων. — οἱ δέ: correl. with
the οἱ μέν implied as subj. of ἐξέβαινον.
— πρὸς τὴν σελήνην: by moonlight.
Cf. Cyr. vii. 5. 27 πίνουσι πρὸς φῶς
πολύ.

10-13. Defeat and death of Gorgo-
pas at Aegina. Summer of 388 B.C.
10. Χαβρίας: he had previously
been in Corinth. Diod. xiv. 92. It
does not appear whence he set out.
That it was not from Athens, is shown
by προσλαβὼν Ἀθήνηθεν. — Εὐαγόρᾳ:
king of Salamis in Cyprus, and at war
with the king of Persia. The Athe-
nians had once previously sent assist-
ance to him. Cf. iv. 8. 24. — αὐτὸς
μέν: μέν is equiv. to μήν, as freq. when
combined with a dem. or pers. pronoun.
— ἀποβὰς εἰς τὴν Αἴγιναν: "hav-
ing come to Aegina and disembarked
there." — πορρωτέρω κτέ.: beyond the
Heracleum. — ἔνθα . . . καλεῖται: for
ἔνθα ἔστι τοῦτο ὃ ἡ Τριπυργία καλεῖται.
Cf. Oec. 4. 6 ἔνθα δὴ ὁ σύλλογος καλεῖται.

σὺν τοῖς τῶν νεῶν ἐπιβάταις καὶ Σπαρτιατῶν οἳ ἔτυχον
αὐτόθι παρόντες ὀκτώ. καὶ ἀπὸ τῶν πληρωμάτων δὲ τῶν
ἐκ τῶν νεῶν ἐκήρυξε βοηθεῖν ὅσοι ἐλεύθεροι εἶεν. ὥστ᾽
ἐβοήθουν καὶ τούτων πολλοί, ὅ τι ἐδύνατο ἕκαστος ὅπλον
85 ἔχων. ἐπεὶ δὲ παρήλλαξαν οἱ πρῶτοι τὴν ἐνέδραν, ἐξανί- 12
στανται οἱ περὶ τὸν Χαβρίαν, καὶ εὐθὺς ἠκόντιζον καὶ
ἔβαλλον. ἐπῄεσαν δὲ καὶ οἱ ἐκ τῶν νεῶν ἀποβεβηκότες
ὁπλῖται. καὶ οἱ μὲν πρῶτοι, ἅτε οὐδενὸς ἀθρόου ὄντος,
ταχὺ ἀπέθανον, ὧν ἦν Γοργώπας τε καὶ οἱ Λακεδαιμόνιοι·
90 ἐπεὶ δὲ οὗτοι ἔπεσον, ἐτράπησαν δὴ καὶ οἱ ἄλλοι. καὶ
ἀπέθανον Αἰγινητῶν μὲν ὡς πεντήκοντα καὶ ἑκατόν, ξένοι
δὲ καὶ μέτοικοι καὶ ναῦται καταδεδραμηκότες οὐκ ἐλάττους
διακοσίων. ἐκ δὲ τούτου οἱ μὲν Ἀθηναῖοι, ὥσπερ ἐν 13
εἰρήνῃ, ἔπλεον τὴν θάλατταν· οὐδὲ γὰρ τῷ Ἐτεονίκῳ
95 ἤθελον οἱ ναῦται καίπερ ἀναγκάζοντι ἐμβάλλειν, ἐπεὶ
μισθὸν οὐκ ἐδίδου.

---

11. **ἐπιβάταις** : marines. — **καὶ
Σπαρτιατῶν κτέ.** : i.e. σὺν τούτοις
Σπαρτιατῶν οἳ ἔτυχον. The gen. de-
pends upon the omitted antec. of οἵ.
Cf. An. i. 10. 3 ἐκφεύγει πρὸς τῶν Ἑλ-
λήνων, οἳ ἔτυχον κτέ. — **ἀπό**: used to
designate the whole from which a
part is taken, rather than that to
which it belongs. Cf. 4. 15. — **τῶν ἐκ
τῶν νεῶν**: the crews from out the ships.
The addition of these words to πλη-
ρωμάτων is unnecessary, but it in-
creases the vividness of the narrative.
— **ἐλεύθεροι**: acc. to the speech of
Cephisodotus vii. 1. 12, the sailors of
the Spartans were in 369 B.C. either
helots or mercenaries, and even the
ἐπιβάται were not always Lacedaemo-
nians. — **ὅ τι ἐδύνατο**: sc. λαβεῖν.
12. **ἅτε** . . . **ὄντος**: i.e. since they
were not drawn up in a compact body.

— **οἱ Λακεδαιμόνιοι**: i.e. the eight
Spartans mentioned in 11. — **ναῦται**:
i.e. the πληρώματα mentioned in 11. —
καταδεδραμηκότες: who had hurriedly
rushed ashore; const. only with ναῦται.
13-17. Arrival of Teleutias at Ae-
gina. His address to the sailors.
13. **Ἐτεονίκῳ**: possibly he had be-
come harmost at Aegina on the death
of Gorgopas. — **ἀναγκάζοντι**: though
he tried to compel them. The pres. par-
tic. as imperfect, with the conative
force often belonging to the latter
tense. G. 204, N. 1; H. 856 a. — **ἐμ-
βάλλειν**: "row." The full expression
was apparently ταῖς κώπαις ἐμβάλλειν,
where ἐμβάλλειν is perhaps best taken
intransitively, lean on, bend to. Cf.
incumbere remis; Homer ι 489
ἐμβαλέειν κώπης, with Ameis's note.
Others supply χεῖρας with ἐμβάλλειν,

Ἐκ δὲ τούτου οἱ Λακεδαιμόνιοι Τελευτίαν αὖ ἐκπέμπου-
σιν ἐπὶ ταύτας τὰς ναῦς ναύαρχον. ὡς δὲ εἶδον αὐτὸν
ἥκοντα οἱ ναῦται, ὑπερήσθησαν. ὁ δ᾽ αὐτοὺς συγκαλέσας
100 εἶπε τοιάδε· "Ὦ ἄνδρες στρατιῶται, ἐγὼ χρήματα μὲν 14
οὐκ ἔχων ἥκω· ἐὰν μέντοι θεὸς ἐθέλῃ καὶ ὑμεῖς συμπρο-
θυμῆσθε, πειράσομαι τὰ ἐπιτήδεια ὑμῖν ὡς πλεῖστα πορί-
ζειν. εὖ δ᾽ ἴστε, ἐγὼ ὅταν ὑμῶν ἄρχω, εὔχομαί τε οὐδὲν
ἧττον ζῆν ὑμᾶς ἢ καὶ ἐμαυτόν, τά τ᾽ ἐπιτήδεια θαυμάσαιτε
105 μὲν ἂν ἴσως, εἰ φαίην βούλεσθαι ὑμᾶς μᾶλλον ἢ ἐμὲ ἔχειν·
ἐγὼ δὲ νὴ τοὺς θεοὺς καὶ δεξαίμην ἂν αὐτὸς μᾶλλον δύο
ἡμέρας ἄσιτος ἢ ὑμᾶς μίαν γενέσθαι· ἤ γε μὴν θύρα ἡ
ἐμὴ ἀνέῳκτο μὲν δήπου καὶ πρόσθεν εἰσιέναι τῷ δεομένῳ
τι ἐμοῦ, ἀνεῴξεται δὲ καὶ νῦν. ὥστε ὅταν ὑμεῖς πλήρη 15
110 ἔχητε τὰ ἐπιτήδεια, τότε καὶ ἐμὲ ὄψεσθε ἀφθονώτερον
διαιτώμενον· ἂν δὲ ἀνεχόμενόν με ὁρᾶτε καὶ ψύχη καὶ
θάλπη καὶ ἀγρυπνίαν, οἴεσθε καὶ ὑμεῖς ταῦτα πάντα καρ-
τερεῖν. οὐδὲν γὰρ ἐγὼ τούτων κελεύω ὑμᾶς ποιεῖν, ἵνα
ἀνιᾶσθε, ἀλλ᾽ ἵνα ἐκ τούτων ἀγαθόν τι λαμβάνητε. καὶ 16

---

in this sense. — ἐπὶ ταύτας τὰς ναῦς:
serving to restrict the application of
the word ναύαρχον. Teleutias was
not properly nauarch, *i.e.* commander
of the entire navy, but simply com-
mander of the ships at Aegina. The
real nauarch was Antalcidas, repre-
sented in his absence by Nicolochus.
See 6.

14. ἢ καί: instead of simple ἤ after
a comp. accompanied by a negative.
Cf. vi. 5. 39 οὐδὲν μᾶλλον Λακεδαι-
μονίοις ἢ καὶ ὑμῖν αὐτοῖς.— ἐμαυτόν:
the pers. pron., not the reflexive, is
regularly used as subj. of the infin-
itive. *Cf.* ἐμέ below. H. 684 b. —
τά τ᾽ ἐπιτήδεια: used by prolep-
sis (H. 878) as obj. of θαυμάσαιτε,
though in sense it is to be taken

with ἔχειν. — αὐτός: nom., yet co-ord.
with the acc. ὑμᾶς. *Cf.* the accs.
ἐμαυτόν, ἐμέ above. On the combina-
tion of nom. and acc., as here, see G.
138, N. 8 b; H. 940 b. — ὑμᾶς: sc. ἀσί-
τους. — ἀνέῳκτο: the plpf., denoting a
continued state as the result of a
completed act. G. 200, N. 6; H. 849
and c. — εἰσιέναι: *for entrance.* Inf.
of purpose. G. 265; H. 951. — ἀνεῴ-
ξεται: *will be open.* Fut. perf. with
force of future. G. 200, N. 9; H. 850 a.
The form occurs only here.

15. οἴεσθε . . . καρτερεῖν: *do you
also consider it your duty patiently to
endure all this.* οἴομαι, like ἡγέομαι
and νομίζω, also means *to think fitting*
or *necessary. Cf.* iv. 7. 4 ᾤοντο ἀπιέ-
ναι *thought they would have to withdraw.*

115 ἡ πόλις δέ τοι," ἔφη, " ὦ ἄνδρες στρατιῶται, ἡ ἡμετέρα,
ἣ δοκεῖ εὐδαίμων εἶναι, εὖ ἴστε ὅτι τἀγαθὰ καὶ τὰ καλὰ
ἐκτήσατο οὐ ῥᾳθυμοῦσα, ἀλλ' ἐθέλουσα καὶ πονεῖν καὶ
κινδυνεύειν, ὁπότε δέοι. καὶ ὑμεῖς οὖν ἦτε μὲν καὶ πρό-
τερον, ὡς ἐγὼ οἶδα, ἄνδρες ἀγαθοί · νῦν δὲ πειρᾶσθαι χρὴ
120 ἔτι ἀμείνους γίγνεσθαι, ἵν' ἡδέως μὲν συμπονῶμεν, ἡδέως
δὲ συνευδαιμονῶμεν. τί γὰρ ἥδιον ἢ μηδένα ἀνθρώπων 17
κολακεύειν μήτε Ἕλληνα μήτε βάρβαρον ἕνεκα μισθοῦ,
ἀλλ' ἑαυτοῖς ἱκανοὺς εἶναι τὰ ἐπιτήδεια πορίζεσθαι, καὶ
ταῦτα ὅθενπερ κάλλιστον ; ἡ γάρ τοι ἐν πολέμῳ ἀπὸ τῶν
125 πολεμίων ἀφθονία εὖ ἴστε ὅτι ἅμα τροφήν τε καὶ εὔκλειαν
ἐν πᾶσιν ἀνθρώποις παρέχεται."

Ὁ μὲν ταῦτ' εἶπεν, οἱ δὲ πάντες ἀνεβόησαν παραγγέλ- 18
λειν ὅ τι ἂν δέῃ, ὡς σφῶν ὑπηρετησόντων. ὁ δὲ τεθνη-
μένος ἐτύγχανεν · εἶπε δέ · "Ἄγετε, ὦ ἄνδρες, δειπνήσατε
130 μέν, ἅπερ καὶ ὡς ἐμέλλετε · προπαράσχεσθε δέ μοι μιᾶς
ἡμέρας σῖτον. ἔπειτα δὲ ἥκετε ἐπὶ τὰς ναῦς αὐτίκα μάλα,
ὅπως πλεύσωμεν ἔνθα θεὸς ἐθέλει, ἐν καιρῷ ἀφιξόμενοι."
ἐπειδὴ δὲ ἦλθον, ἐμβιβασάμενος αὐτοὺς εἰς τὰς ναῦς ἔπλει 19

16. τἀγαθὰ καὶ τὰ καλά: appar-
ently a peculiarly Spartan formula,
like the Attic καλὸς κἀγαθός. — γίγνε-
σθαι: to show yourselves; cf. i. 2. 10
κρατίστοις γενομένοις.
17. μήτε βάρβαρον: with reference
to the attempts of Antalcidas to se-
cure the favor and financial support
of Persia, — a policy which Teleutias,
as an adherent of the party of his
brother Agesilaus, naturally opposed.
— ἑαυτοῖς . . . εἶναι: to be sufficient
unto oneself, i.e. to be able one's self.
— καὶ ταῦτα: and that too. On this
elliptical expression, see H. 612 a. —
ἡ . . . ἀφθονία: i.e. the booty won
from the enemy in war.

18-24. Teleutias makes a descent
upon the Piraeus. Spring of 387 B.C.
18. ἀνεβόησαν: carries with it also
the idea of urging or bidding. — ἅπερ
καὶ ὡς ἐμέλλετε: as you were going to
do anyway. This meaning of καὶ ὡς,
even as it was, is unusual, but is found
elsewhere, as Cyr. vi. 1. 17; Thuc.
viii. 51. 2. For the accent of ὡς, see
G. 29, N. 1; II. 120. — προπαράσχεσθε:
hold in readiness for yourselves. — μοί:
ethical dative. G. 184, 3, N. 6; II. 770.
— ἔνθα θεὸς ἐθέλει: implying that the
omens of the sacrifices already alluded
to were auspicious. The art. is com-
monly used with θεός only when some
particular god is meant. H. 660 b.

τῆς νυκτὸς εἰς τὸν λιμένα τῶν Ἀθηναίων, τοτὲ μὲν ἀνα-
135 παύων καὶ παραγγέλλων ἀποκοιμᾶσθαι, τοτὲ δὲ κώπαις
προσκομιζόμενος. εἰ δέ τις ὑπολαμβάνει ὡς ἀφρόνως
ἔπλει δώδεκα τριήρεις ἔχων ἐπὶ πολλὰς ναῦς κεκτημένους,
ἐννοησάτω τὸν ἀναλογισμὸν αὐτοῦ. ἐκεῖνος γὰρ ἐνόμισεν 20
ἀμελέστερον μὲν ἔχειν τοὺς Ἀθηναίους περὶ τὸ ἐν τῷ
140 λιμένι ναυτικὸν Γοργώπα ἀπολωλότος· εἰ δὲ καὶ εἶεν
τριήρεις ὁρμοῦσαι, ἀσφαλέστερον ἡγήσατο ἐπ' εἴκοσι
ναῦς Ἀθήνησιν οὔσας πλεῦσαι ἢ ἄλλοθι δέκα. τῶν μὲν
γὰρ ἔξω ᾔδει ὅτι κατὰ ναῦν ἔμελλον οἱ ναῦται σκηνήσειν,
τῶν δὲ Ἀθήνησιν ἐγίγνωσκεν ὅτι οἱ μὲν τριήραρχοι οἴκοι
145 καθευδήσοιεν, οἱ δὲ ναῦται ἄλλος ἄλλῃ σκηνήσοιεν. ἔπλει 21
μὲν δὴ ταῦτα διανοηθείς· ἐπειδὴ δὲ ἀπεῖχε πέντε ἢ ἓξ
στάδια τοῦ λιμένος, ἡσυχίαν εἶχε καὶ ἀνέπαυεν. ὡς δὲ
ἡμέρα ὑπέφαινεν, ἡγεῖτο· οἱ δὲ ἐπηκολούθουν. καὶ κατα-
δύειν μὲν οὐκ εἴα στρογγύλον πλοῖον οὐδὲ λυμαίνεσθαι
150 ταῖς ἑαυτῶν ναυσίν· εἰ δέ που τριήρη ἴδοιεν ὁρμοῦσαν,
ταύτην πειρᾶσθαι ἄπλουν ποιεῖν, τὰ δὲ φορτηγικὰ πλοῖα
καὶ γέμοντα ἀναδουμένους ἄγειν ἔξω, ἐκ δὲ τῶν μειζόνων

19. τῆς νυκτός: here, as in i. 6. 28,
with the art. which is often omitted.
See on 7. — ἀναπαύων: sc. τοὺς ναύτας,
as 21. — κώπαις προσκομιζόμενος: put-
ting them to the oars. — ἔπλει: impf. ind.
of dir. disc. retained in indir. discourse.
G. 242, 1, N.; H. 935 b. — κεκτημένους:
sc. τοὺς Ἀθηναίους. — τὸν ἀναλογισμὸν
αὐτοῦ: i.e. the way in which Teleutias
reasoned about the matter.
20. εἶεν ... ὁρμοῦσαι: periphrastic
instead of ὁρμοῖεν. Such participial
periphrases never became frequent in
Attic prose. They serve to lend
special emphasis to the predicate.
Kühn. 353, note 3. — ἢ ἄλλοθι δέκα:
short for ἢ ἐπὶ δέκα ἄλλοθι οὔσας. Cf.

3. 8 ὥσπερ Ἀγησιλάου. — τῶν ἔξω: i.e.
the ships in foreign harbors. — κατὰ
ναῦν: i.e. each on board his own ves-
sel. — ἔμελλον σκηνήσειν: periphras-
tic future, representing the action as
immediately expected or intended.
G. 118, 6; H. 846 and a. The impf.
here represents the pres. ind. of dir.
disc.; for this unusual const., see G.
243, N. 2; H. 936.
21. μὲν δή: as in l. — οὐκ εἴα: for-
bade. — ταῖς ἑαυτῶν ναυσίν: dat. of
instrument, to be taken with καταδύειν
as well as λυμαίνεσθαι. — πειρᾶσθαι:
depends upon some word of order-
ing to be supplied from οὐκ εἴα. —
ἐκ δὲ τῶν μειζόνων: dependent upon

ἐμβαίνοντας ὅπου δύναιντο τοὺς ἀνθρώπους λαμβάνειν.
ἦσαν δέ τινες οἳ καὶ ἐκπηδήσαντες εἰς τὸ Δεῖγμα ἐμπό-
155 ρους τέ τινας καὶ ναυκλήρους συναρπάσαντες εἰς τὰς ναῦς
εἰσήνεγκαν. ὁ μὲν δὴ ταῦτα ἐπεποιήκει. τῶν δὲ Ἀθη- 22
ναίων οἱ μὲν αἰσθόμενοι ἔνδοθεν ἔθεον ἔξω σκεψόμενοι τίς
ἡ κραυγή, οἱ δὲ ἔξωθεν οἴκαδε ἐπὶ τὰ ὅπλα, οἱ δὲ καὶ εἰς
ἄστυ ἀγγελοῦντες. πάντες δ᾽ Ἀθηναῖοι τότε ἐβοήθησαν
160 καὶ ὁπλῖται καὶ ἱππεῖς, ὡς τοῦ Πειραιῶς ἑαλωκότος. ὁ δὲ 23
τὰ μὲν πλοῖα ἀπέστειλεν εἰς Αἴγιναν, καὶ τῶν τριήρων
τρεῖς ἢ τέτταρας συναπαγαγεῖν ἐκέλευσε, ταῖς δὲ ἄλλαις
παραπλέων παρὰ τὴν Ἀττικήν, ἅτε ἐκ τοῦ λιμένος πλέων,
πολλὰ καὶ ἁλιευτικὰ ἔλαβε καὶ πορθμεῖα ἀνθρώπων μεστά,
165 καταπλέοντα ἀπὸ νήσων. ἐπὶ δὲ Σούνιον ἐλθὼν καὶ ὁλκά-
δας γεμούσας τὰς μέν τινας σίτου, τὰς δὲ καὶ ἐμπολῆς,
ἔλαβε. ταῦτα δὲ ποιήσας ἀπέπλευσεν εἰς Αἴγιναν. καὶ 24
ἀποδόμενος τὰ λάφυρα μηνὸς μισθὸν προέδωκε τοῖς στρα-
τιώταις. καὶ τὸ λοιπὸν δὲ περιπλέων ἐλάμβανεν ὅ τι
170 ἐδύνατο. καὶ ταῦτα ποιῶν πλήρεις τε τὰς ναῦς ἔτρεφε

λαμβάνειν. With ἐμβαίνοντας supply
εἰς αὐτά.— Δεῖγμα: a bazaar, where
goods were displayed for sale.

22. ἐπεποιήκει: unusual use of the
plpf. for aorist. Cf. κατειλήφει in 27.
— τῶν Ἀθηναίων: i.e. the inhabitants
of the Piraeus, which was regarded
as a part of Athens.— ἄστυ: i.e.
Athens; the art. is often omitted with
familiar designations of place and
time. H. 661. Cf. u r b s, used by the
Romans for Rome.—'Ἀθηναῖοι: i.e. the
Athenians from Athens. — ὡς ἑαλω-
κότος: under the impression that the
Piraeus had been taken. ὡς refers the
thought to the subj. of ἐβοήθησαν. G.
277, 6, N. 2; H. 978. — Πειραιῶς: for
the form, see G. 53, 3, N. 3; H. 208 d.

23. τὰ πλοῖα: i.e. those which had
been captured. — ἀπὸ νήσων: the art.
is sometimes omitted with the pl. of
νῆσος accompanied by a prep., when
the reference is to the islands of the
Aegean Sea. For the principle in-
volved, see on 22 ἄστυ. Kr. Spr. 50,
2, 15. Cf. vi. 2. 12. — τὰς μέν τινας:
τὶς is not infrequently added to ὁ μέν
or ὁ δέ when no particular person is
meant. H. 654 a.

24. προέδωκε: advanced. Cf. i. 5.
7; the word is not elsewhere used in
this sense except in late writers. — τὸ
λοιπόν: the rest of the time that he
remained at Aegina. — ἔτρεφε: more
properly applicable to the men than
to the ships.

καὶ τοὺς στρατιώτας εἶχεν ἡδέως καὶ ταχέως ὑπηρε-
τοῦντας.

Ὁ δὲ Ἀνταλκίδας κατέβη μὲν μετὰ Τιριβάζου διαπε- 25
πραγμένος συμμαχεῖν βασιλέα, εἰ μὴ ἐθέλοιεν Ἀθηναῖοι
καὶ οἱ σύμμαχοι χρῆσθαι τῇ εἰρήνῃ ᾗ αὐτὸς ἔλεγεν. ὡς
175 δ᾽ ἤκουσε Νικόλοχον σὺν ταῖς ναυσὶ πολιορκεῖσθαι ἐν
Ἀβύδῳ ὑπὸ Ἰφικράτους καὶ Διοτίμου, πεζῇ ᾤχετο εἰς
Ἄβυδον. ἐκεῖθεν δὲ λαβὼν τὸ ναυτικὸν νυκτὸς ἀνήγετο,
διασπείρας λόγον ὡς μεταπεμπομένων τῶν Καλχηδονίων·
ὁρμισάμενος δὲ ἐν Περκώτῃ ἡσυχίαν εἶχεν. αἰσθόμενοι 26
180 δὲ οἱ περὶ Δημαίνετον καὶ Διονύσιον καὶ Λεόντιχον καὶ
Φανίαν ἐδίωκον αὐτὸν τὴν ἐπὶ Προκοννήσου· ὁ δ᾽, ἐπεὶ
ἐκεῖνοι παρέπλευσαν, ὑποστρέψας εἰς Ἄβυδον ἀφίκετο,
ἠκηκόει γὰρ ὅτι προσπλέοι Πολύξενος ἄγων τὰς ἀπὸ
Συρακουσῶν καὶ Ἰταλίας ναῦς εἴκοσιν, ὅπως ἀναλάβοι
185 καὶ ταύτας. ἐκ δὲ τούτου Θρασύβουλος ὁ Κολλυτεὺς

25-30. *Return of Antalcidas. Over-
throw of the Athenian naval power in the
Hellespont. Proposals to treat for peace.
Summer of 387 B.C.*
25. κατέβη: *sc.* from Susa. See
on 0.—διαπεπραγμένος συμμαχεῖν:
the const. of the simple inf. after δια-
πράττεσθαι is less usual than that of
ὥστε and the infinitive. — ᾗ: *sc.* χρῆ-
σθαι. ἔλεγεν is used in the sense of
ordered. Cf. i. 5. 9 λέγοντος σκοπεῖν. —
Νικόλοχον: see 7. — Διοτίμου: men-
tioned by Polyaenus v. 22 as a skilful
and enterprising leader. — ὡς μεταπεμ-
πομένων: gen. abs. explaining λόγον.
The Athenians had held Chalcedon
for several years (iv. 8. 28), and
the present rumor was intended to
excite apprehensions for the safety
of their interests in that quarter. —
Περκώτῃ: on the Hellespont, a short
distance from Abydus; its harbor

afforded a convenient cover for the
fleet.
26. Δημαίνετος: last mentioned in
connexion with Chabrias's attack on
Aegina (10), whence he must have
gone to the assistance of Iphicrates
in the Hellespont. — τὴν ἐπὶ Προκον-
νήσου: *sc.* ὁδόν. The acc. is cognate.
G. 159, N. 5; H. 715 b. — τὰς ἀπὸ
Συρακουσῶν ναῦς: Syracusan ships
are often found assisting the Spar-
tans. See i. 1. 18. The ships here
mentioned were sent by the tyrant
Dionysius, whom Conon had endeav-
ored to win over to the side of
Athens. — Ἰταλίας: ships from Thu-
rii are mentioned also in i. 5. 19. —
ἀναλάβοι: *sc.* Antalcidas. — ὁ Κολλυ-
τεύς: added in order to distinguish
him from his greater contemporary
Θρασύβουλος ὁ Στειριεύς, the liberator
of Athens from the Thirty Tyrants.

ἔχων ναῦς ὀκτὼ ἔπλει ἀπὸ Θράκης, βουλόμενος ταῖς
ἄλλαις Ἀττικαῖς ναυσὶ συμμεῖξαι. ὁ δὲ Ἀνταλκίδας, ἐπεὶ 27
αὐτῷ οἱ σκοποὶ ἐσήμηναν ὅτι προσπλέοιεν τριήρεις ὀκτώ,
ἐμβιβάσας τοὺς ναύτας εἰς δώδεκα ναῦς τὰς ἄριστα πλε-
190 ούσας, καὶ προσπληρώσασθαι κελεύσας, εἴ τις ἐνεδεῖτο,
ἐκ τῶν καταλειπομένων, ἐνήδρευεν ὡς ἐδύνατο ἀφανέστατα.
ἐπεὶ δὲ παρέπλεον, ἐδίωκεν· οἱ δὲ ἰδόντες ἔφευγον. τὰς
μὲν οὖν βραδύτατα πλεούσας ταῖς ἄριστα πλεούσαις ταχὺ
κατειλήφει· παραγγείλας δὲ τοῖς πρωτόπλοις τῶν μεθ᾽
195 ἑαυτοῦ μὴ ἐμβαλεῖν ταῖς ὑστάταις, ἐδίωκε τὰς προεχού-
σας. ἐπεὶ δὲ ταύτας ἔλαβεν, ἰδόντες οἱ ὕστεροι ἁλισκο-
μένους σφῶν αὐτῶν τοὺς πρόπλους ὑπ᾽ ἀθυμίας διὰ τῶν
βραδυτέρων ἡλίσκοντο· ὥσθ᾽ ἥλωσαν ἅπασαι. ἐπεὶ δὲ 28
ἦλθον αὐτῷ αἵ τε ἐκ Συρακουσῶν νῆες εἴκοσιν, ἦλθον δὲ
200 καὶ αἱ ἀπὸ Ἰωνίας, ὅσης ἐγκρατὴς ἦν Τιρίβαζος, συνεπλη-
ρώθησαν δὲ καὶ ἐκ τῆς Ἀριοβαρζάνους· — καὶ γὰρ ἦν
ξένος ἐκ παλαιοῦ τῷ Ἀριοβαρζάνει, ὁ δὲ Φαρνάβαζος ἤδη
ἀνακεκλημένος ᾤχετο ἄνω, ὅτε δὴ καὶ ἔγημε τὴν βασιλέως
θυγατέρα· — ὁ δὲ Ἀνταλκίδας γενομέναις ταῖς πάσαις

— συμμεῖξαι: the correct orthogra-
phy, — not συμμίξαι. See Preface.
  27. προσπληρώσασθαι : viz. the
commanders of the separate vessels.
— ἐνεδεῖτο : sc. πληρωμάτων. — τῶν
καταλειπομένων: those left behind in
Abydus. — κατειλήφει : see on ἐπε-
ποιήκει 22. — σφῶν αὐτῶν: partitive,
and hence in pred. position. G. 142,
N.; H. 730 d. — διὰ τῶν βραδυτέρων:
by means of the slower ones.
  28. ἦλθον αἵ τε, ἦλθον δὲ καί:
the use of the particles in this sent.
is peculiar, since τέ and δὲ καί are
not generally used as correlatives ;
moreover, in cases of anaphora (em-
phatic repetition of the same word,

as here ἦλθον) the first member usu-
ally takes no particle whatever, when
the second is introduced by δὲ καί.
It seems here as if the two members
of the anaphora were connected by
δέ, and in addition the subjects joined
to each other by τέ, καί. — Ἀριοβαρ-
ζάνους: mentioned in i. 4. 7 as the
subordinate of Pharnabazus. — ἦν :
sc. Antalcidas. — Φαρνάβαζος : who
was hostile to the Spartans, iv. 8. 7,
33. — ἄνω: up to Susa. Here in his
new relationship he was effectually
hindered from opposing the will of
Artaxerxes and from interfering with
the plans of Tiribazus and Antalci-
das. — ὁ δὲ Ἀνταλκίδας: instead of

205 ναυσὶ πλείοσιν ἢ ὀγδοήκοντα ἐκράτει τῆς θαλάττης·
ὥστε καὶ τὰς ἐκ τοῦ Πόντου ναῦς Ἀθήναζε μὲν ἐκώλυε
καταπλεῖν, εἰς δὲ τοὺς ἑαυτῶν συμμάχους κατῆγεν. οἱ 29
μὲν οὖν Ἀθηναῖοι, ὁρῶντες μὲν πολλὰς τὰς πολεμίας ναῦς,
φοβούμενοι δὲ μὴ ὡς πρότερον καταπολεμηθείησαν, συμ-
210 μάχου Λακεδαιμονίοις βασιλέως γεγενημένου, πολιορκού-
μενοι δὲ ἐκ τῆς Αἰγίνης ὑπὸ τῶν λῃστῶν, διὰ ταῦτα μὲν
ἰσχυρῶς ἐπεθύμουν τῆς εἰρήνης. οἱ δ' αὖ Λακεδαιμόνιοι
φρουροῦντες μόρᾳ μὲν ἐν Λεχαίῳ, μόρᾳ δ' ἐν Ὀρχομενῷ,
φυλάττοντες δὲ τὰς πόλεις, αἷς μὲν ἐπίστευον, μὴ ἀπό-
215 λοιντο, αἷς δὲ ἠπίστουν, μὴ ἀποσταῖεν, πράγματα δ'
ἔχοντες καὶ παρέχοντες περὶ τὴν Κόρινθον, χαλεπῶς ἔφε-
ρον τῷ πολέμῳ. οἵ γε μὴν Ἀργεῖοι, εἰδότες φρουράν τε
πεφασμένην ἐφ' ἑαυτοὺς καὶ γιγνώσκοντες, ὅτι ἡ τῶν
μηνῶν ὑποφορὰ οὐδὲν ἔτι σφᾶς ὠφελήσει, καὶ οὗτοι εἰς
220 τὴν εἰρήνην πρόθυμοι ἦσαν. ὥστ' ἐπεὶ παρήγγειλεν ὁ 30
Τιρίβαζος παρεῖναι τοὺς βουλομένους ὑπακοῦσαι ἣν βασι-
λεὺς εἰρήνην καταπέμποι, ταχέως πάντες παρεγένοντο.
ἐπεὶ δὲ συνῆλθον, ἐπιδείξας ὁ Τιρίβαζος τὰ βασιλέως
σημεῖα ἀνεγίγνωσκε τὰ γεγραμμένα. εἶχε δὲ ὧδε·

the conclusion to ἐπεὶ δὲ ἦλθον, we
have a new sent., in which the con-
tents of the previous protasis are
briefly summarized in the words γενο-
μέναις ... ὀγδοήκοντα. Cf. vi. 1. 13.
— τὰς ἐκ τοῦ Πόντου ναῦς: i.e. grain-
ships. Cf. i. 1. 35. — ἑαυτῶν: i.e. of
himself and his followers.
  29. ὡς πρότερον: i.e. at the close of
the Peloponnesian War, in 405-4 B.C.
— λῃστῶν: see 5. — διὰ ταῦτα: an em-
phatic summary of the three preced-
ing clauses — ἐν Λεχαίῳ: see iv. 5.
18. — ἐν Ὀρχομενῷ: see iv. 3 15. —
πράγματα κτέ.: being annoyed and
causing annoyance, as iv. 5. 19. — χα-

λεπῶς ἔφερον τῷ πολέμῳ: cf. iii. 4. 9
βαρέως φέρων τῇ ἀτιμίᾳ. The acc.
const. also occurs, as vii. 1. 44 χαλε-
πῶς φέρων τὸ φρόνημα, and sometimes
ἐπί with the dat., as vii. 4. 21 χαλεπῶς
δὲ ἡ πόλις φέρουσα ἐπὶ τῇ πολιορκίᾳ.
  οἵ γε μήν: γέ μήν is used to denote an
emphatic transition. Kühn. 502 f. — ἡ
... ὑποφορά: the Argives had often re-
sorted to the ruse of pretending to cele-
brate certain festivals, in order to avert
impending hostilities. See iv. 7. 2.
  30. πάντες: ambassadors from the
different states. Cf. 32 οἱ πρέσβεις. —
παρεγένοντο: sc. prob. to Sardis. —
σημεῖα: here, seal.

225 "᾿Αρταξέρξης βασιλεὺς νομίζει δίκαιον τὰς μὲν ἐν τῇ ³¹
᾿Ασίᾳ πόλεις ἑαυτοῦ εἶναι καὶ τῶν νήσων Κλαζομενὰς καὶ
Κύπρον, τὰς δὲ ἄλλας ῾Ελληνίδας πόλεις καὶ μικρὰς καὶ
μεγάλας αὐτονόμους ἀφεῖναι πλὴν Λήμνου καὶ ῎Ιμβρου
καὶ Σκύρου· ταύτας δὲ ὥσπερ τὸ ἀρχαῖον εἶναι ᾿Αθηναίων.
230 ὁπότεροι δὲ ταύτην τὴν εἰρήνην μὴ δέχονται, τούτοις ἐγὼ
πολεμήσω μετὰ τῶν ταῦτα βουλομένων καὶ πεζῇ καὶ κατὰ
θάλατταν καὶ ναυσὶ καὶ χρήμασιν."

᾿Ακούοντες οὖν ταῦτα οἱ ἀπὸ τῶν πόλεων πρέσβεις, ³²
ἀπήγγελλον ἐπὶ τὰς ἑαυτῶν ἕκαστοι πόλεις.   καὶ οἱ μὲν
235 ἄλλοι πάντες ὤμνυσαν ἐμπεδώσειν ταῦτα, οἱ δὲ Θηβαῖοι
ἠξίουν ὑπὲρ πάντων Βοιωτῶν ὀμνύναι.   ὁ δὲ ᾿Αγησίλαος
οὐκ ἔφη δέξασθαι τοὺς ὅρκους, ἐὰν μὴ ὀμνύωσιν, ὥσπερ
τὰ βασιλέως γράμματα ἔλεγεν, αὐτονόμους εἶναι καὶ
μικρὰν καὶ μεγάλην πόλιν.   οἱ δὲ τῶν Θηβαίων πρέσβεις
240 ἔλεγον, ὅτι οὐκ ἐπεσταλμένα σφίσι ταῦτα εἴη.   "῎Ιτε νυν,"

31-34. *Peace of Antalcidas. Sum-
mer of 387 B.C.* On the Peace in
general, see Introd. p. 2 f.
31. Κλαζομενάς: in Ionia, origi-
nally situated upon the mainland, but
subsequently rebuilt upon an adja-
cent island (Paus. vii. 3. 9). Alex-
ander the Great connected the island
with the mainland by a mole. —
Κύπρον : the termination of the
alliance between Athens and Eua-
goras of Cyprus was one of the
chief aims of Artaxerxes in making
this treaty. — καὶ μικρὰς καὶ μεγά-
λας: an old formula. *Cf.* Thuc. v.
77. 3. — Λήμνον, Σκύρου: these had
belonged to Athens since early times.
— ὁπότεροι: *sc.* of the two hostile
parties. — δέχονται: the ind. instead
of the subjv., indicates that the im-
mediate acceptance of the terms of
the treaty is demanded and assumed.

— ἐγὼ πολεμήσω: note the change of
person from that in βασιλεὺς νομίζει.
— ταῦτα: *i.e.* to accept the treaty.
32. οἱ Θηβαῖοι: the Thebans had
gradually reduced the Boeotian cities,
which originally formed a free league,
to a condition of dependence upon
Thebes. — ὑπὲρ πάντων Βοιωτῶν: *i.e.*
as representatives of the Boeotian
league. — δέξασθαι: the anomalous
aor. inf. for fut. after a verb of say-
ing. GMT. 127 (23, 2, ɴ. 2 and 3, of
the old edition). — αὐτονόμους εἶναι:
pres., where we should expect the fu-
ture. The direct statement is evi-
dently thought of as αἱ πόλεις αὐτόνο-
μοί εἰσιν, — a more vivid and emphatic
form than αἱ πόλεις αὐτόνομοι ἔσονται.
Cf. 33 λέγοντες ὅτι ἀφιᾶσι τὰς πόλεις
αὐτονόμους, corresponding to ἀφιέμεν
κτλ. of the dir. discourse. *Cf.* i. 3. 9
ὅρκους ἔδοσαν μὴ πολεμεῖν. — ἴτε νυν:

ἔφη ὁ Ἀγησίλαος, "καὶ ἐρωτᾶτε· ἀπαγγέλλετε δ' αὐτοῖς
καὶ ταῦτα, ὅτι εἰ μὴ ποιήσουσι ταῦτα, ἔκσπονδοι ἔσονται."
οἱ μὲν δὴ ᾤχοντο. ὁ δὲ Ἀγησίλαος διὰ τὴν πρὸς Θη- 33
βαίους ἔχθραν οὐκ ἔμελλεν, ἀλλὰ πείσας τοὺς ἐφόρους
245 εὐθὺς ἐθύετο. ἐπειδὴ δὲ ἐγένετο τὰ διαβατήρια, ἀφικό-
μενος εἰς τὴν Τεγέαν διέπεμπε τῶν μὲν ἱππέων κατὰ τοὺς
περιοίκους ἐπισπεύσοντας, διέπεμπε δὲ καὶ ξεναγοὺς εἰς
τὰς πόλεις. πρὶν δὲ αὐτὸν ὁρμηθῆναι ἐκ Τεγέας, παρῆ-
σαν οἱ Θηβαῖοι λέγοντες, ὅτι ἀφιᾶσι τὰς πόλεις αὐτο-
250 νόμους. καὶ οὕτω Λακεδαιμόνιοι μὲν οἴκαδε ἀπῆλθον,
Θηβαῖοι δ' εἰς τὰς σπονδὰς εἰσελθεῖν ἠναγκάσθησαν,
αὐτονόμους ἀφέντες τὰς Βοιωτίας πόλεις. οἱ δ' αὖ Κορίν- 34
θιοι οὐκ ἐξέπεμπον τὴν τῶν Ἀργείων φρουράν. ἀλλ' ὁ
Ἀγησίλαος καὶ τούτοις προεῖπε, τοῖς μέν, εἰ μὴ ἐκπέμ-
255 ψοιεν τοὺς Ἀργείους, τοῖς δέ, εἰ μὴ ἀπίοιεν ἐκ τῆς Κορίν-
θου, ὅτι πόλεμον ἐξοίσει πρὸς αὐτούς. ἐπεὶ δὲ φοβηθέν-
των ἀμφοτέρων ἐξῆλθον οἱ Ἀργεῖοι καὶ αὐτὴ ἐφ' αὑτῆς
ἡ τῶν Κορινθίων πόλις ἐγένετο, οἱ μὲν σφαγεῖς καὶ οἱ

νῦν is very rarely used in Att. prose
with the imperative. *Cf.* iv. 1. 39
μέμνησό νυν. — αὐτοῖς: *i.e.* your fellow-
citizens, the Thebans.

33. οὐκ ἔμελλεν: the second con-
gress apparently had met at Sparta.
— ἐθύετο: *sc.* the customary sacrifice,
when setting out upon a campaign. —
ἐγένετο: *sc.* εὖ, *turned out favorably.*
Cf. 3. 14; vi. 5. 12. — διαβατήρια:
offered to Zeus and Athena. *Cf. de
rep. Laced.* 13. 2 ὁ δὲ βασιλεὺς ἐκεῖ θύε-
ται Διὶ καὶ Ἀθηνᾷ. — ἐπισπεύσοντας:
here transitive, *to urge them on.* It
agrees with τινάς, to be supplied as
obj. of διέπεμπε. — διέπεμπε δὲ καὶ ξε-
ναγούς: anaphora of διέπεμπε as of
ἦλθον in 28. ξεναγούς is Dor. form,

its ā corresponding to Att. η. G.
30, 1; H. 30, D, (2). The duty of
the ξεναγοί was to collect the al-
lied contingents, lead them to the
Spartan army, and act as their com-
manders.

34. οὐκ ἐξέπεμπον: *were unwilling
to dismiss.* Impf. of desired action;
it marks 'resistance to pressure.'
Kühn. 382, 6. — φρουράν: the anti-
Spartan party in Corinth had formed
a close union with Argos in 392 B.C.,
and were depending upon Argive
support to perpetuate their power.
iv. 4. 2-13; Diod. xiv. 92. — ἐγένετο
αὐτὴ ἐφ' αὑτῆς: *came to have con-
trol over itself, i.e.* to be independent
of Argive influence. — οἱ σφαγεῖς:

μεταίτιοι τοῦ ἔργου αὐτοὶ γνόντες ἀπῆλθον ἐκ τῆς Κορίν-
260 θου· οἱ δ' ἄλλοι πολῖται ἄκοντες κατεδέχοντο τοὺς πρό-
σθεν φεύγοντας.

Ἐπεὶ δὲ ταῦτ' ἐπράχθη καὶ ὠμωμόκεσαν αἱ πόλεις 35
ἐμμενεῖν τῇ εἰρήνῃ, ἣν κατέπεμψε βασιλεύς, ἐκ τούτου
διελύθη μὲν τὰ πεζικά, διελύθη δὲ καὶ τὰ ναυτικὰ στρα-
265 τεύματα. Λακεδαιμονίοις μὲν δὴ καὶ Ἀθηναίοις καὶ τοῖς
συμμάχοις οὕτω μετὰ τὸν ὕστερον πόλεμον τῆς καθαιρέ-
σεως τῶν Ἀθήνησι τειχῶν αὕτη πρώτη εἰρήνη ἐγένετο.
ἐν δὲ τῷ πολέμῳ μᾶλλον ἀντιρρόπως τοῖς ἐναντίοις πράτ- 36
τοντες οἱ Λακεδαιμόνιοι πολὺ ἐπικυδέστεροι ἐγένοντο ἐκ
270 τῆς ἐπ' Ἀνταλκίδου εἰρήνης καλουμένης. προστάται γὰρ
γενόμενοι τῆς ὑπὸ βασιλέως καταπεμφθείσης εἰρήνης καὶ
τὴν αὐτονομίαν ταῖς πόλεσι πράττοντες, προσέλαβον μὲν
σύμμαχον Κόρινθον, αὐτονόμους δὲ ἀπὸ τῶν Θηβαίων τὰς
Βοιωτίδας πόλεις ἐποίησαν, οὗπερ πάλαι ἐπεθύμουν, ἔπαυ-
275 σαν δὲ καὶ Ἀργείους Κόρινθον σφετεριζομένους, φρουρὰν
φήναντες ἐπ' αὐτούς, εἰ μὴ ἐξίοιεν ἐκ Κορίνθου.

the reference is to the massacre of the adherents of the Spartan party in Corinth. iv. 4. 2 ff. — τοῦ ἔργου: i.e. the revolution by which the former constitution of Corinth was overthrown and the Argive alliance formed. — αὐτοὶ γνόντες: of their own motion. — ἀπῆλθον: they were cordially received by the Athenians in recognition of their previous assistance. Dem. xx. 53.

35, 36. Results of the Peace.

35. μετὰ τὸν ὕστερον πόλεμον κτέ.: this was the first peace since the beginning of the war following the destruction of the walls of Athens. καθαιρέσεως depends upon ὕστερον. For the order of words, cf. iii. 2. 30 τὴν μεταξὺ πόλιν

Ἡραίας καὶ Μακίστου. The war referred to is the Boeotian-Corinthian War. See Introd. p. 2. The walls of Athens were torn down in the autumn of 404 B.C.

36. ἀντιρρόπως πράττοντες: equiv. to ἀντίρροποι ὄντες. — μᾶλλον: i.e. rather holding their own than showing any special superiority. — προστάται: executors. — προσέλαβον: received in addition to their former allies. — ἐπεθύμουν: sc. the Lacedaemonians. This point of Spartan policy is mentioned also v. 2. 16. — φρουρὰν φήναντες κτέ.: see Appendix. — αὐτονόμους ἀπὸ τῶν Θηβαίων: αὐτόνομος is here used in the pregnant sense of independent and free; hence the genitive. Cf. vii. 1. 36.

Τούτων δὲ προκεχωρηκότων ὡς ἐβούλοντο, ἔδοξεν αὐ- 2
τοῖς, ὅσοι ἐν τῷ πολέμῳ τῶν συμμάχων ἐπέκειντο καὶ τοῖς
πολεμίοις εὐμενέστεροι ἦσαν ἢ τῇ Λακεδαίμονι, τούτους
κολάσαι καὶ κατασκευάσαι ὡς μὴ δύναιντο ἀπιστεῖν.
5 πρῶτον μὲν οὖν πέμψαντες ὡς τοὺς Μαντινέας ἐκέλευσαν
αὐτοὺς τὸ τεῖχος περιαιρεῖν, λέγοντες, ὅτι οὐκ ἂν πιστεύ-
σειαν ἄλλως αὐτοῖς μὴ σὺν τοῖς πολεμίοις γενέσθαι.
αἰσθάνεσθαι γὰρ ἔφασαν καὶ ὡς σῖτον ἐξέπεμπον τοῖς 2
Ἀργείοις σφῶν αὐτοῖς πολεμούντων, καὶ ὡς ἔστι μὲν ὅτε
10 οὐδὲ συστρατεύοιεν ἐκεχειρίαν προφασιζόμενοι, ὁπότε δὲ
καὶ ἀκολουθοῖεν, ὡς κακῶς συστρατεύοιεν. ἔτι δὲ γιγνώ-
σκειν ἔφασαν φθονοῦντας μὲν αὐτούς, εἴ τι σφίσιν ἀγαθὸν
γίγνοιτο, ἐφηδομένους δ᾽, εἴ τις συμφορὰ προσπίπτοι.
ἐλέγοντο δὲ καὶ αἱ σπονδαὶ ἐξεληλυθέναι τοῖς Μαντινεῦσι
15 τούτῳ τῷ ἔτει αἱ μετὰ τὴν ἐν Μαντινείᾳ μάχην τριακοντα-
ετεῖς γενόμεναι. ἐπεὶ δ᾽ οὐκ ἤθελον καθαιρεῖν τὰ τείχη,
φρουρὰν φαίνουσιν ἐπ᾽ αὐτούς. Ἀγησίλαος μὲν οὖν 3
ἐδεήθη τῆς πόλεως ἀφεῖναι αὐτὸν ταύτης τῆς στρατηγίας
λέγων, ὅτι τῷ πατρὶ αὐτοῦ ἡ τῶν Μαντινέων πόλις πολλὰ

2. 1–7. *Proceedings of Sparta against Mantinea. 386 B.C. to autumn of 385 B.C.*
1. ἐπέκειντο: here in the sense, *had been hostile*. So also vi. 5. 35; vii. 2. 10; usually it is employed to denote the actual attack. — ἀπιστεῖν: softened expression for ἀπειθεῖν. — μὴ γενέσθαι: as subj. supply αὐτούς from the preceding αὐτοῖς. On μή instead of the common μὴ οὐ after a neg. verb, see G. 283, 7; H. 1034. *Cf.* vi. 1. 1 οὐ δυνήσοιντο μὴ πείθεσθαι. The aor. inf. instead of the fut. is common after expressions of *hoping, trusting, etc.* G. 203, N. 2; H. 948 a.
2. ἔστι μὲν ὅτε: *i.e.* ἐνίοτε μέν, *some-*

times. G. 152, N. 2; H. 998 b.—ἐκεχειρίαν προφασιζόμενοι: *i.e.* on account of some festival. See iv. 2.
16. —ἐφηδομένους: as illustrated by the joy of the Mantineans at the destruction of the Spartan mora by Iphicrates. iv. 5. 18. — αἱ σπονδαί κτέ.: the treaty prob. was made in 416 B.C., some two years after the battle of Mantinea, which was fought in 418 B.C. Thuc. v. 81. — Μαντινεῦσι: dat. of interest. G. 184, 3, N. 4; H. 771.
3. τῷ πατρί: *i.e.* Archidamus. The war referred to is the Third Messenian War, which broke out 466 B.C. The immediate occasion of the strug-

20 ὑπηρετήκοι ἐν τοῖς πρὸς Μεσσήνην πολέμοις. Ἀγησί-
πολις δὲ ἐξήγαγε τὴν φρουρὰν καὶ μάλα Παυσανίου τοῦ
πατρὸς αὐτοῦ φιλικῶς ἔχοντος πρὸς τοὺς ἐν Μαντινείᾳ τοῦ
δήμου προστάτας. ὡς δὲ ἐνέβαλε, πρῶτον μὲν τὴν γῆν
ἐδῄου. ἐπεὶ δὲ οὐδ᾽ οὕτω καθῄρουν τὰ τείχη, τάφρον 4
25 ὤρυττε κύκλῳ περὶ τὴν πόλιν, τοῖς μὲν ἡμίσεσι τῶν στρα-
τιωτῶν προκαθημένοις σὺν τοῖς ὅπλοις τῶν ταφρευόντων,
τοῖς δ᾽ ἡμίσεσιν ἐργαζομένοις. ἐπεὶ δὲ ἐξείργαστο ἡ
τάφρος, ἀσφαλῶς ἤδη κύκλῳ τεῖχος περὶ τὴν πόλιν ᾠκο-
δόμησεν. αἰσθόμενος δέ, ὅτι ὁ σῖτος ἐν τῇ πόλει πολὺς
30 ἐνείη, εὐετηρίας γενομένης τῷ πρόσθεν ἔτει, καὶ νομίσας
χαλεπὸν ἔσεσθαι, εἰ δεήσει πολὺν χρόνον τρύχειν στρα-
τείαις τήν τε πόλιν καὶ τοὺς συμμάχους, ἀπέχωσε τὸν
ῥέοντα ποταμὸν διὰ τῆς πόλεως μάλ᾽ ὄντα εὐμεγέθη.
ἐμφραχθείσης δὲ τῆς ἀπορροίας ᾔρετο τὸ ὕδωρ ὑπέρ τε
35 τῶν ὑπὸ ταῖς οἰκίαις καὶ ὑπὲρ τῶν ὑπὸ τῷ τείχει θεμελίων.
βρεχομένων δὲ τῶν κάτω πλίνθων καὶ προδιδουσῶν τὰς 5
ἄνω, τὸ μὲν πρῶτον ἐρρήγνυτο τὸ τεῖχος, ἔπειτα δὲ καὶ
ἐκλίνετο. οἱ δὲ χρόνον μέν τινα ξύλα ἀντήρειδον καὶ

gle was an earthquake, the results of
which were so disastrous to the Spar-
tans as to encourage the Messenians
and helots to rise in rebellion. Thuc.
i. 101. 2; Diod. xi. 63. — καὶ μάλα:
these words combined with an adjec-
tive idea express the very highest
degree of the quality. Cf. 4. 16 καὶ
μάλα ἀποροῦντας. — Παυσανίου : see
on 6. — τοῦ δήμου: i.e. of the popular
party.

4. τοῖς ἡμίσεσι: instrumental dat.,
generally used of things, but occa-
sionally of persons, particularly to
denote an army or part of an army.
Cf. An. vi. 4. 27 φυλαττόμενοι ἱκανοῖς
φύλαξιν. — τῶν ταφρευόντων: depen-

dent upon the prep. in προκαθημένοις.
G. 177; H. 751. — πολύς: predica-
tively. — στρατείαις: i.e. several
campaigns. — τὴν πόλιν: i.e. Sparta.
— ποταμόν: i.e. the Ophis. — διὰ τῆς
πόλεως: when an attrib. partic. has
a modifier, either the partic. or its
modifier may follow the subst. G.
142, 2, N. 5; H. 667. Cf. iv. 3.
2 αἱ συμπέμπουσαι πόλεις ἡμῖν τοὺς
στρατιώτας. For another admissi-
ble arrangement see on 3. 3. — εὐμε-
γέθη : sc. in consequence of recent
rains.

5. πλίνθων: acc. to Paus. viii. 8. 7,
the walls of Mantinea were of un-
baked bricks ; the θεμέλια were prob.

ἐμηχανῶντο ὡς μὴ πίπτοι ὁ πύργος· ἐπεὶ δὲ ἡττῶντο
40 τοῦ ὕδατος, δείσαντες μὴ πεσόντος πῃ τοῦ κύκλῳ τείχους
δοριάλωτοι γένοιντο, ὡμολόγουν περιαιρήσειν. οἱ δὲ
Λακεδαιμόνιοι οὐκ ἔφασαν σπείσεσθαι, εἰ μὴ καὶ διοι-
κιοῖντο κατὰ κώμας. οἱ δ' αὖ νομίσαντες ἀνάγκην εἶναι,
συνέφασαν καὶ ταῦτα ποιήσειν. οἰομένων δὲ ἀποθανεῖ- 6
45 σθαι τῶν ἀργολιζόντων καὶ τῶν τοῦ δήμου προστατῶν,
διεπράξατο ὁ πατὴρ παρὰ τοῦ Ἀγησιπόλιδος ἀσφάλειαν
αὐτοῖς γενέσθαι ἀπαλλαττομένοις ἐκ τῆς πόλεως, ἑξήκοντα
οὖσι. καὶ ἀμφοτέρωθεν μὲν τῆς ὁδοῦ ἀρξάμενοι ἀπὸ τῶν
πυλῶν ἔχοντες τὰ δόρατα οἱ Λακεδαιμόνιοι ἔστασαν, θεώ-
50 μενοι τοὺς ἐξιόντας. καὶ μισοῦντες αὐτοὺς ὅμως ἀπείχοντο
αὐτῶν ῥᾷον ἢ οἱ βέλτιστοι τῶν Μαντινέων. καὶ τοῦτο
μὲν εἰρήσθω μέγα τεκμήριον πειθαρχίας. ἐκ δὲ τούτου 7
καθῃρέθη μὲν τὸ τεῖχος, διῳκίσθη δ' ἡ Μαντίνεια τετραχῇ,
καθάπερ τὸ ἀρχαῖον ᾤκουν. καὶ τὸ μὲν πρῶτον ἤχθοντο,
55 ὅτι τὰς μὲν ὑπαρχούσας οἰκίας ἔδει καθαιρεῖν, ἄλλας δὲ
οἰκοδομεῖν· ἐπεὶ δὲ οἱ ἔχοντες τὰς οὐσίας ἐγγύτερον μὲν
ᾤκουν τῶν χωρίων ὄντων αὐτοῖς περὶ τὰς κώμας, ἀριστο-

of stone.— ὁ πύργος: *the tower* at that
part of the wall which first began
to give way.— ἡττῶντο τοῦ ὕδατος:
" when they could no longer resist the
action of the water." The gen. is de-
pendent upon the comparative idea in-
volved in ἡττῶντο, which is here equiv.
to ἥττους ἦσαν. G. 175, 2; H. 749.—
τοῦ κύκλῳ τείχους: *cf.* German *Ring-
mauer.*— διοικοῖντο: Mantinea had
originally been formed by the union
of several distinct villages, — five acc.
to Diod. xv. 5. The Spartans now
demand a return to the primitive or-
ganization. *Cf.* 7.

6. ἀποθανεῖσθαι: *viz.* by their oli-
garchical opponents in the city. —

ἀργολιζόντων: the democratic ele-
ment in Mantinea received cordial
support from the Argives; it was in
fact at the instance of the latter
that the Mantineans originally sur-
rounded their city with walls. Strabo
viii. 387.— ὁ πατήρ: *the father* of
Agesipolis, Pausanias, who was liv-
ing in exile in Tegea. See 3 and
iii. 5. 25.— οἱ βέλτιστοι: the mem-
bers of the oligarchical party. So
frequently.

7. τετραχῇ: acc. to others, they
were separated into five villages. Diod.
xv. 5. — οἱ ἔχοντες τὰς οὐσίας: "the
wealthy aristocratic land-owners."—
τῶν χωρίων: *i.e.* their landed estates.

κρατίᾳ δ᾽ ἐχρῶντο, ἀπηλλαγμένοι δ᾽ ἦσαν τῶν βαρέων
δημαγωγῶν, ἥδοντο τοῖς πεπραγμένοις. καὶ ἔπεμπον μὲν
60 αὐτοῖς οἱ Λακεδαιμόνιοι οὐ καθ᾽ ἕνα, ἀλλὰ κατὰ κώμην
ἑκάστην ξεναγόν. συνεστρατεύοντο δ᾽ ἐκ τῶν κωμῶν
πολὺ προθυμότερον ἢ ὅτε ἐδημοκρατοῦντο. καὶ τὰ μὲν
δὴ περὶ Μαντινείας οὕτω διεπέπρακτο, σοφωτέρων γενομέ-
νων ταύτῃ γε τῶν ἀνθρώπων τὸ μὴ διὰ τειχῶν ποταμὸν
65 ποιεῖσθαι.

Οἱ δ᾽ ἐκ Φλειοῦντος φεύγοντες αἰσθανόμενοι τοὺς Λακε- 8
δαιμονίους ἐπισκοποῦντας τῶν συμμάχων ὁποῖοί τινες
ἕκαστοι ἐν τῷ πολέμῳ αὐτοῖς ἐγεγένηντο, καιρὸν ἡγησά-
μενοι ἐπορεύθησαν εἰς Λακεδαίμονα καὶ ἐδίδασκον ὡς, ἕως
70 μὲν σφεῖς οἴκοι ἦσαν, ἐδέχετό τε ἡ πόλις τοὺς Λακεδαι-
μονίους εἰς τὸ τεῖχος καὶ συνεστρατεύοντο ὅποι ἡγοῖντο·
ἐπεὶ δὲ σφᾶς αὐτοὺς ἐξέβαλον, ὡς ἕπεσθαι μὲν οὐδαμοῖ
ἐθέλοιεν, μόνους δὲ πάντων ἀνθρώπων Λακεδαιμονίους οὐ
δέχοιντο εἴσω τῶν πυλῶν. ἀκούσασιν οὖν ταῦτα τοῖς 9

— ἥδοντο τοῖς πεπραγμένοις: the state-
ment is not trustworthy, and betrays
Xenophon's philo-Laconian tenden-
cies (see Introd. p. 10); after the de-
feat of the Spartans at Leuctra, the
Mantineans at once rebuilt their city.
See vi. 5. 3. — οὐ καθ᾽ ἕνα: distribu-
tive, *not one each time*. Instead of the
natural antithesis ἀλλὰ κατὰ τέτταρας
(n o n singulos sed quaternos)
we have κατὰ κώμην ἑκάστην. — περὶ
Μαντινείας: instead of περὶ with the
acc. limiting a subst., περὶ with the
gen. sometimes is used, but only when
the whole expression is connected
with a verb capable of being con-
strued with περὶ with the gen., *e.g.*
πράττειν, λέγειν, *etc.*, so that the gen.
in such cases seems to be used by a
species of attraction. Kühn. 437, 1, c.

— ταύτῃ γε: *in this particular at least;*
explained by the following infinitive.
— τὸ ποιεῖσθαι: acc. dependent upon
σοφωτέρων γενομένων which is here
equiv. to διδαχθέντων.
8–10. *Proceedings of Sparta against
Phlius. 383 B.C.*
8. Φλειοῦντος: the correct orthog-
raphy, — not Φλιοῦντος. See Pref-
ace. — οἱ φεύγοντες: *i.e.* members of
the oligarchical party who had been
banished upon the establishment of
the democracy, iv. 8. 15. — ὁποῖοί
τινες: see on 4. 13. — ἐγεγένηντο: the
rare plpf. in indir. disc. representing
the perf. of dir. discourse. G. 243,
N. 2. — συνεστρατεύοντο: supply the
subj. from ἡ πόλις. — τῶν πυλῶν:
part. gen. with adv. of place. G. 182,
2; II. 757.

75 ἐφόροις ἄξιον ἔδοξεν ἐπιστροφῆς εἶναι. καὶ πέμψαντες
πρὸς τὴν τῶν Φλειασίων πόλιν ἔλεγον ὡς φίλοι μὲν οἱ
φυγάδες τῇ Λακεδαιμονίων πόλει εἶεν, ἀδικοῦντες δ᾽ οὐδὲν
φεύγοιεν. ἀξιοῦν δ᾽ ἔφασαν μὴ ὑπ᾽ ἀνάγκης, ἀλλὰ παρ᾽
ἑκόντων διαπράξασθαι κατελθεῖν αὐτούς. ἃ δὴ ἀκού-
80 σαντες οἱ Φλειάσιοι ἔδεισαν, μὴ εἰ στρατεύσαιντο ἐπ᾽
αὐτούς, τῶν ἔνδοθεν παρείησάν τινες αὐτοὺς εἰς τὴν πόλιν.
καὶ γὰρ συγγενεῖς πολλοὶ ἔνδον ἦσαν τῶν φευγόντων καὶ
ἄλλως εὐμενεῖς, καὶ οἷα δὴ ἐν ταῖς πλείσταις πόλεσι νεω-
τέρων τινὲς ἐπιθυμοῦντες πραγμάτων κατάγειν ἐβούλοντο
85 τὴν φυγήν. τοιαῦτα μὲν δὴ φοβηθέντες ἐψηφίσαντο κατα- 10
δέχεσθαι τοὺς φυγάδας καὶ ἐκείνοις μὲν ἀποδοῦναι τὰ
ἐμφανῆ κτήματα, τοὺς δὲ τὰ ἐκείνων πριαμένους ἐκ δημο-
σίου τὴν τιμὴν ἀπολαβεῖν· εἰ δέ τι ἀμφίλογον πρὸς
ἀλλήλους γίγνοιτο, δίκῃ διακριθῆναι. καὶ ταῦτα μὲν
90 αὖ περὶ τῶν Φλειασίων φυγάδων ἐν ἐκείνῳ τῷ χρόνῳ
ἐπέπρακτο.

Ἐξ Ἀκάνθου δὲ καὶ Ἀπολλωνίας, αἵπερ μέγισται τῶν 11
περὶ Ὄλυνθον πόλεων, πρέσβεις ἀφίκοντο εἰς Λακεδαί-
μονα. ἀκούσαντες δ᾽ οἱ ἔφοροι ὧν ἕνεκα ἧκον, προσήγαγον

---

9. ἑκόντων: sc. αὐτῶν. — διαπράξα-
σθαι κατελθεῖν: instead of the more
usual ὥστε κατελθεῖν. — τῶν ἔνδοθεν:
by attraction instead of τῶν ἔνδον, the
inhabitants of the town being con-
ceived of as acting from within out-
wards. II. 788 b. Cf. I. 5 ἀπεκομί-
σαντο τοὺς ἐκ τοῦ φρουρίου. — καὶ ἄλ-
λως εὐμενεῖς: sc. τοῖς φεύγουσι. — οἷα
δή ... πόλεσι: as is wont to happen in
most cities. — νεωτέρων ... πραγμάτων:
rerum novarum cupidi. An
unusual use of νεώτερος. — τὴν φυγήν:
equiv. to τοὺς φυγάδας, — the abstract
for the concrete.

10. τὰ ἐμφανῆ: i.e. property which
could be proved to belong to them,
as opposed to τὶ ἀμφίλογον below. —
τοὺς ... ἀπολαβεῖν: i.e. for those, who
had bought the property of the exiles,
to be reimbursed from the public
funds. — ἐκ δημοσίου: from the pub-
lic treasury. — αὖ: with reference to
events at Mantinea. Cf. 3. 25. — περὶ
τῶν φυγάδων: see on 7.

11-19. Ambassadors from Acanthus
and Apollonia ask Sparta for aid
against Olynthus. Spring of 383 B.C.

11. Acanthus and Apollonia were
cities on the peninsula of Chalcidice.

95 αὐτοὺς πρός τε τὴν ἐκκλησίαν καὶ τοὺς συμμάχους. ἔνθα 12
δὴ Κλειγένης Ἀκάνθιος ἔλεξεν· "Ὦ ἄνδρες Λακεδαιμόνιοί
τε καὶ σύμμαχοι, οἰόμεθα λανθάνειν ὑμᾶς πρᾶγμα μέγα
φυόμενον ἐν τῇ Ἑλλάδι. ὅτι μὲν γὰρ τῶν ἐπὶ Θρᾴκης
μεγίστη πόλις Ὄλυνθος σχεδὸν πάντες ἐπίστασθε. οὗτοι
100 τῶν πόλεων προσηγάγοντο ἐφ᾽ ᾧτε νόμοις τοῖς αὐτοῖς
χρῆσθαι καὶ συμπολιτεύειν· ἔπειτα δὲ καὶ τῶν μειζόνων
προσέλαβόν τινας. ἐκ δὲ τούτου ἐπεχείρησαν καὶ τὰς
τῆς Μακεδονίας πόλεις ἐλευθεροῦν ἀπὸ Ἀμύντου τοῦ
Μακεδόνων βασιλέως. ἐπεὶ δὲ εἰσήκουσαν αἱ ἐγγύτατα 13
105 αὐτῶν, ταχὺ καὶ ἐπὶ τὰς πόρρω καὶ μείζους ἐπορεύοντο·
καὶ κατελίπομεν ἡμεῖς ἔχοντας ἤδη ἄλλας τε πολλὰς καὶ
Πέλλαν, ἥπερ μεγίστη τῶν ἐν Μακεδονίᾳ πόλεων· καὶ
Ἀμύνταν δὲ ᾐσθανόμεθα ἀποχωροῦντά τε ἐκ τῶν πόλεων
καὶ ὅσον οὐκ ἐκπεπτωκότα ἤδη ἐκ πάσης Μακεδονίας.
110 πέμψαντες δὲ καὶ πρὸς ἡμᾶς καὶ πρὸς Ἀπολλωνιάτας οἱ
Ὀλύνθιοι προεῖπον ἡμῖν, ὅτι εἰ μὴ παρεσόμεθα συστρα-
τευσόμενοι, ἐκεῖνοι ἐφ᾽ ἡμᾶς ἴοιεν. ἡμεῖς δέ, ὦ ἄνδρες 14
Λακεδαιμόνιοι, βουλόμεθα μὲν τοῖς πατρίοις νόμοις χρῆ-
σθαι καὶ αὐτοπολῖται εἶναι· εἰ μέντοι μὴ βοηθήσει τις,
115 ἀνάγκη καὶ ἡμῖν μετ᾽ ἐκείνων γίγνεσθαι. καίτοι νῦν γ᾽
ἤδη αὐτοῖς εἰσὶν ὁπλῖται μὲν οὐκ ἐλάττους ὀκτακοσίων,

—πρός τε τὴν ἐκκλησίαν κτέ.: *i.e.*
the assembly in which not only the
Spartans, but also their allies were
represented. *Cf.* vi. 3. 3 τοὺς ἐκκλή-
τους.

12. ὅτι μέν : without following
clause with δέ, *cf.* vi. 3. 15 ; 4. 20. In
such cases μέν has the emphatic force
of μήν. — οὗτοι : *i.e.* the Olynthians. —
τῶν πόλεων : *some of the cities.* Part.
genitive. G. 170, 1; H. 736. The
following τῶν μειζόνων shows that by
τῶν πόλεων we are to understand some

of the smaller cities. — ἐφ᾽ ᾧτε : with
the inf. of result, as regularly. G.
267 ; H. 999 a. — χρῆσθαι : *sc.* τὰς
πόλεις. — ἔπειτα δέ : without preced-
ing πρῶτον μέν. — ἐπεχείρησαν ἐλευθε-
ροῦν : they had met with some suc-
cess in this endeavor. Diod. xv. 19.

13. Πέλλαν : the residence of the
Macedonian kings, until Philip re-
stored the capital to Pydna. — ὅσον
οὐκ ἤδη : *already all but.*

14. ὀκτακοσίων : the text can
hardly be correct, since the number

πελτασταὶ δὲ πολὺ πλείους ἢ τοσοῦτοι· ἱππεῖς γε μέντοι,
ἐὰν καὶ ἡμεῖς μετ᾽ αὐτῶν γενώμεθα, ἔσονται πλείους ἢ
χίλιοι. κατελίπομεν δὲ καὶ Ἀθηναίων καὶ Βοιωτῶν πρέ- 15
120 σβεις ἤδη αὐτόθι. ἠκούομεν δέ, ὡς καὶ αὐτοῖς Ὀλυνθίοις
ἐψηφισμένον εἴη συμπέμπειν πρέσβεις εἰς ταύτας τὰς
πόλεις περὶ συμμαχίας. καίτοι εἰ τοσαύτη δύναμις προσ-
γενήσεται τῇ τε Ἀθηναίων καὶ Θηβαίων ἰσχύι, ὁρᾶτε,"
ἔφη, "ὅπως μὴ οὐκέτι εὐμεταχείριστα ἔσται ἐκεῖνα ὑμῖν.
125 ἐπεὶ δὲ καὶ Ποτείδαιαν ἔχουσιν ἐπὶ τῷ ἰσθμῷ τῆς Παλλή-
νης οὖσαν, νομίζετε καὶ τὰς ἐντὸς ταύτης πόλεις ὑπηκόους
ἔσεσθαι αὐτῶν. τεκμήριον δ᾽ ἔτι ἔστω ὑμῖν καὶ τοῦτο,
ὅτι ἰσχυρῶς αὗται αἱ πόλεις πεφόβηνται· μάλιστα γὰρ
μισοῦσαι τοὺς Ὀλυνθίους ὅμως οὐκ ἐτόλμησαν μεθ᾽ ἡμῶν
130 πρεσβείας πέμπειν διδαξούσας ταῦτα. ἐννοήσατε δὲ καὶ 16
τόδε, πῶς εἰκὸς ὑμᾶς τῆς μὲν Βοιωτίας ἐπιμεληθῆναι ὅπως
μὴ καθ᾽ ἓν εἴη, πολὺ δὲ μείζονος ἀθροιζομένης δυνάμεως
ἀμελῆσαι, καὶ ταύτης οὐ κατὰ γῆν μόνον, ἀλλὰ καὶ κατὰ
θάλατταν ἰσχυρᾶς γιγνομένης. τί γὰρ δὴ καὶ ἐμποδών,

is so small, and is, moreover, out of
all proportion to the cavalry force.
Dem. xix. 263 mentions the Olyn-
thian forces a short time later as con-
sisting of 4600 infantry and 400 cav-
alry. See Appendix.
   15. Ὀλυνθίοις: dat. of agent. G.
188, 3; H. 769. — συμπέμπειν: i.e.
send envoys with the Athenian and
Theban ambassadors upon their re-
turn. — ὁρᾶτε: take care. — ὅπως μὴ
οὐκέτι κτέ.: instead of μή and μὴ οὐ,
after verbs of fearing, we sometimes
find, as here, ὅπως μή and ὅπως μὴ οὐ
with the fut. indicative. G. 218, N. 1;
H. 887 a. — ἐκεῖνα: i.e. the power of
the Olynthians. — Ποτείδαιαν: a Cor-
inthian colony, situated a few miles

south of Olynthus upon the narrow
isthmus of the peninsula of Pallene.
On the orthography Ποτείδαιαν, not
Ποτίδαιαν, see Preface.
   16. πῶς εἰκός: sc. ἐστί. This ex-
pression has the force of a potential
opt., πῶς εἰκὸς ἂν εἴη, and hence is fol-
lowed by the opt. clause ὅπως μὴ εἴη,
where we might have expected the
fut. indicative. Cf. iii. 4. 18 ὅπου γὰρ
ἄνδρες θεοὺς σέβοιντο, πῶς οὐκ εἰκὸς
ἐνταῦθα πάντα ἐλπίδων μεστὰ εἶναι; —
καθ᾽ ἕν: generally used in the sense
of singly, here of united, as iii. 4. 27.
— The reference is to Agesilaus's
course in preventing the continuance
of the Boeotian confederacy. 1. 32.
— ἐμποδών: sc. τοῦ μὴ ἰσχυρὰν γίγνε-

135 ὅπου ξύλα μὲν ναυπηγήσιμα ἐν αὐτῇ τῇ χώρᾳ ἐστί,
χρημάτων δὲ πρόσοδοι ἐκ πολλῶν μὲν λιμένων, πολλῶν
δ' ἐμπορίων, πολυανθρωπία γε μὴν διὰ τὴν πολυσιτίαν
ὑπάρχει· ἀλλὰ μὴν καὶ γείτονές γ' εἰσὶν αὐτοῖς Θρᾷκες 17
οἱ ἀβασίλευτοι, οἳ θεραπεύουσι μὲν καὶ νῦν ἤδη τοὺς
140 Ὀλυνθίους· εἰ δὲ ὑπ' ἐκείνους ἔσονται, πολλὴ καὶ αὕτη
δύναμις προσγένοιτ' ἂν αὐτοῖς. τούτων μὴν ἀκολουθούν-
των καὶ τὰ ἐν τῷ Παγγαίῳ χρύσεια χεῖρα ἂν αὐτοῖς ἤδη
ὀρέγοι. καὶ τούτων ἡμεῖς οὐδὲν λέγομεν ὅ τι οὐ καὶ ἐν
τῷ τῶν Ὀλυνθίων δήμῳ μυριόλεκτόν ἐστι. τό γε μὴν 18
145 φρόνημα αὐτῶν τί ἄν τις λέγοι; καὶ γὰρ ὁ θεὸς ἴσως
ἐποίησεν ἅμα τῷ δύνασθαι καὶ τὰ φρονήματα αὔξεσθαι
τῶν ἀνθρώπων. ἡμεῖς μὲν οὖν, ὦ ἄνδρες Λακεδαιμόνιοί
τε καὶ σύμμαχοι, ἐξαγγέλλομεν ὅτι οὕτω τἀκεῖ ἔχει·
ὑμεῖς δὲ βουλεύεσθε, εἰ δοκεῖ ἄξια ἐπιμελείας εἶναι. δεῖ
150 γε μὴν ὑμᾶς καὶ τόδε εἰδέναι, ὡς ἣν εἰρήκαμεν δύναμιν
μεγάλην οὖσαν, οὔπω δυσπάλαιστός ἐστιν· αἱ γὰρ ἄκου-
σαι τῶν πόλεων τῆς πολιτείας κοινωνοῦσαι, αὗται, ἄν τι
ἴδωσιν ἀντίπαλον, ταχὺ ἀποστήσονται· εἰ μέντοι συγκλει- 19
σθήσονται ταῖς τε ἐπιγαμίαις καὶ ἐγκτήσεσι παρ' ἀλλή-
155 λοις, ἃς ἐψηφισμένοι εἰσί, καὶ γνώσονται ὅτι μετὰ τῶν
κρατούντων ἔπεσθαι κερδαλέον ἐστίν, ὥσπερ Ἀρκάδες,
ὅταν μεθ' ὑμῶν ἴωσι, τά τε αὐτῶν σώζουσι καὶ τὰ ἀλλό-
τρια ἁρπάζουσιν, ἴσως οὐκέθ' ὁμοίως εὔλυτα ἔσται."

σθαι. — γὲ μήν: after two clauses con-
nected by μέν, δέ, a third is occa-
sionally introduced by γὲ μήν, as more
emphatic than δέ. So iv. 2. 17; v.
1. 20.

17. πολλὴ δύναμις: pred., αὕτη be-
ing subject. Hence the omission of
the article. — τὰ χρύσεια: on the
mainland of Thrace opposite Thasos.

The mountains here still bear the
name Pangaea. — χεῖρα ὀρέγοι: i.e.
be added to their resources.

18. τί ἄν τις λέγοι: how could one
characterize?

19. ἐπιγαμίαις καὶ ἐγκτήσεσι: where
two states were in alliance, the citi-
zens of the one often received the
privilege of contracting marriage and

Λεχθέντων δὲ τούτων ἐδίδοσαν οἱ Λακεδαιμόνιοι τοῖς 20
160 συμμάχοις λόγον καὶ ἐκέλευον συμβουλεύειν ὅ τι γιγνώ-
σκει τις ἄριστον τῇ Πελοποννήσῳ τε καὶ τοῖς συμμάχοις.
ἐκ τούτου μέντοι πολλοὶ μὲν συνηγόρευον στρατιὰν ποιεῖν,
μάλιστα δὲ οἱ βουλόμενοι χαρίζεσθαι τοῖς Λακεδαιμονίοις,
καὶ ἔδοξε πέμπειν τὸ εἰς τοὺς μυρίους σύνταγμα ἑκάστην
165 πόλιν. λόγοι δὲ ἐγένοντο ἀργύριόν τε ἀντ' ἀνδρῶν ἐξεῖναι 21
διδόναι τῇ βουλομένῃ τῶν πόλεων, τριώβολον Αἰγιναῖον
κατ' ἄνδρα, ἱππέας τε εἴ τις παρέχοι, ἀντὶ τεττάρων ὁπλι-
τῶν τὸν μισθὸν τῷ ἱππεῖ δίδοσθαι· εἰ δέ τις τῶν πόλεων 22
ἐκλίποι τὴν στρατιάν, ἐξεῖναι Λακεδαιμονίοις ἐπιζημιοῦν
170 στατῆρι κατὰ τὸν ἄνδρα τῆς ἡμέρας. ἐπεὶ δὲ ταῦτα 23
ἔδοξεν, ἀναστάντες οἱ Ἀκάνθιοι πάλιν ἐδίδασκον ὡς ταῦτα
καλὰ μὲν εἴη τὰ ψηφίσματα, οὐ μέντοι δυνατὰ ταχὺ πε-
ρανθῆναι. βέλτιον οὖν ἔφασαν εἶναι, ἐν ᾧ αὕτη ἡ παρα-
σκευὴ ἀθροίζοιτο, ὡς τάχιστα ἄνδρα ἐξελθεῖν ἄρχοντα

acquiring property in the other. The
effect of such privileges in the pres-
ent instance would naturally be to
cement the existing union more firmly.
— ἁρπάζειν : for the predatory ten-
dencies of the Arcadians, see iii. 2.
26; vi. 5. 30. — εὔλυτα ἔσται : as subj.
supply in thought τὰ τῆς δυνάμεως.

20-24. *Sparta declares war against
Olynthus. Departure of Eudamidas;
his successes. Summer of 383 B.C.*

20. ἐδίδοσαν λόγον : *gave them per-
mission to speak.* — Πελοποννήσῳ : here
synonymous with Lacedaemon. —
στρατιὰν ποιεῖν : *raise an army.* An
unusual expression. The customary
phrase is φρουρὰν φαίνειν or στρατιὰν
συλλέγειν. — τὸ . . . σύνταγμα : *i.e.* its
quota of an army of 10,000 men. *Cf.*
37 τὴν εἰς τοὺς μυρίους σύνταξιν.

21. λόγοι ἐγένοντο : *it was proposed.*
— τριώβολον Αἰγιναῖον : *i.e.* three

obols per day for the pay of a sub-
stitute. Three obols were half a
drachma. The Attic drachma was
worth about 20 cents, the Aeginetan
about 28 cents; hence three Aegine-
tan obols were equivalent to about 14
cents. — μισθὸν . . . δίδοσθαι : *i.e.* each
horseman should receive the pay of
four hoplites, *viz.* two drachmas, with
the implication that where the horse-
man was not furnished, this sum
might be paid instead. The same re-
lation in value between the services
of cavalry and hoplites is mentioned
in connexion with later operations by
Diod. xv. 31.

22. ἐκλίποι : *fail to join.* *Cf.* Cic-
ero's use of d e s e r e r e, *in Cat.* ii. 3
qui vadimonia deserere quam
illum exercitum maluerunt,
*who preferred to forfeit their bail rather
than* FAIL TO JOIN *that army.*

175 καὶ δύναμιν ἐκ Λακεδαίμονός τε, ὅση ἂν ταχὺ ἐξέλθοι, καὶ
ἐκ τῶν ἄλλων πόλεων· τούτου γὰρ γενομένου τάς τε οὔπω
προσκεχωρηκυίας πόλεις στῆναι ἂν καὶ τὰς βεβιασμένας
ἧττον ἂν συμμαχεῖν. δοξάντων δὲ καὶ τούτων ἐκπέμπου- 24
σιν οἱ Λακεδαιμόνιοι Εὐδαμίδαν, καὶ σὺν αὐτῷ νεοδαμώ-
180 δεις τε καὶ τῶν περιοίκων καὶ τῶν Σκιριτῶν ἄνδρας ὡς
δισχιλίους. ὁ μέντοι Εὐδαμίδας ἐξιὼν Φοιβίδαν τὸν
ἀδελφὸν ἐδεήθη τῶν ἐφόρων τοὺς ὑπολειπομένους τῶν
ἑαυτῷ προστεταγμένων ἀθροίσαντα μετιέναι· αὐτὸς δὲ
ἐπεὶ ἀφίκετο εἰς τὰ ἐπὶ Θράκης χωρία, ταῖς μὲν δεομέναις
185 τῶν πόλεων φρουροὺς ἔπεμπε, Ποτείδαιαν δὲ καὶ προσέ-
λαβεν ἑκοῦσαν, σύμμαχον· ἤδη ἐκείνων οὖσαν, καὶ ἐντεῦ-
θεν ὁρμώμενος ἐπολέμει ὥσπερ εἰκὸς τὸν ἐλάττω ἔχοντα
δύναμιν.

Ὁ δὲ Φοιβίδας, ἐπεὶ ἠθροίσθησαν αὐτῷ οἱ ὑπολειφθέν- 25
190 τες τοῦ Εὐδαμίδου, λαβὼν αὐτοὺς ἐπορεύετο. ὡς δ᾽ ἐγέ-
νοντο ἐν Θήβαις, ἐστρατοπεδεύσαντο μὲν ἔξω τῆς πόλεως
περὶ τὸ γυμνάσιον· στασιαζόντων δὲ τῶν Θηβαίων, πολε-

23. ὅση ἂν ταχὺ ἐξέλθοι: as great as
could set forth quickly. — στῆναι: hesi-
tate, i.e. would not join the Olynthians.

24. δοξάντων τούτων: the acc. abs. is
commoner than the gen. abs. in this
expression. G. 278, 2, N.; II. 974 a.
— νεοδαμώδεις: helots who had been
made free but had not received citi-
zenship. — Σκιριτῶν: inhabitants of
the Sciritis, a mountainous district
on the northern border of Laconia.
They constituted an independent body
of 600 light-armed troops famous for
their bravery, who always fought on
the left wing of the Spartan army.
Thuc. v. 67. — Φοιβίδαν τὸν ἀδελφόν:
note the emphatic position. — τῶν
προστεταγμένων: part. genitive. —
ἐκείνων: i.e. the Olynthians. See 15.

25–36. Seizure of the Cadmea by
Phoebidas. Execution of Ismenias.
Summer of 383 B.C.

25. οἱ ὑπολειφθέντες: the remain-
der of the 2000 assigned to Eudami-
das. — τοῦ Εὐδαμίδου: gen. of separa-
tion. — ἐν Θήβαις: i.e. in the district of
Thebes. — τὸ γυμνάσιον: Pausanias,
ix. 23. 1, mentions a gymnasium situ-
ated near the Proetidian gates to the
northeast of the city. — στασιαζόν-
των: after the Peace of Antalcidas
the aristocratic party had gained
the upper hand in Thebes, so that the
Thebans even lent assistance to the
Spartans in their operations against
Mantinea. Plut. Pelop. 4; Paus. ix. 13.
1. Subsequently, however, the demo-
cratic party, encouraged possibly by

μαρχοῦντες μὲν ἐτύγχανον Ἰσμηνίας τε καὶ Λεοντιάδης,
διάφοροι δὲ ὄντες ἀλλήλοις καὶ ἀρχηγὸς ἑκάτερος τῶν
195 ἑταιριῶν. ὁ μὲν οὖν Ἰσμηνίας διὰ τὸ μῖσος τῶν Λακεδαι-
μονίων οὐδὲ ἐπλησίαζε τῷ Φοιβίδᾳ· ὁ μέντοι Λεοντιάδης
ἄλλως τε ἐθεράπευεν αὐτόν, καὶ ἐπεὶ εἰσῳκειώθη, ἔλεγε
τάδε· "Ἔξεστί σοι, ὦ Φοιβίδα, τῇδε τῇ ἡμέρᾳ μέγιστα 26
ἀγαθὰ τῇ σεαυτοῦ πατρίδι ὑπουργῆσαι· ἐὰν γὰρ ἀκολου-
200 θήσῃς ἐμοὶ σὺν τοῖς ὁπλίταις, εἰσάξω σε ἐγὼ εἰς τὴν
ἀκρόπολιν. τούτου δὲ γενομένου νόμιζε τὰς Θήβας παντά-
πασιν ὑπὸ Λακεδαιμονίοις καὶ ἡμῖν τοῖς ὑμετέροις φίλοις
ἔσεσθαι. καίτοι νῦν μέν, ὡς ὁρᾷς, ἀποκεκήρυκται μηδένα 27
μετὰ σοῦ στρατεύειν Θηβαίων ἐπ' Ὀλυνθίους· ἐὰν δέ γε
205 σὺ ταῦτα μεθ' ἡμῶν πράξῃς, εὐθύς σοι ἡμεῖς πολλοὺς μὲν
ὁπλίτας, πολλοὺς δὲ ἱππέας συμπέμψομεν· ὥστε πολλῇ
δυνάμει βοηθήσεις τῷ ἀδελφῷ, καὶ ἐν ᾧ μέλλει ἐκεῖνος
Ὄλυνθον καταστρέφεσθαι, σὺ κατεστραμμένος ἔσει Θή-
βας, πολὺ μείζω πόλιν Ὀλύνθου." ἀκούσας δὲ ταῦτα ὁ 28
210 Φοιβίδας, ἀνεκουφίσθη· καὶ γὰρ ἦν τοῦ λαμπρόν τι ποιῆ-
σαι πολὺ μᾶλλον ἢ τοῦ ζῆν ἐραστής, οὐ μέντοι λογιστικός
γε οὐδὲ πάνυ φρόνιμος ἐδόκει εἶναι. ἐπεὶ δὲ ὡμολόγησε
ταῦτα, προορμῆσαι μὲν αὐτὸν ἐκέλευσεν, ὥσπερ συνε-
σκευασμένος ἦν εἰς τὸ ἀπιέναι· "ἡνίκα δ' ἂν ᾖ καιρός,
215 πρὸς σὲ ἥξω ἐγώ," ἔφη ὁ Λεοντιάδης, "καὶ αὐτός σοι ἡγή-

the increasing power of the Olyn-
thian confederacy, had come to exer-
cise equal power with its opponents
in the administration of the city.
— πολεμαρχοῦντες: the polemarchs
formed the chief governing board in
Thebes, as in Orchomenus and other
Boeotian cities.— ἑταιριῶν: *political
clubs*, called also συνωμοσίαι. Cf. ii. 4.
21; Thuc. viii. 54. 4.
  27. ταῦτα πράξῃς: *i.e.* seize the

citadel.— τῷ ἀδελφῷ: *i.e.* Eudamidas.
— Ὄλυνθον καταστρέφεσθαι, κατε-
στραμμένος ἔσει Θήβας: note the chi-
asm. κατεστραμμένος ἔσει is an un-
usual periphrasis.
  28. λογιστικός: *thoughtful* in plan-
ning. — φρόνιμος: *considerate of con-
sequences*. — προορμῆσαι: here intran-
sitive. Cf. the similar use of ἐλαύ-
νειν, ἔχειν etc. G. 195, 2; H. 810.—
ἐκέλευσεν: *sc.* Leontiades.

σομαι." ἐν ᾧ δὲ ἡ μὲν βουλὴ ἐκάθητο ἐν τῇ ἐν ἀγορᾷ 20
στοᾷ διὰ τὸ τὰς γυναῖκας ἐν τῇ Καδμείᾳ θεσμοφοριάζειν,
θέρους δὲ ὄντος καὶ μεσημβρίας πλείστη ἦν ἐρημία ἐν
ταῖς ὁδοῖς, ἐν τούτῳ προσελάσας ἐφ' ἵππου ὁ Λεοντιάδης
220 ἀποστρέφει τε τὸν Φοιβίδαν καὶ ἡγεῖται εὐθὺς εἰς τὴν
ἀκρόπολιν. καταστήσας δ' ἐκεῖ τὸν Φοιβίδαν καὶ τοὺς
μετ' αὐτοῦ καὶ παραδοὺς τὴν βαλανάγραν αὐτῷ τῶν
πυλῶν, καὶ εἰπὼν μηδένα παριέναι εἰς τὴν ἀκρόπολιν
ὅντινα μὴ αὐτὸς κελεύοι, εὐθὺς ἐπορεύετο πρὸς τὴν βου-
225 λήν. ἐλθὼν δὲ εἶπε τάδε· "Ὅτι μέν, ὦ ἄνδρες, Λακεδαι- 30
μόνιοι κατέχουσι τὴν ἀκρόπολιν, μηδὲν ἀθυμεῖτε· οὐδενὶ
γάρ φασι πολέμιοι ἥκειν, ὅστις μὴ πολέμου ἐρᾷ· ἐγὼ δὲ
τοῦ νόμου κελεύοντος ἐξεῖναι πολεμάρχῳ λαβεῖν, εἴ τις
δοκεῖ ἄξια θανάτου ποιεῖν, λαμβάνω τουτονὶ Ἰσμηνίαν, ὡς
230 πολεμοποιοῦντα. καὶ ὑμεῖς δὲ οἱ λοχαγοί τε καὶ οἱ μετὰ
τούτων τεταγμένοι, ἀνίστασθε, καὶ λαβόντες ἀπαγάγετε
τοῦτον ἔνθα εἴρηται." οἱ μὲν δὴ εἰδότες τὸ πρᾶγμα παρῆ- 31
σάν τε καὶ ἐπείθοντο καὶ συνελάμβανον· τῶν δὲ μὴ
εἰδότων, ἐναντίων δὲ ὄντων τοῖς περὶ Λεοντιάδην, οἱ μὲν
235 ἔφευγον εὐθὺς ἔξω τῆς πόλεως, δείσαντες μὴ ἀποθάνοιεν·
οἱ δὲ καὶ οἴκαδε πρῶτον ἀπεχώρησαν· ἐπεὶ δὲ εἰργμένον
τὸν Ἰσμηνίαν ἤσθοντο ἐν τῇ Καδμείᾳ, τότε δὴ ἀπεχώρη-
σαν εἰς τὰς Ἀθήνας οἱ ταὐτὰ γιγνώσκοντες Ἀνδροκλείδᾳ

---

29. **θεσμοφοριάζειν**: the Thesmo-
phoria was a festival in honor of
Demeter occurring at harvest time,
in June, and celebrated by women
alone. — **βαλανάγραν**: the polemarchs
presumably alternated in the custody
of the keys. — **παριέναι**: let pass.

30. **τοῦ νόμου κελεύοντος κτέ.**: a
mingling of two ideas, viz. τοῦ νόμου
ἀγορεύοντος ἐξεῖναι πολεμάρχῳ λαβεῖν
and τοῦ νόμου κελεύοντος πολέμαρχον

λαβεῖν. — λαμβάνω τουτονὶ Ἰσμηνίαν:
cf. the similar scene between Critias
and Theramenes, ii. 3. 51. — **πολεμο-
ποιοῦντα**: further explained in 35. —
οἱ λοχαγοὶ κτέ.: prob. Lacedaemo-
nian troops, whom Leontiades had
brought with him from the Cadmea.
— **ἔνθα εἴρηται**: i.e. to prison. Cf. ii.
3. 54 λαβόντες καὶ ἀπαγαγόντες οὗ δεῖ.

31. **Ἀνδροκλείδᾳ**: mentioned also
in iii. 5. 1, in conjunction with Isme-

τε καὶ Ἰσμηνίᾳ μάλιστα τριακόσιοι. ὡς δὲ ταῦτ' ἐπέ- 32
240 πρακτο, πολέμαρχον μὲν ἀντὶ Ἰσμηνίου ἄλλον εἵλοντο, ὁ
δὲ Λεοντιάδης εὐθὺς εἰς Λακεδαίμονα ἐπορεύετο. ηὗρε δ'
ἐκεῖ τοὺς μὲν ἐφόρους καὶ τῆς πόλεως τὸ πλῆθος χαλεπῶς
ἔχοντας τῷ Φοιβίδᾳ, ὅτι οὐ προσταχθέντα ὑπὸ τῆς πόλεως
ταῦτα ἐπεπράχει· ὁ μέντοι Ἀγησίλαος ἔλεγεν, ὅτι εἰ μὲν
245 βλαβερὰ τῇ Λακεδαίμονι πεπραχὼς εἴη, δίκαιος εἴη ζημι-
οῦσθαι· εἰ δὲ ἀγαθά, ἀρχαῖον εἶναι νόμιμον ἐξεῖναι τὰ
τοιαῦτα αὐτοσχεδιάζειν. "αὐτὸ οὖν τοῦτ'," ἔφη, "προσήκει
σκοπεῖν, πότερον ἀγαθὰ ἢ κακά ἐστι τὰ πεπραγμένα."
ἔπειτα μέντοι ὁ Λεοντιάδης ἐλθὼν εἰς τοὺς ἐκκλήτους 33
250 ἔλεγε τοιάδε· "Ἄνδρες Λακεδαιμόνιοι, ὡς μὲν πολεμικῶς
ὑμῖν εἶχον οἱ Θηβαῖοι, πρὶν τὰ νῦν πεπραγμένα γενέσθαι,
καὶ ὑμεῖς ἐλέγετε· ἑωρᾶτε γὰρ ἀεὶ τούτους τοῖς μὲν ὑμετέ-
ροις δυσμενέσι φιλικῶς ἔχοντας, τοῖς δ' ὑμετέροις φίλοις
ἐχθροὺς ὄντας. οὐκ ἐπὶ μὲν τὸν ἐν Πειραιεῖ δῆμον, πολε-
255 μιώτατον ὄντα ὑμῖν, οὐκ ἠθέλησαν συστρατεύειν, Φωκεῦσι

nias, as hostile to Sparta; the dat.
depends upon ταύτα, which is con-
strued like an adj. of likeness. G.
186; H. 773 a.—μάλιστα: nearly,
with numerals.

   32. ἄλλον: i.e. Archias. See 4. 2.
— οὐ προσταχθέντα: contradicted by
Diod. xv. 20, who says secret orders
had been given the Spartan leaders
to capture the Cadmea if they found
an opportunity.— ὁ μέντοι Ἀγησί-
λαος: acc. to Plut. Ages. 24 the Spar-
tans regarded the act of Phoebidas
as inspired by Agesilaus. Their in-
dignation seems to have been directed
as much against the latter as the
former. — δίκαιος εἴη ζημιοῦσθαι:
pers. const. instead of the impersonal.
H. 944 a.—νόμιμον: used here as
substantive. — τὰ τοιαῦτα: τοιοῦτος

may take the art. when there is a
definite reference to a quality already
mentioned. Kühn. 465, 5. Cf. G. 141 d.

   33. ἐκκλήτους: doubtless the same
as the ἐκκλησία or Spartan assembly
mentioned in 11 and iv. 6. 3. It is un-
certain how this assembly was consti-
tuted. Cf. ii. 4. 38. — δυσμενέσι: used
as substantive.—οὐκ ... συστρατεύειν:
they were asked to assist the Lace-
daemonians against Thrasybulus, but
refused. See ii. 4. 30. The first οὐκ
introduces the question; the second
οὐκ is to be taken with ἠθέλησαν: were
they not unwilling?—Φωκεῦσι: the The-
bans (i.e. the democratic party led by
Ismenias and Androclides) had em-
broiled the Locrians and Phocians in a
dispute, and had then taken sides with
the former. iii. 5. 3, 4. Introd. p. 1.

δὲ ὅτι ὑμᾶς εὐμενεῖς ὄντας ἑώρων, ἐπεστράτευον ; ἀλλὰ 34
μὴν καὶ πρὸς Ὀλυνθίους εἰδότες ὑμᾶς πόλεμον ἐκφέροντας
συμμαχίαν ἐποιοῦντο, καὶ ὑμεῖς γε τότε μὲν ἀεὶ προσεί-
χετε τὸν νοῦν, πότε ἀκούσεσθε βιαζομένους αὐτοὺς τὴν
260 Βοιωτίαν ὑφ᾽ αὑτοῖς εἶναι· νῦν δ᾽ ἐπεὶ τάδε πέπρακται,
οὐδὲν ὑμᾶς δεῖ Θηβαίους φοβεῖσθαι· ἀλλ᾽ ἀρκέσει ὑμῖν
μικρὰ σκυτάλη ὥστε ἐκεῖθεν πάντα ὑπηρετεῖσθαι ὅσων
ἂν δέησθε, ἐὰν ὥσπερ ἡμεῖς ὑμῶν, οὕτω καὶ ὑμεῖς ἡμῶν
ἐπιμελῆσθε." ἀκούουσι ταῦτα τοῖς Λακεδαιμονίοις ἔδοξε 35
265 τήν τε ἀκρόπολιν ὥσπερ κατείληπτο φυλάττειν καὶ Ἰσμη-
νίᾳ κρίσιν ποιῆσαι. ἐκ δὲ τούτου πέμπουσι δικαστὰς
Λακεδαιμονίων μὲν τρεῖς, ἀπὸ δὲ τῶν συμμαχίδων ἕνα ἀφ᾽
ἑκάστης καὶ μικρᾶς καὶ μεγάλης πόλεως. ἐπεὶ δὲ συνε-
καθέζετο τὸ δικαστήριον, τότε δὴ κατηγορεῖτο τοῦ Ἰσμη-
270 νίου καὶ ὡς βαρβαρίζοι καὶ ὡς ξένος τῷ Πέρσῃ ἐπ᾽ οὐδενὶ
ἀγαθῷ τῆς Ἑλλάδος γεγενημένος εἴη καὶ ὡς τῶν παρὰ
βασιλέως χρημάτων μετειληφὼς εἴη καὶ ὅτι τῆς ἐν τῇ

---

34. συμμαχίαν ἐποιοῦντο : prob.
conative imperfect. There is no
evidence that an actual alliance had
been made, though negotiations are
mentioned in 15. *Cf.* also 27. — τότε :
here refers indefinitely to the past, as
opp. to the present. — τάδε : *i.e.* the
seizure of the Cadmea by Phoebidas.
— σκυτάλη : the Spartan cipher dis-
patch. A strip of leather was wound
around a staff diagonally, and upon
the surface thus formed the dispatches
were written lengthwise, so that when
unrolled they became unintelligible.
The person to whom the dispatch
was addressed was provided with a
staff of the proper size, which thus
enabled him to read the message. See
Plut. *Lys.* 19. — ἐκεῖθεν : *i.e.* Θήβηθεν,
as implied by the preceding Θηβαίους.

35. φυλάττειν : Phoebidas never-
theless is said by Plut. *Pelop.* 6 to have
been deprived of his command and
fined 100,000 drachmas. *Cf.* Diod.
xv. 20 ; Nepos, *Pelop.* 1. — κρίσιν
ποιῆσαι : *institute proceedings.* — πέμ-
πουσι : this seems to indicate that
the trial was conducted at Thebes.
Plut. *Pelop.* 5 says that both the trial
and execution of Ismenias occurred
at Sparta. — συμμαχίδων : *sc. πόλεων*
from πόλεως. — καὶ μικρᾶς καὶ με-
γάλης : the Spartans wished their
unrighteous proceedings to seem to
receive the sanction of a pan-Hellenic
tribunal. — κατηγορεῖτο : impersonal.
— βαρβαρίζοι : stronger than μηδίζοι
would have been. — τῶν χρημάτων :
acc. to iii. 5. 1 fifty talents had been
distributed in Corinth, Thebes, and

'Ελλάδι ταραχῆς πάσης ἐκεῖνός τε καὶ 'Ανδροκλείδας
αἰτιώτατοι εἶεν. ὁ δὲ ἀπελογεῖτο μὲν πρὸς πάντα ταῦτα, 36
275 οὐ μέντοι ἔπειθέ γε τὸ μὴ οὐ μεγαλοπράγμων τε καὶ
κακοπράγμων εἶναι. καὶ ἐκεῖνος μὲν κατεψηφίσθη καὶ
ἀποθνῄσκει· οἱ δὲ περὶ Λεοντιάδην εἶχόν τε τὴν πόλιν
καὶ τοῖς Λακεδαιμονίοις ἔτι πλείω ὑπηρέτουν ἢ προσετάτ-
τετο αὐτοῖς. τούτων δὴ πεπραγμένων οἱ Λακεδαιμόνιοι 37
280 πολὺ δὴ προθυμότερον τὴν εἰς τὴν "Ολυνθον στρατιὰν
συναπέστελλον. καὶ ἐκπέμπουσι Τελευτίαν μὲν ἁρμο-
στήν, τὴν δ' εἰς τοὺς μυρίους σύνταξιν αὐτοί τε ἅπαντας
συνεξέπεμπον, καὶ εἰς τὰς συμμαχίδας πόλεις σκυτάλας
διέπεμπον, κελεύοντες ἀκολουθεῖν Τελευτίᾳ κατὰ τὸ δόγμα
285 τῶν συμμάχων. καὶ οἵ τε ἄλλοι προθύμως τῷ Τελευτίᾳ
ὑπηρέτουν, καὶ γὰρ οὐκ ἀχάριστος ἐδόκει εἶναι τοῖς ὑπουρ-
γοῦσί τι, καὶ ἡ τῶν Θηβαίων δὲ πόλις, ἅτε καὶ 'Αγησιλάου
ὄντος αὐτῷ ἀδελφοῦ, προθύμως συνέπεμπε καὶ ὁπλίτας
καὶ ἱππέας. ὁ δὲ σπεύδων μὲν οὐ μάλα ἐπορεύετο, ἐπιμε- 38
290 λόμενος δὲ τοῦ τε μὴ ἀδικῶν τοὺς φίλους πορεύεσθαι καὶ
τοῦ ὡς πλείστην δύναμιν ἀθροίζειν. προέπεμπε δὲ καὶ
πρὸς 'Αμύνταν, καὶ ἠξίου αὐτὸν καὶ ξένους μισθοῦσθαι
καὶ τοῖς πλησίον βασιλεῦσι χρήματα διδόναι, ὡς συμμά-

Argos. Ismenias and Androclides are
both mentioned as recipients. Note
that the three indictments βαρβαρίζοι,
ξένος εἴη, χρημάτων μετειληφὼς εἴη are
really but one.
36. μὴ οὐ: on μὴ οὐ instead of μή
after neg. expressions, see G. 283, 7;
H. 1034. — κατεψηφίσθη καὶ ἀποθνῄ-
σκει: on the change from aor. to
hist. pres. see H. 828, second exam-
ple. Cf. 41 καταβάλλουσι καὶ κατέ-
τρωσαν.
37–43. Successes of Teleutias be-
fore Olynthus. 382 B.C.

37. συναπέστελλον: the prep. σύν
prob. refers to the co-operation of the
allies, as mentioned more explicitly
further on. — ἅπαντες : see Appendix.
— τὴν σύνταξιν: see on 20. — οἵ τε
ἄλλοι, καί, δέ : τέ, καί, δέ occurs also
ii. 4. 6; iii. 4. 24; καί, καί, δέ vii. 4.
30. — Τελευτίᾳ: on his popularity, see
I. 3.
38. οὐ μάλα: const. with σπεύδων.
— 'Αμύνταν: king of Macedonia. See
12. — ὡς συμμάχους εἶναι: the inf.
with ὡς here expresses purpose, i.e. a
result to be attained. Kr. Spr. 65, 3,

χους εἶναι, εἴπερ βούλοιτο τὴν ἀρχὴν ἀναλαβεῖν. ἔπεμπε
295 δὲ καὶ πρὸς Δέρδαν τὸν Ἐλιμίας ἄρχοντα, διδάσκων ὅτι
οἱ Ὀλύνθιοι κατεστραμμένοι τὴν μείζω δύναμιν Μακεδο-
νίας εἶεν, καὶ οὐκ ἀνήσουσι τὴν ἐλάττω, εἰ μή τις αὐτοὺς
παύσει τῆς ὕβρεως. ταῦτα δὲ ποιῶν, μάλα πολλὴν ἔχων 39
στρατιὰν ἀφίκετο εἰς τὴν ἑαυτῶν συμμαχίδα. ἐπεὶ δ'
300 ἦλθεν εἰς τὴν Ποτείδαιαν, ἐκεῖθεν συνταξάμενος ἐπορεύετο
εἰς τὴν πολεμίαν. καὶ πρὸς μὲν τὴν πόλιν ἰὼν οὔτ' ἔκαεν
οὔτ' ἔκοπτε, νομίζων, εἴ τι ποιήσειε τούτων, ἐμποδὼν ἂν
αὐτῷ πάντα γίγνεσθαι καὶ προσιόντι καὶ ἀπιόντι· ὁπότε
δὲ ἀναχωροίη ἀπὸ τῆς πόλεως, τότε ὀρθῶς ἔχειν κόπτοντα
305 τὰ δένδρα ἐμποδὼν καταβάλλειν, εἴ τις ὄπισθεν ἐπίοι. ὡς 40
δὲ ἀπεῖχεν ἀπὸ τῆς πόλεως οὐδὲ δέκα στάδια, ἔθετο τὰ
ὅπλα, εὐώνυμον μὲν αὐτὸς ἔχων, οὕτω γὰρ συνέβαινεν
αὐτῷ κατὰ τὰς πύλας ἰέναι ᾗ ἐξῄεσαν οἱ πολέμιοι, ἡ δὲ
ἄλλη φάλαγξ τῶν συμμάχων ἀπετέτατο πρὸς τὸ δεξιόν.
310 καὶ τῶν ἱππέων δὲ τοὺς μὲν Λάκωνας καὶ τοὺς Θηβαίους
καὶ ὅσοι τῶν Μακεδόνων παρῆσαν ἐπὶ τῷ δεξιῷ ἐτάξατο,
παρὰ δὲ αὐτῷ εἶχε Δέρδαν τε καὶ τοὺς ἐκείνου ἱππέας ὡς
εἰς τετρακοσίους διά τε τὸ ἄγασθαι τοῦτο τὸ ἱππικὸν καὶ
διὰ τὸ θεραπεύειν τὸν Δέρδαν, ὡς ἡδόμενος παρείη. ἐπεὶ 41

---

4. Cf. II. 953 a. — βούλοιτο: sc.
Amyntas. — Ἐλιμίας: a district of
western Macedonia, on the border
of Epirus. — εἶεν, ἀνήσουσι: note the
change of mood in order to give
greater vividness to the second state-
ment. G. 243; II. 932, 2. — τῆς
ὕβρεως: gen. of separation. G. 174;
II. 748.
39. ἑαυτῶν: i.e. of himself and his
troops, as in 1. 28. — συμμαχίδα: sc.
χώραν. — συνταξάμενος: i.e. drawn up
ready for battle. — πρὸς μὲν τὴν πό-
λιν: sc. Olynthus.

40. ἔθετο τὰ ὅπλα: sc. to make
ready for battle. — εὐώνυμον ἔχων:
the right wing — seldom the left wing
as here — was the regular station of
the Lacedaemonian general in time
of battle. — εὐώνυμον: without the
art., as iv. 4. 9. II. 601. Cf. τὸ
δεξιόν below. — οὕτω συνέβαινεν: ex-
plains why Teleutias did not take his
stand on the right. — παρὰ δὲ αὐτῷ:
i.e. as the place of honor. — ὡς εἰς:
about; pleonastic. Cf. 4. 14 ὡς περὶ
ἑκατόν, and see on vi. 2. 38. — παρείη:
sc. Derdas.

315 δὲ καὶ οἱ πολέμιοι ἐλθόντες ἀντιπαρετάξαντο ὑπὸ τῷ
τείχει, συσπειραθέντες αὐτῶν οἱ ἱππεῖς ἐμβάλλουσι κατὰ
τοὺς Λάκωνας καὶ Βοιωτούς. καὶ Πολύχαρμόν τε τὸν
Λακεδαιμόνιον ἵππαρχον καταβάλλουσιν ἀπὸ τοῦ ἵππου
καὶ κείμενον πάμπολλα κατέτρωσαν, καὶ ἄλλους ἀπέκτει-
320 ναν, καὶ τέλος τρέπονται τὸ ἐπὶ τῷ δεξιῷ κέρατι ἱππικόν.
φευγόντων δὲ τῶν ἱππέων ἐνέκλινε καὶ τὸ ἐχόμενον πεζὸν
αὐτῶν, καὶ ὅλον δ' ἂν ἐκινδύνευσεν ἡττηθῆναι τὸ στρά-
τευμα, εἰ μὴ Δέρδας ἔχων τὸ ἑαυτοῦ ἱππικὸν εὐθὺς πρὸς
τὰς πύλας τῶν Ὀλυνθίων ἤλασεν. ἐπῄει δὲ καὶ ὁ Τελευ-
325 τίας σὺν τοῖς περὶ αὐτὸν ἐν τάξει. ὡς δὲ ταῦτα ᾔσθοντο 42
οἱ Ὀλύνθιοι ἱππεῖς, δείσαντες μὴ ἀποκλεισθεῖεν τῶν
πυλῶν, ἀναστρέψαντες ἀπεχώρουν πολλῇ σπουδῇ. ἔνθα
δὴ ὁ Δέρδας παρελαύνοντας παμπόλλους ἱππέας αὐτῶν
ἀπέκτεινεν. ἀπεχώρησαν δὲ καὶ οἱ πεζοὶ τῶν Ὀλυνθίων
330 εἰς τὴν πόλιν· οὐ μέντοι πολλοὶ αὐτῶν ἀπέθανον, ἅτε
ἐγγὺς τοῦ τείχους ὄντος. ἐπεὶ δὲ τροπαῖόν τε ἐστάθη καὶ 43
ἡ νίκη αὕτη τῷ Τελευτίᾳ ἐγεγένητο, ἀπιὼν δὴ ἔκοπτε τὰ
δένδρα. καὶ τοῦτο μὲν στρατευσάμενος τὸ θέρος διῆκε
καὶ τὸ Μακεδονικὸν στράτευμα καὶ τὸ τοῦ Δέρδα· πολ-
335 λάκις μέντοι καὶ οἱ Ὀλύνθιοι καταθέοντες εἰς τὰς τῶν
Λακεδαιμονίων συμμαχίδας πόλεις ἐληλάτουν καὶ ἄνδρας
ἀπεκτίννυον.

Ἅμα δὲ τῷ ἦρι ὑποφαινομένῳ οἱ μὲν Ὀλύνθιοι ἱππεῖς 3

41. **Λάκωνας καὶ Βοιωτούς** : *i.e.* the
cavalry on the right. The foot were
drawn up on the left with Teleutias.
— **ἐμβάλλουσι, κατέτρωσαν** : the
change of tenses as in 36. — **πάμ-
πολλα** : cognate acc. G. 159, N. 2;
H. 716 b. — **τὸ ἐχόμενον** : *standing
next.* On the position of the partic.,
see G. 142, 2, N. 5; H. 667 a. *Cf.* 2.
4 τὸν ῥέοντα ποταμὸν διὰ τῆς πόλεως.

— **αὐτῶν** : gen. with verb of touching.
G. 171, 1; H. 738. — **ὅλον** : with pred.
force.

43. **στρατευσάμενος** : *having kept
the field.* — **ἀπεκτίννυον** : as if from
ἀποκτιννύω. *Cf.* vi. 5. 22 συμμιγνύουσι,
23 ἐπιδεικνύοντες.

3. 1–7. *Death of Teleutias. Spring
of 381 B.C.*

1. **ὑποφαινομένῳ** : found only here,

ὄντες ὡς ἑξακόσιοι κατεδεδραμήκεσαν εἰς τὴν Ἀπολλω-
νίαν ἅμα μεσημβρίᾳ καὶ διεσπαρμένοι ἐλεηλάτουν· ὁ δὲ
Δέρδας ἐτύγχανε ταύτῃ τῇ ἡμέρᾳ ἀφιγμένος μετὰ τῶν
5 ἱππέων τῶν ἑαυτοῦ καὶ ἀριστοποιούμενος ἐν τῇ Ἀπολλω-
νίᾳ. ὡς δ᾽ εἶδε τὴν καταδρομήν, ἡσυχίαν εἶχε, τούς θ᾽
ἵππους ἐπεσκευασμένους καὶ τοὺς ἀμβάτας ἐξωπλισμένους
ἔχων. ἐπειδὴ δὲ καταφρονητικῶς οἱ Ὀλύνθιοι καὶ εἰς τὸ
προάστειον καὶ εἰς αὐτὰς τὰς πύλας ἤλαυνον, τότε δὴ
10 συντεταγμένους ἔχων ἐξελαύνει. οἱ δὲ ὡς εἶδον, εἰς φυγὴν 2
ὥρμησαν. ὁ δ᾽ ὡς ἅπαξ ἐτρέψατο, οὐκ ἀνῆκεν ἐνενήκοντα
στάδια διώκων καὶ ἀποκτιννύς, ἕως πρὸς αὐτὸ κατεδίωξε
τῶν Ὀλυνθίων τὸ τεῖχος. καὶ ἐλέγετο ὁ Δέρδας ἀποκτεῖ-
ναι ἐν τούτῳ τῷ ἔργῳ περὶ ὀγδοήκοντα ἱππέας. καὶ ἀπὸ
15 τούτου τειχήρεις τε μᾶλλον ἦσαν οἱ πολέμιοι καὶ τῆς
χώρας ὀλίγην παντελῶς εἰργάζοντο. προϊόντος δὲ τοῦ 3
χρόνου, καὶ τοῦ Τελευτίου ἐστρατευμένου πρὸς τὴν τῶν
Ὀλυνθίων πόλιν, ὡς εἴ τι δένδρον ὑπόλοιπον ἤ τι εἰργα-
σμένον τοῖς πολεμίοις φθείροι, ἐξελθόντες οἱ Ὀλύνθιοι
20 ἱππεῖς ἥσυχοι πορευόμενοι διέβησαν τὸν παρὰ τὴν πόλιν
ῥέοντα ποταμόν, καὶ ἐπορεύοντο ἡσυχῇ πρὸς τὸ ἐναντίον
στράτευμα. ὡς δ᾽ εἶδεν ὁ Τελευτίας, ἀγανακτήσας τῇ

---

in place of the act. ὑποφαίνων. Cf. 4.
58 ὑποφαίνοντος τοῦ ἦρος. — ἀμβάτας:
Dor. for Att. ἀναβάτας. The form
arises by apocope of a and assimila-
tion of the nasal.

2. οὐκ ἀνῆκεν κτέ: 'brachylogy' for
ἐδίωξεν ἐνενήκοντα στάδια καὶ οὐκ ἀνῆκε
διώκων καὶ ἀποκτιννύς. — ἔργῳ: here
in sense of battle. So also πρᾶγμα.
Cf. vii. 1. 17; 2. 19, and Eng. action.
— ὀλίγην: attracted from ὀλίγον. II.
730 e. Cf. G. 168, N. 1. — παντελῶς:
limits ὀλίγην. Its position lends spe-

cial emphasis. Cf. vii. 4. 37 ὀλίγους
πάνυ.

3. εἴ τι: by the omission of the verb,
this expression occasionally acquires
the force of any, every. Cf. Cyr. v. 2.5
ἐλαύνοντας βοῦς, αἶγας, οἶς, σῦς, καὶ εἴ τι
βρωτόν. Kr. Spr. 60, 10, 2. — τοῖς πολε-
μίοις: dat. of agent. G. 188, 3; II. 769.
— τὸν παρὰ τὴν πόλιν κτέ.: one of the
three regular orders in such cases. G.
142, 2, N. 5 end. See on 2. 4, where the
arrangement of words is different. —
ἡσυχῇ: a variation of ἥσυχοι above.

τόλμῃ αὐτῶν εὐθὺς Τλημονίδαν τὸν τῶν πελταστῶν
ἄρχοντα δρόμῳ φέρεσθαι εἰς αὐτοὺς ἐκέλευσεν. οἱ δὲ 4
25 Ὀλύνθιοι ὡς εἶδον προθέοντας τοὺς πελταστάς, ἀναστρέ-
ψαντες ἀπεχώρουν ἥσυχοι, καὶ διέβησαν πάλιν τὸν ποτα-
μόν. οἱ δ' ἠκολούθουν μάλα θρασέως, καὶ ὡς φεύγουσι
διώξαντες ἐπιδιέβαινον. ἔνθα δὴ οἱ Ὀλύνθιοι ἱππεῖς,
ἡνίκα ἔτι εὐχείρωτοι αὐτοῖς ἐδόκουν εἶναι οἱ διαβεβηκότες,
30 ἀναστρέψαντες ἐμβάλλουσιν αὐτοῖς, καὶ αὐτόν τε ἀπέκτει-
ναν τὸν Τλημονίδαν καὶ τῶν ἄλλων πλείους ἢ ἑκατόν. ὁ 5
δὲ Τελευτίας ὡς εἶδε τὸ γιγνόμενον, ὀργισθείς, ἀναλαβὼν
τὰ ὅπλα ἦγε μὲν ταχὺ τοὺς ὁπλίτας, διώκειν δὲ καὶ τοὺς
πελταστὰς ἐκέλευε καὶ τοὺς ἱππέας καὶ μὴ ἀνιέναι. πολ-
35 λοὶ μὲν οὖν δὴ καὶ ἄλλοι τοῦ καιροῦ ἐγγυτέρω τοῦ τείχους
διώξαντες κακῶς ἀπεχώρησαν, καὶ ἐκεῖνοι δ' ἐπεὶ ἀπὸ τῶν
πύργων ἐβάλλοντο, ἀποχωρεῖν τε ἠναγκάζοντο τεθορυβη-
μένως καὶ προφυλάττεσθαι τὰ βέλη. ἐν τούτῳ δὴ οἱ 6
Ὀλύνθιοι ἐπεξελαύνουσι μὲν τοὺς ἱππέας, ἐβοήθουν δὲ καὶ
40 οἱ πελτασταί· τέλος δὲ καὶ οἱ ὁπλῖται ἐπεξέθεον, καὶ τετα-
ραγμένῃ τῇ φάλαγγι προσπίπτουσι. καὶ ὁ μὲν Τελευτίας
ἐνταῦθα μαχόμενος ἀποθνήσκει. τούτου δὲ γενομένου
εὐθὺς καὶ οἱ ἀμφ' αὐτὸν ἐνέκλιναν, καὶ οὐδεὶς ἔτι ἵστατο,
ἀλλὰ πάντες ἔφευγον, οἱ μὲν ἐπὶ Σπαρτώλου, οἱ δὲ ἐπὶ
45 Ἀκάνθου, οἱ δὲ εἰς Ἀπολλωνίαν, οἱ πλεῖστοι δὲ εἰς Ποτεί-
δαιαν. ὡς δ' ἄλλος ἄλλῃ ἔφευγον, οὕτω καὶ οἱ πολέμιοι

---

4. φεύγουσι : const. with αὐτοῖς
to be supplied with ἐπιδιέβαινον.—
ἔτι εὐχείρωτοι : i.e. before resum-
ing their regular order after cross-
ing.
5. πολλοὶ μὲν δὴ ἀπεχώρησαν : a
general statement. "Many others
have often fared ill for having pur-
sued the enemy too close to their

city walls." — τοῦ καιροῦ ἐγγυτέρω :
too near. Cf. vii. 5. 13 πορρω-
τέρω τοῦ καιροῦ. — τείχους : depen-
dent upon ἐγγυτέρω. (G. 182, 2; II.
757.
6. ἐπεξελαύνουσι : here with obj.;
it is generally intransitive. — Σπαρ-
τώλου κτέ.: the four places here men-
tioned correspond to the four points

ἄλλος ἄλλοσε διώκοντες παμπληθεῖς ἀπέκτειναν ἀνθρώ-
πους καὶ ὅ τι περ ὄφελος ἦν τοῦ στρατεύματος.

Ἐκ μέντοι γε τῶν τοιούτων παθῶν ἐγώ φημι ἀνθρώπους 7
50 παιδεύεσθαι μάλιστα μὲν οὖν ὡς οὐδ᾽ οἰκέτας χρὴ ὀργῇ
κολάζειν· πολλάκις γὰρ καὶ δεσπόται ὀργιζόμενοι μείζω
κακὰ ἔπαθον ἢ ἐποίησαν· ἀτὰρ ἀντιπάλοις τὸ μετ᾽ ὀργῆς
ἀλλὰ μὴ γνώμῃ προσφέρεσθαι, ὅλον ἁμάρτημα. ἡ μὲν
γὰρ ὀργὴ ἀπρονόητον, ἡ δὲ γνώμη σκοπεῖ οὐδὲν ἧττον μή
55 τι πάθῃ ἢ ὅπως βλάψῃ τι τοὺς πολεμίους.

Τοῖς δ᾽ οὖν Λακεδαιμονίοις, ἐπεὶ ἤκουσαν τὸ πρᾶγμα, 8
βουλευομένοις ἐδόκει οὐ φαύλην πεμπτέον δύναμιν εἶναι,
ὅπως τό τε φρόνημα τῶν νενικηκότων κατασβεσθείη καὶ
μὴ μάτην τὰ πεποιημένα γένοιτο. οὕτω δὲ γνόντες ἡγε-
60 μόνα μὲν Ἀγησίπολιν τὸν βασιλέα ἐκπέμπουσι, μετ᾽
αὐτοῦ δὲ ὥσπερ Ἀγησιλάου εἰς τὴν Ἀσίαν τριάκοντα
Σπαρτιατῶν. πολλοὶ δὲ αὐτῷ καὶ τῶν περιοίκων ἐθελον- 9
ταὶ καλοὶ κἀγαθοὶ ἠκολούθουν, καὶ ξένοι τῶν τροφίμων
καλουμένων, καὶ νόθοι τῶν Σπαρτιατῶν, μάλα εὐειδεῖς τε

of the compass. —ὅ τι περ ὄφελος ἦν:
"the flower of the army." Cf. vi. 2.
23.
7. ἀτάρ: infrequent in prose; it
has the force of an emphatic δέ. —
ἀπρονόητον: sc. ἐστί. The verbal adj.
has here an active meaning, as occa-
sionally elsewhere in Att. prose. Cf.
Plato, Critias, 115 a, στακτός, trickling.
For the gender of the pred. adj., see
G. 138, N. 1, c; H. 617. —ἡ δὲ γνώμη
κτέ.: "discretion aims no less to
avoid injury than to inflict it upon
the enemy."
8, 9. Departure of a new expedition
under Agesipolis. Summer of 381 B.C.
8. ὥσπερ Ἀγησιλάου: in compari-
sons introduced by ὥσπερ, a prep. is
not generally repeated. The expe-

dition referred to took place in 396–
394 B.C. — τριάκοντα Σπαρτιατῶν: sc.
as an advisory council. See iii. 4. 2.
9. περιοίκων: descendants of the
early inhabitants of Peloponnesus.
They paid tribute to the Spartans
and had no share in the government,
but were free. — τροφίμων: the τρό-
φιμοι were sons of foreign parents, who
were occasionally received at Sparta
to be brought up with the Spartan
youths. The sons of Xenophon and
Phocion were examples of such. —
νόθοι τῶν Σπαρτιατῶν: their mothers
were slaves. They received their
training along with boys of legiti-
mate birth and sometimes received
full citizenship, as in the case of
Lysander. At maturity they formed

65 καὶ τῶν ἐν τῇ πόλει καλῶν οὐκ ἄπειροι. συνεστρατεύοντο
δὲ καὶ ἐκ τῶν συμμαχίδων πόλεων ἐθελονταί, καὶ Θεττα-
λῶν γε ἱππεῖς, γνωσθῆναι τῷ Ἀγησιπόλιδι βουλόμενοι,
καὶ Ἀμύντας δὲ καὶ Δέρδας ἔτι προθυμότερον ἢ πρόσθεν.
Ἀγησίπολις μὲν δὴ ταῦτα πράττων ἐπορεύετο ἐπὶ τὴν
70 Ὄλυνθον.

ΙΙ δὲ τῶν Φλειασίων πόλις, ἐπαινεθεῖσα μὲν ὑπὸ τοῦ 10
Ἀγησιπόλιδος, ὅτι πολλὰ καὶ ταχέως αὐτῷ χρήματα εἰς
τὴν στρατιὰν ἔδοσαν, νομίζουσα δ' ἔξω ὄντος Ἀγησιπόλι-
δος οὐκ ἂν ἐξελθεῖν ἐπ' αὐτοὺς Ἀγησίλαον, οὐδ' ἂν γενέ-
75 σθαι ὥστε ἅμα ἀμφοτέρους τοὺς βασιλέας ἔξω Σπάρτης
εἶναι, θρασέως οὐδὲν τῶν δικαίων ἐποίουν τοῖς κατεληλυθό-
σιν. οἱ μὲν γὰρ δὴ φυγάδες ἠξίουν τὰ ἀμφίλογα ἐν ἴσῳ
δικαστηρίῳ κρίνεσθαι· οἱ δὲ ἠνάγκαζον ἐν αὐτῇ τῇ πόλει
διαδικάζεσθαι. λεγόντων δὲ τῶν κατεληλυθότων· "Καὶ τίς
80 ἂν αὕτη δίκη εἴη ὅπου αὐτοὶ οἱ ἀδικοῦντες δικάζοιεν;" οὐδὲν
εἰσήκουον. ἐκ τούτου μέντοι ἔρχονται εἰς Λακεδαίμονα οἱ 11
κατελθόντες κατηγορήσοντες τῆς πόλεως, καὶ ἄλλοι δὲ
τῶν οἴκοθεν συνηκολούθουν, λέγοντες ὅτι πολλοῖς καὶ τῶν
πολιτῶν οὐ δοκοῖεν δίκαια πάσχειν. ἀγανακτήσασα δὲ

the class known as μόθακες or μόθωνες.
— τῶν ... καλῶν: i.e. the advantages
of the training given to free Spar-
tans. Cf. 4. 32, 33. — ταῦτα πράττων:
under these favorable circumstances.
10-17. Campaign of Agesilaus
against Phlius. He lays siege to the
city. Summer of 381 B.C.
10. χρήματα ἔδοσαν: acc. to 2. 21
the allies were to have the privilege of
contributing either men or an equiv-
alent in money. — γενέσθαι ὥστε: af-
ter γίγνεσθαι in the sense of happen
the inf. with ὥστε sometimes occurs
instead of the simple infinitive —

θρασέως οὐδὲν ἐποίουν: boldly refused
to do anything. — τῶν δικαίων: acc. to
2. 10, they had pledged themselves to
settle disputed claims by legal pro-
cess. — τοῖς κατεληλυθόσιν: i.e. the
banished aristocrats who had been
restored. Cf. 2. 8-10. — ἐν ἴσῳ δικα-
στηρίῳ: before an impartial tribunal.
— καὶ τίς: καί at the beginning of
an interr. sentence often lends em-
phasis. Cf. 15 ἐρωτώμενος δὲ καὶ τί
τοῦτο ἂν εἴη. — αὕτη: subject. — δίκη:
predicate. See on 2. 17.
11. τῶν οἴκοθεν: by attraction for
τῶν οἴκοι. See on 2. 9 τῶν ἔνδοθεν.

85 τούτοις τῶν Φλειασίων ἡ πόλις ἐζημίωσε πάντας ὅσοι μὴ
πεμπούσης τῆς πόλεως ἦλθον εἰς Λακεδαίμονα.   οἱ δὲ 12
ζημιωθέντες οἴκαδε μὲν ὤκνουν ἀπιέναι, μένοντες δ᾽ ἐδίδα-
σκον ὡς οὗτοι μὲν εἴησαν οἱ βιαζόμενοι ταῦτα, οἵπερ σφᾶς
τε ἐξέβαλον καὶ Λακεδαιμονίους ἀπέκλεισαν, οὗτοι δὲ οἱ
90 πριάμενοί τε τὰ σφέτερα καὶ βιαζόμενοι μὴ ἀποδιδόναι,
οὗτοι δὲ καὶ νῦν διαπεπραγμένοι εἰσὶ ζημιωθῆναι σφᾶς
αὐτοὺς εἰς Λακεδαίμονα ἐλθόντας, ὅπως τοῦ λοιποῦ μηδεὶς
τολμώῃ ἰέναι δηλώσων τὰ ἐν τῇ πόλει γιγνόμενα.   τῷ δ᾽ 13
ὄντι ὑβρίζειν δοκούντων τῶν Φλειασίων φρουρὰν φαίνουσιν
95 ἐπ᾽ αὐτοὺς οἱ ἔφοροι.   ἦν δὲ οὐ τῷ Ἀγησιλάῳ ἀχθομένῳ
ταῦτα· καὶ γὰρ τῷ μὲν πατρὶ αὐτοῦ Ἀρχιδάμῳ ξένοι
ἦσαν οἱ περὶ Ποδάνεμον, καὶ τότε τῶν κατεληλυθότων
ἦσαν· αὐτῷ δὲ οἱ ἀμφὶ Προκλέα τὸν Ἱππονίκου.   ὡς δὲ 14
τῶν διαβατηρίων γενομένων οὐκ ἔμελλεν, ἀλλ᾽ ἐπορεύετο,
100 πολλαὶ πρεσβεῖαι ἀπήντων καὶ χρήματα ἐδίδοσαν, ὥστε
μὴ ἐμβάλλειν.   ὁ δὲ ἀπεκρίνατο ὅτι οὐχ ἵνα ἀδικοίη
στρατεύοιτο, ἀλλ᾽ ὅπως τοῖς ἀδικουμένοις βοηθήσειεν.
οἱ δὲ τελευτῶντες πάντα ἔφασκον ποιήσειν, ἐδέοντό τε 15
μὴ ἐμβάλλειν.   ὁ δὲ πάλιν ἔλεγεν ὡς οὐκ ἂν πιστεύσειε

12. μένοντες: *viz.* at Sparta.— ὡς
οὗτοι ... ἐξέβαλον: *that those who at-
tempted this violence were the ones who
had banished them.*— ἀπέκλεισαν: *did
not let them in. Cf.* 2. 22 ἐκλίποι, and
see iv. 4. 15; v. 2. 8.— βιαζόμενοι μὴ
ἀποδιδόναι: "*endeavoring by vio-
lence to avoid giving up.*" *Cf.* Thuc.
vii. 79. 1. ἐβιάσαντο πρὸς τὸν λόφον ἐλ-
θεῖν.— σφᾶς αὐτούς: *cf.* σφᾶς above.
— τοῦ λοιποῦ: *in the future.* Gen. of
time. G. 179, 1; H. 750.
    13. δοκούντων Φλειασίων: the gen.
abs. const. for greater emphasis, in-
stead of δοκοῦντας agreeing with (ἐπ')
αὐτούς.— ἦν ... ἀχθομένῳ ταῦτα:

*these measures were not distasteful to
Agesilaus.* Dat. of interest. G. 184,
3, N. 5; H. 771 a.— Ἀρχιδάμῳ: *i.e.*
Archidamus II., who was king from
469 to 427 B.C.— αὐτῷ: *to him him-
self.*— οἱ ἀμφὶ Προκλέα: *sc.* ξένοι
ἦσαν.
    14. διαβατηρίων γενομένων: see on
1. 33.— ἐδίδοσαν: *were willing to give,
offered.* Conative imperfect. G. 200,
N. 2; H. 832.— ὥστε: denotes pur-
pose, *i.e.* a result to be attained. *Cf.*
4. 1 ὥστε τυραννεῖν, 21 ὥστε λαθεῖν.
G. 266, 2; H. 953 a.
    15. τελευτῶντες: *finally,* as in 17.
— ἔφασκον: rare in Attic prose.—

105 λόγοις, καὶ γὰρ τὸ πρότερον ψεύσασθαι αὐτούς, ἀλλ'
ἔργου τινὸς πιστοῦ δεῖν ἔφη. ἐρωτώμενος δέ· "Καὶ τί
τοῦτ' ἂν εἴη;" πάλιν ἀπεκρίνατο· "Ὅπερ καὶ πρόσθεν,"
ἔφη, "ποιήσαντες οὐδὲν ὑφ' ἡμῶν ἠδικήθητε." τοῦτο δὲ ἦν
τὴν ἀκρόπολιν παραδοῦναι. οὐκ ἐθελόντων δὲ αὐτῶν τοῦτο 16
110 ποιεῖν, ἐνέβαλέ τε εἰς τὴν χώραν καὶ ταχὺ περιτειχίσας
ἐπολιόρκει αὐτούς. πολλῶν δὲ λεγόντων Λακεδαιμονίων
ὡς ὀλίγων ἕνεκεν ἀνθρώπων πόλει ἀπεχθάνοιντο πλέον
πεντακισχιλίων ἀνδρῶν· καὶ γὰρ δὴ ὅπως τοῦτ' ἔνδηλον
εἴη, οἱ Φλειάσιοι ἐν τῷ φανερῷ τοῖς ἔξω ἐξεκλησίαζον· ὁ
115 μέντοι Ἀγησίλαος πρὸς τοῦτο ἀντεμηχανήσατο. ὁπότε 17
γὰρ ἐξίοιεν ἢ διὰ φιλίαν ἢ διὰ συγγένειαν τῶν φυγάδων,
ἐδίδασκε συσσίτιά τε αὐτῶν κατασκευάζειν καὶ εἰς τὰ
ἐπιτήδεια ἱκανὸν διδόναι, ὁπόσοι γυμνάζεσθαι ἐθέλοιεν·
καὶ ὅπλα δὲ ἐκπορίζειν ἅπασι τούτοις διεκελεύετο, καὶ μὴ
120 ὀκνεῖν εἰς ταῦτα χρήματα δανείζεσθαι. οἱ δὲ ταῦτα ὑπη-
ρετοῦντες ἀπέδειξαν πλείους χιλίων ἀνδρῶν ἄριστα μὲν
τὰ σώματα ἔχοντας, εὐτάκτους δὲ καὶ εὐοπλοτάτους· ὥστε
τελευτῶντες οἱ Λακεδαιμόνιοι ἔλεγον ὡς τοιούτων δέοιντο
συστρατιωτῶν.

καὶ τί: on this use of καί, see on
10. — ὅπερ καὶ πρόσθεν κτέ.: "the
same means as you formerly adopted
to escape harm." καί is adverbial.
The reference is to the time when
the Phliasians had put their citadel
in the hands of the Spartans. See iv.
4. 15.
16. πολλῶν λεγόντων: the sent. is
not completed, but a new const. is
begun at ὁ μέντοι. — ἀπεχθάνοιντο: sc.
the Lacedaemonians. — πλέον: on this
use of the neut. without ἤ, instead of
the inflected form, see G. 175, 1, N. 2;
H. 647. — ἀνδρῶν: limits πόλει. —

ἐν φανερῷ τοῖς ἔξω: in a place visible
to those outside, i.e. to the besiegers. —
πρὸς τοῦτο: "against the reproach
that he was supporting the interests
of a few and incurring the hatred of
the many."
17. ἐξίοιεν: sc. τινές, i.e. deserters
from the city. — ἐδίδασκε: sc. τοὺς
φυγάδας. — αὐτῶν: i.e. the exiles and
their friends. — εἰς τὰ ἐπιτήδεια: sc.
of the deserters. — γυμνάζεσθαι: to
be understood of military exercise. —
ἄριστα: adverb. — τὰ σώματα: acc.
of specification. Cf. Oec. 21. 7 οἳ ἂν
αὐτῶν ἄριστα τὸ σῶμα ἔχωσι.

125 Καὶ Ἀγησίλαος μὲν δὴ περὶ ταῦτα ἦν. ὁ δὲ Ἀγησί- 18
πολις εὐθὺς ἐκ τῆς Μακεδονίας προσιὼν ἔθετο πρὸς τῇ
πόλει τῶν Ὀλυνθίων τὰ ὅπλα. ἐπεὶ δὲ οὐδεὶς ἀντεξῄει
αὐτῷ, τότε τῆς Ὀλυνθίας εἴ τι ὑπόλοιπον ἦν ἐδῄου καὶ εἰς
τὰς συμμαχίδας ἰὼν αὐτῶν ἔφθειρε τὸν σῖτον· Τορώνην
130 δὲ καὶ προσβαλὼν εἷλε κατὰ κράτος. ἐν δὲ τούτοις ὄντα 19
κατὰ θέρους ἀκμὴν καῦμα πυριφλεγὲς λαμβάνει αὐτόν.
ὡς δὲ πρόσθεν ἑωρακότα τὸ ἐν Ἀφύτει τοῦ Διονύσου ἱερὸν
ἔρως αὐτὸν τότ᾽ ἔσχε τῶν τε σκιερῶν σκηνημάτων καὶ τῶν
λαμπρῶν καὶ ψυχρῶν ὑδάτων. ἐκομίσθη μὲν οὖν ἐκεῖσε
135 ἔτι ζῶν, ὅμως μέντοι ἑβδομαῖος ἀφ᾽ οὗ ἔκαμεν ἔξω τοῦ
ἱεροῦ ἐτελεύτησε. καὶ ἐκεῖνος μὲν ἐν μέλιτι τεθεὶς καὶ
κομισθεὶς οἴκαδε ἔτυχε τῆς βασιλικῆς ταφῆς.

Ἀγησίλαος δὲ τοῦτο ἀκούσας οὐχ ᾗ τις ἂν ᾤετο ἐφή- 20
σθη ὡς ἀντιπάλῳ, ἀλλὰ καὶ ἐδάκρυσε καὶ ἐπόθησε τὴν
140 συνουσίαν. συσκηνοῦσι μὲν γὰρ δὴ βασιλεῖς ἐν τῷ
αὐτῷ, ὅταν οἴκοι ὦσιν· ὁ δὲ Ἀγησίπολις τῷ Ἀγησιλάῳ
ἱκανὸς μὲν ἦν καὶ ἡβητικῶν καὶ θηρευτικῶν καὶ ἱππικῶν
καὶ παιδικῶν λόγων μετέχειν· πρὸς δὲ τούτοις καὶ ὑπη-
δεῖτο αὐτὸν ἐν τῇ συσκηνίᾳ, ὥσπερ εἰκὸς πρεσβύτερον.

18-20. *Death of Agesipolis.* Sum-
mer of 380 B.C.
18. Ἀγησίπολις: last mentioned
in 9 as having set out for Olyn-
thus.
19. κατὰ θέρους ἀκμήν: *i.e.* in mid-
summer. *Cf.* Thuc. ii. 19. 1 τοῦ θέρους
ἀκμάζοντος. — σκηνημάτων, ὑδάτων:
sc. of the temple (consecrated en-
closure) of Dionysus. — ἔκαμεν: *fell
ill.* — ἔξω τοῦ ἱεροῦ: death within
the sacred precincts would have pol-
luted the sanctity of the place.—
ἐν μέλιτι τεθείς: Diod. xv. 93 relates
the same story concerning the body

of Agesilaus, who died subsequently
in Egypt. — τῆς βασιλικῆς ταφῆς:
Herodotus, vi. 58, gives a full de-
scription of the funeral observances.
They included suspension of all busi-
ness, public and private, for ten
days.
20. ὡς ἀντιπάλῳ: sc. αὐτῷ τελευτή-
σαντι. Agesipolis formed a marked
contrast to Agesilaus. He was a lover
of peace and opposed to the subjuga-
tion of the other Grecian states, par-
ticularly by such unscrupulous meas-
ures as Agesilaus was only too ready
to adopt. — συσκηνοῦσι: *they eat to-*

145 καὶ οἱ μὲν Λακεδαιμόνιοι ἀντ' ἐκείνου Πολυβιάδην ἁρμο-
στὴν ἐπὶ τὴν Ὄλυνθον ἐκπέμπουσιν.

Ὁ δ' Ἀγησίλαος ἤδη μὲν ὑπερέβαλε τὸν χρόνον, ὅσου 21
ἐλέγετο ἐν τῷ Φλειοῦντι σῖτος εἶναι· τοσοῦτον γὰρ ἐγκρά-
τεια γαστρὸς διαφέρει, ὥστε οἱ Φλειάσιοι τὸν ἥμισυν
150 ψηφισάμενοι σῖτον τελεῖν ἢ πρόσθεν καὶ ποιοῦντες τοῦτο
τὸν διπλάσιον τοῦ εἰκότος χρόνον πολιορκούμενοι διήρκε-
σαν. καὶ τόλμα δὲ ἀτολμίας ἔσθ' ὅτε τοσοῦτον διαφέρει, 22
ὥστε Δελφίων τις, λαμπρὸς δοκῶν εἶναι, λαβὼν πρὸς
αὐτὸν τριακοσίους ἄνδρας Φλειασίων ἱκανὸς μὲν ἦν κωλύειν
155 τοὺς βουλομένους εἰρήνην ποιεῖσθαι, ἱκανὸς δὲ οἷς ἠπίστει
εἴρξας φυλάττειν, ἐδύνατο δὲ εἴς τε τὰς φυλακὰς ἀναγκά-
ζειν τὸ πλῆθος ἰέναι καὶ τούτους ἐφοδεύων πιστοὺς παρέ-
χεσθαι. πολλάκις δὲ μεθ' ὧν εἶχε περὶ αὐτὸν καὶ ἐκθέων
ἀπέκρουε φύλακας ἄλλοτ' ἄλλῃ τοῦ περιτετειχισμένου
160 κύκλου. ἐπεὶ μέντοι οἱ ἐπίλεκτοι οὗτοι πάντα τρόπον 23
ζητοῦντες οὐχ ηὕρισκον σῖτον ἐν τῇ πόλει, ἐκ τούτου· δὴ
πέμψαντες πρὸς τὸν Ἀγησίλαον ἐδέοντο σπείσασθαι πρε-

---

gether. — ὁ δὲ **Ἀγησίπολις** κτέ.: *Agesi-
polis was the sort of man to share Age-
silaus's conversation about the days of
his youth, his hunting and equestrian
exploits, and his lore adventures.* —
ὥσπερ εἰκὸς πρεσβύτερον: *sc.* ἦν ὑπαι-
δεῖσθαι, *as was fitting he should honor
an older man.*

21–25. *End of the campaign against
Phlius. Summer of 379 B.C.*

21. **ὅσου**: gen. of measure, depen-
dent upon σῖτος. (G. 167, 5; II. 729 d.
— **ἐλέγετο**: *viz.* by the deserters. —
τοσοῦτον . . . **διαφέρει**: *moderation
differs so much from gluttony.* After
διαφέρει is implied, 'in case of neces-
sity men can live well for a longer
time than they think,' or some similar

thought. — **γαστρός**: gen. of separa-
tion with διαφέρει. G. 174; II. 748.
— **τελεῖν**: *consume.* — **τοῦ εἰκότος**:
equiv. to ἢ εἰκὸς ἦν. The gen. with
διπλάσιον is that of comparison. G.
175, s. 1; II. 755 a.

22. **λαμπρὸς δοκῶν εἶναι**: *appearing
to hold a commanding position.* — **εἴς τε
τὰς φυλακὰς** κτέ.: *to compel them to
man the guard-posts.* — **κύκλου**: *the
line of circumvallation.* The gen. de-
pends upon ἄλλῃ. G. 182, 2; II. 757.

23. **οἱ ἐπίλεκτοι**: *i.e.* Delphion's
300. — **ζητοῦντες**: *sc.* for supplies
which might be secretly withheld. —
σπείσασθαι κτέ.: *sc.* αὐτόν referring
to Agesilaus. *To make a truce with
an embassy which should go to Lacedae-*

σβεία εἰς Λακεδαίμονα ἰούσῃ· δεδόχθαι γὰρ σφίσιν
ἔφασαν ἐπιτρέπειν τοῖς τέλεσι τῶν Λακεδαιμονίων χρή-
165 σασθαι τῇ πόλει ὅ τι βούλοιντο. ὁ δὲ ὀργισθεὶς ὅτι 24
ἄκυρον αὐτὸν ἐποίουν, πέμψας μὲν πρὸς τοὺς οἴκοι φίλους
διεπράξατο ἑαυτῷ ἐπιτραπῆναι τὰ περὶ Φλειοῦντος, ἐσπεί-
σατο δὲ τῇ πρεσβείᾳ. φυλακῇ δὲ ἔτι ἰσχυροτέρᾳ ἢ πρό-
τερον ἐφύλαττεν, ἵνα μηδεὶς τῶν ἐκ τῆς πόλεως ἐξίοι.
170 ὅμως μέντοι ὅ γε Δελφίων καὶ στιγματίας τις μετ' αὐτοῦ,
ὃς πολλὰ ὑφείλετο ὅπλα τῶν πολιορκούντων, ἀπέδρασαν
νύκτωρ. ἐπεὶ δὲ ἧκον ἐκ τῆς Λακεδαίμονος ἀπαγγέλ- 25
λοντες, ὅτι ἡ πόλις ἐπιτρέποι Ἀγησιλάῳ διαγνῶναι τὰ ἐν
Φλειοῦντι ὅπως αὐτῷ δοκοίη, Ἀγησίλαος δὴ οὕτως ἔγνω,
175 πεντήκοντα μὲν ἄνδρας τῶν κατεληλυθότων, πεντήκοντα δὲ
τῶν οἴκοθεν πρῶτον μὲν ἀνακρῖναι ὅντινά τε ζῆν ἐν τῇ
πόλει καὶ ὅντινα ἀποθανεῖν δίκαιον εἴη· ἔπειτα δὲ νόμους
θεῖναι, καθ' οὓς πολιτεύσοιντο· ἕως δ' ἂν ταῦτα διαπρά-
ξωνται, φυλακὴν καὶ μισθὸν τοῖς φρουροῖς ἐξ μηνῶν κατέ-
180 λιπε. ταῦτα δὲ ποιήσας τοὺς μὲν συμμάχους ἀφῆκε, τὸ
δὲ πολιτικὸν οἴκαδε ἀπήγαγε. καὶ τὰ μὲν περὶ Φλειοῦντα
οὕτως αὖ ἐπετετέλεστο ἐν ὀκτὼ μησὶ καὶ ἐνιαυτῷ.

---

mon, i.e. to give them pledges of safe
conduct. — πρεσβείᾳ: dat. of union
or association. G. 186; H. 772.—
τοῖς τέλεσι: the ephors. — χρήσασθαι
... βούλοιντο: to treat the city as they
wished; regular formula for uncon-
ditional submission. Cf. ii. 4. 37.—
ὅ τι: sc. χρήσασθαι. The acc. is cog-
nate. G. 159, N. 2; H. 716 b.
  24. ἄκυρον ... ἐποίουν: treated him
as without authority in the matter.
That he was really ἄκυρος is shown
clearly by the context.—ἐκ τῆς πό-
λεως: by attraction, for ἐν τῇ πόλει,
as frequently.

25. ἀπαγγέλλοντες: sc. τινές. Cf.
vi. 5. 25 ἧκον λέγοντες. — τῶν οἴκοθεν:
Agesilaus doubtless took good care
that none but members of the oligar-
chical party should be selected. —
πολιτεύσοιντο: rel. clause of purpose
in indir. disc. changed from fut. ind.
of dir. disc., after a secondary tense.
G. 236 and N. 3. — τοῖς φρουροῖς: i.e.
τῇ φυλακῇ. — τὸ δὲ πολιτικόν: i.e. the
army of Spartan citizens as opposed
to the allies. — αὖ: calls attention to
the events in Phlius as opposed to
those elsewhere. Cf. 2. 10 ταῦτα μὲν
αὖ.

Καὶ ὁ Πολυβιάδης δὲ παντάπασι κακῶς ἔχοντας 26
λιμῷ τοὺς Ὀλυνθίους διὰ τὸ μήτε ἐκ τῆς γῆς λαμβάνειν
185 μήτε κατὰ θάλατταν εἰσάγεσθαι σῖτον αὐτοῖς, ἠνάγκασε
πέμψαι εἰς Λακεδαίμονα περὶ εἰρήνης. οἱ δ' ἐλθόντες
πρέσβεις αὐτοκράτορες συνθήκας ἐποιήσαντο τὸν αὐτὸν
μὲν ἐχθρὸν καὶ φίλον Λακεδαιμονίοις νομίζειν, ἀκολουθεῖν
δὲ ὅποι ἂν ἡγῶνται καὶ σύμμαχοι εἶναι. καὶ ὀμόσαντες
190 ταύταις ἐμμενεῖν οὕτως ἀπῆλθον οἴκαδε.

Προκεχωρηκότων δὲ τοῖς Λακεδαιμονίοις ὥστε Θηβαί- 27
ους μὲν καὶ τοὺς ἄλλους Βοιωτοὺς παντάπασιν ἐπ' ἐκείνοις
εἶναι, Κορινθίους δὲ πιστοτάτους γεγενῆσθαι, Ἀργείους
δὲ τεταπεινῶσθαι διὰ τὸ μηδὲν ἔτι ὠφελεῖν αὐτοὺς τῶν
195 μηνῶν τὴν ὑποφοράν, Ἀθηναίους δὲ ἠρημῶσθαι, τῶν δ'
αὖ συμμάχων κεκολασμένων οἳ δυσμενῶς εἶχον αὐτοῖς,
παντάπασιν ἤδη καλῶς καὶ ἀσφαλῶς ἡ ἀρχὴ ἐδόκει
αὐτοῖς κατεσκευάσθαι.

Πολλὰ μὲν οὖν ἄν τις ἔχοι καὶ ἄλλα λέγειν καὶ Ἑλλη- 4
νικὰ καὶ βαρβαρικά, ὡς θεοὶ οὔτε τῶν ἀσεβούντων οὔτε
τῶν ἀνόσια ποιούντων ἀμελοῦσι· νῦν γε μὴν λέξω τὰ
προκείμενα. Λακεδαιμόνιοί τε γὰρ οἱ ὀμόσαντες αὐτονό-

26, 27. *Subjugation of Olynthus.*
The Spartan power at its height.
379 B.C.
26. λαμβάνειν, εἰσάγεσθαι: note
the change of subject. *Sc.* σῖτον as
obj. of λαμβάνειν. — οἱ δ' ἐλθόντες . . .
αὐτοκράτορες: *the ambassadors having
come with full powers.* On the order
of the words, see on 2. 4. — τὸν αὐτὸν
. . . νομίζειν: "to have the same
friends and foes, as the Lacedaemo-
nians." Λακεδαιμονίοις is dat. of re-
semblance after τὸν αὐτόν. G. 186;
II. 773 a. — οὕτως: resumes the pre-
ceding participial clause.
27. προκεχωρηκότων: the omitted

subj. is explained by the following
infinitives. *Cf.* ii. 4. 29 οὕτω δὲ προ-
χωρούντων, *as things were going on thus.*
G. 278, 1, N.; II. 972 a. — τῶν μηνῶν
τὴν ὑποφοράν: see on 1. 29. — ἠρη-
μῶσθαι: *sc.* of their allies.
4. 1-12. *Overthrow of the Spartan
power in Thebes. Winter of 379-8 B.C.*
1. πολλὰ . . . λέγειν: "one might
adduce many other instances to show
that the gods," *etc.* — ἀσεβούντων,
ἀνόσια ποιούντων: the former with
reference to the gods, the latter with
reference to men. — ἀμελοῦσι: *leave
unpunished.* — γὲ μήν: see on 1. 29.
— ὀμόσαντες: *sc.* at the Peace of An-

5 μους ἐάσειν τὰς πόλεις τὴν ἐν Θήβαις ἀκρόπολιν κατα-
σχόντες ὑπ᾽ αὐτῶν μόνων τῶν ἀδικηθέντων ἐκολάσθησαν,
πρότερον οὐδ᾽ ὑφ᾽ ἑνὸς τῶν πώποτε ἀνθρώπων κρατηθέν-
τες, τούς τε τῶν πολιτῶν εἰσαγαγόντας εἰς τὴν ἀκρόπολιν
αὐτοὺς καὶ βουληθέντας Λακεδαιμονίοις δουλεύειν τὴν
10 πόλιν, ὥστε αὐτοὶ τυραννεῖν, τὴν τούτων ἀρχὴν ἑπτὰ
μόνον τῶν φυγόντων ἤρκεσαν καταλῦσαι. ὡς δὲ τοῦτ᾽
ἐγένετο διηγήσομαι.

Ἦν τις Φυλλίδας, ὃς ἐγραμμάτευε τοῖς περὶ Ἀρχίαν πο- 2
λεμάρχοις, καὶ τἆλλα ὑπηρέτει, ὡς ἐδόκει, ἄριστα.   τούτῳ
15 δ᾽ ἀφιγμένῳ Ἀθήναζε κατὰ πρᾶξίν τινα καὶ πρόσθεν
γνώριμος ὢν Μέλων τῶν Ἀθήναζε πεφευγότων Θηβαίων
συγγίγνεται, καὶ διαπυθόμενος μὲν τὴν περὶ Ἀρχίαν τε
τὸν πολεμαρχοῦντα καὶ τὴν περὶ Φίλιππον τυραννίδα,
γνοὺς δὲ μισοῦντα αὐτὸν ἔτι μᾶλλον αὐτοῦ τὰ οἴκοι,
20 πιστὰ δοὺς καὶ λαβὼν συνέθετο ὡς δεῖ ἕκαστα γίγνεσθαι.
ἐκ δὲ τούτου προσλαβὼν ὁ Μέλων ἐξ τοὺς ἐπιτηδειοτάτους 3
τῶν φευγόντων ξιφίδια ἔχοντας καὶ ἄλλο ὅπλον οὐδέν,

talcidas. See I. 32. — ὑπ᾽ αὐτῶν μό-
νων κτέ.: by the injured ones alone ;
αὐτός sometimes occurs, as here, with
μόνος to strengthen it; cf. Cyr. iii. 3.
38. — τῶν ἀδικηθέντων: viz. the The-
bans. — ἐκολάσθησαν: sc. at Leuctra
several years later, in 371 B.C. — οὐδ᾽
ὑφ᾽ ἑνός: οὐδείς and μηδείς with a prep.
or the particle ἄν are often thus re-
solved for emphasis. — τοὺς εἰσαγα-
γόντας καὶ βουλευθέντας: anacoluthon.
Instead of these accs. being the obj. of
καταλῦσαι, the const. is changed and
τὴν τούτων ἀρχήν is made object. —
ὥστε αὐτοὶ τυραννεῖν: denoting pur-
pose. See on 3. 14 and cf. 4. 21. The
nom. instead of the acc. as subj. is ir-
regular, as though οἱ εἰσήγαγον instead
of τοὺς εἰσαγαγόντας had preceded. —

ἑπτὰ μόνον τῶν φυγόντων: seven only
of the exiles. Plutarch, Pelop. 8, gives
twelve as the number. In all some
300 fled from Thebes to Athens, at
the time when the Cadmea was seized
by Phoebidas. See 2. 31.
   2. τοῖς περὶ Ἀρχίαν πολεμάρχοις:
there were only two polemarchs ;
hence the reference here is to Archias
and Philip alone. Cf. Diod. ii. 60
τοὺς περὶ Ἰαμβοῦλον, referring to Iam-
bulus and his sole attendant. — καὶ
πρόσθεν γνώριμος ὤν: being also before
acquainted with him. — καὶ τὴν περὶ
Φίλιππον: we should have expected
τὴν περὶ Ἀρχίαν τε καὶ Φίλιππον τοὺς
πολεμαρχοῦντας τυραννίδα. — αὐτοῦ:
gen. of comparison.
   3. ὁ Μέλων: the real leader was

ἔρχεται πρῶτον μὲν εἰς τὴν χώραν νυκτός· ἔπειτα δὲ
ἡμερεύσαντες ἔν τινι τόπῳ ἐρήμῳ πρὸς τὰς πύλας ἦλθον,
25 ὡς δὴ ἐξ ἀγροῦ ἀπιόντες, ἡνίκαπερ οἱ ἀπὸ τῶν ἔργων
ὀψιαίτατοι. ἐπεὶ ·δ᾽ εἰσῆλθον εἰς τὴν πόλιν, διενυκτέρευ-
σαν μὲν ἐκείνην τὴν νύκτα παρὰ Χάρωνί τινι, καὶ τὴν
ἐπιοῦσαν δ᾽ ἡμέραν διημέρευσαν. ὁ μὲν οὖν Φυλλίδας 4
τά τε ἄλλα ἐπεμελεῖτο τοῖς πολεμάρχοις, ὡς ᾽Αφροδίσια
30 ἄγουσιν ἐπ᾽ ἐξόδῳ τῆς ἀρχῆς, καὶ δὴ καὶ γυναῖκας πάλαι
ὑπισχνούμενος ἄξειν αὐτοῖς τὰς σεμνοτάτας καὶ καλλί-
στας τῶν ἐν Θήβαις τότ᾽ ἔφη ἄξειν. οἱ δέ—ἦσαν γὰρ
τοιοῦτοι—μάλα ἡδέως προσεδέχοντο νυκτερεύειν. ἐπεὶ δὲ 5
ἐδείπνησάν τε καὶ συμπροθυμουμένου ἐκείνου ταχὺ ἐμεθύ-
35 σθησαν, πάλαι κελευόντων ἄγειν τὰς ἑταίρας, ἐξελθὼν
ἤγαγε τοὺς περὶ Μέλωνα, τρεῖς μὲν στείλας ὡς δεσποίνας,
τοὺς δ᾽ ἄλλους ὡς θεραπαίνας. κἀκείνους μὲν εἰσήγαγεν 6
εἰς τὸ ταμιεῖον τοῦ πολεμαρχείου, αὐτὸς δ᾽ εἰσελθὼν εἶπε
τοῖς περὶ ᾽Αρχίαν, ὅτι οὐκ ἄν φασιν εἰσελθεῖν αἱ γυναῖκες,
40 εἴ τις τῶν διακόνων ἔνδον ἔσοιτο. ἔνθεν οἱ μὲν ταχὺ
ἐκέλευον πάντας ἐξιέναι, ὁ δὲ Φυλλίδας δοὺς οἶνον εἰς ἑνὸς

Pelopidas, whose name Xenophon
avoids mentioning. — τὴν χώραν: i.e.
Boeotia. Acc. to Plutarch they were
accompanied from Athens to the
Boeotian boundaries by some 100
Theban exiles, who there awaited the
outcome of the enterprise. — πρὸς τὰς
πύλας: "to different gates," having
approached the city from various
directions. — ὡς δὴ ἐξ ἀγροῦ ἀπιόντες:
as if returning from the country. They
were disguised as hunters and farm-
ers. — ἡνίκα περ κτέ.: at the time when
the last laborers come in. Sc. πρὸς πύ-
λας ἔρχονται. — Χάρωνι: who, when
informed of the plot, had offered his
house as a meeting-place for the con-

spirators. Plut. Pelop. 7. — διημέρευ-
σαν: sc. παρὰ τῷ Χάρωνι.
4. τά τε ἄλλα ἐπεμελεῖτο: made the
other arrangements. For the cognate
acc., see G. 159, N. 2; H. 716 b. —
᾽Αφροδίσια: here not a festival in
honor of the goddess ᾽Αφροδίτη, but in
celebration of the successful conclu-
sion of their official duties. Festivals
of rejoicing were also celebrated by
sailors under the same name. — ἄγου-
σιν: dat. pl. with πολεμάρχοις. —
τοιοῦτοι: i.e. of the sort to be pleased
with such a proposition.
5. κελευόντων: supply αὐτῶν as
subj. of the gen. abs. construction.
6. εἰς ἑνὸς κτέ.: to the house of one of

τῶν διακόνων ἐξέπεμψεν αὐτούς. ἐκ δὲ τούτου εἰσήγαγε
τὰς ἑταίρας δή, καὶ ἐκάθιζε παρ᾽ ἑκάστῳ. ἦν δὲ σύνθημα,
ἐπεὶ καθίζοιντο, παίειν εὐθὺς ἀνακαλυψαμένους. οἱ μὲν δὴ 7
45 οὕτω λέγουσιν αὐτοὺς ἀποθανεῖν, οἱ δὲ καὶ ὡς κωμαστὰς
εἰσελθόντας τοὺς ἀμφὶ Μέλωνα ἀποκτεῖναι τοὺς πολεμάρ-
χους. λαβὼν δὲ ὁ Φυλλίδας τρεῖς αὐτῶν ἐπορεύετο ἐπὶ
τὴν τοῦ Λεοντιάδου οἰκίαν· κόψας δὲ τὴν θύραν εἶπεν, ὅτι
παρὰ τῶν πολεμάρχων ἀπαγγεῖλαί τι βούλοιτο. ὁ δὲ
50 ἐτύγχανε μὲν χωρὶς κατακείμενος ἔτι μετὰ δεῖπνον καὶ ἡ
γυνὴ ἐριουργοῦσα παρεκάθητο. ἐκέλευσε δὲ τὸν Φυλλί-
δαν πιστὸν νομίζων εἰσιέναι. οἱ δ᾽ ἐπεὶ εἰσῆλθον, τὸν
μὲν ἀποκτείναντες, τὴν δὲ γυναῖκα φοβήσαντες κατεσιώ-
πησαν. ἐξιόντες δὲ εἶπον τὴν θύραν κεκλεῖσθαι· εἰ δὲ
55 λήψοιντο ἀνεῳγμένην, ἠπείλησαν ἀποκτεῖναι ἅπαντας τοὺς
ἐν τῇ οἰκίᾳ. ἐπεὶ δὲ ταῦτ᾽ ἐπέπρακτο, λαβὼν δύο ὁ Φυλ- 8
λίδας τῶν ἀνδρῶν ἦλθε πρὸς τὸ ἀναγκαῖον, καὶ εἶπε τῷ
εἰργμοφύλακι, ὅτι ἄνδρα ἄγοι παρὰ πολεμάρχων, ὃν εἷρξαι
δέοι. ὡς δὲ ἀνέῳξε, τοῦτον μὲν εὐθὺς ἀπέκτειναν, τοὺς δὲ
60 δεσμώτας ἔλυσαν. καὶ τούτους μὲν ταχὺ τῶν ἐκ τῆς

the servants. Supply οἶκον, which along
with some other designations of place
is sometimes omitted with ἐν and εἰς.
G. 141, N. 4; H. 730 a. — δή: ironi-
cally. — ἀνακαλυψαμένους : agrees
with the omitted subj. of παίειν.

7. οἱ δὲ καὶ κτέ. : this account is
given also by Plut. *de genio Socr.* 30. —
λαβὼν δὲ ὁ Φυλλίδας: the account in
Plut. *Pelop.* 11 assigns to Pelopidas the
leadership in the murder of Leontia-
des. — Λεοντιάδου: it was he who had
surrendered the Cadmea to Phoebidas.
See 2. 29. — χωρίς: *without company.*
— ἔτι: the Greeks often continued to
recline on their couches after the
meal was over. — τὸν ... κατεσιώπη-

σαν: "killed him and silenced his
wife by frightening her." The parti-
cles μέν ... δέ are used as if the two
objs. were dependent upon the same
verb κατεσιώπησαν. — εἶπον: *ordered.*
— κεκλεῖσθαι: *to be shut and kept shut.*
The perf. is occasionally used to de-
note an action, soon to occur, and
also the continuous state resulting
from the act. — Cf. vi. 4. 25 παρήγγει-
λαν συνεσκευάσθαι πάντας, *ordered them
to pack up and be ready,* and the imv.
πεποίησο *Cyr.* iv. 2. 7. G. 202, 2, N.
2. — ἀποκτεῖναι: for the aor., cf. 1.
32 δέξασθαι.

8. τὸ ἀναγκαῖον: *the prison.* The
word in this sense seems to have been

στοᾶς ὅπλων καθελόντες ὥπλισαν καὶ ἀγαγόντες ἐπὶ τὸ
᾿Αμφεῖον θέσθαι ἐκέλευον τὰ ὅπλα.   ἐκ δὲ τούτου εὐθὺς 9
ἐκήρυττον ἐξιέναι πάντας Θηβαίους, ἱππέας τε καὶ ὁπλί-
τας, ὡς τῶν τυράννων τεθνεώτων.   οἱ δὲ πολῖται, ἕως μὲν
65 νὺξ ἦν, ἀπιστοῦντες ἡσυχίαν εἶχον · ἐπεὶ δ᾿ ἡμέρα τ᾿ ἦν
καὶ φανερὸν ἦν τὸ γεγενημένον, ταχὺ δὴ καὶ οἱ ὁπλῖται
καὶ οἱ ἱππεῖς σὺν τοῖς ὅπλοις ἐξεβοήθουν.   ἔπεμψαν δ᾿
ἱππέας οἱ κατεληλυθότες καὶ ἐπὶ τοὺς πρὸς τοῖς ὁρίοις
᾿Αθηναίων δύο τῶν στρατηγῶν.   οἱ δ᾿ εἰδότες τὸ πρᾶγμα,
70 ἐφ᾿ ὃ ἀπεστάλκεσαν*.   ὁ μέντοι ἐν τῇ ἀκροπόλει ἁρμοστὴς 10
ἐπεὶ ᾔσθετο τὸ νυκτερινὸν κήρυγμα, εὐθὺς ἔπεμψεν εἰς
Πλαταιὰς καὶ Θεσπιὰς ἐπὶ βοήθειαν.   καὶ τοὺς μὲν
Πλαταιέας αἰσθόμενοι προσιόντας οἱ τῶν Θηβαίων ἱππεῖς
ἀπαντήσαντες ἀπέκτειναν αὐτῶν πλέον ἢ εἴκοσιν · ἐπεὶ δὲ
75 εἰσῆλθον ταῦτα πράξαντες καὶ οἱ ᾿Αθηναῖοι ἀπὸ τῶν
ὁρίων ἤδη παρῆσαν, προσέβαλον πρὸς τὴν ἀκρόπολιν.
ὡς δὲ ἔγνωσαν οἱ ἐν τῇ ἀκροπόλει ὀλίγοι ὄντες, τήν τε 11

peculiar to the Boeotians. — τῶν
ὅπλων: part. gen. used as obj. of
καθελόντες. G. 170, 1; H. 736. The
weapons were trophies which were
hung up in the στοά, as memorials
of victory. — ᾿Αμφεῖον: sanctuary of
Amphion, mythical founder of Thebes,
situated in the vicinity of the Cad-
mea.

9. ἐξιέναι: sc. out of their houses.
— δύο τῶν στρατηγῶν: cf. 19. — οἱ δ᾿
εἰδότες κτἑ.: the sent. is incomplete
and prob. corrupt. It contained
possibly some explanation of the
fact that two Athenian generals were
at the Boeotian boundary with an
army. Acc. to Diod. xv. 25 f.
the Athenians despatched an army
of 5000 hoplites and 500 horse un-
der Demophon, to the assistance of

Thebes. But his account is untrust-
worthy.

10. Πλαταιάς: destroyed in the
Peloponnesian War, 427 B.C., by the
Lacedaemonians, but rebuilt by them
and restored to the descendants of
the Plataeans after the Peace of An-
talcidas.   Lacedaemonian garrisons
were stationed in both Plataea and
Thespiae.   Plataea in consequence
of its old hostility to Thebes natu-
rally inclined to the side of the Lace-
daemonians, in spite of all they had
suffered at the hands of the latter.

11. ὡς ἔγνωσαν . . . ὄντες: when
those in the citadel perceived that they
were few. They are said to have num-
bered some 1500, as against ten times
that number in the attacking party.
On the supplementary partic. see G.

προθυμίαν τῶν προσιόντων ἁπάντων ἑώρων, καὶ τῶν κηρυ-
γμάτων μεγάλων γιγνομένων τοῖς πρώτοις ἀναβᾶσιν, ἐκ
80 τούτων φοβηθέντες εἶπον, ὅτι ἀπίοιεν ἄν, εἰ σφίσιν ἀσφά-
λειαν μετὰ τῶν ὅπλων ἀπιοῦσι διδοῖεν. οἱ δὲ ἄσμενοί τε
ἔδοσαν ἃ ᾔτουν καὶ σπεισάμενοι καὶ ὅρκους ὀμόσαντες ἐπὶ
τούτοις ἐξέπεμπον. ἐξιόντων μέντοι, ὅσους ἐπέγνωσαν τῶν 12
ἐχθρῶν ὄντας, συλλαμβάνοντες ἀπέκτειναν. ἦσαν δέ τινες
85 οἳ καὶ ὑπὸ Ἀθηναίων τῶν ἀπὸ τῶν ὁρίων ἐπιβοηθησάντων
ἐξεκλάπησαν καὶ διεσώθησαν. οἱ μέντοι Θηβαῖοι καὶ τοὺς
παῖδας τῶν ἀποθανόντων, ὅσοις ἦσαν, λαβόντες ἀπέσφαξαν.

Ἐπεὶ δὲ ταῦτα ἐπύθοντο οἱ Λακεδαιμόνιοι, τὸν μὲν 13
ἁρμοστὴν τὸν ἐγκαταλιπόντα τὴν ἀκρόπολιν καὶ οὐκ ἀνα-
90 μείναντα τὴν βοήθειαν ἀπέκτειναν, φρουρὰν δὲ φαίνουσιν
ἐπὶ τοὺς Θηβαίους. καὶ Ἀγησίλαος μὲν λέγων ὅτι ὑπὲρ
τετταράκοντα ἀφ' ἥβης εἴη, καὶ ὥσπερ τοῖς ἄλλοις τοῖς
τηλικούτοις οὐκέτι ἀνάγκη εἴη τῆς ἑαυτῶν ἔξω στρατεύε-
σθαι, οὕτω δὴ καὶ βασιλεῦσι τὸν αὐτὸν νόμον ὄντα ἀπε-
95 δείκνυε. κἀκεῖνος μὲν δὴ λέγων ταῦτα οὐκ ἐστρατεύετο.

280; II. 982.— καὶ τῶν κηρυγμάτων
μεγάλων γιγνομένων: co-ord. with ὡς
δὲ ἔγνωσαν, τήν τε ἑώρων, and equiv.
to ἐπεὶ τὰ κηρύγματα μεγάλα ἦν.— κη-
ρύγματα: i.e. the promises of reward
to him who should first scale the cita-
del.— ἐπὶ τούτοις: on these terms.—
ἐξέπεμπον: let them depart.
    12. ἐξιόντων: gen. abs. with omitted
subject. Cf. 5 κελευόντων.— τῶν ἐχ-
θρῶν ὄντας belonging to their opponents.
The reference is to their political op-
ponents, many of whom had taken
refuge in the Cadmea upon learning
of the assassination of the pole-
marchs.— ἐξεκλάπησαν: were secretly
brought away.— ὅσοις ἦσαν: as many
as had children.

13-18. Expedition of Cleombrotus
against Thebes. 378 B.C.
    13. τὸν μὲν ἁρμοστήν: acc. to
Plut. Pelop. 13 and Diod. xv. 27
three Spartan commanders were in
the Cadmea, of whom two were
condemned to death while the other
was heavily fined.— ὑπὲρ τετταρά-
κοντα κτέ.: sc. ἔτη. Over forty years
beyond the military age. The mili-
tary age was twenty, and service
might be regularly required up to
sixty.— ἑαυτῶν: their own coun-
try.— οὕτω: ἀπεδείκνυε: anaco-
luthon for οὕτω δὴ καὶ βασιλεῦσιν ὁ
αὐτὸς νόμος εἴη. On the form, see on 2.
    13.— κἀκεῖνος . . . λέγων: resumes
and completes the logically unfinished

οὐ μέντοι τούτου γε ἕνεκεν κατέμεινεν, ἀλλ᾽ εὖ εἰδώς, ὅτι
εἰ στρατηγοίη, λέξοιεν οἱ πολῖται, ὡς ᾿Αγησίλαος, ὅπως
βοηθήσειε τοῖς τυράννοις, πράγματα τῇ πόλει παρέχοι.
εἴα οὖν αὐτοὺς βουλεύεσθαι ὁποῖόν τι βούλοιντο περὶ τού-
100 των. οἱ δ᾽ ἔφοροι διδασκόμενοι ὑπὸ τῶν μετὰ τὰς ἐν 14
Θήβαις σφαγὰς ἐκπεπτωκότων Κλεόμβροτον ἐκπέμπουσι,
πρῶτον τότε ἡγούμενον, μάλα χειμῶνος ὄντος. τὴν μὲν
οὖν δι᾽ ᾿Ελευθερῶν ὁδὸν Χαβρίας ἔχων ᾿Αθηναίων πελτα-
στὰς ἐφύλαττεν · ὁ δὲ Κλεόμβροτος ἀνέβαινε κατὰ τὴν
105 εἰς Πλαταιὰς φέρουσαν. προϊόντες δὲ οἱ πελτασταὶ περι-
τυγχάνουσιν ἐπὶ τῷ ἄκρῳ φυλάττουσι τοῖς ἐκ τοῦ ἀναγ-
καίου λελυμένοις, ὡς περὶ ἑκατὸν καὶ πεντήκοντα οὖσι.
καὶ τούτους μὲν ἅπαντας, εἰ μή τις ἐξέφυγεν, οἱ πελτασταὶ
ἀπέκτειναν · αὐτὸς δὲ κατέβαινε πρὸς τὰς Πλαταιάς, ἔτι
110 φιλίας οὔσας. ἐπεὶ δὲ εἰς Θεσπιὰς ἀφίκετο, ἐκεῖθεν ὁρμη- 15
θεὶς εἰς Κυνὸς κεφαλὰς οὔσας Θηβαίων ἐστρατοπεδεύ-
σατο. μείνας δὲ ἐκεῖ περὶ ἑκκαίδεκα ἡμέρας ἀπεχώρησε
πάλιν εἰς Θεσπιάς. κἀκεῖ μὲν ἁρμοστὴν κατέλιπε Σφο-

sentence which precedes. — εὖ εἰδὼς
... παρέχοι: Agesilaus had already
been the object of such reproaches
at the siege of Phlius. See 3. 16.
— ὁποῖόν τι : τίς is occasionally
added to ὁποῖος without perceptibly
affecting its meaning. Cf. 2. 8 ὁποῖοί
τινες.

14. Κλεόμβροτον: brother and suc-
cessor of Agesipolis. — μάλα χειμῶ-
νος ὄντος: μάλα is not infrequently
used with substs. which have an adj.
force. Cf. ii. 4. 2 καὶ μάλ᾽ εὐημερίας
οὔσης. — δι᾽ ᾿Ελευθερῶν: Eleutherae
was in northwestern Attica near the
Boeotian boundary, and in the direct
line of communication between Athens
and Thebes. Cleombrotus took a
route lying further to the west, not

with any purpose of avoiding Cha-
brias, but because it was the most
direct road to Thebes. — Χαβρίας :
last mentioned in 1. 10–12 in connec-
tion with the defeat and death of
Gorgopas. He was then on his way
to Cyprus to assist Euagoras against
Artaxerxes. Acc. to Diod. xv. 29 he
had recently returned from service
under the Egyptian king Acoris. —
κατὰ τήν : ὁδόν, along the road. —
ἐπὶ τῷ ἄκρῳ: on the summit, viz. of
Mt. Cithaeron, over which Cleombro-
tus had to pass on his way to Plataea.
— τοῖς λελυμένοις : see 8. — ὡς περί :
pleonastic. Cf. 2. 40 ὡς εἰς. — Πλα-
ταιάς: see on 10.

15. Κυνὸς κεφαλάς : near Thebes ;
to be distinguished from the Cynos-

δρίαν καὶ ἀπὸ τῶν συμμάχων τὸ τρίτον μέρος ἑκάστων·
115 παρέδωκε δὲ αὐτῷ καὶ χρήματα, ὅσα ἐτύγχανεν οἴκοθεν
ἔχων, καὶ ἐκέλευσε ξενικὸν προσμισθοῦσθαι. καὶ ὁ μὲν 16
Σφοδρίας ταῦτ' ἔπραττεν. ὁ δὲ Κλεόμβροτος ἀπῆγεν ἐπ'
οἴκου τὴν διὰ Κρεύσιος τοὺς μεθ' ἑαυτοῦ στρατιώτας καὶ
μάλα ἀποροῦντας πότερά ποτε πόλεμος πρὸς Θηβαίους ἢ
120 εἰρήνη εἴη· ἤγαγε μὲν γὰρ εἰς τὴν τῶν Θηβαίων τὸ στρά-
τευμα, ἀπῆλθε δὲ ὡς ἐδύνατο ἐλάχιστα κακουργήσας.
ἀπιόντι γε μὴν ἄνεμος αὐτῷ ἐξαίσιος ἐπεγένετο, ὃν καὶ 17
οἰωνίζοντό τινες σημαίνειν πρὸ τῶν μελλόντων. πολλὰ
μὲν γὰρ καὶ ἄλλα βίαια ἐποίησεν, ἀτὰρ καὶ ὑπερβάλ-
125 λοντος αὐτοῦ μετὰ τῆς στρατιᾶς ἐκ τῆς Κρεύσιος τὸ καθῆ-
κον ἐπὶ θάλατταν ὄρος πολλοὺς μὲν ὄνους κατεκρήμνισεν
αὐτοῖς σκεύεσι, πάμπολλα δὲ ὅπλα ἀφαρπασθέντα ἐξέ-
πνευσεν εἰς τὴν θάλατταν. τέλος δὲ πολλοὶ οὐ δυνάμενοι 18
σὺν τοῖς ὅπλοις πορεύεσθαι, ἔνθεν καὶ ἔνθεν τοῦ ἄκρου
130 κατέλιπον λίθων ἐμπλήσαντες ὑπτίας τὰς ἀσπίδας. καὶ
τότε μὲν τῆς Μεγαρικῆς ἐν Αἰγοσθένοις ἐδείπνησαν ὡς

cephalae in Thessaly. — ἀπὸ τῶν συμ-
μάχων: instead of the part. genitive.
Cf. 1. 11 ἀπὸ τῶν πληρωμάτων.
　16. τὴν διὰ Κρεύσιος: sc. ὁδόν; the
road through Creusis. The acc. is ad-
verbial. G. 160, 2; H. 719 a. Κρεύ-
σιος is the so-called Ionic genitive.
The road through Creusis led over
the western slope of Mt. Cithaeron,
and was the most frequented route
from Boeotia to Peloponnesus. — καὶ
μάλα: a more emphatic μάλα. See
on 2.3 καὶ μάλα. — πότερά ποτε: ποτέ
emphasizes the interr., as often in
Homer. Cf. 1. 4 τί ποτε. — τήν: sc.
γῆν. — ὡς . . . κακουργήσας: Cleom-
brotus seems to have resembled his
brother Agesipolis in his dislike of
war. His appearance in Theban ter-

ritory, however, was not without its
effect.
　17. ἀπιόντι αὐτῷ: as he was on his
way back. — σημαίνειν κτέ.: σημαίνειν
is used absolutely, — was a sign of
what was going to happen. The allu-
sion is to the defeat of Cleombrotus
at Leuctra. — ἀτάρ: see on 3. 7. —
τῶν μελλόντων: sc. γενέσθαι. — τὸ κα-
θῆκον ὄρος: i.e. some spur of Cithae-
ron. — αὐτοῖς σκεύεσι: baggage and all.
Dat. of accompaniment. G. 188, 5, N.;
H. 774 a. Cf. i. 2. 12 αὐτοῖς ἀνδράσι.
— ὅπλα: here for ἀσπίδας, shields.
　18. ἔνθεν . . . τοῦ ἄκρου: here and
there on the summit. — λίθων: gen. of
fulness. G. 172, 2; H. 743. — ὡς ἐδύ-
ναντο: as well as they could, consider-
ing the loss of the σκεύη.

ἐδύναντο · τῇ δ' ὑστεραίᾳ ἐλθόντες ἐκομίσαντο τὰ ὅπλα.
καὶ ἐκ τούτου οἴκαδε ἤδη ἕκαστοι ἀπῇεσαν · ἀφῆκε γὰρ
αὐτοὺς ὁ Κλεόμβροτος.

135   Οἱ μὲν οὖν Ἀθηναῖοι ὁρῶντες τὴν τῶν Λακεδαιμονίων 19
ῥώμην καὶ ὅτι πόλεμος ἐν Κορίνθῳ οὐκέτι ἦν, ἀλλ' ἤδη
παριόντες τὴν Ἀττικὴν οἱ Λακεδαιμόνιοι εἰς τὰς Θήβας
ἐνέβαλλον, οὕτως ἐφοβοῦντο ὥστε καὶ τὼ δύο στρατηγώ,
ᾧ συνηπιστάσθην τὴν τοῦ Μέλωνος ἐπὶ τοὺς περὶ Λεον-
140 τιάδην ἐπανάστασιν, κρίναντες τὸν μὲν ἀπέκτειναν, τὸν δέ,
ἐπεὶ οὐχ ὑπέμεινεν, ἐφυγάδευσαν.

Οἱ δ' αὖ Θηβαῖοι καὶ αὐτοὶ φοβούμενοι, εἰ μηδένες 20
ἄλλοι ἢ αὐτοὶ πολεμήσοιεν τοῖς Λακεδαιμονίοις, τοιόνδε
εὑρίσκουσι μηχάνημα. πείθουσι τὸν ἐν ταῖς Θεσπιαῖς
145 ἁρμοστὴν Σφοδρίαν, χρήματα δόντες, ὡς ὑπωπτεύετο,
ἐμβαλεῖν εἰς τὴν Ἀττικήν, ἵν' ἐκπολεμήσειε τοὺς Ἀθη-
ναίους πρὸς τοὺς Λακεδαιμονίους. κἀκεῖνος πειθόμενος
αὐτοῖς, προσποιησάμενος τὸν Πειραιᾶ καταλήψεσθαι, ὅτι
δὴ ἀπύλωτος ἦν, ἦγεν ἐκ τῶν Θεσπιῶν πρωὶ δειπνήσαντας

---

19. *Conviction of the Athenian gen-*
erals. 378 B.C.

πόλεμος ἐν Κορίνθῳ: the Corin-
thian War, which had lasted up to
the Peace of Antalcidas, had hin-
dered the Spartans from passing
by land beyond the boundaries of
Peloponnesus. — ἦν, ἐνέβαλλον: the
rare impf. ind. representing the pres.
of dir. discourse. G. 243, N. 2;
H. 936. *Cf.* 41 ἐφαίνοντο, and the
similar rare use of the plpf. ind.
in indir. disc. representing the perf.
ind. of dir. disc., as 2. 8 ἐγεγένηντο.
A different principle is involved
where the impf. ind. of dir. disc.
is retained in the indir. disc., — as
regularly, *e.g.* 1. 19 ἔπλει. — οὕτως

ὥστε: construed with the ind. as vii.
4. 32. — τὼ δύο στρατηγώ: see 9. —
ἀπέκτειναν κτέ.: their object was to
clear themselves of the charge of
breaking the Peace, to which the
conduct of the two generals had
exposed them.

20-24. *Sphodrias attempts to sur-*
prise the Piraeus. Spring of 378 B.C.
20. εἰ πολεμήσειεν: opt. in implied
indir. discourse. G. 248, 2; H. 937.
— ὡς ὑπωπτεύετο: const. with χρή-
ματα δόντες. Xenophon regards it as
certain that Sphodrias was persuaded
in some way. — ἐκπολεμήσειε: here
make hostile. — ἀπύλωτος: acc. to this,
when Conon rebuilt the walls of Ath-
ens, in 393 B.C., the Piraeus was not

150 τοὺς στρατιώτας, φάσκων πρὸ ἡμέρας κατανύσειν εἰς τὸν
Πειραιᾶ. Θριᾶσι δ' αὐτῷ ἡμέρα ἐπεγένετο, καὶ οὐδὲν 21
ἐντεῦθεν ἐποίησεν ὥστε λαθεῖν, ἀλλ' ἐπεὶ ἀπετράπετο,
βοσκήματα διήρπασε καὶ οἰκίας ἐπόρθησε. τῶν δὲ ἐντυ-
χόντων τινὲς τῆς νυκτὸς φεύγοντες εἰς τὸ ἄστυ ἀπήγ-
155 γελλον τοῖς Ἀθηναίοις, ὅτι στράτευμα πάμπολυ προσίοι.
οἱ μὲν δὴ ταχὺ ὁπλισάμενοι καὶ ἱππεῖς καὶ ὁπλῖται ἐν
φυλακῇ τῆς πόλεως ἦσαν. τῶν δὲ Λακεδαιμονίων καὶ 22
πρέσβεις ἐτύγχανον Ἀθήνησιν ὄντες παρὰ Καλλίᾳ τῷ
προξένῳ Ἐτυμοκλῆς τε καὶ Ἀριστόλοχος καὶ Ὤκυλλος·
160 οὓς οἱ Ἀθηναῖοι, ἐπεὶ τὸ πρᾶγμα ἠγγέλθη, συλλαβόντες
ἐφύλαττον, ὡς καὶ τούτους συνεπιβουλεύοντας. οἱ δὲ
ἐκπεπληγμένοι τε ἦσαν τῷ πράγματι καὶ ἀπελογοῦντο ὡς
οὐκ ἄν ποτε οὕτω μωροὶ ἦσαν ὡς, εἰ ᾔδεσαν καταλαμβα-
νόμενον τὸν Πειραιᾶ, ἐν τῷ ἄστει ἂν ὑποχειρίους αὐτοὺς
165 παρεῖχον, καὶ ταῦτα παρὰ τῷ προξένῳ, οὗ τάχιστ' ἂν

---

completely fortified.—**κατανύσειν**: *ar-
rive; sc. ὁδόν*, which in 49 is expressed.
21. Θριᾶσι: locative, like Ἀθήνησι.
G. 61, N. 2; H. 220. Thria is an At-
tic deme, some twenty miles north-
west of Athens, not far from Eleusis.
— **καὶ οὐδὲν κτέ.**: *and after that he made
no effort to escape notice*, as might have
been expected, considering that the
failure of his enterprise was apparent.
— **ὥστε λαθεῖν**: denoting purpose, as
1. H. 953 a. — **ἐν φυλακῇ κτέ.**: *were
engaged in guarding the city.*
22. πρέσβεις: the purpose of this
embassy is unknown. — **Καλλίᾳ**: the
wealthy patron of the sophists. The
scene of Xenophon's *Symposium* and
of Plato's *Protagoras* is laid at his
house. The office of Lacedaemonian
proxenus was hereditary in his family.
See vi. 3. 4. — **Ἐτυμοκλῆς κτέ.**: three
seems to have been the regular num-

ber sent on a Spartan embassy.—
ἀπελογοῦντο: *they said in their defence
that they would never have been so fool-
ish, had they known it was proposed to
seize the Piraeus, as to put themselves
in the power of the Athenians in the
city, and that too at the house of the
πρόξενος, where they would be found at
once.* The indir. disc. retains the
modes and tenses of the dir. disc. in
conditional sentences of the contrary-
to-fact type. G. 245; H. 935 a. The
dir. disc. would have been: οὐκ ἂν
ἦμεν . . . ὡς, εἰ ᾔσμεν, . . . ἂν παρείχο-
μεν . . . οὗ ἂν ηὑρέθημεν. — **ὡς παρείχο-
μεν**: ὡς, like ὥστε, is used occasion-
ally with the ind., where we expect
the inf., e.g. iv. 1. 33 οὕτω διάκειμαι, ὡς
οὐδὲ δεῖπνον ἔχω, *I am brought to such
straits that I haven't even a dinner,*—
where we should have expected ὥστε
ἔχειν. So here ὡς ἂν παρέχειν would

ηὑρέθησαν. ἔτι δ' ἔλεγον, ὡς εὔδηλον καὶ τοῖς Ἀθηναίοις 23
ἔσοιτο, ὅτι οὐδ' ἡ πόλις τῶν Λακεδαιμονίων ταῦτα συνῄδει.
Σφοδρίαν γὰρ εὖ εἰδέναι ἔφασαν ὅτι ἀπολωλότα πεύσοιντο
ὑπὸ τῆς πόλεως. κἀκεῖνοι μὲν κριθέντες μηδὲν συνειδέναι
170 ἀφείθησαν. οἱ δ' ἔφοροι ἀνεκάλεσάν τε τὸν Σφοδρίαν 24
καὶ ὑπῆγον θανάτου. ἐκεῖνος μέντοι φοβούμενος οὐχ
ὑπήκουσεν· ὅμως δὲ καίπερ οὐχ ὑπακούων εἰς τὴν κρίσιν
ἀπέφυγε. καὶ πολλοῖς ἔδοξεν αὕτη δὴ ἀδικώτατα ἐν
Λακεδαίμονι ἡ δίκη κριθῆναι. ἐγένετο δὲ τοῦτο τὸ αἴτιον.
175 Ἦν υἱὸς τῷ Σφοδρίᾳ, Κλεώνυμος ὄνομα, ἡλικίαν τε 25
ἔχων τὴν ἄρτι ἐκ παίδων καὶ ἅμα κάλλιστός τε καὶ εὐδο-
κιμώτατος τῶν ἡλίκων. τούτου δὲ ἐρῶν ἐτύγχανεν Ἀρχί-
δαμος ὁ Ἀγησιλάου. οἱ μὲν οὖν τοῦ Κλεομβρότου φίλοι,
ἅτε ἑταῖροι ὄντες τῷ Σφοδρίᾳ, ἀπολυτικῶς αὐτοῦ εἶχον,
180 τὸν δέ γε Ἀγησίλαον καὶ τοὺς ἐκείνου φίλους ἐφοβοῦντο,
καὶ τοὺς διὰ μέσου δέ· δεινὰ γὰρ ἐδόκει πεποιηκέναι.
ἐκ τούτου δὲ ὁ μὲν Σφοδρίας εἶπε πρὸς τὸν Κλεώνυμον· 26
"Ἔξεστί σοι, ὦ υἱέ, σῶσαι τὸν πατέρα, δεηθέντι Ἀρχιδά-
μου εὐμενῆ Ἀγησίλαον ἐμοὶ εἰς τὴν κρίσιν παρασχεῖν."
185 ὁ δὲ ἀκούσας ἐτόλμησεν ἐλθεῖν πρὸς τὸν Ἀρχίδαμον καὶ

have been the more usual form of ex-
pression. ἄν with παρεῖχον serves to
indicate that the clause ὡς παρεῖχον,
though subord., is an integral part of
the unreal apodosis.

23. Σφοδρίαν: prolepsis. II. 878.
— **εὖ εἰδέναι κτέ.**: said they knew well
that they would hear that Sphodrias had
been executed.

24. ὑπῆγον θανάτου: accused him
on a capital charge. — **εἰς τὴν κρίσιν**:
dependent upon the notion of present-
ing himself involved in ὑπακούων. Cf.
i. 1. 23 εἰς Λακεδαίμονα ἑάλωσαν. — **ἀπέ-
φυγε**: was acquitted. — **τοῦτο**: the fol-

lowing, used as predicate. The word
in this sense is rare, and is mostly
confined to the neuter. II. 696 n.

25–33. Acquittal of Sphodrias
through the influence of Agesilaus.

25. ἡλικίαν κτέ.: just emerging from
boyhood. — **ἑταῖροι**: i.e. members of the
same political party. — **ἀπολυτικῶς
εἶχον**: were disposed to acquit. Equiv.
to ἀπολυτικοὶ ἦσαν. — **αὐτοῦ**: depends
upon ἀπολυτικῶς, as an adv. derived
from an adj. which governs the geni-
tive. G. 180, 2, 182, 1; II. 754 a, 756.
— **τοὺς διὰ μέσου**: "those who be-
longed to neither party."

ἐδεῖτο σωτῆρα αὐτῷ τοῦ πατρὸς γενέσθαι. ὁ μέντοι 27
Ἀρχίδαμος ἰδὼν μὲν τὸν Κλεώνυμον κλάοντα συνεδάκρυε
παρεστηκώς · ἀκούσας δὲ δεομένου ἀπεκρίνατο · " Ἀλλ', ὦ
Κλεώνυμε, ἴσθι μέν, ὅτι ἐγὼ τῷ ἐμῷ πατρὶ οὐδ' ἀντιβλέ-
190 πειν δύναμαι, ἀλλὰ κἄν τι βούλωμαι διαπράξασθαι ἐν τῇ
πόλει, πάντων μᾶλλον ἢ τοῦ πατρὸς δέομαι · ὅμως δ', ἐπεὶ
σὺ κελεύεις, νόμιζε πᾶσάν με προθυμίαν ἕξειν ταῦτά σοι
πραχθῆναι." καὶ τότε μὲν δὴ ἐκ τοῦ φιλιτίου εἰς τὸν οἶκον 28
ἐλθὼν ἀνεπαύετο · τοῦ δ' ὄρθρου ἀναστὰς ἐφύλαττε μὴ
195 λάθοι αὐτὸν ὁ πατὴρ ἐξελθών. ἐπεὶ δὲ εἶδεν αὐτὸν
ἐξιόντα, πρῶτον μέν, εἴ τις τῶν πολιτῶν παρῆν, παρίει
τούτους διαλέγεσθαι αὐτῷ, ἔπειτα δ', εἴ τις ξένος, ἔπειτα
δὲ καὶ τῶν θεραπόντων τῷ δεομένῳ παρεχώρει. τέλος
δ', ἐπεὶ ἀπὸ τοῦ Εὐρώτα ἀπιὼν ὁ Ἀγησίλαος εἰσῆλθεν
200 οἴκαδε, ἀπιὼν ᾤχετο οὐδὲ προσελθών. καὶ τῇ ὑστεραίᾳ
δὲ ταὐτὰ ταῦτα ἐποίησεν. ὁ δ' Ἀγησίλαος ὑπώπτευε μὲν 29
ὧν ἕνεκεν ἐφοίτα, οὐδὲν μέντοι ἠρώτα, ἀλλ' εἴα αὐτόν. ὁ
δ' αὖ Ἀρχίδαμος ἐπεθύμει μέν, ὥσπερ εἰκός, ὁρᾶν τὸν
Κλεώνυμον · ὅπως μέντοι ἔλθοι πρὸς αὐτὸν μὴ διειλεγ-
205 μένος τῷ πατρὶ περὶ ὧν ἐκεῖνος ἐδεήθη οὐκ εἶχεν. οἱ δὲ
ἀμφὶ τὸν Σφοδρίαν οὐχ ὁρῶντες τὸν Ἀρχίδαμον ἰόντα,
πρόσθεν δὲ θαμίζοντα, ἐν παντὶ ἦσαν, μὴ λελοιδορημένος

---

27. συνεδάκρυε παρεστηκώς: *stood
and wept. Cf. An.* i. 3. 2 ἐδάκρυε πο-
λὺν χρόνον ἐστώς. — προθυμίαν ἕξειν:
equiv. to προθυμεῖσθαι and so followed
by the infinitive.

28. φιλιτίου: the place where the
common meals of the Spartans (συσ-
σίτια) were held. The meals them-
selves were also called by this name.
Another form of the word is φειδίτιον,
φιδίτιον. — παρεχώρει: *made way for.*
— τοῦ Εὐρώτα: the public place of
assembly for the sports of the youths

and the deliberations of the elders
was on the banks of the Eurotas. On
the form of the gen., see G. 39, 3; H.
149. *Cf.* i. 5 Γοργώπα. — ἐπεὶ εἰσῆλ-
θεν: these words show that Archida-
mus must have followed his father
throughout the day.

29. εἴα: *sc.* φοιτᾶν. — ὅπως ἔλθοι
οὐκ εἶχε: *was at a loss to know how he
could come.* ἔλθοι represents a deliber-
ative subjv. of dir. disc., πῶς ἔλθω ; —
ἰόντα: *sc.* to Cleonymus. — θαμί-
ζοντα: the pres. partic. acquires the

ὑπ' Ἀγησιλάου εἴη. τέλος μέντοι ὁ Ἀρχίδαμος ἐτόλμησε 30
προσελθεῖν καὶ εἰπεῖν· "Ὦ πάτερ, Κλεώνυμός με κελεύει
210 σου δεηθῆναι σῶσαί οἱ τὸν πατέρα· καὶ ἐγὼ ταῦτά σου
δέομαι, εἰ δυνατόν." ὁ δ' ἀπεκρίνατο· "Ἀλλὰ σοὶ μὲν
ἔγωγε συγγνώμην ἔχω· αὐτὸς μέντοι ὅπως ἂν συγγνώμης
τύχοιμι παρὰ τῆς πόλεως ἄνδρα μὴ καταγιγνώσκων ἀδι-
κεῖν οἷς ἐχρηματίσατο ἐπὶ κακῷ τῆς πόλεως οὐχ ὁρῶ." ὁ 31
215 δὲ τότε μὲν πρὸς ταῦτα οὐδὲν εἶπεν, ἀλλ' ἡττηθεὶς τοῦ
δικαίου ἀπῆλθεν. ὕστερον δὲ ἢ αὐτὸς νοήσας ἢ διδα-
χθεὶς ὑπό του εἶπεν ἐλθών· "Ἀλλ' ὅτι μέν, ὦ πάτερ, εἰ
μηδὲν ἠδίκει Σφοδρίας, ἀπέλυσας ἂν αὐτὸν οἶδα· νῦν δέ,
εἰ ἠδίκηκέ τι, ἡμῶν ἕνεκα συγγνώμης ὑπὸ σοῦ τυχέτω." ὁ
220 δὲ εἶπεν· "Οὐκοῦν ἂν μέλλῃ καλὰ ταῦθ' ἡμῖν εἶναι, οὕτως
ἔσται." ὁ μὲν δὴ ταῦτα ἀκούσας μάλα δύσελπις ὢν ἀπῄει.
τῶν δὲ τοῦ Σφοδρία φίλων τις διαλεγόμενος Ἐτυμοκλεῖ 32
εἶπεν, "Ὑμεῖς μέν, οἶμαι," ἔφη, "πάντες οἱ Ἀγησιλάου φίλοι
ἀποκτενεῖτε τὸν Σφοδρίαν." καὶ ὁ Ἐτυμοκλῆς, "Μὰ Δία

force of the perf. owing to the influ-
ence of πρόσθεν. (G. 200, N. 4 ; II. 826.
Cf. the Latin j a m d i u combined
with the present.—ἐν παντὶ ἦσαν:
were in great anxiety. Cf. vi. 1. 12 εἰς
πᾶν ἀφίκετο. A dependent gen., such
as φόβου, is to be supplied in thought.
Cf. Thuc. vii. 55. 1 οἱ Ἀθηναῖοι ἐν
παντὶ δὴ ἀθυμίας ἦσαν.

30. ἄνδρα: verbs compounded with
κατά, which have the force of feeling
or acting against, usually take the
gen. of the person and freq. the acc.
of the crime or charge (G. 173, 2 N.;
II. 752). The const., as here, of the
acc. with inf. is unusual. Cf. the
pass. const. in i. 7. 20 ἐὰν καταγνωσθῇ
ἀδικεῖν. — μὴ καταγιγνώσκων: with
conditional force. — οἷς κτέ.: equiv.
to τούτοις οἷς, in those things wherein he

sought his own advantage to the injury
of the state.

31. ἡττηθεὶς τοῦ δικαίου: "unable
to say anything against the justice
of the reply." For the gen., see on
2. 5 ἡττῶντο τοῦ ὕδατος. — ἠδίκει:
equiv. to a plpf. in the sense had done
wrong. II. 827. — ὑπὸ σοῦ: gen. of
agent on account of the passive no-
tion contained in συγγνώμης τυχέτω,
which is equiv. to let him be par-
doned.

32. Ἐτυμοκλεῖ: one of the three
ambassadors mentioned in 22, who
had assured the Athenians most posi-
tively that Sphodrias would be pun-
ished. — ἔφη: redundant. — οἱ Ἀγη-
σιλάου φίλοι: as already indicated
in 25, the party of Agesilaus was op-
posed to that to which Sphodrias be-

225 οὐκ ἄρα ταῦτ'," ἔφη, "ποιήσομεν Ἀγησιλάῳ, ἐπεὶ ἐκεῖνός γε
πρὸς πάντας ὅσοις διείλεκται ταὐτὰ λέγει, μὴ ἀδικεῖν μὲν
Σφοδρίαν ἀδύνατον εἶναι· ὅστις μέντοι παῖς τε ὢν καὶ
αἰδίσκος καὶ ἡβῶν πάντα τὰ καλὰ ποιῶν διετέλεσε,
χαλεπὸν εἶναι τοιοῦτον ἄνδρα ἀποκτιννύναι· τὴν γὰρ
230 Σπάρτην τοιούτων δεῖσθαι στρατιωτῶν." ὁ οὖν ἀκούσας 33
ταῦτα ἀπήγγειλε τῷ Κλεωνύμῳ. ὁ δ' ἡσθείς, εὐθὺς ἐλθὼν
πρὸς τὸν Ἀρχίδαμον εἶπεν· "Ὅτι μὲν ἡμῶν ἐπιμελῇ ἤδη
ἴσμεν· εὖ δ' ἐπίστω, Ἀρχίδαμε, ὅτι καὶ ἡμεῖς πειρασό-
μεθα ἐπιμελεῖσθαι ὡς μήποτε σὺ ἐπὶ τῇ ἡμετέρᾳ φιλίᾳ
235 αἰσχυνθῇς." καὶ οὐκ ἐψεύσατο, ἀλλὰ καὶ ζῶν ἅπαντ'
ἐποίει ὅσα καλὰ ἐν τῇ Σπάρτῃ, καὶ ἐν Λεύκτροις πρὸ τοῦ
βασιλέως μαχόμενος σὺν Δείνωνι τῷ πολεμάρχῳ τρὶς
πεσὼν πρῶτος τῶν πολιτῶν ἐν μέσοις τοῖς πολεμίοις ἀπέ-
θανε. καὶ ἡνίασε μὲν εἰς τὰ ἔσχατα Ἀρχίδαμον, ὡς δ'
240 ὑπέσχετο, οὐ κατῄσχυνεν, ἀλλὰ μᾶλλον ἐκόσμησε. τοι-
ούτῳ μὲν δὴ τρόπῳ Σφοδρίας ἀπέφυγε.

Τῶν μέντοι Ἀθηναίων οἱ βοιωτιάζοντες ἐδίδασκον τὸν 34
δῆμον ὡς οἱ Λακεδαιμόνιοι οὐχ ὅπως τιμωρήσαιντο, ἀλλὰ
καὶ ἐπαινέσειαν τὸν Σφοδρίαν, ὅτι ἐπεβούλευσε ταῖς Ἀθή-
245 ναις. καὶ ἐκ τούτου οἱ Ἀθηναῖοι ἐπύλωσάν τε τὸν
Πειραιᾶ, ναῦς τε ἐναυπηγοῦντο, τοῖς τε Βοιωτοῖς πάσῃ
προθυμίᾳ ἐβοήθουν. οἱ δ' αὖ Λακεδαιμόνιοι φρουράν τε 35
ἔφηναν ἐπὶ τοὺς Θηβαίους, καὶ τὸν Ἀγησίλαον νομί-

longed. — οὐκ ἄρα κτέ.: we shall not
then do like Agesilaus. — Ἀγησιλάῳ:
dat. of resemblance. G. 186; H.
773. — πάντα τὰ καλά: "his whole
duty."
33. ἐν Λεύκτροις: at the battle of
Leuctra seven years later, where
Sphodrias also fell. vi. 4. 14. —
ἡνίασε: sc. the circumstance of his
death. — εἰς τὰ ἔσχατα: exceedingly.

34-41. First campaign of Agesilaus
in Boeotia. Summer of 378 B.C.
34. οὐχ ὅπως ... ἀλλὰ καί: not
only not ... but even. There is an
ellipsis of οὐ with τιμωρήσαιντο. H.
1035 a. Cf. Lat. non modo for
non modo non. — ἐπύλωσαν: cf.
20 ἀπύλωτος. — ἐναυπηγοῦντο: this
marks the beginning of a new Athe-
nian league. See Introd. p. 6.

σαντες φρονιμώτερον ἂν σφίσι τοῦ Κλεομβρότου ἡγεῖ-
250 σθαι ἐδέοντο αὐτοῦ ἄγειν τὴν στρατιάν. ὁ δὲ εἰπών, ὅτι
οὐδὲν ἂν ὃ τῇ πόλει δοκοίη ἀντειπεῖν παρεσκευάζετο εἰς
τὴν ἔξοδον. γιγνώσκων δ' ὅτι εἰ μή τις προκαταλήψοιτο 36
τὸν Κιθαιρῶνα, οὐ ῥᾴδιον ἔσται εἰς τὰς Θήβας ἐμβαλεῖν,
μαθὼν πολεμοῦντας τοὺς Κλειτορίους τοῖς Ὀρχομενίοις καὶ
255 ξενικὸν τρέφοντας, ἐκοινολογήσατο αὐτοῖς, ὅπως γένοιτο
τὸ ξενικὸν αὐτῷ, εἴ τι δεηθείη. ἐπεὶ δὲ τὰ διαβατήρια 37
ἐγένετο, πέμψας, πρὶν ἐν Τεγέᾳ αὐτὸς εἶναι, πρὸς τὸν
ἄρχοντα τῶν παρὰ τοῖς Κλειτορίοις ξένων καὶ μισθὸν
δοὺς μηνὸς ἐκέλευε προκαταλαβεῖν αὐτοὺς τὸν Κιθαιρῶνα.
260 τοῖς δ' Ὀρχομενίοις εἶπεν, ἕως στρατεία εἴη, παύσασθαι
τοῦ πολέμου· εἰ δέ τις πόλις στρατιᾶς οὔσης ἔξω ἐπὶ
πόλιν στρατεύσοι, ἐπὶ ταύτην ἔφη πρῶτον ἰέναι κατὰ τὸ
δόγμα τῶν συμμάχων. ἐπεὶ δὲ ὑπερέβαλε τὸν Κιθαι- 38
ρῶνα, ἐλθὼν εἰς Θεσπιὰς ἐκεῖθεν ὁρμηθεὶς ᾔει ἐπὶ τὴν τῶν
265 Θηβαίων χώραν. εὑρὼν δὲ ἀποτεταφρευμένον τε καὶ ἀπε-
σταυρωμένον κύκλῳ τὸ πεδίον καὶ τὰ πλείστου ἄξια τῆς
χώρας, στρατοπεδευόμενος ἄλλοτε ἄλλῃ καὶ μετ᾽ ἄριστον
ἐξάγων ἐδῄου τῆς χώρας τὰ πρὸς ἑαυτοῦ τῶν σταυρωμά-

35. σφίσι: ethical dat. G. 184, 3,
N. 6; H. 770. — ὅτι ἂν ἀντειπεῖν: a
mingling of two constructions, — ὅτι
ἂν ἀντείποι and ἂν ἀντειπεῖν. With
the present attitude of Agesilaus, *cf.*
that taken 13, where he refused on
the ground of age to lead the army
against Thebes.

36. προκαταλήψοιτο τὸν Κιθαι-
ρῶνα: Mt. Cithaeron commanded the
direct route into Boeotia. — εἰς τὰς
Θήβας: *into the* territory *of Thebes.*
Cf. 2. 25 ἐν Θήβαις. — Κλειτορίους,
Ὀρχομενίοις : Clitor was in north-
western, Orchomenus in eastern Ar-
cadia. — αὐτοῖς: the inhabitants of

Clitor. — εἴ τι δεηθείη: *sc.* αὐτοῦ (*i.e.*
τοῦ ξενικοῦ). *In case he had any need
of it.* τί is cognate acc. G. 159, N. 2;
H. 716 b. *Cf.* 3. 23 ὅ τι χρήσασθαι
βούλοιντο.

37. εἶπεν: *commanded,* as in 7. —
πρῶτον: *i.e.* before doing anything
else.

38. τῆς χώρας τὰ πρὸς ἑαυτοῦ κτέ.:
*those parts of the country which were on
his side of the palisade.* τῆς χώρας is
part. gen. limiting τὰ πρὸς ἑαυτοῦ,
while σταυρωμάτων and τάφρου de-
pend upon the phrase πρὸς ἑαυτοῦ,
which here has the force of a prep.
in the sense, *on this side of.*

τῶν καὶ τῆς τάφρου. οἱ γὰρ πολέμιοι, ὅπου ἐπιφαίνοιτο
270 ὁ Ἀγησίλαος, ἀντιπαρῄεσαν αὐτῷ ἐντὸς τοῦ χαρακώματος
ὡς ἀμυνούμενοι. καί ποτε ἀποχωροῦντος αὐτοῦ ἤδη τὴν 39
ἐπὶ τὸ στρατόπεδον, οἱ τῶν Θηβαίων ἱππεῖς τέως ἀφανεῖς
ὄντες ἐξαίφνης διὰ τῶν ὡδοποιημένων τοῦ χαρακώματος
ἐξόδων ἐξελαύνουσι, καὶ οἷα δὴ ἀπιόντων πρὸς δεῖπνον
275 καὶ συσκευαζομένων τῶν πελταστῶν, τῶν δὲ ἱππέων τῶν
μὲν ἔτι καταβεβηκότων, τῶν δ᾽ ἀναβαινόντων, ἐπελαύ-
νουσι· καὶ τῶν τε πελταστῶν συχνοὺς κατέβαλον καὶ τῶν
ἱππέων Κλέαν καὶ Ἐπικυδίδαν Σπαρτιάτας, καὶ τῶν περι-
οίκων ἕνα, Εὔδικον, καὶ τῶν Θηβαίων τινὰς φυγάδας, οὔπω
280 ἀναβεβηκότας ἐπὶ τοὺς ἵππους. ὡς δὲ ἀναστρέψας σὺν 40
τοῖς ὁπλίταις ἐβοήθησεν ὁ Ἀγησίλαος. οἵ τε ἱππεῖς ἤλαυ-
νον ἐναντίον τοῖς ἱππεῦσι καὶ τὰ δέκα ἀφ᾽ ἥβης ἐκ τῶν
ὁπλιτῶν ἔθει σὺν αὐτοῖς. οἱ μέντοι τῶν Θηβαίων ἱππεῖς
ἐῴκεσαν ὑποπεπωκόσι που ἐν μεσημβρίᾳ· ὑπέμενον μὲν
285 γὰρ τοῖς ἐπελαύνουσιν ὥστ᾽ ἐξακοντίζειν τὰ δόρατα, ἐξι-
κνοῦντο δ᾽ οὔ. ἀναστρέφοντες δὲ ἐκ τοσούτου ἀπέθανον
αὐτῶν δώδεκα. ὡς δὲ κατέγνω ὁ Ἀγησίλαος, ὅτι ἀεὶ μετ᾽ 41
ἄριστον καὶ οἱ πολέμιοι ἐφαίνοντο, θυσάμενος ἅμα τῇ
ἡμέρᾳ ἦγεν ὡς οἷόν τε τάχιστα, καὶ παρῆλθε δι᾽ ἐρημίας

39. τήν: sc. ὁδόν.—οἷα δή: the
words give the real reason, not an
alleged one. In this use ἅτε is com-
moner. — πρὸς δεῖπνον: to be const.
both with ἀπιόντων and συσκευαζομέ-
νων.—συσκευαζομένων: here in the
general sense *make ready.* — καταβε-
βηκότων: equiv. to οὔπω ἀναβεβηκό-
των, *not having yet mounted.*

40. τὰ δέκα ἀφ᾽ ἥβης: "those who
had been for not more than ten years
subject to military duty," including
all between 20 and 30 years of age.
—ὑποπεπωκόσι ἐν μεσημβρίᾳ : *i.e.*

like persons who had drunk a bit at
the mid-day meal and so lost their
wits. — τοῖς ἐπελαύνουσιν: the dat. is
unusual; ὑπομένω regularly governs
the accusative. — οὔ: for the accent,
see G. 29, N. 1; II. 112 a.—ἀναστρέ-
φοντες: concessive. — δώδεκα αὐτῶν:
in a sort of partitive apposition to the
subj. implied in ἀναστρέφοντες.

41. μετ᾽ ἄριστον ἐφαίνοντο: the
emphasis is on the words μετ᾽ ἄριστον,
*that it was always after breakfast that
the enemy appeared.* For the tense and
mood of ἐφαίνοντο, see on 19. — δι᾽

290 εἴσω τῶν χαρακωμάτων. ἐκ δὲ τούτου τὰ ἐντὸς ἔτεμνε
καὶ ἔκαε μέχρι τοῦ ἄστεως. ταῦτα δὲ ποιήσας καὶ πάλιν
ἀποχωρήσας εἰς Θεσπιάς, ἐτείχισε τὸ ἄστυ αὐτοῖς· καὶ
ἐκεῖ μὲν Φοιβίδαν κατέλιπεν ἁρμοστήν, αὐτὸς δ᾽ ὑπερβα-
λὼν πάλιν εἰς τὰ Μέγαρα τοὺς μὲν συμμάχους διῆκε, τὸ
295 δὲ πολιτικὸν στράτευμα ἐπ᾽ οἴκου ἀπήγαγεν.

Ἐκ δὲ τούτου ὁ Φοιβίδας ἐκπέμπων μὲν ληστήρια 42
ἔφερε καὶ ἦγε τοὺς Θηβαίους, καταδρομὰς δὲ ποιούμενος
ἐκακούργει τὴν χώραν. οἱ δ᾽ αὖ Θηβαῖοι ἀντιτιμωρεῖ-
σθαι βουλόμενοι στρατεύουσι πανδημεὶ ἐπὶ τὴν Θεσπιέων
300 χώραν. ἐπεὶ δ᾽ ἦσαν ἐν τῇ χώρᾳ, ὁ Φοιβίδας σὺν τοῖς
πελτασταῖς προσκείμενος οὐδαμοῦ εἴα αὐτοὺς ἀποσκεδάν-
νυσθαι τῆς φάλαγγος· ὥστε οἱ Θηβαῖοι μάλα ἀχθόμενοι
τῇ ἐμβολῇ θάττονα τὴν ἀποχώρησιν ἐποιοῦντο, καὶ οἱ
ὀρεωκόμοι δὲ ἀπορριπτοῦντες ὃν εἰλήφεσαν καρπὸν ἀπή-
305 λαυνον οἴκαδε· οὕτω δεινὸς φόβος τῷ στρατεύματι ἐνέπε-
σεν. ὁ δὲ ἐν τούτῳ θρασέως ἐπέκειτο, περὶ αὐτὸν μὲν 43
ἔχων τὸ πελταστικόν, τὸ δ᾽ ὁπλιτικὸν ἐν τάξει ἔπεσθαι
κελεύσας. καὶ ἐν ἐλπίδι ἐγένετο τροπὴν τῶν ἀνδρῶν
ποιήσασθαι· αὐτός τε γὰρ ἐρρωμένως ἡγεῖτο, καὶ τοῖς
310 ἄλλοις ἅπτεσθαι τῶν ἀνδρῶν παρεκελεύετο, καὶ τοὺς τῶν
Θεσπιέων ὁπλίτας ἀκολουθεῖν ἐκέλευεν. ὡς δὲ ἀποχω- 44

ἐρημίας: sc. πολεμίων, which it ex-
pressed in iii. 4. 21 δι᾽ ἐρημίας πολε-
μίων πορευόμενος, "without finding any
enemies." — μέχρι τοῦ ἄστεως: it was
while Agesilaus was marching towards
Thebes on this occasion that he 'was
daunted by the firm attitude and ex-
cellent array of the troops of Cha-
brias. They had received orders to
await his approach on high and ad-
vantageous ground, with their shields
resting on their knee and their spears
protended. So imposing was their

appearance that Agesilaus called off
his troops without daring to complete
the charge.' Grote x. 128 f. — αὐ-
τοῖς: i.e. the Thespians. — Φοιβίδαν:
he who had seized the Cadmea. —
ὑπερβαλών: sc. τὸν Κιθαιρῶνα. — τὸ
δὲ πολιτικόν: see on 3. 25.
42–46. Enterprises of Phoebidas.
His death. Autumn of 378 B.C.
42. τῇ ἐμβολῇ: i.e. with the suc-
cess of the invasion. — θάττονα:
quicker than they would have done,
had they met with success.

ροῦντες οἱ τῶν Θηβαίων ἱππεῖς ἐπὶ νάπῃ ἀδιαβάτῳ ἐγί-
γνοντο, πρῶτον μὲν ἠθροίσθησαν, ἔπειτα δὲ ἀνέστρεφον
διὰ τὸ ἀπορεῖν ὅπῃ διαβαῖεν. οἱ μὲν οὖν πελτασταὶ
315 ὀλίγοι ὄντες οἱ πρῶτοι φοβηθέντες αὐτοὺς ἔφυγον· οἱ δὲ
ἱππεῖς αὖ τοῦτο ὡς εἶδον, ἐδιδάχθησαν ὑπὸ τῶν φευγόντων
ἐπιθέσθαι αὐτοῖς. καὶ ὁ μὲν δὴ Φοιβίδας καὶ δύο ἢ τρεῖς 45
μετ᾽ αὐτοῦ μαχόμενοι ἀπέθανον, οἱ δὲ μισθοφόροι τούτου
γενομένου πάντες ἔφυγον. ἐπεὶ δὲ φεύγοντες ἀφίκοντο
320 πρὸς τοὺς ὁπλίτας τῶν Θεσπιέων, κἀκεῖνοι, μάλα πρόσθεν
μέγα φρονοῦντες μὴ ὑπείξειν τοῖς Θηβαίοις, ἔφυγον, οὐδέν
τι πάνυ διωκόμενοι· καὶ γὰρ ἦν ἤδη ὀψέ. καὶ ἀπέθνη-
σκον μὲν οὐ πολλοί, ὅμως δὲ οὐ πρόσθεν ἔστησαν οἱ
Θεσπιεῖς, πρὶν ἐν τῷ τείχει ἐγένοντο. ἐκ δὲ τούτου πάλιν 46
325 αὖ τὰ τῶν Θηβαίων ἀνεζωπυρεῖτο, καὶ ἐστρατεύοντο εἰς
Θεσπιὰς καὶ εἰς τὰς ἄλλας τὰς περιοικίδας πόλεις. ὁ μέν-
τοι δῆμος ἐξ αὐτῶν εἰς τὰς Θήβας ἀπεχώρει· ἐν πάσαις
γὰρ ταῖς πόλεσι δυναστεῖαι καθειστήκεσαν, ὥσπερ ἐν
Θήβαις. ὥστε καὶ οἱ ἐν ταύταις ταῖς πόλεσι φίλοι τῶν
330 Λακεδαιμονίων βοηθείας ἐδέοντο. μετὰ δὲ τὸν Φοιβίδα
θάνατον πολέμαρχον μὲν καὶ μόραν οἱ Λακεδαιμόνιοι
κατὰ θάλατταν πέμψαντες τὰς Θεσπιὰς ἐφύλαττον.

---

44. οἱ πρῶτοι: in part. app. to οἱ
πελτασταί. G. 137, N. 2; H. 624 d.
— ἐδιδάχθησαν κτέ.: i.e. the flight of
the Lacedaemonian peltasts suggested
to the Theban cavalry the notion of
pursuit.
45. μάλα . . . φρονοῦντες: being
proudly confident. μέγα is to be const.
with φρονοῦντες, while μάλα modifies
the phrase μέγα φρονοῦντες. On the
perf. force of the pres. partic. with
πρόσθεν, see on 29 θαμίζοντα.
46. πάλιν αὖ: pleonastic, as in i.
5, end; vii. 4. 22. — δῆμος: the demo-

cratic party, as frequently. — δυνα-
στεῖαι: oligarchical governments like
that of Leontiades at Thebes, had
been established also in the other
Boeotian cities. At present, however,
the adherents of the popular party in
most cities were increasing in power,
being encouraged by the success of
the democratic movement at Thebes,
while the oligarchs, on the other
hand, were appealing to Sparta for
support. — ὥστε: sc. in consequence
of the withdrawal of the popular party
and the attacks of the Thebans.

Ἐπεὶ δὲ τὸ ἔαρ ἐπέστη, πάλιν ἔφαινον φρουρὰν οἱ ἔφο- 47
ροι εἰς τὰς Θήβας, καὶ τοῦ Ἀγησιλάου, ἧπερ τὸ πρόσθεν,
335 ἐδέοντο ἡγεῖσθαι. ὁ δ' ὑπὲρ τῆς ἐμβολῆς ταῦτα γιγνώ-
σκων, πρὶν καὶ τὰ διαβατήρια θύεσθαι, πέμψας πρὸς τὸν
ἐν Θεσπιαῖς πολέμαρχον ἐκέλευε προκαταλαβεῖν τὸ ὑπὲρ
τῆς κατὰ τὸν Κιθαιρῶνα ὁδοῦ ἄκρον καὶ φυλάττειν, ἕως
ἂν αὐτὸς ἔλθῃ. ἐπεὶ δὲ τοῦτο ὑπερβαλὼν ἐν ταῖς Πλα- 48
340 ταιαῖς ἐγένετο, πάλιν προσεποιήσατο εἰς τὰς Θεσπιὰς
πρῶτον ἰέναι, καὶ πέμπων ἀγοράν τε ἐκέλευε παρασκευά-
ζειν καὶ τὰς πρεσβείας ἐκεῖ περιμένειν · ὥστε οἱ Θηβαῖοι
ἰσχυρῶς τὴν πρὸς Θεσπιῶν ἐμβολὴν ἐφύλαττον. ὁ δὲ 49
Ἀγησίλαος τῇ ὑστεραίᾳ ἅμα τῇ ἡμέρᾳ θυσάμενος ἐπο-
345 ρεύετο τὴν ἐπ' Ἐρυθράς · καὶ ὡς στρατεύματι δυοῖν
ἡμέραιν ὁδὸν ἐν μιᾷ κατανύσας ἔφθασεν ὑπερβὰς τὸ κατὰ
Σκῶλον σταύρωμα, πρὶν ἐλθεῖν τοὺς Θηβαίους ἀπὸ τῆς
φυλακῆς, καθ' ἣν τὸ πρόσθεν εἰσῆλθε. τοῦτο δὲ ποιήσας
τὰ πρὸς ἔω τῆς τῶν Θηβαίων πόλεως ἐδῄου μέχρι τῆς

47-55. *Second campaign of Agesi-laus in Boeotia. Spring and summer of 377 B.C.*
47. **τὸ πρόσθεν**: see 36. — **ὑπέρ**: here in the sense of περί, — a use not freq. till later. — **ταῦτά**: *i.e.* the same necessity of securing possession beforehand of the mountain passes. — **πρὶν καί**: *even before*. In the preceding year Agesilaus had waited until sacrificing the διαβατήρια before directing the occupation of Cithaeron. See 37.
48. **πάλιν**: const. with ἰέναι, *go against Thespiae again*, as he had done in the year before. — **ἀγοράν**: an open market for his soldiers. — **τὰς πρεσβείας**: embassies from various Grecian states. — **τὴν ἐμβολήν**: *the pass*. Cf. iv. 3. 10.

49. **ἐπορεύετο ἐπ' Ἐρυθράς**: Agesilaus had employed the same strategy on previous occasions. During his campaign in Asia Minor in 396 B.C., having given out that he would attack Tissaphernes in Caria, he suddenly turned northward into Phrygia and marched unopposed to the neighborhood of Dascylium, the residence of the satrap Pharnabazus. — **ὡς στρατεύματι**: *for an army*: limiting the idea contained in δυοῖν ἡμέραιν ὁδόν. Cf. Soph. Oed. Col. 20 μακρὰν γὰρ ὡς γέροντι ὁδόν. G. 184, 5; H. 771; 1054, 1 a. — **ἀπὸ τῆς φυλακῆς**: "from guarding the place, where he had entered before," lit. *from the guarded place*. — **πρὸς ἔω τῆς πόλεως**: for the gen., see on 38 πρὸς ἑαυτοῦ τῶν σταυρωμάτων. —

350 Ταναγραίων · ἔτι γὰρ τότε καὶ τὴν Τάναγραν οἱ περὶ
Ὑπατόδωρον, φίλοι ὄντες τῶν Λακεδαιμονίων, εἶχον · καὶ
ἐκ τούτου δὴ ἀπῄει ἐν ἀριστερᾷ ἔχων τὸ τεῖχος.   οἱ δὲ 50
Θηβαῖοι ὑπελθόντες ἀντετάξαντο ἐπὶ Γραὸς στήθει, ὄπι-
σθεν ἔχοντες τήν τε τάφρον καὶ τὸ σταύρωμα, νομίζοντες
355 καλὸν εἶναι ἐνταῦθα διακινδυνεύειν · καὶ γὰρ στενὸν ἦν
ταύτῃ ἐπιεικῶς καὶ δύσβατον τὸ χωρίον.   ὁ δ' Ἀγησί-
λαος ἰδὼν ταῦτα πρὸς ἐκείνους μὲν οὐκ ἦγεν, ἐπισιμώσας
δὲ πρὸς τὴν πόλιν ᾔει.   οἱ δ' αὖ Θηβαῖοι δείσαντες περὶ 51
τῆς πόλεως, ὅτι ἐρήμη ἦν, ἀπολιπόντες ἔνθα παρατεταγ-
360 μένοι ἦσαν δρόμῳ ἔθεον εἰς τὴν πόλιν τὴν ἐπὶ Ποτνιὰς
ὁδόν.   ἦν γὰρ αὕτη ἀσφαλεστέρα.   καὶ μέντοι ἐδόκει
καλὸν γενέσθαι τὸ ἐνθύμημα τοῦ Ἀγησιλάου, ὅτι πόρρω
ἀπαγαγὼν ἀπὸ τῶν πολεμίων ἀποχωρεῖν δρόμῳ αὐτοὺς
ἐποίησεν · ὅμως μέντοι ἐπὶ παραθέοντας αὐτοὺς τῶν πολε-
365 μάρχων τινὲς ἐπέδραμον σὺν ταῖς μόραις.   οἱ μέντοι 52
Θηβαῖοι ἀπὸ τῶν λόφων τὰ δόρατα ἐξηκόντιζον, ὥστε καὶ
ἀπέθανεν Ἀλύπητος, εἷς τῶν πολεμάρχων, ἀκοντισθεὶς
δόρατι · ὅμως δὲ καὶ ἀπὸ τούτου τοῦ λόφου ἐτράπησαν οἱ

ἔτι γὰρ τότε : implying that they were
soon to lose their control. — ἐν ἀρι-
στερᾷ : i.e. he turned to the south,
leaving Tanagra on his left.   Hence
he must have been west of Tanagra,
between that place and Thebes.

50. ὑπελθόντες : gradually coming
out. — Γραὸς στήθει : a hill near Ta-
nagra.   Prob. the name should be
written Γραίας ἕδος, for acc. to Paus.
ix. 20. 2, the city received its name
from Tanagra, wife of Poemandrus.
The epithet Γραῖα, first applied to
her in consequence of her great age,
was afterwards extended to the city
and prob. also to the hill here men-

tioned. — νομίζοντες καλὸν κτέ. : iron-
ically ; thinking it a brave thing to ven-
ture everything here.   The Thebans
were protected in the rear, and the
ground in front was rough, so that
they really incurred no danger.

51. ἔνθα κτέ. : rel. clause without
expressed antec. ; left the place where,
etc. — Ποτνιάς : situated about a mile
south of Thebes. — ἀσφαλεστέρα :
safer than the road through the plain,
since, as shown in 52, the ground
was high, and enabled the Thebans
to hurl down missiles upon their ene-
mies. — καλὸν : happy, clever. — ἀπα-
γαγών : sc. τὸ στράτευμα.

Θηβαῖοι· ὥστε ἀναβάντες οἱ Σκιρῖται καὶ τῶν ἱππέων
370 τινὲς ἔπαιον τοὺς τελευταίους τῶν Θηβαίων παρελαύνοντας
εἰς τὴν πόλιν. ὡς μέντοι ἐγγὺς τοῦ τείχους ἐγένοντο, 53
ὑποστρέφουσιν οἱ Θηβαῖοι· οἱ δὲ Σκιρῖται ἰδόντες αὐτοὺς
θᾶττον ἢ βάδην ἀπῆλθον. καὶ ἀπέθανε μὲν οὐδεὶς αὐτῶν·
ὅμως δὲ οἱ Θηβαῖοι τροπαῖον ἐστήσαντο, ὅτι ἀπεχώρη-
375 σαν οἱ ἀναβάντες. ὁ μέντοι Ἀγησίλαος, ἐπεὶ ὥρα ἦν, 54
ἀπελθὼν ἐστρατοπεδεύσατο, ἔνθαπερ τοὺς πολεμίους εἶδε
παρατεταγμένους· τῇ δ᾽ ὑστεραίᾳ ἀπήγαγε τὴν ἐπὶ Θε-
σπιάς. θρασέως δὲ παρακολουθούντων τῶν πελταστῶν,
οἳ ἦσαν μισθοφόροι τοῖς Θηβαίοις, καὶ τὸν Χαβρίαν
380 ἀνακαλούντων, ὅτι οὐκ ἠκολούθει, ὑποστραφέντες οἱ τῶν
Ὀλυνθίων ἱππεῖς — ἤδη γὰρ κατὰ τοὺς ὅρκους συνε-
στρατεύοντο — ἐδίωξάν τε αὐτοὺς πρὸς ὄρθιον, καθάπερ
ἠκολούθουν, καὶ ἀπέκτειναν αὐτῶν μάλα πολλούς· ταχὺ
γὰρ πρὸς ἄναντες εὐήλατον ἁλίσκονται πεζοὶ ὑφ᾽ ἱππέων.
385 ἐπεὶ δ᾽ ἐγένετο ὁ Ἀγησίλαος ἐν ταῖς Θεσπιαῖς, εὑρὼν 55
στασιάζοντας τοὺς πολίτας, καὶ βουλομένων τῶν φασκόν-
των λακωνίζειν ἀποκτεῖναι τοὺς ἐναντίους, ὧν καὶ Μένων
ἦν, τοῦτο μὲν οὖν οὐκ ἐπέτρεψε· διαλλάξας δὲ αὐτοὺς καὶ
ὅρκους ὀμόσαι ἀλλήλοις ἀναγκάσας, οὕτως ἀπῆλθε πάλιν
390 διὰ τοῦ Κιθαιρῶνος τὴν ἐπὶ Μέγαρα. καὶ ἐκεῖθεν τοὺς
μὲν συμμάχους ἀφῆκε, τὸ δὲ πολιτικὸν στράτευμα οἴκαδε
ἀπήγαγε.

Μάλα δὲ πιεζόμενοι οἱ Θηβαῖοι σπάνει σίτου διὰ τὸ 56

52. οἱ Σκιρῖται: see on 2. 24.
54. Χαβρίαν: see on 41. — ἀνακα-
λούντων: sc. βοηθεῖν. — οἱ τῶν Ὀλυν-
θίων ἱππεῖς: at this time serving with
the Lacedaemonians in accordance
with the agreement mentioned in 3.
26. — καθάπερ ἠκολούθουν: just as they
were already following them, i.e. they

followed them up, just as they had
begun. — πρὸς ἄναντες εὐήλατον κτέ.:
infantry are readily overtaken by cav-
alry when going up an easy hill. The
expression is brachylogical.
55. εὑρών, βουλομένων: co-ord. in
sense but not in grammatical construc-
tion. — τοὺς συμμάχους κτέ.: as in 3.25.

δυοῖν ἐτοῖν μὴ εἰληφέναι καρπὸν ἐκ τῆς γῆς πέμπουσιν
395 ἐπὶ δυοῖν τριήροιν ἄνδρας εἰς Παγασὰς ἐπὶ σῖτον δέκα
τάλαντα δόντες. Ἀλκέτας δὲ ὁ Λακεδαιμόνιος φυλάττων
Ὠρεόν, ἐν ᾧ ἐκεῖνοι τὸν σῖτον συνεωνοῦντο, ἐπληρώσατο
τρεῖς τριήρεις, ἐπιμεληθεὶς ὅπως μὴ ἐξαγγελθείη. ἐπεὶ
δὲ ἀπήγετο ὁ σῖτος, λαμβάνει ὁ Ἀλκέτας τόν τε σῖτον καὶ
400 τὰς τριήρεις, καὶ τοὺς ἄνδρας ἐζώγρησεν οὐκ ἐλάττους
ὄντας ἢ τριακοσίους. τούτους δὲ εἶρξεν ἐν τῇ ἀκροπόλει,
οὗπερ αὐτὸς ἐσκήνου. ἀκολουθοῦντος δέ τινος τῶν Ὠρει- 57
τῶν παιδός, ὡς ἔφασαν, μάλα καλοῦ τε κἀγαθοῦ, καταβαί-
νων ἐκ τῆς ἀκροπόλεως περὶ τοῦτον ἦν. καταγνόντες δὲ
405 οἱ αἰχμάλωτοι τὴν ἀμέλειαν, καταλαμβάνουσι τὴν ἀκρό-
πολιν, καὶ ἡ πόλις ἀφίσταται· ὥστ' εὐπόρως ἤδη οἱ
Θηβαῖοι σῖτον παρεκομίζοντο.

Ὑποφαίνοντος δὲ πάλιν τοῦ ἦρος ὁ μὲν Ἀγησίλαος κλι- 58
νοπετὴς ἦν. ὅτε γὰρ ἀπῆγε τὸ στράτευμα ἐκ τῶν Θηβῶν,
410 ἐν τοῖς Μεγάροις ἀναβαίνοντος αὐτοῦ ἐκ τοῦ Ἀφροδισίου
εἰς τὸ ἀρχεῖον ῥήγνυται ὁποία δὴ φλέψ, καὶ ἐρρύη τὸ ἐκ
τοῦ σώματος αἷμα εἰς τὸ ὑγιὲς σκέλος. γενομένης δὲ τῆς
κνήμης ὑπερόγκου καὶ ὀδυνῶν ἀφορήτων, Συρακόσιός τις
ἰατρὸς σχάζει τὴν παρὰ τῷ σφυρῷ φλέβα αὐτοῦ. ὡς δὲ

56, 57. *Revolt of Oreus on the island
of Euboea. Autumn of 377 B.C.*

56. Παγασάς: a Thessalian port on
the Pagasaean Gulf, a place of export
for grain and other agricultural prod-
ucts. — **Ὠρεόν**: situated on the north-
ern coast of Euboea, opposite Paga-
sae. Its earlier name was Histiaea. —
ἐν ᾧ: temporal, *while.* — **ἐπληρώσατο**:
manned. — **ἀπήγετο**: sc. from Pagasae.

57. ἀκολουθοῦντος: *being an habitual
attendant upon him.* — **περὶ τοῦτον ἦν**:
was engrossed with him. Cf. vii. 4. 28
περὶ τοὺς Ἠλείους εἶχον.

**58. *Illness of Agesilaus. Autumn of
377 B.C. to 376 B.C.***

ὁ μέν: the correlative is οἱ δέ at
the beginning of 59. But μέν is first
repeated with ἐκεῖνος at the close
of 58, to resume the thought after
the account of Agesilaus's illness. —
ὁποία δὴ φλέψ: *some vein or other*, to
be explained by the omission of οὐκ
οἶδα. — **τὸ ὑγιὲς σκέλος**: Agesilaus was
lame in one leg. *Cf.* iii. 3. 3. — **ἀφο-
ρήτων**: sc. γενομένων. *Cf.* vi. 1. 8
Φαρσάλου προσγενομένης καὶ τῶν ἐξ
ὑμῶν ἠρτημένων πόλεων (sc. προσγε-

415 ἅπαξ ἤρξατο, ἔρρει αὐτῷ νύκτα τε καὶ ἡμέραν τὸ αἷμα,
καὶ πάντα ποιοῦντες οὐκ ἐδύναντο σχεῖν τὸ ῥεῦμα πρὶν
ἐλιποψύχησε· τότε μέντοι ἐπαύσατο. καὶ οὕτως ἐκεῖνος
μὲν ἀποκομισθεὶς εἰς Λακεδαίμονα ἠρρώστει τό τε λοιπὸν
θέρος καὶ διὰ χειμῶνος.

420 Οἱ δὲ Λακεδαιμόνιοι, ἐπεὶ ἔαρ ὑπέφαινε, πάλιν φρουρὰν 59
τε ἔφαινον καὶ Κλεόμβροτον ἡγεῖσθαι ἐκέλευον. ἐπεὶ δ'
ἔχων τὸ στράτευμα πρὸς τῷ Κιθαιρῶνι ἐγένετο, προῇεσαν
αὐτῷ οἱ πελτασταὶ ὡς προκαταληψόμενοι τὰ ὑπὲρ τῆς
ὁδοῦ. Θηβαίων δὲ καὶ Ἀθηναίων προκατέχοντές τινες τὸ
425 ἄκρον τέως μὲν εἴων αὐτοὺς ἀναβαίνειν· ἐπεὶ δ' ἐπ' αὐτοῖς
ἦσαν, ἐξαναστάντες ἐδίωκον καὶ ἀπέκτειναν περὶ τετταρά-
κοντα. τούτου δὲ γενομένου ὁ Κλεόμβροτος ἀδύνατον
νομίσας τὸ ὑπερβῆναι εἰς τὴν τῶν Θηβαίων ἀπῆγέ τε καὶ
διῆκε τὸ στράτευμα.

430 Συλλεγέντων δὲ τῶν συμμάχων εἰς Λακεδαίμονα λόγοι 60
ἐγίγνοντο ἀπὸ τῶν συμμάχων, ὅτι διὰ μαλακίαν κατατρι-
βήσοιντο ὑπὸ τοῦ πολέμου. ἐξεῖναι γὰρ σφίσι ναῦς πλη-
ρώσαντας πολὺ πλείους τῶν Ἀθηναίων ἑλεῖν λιμῷ τὴν
πόλιν αὐτῶν· ἐξεῖναι δὲ ἐν ταῖς αὐταῖς ταύταις ναυσὶ καὶ
435 εἰς Θήβας στράτευμα διαβιβάζειν, εἰ μὲν βούλοιτο, ἐπὶ

νομένων).—νύκτα τε καὶ ἡμέραν: *a
night and a day.*—πάντα ποιοῦντες:
in spite of all efforts.—ἐπαύσατο: sc.
τὸ ῥεῦμα.—θέρος, χειμῶνος: sc. of
377 B.C.

59. *Failure of a third campaign
against Thebes. Spring of 376 B.C.*

προῇεσαν αὐτῷ οἱ πελτασταί: *his
peltasts went in advance;* αὐτῷ is dat.
of interest. G. 184, 3, N. 4; H. 766.
—τὰ ὑπὲρ τῆς ὁδοῦ: the same as 47
τὸ ὑπὲρ τῆς ὁδοῦ.

60-66. *Maritime war between Athens
and Sparta, 376-375 B.C.*

60. ἀπὸ τῶν συμμάχων: the prep.
emphasizes the notion of source rather
than that of agency.—διὰ μαλακίαν:
on account of lack of energy in prose-
cuting the war.—ἑλεῖν λιμῷ: *i.e.* com-
pel it to capitulate in consequence of
famine.—σφίσι, πληρώσαντας: the
transition from the dat. to the acc. is
common after ἔξεστι. Cf. iv. 1. 35.
—διαβιβάζειν: the transportation of
troops across the Gulf of Corinth
seems to have been impossible on ac-
count of the maritime supremacy of
Athens. Hence the plan to humble

Φωκέων, εἰ δὲ βούλοιντο, ἐπὶ Κρεύσιος. ταῦτα δὲ λογισά- 61
μενοι ἑξήκοντα μὲν τριήρεις ἐπλήρωσαν, Πόλλις δ' αὐτῶν
ναύαρχος ἐγένετο. καὶ μέντοι οὐκ ἐψεύσθησαν οἱ ταῦτα
γνόντες, ἀλλ' οἱ Ἀθηναῖοι ἐπολιορκοῦντο· τὰ γὰρ σιτα-
440 γωγὰ αὐτοῖς πλοῖα ἐπὶ μὲν τὸν Γεραιστὸν ἀφίκετο, ἐκεῖθεν
δ' οὐκέτι ἤθελε παραπλεῖν, τοῦ ναυτικοῦ ὄντος τοῦ Λακε-
δαιμονίων περί τε Αἴγιναν καὶ Κέω καὶ Ἄνδρον. γνόντες
δὲ οἱ Ἀθηναῖοι τὴν ἀνάγκην ἐνέβησαν αὐτοὶ εἰς τὰς ναῦς
καὶ ναυμαχήσαντες πρὸς τὸν Πόλλιν Χαβρίου ἡγουμένου
445 νικῶσι τῇ ναυμαχίᾳ. καὶ ὁ μὲν σῖτος τοῖς Ἀθηναίοις
οὕτω παρεκομίσθη. παρασκευαζομένων δὲ τῶν Λακεδαι- 62
μονίων στράτευμα διαβιβάζειν ἐπὶ τοὺς Βοιωτούς, ἐδεή-
θησαν οἱ Θηβαῖοι τῶν Ἀθηναίων περὶ Πελοπόννησον
στράτευμα πέμψαι, νομίσαντες εἰ τοῦτο γένοιτο, οὐ δυνα-
450 τὸν ἔσεσθαι τοῖς Λακεδαιμονίοις ἅμα μὲν τὴν ἑαυτῶν
χώραν φυλάττειν, ἅμα δὲ τὰς περὶ ἐκεῖνα τὰ χωρία συμ-
μαχίδας πόλεις, ἅμα δὲ στράτευμα διαβιβάζειν ἱκανὸν
πρὸς ἑαυτούς. καὶ οἱ Ἀθηναῖοι μέντοι ὀργιζόμενοι τοῖς 63
Λακεδαιμονίοις διὰ τὸ Σφοδρία ἔργον προθύμως ἐξέπεμ-

Athens first and attack Thebes after-
wards.—ἐπὶ Φωκέων, ἐπὶ Κρεύσιος:
on the side of the Phocians or from the
vicinity of Creusis (see on 16), i.e.
from the north of Thebes or from
the south, as they might choose.
    61. ἐπολιορκοῦντο: were blockaded,
as in 1. 2.—Γεραιστόν: at the southern
extremity of Euboea.— ἤθελε: were
able. The literal notion of ἤθελε, were
willing, must be thought of as apply-
ing to the crews, not to the vessels
themselves. — αὐτοί: as opposed to
hired sailors. — ναυμαχήσαντες: this
battle is known as the Battle of
Naxos. It occurred Sept. 9, 376 B.C.
Half of the Lacedaemonian ships

were either sunk or captured. This
was the occasion on which the young
Phocion first distinguished himself.
The victory brought fresh accessions
to the new Athenian maritime con-
federacy. See on 34.
    62. διαβιβάζειν: sc. across the Cor-
inthian Gulf. The following events
belong to the year 375 B.C.—περὶ
Πελοπόννησον: i.e. in order to harass
the coasts of the Lacedaemonians and
their allies.—ἑαυτούς: i.e. the Thebans.
    63. ὀργιζόμενοι: more from resent-
ment against the Lacedaemonians
than out of love for Thebes, whose
increased power was beginning to
cause jealousy at Athens. — τὸ Σφο-

455 ψαν περὶ τὴν Πελοπόννησον ναῦς τε ἑξήκοντα πληρώ-
σαντες καὶ στρατηγὸν αὐτῶν Τιμόθεον ἑλόμενοι. ἅτε δὲ
εἰς τὰς Θήβας οὐκ ἐμβεβληκότων τῶν πολεμίων οὔτ' ἐν
ᾧ Κλεόμβροτος ἦγε τὴν στρατιὰν ἔτει οὔτ' ἐν ᾧ Τιμόθεος
περιέπλευσε, θρασέως δὴ ἐστρατεύοντο οἱ Θηβαῖοι ἐπὶ
460 τὰς περιοικίδας πόλεις καὶ πάλιν αὐτὰς ἀνελάμβανον. ὁ 64
μέντοι Τιμόθεος περιπλεύσας Κέρκυραν μὲν εὐθὺς ὑφ'
ἑαυτῷ ἐποιήσατο· οὐ μέντοι ἠνδραποδίσατο οὐδὲ ἄνδρας
ἐφυγάδευσεν οὐδὲ νόμους μετέστησεν· ἐξ ὧν τὰς περὶ
ἐκεῖνα πόλεις ἁπάσας εὐμενεστέρας ἔσχεν. ἀντεπλήρω- 65
465 σαν δὲ καὶ οἱ Λακεδαιμόνιοι ναυτικὸν καὶ Νικόλοχον
ναύαρχον, μάλα θρασὺν ἄνδρα, ἐξέπεμψαν· ὃς ἐπειδὴ
εἶδε τὰς μετὰ Τιμοθέου ναῦς, οὐκ ἐμέλλησε, καίπερ ἐξ
νεῶν αὐτῷ ἀπουσῶν τῶν Ἀμβρακιωτίδων, ἀλλὰ πέντε καὶ
πεντήκοντα ἔχων ναῦς ἑξήκοντα οὔσαις ταῖς μετὰ Τιμο-
470 θέου ἐναυμάχησε. καὶ τότε μὲν ἡττήθη, καὶ τροπαῖον ὁ
Τιμόθεος ἔστησεν ἐν Ἀλυζίᾳ. ὁ δὲ ἀνειλκυσμένων τῶν 66
Τιμοθέου νεῶν καὶ ἐπισκευαζομένων, ἐπεὶ παρεγένοντο
αὐτῷ αἱ Ἀμβρακιώτιδες ἐξ τριήρεις, ἐπὶ τὴν Ἀλυζίαν
ἔπλευσεν, ἔνθα ἦν ὁ Τιμόθεος. ὡς δ' οὐκ ἀντανῆγε, τρο-
475 παῖον αὖ κἀκεῖνος ἐστήσατο ἐν ταῖς ἐγγυτάτω νήσοις. ὁ

δρία ἔργον: see 20 ff. — Τιμόθεον: the
talented son of Conon. He had been
general in 378 B.C. along with Cha-
brias and Callistratus. — ἐν ᾧ ἦγε: as
in 59. — ἐστρατεύοντο οἱ Θηβαῖοι: it
was during these struggles that the
Battle of Tegyra occurred, in which
Pelopidas defeated a superior num-
ber of Lacedaemonians led on by the
Orchomenian harmost. Plut. Pelop.
17; Diod. xv. 27.

64. περιπλεύσας: sc. around Pelo-
ponnesus. — ὑφ' ἑαυτῷ: the dat. is

the regular const. in this sense, not
the accusative. — τὰς περὶ ἐκεῖνα πό-
λεις: see on 1. 7. — Further details
of the exploits of Timotheus may
be found in Diod. xv. 36; Cor. Nep.
Timoth. 2.

65. Νικόλοχον: mentioned in 1. 6
as the ἐπιστολεύς of Antalcidas. —
Ἀλυζίᾳ: in Acarnania, opposite the
island Leucas. This battle occurred
in June, 375 B.C.

66. κἀκεῖνος: he likewise. — πλέον
ἤ: on this use of the neut., unchanged

δὲ Τιμόθεος ἐπεὶ ἅς τε εἶχεν ἐπεσκεύασε καὶ ἐκ Κερκύρας
ἄλλας προσεπληρώσατο, γενομένων αὐτῷ τῶν πασῶν
πλέον ἢ ἑβδομήκοντα, πολὺ δὴ ὑπερεῖχε ναυτικῷ· χρή-
ματα μέντοι μετεπέμπετο Ἀθήνηθεν· πολλῶν γὰρ ἐδεῖτο,
480 ἅτε πολλὰς ναῦς ἔχων.

for case and number, see II. 647, last
ex. — πολλῶν γὰρ ἐδεῖτο: Timotheus

had received only thirteen talents, a
sum quite insufficient for his needs.

ΣΤ.

Οἱ μὲν οὖν Ἀθηναῖοι καὶ Λακεδαιμόνιοι περὶ ταῦτα 1
ἦσαν. οἱ δὲ Θηβαῖοι ἐπεὶ κατεστρέψαντο τὰς ἐν τῇ Βοιω-
τίᾳ πόλεις, ἐστράτευον καὶ εἰς τὴν Φωκίδα. ὡς δ᾽ αὖ καὶ
οἱ Φωκεῖς ἐπρέσβευον εἰς τὴν Λακεδαίμονα καὶ ἔλεγον,
5 ὅτι εἰ μὴ βοηθήσοιεν, οὐ δυνήσοιντο μὴ πείθεσθαι τοῖς
Θηβαίοις, ἐκ τούτου οἱ Λακεδαιμόνιοι διαβιβάζουσι κατὰ
θάλατταν εἰς Φωκέας Κλεόμβροτόν τε τὸν βασιλέα καὶ
μετ᾽ αὐτοῦ τέτταρας μόρας καὶ τῶν συμμάχων τὸ μέρος.

Σχεδὸν δὲ περὶ τοῦτον τὸν χρόνον καὶ ἐκ Θετταλίας 2
10 ἀφικνεῖται πρὸς τὸ κοινὸν τῶν Λακεδαιμονίων Πολυδάμας
Φαρσάλιος. οὗτος δὲ καὶ ἐν τῇ ἄλλῃ Θετταλίᾳ μάλα
ηὐδοκίμει, καὶ ἐν αὐτῇ δὲ τῇ πόλει οὕτως ἐδόκει καλός τε
κἀγαθὸς εἶναι, ὥστε καὶ στασιάσαντες οἱ Φαρσάλιοι
παρακατέθεντο αὐτῷ τὴν ἀκρόπολιν καὶ τὰς προσόδους
15 ἐπέτρεψαν λαμβάνοντι, ὅσα ἐγέγραπτο ἐν τοῖς νόμοις,

Book VI. Spring of 374 B.C. to spring of 369 B.C. Grote, *History of Greece*, chaps. lxxvii, lxxviii ; Curtius, *History of Greece*, Book VI, chaps. i, ii.

1. 1. *Cleombrotus invades Phocis. Spring of 374 B.C.*

κατεστρέψαντο: see v. 4. 63. The subjugation of the Boeotian cities was followed by the establishment of a new Boeotian confederacy less liberal than the old, the principle of the equality of the several cities giving way before the aggressive policy of Thebes.—εἰς τὴν Φωκίδα: the Phocians had before sustained hostile relations with the Thebans (iii. 5. 4), and had recently been allies of the

Lacedaemonians, to judge from v. 4. 60. See Diod. xv. 31.—μὴ πείθε-σθαι: instead of the usual μὴ οὐ. See on v. 2. 1.—τὸ μέρος: *i.e.* the part proportional to that sent by the Spartans themselves. As there were six Spartan morae in all, the proportional part of the allies would be two-thirds of their entire contingent. *Cf. An.* v. 3. 4 διέλαβον οἱ στρατηγοὶ τὸ μέρος ἕκαστος.

2, 3. *Arrival of the Pharsalian Polydamas at Sparta. Spring of 374 B.C.*

2. τὸ κοινόν: *i.e.* the assembly of the Spartans and their allies.—καὶ δέ: after preceding καί, as iii. 4. 24 after τέ.—τῇ πόλει: *i.e.* Pharsalus.—ὅσα: the antec. is the understood obj. of ἀναλίσκειν.

εἰς τε τὰ ἱερὰ ἀναλίσκειν καὶ εἰς τὴν ἄλλην διοίκησιν.
κἀκεῖνος μέντοι ἀπὸ τούτων τῶν χρημάτων τήν τε ἄκραν 3
φυλάττων διέσωζεν αὐτοῖς καὶ τἄλλα διοικῶν ἀπελογίζετο
κατ' ἐνιαυτόν. καὶ ὁπότε μὲν ἐνδεὴς εἴη, παρ' ἑαυτοῦ
20 προσετίθει, ὁπότε δὲ περιγένοιτο τῆς προσόδου, ἀπελάμ-
βανεν. ἦν δὲ καὶ ἄλλως φιλόξενός τε καὶ μεγαλοπρεπὴς
τὸν Θετταλικὸν τρόπον. οὗτος οὖν ἐπεὶ ἀφίκετο εἰς τὴν
Λακεδαίμονα, εἶπε τοιάδε·

"Ἐγώ, ὦ ἄνδρες Λακεδαιμόνιοι, πρόξενος ὑμῶν ὢν καὶ 4
25 εὐεργέτης ἐκ πάντων ὧν μεμνήμεθα προγόνων ἀξιῶ, ἐάν
τέ τι ἀπορῶ, πρὸς ὑμᾶς ἰέναι, ἐάν τέ τι χαλεπὸν ὑμῖν ἐν
τῇ Θετταλίᾳ συνιστῆται, σημαίνειν. ἀκούετε μὲν οὖν, εὖ
οἶδ' ὅτι, καὶ ὑμεῖς Ἰάσονος ὄνομα· ὁ γὰρ ἀνὴρ καὶ δύνα-
μιν ἔχει μεγάλην καὶ ὀνομαστός ἐστιν. οὗτος δὲ σπονδὰς

3. τήν τε ἄκραν: i.e. the acropolis, as iv. 4. 15.— ἐνδεὴς εἴη: sc. προσόδων, as is indicated by what follows.— παρ' ἑαυτοῦ: equiv. to ἀπὸ τῶν ἑαυτοῦ χρημάτων, from his own resources.— προσετίθει: as obj. supply χρήματα, which is also to be understood as the subj. of περιγένοιτο. — περιγένοιτο τῆς προσόδου: was left over from the revenue. Cf. ii. 3. 8 ἃ περιεγένοντο τῶν φόρων. — μεγαλοπρεπής: the Thessalians were noted for their extravagance and love of display, — qualities induced by the fertility and wealth of their country. Cf. Athen. xiv. 662 f, who elsewhere, xii. 527 a, affirms this particularly of the Pharsalians.

4–16. Polydamas's Speech at Sparta.

4. εὐεργέτης: a title of honor conferred by states upon each other or upon individuals who had done the state a service. The title was often handed down from father to son, as in the case of προξενία. It included certain rights and privileges, which are frequently enumerated in inscriptions, viz.: προμαντεία, προεδρία, προδικία, ἀσυλία, ἔγκτησις γῆς καὶ οἰκίας, ἀτέλεια πάντων καὶ τἄλλα ὅσα καὶ τοῖς ἄλλοις προξένοις καὶ εὐεργέταις. — ἐκ πάντων κτέ.: Polydamas's language is not precise. He means that he is the hereditary proxenus and euergetes of the Spartans; — that he is now proxenus and euergetes, and that his ancestors were before him. — ἀξιῶ: I deem it fitting. — τι: cognate acc. G. 159, n. 2; H. 716 b. Cf. Thuc. v. 40. 3 ἀπορούντες ταῦτα. — εὖ οἶδ' ὅτι: an idiomatic expression, always involving the ellipsis of some word, as here ἀκούετε. Cf. 10. — Ἰάσονος: tyrant of Pherae. He was a man of brilliant mental qualities, and is said to have been a pupil of the famous rhetorician Gorgias. Among his friends he counted Timotheus and Isocrates.—σπονδάς: Jason had been at war with the Pharsalians.

30 ποιησάμενος συνεγένετό μοι, καὶ εἶπε τάδε · 'Ὅτι μέν, ὦ 5
Πολυδάμα, καὶ ἄκουσαν τὴν ὑμετέραν πόλιν δυναίμην ἂν
παραστήσασθαι, ἔξεστί σοι ἐκ τῶνδε λογίζεσθαι. ἐγὼ
γάρ,' ἔφη, ' ἔχω μὲν Θετταλίας τὰς πλείστας καὶ μεγίστας
πόλεις συμμάχους · κατεστρεψάμην δ' αὐτὰς ὑμῶν σὺν
35 αὐταῖς τὰ ἐναντία ἐμοὶ στρατευομένων. καὶ μὴν οἶσθά
γε, ὅτι ξένους ἔχω μισθοφόρους εἰς ἑξακισχιλίους, οἷς, ὡς
ἐγὼ οἶμαι, οὐδεμία πόλις δύναιτ' ἂν ῥᾳδίως μάχεσθαι.
ἀριθμὸς μὲν γάρ,' ἔφη, ' καὶ ἄλλοθεν οὐκ ἂν ἐλάττων ἐξέλ-
θοι · ἀλλὰ τὰ μὲν ἐκ τῶν πόλεων στρατεύματα τοὺς μὲν
40 προεληλυθότας ἤδη ταῖς ἡλικίαις ἔχει, τοὺς δ' οὔπω ἀκμά-
ζοντας · σωμασκοῦσί γε μὴν μάλα ὀλίγοι τινὲς ἐν ἑκάστῃ
πόλει · παρ' ἐμοὶ δὲ οὐδεὶς μισθοφορεῖ, ὅστις μὴ ἱκανός
ἐστιν ἐμοὶ ἴσα πονεῖν.' αὐτὸς δ' ἐστί, λέγειν γὰρ χρὴ 6
πρὸς ὑμᾶς τἀληθῆ, καὶ τὸ σῶμα μάλα εὔρωστος καὶ
45 ἄλλως φιλόπονος. καὶ τοίνυν τῶν παρ' αὐτῷ πεῖραν λαμ-
βάνει καθ' ἑκάστην ἡμέραν · ἡγεῖται γὰρ σὺν τοῖς ὅπλοις
καὶ ἐν τοῖς γυμνασίοις καὶ ὅταν ποι στρατεύηται. καὶ
οὓς μὲν ἂν μαλακοὺς τῶν ξένων αἰσθάνηται, ἐκβάλλει, οὓς
δ' ἂν ὁρᾷ φιλοπόνως καὶ φιλοκινδύνως ἔχοντας πρὸς τοὺς
50 πολέμους, τιμᾷ τοὺς μὲν διμοιρίαις, τοὺς δὲ τριμοιρίαις,

---

5. ὅτι μέν: the clause with μέν is
not followed by the anticipated clause
with δέ. What the latter would have
been, may be inferred from 7 κρεῖττόν
μοι δοκεῖ εἶναι ἑκόντας ὑμᾶς μᾶλλον ἢ
ἄκοντας προσαγαγέσθαι. — Πολυδάμα:
the voc. of proper names in -as, gen.
-αντος, sometimes ends in -α instead of
-αν, after the analogy of nouns in -ας
of the first declension. II. 170 D. —
μεγίστας πόλεις: as Larissa, Crannon,
etc. — τὰ ἐναντία: adv., like ἐναντία iii.
5. 11. — ξένους, μισθοφόρους: not tau-
tological. The ξένοι are mentioned as

opposed to the Thessalians, on whom
also Jason could rely for assistance.
— τὰ μὲν ἐκ τῶν πόλεων στρατεύματα:
armies composed of citizens, often
designated as τὰ πολιτικὰ στρατεύ-
ματα. Cf. v. 3. 25. — ὀλίγοι τινές:
some few. — ὅστις μή: on μή in cond.
rel. sents., see G. 283, 2 ; II. 1021.

6. αὐτὸς δέ: the conj. introduces a
parenthetical explanation by Poly-
damas of Jason's language. — σὺν τοῖς
ὅπλοις: in full armor. Const. with the
subject. — ἐν τοῖς γυμνασίοις: on the
parade-ground. — διμοιρίαις: i.e. double

τοὺς δὲ καὶ τετραμοιρίαις, καὶ ἄλλοις δώροις καὶ νόσων γε
θεραπείαις καὶ περὶ ταφὰς κόσμῳ· ὥστε πάντες ἴσασιν
οἱ παρ᾽ ἐκείνῳ ξένοι, ὅτι ἡ πολεμικὴ αὐτοῖς ἀρετὴ ἐντιμό-
τατόν τε βίον καὶ ἀφθονώτατον παρέχεται. ἐπεδείκνυε δέ 7
55 μοι εἰδότι, ὅτι καὶ ὑπήκοοι ἤδη αὐτῷ εἶεν Μαρακοὶ καὶ
Δόλοπες καὶ ᾿Αλκέτας ὁ ἐν τῇ ᾿Ηπείρῳ ὕπαρχος· ᾽ὥστε,᾽
ἔφη, ᾽τί ἂν ἐγὼ φοβούμενος οὐ ῥᾳδίως ἂν ὑμᾶς οἰοίμην
καταστρέψεσθαι; τάχα οὖν ὑπολάβοι ἄν τις ἐμοῦ ἄπει-
ρος, ᾽Τί οὖν μέλλεις καὶ οὐκ ἤδη στρατεύεις ἐπὶ τοὺς
60 Φαρσαλίους;᾽ ὅτι νὴ Δία τῷ παντὶ κρεῖττόν μοι δοκεῖ
εἶναι ἑκόντας ὑμᾶς μᾶλλον ἢ ἄκοντας προσαγαγέσθαι.
βιασθέντες μὲν γὰρ ὑμεῖς τ᾽ ἂν βουλεύοισθε ὅ τι δύναισθε
κακὸν ἐμοί, ἐγώ τ᾽ ἂν ὑμᾶς ὡς ἀσθενεστάτους βουλοίμην
εἶναι· εἰ δὲ πεισθέντες μετ᾽ ἐμοῦ γένοισθε, δῆλον ὅτι
65 αὔξοιμεν ἂν ὅ τι δυναίμεθα ἀλλήλους. γιγνώσκω μὲν οὖν, 8
ὦ Πολυδάμα, ὅτι ἡ σὴ πατρὶς εἰς σὲ ἀποβλέπει· ἐὰν δέ
μοι φιλικῶς αὐτὴν ἔχειν παρασκευάσῃς, ὑπισχνοῦμαί σοι,᾽
ἔφη, ᾽ἐγὼ μέγιστόν σε τῶν ἐν τῇ ῾Ελλάδι μετ᾽ ἐμὲ κατα-
στήσειν. οἵων δὲ πραγμάτων τὰ δεύτερά σοι δίδωμι
70 ἄκουε, καὶ μηδὲν πίστευέ μοι ὅ τι ἂν μὴ λογιζομένῳ σοι
ἀληθὲς φαίνηται. οὐκοῦν τοῦτο μὲν εὔδηλον ἡμῖν, ὅτι

---

pay. — **περὶ ταφὰς κόσμῳ**: *with honor in connexion with burial.* A prepositional phrase may be used as attrib. modifier of a subst., even when the latter is not accompanied by the article. *Cf.* Thuc. iv. 10. 4 *καὶ οὐκ ἐν γῇ στρατός ἐστιν*, *there is not a land army.*

7. **Μαρακοὶ καὶ Δόλοπες**: Aetolian tribes. — **᾿Αλκέτας**: king of the Molossians in Epirus. — **τί ἂν ἐγὼ φοβούμενος, ἂν οἰοίμην**: note the resumption of dir. discourse. **ἄν** is repeated because its force attaches equally to φοβούμενος and οἰοίμην. "What should

I fear that I should not think myself able to subdue you?" II. 804. — **ἤδη**: *at once.* — **νὴ Δία**: on the force of this expression, see G. 163; II. 723. — **τῷ παντί**: *altogether.* — **μᾶλλον**: really superfluous after the comp. κρεῖττον, but used to strengthen the contrast between ἑκόντας and ἄκοντας. *Cf. An.* iv. 6. 11 *πολὺ οὖν κρεῖττον μᾶλλον ἤ.*

8. **ἔχειν παρασκευάσῃς**: the simple inf. with παρασκευάζω, as after συμπράττειν, ii. 3. 13. **αὐτήν** is subj. of ἔχειν. — **πραγμάτων** ... **ἄκουε**: *hear in what sort of an enterprise it is that I*

Φαρσάλου προσγενομένης καὶ τῶν ἐξ ὑμῶν ἠρτημένων
πόλεων εὐπετῶς ἂν ἐγὼ ταγὸς Θετταλῶν ἁπάντων κατα-
σταίην· ὥς γε μήν, ὅταν ταγεύηται Θετταλία, εἰς ἑξακι-
75 σχιλίους μὲν οἱ ἱππεύοντες γίγνονται, ὁπλῖται δὲ πλείους
ἢ μύριοι καθίστανται. ὧν ἐγὼ καὶ τὰ σώματα καὶ τὴν 9
μεγαλοψυχίαν ὁρῶν οἶμαι ἂν αὐτῶν εἰ καλῶς τις ἐπιμε-
λοῖτο, οὐκ εἶναι ἔθνος ὁποίῳ ἂν ἀξιώσαιεν ὑπήκοοι εἶναι
Θετταλοί. πλατυτάτης γε μὴν γῆς οὔσης Θετταλίας,
80 πάντα τὰ κύκλῳ ἔθνη ὑπήκοα μέν ἐστιν, ὅταν ταγὸς
ἐνθάδε καταστῇ· σχεδὸν δὲ πάντες οἱ ταύτῃ ἀκοντισταί
εἰσιν. ὥστε καὶ πελταστικῷ εἰκὸς ὑπερέχειν τὴν ἡμετέραν
δύναμιν. καὶ μὴν Βοιωτοί γε καὶ οἱ ἄλλοι πάντες ὅσοι 10
Λακεδαιμονίοις πολεμοῦντες ὑπάρχουσί μοι σύμμαχοι·
85 καὶ ἀκολουθεῖν τοίνυν ἀξιοῦσιν ἐμοί, ἂν μόνον ἀπὸ Λακε-
δαιμονίων ἐλευθερῶ αὐτούς. καὶ Ἀθηναῖοι δέ, εὖ οἶδ' ὅτι,
πάντα ποιήσαιεν ἂν ὥστε σύμμαχοι ἡμῖν γενέσθαι· ἀλλ'
ἐγὼ οὐκ ἄν μοι δοκῶ πρὸς αὐτοὺς φιλίαν ποιήσασθαι.

give you the second place. — πόλεων : sc.
προσγενομένων. *Cf.* v. 4. 58. — ταγός :
Thessaly consisted of a number of
independent states, which formed,
however, a sort of league, and prob.
in time of need elected a common
leader or ταγός. The word is pecul-
iarly Thessalian, and is applied also
to the military leaders of single cities.
— ὥς γε μήν : *moreover that.* Correla-
tive with the preceding τοῦτο μέν. —
ἑξακισχίλιοι : this number is large as
compared with the number of foot-
soldiers (πλείους ἢ μύριοι). It is to be
explained by the fact that the lead-
ing classes in Thessaly served almost
exclusively in the cavalry. *Cf.* iv. 3.
9. Isocrates, viii. 118, reckons the
Thessalian cavalry at 3000 men.
9. οἶμαι ἄν : ἄν belongs to εἶναι.

Cf. 4. 2. — ἐστίν : instead of ἔσται,
since the matter is regarded by Jason
as an accomplished fact. — οἱ ταύτῃ :
referring to πάντα τὰ κύκλῳ ἔθνη. The
neighboring tribes were mostly moun-
taineers who could easily furnish
light-armed troops.
10. πολεμοῦντες : sc. εἰσίν, which is
frequently omitted after πάντες ὅσοι
with a participle. *Cf. de re equestri*
11. 12 πάντες ὅσοι συμπαρεπόμενοι. —
εὖ οἶδ' ὅτι : elliptical, as in 4. —
πάντα ποιήσαιεν ἂν ὥστε : the same
const. also *Mem.* ii. 9. 6 πάντ' ἐποίει
ὥστε ἀπαλλαγῆναι τοῦ Ἀρχεδήμου.
The usual const. after ποιέω is a final
clause with ὡς or ὅπως. *Cf.* iv. 1. 40 ;
vii. 4. 21. — ὥστε . . . γενέσθαι : denot-
ing purpose as in v. 3. 14. H. 953 a.
— οὐκ ἄν . . . ποιήσασθαι : acc. to

νομίζω γὰρ ἔτι ῥᾷον τὴν κατὰ θάλατταν ἢ τὴν κατὰ γῆν
90 ἀρχὴν παραλαβεῖν ἄν. εἰ δὲ εἰκότα λογίζομαι, σκόπει,ʼ 11
ἔφη, ʻκαὶ ταῦτα. ἔχοντες μέν γε Μακεδονίαν, ἔνθεν καὶ
Ἀθηναῖοι τὰ ξύλα ἄγονται, πολὺ δήπου πλείους ἐκείνων
ἱκανοὶ ἐσόμεθα ναῦς ποιήσασθαι. ἀνδρῶν γε μὴν ταύτας
πληροῦν πότερον Ἀθηναίους ἢ ἡμᾶς εἰκὸς μᾶλλον δύνα-
95 σθαι, τοσούτους καὶ τοιούτους ἔχοντας πενέστας ; τούς γε
μὴν ναύτας τρέφειν πότερον ἡμᾶς ἱκανωτέρους εἰκὸς εἶναι
τοὺς διʼ ἀφθονίαν καὶ ἄλλοσε σῖτον ἐκπέμποντας ἢ Ἀθη-
ναίους τοὺς μηδʼ αὐτοῖς ἱκανὸν ἔχοντας, ἂν μὴ πρίωνται ;
καὶ χρήμασί γε εἰκὸς δήπου ἡμᾶς ἀφθονωτέροις χρῆσθαι 12
100 μὴ εἰς νησύδρια ἀποβλέποντας, ἀλλʼ ἠπειρωτικὰ ἔθνη
καρπουμένους. πάντα γὰρ δήπου τὰ κύκλῳ φόρον φέρει,
ὅταν ταγεύηται τὰ κατὰ Θετταλίαν. οἶσθα δὲ δήπου ὅτι
καὶ βασιλεὺς ὁ Περσῶν οὐ νήσους ἀλλʼ ἤπειρον καρπού-
μενος πλουσιώτατος ἀνθρώπων ἐστίν · ὃν ἐγὼ ὑπήκοον
105 ποιήσασθαι ἔτι εὐκατεργαστότερον ἡγοῦμαι εἶναι ἢ τὴν

Dem. XLIX. 1δ, Jason abandoned this
intention and became the ally of Ath-
ens in the succeeding year, 373 B.C.
— τὴν κατὰ θάλατταν ἀρχὴν παρα-
λαβεῖν: in which event he would not
need the help of Athens.
    11. εἰ . . . λογίζομαι: "as to whether
my calculations are correct." — τὰ
ξύλα: wood for ship-building was
obtained by the Athenians chiefly
from Macedonia. Cf. v. 2. 16. — πε-
νέστας: originally a conquered tribe
like the Spartan Εἵλωτες, afterwards
increased by prisoners of war. They
formed a link between the freemen
and the born slaves. The word is
probably derived from Penestia, a
district on the borders of Macedonia
and Illyria. — Ἀθηναίους . . . πρίων-
ται: the soil of Attica was not espe-
cially fertile, and, in spite of careful
cultivation, could not be made to
produce sufficient for the population,
so that considerable grain had to be
imported. Cf. i. 1. 35; v. 4. 61. The
chief significance of the disaster of
Aegospotami in the Peloponnesian
War lay in the fact that it gave the
Spartans command of the Euxine and
thus took away from Athens the
chief source of her grain supply.
    12. νησύδρια: Athens at the time
of her greatest influence had drawn
her revenue chiefly from the tributary
islands of the Aegean. The diminu-
tive νησύδρια is used for the purpose
of instituting a contemptuous com-
parison with ἠπειρωτικὰ ἔθνη. — τὰ
κατὰ Θετταλίαν: matters in Thessaly.
— ὃν ἐγὼ κτέ.: that Jason really

Ἑλλάδα. οἶδα γὰρ πάντας τοὺς ἐκεῖ ἀνθρώπους πλὴν
ἑνὸς μᾶλλον δουλείαν ἢ ἀλκὴν μεμελετηκότας, οἶδα δὲ ὑφ'
οἴας δυνάμεως καὶ τῆς μετὰ Κύρου ἀναβάσης καὶ τῆς
μετ' Ἀγησιλάου εἰς πᾶν ἀφίκετο βασιλεύς.' ἐπεὶ δὲ ταῦτ' 13
110 εἰπόντος αὐτοῦ ἐγὼ ἀπεκρινάμην ὅτι τὰ μὲν ἄλλα ἀξιό-
σκεπτα λέγει,· τὸ δὲ Λακεδαιμονίοις ὄντας φίλους ἀπο-
στῆναι πρὸς τοὺς ἐναντίους, μηδὲν ἔχοντας ἐγκαλεῖν,
'τοῦτ',' ἔφην, 'ἄπορόν μοι δοκεῖ εἶναι·' ὁ δ' ἐπαινέσας με
καὶ εἰπών, ὅτι μᾶλλον ἐκτέον μου εἴη, ὅτι τοιοῦτος εἴην,
115 ἐφῆκέ μοι ἐλθόντι πρὸς ὑμᾶς λέγειν τἀληθῆ, ὅτι διανοοῖτο
στρατεύειν ἐπὶ Φαρσαλίους, εἰ μὴ πεισοίμεθα. αἰτεῖν οὖν
ἐκέλευε βοήθειαν παρ' ὑμῶν. 'καὶ ἐὰν μὲν θεοί,' ἔφη,
'διδῶσιν ὥστε σε πείθειν ἱκανὴν πέμπειν συμμαχίαν ὡς
ἐμοὶ πολεμεῖν, ἄγ',' ἔφη, 'καὶ τούτῳ χρώμεθα ὅ τι ἂν ἀπο-
120 βαίνῃ ἐκ τοῦ πολέμου· ἂν δέ σοι μὴ δοκῶσιν ἱκανῶς
βοηθεῖν, οὐκ ἤδη ἀνέγκλητος ἂν δικαίως εἴης, εἰ τῇ
πατρίδι, ἤ σε τιμᾷ, καὶ σὺ πράττοις τὰ κράτιστα;' περὶ 14

meditated an attack upon the Per-
sian empire, is affirmed by Isocrates
v. 119. — πάντας πλὴν ἑνός : i.e. all
except the king. The vassals of the
king were regarded as his property,
so that he alone was looked upon as
free. — ὑφ' οἴας δυνάμεως: the gen.
with ὑπό, on account of the passive
notion involved in εἰς πᾶν ἀφίκετο.
II. 820. — τῆς μετὰ Κύρου, τῆς μετ'
Ἀγησιλάου : the exact number of
Greek troops with Cyrus before the
Battle of Cunaxa is given in An. i. 7.
10 as 12,900. Agesilaus, on the
expedition referred to, was voted
8000 troops (iii. 4. 2–4), but not all
of these were called out. — εἰς πᾶν
ἀφίκετο : was reduced to great extremi-
ties. See on v. 4. 29.

13. ἐπεὶ δὲ κτέ.: anacoluthon. The
clause beginning with τὸ δέ, instead
of depending upon ἀπεκρινάμην, is
made by the insertion of ἔφην to
stand as an independent clause. In
this way it happens that the clause
ὁ δέ ... ἀφῆκε, which is really the
conclusion of the sentence beginning
ἐπεὶ δὲ ταῦτα, appears as a separate
sentence introduced by δέ. Cf. v. 1.
28. — ἐκτέον μου : the verbal adj. is
used with the sense of the middle,
ἔχεσθαι τινος, hold fast to some one. —
ἐφῆκε : permitted. — συμμαχίαν : auxi-
iliaries. So also iv. 8. 24. — ὡς πολε-
μεῖν : expressing purpose, as in v. 2.
38. ἱκανός is generally followed by the
simple inf., as in 14. — τούτῳ χρώμεθα
κτέ. : "let us abide by the result, what-
ever it is." — εἰ πράττοις κράτιστα : i.e.
if you should ally yourself with me.

τούτων δὴ ἐγὼ ἥκω πρὸς ὑμᾶς καὶ λέγω πάντα, ὅσα ἐκεῖ
αὐτός τε ὁρῶ καὶ ἐκείνου ἀκήκοα. καὶ νομίζω οὕτως
125 ἔχειν, ὦ ἄνδρες Λακεδαιμόνιοι, ὡς εἰ μὲν πέμψετε ἐκεῖσε
δύναμιν μὴ ἐμοὶ μόνον ἀλλὰ καὶ τοῖς ἄλλοις Θετταλοῖς
ἱκανὴν δοκοῦσαν εἶναι πρὸς Ἰάσονα πολεμεῖν, ἀποστή-
σονται αὐτοῦ αἱ πόλεις· πᾶσαι γὰρ φοβοῦνται ὅποι ποτὲ
προβήσεται ἡ τοῦ ἀνδρὸς δύναμις· εἰ δὲ νεοδαμώδεις καὶ
130 ἄνδρα ἰδιώτην οἴεσθε ἀρκέσειν, συμβουλεύω ἡσυχίαν
ἔχειν. εὖ γὰρ ἴστε, ὅτι πρός τε μεγάλην ἔσται ῥώμην ὁ 15
πόλεμος καὶ πρὸς ἄνδρα, ὃς φρόνιμος μὲν οὕτω στρατη-
γός ἐστιν, ὡς ὅσα τε λανθάνειν καὶ ὅσα φθάνειν καὶ ὅσα
βιάζεσθαι ἐπιχειρεῖ οὐ μάλα ἀφαμαρτάνει. ἱκανὸς γάρ
135 ἐστι καὶ νυκτὶ ὅσαπερ ἡμέρᾳ χρῆσθαι, καὶ ὅταν σπεύδῃ,
ἄριστον καὶ δεῖπνον ποιησάμενος ἅμα πονεῖσθαι. οἴεται
δὲ καὶ ἀναπαύεσθαι χρῆναι, ὅταν ἀφίκηται ἔνθ᾽ ἂν ὡρμη-
μένος ᾖ καὶ διαπράξηται ἃ δεῖ· καὶ τοὺς μεθ᾽ αὑτοῦ δὲ
ταὐτὰ εἴθικεν. ἐπίσταται δὲ καὶ ὅταν ἐπιπονήσαντες
140 ἀγαθόν τι πράξωσιν οἱ στρατιῶται, ἐκπλῆσαι τὰς γνώμας
αὐτῶν· ὥστε καὶ τοῦτο μεμαθήκασι πάντες οἱ μετ᾽ αὐτοῦ,
ὅτι ἐκ τῶν πόνων καὶ τὰ μαλακὰ γίγνεται. καὶ μὴν 10
ἐγκρατέστατός γέ ἐστιν ὧν ἐγὼ οἶδα τῶν περὶ τὸ σῶμα

14. νομίζω οὕτως ἔχειν: equiv. to a
verb of saying, and hence followed
by a clause with ὡς. — ἰδιώτην: a pri-
vate person, as opposed to a king.
  15. ῥώμην: variation of the more
usual δύναμις, as in vii. 4. 16. — μέν:
the correlative is καὶ μήν in the next
paragraph. — ὡς ἀφαμαρτάνει: ὡς
with the ind. denoting result occurs
occasionally instead of the customary
ὥστε or ὡς with the infinitive. See on
v. 4. 22. — ὅσα ... ἐπιχειρεῖ: as many
things as he undertakes to accomplish
by secrecy, by forestalling others, or by

force. The expression seems to stand
for ὅσα λανθάνων καὶ φθάνων καὶ βιαζό-
μενος πράττειν ἐπιχειρεῖ. — οὐ μάλα:
not easily. — ἀφαμαρτάνει: rare in
prose and used by Xenophon only
here. — νυκτὶ ... χρῆσθαι: to make
as much use of night as of day. The
same quality is attributed to Xeno-
phon in nearly the same words to
Agesilaus. Ages. 6. 6. ὅσαπερ is cog-
nate acc. — ποιησάμενος: the use of
the aor. partic. here instead of the
pres. seems unnatural.
  16. καὶ μήν: emphatic transition,

ἡδονῶν· ὥστε οὐδὲ διὰ ταῦτα ἀσχολίαν ἔχει τὸ μὴ πράτ-
145 τειν ἀεὶ τὸ δεόμενον. ὑμεῖς οὖν σκεψάμενοι εἴπατε πρὸς
ἐμέ, ὥσπερ ὑμῖν προσήκει, ὁποῖα δυνήσεσθέ τε καὶ μέλ-
λετε ποιήσειν."

Ὁ μὲν ταῦτα εἶπεν. οἱ δὲ Λακεδαιμόνιοι τότε μὲν ἀνε- 17
βάλοντο τὴν ἀπόκρισιν· τῇ δ' ὑστεραίᾳ καὶ τῇ τρίτῃ
150 λογισάμενοι τάς τ' ἔξω μόρας ὅσαι αὐτοῖς εἶεν καὶ τὰς
περὶ Λακεδαίμονα πρὸς τὰς τῶν Ἀθηναίων τριήρεις καὶ
τὸν πρὸς τοὺς ὁμόρους πόλεμον ἀπεκρίναντο, ὅτι ἐν τῷ
παρόντι οὐκ ἂν δύναιντο ἱκανὴν αὐτῷ ἐκπέμψαι ἐπικου-
ρίαν, ἀλλ' ἀπιόντα συντίθεσθαι αὐτὸν ἐκέλευον ὅπῃ
155 δύναιτο ἄριστα τά τε ἑαυτοῦ καὶ τὰ τῆς πόλεως. κἀκεῖνος 18
μέντοι ἐπαινέσας τὴν ἁπλότητα τῆς πόλεως ἀπῆλθε. καὶ
τὴν μὲν ἀκρόπολιν τῶν Φαρσαλίων ἐδεῖτο τοῦ Ἰάσονος μὴ
ἀναγκάσαι αὐτὸν παραδοῦναι, ὅπως τοῖς παρακαταθεμέ-
νοις διασώζῃ· τοὺς δὲ ἑαυτοῦ παῖδας ἔδωκεν ὁμήρους,
160 ὑποσχόμενος αὐτῷ τήν τε πόλιν πείσας ἑκοῦσαν σύμμα-
χον ποιήσειν καὶ ταγὸν συγκαταστήσειν αὐτόν. ὡς δὲ
τὰ πιστὰ ἔδοσαν ἀλλήλοις, εὐθὺς μὲν οἱ Φαρσάλιοι εἰρή-
νην ἦγον, ταχὺ δὲ ὁ Ἰάσων ὁμολογουμένως ταγὸς τῶν
Θετταλῶν καθειστήκει. ἐπεί γε μὴν ἐτάγευσε, διέταξεν 19

and further strengthened by γέ. — τὸ
πράττειν: dependent upon ἀσχολίαν,
which also takes the gen. of the ar-
ticular inf., e.g. Mem. i. 3. 11 ἀσχο-
λίαν τοῦ ἐπιμελνθῆναι. — μή: instead
of μὴ οὐ, as in I. 1; v. 2. 1. — τὸ δεό-
μενον: sc. πράττεσθαι. Cf. Cyr. ii. 3.
3 τῶν πράττεσθαι δεομένων. — ποιή-
σειν: on the tense see G. 202, 3, N.;
H. 846.

17–19. Reply of the Lacedaemonians.
The Pharsalians join Jason.

17. τάς τ' ἔξω μόρας: i.e. the four
that had been sent into Phocis. See 1.

1.—τὰς τῶν Ἀθηναίων τριήρεις: those
under Timotheus referred to in v. 4.
63.—τὸν πρὸς τοὺς ὁμόρους πόλεμον:
it is not known what neighbors are
here referred to; possibly the Messe-
nians, whom the presence of an
Athenian fleet in their vicinity may
have encouraged to revolt.

18. τὴν ἀκρόπολιν: his fellow-citi-
zens had entrusted its care to him, as
narrated in 2. — συγκαταστήσειν: i.e.
join with the other states in making
him ταγός.

19. ἐτάγευσε: the inceptive aorist.

165 ἱππικόν τε ὅσον ἑκάστη πόλις δυνατὴ ἦν παρέχειν καὶ
ὁπλιτικόν. καὶ ἐγένοντο αὐτῷ ἱππεῖς μὲν σὺν τοῖς συμ-
μάχοις πλείους ἢ ὀκτακισχίλιοι, ὁπλῖται δὲ ἐλογίσθησαν
οὐκ ἐλάττους δισμυρίων, πελταστικόν γε μὴν ἱκανὸν πρὸς
πάντας ἀνθρώπους ἀντιταχθῆναι· ἔργον γὰρ ἐκείνων γε
170 καὶ τὰς πόλεις ἀριθμῆσαι. προεῖπε δὲ καὶ τοῖς περιοί-
κοις πᾶσι τὸν φόρον, ὥσπερ ἐπὶ Σκόπα τεταγμένος ἦν,
φέρειν. καὶ ταῦτα μὲν οὕτως ἐπεραίνετο· ἐγὼ δὲ πάλιν
ἐπάνειμι, ὅθεν εἰς τὰς περὶ Ἰάσονος πράξεις ἐξέβην.

Οἱ μὲν Λακεδαιμόνιοι καὶ οἱ σύμμαχοι συνελέγοντο εἰς 2
τοὺς Φωκέας, οἱ δὲ Θηβαῖοι ἀναχωρήσαντες εἰς τὴν αὑτῶν
ἐφύλαττον τὰς εἰσβολάς. οἱ δ' Ἀθηναῖοι αὐξανομένους
μὲν ὁρῶντες διὰ σφᾶς τοὺς Θηβαίους χρήματά τε οὐ συμ-
5 βαλλομένους εἰς τὸ ναυτικόν, αὐτοὶ δὲ ἀποκναιόμενοι καὶ
χρημάτων εἰσφοραῖς καὶ λῃστείαις ἐξ Αἰγίνης καὶ φυλα-
καῖς τῆς χώρας, ἐπεθύμησαν παύσασθαι τοῦ πολέμου, καὶ
πέμψαντες πρέσβεις εἰς Λακεδαίμονα εἰρήνην ἐποιήσαντο.

Εὐθὺς δ' ἐκεῖθεν δύο τῶν πρέσβεων πλεύσαντες κατὰ 2

G. 200, s. 5, b ; H. 841.— πρὸς πάν-
τας ἀνθρώπους: "to meet the world."
— ἔργον: sc. ἐστί, it is difficult. —ἐπὶ
Σκόπα: Scopas was ruler of Crannon
and Pherae, and ταγός of Thessaly,
at the time of the Persian wars. Si-
monides, the lyric poet, was his friend,
and sang in verse the praises of Sco-
pas and the Scopadae. —περὶ Ἰάσο-
νος: for the gen. instead of the acc.,
see on v. 2. 7.
2. 1. The Athenians make peace
with Sparta. Summer of 374 B.C.
The history of the events alluded
to in I. 1 is here resumed.
λῃστείαις: cf. v. I. 1.—εἰρήνην
ἐποιήσαντο: according to Cornelius
Nepos, Timotheus 2. 2, one of the con-
ditions of the peace was, that Sparta

should recognize Athens's maritime
supremacy. Diodorus, xv. 38. 1, says
the peace was arranged at the in-
stance of the king of Persia, whose
object was to secure Greek mercena-
ries for a war against Egypt by stop-
ping domestic quarrels in Greece.
Acc. to the same writer, Thebes, re-
fusing to guarantee the autonomy of
the Boeotian cities, was shut out from
the peace; but it is probable that
Diodorus has confounded this peace
with that of 371 B.C.; see 3. 20.
2-14. The war is renewed. Late
Summer of 374 B.C. Timotheus or-
dered to Corcyra. Spring of 373 B.C.
His removal. Autumn of 373 B.C.
Preparations of Iphicrates. Winter of
373-372 B.C.

10 δόγμα τῆς πόλεως εἶπον τῷ Τιμοθέῳ ἀποπλεῖν οἴκαδε ὡς
εἰρήνης οὔσης· ὁ δ' ἅμα ἀποπλέων τοὺς τῶν Ζακυνθίων
φυγάδας ἀπεβίβασεν εἰς τὴν χώραν αὐτῶν. ἐπεὶ δὲ οἱ 3
ἐκ τῆς πόλεως Ζακύνθιοι πέμψαντες πρὸς τοὺς Λακεδαι-
μονίους ἔλεγον οἷα πεπονθότες εἶεν ὑπὸ τοῦ Τιμοθέου,
15 εὐθὺς οἱ Λακεδαιμόνιοι ἀδικεῖν τε ἡγοῦντο τοὺς Ἀθηναί-
ους καὶ ναυτικὸν πάλιν κατεσκεύαζον καὶ συνετάττοντο
εἰς ἑξήκοντα ναῦς ἀπ' αὐτῆς τε τῆς Λακεδαίμονος καὶ
Κορίνθου καὶ Λευκάδος καὶ Ἀμβρακίας καὶ Ἤλιδος καὶ
Ζακύνθου καὶ Ἀχαΐας καὶ Ἐπιδαύρου καὶ Τροιζῆνος
20 καὶ Ἑρμιόνος καὶ Ἁλιέων. ἐπιστήσαντες δὲ ναύαρχον 4
Μνάσιππον ἐκέλευον τῶν τε ἄλλων ἐπιμελεῖσθαι τῶν
κατ' ἐκείνην τὴν θάλατταν καὶ στρατεύειν ἐπὶ Κέρκυραν.
ἔπεμψαν δὲ καὶ πρὸς Διονύσιον διδάσκοντες, ὡς καὶ
ἐκείνῳ χρήσιμον εἴη τὴν Κέρκυραν μὴ ὑπ' Ἀθηναίοις
25 εἶναι. καὶ ὁ μὲν δὴ Μνάσιππος, ἐπεὶ συνελέγη αὐτῷ 5

2. Τιμοθέῳ: after the Battle of
Alyzia (see v. 4. 65) he had remained
till now in the same waters, off the
coast of Acarnania. — τῶν Ζακυνθίων:
there had been dissensions in Zacyn-
thus. The leaders of the popular
party had been driven out, and had
taken refuge on the fleet of Timo-
theus. Acc. to Diod. xv. 45, Timo-
theus transferred the exiles to a for-
tified stronghold whence they could
harass their opponents.

3. ἀδικεῖν: acc. to Diod. xv. 45,
the Lacedaemonians demanded satis-
faction of the Athenians, but the
latter refused it. — συνετάττοντο: *put
in order, organized*. — καὶ, καὶ κτέ.:
note the polysyndeton as indicating
the number of Sparta's allies.

4. ἐπὶ Κέρκυραν: acc. to Diod. xv.
46, the Spartans were induced to un-
dertake this enterprise by certain

citizens of Corcyra, who had prom-
ised their help in the subjugation of
the island. — πρὸς Διονύσιον: tyrant
of Syracuse, the first of the name.
Conon had sought to secure his as-
sistance for the Athenians, but Diony-
sius had uniformly lent his help to
the Spartans. *Cf.* v. 1. 26. His fa-
vorable attitude toward them was de-
termined by the fact that they had
rendered him great service in estab-
lishing and maintaining his despotism
at Syracuse. See Diod. xiv. 10; 44;
70. — χρήσιμον: inasmuch as Cor-
cyra lay in the route from Greece to
Sicily. In the Peloponnesian War it
had furnished a station to the Atheni-
ans, at the time of the Sicilian Expedi-
tion. See Thuc. vi. 32.2 ἐς τὴν Κέρκυραν
ἔνθαπερ καὶ τὸ ἄλλο στράτευμα συνελέ-
γετο. 42. 1 οἱ δ' Ἀθηναῖοι ἤδη ἐν τῇ Κερ-
κύρᾳ αὐτοί τε οἱ σύμμαχοι ἅπαντες ἦσαν.

τὸ ναυτικόν, ἔπλευσεν εἰς τὴν Κέρκυραν· εἶχε δὲ καὶ
μισθοφόρους σὺν τοῖς ἐκ Λακεδαίμονος μετ' αὐτοῦ στρα-
τευομένοις οὐκ ἐλάττους χιλίων καὶ πεντακοσίων. ἐπεὶ 6
δὲ ἀπέβη, ἐκράτει τε τῆς γῆς καὶ ἐδῄου ἐξειργασμέ-
30 νην μὲν παγκάλως καὶ πεφυτευμένην τὴν χώραν, μεγαλο-
πρεπεῖς δὲ οἰκήσεις καὶ οἰνῶνας κατεσκευασμένους ἐπὶ
τῶν ἀγρῶν· ὥστ' ἔφασαν τοὺς στρατιώτας εἰς τοῦτο τρυ-
φῆς ἐλθεῖν, ὥστ' οὐκ ἐθέλειν πίνειν, εἰ μὴ ἀνθοσμίας εἴη.
καὶ ἀνδράποδα δὲ καὶ βοσκήματα πάμπολλα ἡλίσκετο
35 ἐκ τῶν ἀγρῶν. ἔπειτα δὲ κατεστρατοπεδεύσατο τῷ μὲν 7
πεζῷ ἐπὶ λόφῳ ἀπέχοντι τῆς πόλεως ὡς πέντε στάδια,
πρὸ τῆς χώρας ὄντι, ὅπως ἀποτέμνοιτο ἐντεῦθεν, εἴ τις ἐπὶ
τὴν χώραν τῶν Κερκυραίων ἐξίοι· τὸ δὲ ναυτικὸν εἰς τἀπὶ
θάτερα τῆς πόλεως κατεστρατοπέδευσεν, ἔνθεν ᾤετ' ἂν τὰ
40 προσπλέοντα καὶ προαισθάνεσθαι καὶ διακωλύειν. πρὸς 8
δὲ τούτοις καὶ ἐπὶ τῷ λιμένι, ὁπότε μὴ χειμὼν κωλύοι,
ἐφώρμει· ἐπολιόρκει μὲν δὴ οὕτω τὴν πόλιν. ἐπεὶ δὲ οἱ
Κερκυραῖοι ἐκ μὲν τῆς γῆς οὐδὲν ἐλάμβανον διὰ τὸ κρα-
τεῖσθαι κατὰ γῆν, κατὰ θάλατταν δὲ οὐδὲν εἰσήγετο
45 αὐτοῖς διὰ τὸ ναυκρατεῖσθαι, ἐν πολλῇ ἀπορίᾳ ἦσαν· καὶ 9
πέμποντες πρὸς τοὺς Ἀθηναίους βοηθεῖν τε ἐδέοντο καὶ
ἐδίδασκον ὡς μέγα μὲν ἀγαθὸν ἀποβάλοιεν ἄν, εἰ Κερ-

5. ἔπλευσεν: sc. in the spring of
373 B.C.

6. ὥστ' οὐκ ἐθέλειν: ὥστ' οὐκ in-
stead of ὥστε μή, as though the
thought were ἔφασαν αὐτοὺς οὐκ ἐθέλειν
(direct οὐκ ἐθέλομεν). Yet ὥστ' οὐ in-
stead of ὥστε μή sometimes occurs
even when the above explanation is
impossible. H. 1023 b. — πίνειν: οἶνον
(from οἰνῶνας) is to be supplied, as
obj. of πίνειν, and οἶνος with ἀνθοσμίας.

7. πρὸ τῆς χώρας: i.e. between the

city and the cultivated fields. — εἰς
τἀπὶ θάτερα: on the other side. The
phrase τἀπὶ θάτερα is used as a subst.
dependent upon εἰς. Cf. An. v. 4. 10
εἰσβάλλειν ἐκ τοῦ ἐπὶ θάτερα. — κατε-
στρατοπέδευσεν: stationed. Seldom
used of a fleet.

8. ἐλάμβανον κατὰ γῆν, κατὰ θά-
λατταν εἰσήγετο: chiastic arrange-
ment.

9. ἐδίδασκον: the same arguments
were urged by the Corcyrean envoys

κύρας στερηθεῖεν, τοῖς δὲ πολεμίοις μεγάλην ἂν ἰσχὺν
προσβάλοιεν· ἐξ οὐδεμιᾶς γὰρ πόλεως πλήν γε Ἀθηνῶν
50 οὔτε ναῦς οὔτε χρήματα πλείω ἂν γενέσθαι. ἔτι δὲ
κεῖσθαι τὴν Κέρκυραν ἐν καλῷ μὲν τοῦ Κορινθιακοῦ
κόλπου καὶ τῶν πόλεων, αἳ ἐπὶ τοῦτον καθήκουσιν, ἐν
καλῷ δὲ τοῦ τὴν Λακωνικὴν χώραν βλάπτειν, ἐν καλλίστῳ
δὲ τῆς τε ἀντιπέραν Ἠπείρου καὶ τοῦ εἰς Πελοπόννησον
55 ἀπὸ Σικελίας παράπλου. ἀκούσαντες δὲ ταῦτα οἱ Ἀθη- 10
ναῖοι ἐνόμισαν ἰσχυρῶς ἐπιμελητέον εἶναι, καὶ στρατηγὸν
πέμπουσι Στησικλέα εἰς ἑξακοσίους ἔχοντα πελταστάς,
Ἀλκέτου δὲ ἐδεήθησαν συνδιαβιβάσαι τούτους. καὶ 11
οὗτοι μὲν νυκτὸς διακομισθέντες που τῆς χώρας εἰσῆλθον
60 εἰς τὴν πόλιν. ἐψηφίσαντο δὲ καὶ ἑξήκοντα ναῦς πλη-
ροῦν, Τιμόθεον δ' αὐτῶν στρατηγὸν ἐχειροτόνησαν. ὁ 12
δ' οὐ δυνάμενος αὐτόθεν τὰς ναῦς πληρῶσαι, ἐπὶ νήσων
πλεύσας ἐκεῖθεν ἐπειρᾶτο συμπληροῦν, οὐ φαῦλον ἡγού-
μενος εἶναι ἐπὶ συγκεκροτημένας ναῦς εἰκῇ περιπλεῦσαι.
65 οἱ δ' Ἀθηναῖοι νομίζοντες αὐτὸν ἀναλοῦν τὸν τῆς ὥρας εἰς 13
τὸν περίπλουν χρόνον, συγγνώμην οὐκ ἔσχον αὐτῷ, ἀλλὰ

at the outbreak of the Peloponnesian
War. *Cf.* Thuc. i. 32-36.— **ἐν καλῷ
τοῦ Κορινθιακοῦ κόλπου**: *favorably
with respect to the Corinthian Gulf.* The
gen. depends upon *ἐν καλῷ*, as the
equivalent of an adverb. H. 757 a,
second paragraph.— **παράπλου**: in-
stead of διάπλου, since the route fol-
lowed the coast.

10. **Ἀλκέτου**: ruler of the Molos-
sians in Epirus. See 1. 7.— **συνδια-
βιβάσαι**: *to assist in the transportation.*
The Athenian troops marched first to
Epirus and there took ship for Cor-
cyra.

11. **πού**: διακομισθέντες is used in

a pregnant sense : "having been
transported and having landed";
hence *πού* instead of *ποί*.

12. **ἐπὶ νήσων**: *i.e.* the islands of
the Aegean. For the omission of the
art. in such cases, see on v. 1. 23.—
οὐ φαῦλον: *no trivial matter*, hence a
great risk.— **συγκεκροτημένας** : this
word properly applies to the crews
rather than to the ships as here.—
εἰκῇ: *rashly.*— **περιπλεῦσαι**: *sc.* Pelo-
ponnesus.

13. **ἀναλοῦν**: instead of the more
usual ἀναλίσκειν, which Xenophon also
uses, *e.g.* 1. 2.— **τὸν τῆς ὥρας εἰς
τὸν περίπλουν χρόνον**: *the favorable*

παύσαντες αὐτὸν τῆς στρατηγίας Ἰφικράτην ἀνθαιροῦν-
ται. ὁ δ' ἐπεὶ κατέστη στρατηγός, μάλα ὀξέως τὰς ναῦς 14
ἐπληροῦτο καὶ τοὺς τριηράρχους ἠνάγκαζε. προσέλαβε
70 δὲ παρὰ τῶν Ἀθηναίων καὶ εἴ πού τις ναῦς περὶ τὴν
Ἀττικὴν ἔπλει καὶ τὴν Πάραλον καὶ τὴν Σαλαμινίαν,
λέγων, ὡς ἐὰν τἀκεῖ καλῶς γένηται, πολλὰς αὐτοῖς ναῦς
ἀποπέμψοι. καὶ ἐγένοντο αὐτῷ αἱ ἄπασαι περὶ ἑβδομή-
κοντα. ἐν δὲ τούτῳ τῷ χρόνῳ οἱ Κερκυραῖοι οὕτω σφόδρα 15
75 ἐπείνων, ὥστε διὰ τὸ πλῆθος τῶν αὐτομολούντων ἐκήρυξεν
ὁ Μνάσιππος πεπρᾶσθαι ὅστις αὐτομολοίη. ἐπεὶ δὲ
οὐδὲν ἧττον ηὐτομόλουν, τελευτῶν καὶ μαστιγῶν ἀπέπεμ-
·πεν. οἱ μέντοι ἔνδοθεν τούς γε δούλους οὐκ ἐδέχοντο
πάλιν εἰς τὸ τεῖχος, ἀλλὰ πολλοὶ ἔξω ἀπέθνῃσκον. ὁ δ' 16
80 αὖ Μνάσιππος ὁρῶν ταῦτα ἐνόμιζέ τε ὅσον οὐκ ἤδη ἔχειν

time for the voyage. — **παύσαντες** : Ti-
motheus, probably with the assist-
ance of Jason or Alcetas, was ac-
quitted in the proceedings instituted
against him, but did not again re-
ceive his command. — **Ἰφικράτην** :
Iphicrates had been serving under
the king of Persia in Egypt. He and
Timotheus now exchanged places.

14. ὀξέως : *by stringent measures.* —
τοὺς τριηράρχους : *sc.* τριηραρχεῖν, *i.e.*
he compelled the citizens to equip
the galleys. The wealthiest citizens,
to the number of some 1200, were
obliged to perform this service, the
responsibility for a single trireme be-
ing shared by a number of citizens
together, sometimes as many as six-
teen. The state furnished the vessel,
the trierarchs everything else, includ-
ing the commander. With the declin-
ing patriotism of the Athenians, this
obligation naturally came to be increas-
ingly irksome. — **περὶ τὴν Ἀττικὴν**

ἔπλει : *i.e.* was cruising about to pro-
tect the coast. — **τὴν Πάραλον** : the
'Paralus' and 'Salaminia' were usu-
ally employed only for embassies and
other official business.

15–26. *Defeat of the Lacedaemonians
at Corcyra. Spring of 372 B.C.*

15. οὕτω σφόδρα ἐπείνων : the siege
had already lasted more than a year.
— **ὥστε ἐκήρυξεν** : co-ord. expression,
where we might have expected subor-
dination, ὥστε with infinitive. The
present form lays greater stress on
the fact stated. G. 237, Rem.; H.
927. — **ἐκήρυξεν** : in pregnant sense,
"issued a proclamation command-
ing." — **πεπρᾶσθαι** : the perf. as rep-
resenting not merely a completed act,
but also the following continued state,
as κεκλεῖσθαι, *shut and keep shut,* v. 4.
7 ; συνεσκευάσθαι vi. 4. 25. — **τελευτῶν** :
at last. Adverbially, not correlative
with μαστιγῶν.

16. ὅσον οὐκ ἤδη κτέ. : *already all*

τὴν πόλιν καὶ περὶ τοὺς μισθοφόρους ἐκαινούργει καὶ
τοὺς μέν τινας αὐτῶν ἀπομίσθους ἐπεποιήκει, τοῖς δέ τισι
καὶ δυοῖν ἤδη μηνοῖν ὤφειλε τὸν μισθόν, οὐκ ἀπορῶν, ὡς
ἐλέγετο, χρημάτων· καὶ γὰρ τῶν πόλεων αἱ πολλαὶ αὐτῷ
85 ἀργύριον ἀντὶ τῶν ἀνδρῶν ἔπεμπον, ἅτε καὶ διαποντίου
τῆς στρατείας οὔσης. κατιδόντες δὲ ἀπὸ τῶν πύργων οἱ 17
ἐκ τῆς πόλεως τάς τε φυλακὰς χεῖρον ἢ πρόσθεν φυλαττο-
μένας ἐσπαρμένους τε κατὰ τὴν χώραν τοὺς ἀνθρώπους,
ἐπεκδραμόντες τοὺς μέν τινας αὐτῶν ἔλαβον, τοὺς δὲ κατέ-
90 κοψαν. αἰσθόμενος δὲ ὁ Μνάσιππος αὐτός τε ἐξωπλίζετο 18
καὶ ὅσους εἶχεν ὁπλίτας ἅπασιν ἐβοήθει καὶ τοὺς λοχα-
γοὺς καὶ τοὺς ταξιάρχους ἐξάγειν ἐκέλευε τοὺς μισθοφό-
ρους. ἀποκριναμένων δέ τινων λοχαγῶν, ὅτι οὐ ῥᾴδιον 19
εἴη μὴ διδόντας τἀπιτήδεια πειθομένους παρέχειν, τὸν μέν
95 τινα βακτηρίᾳ, τὸν δὲ τῷ στύρακι ἐπάταξεν. οὕτω μὲν δὴ
ἀθύμως ἔχοντες καὶ μισοῦντες αὐτὸν συνεξῆλθον πάντες·
ὅπερ ἥκιστα εἰς μάχην συμφέρει. ὁ δ' ἐπεὶ παρετάξατο, 20
αὐτὸς μὲν τοὺς κατὰ τὰς πύλας τῶν πολεμίων τρεψάμενος
ἐπεδίωκεν· οἱ δ' ἐπεὶ ἐγγὺς τοῦ τείχους ἐγένοντο, ἀνεστρέ-
100 φοντό τε καὶ ἀπὸ τῶν μνημάτων ἔβαλλον καὶ ἠκόντιζον·

but had possession. — ἀπομίσθους ἐπε-
ποιήκει : had dismissed. Cf. Dem.
XXIII, 151 ἐκεῖνος ἀπόμισθος γίγνεται
παρὰ Τιμοθέου, he is dismissed, etc. —
τοὺς μέν τινας, τοῖς δέ τισι : τις is gen-
erally omitted with the second cor-
relative. Cf. 19 τὸν μέν τινα, τὸν δέ. —
ἀργύριον ἀντὶ τῶν ἀνδρῶν: as ex-
plained in v. 2. 21.

18. τοὺς λοχαγοὺς καὶ τοὺς ταξιάρ-
χους : the λόχος contained about 100
men ; the τάξις consisted of two
λόχοι.

19. τἀπιτήδεια : here in the sense
of μισθός. "The needful," i.e. the
means of procuring provisions, since

the soldiers provided their own sup-
plies. — τῇ βακτηρίᾳ : flogging was
not uncommon in the Spartan army
and the commander seems to have
been accustomed to carry a staff.
With the general picture here pre-
sented compare that of Clearchus as
given in An. ii. 3. 11.

20. μνημάτων : it was the univer-
sal custom among the Greeks to bury
the dead outside the city walls, espe-
cially along the leading highways.
Cf. also the Roman tombs along the
Appian Way, and the Street of Tombs
at Pompeii. — ἔβαλλον καὶ ἠκόντιζον :
shot (arrows) and hurled javelins. —

ἄλλοι δ' ἐκδραμόντες καθ' ἑτέρας πύλας ἐπιτίθενται ἀθρόοι
τοῖς ἐσχάτοις· οἱ δ' ἐπ' ὀκτὼ τεταγμένοι, ἀσθενὲς νομί- 21
σαντες τὸ ἄκρον τῆς φάλαγγος ἔχειν, ἀναστρέφειν ἐπει-
ρῶντο. ὡς δ' ἤρξαντο ἐπαναχωρεῖν, οἱ μὲν πολέμιοι ὡς
105 φεύγουσιν ἐπέθεντο, οἱ δ' οὐκέτι ἐπανέστρεψαν· καὶ οἱ
ἐχόμενοι δ' αὐτῶν εἰς φυγὴν ὥρμων. ὁ δὲ Μνάσιππος 22
τοῖς μὲν πιεζομένοις οὐκ ἐδύνατο βοηθεῖν διὰ τοὺς ἐκ τοῦ
κατ' ἀντικρὺ προσκειμένους, ἀεὶ δ' ἐλείπετο σὺν ἐλάττο-
σιν. τέλος δ' οἱ πολέμιοι ἀθρόοι γενόμενοι πάντες ἐπετί-
110 θεντο τοῖς περὶ τὸν Μνάσιππον, ἤδη μάλα ὀλίγοις οὖσι.
καὶ οἱ πολῖται ὁρῶντες τὸ γιγνόμενον ἐπεξῆεσαν. ἐπεὶ δ' 23
ἐκεῖνον ἀπέκτειναν, ἐδίωκον ἤδη ἅπαντες. ἐκινδύνευσαν
δ' ἂν καὶ τὸ στρατόπεδον ἑλεῖν σὺν τῷ χαρακώματι, εἰ μὴ
οἱ διώκοντες τὸν ἀγοραῖόν τε ὄχλον ἰδόντες καὶ τὸν τῶν
115 θεραπόντων καὶ τὸν τῶν ἀνδραπόδων, οἰηθέντες ὄφελός
τι αὐτῶν εἶναι, ἀπεστρέφοντο. καὶ τότε μὲν τροπαῖόν τε 24
ἵστασαν οἱ Κερκυραῖοι τούς τε νεκροὺς ὑποσπόνδους ἀπε-
δίδοσαν. ἐκ δὲ τούτου οἱ μὲν ἐν τῇ πόλει ἐρρωμενέστεροι
ἐγεγένηντο, οἱ δ' ἔξω ἐν πάσῃ δὴ ἀθυμίᾳ ἦσαν. καὶ γὰρ
120 ἐλέγετο ὅτι Ἰφικράτης τε ὅσον οὐκ ἤδη παρείη, καὶ οἱ

τοῖς ἐσχάτοις: the extremity (of the
wing).
21. οἱ δ' ἐπ' ὀκτὼ τεταγμένοι κτέ.:
those at the extremity of the wing
(οἱ ἔσχατοι), being drawn up only
eight deep, thought themselves too
weak (ἀσθενές) to withstand their ene-
mies, who were in a solid column
(ἀθρόοι), and so attempted to strength-
en their line by increasing its depth.
To do this they began to wheel the
troops (ἀναστρέφειν) at the end (τὸ
ἄκρον τῆς φάλαγγος), so as to double
the depth at that point. But the
manoeuvre created confusion, and

panic ensued. — ἀναστρέφειν: supply
τοὺς στρατιώτας as object. — οὐκέτι
ἐπανέστρεψαν: they did not finish the
evolution. — ὥρμων: here intransitive.
22. ἀεὶ: to be taken with ἐλάττο-
σιν. "Those who remained with him,
continued to grow fewer and fewer."
23. τὸν ἀγοραῖον ὄχλον: the crowd
of camp-followers, who sold provisions
and other articles. — ὄφελός κτέ.: i.e.
having thought them able-bodied
troops. See on v. 3. 6.
24. ἐρρωμενέστεροι: on the com-
parison see II. 251 b. — δή: empha-
sizing πάσῃ, as in v. 1. 3. — ὅσον οὐκ

Κερκυραῖοι δὲ τῷ ὄντι ναῦς ἐπλήρουν. Ὑπερμένης δέ, 25
ὃς ἐτύγχανεν ἐπιστολιαφόρος τῷ Μνασίππῳ ὤν, τό τε
ναυτικὸν πᾶν ὅσον ἦν ἐκεῖ συνεπλήρωσε, καὶ περιπλεύ-
σας πρὸς τὸ χαράκωμα τὰ πλοῖα πάντα γεμίσας τῶν τε
125 ἀνδραπόδων καὶ τῶν χρημάτων ἀπέστελλεν · αὐτὸς δὲ σύν
τε τοῖς ἐπιβάταις καὶ τοῖς περισωθεῖσι τῶν στρατιωτῶν
διεφύλαττε τὸ χαράκωμα · τέλος δὲ καὶ οὗτοι μάλα τετα- 26
ραγμένοι ἀναβάντες ἐπὶ τὰς τριήρεις ἀπέπλεον, πολὺν μὲν
σῖτον, πολὺν δὲ οἶνον, πολλὰ δὲ ἀνδράποδα καὶ ἀσθε-
130 νοῦντας στρατιώτας καταλιπόντες · δεινῶς γὰρ ἐπεφό-
βηντο μὴ καταληφθεῖεν ὑπὸ τῶν Ἀθηναίων ἐν τῇ νήσῳ.
καὶ ἐκεῖνοι μὲν εἰς Λευκάδα ἀπεσώθησαν.

Ὁ δὲ Ἰφικράτης ἐπεὶ ἤρξατο τοῦ περίπλου, ἅμα μὲν 27
ἔπλει, ἅμα δὲ πάντα ὅσα εἰς ναυμαχίαν παρεσκευάζετο ·
135 εὐθὺς μὲν γὰρ τὰ μεγάλα ἱστία αὐτοῦ κατέλιπεν, ὡς ἐπὶ
ναυμαχίαν πλέων · καὶ τοῖς ἀκατίοις δέ, καὶ εἰ φορὸν
πνεῦμα εἴη, ὀλίγα ἐχρῆτο · τῇ δὲ κώπῃ τὸν πλοῦν ποι-
ούμενος ἄμεινόν τε τὰ σώματα ἔχειν τοὺς ἄνδρας καὶ
ἄμεινον τὰς ναῦς πλεῖν ἐποίει. πολλάκις δὲ καὶ ὅπου 28

ἤδη : as in 16.—ἐπλήρουν : the idea
receives greater vividness by being
expressed as a fact, instead of being
made dependent upon ἐλέγετο.
25. ἐπιστολιαφόρος : the second in
command, elsewhere designated as
ἐπιστολεύς. Cf. i. 1. 23.
26. εἰς Λευκάδα ἀπεσώθησαν : cf.
i. 3. 22 ἀπεσώθη εἰς Δεκέλειαν.
27-32. Iphicrates's voyage to Cor-
cyra. Spring of 372 B.C.
27. ὅσα εἰς ναυμαχίαν : sc. ἐπιτήδεια
ἦν. Cf. vii. 2.21 ὅσα εἰς πεζὸν παρεσκευ-
άζοντο. — τὰ μεγάλα ἱστία : the tri-
remes, in addition to the chief mast
(ἱστὸς μέγας), usually carried another
smaller mast. This was called ἱστὸς

ἀκάτειος. On each mast were two sails,
of which those on the chief mast were
called ἱστία μεγάλα, and those on the
smaller mast ἱστία ἀκάτεια or ἀκάτια.—
αὐτοῦ : i.e. in Athens. Another instance
of leaving the sails behind is given in
i. 1. 13. The object was to have the
ships ready for action. — ὀλίγα : cog-
nate acc. ; cf. 1. 15 ὅσαπερ χρῆσθαι. —
τῇ κώπῃ : used here as a collective
term, and by metonymy for ἐρέταις,
oarsmen. Cf. Hdt. v. 30. 3 ὀκτακισχίλη
ἀσπίς, eight thousand shields, i.e. sol-
diers. So also ἡ ἵππος, αἰχμή, λόγχη.
— ἄμεινον τὰ σώματα ἔχειν : σώματα
is acc. of specification, as in v. 3.
17.

140 μέλλοι ἀριστοποιεῖσθαι τὸ στράτευμα ἢ δειπνοποιεῖσθαι,
ἐπανήγαγεν ἂν τὸ κέρας ἀπὸ τῆς γῆς κατὰ ταῦτα τὰ
χωρία. ἐπεὶ δ' ἐπιστρέψας ἂν καὶ ἀντιπρώρους κατα-
στήσας τὰς τριήρεις ἀπὸ σημείου ἀφίει ἀνθαμιλλᾶσθαι
εἰς τὴν γῆν, μέγα δὴ νικητήριον ἦν τὸ πρώτους καὶ ὕδωρ
145 λαβεῖν καὶ εἴ του ἄλλου ἐδέοντο καὶ πρώτους ἀριστῆσαι ·
τοῖς δ' ὑστάτοις ἀφικομένοις μεγάλη ζημία ἦν τό τε ἐλατ-
τοῦσθαι πᾶσι τούτοις καὶ ὅτι ἀνάγεσθαι ἅμα ἔδει, ἐπεὶ
σημήνειε · συνέβαινε γὰρ τοῖς μὲν πρώτοις ἀφικνουμέ-
νοις καθ' ἡσυχίαν ἅπαντα ποιεῖν, τοῖς δὲ τελευταίοις διὰ
150 σπουδῆς. φυλακάς γε μήν, εἰ τύχοι ἐν τῇ πολεμίᾳ 29
ἀριστοποιούμενος, τὰς μὲν ἐν τῇ γῇ, ὥσπερ προσήκει,
καθίστη, ἐν δὲ ταῖς ναυσὶν αἰρόμενος αὖ τοὺς ἱστοὺς ἀπὸ
τούτων ἐσκοπεῖτο. πολὺ οὖν ἐπὶ πλέον οὗτοι καθεώρων ἢ
οἱ ἐκ τοῦ ὁμαλοῦ, ἀφ' ὑψηλοτέρου καθορῶντες. ὅπου δὲ
155 δειπνοποιοῖτο καὶ καθεύδοι, ἐν μὲν τῷ στρατοπέδῳ νύκτωρ
πῦρ οὐκ ἔκαε, πρὸ δὲ τοῦ στρατεύματος φῶς ἐποίει, ἵνα
μηδεὶς λάθῃ προσιών. πολλάκις δέ, εἰ εὐδία εἴη, εὐθὺς
δειπνήσας ἀνήγετο · καὶ εἰ μὲν αὖρα φέροι, θέοντες ἅμα

---

28. **ἐπανήγαγεν ἄν**: the aor. with
ἄν denoting repeated action is rare.
The impf. with **ἄν** is much more com-
mon. G. 200; H. 835 b. — **τὸ κέρας**:
i.e. the fleet proceeding ἐπὶ κέρως, one
ship behind another, as opposed to
ἐπὶ φάλαγγος (30), side by side. — **ἐπι-
στρέψας κτέ.**: Iphicrates would with-
draw the ships some distance from
the coast, opposite the place where
he intended to land (κατὰ ταῦτα τὰ
χωρία), and then turning their prows
toward the land would give the sig-
nal for rowing to the shore. — **ἐπι-
στρέψας ἄν**: apparently the iterative
use of the aor. partic. with **ἄν**, corre-
sponding to the aor. ind. with **ἄν** as

seen in ἐπανήγαγεν ἄν. Cf. 4. 11
λαβὼν δ' ἄν ... ἄν ἐστρατεύετο, Cyr.
viii. 3. 8. — **μέγα ... ἀριστῆσαι**: it
was a great feat (lit. prize) to be the
first to get water and whatever else they
needed, and to be the first to breakfast.
— **πᾶσι τούτοις**: in all these things. —
ἅμα: i.e. along with those who reached
shore first. — **καὶ ὅτι ἔδει**: correlative
with the inf. ἐλαττοῦσθαι. — **σημήνειε**:
sc. ὁ σαλπιγκτής. H. 602 c. — **καθ'
ἡσυχίαν, διὰ σπουδῆς**: note the
change of preposition.
29. **πολύ**: separated from the
comp. as An. iii. 2. 19 πολὺ ἡμεῖς ἐπ'
ἀσφαλεστέρου ὀχήματός ἐσμεν. — **θέον-
τες**: i.e. sailing, opp. to ἐλαύνειν, rowing.

ἀνεπαύοντο · εἰ δὲ ἐλαύνειν δέοι, κατὰ μέρος τοὺς ναύτας
160 ἀνέπανεν. ἐν δὲ τοῖς μεθ' ἡμέραν πλοῖς ἀπὸ σημείων 30
τοτὲ μὲν ἐπὶ κέρως ἦγε, τοτὲ δ' ἐπὶ φάλαγγος · ὥστε ἅμα
μὲν ἔπλεον, ἅμα δὲ πάντα ὅσα εἰς ναυμαχίαν καὶ ἠσκη-
κότες καὶ ἐπιστάμενοι εἰς τὴν ὑπὸ τῶν πολεμίων, ὡς ᾤοντο,
κατεχομένην θάλατταν ἀφικνοῦντο. καὶ τὰ μὲν πολλὰ ἐν
165 τῇ πολεμίᾳ καὶ ἠρίστων καὶ ἐδείπνουν · διὰ δὲ τὸ τἀναγ-
καῖα μόνον πράττειν καὶ τὰς βοηθείας ἔφθανεν ἀναγόμενος
καὶ ταχὺ ἐπέραινε. περὶ δὲ τὸν Μνασίππου θάνατον 31
ἐτύγχανεν ὢν τῆς Λακωνικῆς περὶ τὰς Σφαγίας. εἰς τὴν
Ἠλείαν δὲ ἀφικόμενος καὶ παραπλεύσας τὸ τοῦ Ἀλφειοῦ
170 στόμα ὑπὸ τὸν Ἰχθῦν καλούμενον ὡρμίσατο. τῇ δ' ὑστε-
ραίᾳ ἐντεῦθεν ἀνήγετο ἐπὶ τῆς Κεφαλληνίας, οὕτω καὶ
τεταγμένος καὶ τὸν πλοῦν ποιούμενος ὡς, εἰ δέοι, πάντα
ὅσα χρὴ παρεσκευασμένος ναυμαχοίη. καὶ γὰρ τὰ περὶ
τοῦ Μνασίππου αὐτόπτου μὲν οὐδενὸς ἠκηκόει, ὑπώπτευε
175 δὲ μὴ ἀπάτης ἕνεκεν λέγοιτο, καὶ ἐφυλάττετο · ἐπεὶ μέντοι
ἀφίκετο εἰς τὴν Κεφαλληνίαν, ἐνταῦθα δὴ σαφῶς ἐπύθετο
καὶ ἀνέπαυε τὸ στράτευμα.

Οἶδα μὲν οὖν ὅτι ταῦτα πάντα, ὅταν οἴωνται ναυμαχή- 32

---

30. μεθ' ἡμέραν: by day. — ἐπὶ
κέρως: in column. — ἐπὶ φάλαγγος:
side by side. — ὅσα εἰς ναυμαχίαν: as
in 27. — τὰ πολλά: adverbially. —
ἐν τῇ πολεμίᾳ: i.e. on the coast of
Laconia. — τὰς βοηθείας ἔφθανεν ἀνα-
γόμενος: "he embarked again before
the enemy rallied to attack him."
βοηθείας is the dir. obj. of ἔφθανεν.
The word is used of rushing to ward
off a hostile invasion. — ταχὺ ἐπέ-
ραινε: sc. ὁδόν, was soon on his way
again. Cf. v. 4. 20 κατανύσειν, sc. ὁδόν,
which in 49 is expressed. Kurz sug-
gests supplying ἄριστον καὶ δεῖπνον

from the preceding ἠρίστων καὶ ἐδεί-
πνουν.
31. τὰς Σφαγίας : consisting of
Sphacteria and two other small islands
situated off the Messenian town of
Pylus. The islands are reckoned as
a part of Laconia, since Messenia had
by conquest long formed a part of that
country. — τὸν Ἰχθῦν : a promontory
on the coast of Elis. — ὡς : final clause
with opt. instead of the consecutive
clause with the inf. which we natur-
ally expect. — τὰ περὶ τοῦ Μνασίπ-
που: the gen. instead of the acc., at-
tracted by ἠκηκόει. See on v. 2. 7.

σειν ἄνθρωποι, καὶ ἀσκεῖται καὶ μελετᾶται· ἀλλὰ τοῦτο
180 ἐπαινῶ, ὅτι ἐπεὶ ἀφικέσθαι ταχὺ ἔδει ἔνθα τοῖς πολεμίοις
ναυμαχήσειν ᾤετο, ηὕρετο ὅπως μήτε διὰ τὸν πλοῦν ἀνεπι-
στήμονας εἶναι τῶν εἰς ναυμαχίαν μήτε διὰ τὸ ταῦτα
μελετᾶν βραδύτερόν τι ἀφικέσθαι.

Καταστρεψάμενος δὲ τὰς ἐν τῇ Κεφαλληνίᾳ πόλεις 33
185 ἔπλευσεν εἰς Κέρκυραν. ἐκεῖ δὲ πρῶτον μὲν ἀκούσας ὅτι
προσπλέοιεν δέκα τριήρεις παρὰ Διονυσίου βοηθήσουσαι
τοῖς Λακεδαιμονίοις, αὐτὸς ἐλθὼν καὶ σκεψάμενος τῆς
χώρας ὅθεν τούς τε προσπλέοντας δυνατὸν ἦν ὁρᾶν καὶ
τοὺς σημαίνοντας εἰς τὴν πόλιν καταφανεῖς εἶναι, ἐνταῦθα
190 κατέστησε τοὺς σκοπούς. κἀκείνοις μὲν συνέθετο προσ- 34
πλεόντων τε καὶ ὁρμούντων ὡς δέοι σημαίνειν· αὐτὸς δὲ
τῶν τριηράρχων προσέταξεν εἴκοσιν, οὓς δεήσοι, ἐπεὶ
κηρύξειεν, ἀκολουθεῖν· εἰ δέ τις μὴ ἀκολουθήσοι, προεῖπε
μὴ μέμψεσθαι τὴν δίκην. ἐπεὶ δ᾽ ἐσημάνθησαν προσ-
195 πλέουσαι καὶ ἐκηρύχθη, ἀξία ἐγένετο θέας ἡ σπουδή·
οὐδεὶς γὰρ ὅστις οὐ δρόμῳ τῶν μελλόντων πλεῖν εἰσέβη

32. ὅπως: combined with the inf.
as also in *Oec.* 7. 29 πειρᾶσθαι ὅπως
ὡς βέλτιστα τὰ προσήκοντα ἑκάτερον
ἡμῶν διαπράττεσθαι. The const. is to
be explained as a mingling of the
inf. with the ὅπως-clause.

33-39. *Exploits of Iphicrates in the
Ionian Sea and on the coast of Pelopon-
nesus. His colleagues. 372-371 B.C.*

33. πρῶτον μέν: instead of ἔπειτα
δέ corresponding to this, we have
ἐπεὶ δὲ ἐσημάνθησαν in 34. *Cf.* v. 2.
7. — **παρὰ Διονυσίου**: see 4. — **τῆς
χώρας**: part. gen. dependent upon
ὅθεν. — **καταφανεῖς**: sc. ἐν τῇ πόλει,
as shown by the preceding εἰς τὴν
πόλιν.

34. προσπλεόντων τε καὶ ὁρμούν-

των κτέ.: supply τῶν πολεμίων as subj.,
*when they have in sight and when they
came to anchor.* A different signal
was given for each occasion. On the
omission of the subj. of the gen. abs.
const., see G. 278, 1, N.; H. 972 a. —
οὓς δεήσοι: rel. clause of purpose in
indir. disc. after secondary tense; dir.
οὓς δεήσει. — **μὴ μέμψεσθαι τὴν δίκην**:
ironically, *they should not find fault
with the punishment* (as being too light),
i.e. they should find it severe. On μή
for οὐ after verbs of *hoping* and *prom-
ising*, see G. 283, 3; H. 1024, last two
examples and the following remark.
— **οὐδεὶς ὅστις οὐ**: emphatic for *every
single one.* See on v. 1. 3. — **τῶν μελ-
λόντων**: dependent upon οὐδείς.

εἰς τὰς ναῦς. πλεύσας δὲ ἔνθα ἦσαν αἱ πολέμιαι τριή- 35
ρεις, καταλαμβάνει ἀπὸ μὲν τῶν ἄλλων τριήρων εἰς τὴν
γῆν τοὺς ἄνδρας ἐκβεβηκότας, Μελάνιππος μέντοι ὁ
200 'Ρόδιος τοῖς τε ἄλλοις συνεβούλευε μὴ μένειν ἐνταῦθα καὶ
αὐτὸς πληρωσάμενος τὴν ναῦν ἐξέπλει. ἐκεῖνος μὲν οὖν
καίπερ ἀπαντῶν ταῖς Ἰφικράτους ναυσὶν ὅμως ἀπέφυγεν ·
αἱ δὲ ἀπὸ Συρακουσῶν νῆες ἅπασαι ἑάλωσαν αὐτοῖς
ἀνδράσιν. ὁ μέντοι Ἰφικράτης τὰς μὲν τριήρεις ἀκρωτη- 36
205 ριασάμενος ἕλκων κατηγάγετο εἰς τὸν Κερκυραίων λιμένα,
τῶν δὲ ἀνδρῶν συνέβη ἑκάστῳ τακτὸν ἀργύριον ἀποτεῖ-
σαι, πλὴν Κρινίππου τοῦ ἄρχοντος · τοῦτον δ' ἐφύλαττεν,
ὡς ἢ πραξόμενος πάμπολλα χρήματα ἢ ὡς πωλήσων.
κἀκεῖνος μὲν ὑπὸ λύπης αὐθαιρέτῳ θανάτῳ ἀποθνήσκει,
210 τοὺς δ' ἄλλους ὁ Ἰφικράτης ἀφῆκε, Κερκυραίους ἐγγυητὰς
δεξάμενος τῶν χρημάτων. καὶ τοὺς μὲν ναύτας γεωρ- 37
γοῦντας τοῖς Κερκυραίοις τὸ πλεῖστον διέτρεφε, τοὺς δὲ
πελταστὰς καὶ τοὺς ἀπὸ τῶν νεῶν ὁπλίτας ἔχων διέβαινεν
εἰς τὴν Ἀκαρνανίαν · καὶ ἐκεῖ ταῖς μὲν φιλίαις πόλεσιν
215 ἐπεκούρει, εἴ τίς τι δέοιτο, Θυριεῦσι δέ, μάλα καὶ ἀνδρά-
σιν ἀλκίμοις καὶ χωρίον καρτερὸν ἔχουσιν, ἐπολέμει ·
καὶ τὸ ἀπὸ Κερκύρας ναυτικὸν προσλαβών, σχεδὸν περὶ 38
ἐνενήκοντα ναῦς, πρῶτον μὲν εἰς Κεφαλληνίαν πλεύσας

---

35. συνεβούλευε: sc. before the at-
tack. In English we should expect
the plpf. ; but the Greek often em-
phasizes the repetition or continu-
ance of the action where the English
does not. — **Μελάνιππος ὁ 'Ρόδιος:** he
accordingly did not belong to the Syr-
acusan contingent. — **αὐτοῖς ἀνδρά-
σιν:** dat. of accompaniment, the prep.
being omitted, as regularly where
αὐτός is used. G. 188, 5, N.; H. 774 a.

36. συνέβη ἑκάστῳ: *agreed with
each of the men.* Supply ἕκαστον as

subj. of ἀποτεῖσαι. Each was to pay
a fixed sum, presumably according to
his rank and means. — **ἀποτεῖσαι:** the
correct orthography, — not ἀποτῖσαι.
See Preface. — **τῶν χρημάτων:** *i.e.* the
stipulated ransoms.

37. τι: cognate acc. as in v. 4. 36.
— **Θυριεῦσι:** inhabitants of the town
Thyrium in northern Acarnania. —
μάλα: modifies both ἀλκίμοις and καρ-
τερόν. Its position makes it strongly
emphatic.

38. σχεδόν: pleonastic. *Cf.* v. 2.

χρήματα ἐπράξατο, τὰ μὲν παρ' ἑκόντων, τὰ δὲ παρ'
220 ἀκόντων· ἔπειτα δὲ παρεσκευάζετο τήν τε τῶν Λακεδαι-
μονίων χώραν κακῶς ποιεῖν καὶ τῶν ἄλλων τῶν κατ'
ἐκεῖνα πόλεων πολεμίων οὐσῶν τὰς μὲν ἐθελούσας προσ-
λαμβάνειν, τοῖς δὲ μὴ πειθομένοις πολεμεῖν.

Ἐγὼ μὲν δὴ ταύτην τὴν στρατηγίαν τῶν Ἰφικράτους 39
225 οὐχ ἥκιστα ἐπαινῶ, ἔπειτα καὶ τὸ προσελέσθαι κελεῦσαι
ἑαυτῷ Καλλίστρατόν τε τὸν δημηγόρον, οὐ μάλα ἐπιτή-
δειον ὄντα, καὶ Χαβρίαν, μάλα στρατηγὸν νομιζόμενον.
εἴτε γὰρ φρονίμους αὐτοὺς ἡγούμενος εἶναι συμβούλους
λαβεῖν ἐβούλετο, σῶφρόν μοι δοκεῖ διαπράξασθαι, εἴτε
230 ἀντιπάλους νομίζων, οὕτω θρασέως μήτε καταρραθυμῶν
μήτε καταμελῶν μηδὲν φαίνεσθαι, μεγάλα φρονοῦντος ἐφ'
ἑαυτῷ τοῦτό μοι δοκεῖ ἀνδρὸς εἶναι. κἀκεῖνος μὲν δὴ
ταῦτ' ἔπραττεν.

Οἱ δὲ Ἀθηναῖοι ἐκπεπτωκότας μὲν ὁρῶντες ἐκ τῆς 3
Βοιωτίας Πλαταιέας, φίλους ὄντας, καὶ καταπεφευγότας

40 ὡς εἰς. — κατ' ἐκεῖνα: in that dis-
trict, as v. 1. 7. — τοῖς δὲ μὴ πειθομέ-
νοις: as if πολιτῶν, instead of πόλεων,
had preceded.
39. ἔπειτα: without preceding πρῶ-
τον, as occasionally elsewhere. — προσ-
ελέσθαι: supply τὸν δῆμον as subject.
— Καλλίστρατον: he was leader of
the anti-Theban party at Athens, and
favored an alliance with Sparta. In
377 B.C. he had been general along
with Timotheus and Chabrias. — ἐπι-
τήδειον: favorably inclined, as 3. 14.
— μάλα στρατηγόν: μάλα with a
subst. (of adj. meaning), as v. 4. 14
μάλα χειμῶνος ὄντος. — σῶφρον: i.e.
σῶφρόν τι. Cf. Mem. ii. 7. 13 θαυμα-
στὸν ποιεῖς. — εἴτε ἀντιπάλους νομί-
ζων: sc. συμβούλους λαβεῖν ἐβούλετο. —
οὕτω θρασέως ... φαίνεσθαι: φαίνε-

σθαι is subj. of δοκεῖ. τοῦτο merely
resumes the idea already expressed
by the infinitive. — καταρραθυμῶν, κα-
ταμελῶν: the former refers to neg-
lect as the result of indolence, the
latter to neglect as the result of heed-
lessness. The nom. (for acc.) is here
used in consequence of the influence
of the preceding νομίζων. — μεγάλα
φρονοῦντος ἐφ' ἑαυτῷ ἀνδρός: of a man
proud in his self-reliance.
3. 1–3. Congress of Greek states at
Sparta. Summer of 371 B.C.
1. Πλαταιέας: the Plataeans had
not been able to maintain their inde-
pendence of Thebes since the expul-
sion of the Spartans from Boeotia in
376 B.C. They accordingly appealed
to the Athenians to be allowed to
form an alliance with them; but the

πρὸς αὐτούς, ἱκετεύοντας δὲ Θεσπιέας μὴ σφᾶς περιιδεῖν
ἀπόλιδας γενομένους, οὐκέτι ἐπήνουν τοὺς Θηβαίους, ἀλλὰ
5 πολεμεῖν μὲν αὐτοῖς τὰ μὲν ἠσχύνοντο, τὰ δὲ ἀσυμφόρως
ἔχειν ἐλογίζοντο· κοινωνεῖν γε μὴν αὐτοῖς ὧν ἔπραττον
οὐκέτι ἤθελον, ἐπεὶ ἑώρων στρατεύοντάς τε αὐτοὺς ἐπὶ
φίλους ἀρχαίους τῇ πόλει Φωκέας, καὶ πόλεις πιστάς τ'
ἐν τῷ πρὸς τὸν βάρβαρον πολέμῳ καὶ φίλας ἑαυτοῖς
10 ἀφανίζοντας. ἐκ τούτων δὲ ψηφισάμενος ὁ δῆμος εἰρή- 2
νην ποιήσασθαι πρῶτον μὲν εἰς Θήβας πρέσβεις ἔπεμψε
παρακαλοῦντας ἀκολουθεῖν, εἰ βούλοιντο, εἰς Λακεδαίμονα
περὶ εἰρήνης· ἔπειτα δὲ ἐξέπεμψαν καὶ αὐτοὶ πρέσβεις.
ἦν δὲ τῶν αἱρεθέντων Καλλίας Ἱππονίκου, Αὐτοκλῆς
15 Στρομβιχίδου, Δημόστρατος Ἀριστοφῶντος, Ἀριστο-
κλῆς, Κηφισόδοτος, Μελάνωπος, Λύκαιθος. [ἐπεὶ δὲ 3
προσῆλθον ἐπὶ τοὺς ἐκκλήτους τε τῶν Λακεδαιμονίων καὶ
τοὺς συμμάχους.] καὶ Καλλίστρατος δὲ ὁ δημηγόρος
παρῆν· ὑποσχόμενος γὰρ Ἰφικράτει, εἰ αὐτὸν ἀφείη, ἢ
20 χρήματα πέμψειν τῷ ναυτικῷ ἢ εἰρήνην ποιήσειν, οὕτως
Ἀθήνησί τε ἦν καὶ ἔπραττε περὶ εἰρήνης· ἐπεὶ δὲ κατέ-
στησαν ἐπὶ τοὺς ἐκκλήτους τε τῶν Λακεδαιμονίων καὶ
τοὺς συμμάχους, πρῶτος ἔλεξεν αὐτῶν Καλλίας ὁ δᾳδοῦ-

Thebans surprised and plundered Pla-
taea and drove out the inhabitants,
who then took refuge in Athens.
Diod. xv. 46; Pausan. ix. 1. 4-8. —
Θεσπιέας: in 373 b.c. the Thespians
suffered almost as severe a fate as
had befallen Plataea. Thespiae was
deprived of its walls and broken up
into its original constituent villages ;
hence ἀπόλιδας. — Φωκέας: the Pho-
cians, though recently in alliance
with the Spartans (cf. iii. 5. 3; iv. 3.
15; vi. 1. 1), had formerly enjoyed
friendly relations with Athens. —

πιστὰς κτέ.: the Plataeans were the
only Greeks who had assisted the
Athenians at Marathon; the Thes-
pians alone had remained with the
Spartans at Thermopylae; a detach-
ment of them had fought also at
Plataea, while Thebes at that crisis
had ranged herself on the side of the
barbarians.

3. ἦν καὶ ἔπραττε: the impf. where
the English would use the plpf. See
on συνεβούλευε 2. 35. — τοὺς ἐκκλή-
τους: equiv. to τὴν ἐκκλησίαν. See on
v. 2. 33. — ὁ δᾳδοῦχος: one of the

χος. ἦν δὲ οὗτος οἷος μηδὲν ἧττον ἥδεσθαι ὑφ' αὑτοῦ ἢ
25 ὑπ' ἄλλων ἐπαινούμενος · καὶ τότε δὴ ἤρξατο ὧδέ πως ·

"Ὦ ἄνδρες Λακεδαιμόνιοι, τὴν μὴν προξενίαν ὑμῶν οὐκ 4
ἐγὼ μόνος, ἀλλὰ καὶ πατρὸς πατὴρ πατρῴαν ἔχων παρε-
δίδου τῷ γένει. βούλομαι δὲ καὶ τοῦτο ὑμῖν δηλῶσαι,
ὡς ἔχουσα ἡ πόλις διατελεῖ πρὸς ἡμᾶς. ἐκείνη γάρ,
30 ὅταν μὲν πόλεμος ᾖ, στρατηγοὺς ἡμᾶς αἱρεῖται, ὅταν δὲ
ἡσυχίας ἐπιθυμήσῃ, εἰρηνοποιοὺς ἡμᾶς ἐκπέμπει. κἀγὼ
πρόσθεν δὶς ἤδη ἦλθον περὶ πολέμου καταλύσεως καὶ ἐν
ἀμφοτέραις ταῖς πρεσβείαις διεπραξάμην καὶ ὑμῖν καὶ
ἡμῖν εἰρήνην · νῦν δὲ τρίτον ἥκω καὶ ἡγοῦμαι πολὺ
35 δικαιότατα νῦν ἂν διαλλαγῆς τυχεῖν. ὁρῶ γὰρ οὐκ ἄλλα 5
μὲν ὑμῖν, ἄλλα δὲ ἡμῖν δοκοῦντα, ἀλλ' ὑμᾶς τε ἀχθομέ-
νους καὶ ἡμᾶς τῇ Πλαταιῶν τε καὶ Θεσπιῶν ἀναιρέσει.
πῶς οὖν οὐκ εἰκὸς τὰ αὐτὰ γιγνώσκοντας φίλους μᾶλλον
ἀλλήλοις ἢ πολεμίους εἶναι ; καὶ σωφρόνων μὲν δήπου
40 ἐστὶ μηδὲ εἰ μικρὰ τὰ διαφέροντα εἴη πόλεμον ἀναιρεῖ-
σθαι · εἰ δὲ δὴ καὶ ὁμογνωμονοῖμεν, οὐκ ἂν πάνυ τῶν
θαυμαστῶν εἴη μὴ εἰρήνην ποιεῖσθαι ; δίκαιον μὲν οὖν 6
ἦν μηδὲ ὅπλα ἐπιφέρειν ἀλλήλοις ἡμᾶς, ἐπεὶ λέγεται
μὲν Τριπτόλεμος ὁ ἡμέτερος πρόγονος τὰ Δήμητρος καὶ

four directors of the Eleusinian mys-
teries. The office was hereditary in
the family of the Ceryces, to which
Callias belonged. — οἷος ἥδεσθαι: the
inf. with οἷος is that of result. II. 1000.
— ὑφ' αὑτοῦ ... ἐπαινούμενος: Cal-
lias's self-complacency is well brought
out in the following speech.

4–6. *Speech of Callias.*

4. οὐκ ἐγώ: supply ἔχω from the
following ἔχων παρεδίδου. — πατρὸς
πατὴρ πατρῴαν: notice the play
upon the words. — στρατηγοὺς αἱρεῖ-
ται: this Callias is not known to have

filled the office of στρατηγός, except
upon a solitary occasion. See iv. 5.
13. — πρόσθεν δίς: uncertain when.

5. εἰ ... εἴη: as if the apodosis
were οὐκ ἂν σωφρόνων εἴη. GMT. 555.
— τῶν θαυμαστῶν: *an unaccountable
thing*, lit. (one) *of the unaccountable
things*. Pred. part. genitive. H. 732 a.

6. λέγεται μέν: μέν, which in sense
belongs to τὰ ἱερά, is put instead with
λέγεται. Its correlative is δέ in τοῦ
Δήμητρος δὲ καρποῦ. — Τριπτόλεμος:
the reference to this hero, who was
closely connected with the institution

45 Κόρης ἄρρητα ἱερὰ πρώτοις ξένοις δεῖξαι Ἡρακλεῖ τε τῷ
ὑμετέρῳ ἀρχηγέτῃ καὶ Διοσκόροιν τοῖν ὑμετέροιν πολί-
ταιν καὶ τοῦ Δήμητρος δὲ καρποῦ εἰς πρώτην τὴν Πελο-
πόννησον σπέρμα δωρήσασθαι. πῶς οὖν δίκαιον ἢ
ὑμᾶς, παρ' ὧν ἐλάβετε σπέρματα, τὸν τούτων ποτὲ καρπὸν
50 ἐλθεῖν δῃώσοντας, ἡμᾶς τε, οἷς ἐδώκαμεν, μὴ οὐχὶ βού-
λεσθαι ὡς πλείστην τούτοις ἀφθονίαν τροφῆς γενέσθαι;
εἰ δὲ ἄρα ἐκ θεῶν πεπρωμένον ἐστὶ πολέμους ἐν ἀνθρώ-
ποις γίγνεσθαι, ἡμᾶς δὲ χρὴ ἄρχεσθαι μὲν αὐτοῦ ὡς
σχολαίτατα, ὅταν δὲ γένηται, καταλύεσθαι ᾗ δυνατὸν
55 τάχιστα."

Μετὰ τοῦτον Αὐτοκλῆς, μάλα δοκῶν ἐπιστρεφὴς εἶναι 7
ῥήτωρ, ὧδε ἠγόρευεν· "Ἄνδρες Λακεδαιμόνιοι, ὅτι μὲν ἃ
μέλλω λέγειν οὐ πρὸς χάριν ὑμῖν ῥηθήσεται οὐκ ἀγνοῶ·
ἀλλὰ δοκεῖ μοι, οἵτινες βούλονται ἣν ἂν ποιήσωνται
60 φιλίαν, ταύτην ὡς πλεῖστον χρόνον διαμένειν, διδακτέον
εἶναι ἀλλήλους τὰ αἴτια τῶν πολέμων. ὑμεῖς δὲ ἀεὶ μέν
φατε ὡς αὐτονόμους τὰς πόλεις χρὴ εἶναι, αὐτοὶ δέ ἐστε

of the Eleusinian mysteries, is quite in accordance with the priestly office of the speaker, particularly as Callias traced his own descent from Triptolemus. — ἱερὰ δεῖξαι: regular expression for "initiate in the mysteries." — πρώτοις ξένοις: in pred. agreement with Ἡρακλεῖ τε καὶ Διοσκόροιν, to Heracles and the Dioscuri as the first strangers (to whom the mysteries were revealed). Cf. also below εἰς πρώτην τὴν Πελοπόννησον, into Peloponnesus first. — ἀρχηγέτῃ: both of the royal lines at Sparta were descended from Hercules. — ὑμετέροιν πολίταιν: Tyndareus their father was king of Sparta. — ἐδώκαμεν: this form (instead of ἔδομεν, which Xenophon never

uses) occurs also iii. 2. 5. — ἢ ὑμᾶς, ἡμᾶς τε: for ἢ . . . ἢ, an unusual combination of particles. τὲ, ἢ is commoner, e.g. Mem. i. 7. 8; Oec. 20. 12. — μὴ οὐχί: instead of the simple μή, since πῶς οὖν δίκαιον is equivalent to οὐ δίκαιόν ἐστι. G. 283, 7; H. 1034 b; Kühn. 516, 5. — ἡμᾶς δέ: on δέ apparently redundant in apodosis, see G. 227, 2; H. 1046 c. — σχολαίτατα: on the comparison, see G. 71, N. 2; H. 250. — καταλύεσθαι: sc. αὐτόν. The act. is usually employed in this sense.

7-9. Speech of Autocles.

7. διδακτέον: sc. τούτοις. — φατὲ ὡς: the rare const. with ὡς after φημί, instead of the infinitive.

μάλιστα ἐμποδὼν τῇ αὐτονομίᾳ. συντίθεσθε μὲν γὰρ
πρὸς τὰς συμμαχίδας πόλεις τοῦτο πρῶτον, ἀκολουθεῖν
65 ὅποι ἂν ὑμεῖς ἡγῆσθε. καίτοι τί τοῦτο αὐτονομίᾳ προσ-
ήκει; ποιεῖσθε δὲ πολεμίους οὐκ ἀνακοινούμενοι τοῖς 8
συμμάχοις, καὶ ἐπὶ τούτους ἡγεῖσθε· ὥστε πολλάκις ἐπὶ
τοὺς εὐμενεστάτους ἀναγκάζονται στρατεύειν οἱ λεγόμενοι
αὐτόνομοι εἶναι. ἔτι δὲ τὸ πάντων ἐναντιώτατον αὐτο-
70 νομίᾳ, καθίστατε ἔνθα μὲν δεκαρχίας, ἔνθα δὲ τριακον-
ταρχίας· καὶ τούτων τῶν ἀρχόντων ἐπιμελεῖσθε οὐχ ὅπως
νομίμως ἄρχωσιν, ἀλλ᾽ ὅπως δύνωνται βίᾳ κατέχειν τὰς
πόλεις. ὥστ᾽ ἐοίκατε τυραννίσι μᾶλλον ἢ πολιτείαις
ἡδόμενοι. καὶ ὅτε μὲν βασιλεὺς προσέταττεν αὐτονόμους 9
75 τὰς πόλεις εἶναι, μάλα γιγνώσκοντες ἐφαίνεσθε ὅτι εἰ μὴ
ἐάσοιεν οἱ Θηβαῖοι ἑκάστην τῶν πόλεων ἄρχειν τε ἑαυτῆς
καὶ οἷς ἂν βούληται νόμοις χρῆσθαι, οὐ ποιήσουσι κατὰ
τὰ βασιλέως γράμματα· ἐπεὶ δὲ παρελάβετε τὴν Κα-
δμείαν, οὐδ᾽ αὐτοῖς Θηβαίοις ἐπετρέπετε αὐτονόμους εἶναι.
80 δεῖ δὲ τοὺς μέλλοντας φίλους ἔσεσθαι οὐ παρὰ τῶν ἄλλων

8. τό ... ἐναντιώτατον: in app.
with the following statement καθί-
στατε κτέ. So also the freq. τὸ δὲ
μέγιστον. II. 626 b. — δεκαρχίας: he
refers to the decarchies established
by Lysander, as mentioned in ii. 3. 7
and elsewhere. — τριακονταρχίας: in
reality we know of but one such in-
stance of the establishment of a τρι-
ακονταρχία, viz. the Thirty Tyrants at
Athens, headed by Critias and Thera-
menes. — ἡδόμενοι: ἐοίκατε is here
construed with the nom. of the partic.
instead of the more usual dat. or the
infinitive. — πολιτείαις: free govern-
ments under the control of the mass
of the citizens, as opposed to τυραν-
νίσι.

9. προσέταττεν: refers to the Peace
of Antalcidas. The attitude of the
king in this matter is correctly char-
acterized by Autocles in the word
προσέταττεν. The Peace (v. 1. 31)
was practically an order. Cf. the
threat with which it closes, τούτοις
ἐγὼ πολεμήσω, also Isocrates's lan-
guage, Paneg. 176 πρόσταγμα καὶ οὐ
συνθήκας. See Introd. p. 2. — τῶν
πόλεων: i.e. the cities of the Boeotian
Confederacy, of which Thebes claimed
the headship. — παρελάβετε τὴν Κα-
δμείαν: alluding to its seizure by
Phoebidas, as detailed in v. 2. 29, 31.
— αὐτούς ... φαίνεσθαι: co-ord. in
const. with the foregoing inf., but in
sense subord. to it; "while themselves

μὲν ἀξιοῦν τῶν δικαίων τυγχάνειν, αὐτοὺς δὲ ὅπως ἂν
πλεῖστα δύνωνται πλεονεκτοῦντας φαίνεσθαι."
Ταῦτα εἰπὼν σιωπὴν μὲν παρὰ πάντων ἐποίησεν, ἡδο- 10
μένους δὲ τοὺς ἀχθομένους τοῖς Λακεδαιμονίοις ἐποίησε.
85 μετὰ τοῦτον Καλλίστρατος ἔλεξεν· "'Ἀλλ' ὅπως μέν, ὦ
ἄνδρες Λακεδαιμόνιοι, οὐκ ἐγγεγένηται ἁμαρτήματα καὶ
ἀφ' ἡμῶν καὶ ἀφ' ὑμῶν, ἐγὼ μὲν οὐκ ἂν ἔχειν μοι δοκῶ
εἰπεῖν· οὐ μέντοι οὕτω γιγνώσκω, ὡς τοῖς ἁμαρτάνουσιν
οὐδέποτε ἔτι χρηστέον· ὁρῶ γὰρ τῶν ἀνθρώπων οὐδένα
90 ἀναμάρτητον διατελοῦντα· δοκοῦσι δέ μοι καὶ εὐπορώ-
τεροι ἐνίοτε γίγνεσθαι ἄνθρωποι ἁμαρτάνοντες, ἄλλως τε
καὶ ἐὰν κολασθῶσιν ὑπὸ τῶν ἁμαρτημάτων, ὡς ἡμεῖς.
καὶ ὑμῖν δὲ ἔγωγε ὁρῶ διὰ τὰ ἀγνωμόνως πραχθέντα 11
ἔστιν ὅτε πολλὰ ἀντίτυπα γιγνόμενα· ὧν ἦν καὶ ἡ κατα-
95 ληφθεῖσα ἐν Θήβαις Καδμεία· νῦν γοῦν, ἃς ἐσπουδάσατε
αὐτονόμους πόλεις γενέσθαι, πᾶσαι πάλιν, ἐπεὶ ἠδικήθη-
σαν οἱ Θηβαῖοι, ἐπ' ἐκείνοις γεγένηνται. ὥστε πεπαιδευ-
μένους ἡμᾶς, ὡς τὸ πλεονεκτεῖν ἀκερδές ἐστι, νῦν ἐλπίζω

found," etc.—ὅπως: with the super-
lative, in place of the commoner ὡς.
— πλεονεκτοῦντας: euphemistic for
ἀδικοῦντας.
10-17. Speech of Callistratus.
10. παρὰ πάντων: attrib. with σιω-
πήν, a general silence. — ἐποίησεν,
ἐποίησεν : the word repeated with
different force. — ὅπως οὐκ ἐγγεγένη-
ται: indir. quest. corresponding to
the direct: πῶς οὐκ ἐγγεγένηται ἁμαρ-
τήματα; how could it be otherwise than
that mistakes should occur? See Kr.
Spr. 51, 1, 3.—ἀφ' ἡμῶν : ἀπό, as
opp. to ὑπό, denotes the source rather
than the agent, as in v. 4. 60.— ὡς
χρηστέον: sc. ὄν. Acc. abs. (in con-
sequence of the impers. partic.) in
place of the gen., which is the usual

const. after γιγνώσκω in the sense of
'am of the opinion.'— ἀναμάρτητον
διατελοῦντα: note the active force
of the verbal. Cf. μενετός, ἄπρακτος,
etc. with active force. See on v. 3. 7
ἀπρονόητον. διατελεῖν without a partic.
(here ὄντα) is not infrequent. Cf. vii.
3. 1 ἀλκιμοι διετέλεσαν.— εὐπορώτεροι :
richer in experience, wiser.— ἡμεῖς : i.e.
the Athenians, as indicated by the con-
trasted ὑμεῖς which follows. Callistra-
tus apparently has in mind Athens's
altered treatment of her allies since
the disaster of Aegospotami, 405 B.C.
11. ἀγνωμόνως: euphemistic for
ἀδίκως. — ἔστιν ὅτε: i.e. ἐνίοτε. — ὧν :
referring to τὰ πραχθέντα. — ἐπ' ἐκεί-
νοις : in their power, i.e. of the The-
bans. — ἡμᾶς: i.e. ὑμᾶς καὶ ἡμᾶς; the

πάλιν μετρίους ἐν τῇ πρὸς ἀλλήλους φιλίᾳ ἔσεσθαι. ἂ 12
100 δὲ βουλόμενοί τινες ἀποτρέπειν τὴν εἰρήνην διαβάλλου-
σιν, ὡς ἡμεῖς οὐ φιλίας δεόμενοι, ἀλλὰ φοβούμενοι μὴ
Ἀνταλκίδας ἔλθῃ ἔχων παρὰ βασιλέως χρήματα, διὰ
τοῦθ᾽ ἥκομεν, ἐνθυμήθητε ὡς φλυαροῦσι. βασιλεὺς μὲν
γὰρ δήπου ἔγραψε πάσας τὰς ἐν τῇ Ἑλλάδι πόλεις
105 αὐτονόμους εἶναι· ἡμεῖς δὲ ταῦτα ἐκείνῳ λέγοντές τε καὶ
πράττοντες τί ἂν φοβοίμεθα βασιλέα; ἢ τοῦτο οἴεταί τις,
ὡς ἐκεῖνος βούλεται χρήματα ἀναλώσας ἄλλους μεγάλους
ποιῆσαι μᾶλλον ἢ ἄνευ δαπάνης ἃ ἔγνω ἄριστα εἶναι,
ταῦτα ἑαυτῷ πεπρᾶχθαι; εἶεν. τί μὴν ἥκομεν; ὅτι μὲν 13
110 οὖν οὐκ ἀποροῦντες γνοίητε ἄν, εἰ μὲν βούλεσθε, πρὸς τὰ
κατὰ θάλατταν ἰδόντες, εἰ δὲ βούλεσθε, πρὸς τὰ κατὰ γῆν
ἐν τῷ παρόντι. τί μήν ἐστιν; εὔδηλον ὅτι τῶν συμμάχων
τινὲς οὐκ ἀρεστὰ πράττουσιν ἡμῖν. ἴσως δὲ καὶ βουλοί-
μεθ᾽ ἂν ὧν ἕνεκα περιεσώσατε ἡμᾶς ἃ ὀρθῶς ἔγνωμεν

speaker, in accordance with the poli-
tic tone of his address, includes his
own countrymen.

12. ἅ . . . διαβάλλουσιν: the rel.
anticipates the omitted object of
φλυαροῦσιν. — μὴ Ἀνταλκίδας ἔλθῃ:
the passage implies that the Lace-
daemonians had again sent Antalcidas
to the court of Artaxerxes in order to
secure the latter's influence in estab-
lishing peace, — an inference con-
firmed by the positive statement of
Diod. xv. 50. — διὰ τοῦτο: i.e. διὰ τὸ
φοβεῖσθαι. — εἶναι: the inf., inasmuch
as ἔγραψε involves the notion of com-
manding. — ἐκείνῳ: with ταῦτά. — ὡς
. . . βούλεται: ὡς-clause after οἴομαι
instead of the usual infinitive. Cf. 7
φατὲ ὡς. — ἄλλους: in this case the
Lacedaemonians.

13. εἶεν: be that as it may. The
word is an interjection. Connexion

with the opt. of εἰμί is probable, but
not certain. — ἀποροῦντες: sc. ἥκομεν.
— εὔδηλον ὅτι: sc. ἥκομεν, manifestly
we come because. — τινές: i.e. the The-
bans. — ἴσως δὲ καὶ κτέ.: and perhaps
we would like to show you our gratitude
because you preserved us. — ὧν ἕνεκα:
· τούτων ἕνεκα ὅτι. See on 5. 43. —
περιεσώσατε ἡμᾶς: the reference is
to the action of the Spartans in re-
fusing to allow the destruction of
Athens after the disaster of Aegos-
potami, although the Thebans and
others of the Greeks were in favor of
that action. See ii. 2. 19, 20. — ἃ
ὀρθῶς ἔγνωμεν: i.e. our gratitude. —
The text of the above passage begin-
ning with εὔδηλον rests in part upon
conjecture, and is by no means satis-
factory. The two reasons alleged by
Callistratus, viz. dissatisfaction with
the Thebans and gratitude to the

115 ὑμῖν ἐπιδεῖξαι. ἵνα δὲ καὶ τοῦ συμφόρου ἔτι ἐπιμνησθῶ, 14
εἰσὶ μὲν δήπου πασῶν τῶν πόλεων αἱ μὲν τὰ ὑμέτερα, αἱ
δὲ τὰ ἡμέτερα φρονοῦσαι, καὶ ἐν ἑκάστῃ πόλει οἱ μὲν
λακωνίζουσιν, οἱ δὲ ἀττικίζουσιν. εἰ οὖν ἡμεῖς φίλοι
γενοίμεθα, πόθεν ἂν εἰκότως χαλεπόν τι προσδοκήσαιμεν;
120 καὶ γὰρ δὴ κατὰ γῆν μὲν τίς ἂν ὑμῶν φίλων ὄντων ἱκανὸς
γένοιτο ἡμᾶς λυπῆσαι; κατὰ θάλατταν γε μὴν τίς ἂν
ὑμᾶς βλάψαι τι ἡμῶν ὑμῖν ἐπιτηδείων ὄντων; ἀλλὰ μέντοι 15
ὅτι μὲν πόλεμοι ἀεί ποτε γίγνονται καὶ ὅτι καταλύονται
πάντες ἐπιστάμεθα, καὶ ὅτι ἡμεῖς, ἂν μὴ νῦν, ἀλλ' αὖθίς
125 ποτε εἰρήνης ἐπιθυμήσομεν. τί οὖν δεῖ ἐκεῖνον τὸν χρόνον
ἀναμένειν, ἕως ἂν ὑπὸ πλήθους κακῶν ἀπείπωμεν, μᾶλλον
ἢ οὐχ ὡς τάχιστα πρίν τι ἀνήκεστον γενέσθαι τὴν εἰρή-
νην ποιήσασθαι; ἀλλὰ μὴν οὐδ' ἐκείνους ἔγωγ' ἐπαινῶ 16
οἵτινες ἀγωνισταὶ γενόμενοι καὶ νενικηκότες ἤδη πολλάκις
130 καὶ δόξαν ἔχοντες οὕτω φιλονεικοῦσιν ὥστε οὐ πρότερον
παύονται, πρὶν ἂν ἡττηθέντες τὴν ἄσκησιν καταλύσωσιν,
οὐδέ γε τῶν κυβευτῶν οἵτινες αὖ ἐὰν ἔν τι ἐπιτύχωσι, περὶ
διπλασίων κυβεύουσιν· ὁρῶ γὰρ καὶ τῶν τοιούτων τοὺς
πλείους ἀπόρους παντάπασι γιγνομένους. ἃ χρὴ καὶ 17
135 ἡμᾶς ὁρῶντας εἰς μὲν τοιοῦτον ἀγῶνα μηδέποτε κατα-

Spartans, are hardly adequate to explain the present attitude of the Athenians.

14. **εἰσὶ μέν**: μέν is put with εἰσί instead of with πασῶν, and the following ἐν ἑκάστῃ πόλει is introduced by καί instead of δέ. — **γὲ μήν**: correlative with μέν and stronger than δέ. Cf. v. 4. 1. — **ἐπιτηδείων**: favorably inclined, as in 2. 39.

15. **καὶ ὅτι ἡμεῖς**: καί instead of δέ as in 14. — **ἢ οὐχ**: after μᾶλλον in a neg. sent. or an interr. sent. imply-

ing a negative, ἢ οὐ may take the place of ἤ. Cf. Dem. t. 66 εὖ δ' ἴστε ὅτι οὐ περὶ τῶν ἐμῶν ἰδίων μᾶλλον τιμωρήσεσθε Πολυκλέα ἢ οὐχ ὑπὲρ ὑμῶν αὐτῶν.

16. **ἡττηθέντες κτέ.**: *stop training in consequence of a defeat*, i.e. in consequence of the injuries which often incapacitated the defeated athlete for further contests. — **οὐδέ γε**: const. γέ with ἐκείνους to be supplied with τῶν κυβευτῶν. — **ἐπιτύχωσιν**: here trans., as iv. 5. 19. See on vii. 1. 5 ἀποτετυχήκατε.

στῆναι, ὥστ' ἢ πάντα λαβεῖν ἢ πάντ' ἀποβαλεῖν, ἕως δὲ
καὶ ἐρρώμεθα καὶ εὐτυχοῦμεν, φίλους ἀλλήλοις γενέσθαι.
οὕτω γὰρ ἡμεῖς τ' ἂν δι' ὑμᾶς καὶ ὑμεῖς δι' ἡμᾶς ἔτι
μείζους ἢ τὸν παρελθόντα χρόνον ἐν τῇ Ἑλλάδι ἀνα-
140 στρεφοίμεθα."

Δοξάντων δὲ τούτων καλῶς εἰπεῖν, ἐψηφίσαντο καὶ οἱ 18
Λακεδαιμόνιοι δέχεσθαι τὴν εἰρήνην ἐφ' ᾧ τούς τε ἁρμο-
στὰς ἐκ τῶν πόλεων ἐξάγειν, τά τε στρατόπεδα διαλύειν
καὶ τὰ ναυτικὰ καὶ τὰ πεζικά, τάς τε πόλεις αὐτονόμους
145 ἐᾶν. εἰ δέ τις παρὰ ταῦτα ποιοίη, τὸν μὲν βουλόμενον
βοηθεῖν ταῖς ἀδικουμέναις πόλεσι, τῷ δὲ μὴ βουλομένῳ
μὴ εἶναι ἔνορκον συμμαχεῖν τοῖς ἀδικουμένοις. ἐπὶ τού- 19
τοις ὤμοσαν Λακεδαιμόνιοι μὲν ὑπὲρ αὑτῶν καὶ τῶν
συμμάχων, Ἀθηναῖοι δὲ καὶ οἱ σύμμαχοι κατὰ πόλεις
150 ἕκαστοι. ἀπογραψάμενοι δ' ἐν ταῖς ὀμωμοκυίαις πόλεσι
καὶ οἱ Θηβαῖοι, προσελθόντες πάλιν τῇ ὑστεραίᾳ οἱ
πρέσβεις αὐτῶν ἐκέλευον μεταγράφειν ἀντὶ Θηβαίων

17. ὥστε: to be joined with τοιοῦ-
τον, "a contest such that to lose all
or gain all becomes necessary."
18-20. *Ratification of the Treaty.
Exclusion of the Thebans.* June,
371 B.C.
18. ἐφ' ᾧ: here in the sense, *with
the agreement.* It is construed with
the inf. as usual. G. 267; II. 999 a. —
τῷ δὲ μὴ ... ἀδικουμένοις: the corre-
sponding provision of the Peace of
Antalcidas (μετὰ τῶν ταῦτα βουλομέ-
νων, v. 1. 31) is accordingly changed.
19. ἀπογραψάμενοι: *having signed
their names.* The word is rarely used
in this sense. — οἱ πρέσβεις: by ana-
coluthon this takes the place of οἱ
Θηβαῖοι as subject of ἐκέλευον. — ἐκέ-
λευον μεταγράφειν: acc. to Plut. *Ages.*
28, Epaminondas, who was among the

Theban ambassadors on this occa-
sion, demanded that the Spartans
should allow the Laconian cities
full autonomy, in case the Thebans
should agree to recognize the auton-
omy of the Boeotian cities. This
demand is said to have so enraged
Agesilaus that he struck the name
of the Thebans from the treaty and
declared war upon them on the spot.
Xenophon's account is naturally par-
tial to Agesilaus (see Introd. p. 10).
It may have been true, as Xenophon
asserts, that the Thebans asked to
have the name Βοιωτοί inserted in
place of Θηβαῖοι, which they had
written the day before. In that
case it is probable that they had
originally written Θηβαῖοι with the
tacit assumption that it stood for

Βοιωτοὺς ὀμωμοκότας. ὁ δὲ Ἀγησίλαος ἀπεκρίνατο ὅτι
μεταγράψει μὲν οὐδὲν ὧν τὸ πρῶτον ὤμοσάν τε καὶ ἀπε-
155 γράψαντο · εἰ μέντοι μὴ βούλοιντο ἐν ταῖς σπονδαῖς εἶναι,
ἐξαλείφειν ἂν ἔφη, εἰ κελεύοιεν. οὕτω δὴ εἰρήνην τῶν 20
ἄλλων πεποιημένων, πρὸς δὲ Θηβαίους μόνους ἀντιλογίας
οὔσης, οἱ μὲν Ἀθηναῖοι οὕτως εἶχον τὴν γνώμην, ὡς νῦν
Θηβαίους τὸ λεγόμενον δὴ δεκατευθῆναι ἐλπὶς εἴη, αὐτοὶ
160 δὲ οἱ Θηβαῖοι παντελῶς ἀθύμως ἔχοντες ἀπῆλθον.

Ἐκ δὲ τούτου οἱ μὲν Ἀθηναῖοι τάς τε φρουρὰς ἐκ τῶν 4
πόλεων ἀπῆγον καὶ Ἰφικράτην καὶ τὰς ναῦς μετεπέμ-
ποντο, καὶ ὅσα ὕστερον ἔλαβε μετὰ τοὺς ὅρκους τοὺς
ἐν Λακεδαίμονι γενομένους, πάντα ἠνάγκασαν ἀποδοῦναι.
5 Λακεδαιμόνιοι μέντοι ἐκ μὲν τῶν ἄλλων πόλεων τούς τε 2
ἁρμοστὰς καὶ τοὺς φρουροὺς ἀπήγαγον, Κλεόμβροτον δὲ
ἔχοντα τὸ ἐν Φωκεῦσι στράτευμα καὶ ἐπερωτῶντα τὰ οἴκοι

all the Boeotians. When upon the
second day the signing of the treaty
continued and various Boeotian cities
presented themselves as signatories,
Epaminondas very likely may have
urged that Θηβαῖοι, as written by
himself and colleagues, had been
intended to include all the Boeotians,
and accordingly have requested a
change to be made to that effect.
Upon Agesilaus's refusal to assent to
this, the events described by Plutarch
Ages. 28 may then very naturally
have followed.

20. τὸ λεγόμενον: "as they say,"
in app. with δεκατευθῆναι. *Cf.* τὸ ἐναν-
τιώτατον in 8. — δεκατευθῆναι: on the
aor. inf. with expressions of hoping,
see G. 203, x. 2 ; II. 948 a. The word
means lit. *to tithe* or *to make to yield
tithes*, but with the predominant no-
tion of confiscation as a preliminary
to this. At the time of the last Per-
sian invasion, the Greeks had sworn

to thus confiscate and dedicate to the
Delphian Apollo the property of
those who should voluntarily attach
themselves to the enemy. Hdt. vii.
132. 2. This vow applied particularly
to the Thebans, who had sent earth
and water to Xerxes as symbols of
submission.

4. 1–15. *Battle of Leuctra. July
6, 371 B.C.*

1. ἐκ τῶν πόλεων: *i.e.* from Acar-
nania and the islands of the Ionian
Sea. See 2. 33, 37, 38. — Ἰφικράτην:
on his exploits as admiral of the
Athenian fleet, see 2. 13 ff. — ὅσα . . .
ἔλαβε: *i.e.* on the coasts of Laconia,
where he was when the peace was
concluded. See 2. 38.

2. Κλεόμβροτον: the sent. is inter-
rupted by the speech of Prothous,
and then resumed with changed const.
in the following section, in the words
ἐπέστειλαν δὲ τῷ Κλεομβρότῳ. — ἐν
Φωκεῦσι: mention of Cleombrotus's

τέλη τί χρὴ ποιεῖν, Προθόου λέξαντος ὅτι αὐτῷ δοκοίη
διαλύσαντας τὸ στράτευμα κατὰ τοὺς ὅρκους καὶ περιαγ-
10 γείλαντας ταῖς πόλεσι συμβαλέσθαι εἰς τὸν ναὸν τοῦ
Ἀπόλλωνος ὁπόσον βούλοιτο ἑκάστη πόλις, ἔπειτα εἰ μή
τις ἐῴη αὐτονόμους τὰς πόλεις εἶναι, τότε πάλιν παρακα-
λέσαντας, ὅσοι τῇ αὐτονομίᾳ βούλοιντο βοηθεῖν, ἄγειν ἐπὶ
τοὺς ἐναντιουμένους· οὕτω γὰρ ἂν ἔφη οἴεσθαι τούς τε
15 θεοὺς εὐμενεστάτους εἶναι καὶ τὰς πόλεις ἥκιστ' ἂν ἄχθε- 3
σθαι· ἡ δ' ἐκκλησία ἀκούσασα ταῦτα ἐκεῖνον μὲν φλυα-
ρεῖν ἡγήσατο· ἤδη γάρ, ὡς ἔοικε, τὸ δαιμόνιον ἦγεν·
ἐπέστειλαν δὲ τῷ Κλεομβρότῳ μὴ διαλύειν τὸ στράτευμα,
ἀλλ' εὐθὺς ἄγειν ἐπὶ τοὺς Θηβαίους, εἰ μὴ αὐτονόμους
20 ἀφίοιεν τὰς πόλεις. ἐπεὶ οὖν ᾔσθετο οὐχ ὅπως τὰς πόλεις
ἀφιέντας, ἀλλ' οὐδὲ τὸ στράτευμα διαλύοντας, ὡς ἀντιτάτ-
τοιντο πρὸς αὐτόν, οὕτω δὴ ἄγει τὴν στρατιὰν εἰς τὴν
Βοιωτίαν. καὶ ᾗ μὲν οἱ Θηβαῖοι ἐμβαλεῖν αὐτὸν ἐκ τῶν
Φωκέων προσεδόκων καὶ ἐπὶ στενῷ τινι ἐφύλαττον, οὐκ
25 ἐμβάλλει· διὰ Θισβῶν δὲ ὀρεινὴν καὶ ἀπροσδόκητον
πορευθεὶς ἀφικνεῖται εἰς Κρεῦσιν καὶ τὸ τεῖχος αἱρεῖ, καὶ
τριήρεις τῶν Θηβαίων δώδεκα λαμβάνει. ταῦτα δὲ ποιή- 4

assistance to the Phocians, in their
struggles against the encroachments
of Thebes, is made in 1, 1 and 2, 1.
— τὰ τέλη: the ephors, of which Pro-
thous was one. — συμβαλέσθαι: i.e. a
contribution for the purpose of car-
rying on a war. — τὸν ναὸν τοῦ Ἀπόλ-
λωνος: the temple of the Delphian
god is probably meant. — γὰρ ἄν:
const. ἄν with εἶναι.

3. ἡ δ' ἐκκλησία ἀκούσασα: ana-
coluthon for τῆς δ' ἐκκλησίας ἀκουσά-
σης, as if Πρόθοος μὲν ἔλεξεν had pre-
ceded. — τὸ δαιμόνιον: apparently
like the Homeric Ἄτη, which blinds
men and leads them to destruction. —

οὐχ ὅπως . . . ἀλλ' οὐδέ: non modo
(non) . . . sed ne quidem. II.
1035 a. Cf. v. 4. 34. — ὡς ἀντιτάτ-
τοιντο: the clause expresses the pur-
pose, not of διαλύοντας, but of οὐδὲ
. . . διαλύοντας. — ᾗ . . . προσεδόκων:
Epaminondas was guarding the pass
near Coronea, to the N.W. of Thebes.
— ὀρεινὴν καὶ ἀπροσδόκητον: sc. ὁδόν.
Cleombrotus marched further toward
the south than the Thebans had ex-
pected. — Κρεῦσιν: this port was cal-
culated to ensure the Spartans easy
communication with Peloponnesus in
case of a reverse. — τὸ τεῖχος: in-
cluding, of course, the city also.

σας καὶ ἀναβὰς ἀπὸ τῆς θαλάττης, ἐστρατοπεδεύσατο ἐν
Λεύκτροις τῆς Θεσπικῆς. οἱ δὲ Θηβαῖοι ἐστρατοπε-
30 δεύσαντο ἐπὶ τῷ ἀπαντικρὺ λόφῳ οὐ πολὺ διαλείποντες,
οὐδένας ἔχοντες συμμάχους ἀλλ' ἢ τοὺς Βοιωτούς. ἔνθα
δὴ τῷ Κλεομβρότῳ οἱ μὲν φίλοι προσιόντες ἔλεγον·
"Ὦ Κλεόμβροτε, εἰ ἀφήσεις τοὺς Θηβαίους ἄνευ μάχης, 5
κινδυνεύσεις ὑπὸ τῆς πόλεως τὰ ἔσχατα παθεῖν. ἀνα-
35 μνησθήσονται γάρ σου καὶ ὅτε εἰς Κυνὸς κεφαλὰς ἀφικό-
μενος οὐδὲν τῆς χώρας τῶν Θηβαίων ἐδῄωσας καὶ ὅτε
ὕστερον στρατεύων ἀπεκρούσθης τῆς ἐμβολῆς, Ἀγησι-
λάου ἀεὶ ἐμβάλλοντος διὰ τοῦ Κιθαιρῶνος. εἴπερ οὖν ἢ
σαυτοῦ κήδῃ ἢ τῆς πατρίδος ἐπιθυμεῖς, ἀκτέον ἐπὶ τοὺς
40 ἄνδρας." οἱ μὲν φίλοι τοιαῦτα ἔλεγον· οἱ δ' ἐναντίοι, "Νῦν
δή," ἔφασαν, "δηλώσει ὁ ἀνήρ, εἰ τῷ ὄντι κήδεται τῶν
Θηβαίων, ὥσπερ λέγεται." ὁ μὲν δὴ Κλεόμβροτος ταῦτα 6
ἀκούων παρωξύνετο πρὸς τὸ μάχην συνάπτειν. τῶν δ' αὖ
Θηβαίων οἱ προεστῶτες ἐλογίζοντο ὡς εἰ μὴ μαχοῖντο,
45 ἀποστήσοιντο μὲν αἱ περιοικίδες αὐτῶν πόλεις, αὐτοὶ δὲ
πολιορκήσοιντο· εἰ δὲ μὴ ἔξοι ὁ δῆμος ὁ Θηβαίων τἀπι-
τήδεια, ὅτι κινδυνεύσοι καὶ ἡ πόλις αὐτοῖς ἐναντία γενέ-

---

4. οὐδένας ἀλλ' ἤ: none except. On
the expression οὐδὲν ἀλλ' ἤ, as result-
ing from a contamination of οὐδὲν
ἀλλά and οὐδὲν ἄλλο ἤ, see Kühn. 535,
6, N. 3.

5. σοῦ: proleptic. — ὅτε: i.e. τοῦ
χρόνου ἐν ᾧ. — εἰς Κυνὸς κεφαλὰς κτέ.:
Cynoscephalae was a hill between
Thebes and Thespiae. On the event
referred to, see v. 4. 15. — ἀπεκροὐ-
σθης τῆς ἐμβολῆς: on the occurrence,
see v. 4. 59. — ἐμβάλλοντος: conces-
sive. — τῆς πατρίδος ἐπιθυμεῖς: desire
(to see) your native country (again),
i.e. wish to escape banishment. — κή-
δεται τῶν Θηβαίων: Cleombrotus had

never sympathized with the extreme
war party at home; cf. v. 4. 16 ὡς
ἐλάχιστα κακουργήσας.

6. οἱ προεστῶτες: the seven Boeo-
tarchs, among them Epaminondas,
whose name is intentionally sup-
pressed in Xenophon's narrative of
the battle. See Introd. p. 10. Three
of the Boeotarchs were opposed to
fighting, and favored a retreat to
Thebes. Cf. Pausan. ix. 13. 6; Diod.
xv. 53. — πολιορκήσοιντο: with pas-
sive meaning, as vii. 5. 18 and else-
where. — ἡ πόλις . . . ἐναντία: an in-
fluential opposition to the government
already existed in Thebes. The hard-

σθαι. ἅτε δὲ καὶ πεφευγότες πρόσθεν πολλοὶ αὐτῶν
ἐλογίζοντο κρεῖττον εἶναι μαχομένους ἀποθνήσκειν ἢ
50 πάλιν φεύγειν. πρὸς δὲ τούτοις παρεθάρρυνε μέν τι 7
αὐτοὺς καὶ ὁ χρησμὸς ὁ λεγόμενος ὡς δέοι ἐνταῦθα
Λακεδαιμονίους ἡττηθῆναι, ἔνθα τὸ τῶν παρθένων ἦν
μνῆμα, αἳ λέγονται διὰ τὸ βιασθῆναι ὑπὸ Λακεδαιμονίων
τινῶν ἀποκτεῖναι ἑαυτάς. καὶ ἐκόσμησαν δὴ τοῦτο τὸ
55 μνῆμα οἱ Θηβαῖοι πρὸ τῆς μάχης. ἀπηγγέλλετο δὲ καὶ
ἐκ τῆς πόλεως αὐτοῖς, ὡς οἵ τε νεῴ πάντες αὐτόματοι ἀνεῴ-
γοντο αἵ τε ἱέρειαι λέγοιεν ὡς νίκην οἱ θεοὶ φαίνοιεν. ἐκ
δὲ τοῦ Ἡρακλείου καὶ τὰ ὅπλα ἔφασαν ἀφανῆ εἶναι, ὡς
τοῦ Ἡρακλέους εἰς τὴν μάχην ἐξωρμημένου. οἱ μὲν δή
60 τινες λέγουσιν ὡς ταῦτα πάντα τεχνάσματα ἦν τῶν προ-
εστηκότων. εἰς δ' οὖν τὴν μάχην τοῖς μὲν Λακεδαιμονίοις 8
πάντα τἀναντία ἐγίγνετο, τοῖς δὲ πάντα καὶ ὑπὸ τῆς τύχης
κατωρθοῦτο. ἦν μὲν γὰρ μετ' ἄριστον τῷ Κλεομβρότῳ
ἡ τελευταία βουλὴ περὶ τῆς μάχης· ἐν δὲ τῇ μεσημβρίᾳ
65 ὑποπινόντων καὶ τὸν οἶνον παροξῦναί τι αὐτοὺς ἔλεγον.
ἐπεὶ δὲ ὡπλίζοντο ἑκάτεροι καὶ πρόδηλον ἤδη ἦν ὅτι 9
μάχη ἔσοιτο, πρῶτον μὲν ἀπιέναι ὡρμημένων ἐκ τοῦ

ships of a siege would be likely to
cause the overthrow of the existing
régime and bring the opposition into
power. — πεφευγότες πρόσθεν : *viz.* af-
ter the seizure of the Cadmea by the
Spartans.

7. ὁ χρησμός : the Thebans learned
of this oracle through a Spartan de-
serter, Leandridas, who fought on
the side of the Thebans in the bat-
tle. — τῶν παρθένων : their names
were Molpia and Hippo, acc. to
Pausan. ix. 13. 5. — ἀνεῴγοντο : the
impf. retained, as regularly in in-
dir. discourse. — λέγοιεν : opt. as rep-
resenting a pres. ind. of dir. dis-

course. — τεχνάσματα : an Ion. word,
instead of the regular Att. τεχνή-
ματα. — τῶν προεστηκότων : partic-
ularly Epaminondas. Diod. xv. 53.
4.

8. εἰς οὖν τὴν μάχην : as *regards
the battle now.* — τἀναντία : adv., *unfa-
vorably.* — ἐν τῇ μεσημβρίᾳ : see on v.
4. 40. — ὑποπινόντων : gen. abs., where
the acc., in agreement with αὐτούς,
was to be expected. On the some-
what freer use, in this respect, of the
gen. abs. in Greek than of the corre-
sponding abl. abs. in Lat., see Kr.
Spr. 47, 4, 2; II. 972 d.

9. ἀπιέναι ὡρμημένων : *having started*

Βοιωτίου στρατεύματος τῶν τὴν ἀγορὰν παρεσκευακότων
καὶ σκευοφόρων τινῶν καὶ τῶν οὐ βουλομένων μάχεσθαι,
70 περιιόντες κύκλῳ οἵ τε μετὰ τοῦ Ἱέρωνος μισθοφόροι καὶ
οἱ τῶν Φωκέων πελτασταὶ καὶ τῶν ἱππέων Ἡρακλεῶται
καὶ Φλειάσιοι ἐπιθέμενοι τοῖς ἀπιοῦσιν ἐπέστρεψάν τε
αὐτοὺς καὶ κατεδίωξαν πρὸς τὸ στρατόπεδον τὸ τῶν Βοιω-
τῶν· ὥστε πολὺ μὲν ἐποίησαν μεῖζόν τε καὶ ἀθροώτερον
75 ἢ πρόσθεν τὸ τῶν Βοιωτῶν στράτευμα. ἔπειτα δέ, ἅτε 10
καὶ πεδίου ὄντος τοῦ μεταξύ, προετάξαντο μὲν τῆς ἑαυτῶν
φάλαγγος οἱ Λακεδαιμόνιοι τοὺς ἱππέας, ἀντετάξαντο δ᾽
αὐτοῖς καὶ οἱ Θηβαῖοι τοὺς ἑαυτῶν. ἦν δὲ τὸ μὲν τῶν
Θηβαίων ἱππικὸν μεμελετηκὸς διά τε τὸν πρὸς Ὀρχομε-
80 νίους πόλεμον καὶ διὰ τὸν πρὸς Θεσπιέας, τοῖς δὲ Λακε-
δαιμονίοις κατ᾽ ἐκεῖνον τὸν χρόνον πονηρότατον ἦν τὸ
ἱππικόν. ἔτρεφον μὲν γὰρ τοὺς ἵππους οἱ πλουσιώτατοι· 11
ἐπεὶ δὲ φρουρὰ φανθείη, τότε ἧκεν ὁ συντεταγμένος·
λαβὼν δ᾽ ἂν τὸν ἵππον καὶ ὅπλα ὁποῖα δοθείη αὐτῷ ἐκ
85 τοῦ παραχρῆμα ἂν ἐστρατεύετο· τῶν δ᾽ αὖ στρατιωτῶν
οἱ τοῖς σώμασιν ἀδυνατώτατοι καὶ ἥκιστα φιλότιμοι ἐπὶ
τῶν ἵππων ἦσαν. τοιοῦτον μὲν οὖν τὸ ἱππικὸν ἑκατέρων 12
ἦν. τῆς δὲ φάλαγγος τοὺς μὲν Λακεδαιμονίους ἔφασαν

---

to withdraw. — οὐ βουλομένων: Epami-
nondas, fearing treachery, had given
permission for all those to withdraw
who did not wish to engage in the bat-
tle. The Thespians took advantage
of this privilege. Paus. ix. 13. 8. —
Ἱέρωνος: a Spartan. — Ἡρακλεῶται:
from Heraclea in northern Doris.

10. ἄτε... τοῦ μεταξύ: as the interven-
ing space was a plain. — διά τε τὸν πόλε-
μον κτέ.: see v. 4. 63. — κατ᾽ ἐκεῖνον τὸν
χρόνον: the cavalry of the Lacedae-
nians had never been good, nor in fact
that of any of the Peloponnesian states.

11. ὁ συντεταγμένος: "he who was
called upon to serve," i.e. to make up
the σύνταγμα or levy. — λαβὼν δ᾽ ἂν
... ἂν ἐστρατεύετο: ἄν here appar-
ently belongs with the partic. λαβών
as well as with ἐστρατεύετο, "would
take a horse and such arms as were
given him." On this rare use of the
iterative partic. with ἄν see on 2. 28.
— ἐκ τοῦ παραχρῆμα: i.e. without
previous preparation or practice; con-
trasted with μεμελετηκός in 10.

12. τῆς δὲ φάλαγγος: note the em-
phatic position, the infantry as op-

εἰς τρεῖς τὴν ἐνωμοτίαν ἄγειν· τοῦτο δὲ συμβαίνειν αὐτοῖς
90 οὐ πλέον ἢ εἰς δώδεκα τὸ βάθος. οἱ δὲ Θηβαῖοι οὐκ
ἔλαττον ἢ ἐπὶ πεντήκοντα ἀσπίδων συνεστραμμένοι ἦσαν,
λογιζόμενοι ὡς εἰ νικήσειαν τὸ περὶ τὸν βασιλέα, τὸ ἄλλο
πᾶν εὐχείρωτον ἔσοιτο. ἐπεὶ δὲ ἤρξατο ἄγειν ὁ Κλεόμ- 13
βροτος πρὸς τοὺς πολεμίους, πρῶτον μὲν πρὶν καὶ αἰσθέ-
95 σθαι τὸ μετ᾽ αὐτοῦ στράτευμα ὅτι ἡγοῖτο, καὶ δὴ καὶ οἱ
ἱππεῖς συνεβεβλήκεσαν καὶ ταχὺ ἥττηντο οἱ τῶν Λακεδαι-
μονίων· φεύγοντες δὲ ἐνεπεπτώκεσαν τοῖς ἑαυτῶν ὁπλί-
ταις, ἔτι δὲ ἐνέβαλλον οἱ τῶν Θηβαίων λόχοι. ὅμως δὲ
ὡς οἱ μὲν περὶ τὸν Κλεόμβροτον τὸ πρῶτον ἐκράτουν τῇ
100 μάχῃ, σαφεῖ τούτῳ τεκμηρίῳ γνοίη τις ἄν· οὐ γὰρ ἂν
ἠδύναντο αὐτὸν ἀνελέσθαι καὶ ζῶντα ἀπενεγκεῖν, εἰ μὴ οἱ
πρὸ αὐτοῦ μαχόμενοι ἐπεκράτουν ἐν ἐκείνῳ τῷ χρόνῳ.
ἐπεὶ μέντοι ἀπέθανε Δείνων τε ὁ πολέμαρχος καὶ Σφοδρίας 14
τῶν περὶ δαμοσίαν καὶ Κλεώνυμος ὁ υἱὸς αὐτοῦ, καὶ οἱ μὲν

posed to *the cavalry*, τὸ ἱππικόν. — **εἰς
τρεῖς**: here in the sense, *in three col-
umns*, not, as sometimes, *three deep*. —
τὴν ἐνωμοτίαν: two ἐνωμοτίαι consti-
tuted a πεντηκοστύς, two πεντηκοστύες
a λόχος, two λόχοι a τάξις, two τάξεις
a μόρα. The ἐνωμοτία here consists
of 36 men (3 × 12), whereas it gener-
ally contains but 25. — **τοῦτο**: *this
arrangement*. — **συμβαίνειν**: *resulted in*,
i.e. the arrangement gave them a
depth of only 12 men. — **ἀσπίδων**:
by metonomy for ἀνδρῶν. See on 2.
27. — **συνεστραμμένοι**: *closely drawn
up*. Epaminondas was the first to ar-
range soldiers in the so-called λοξὴ
φάλαγξ, or oblique phalanx. In this
arrangement the left wing was made
very deep (here 50 men), with the
object of enabling it to pierce the
enemy's line. The right wing stood
somewhat back, forming an obtuse

angle with the left, the design being
to guard against a successful flank
movement of the enemy. — **τὸ περὶ
βασιλέα**: the king's position was on
the right wing, opposite the Thebans'
left. See on v. 3. 40.
    13. τὸ στράτευμα: subj. of αἰσθέ-
σθαι. — **καὶ δή**: = ἤδη. — **σαφεῖ τούτῳ
τεκμηρίῳ**: *by this, as a clear indication*;
σαφεῖ τεκμηρίῳ is the pred. of τούτῳ,
hence the omission of the article. —
ἀνελέσθαι καὶ ζῶντα ἀπενεγκεῖν: im-
plying that the king was mortally
wounded, though Xenophon omits any
direct statement to that effect. The
death of a Spartan king upon the
field had not occurred since the fall
of Leonidas at Thermopylae.
    14. ὁ πολέμαρχος: leader of a
μόρα. — **Σφοδρίας**: the same who had
attacked the Piraeus in the spring of
378 B.C. See v. 4. 20 ff. — **δαμοσίαν**:

105 ἱππεῖς καὶ οἱ συμφορεῖς τοῦ πολεμάρχου καλούμενοι οἵ
τε ἄλλοι ὑπὸ τοῦ ὄχλου ὠθούμενοι ἀνεχώρουν, οἱ δὲ τοῦ
εὐωνύμου ὄντες τῶν Λακεδαιμονίων ὡς ἑώρων τὸ δεξιὸν
ὠθούμενον, ἐνέκλιναν· ὅμως δὲ πολλῶν τεθνεώτων καὶ
ἡττημένοι, ἐπεὶ διέβησαν τὴν τάφρον, ἢ πρὸ τοῦ στρατο-
110 πέδου ἔτυχεν οὖσα αὐτοῖς, ἔθεντο τὰ ὅπλα κατὰ χώραν
ἔνθεν ὥρμηντο. ἦν μέντοι οὐ πάνυ ἐν ἐπιπέδῳ, ἀλλὰ πρὸς
ὀρθίῳ μᾶλλόν τι τὸ στρατόπεδον. ἐκ δὲ τούτου ἦσαν μέν
τινες τῶν Λακεδαιμονίων, οἳ ἀφόρητον τὴν συμφορὰν
ἡγούμενοι τό τε τροπαῖον ἔφασαν χρῆναι κωλύειν ἱστάναι
115 τοὺς πολεμίους, τούς τε νεκροὺς μὴ ὑποσπόνδους, ἀλλὰ
διὰ μάχης πειρᾶσθαι ἀναιρεῖσθαι. οἱ δὲ πολέμαρχοι 15
ὁρῶντες μὲν τῶν συμπάντων Λακεδαιμονίων τεθνεῶτας
ἐγγὺς χιλίους, ὁρῶντες δ᾽ αὐτῶν Σπαρτιατῶν, ὄντων τῶν
ἐκεῖ ὡς ἑπτακοσίων, τεθνηκότας περὶ τετρακοσίους, αἰσθα-
120 νόμενοι δὲ τοὺς συμμάχους πάντας μὲν ἀθύμως ἔχοντας
πρὸς τὸ μάχεσθαι, ἔστι δὲ οὓς αὐτῶν οὐδὲ ἀχθομένους τῷ
γεγενημένῳ, συλλέξαντες τοὺς ἐπικαιριωτάτους ἐβουλεύ-
οντο τί χρὴ ποιεῖν. ἐπεὶ δὲ πᾶσιν ἐδόκει ὑποσπόνδους
τοὺς νεκροὺς ἀναιρεῖσθαι, οὕτω δὴ ἔπεμψαν κήρυκα περὶ
125 σπονδῶν. οἱ μέντοι Θηβαῖοι μετὰ ταῦτα καὶ τροπαῖον
ἐστήσαντο καὶ τοὺς νεκροὺς ὑποσπόνδους ἀπέδοσαν.

sc. σκηνήν. The word is Doric for
δημοσίαν. G. 30, 1; II. 30, D (2). The
tent of the king was so called as
being a part of the outfit given him
by the people (δᾶμος). Cf. de rep.
Laced. 15. 4. Its occupants, beside
the king, were the polemarchs and
three other peers (ὅμοιοι). — Κλεώνυ-
μος: he thus fulfilled the promise
made to Archidamus, that he would
never dishonor his friendship. See v.
4. 33. — συμφορεῖς: found only here;
prob. in the sense of aides-de-camp. —

τοῦ ὄχλου: the now disordered mass
of the attacking army. — ὅμως: note
its position. — ἔτυχεν οὖσα: a natural
ditch, therefore. — οὐ πάνυ ἐν ἐπιπέδῳ:
on the position of πάνυ, cf. Cyr. ii. 4.
13 οὐ πάνυ ἐν ἐχυροῖς.

15. χιλίους: the Theban loss, on
the other hand, was only 300, or, acc.
to Pausan. ix. 13. 12, only 47. — οὐδὲ
ἀχθομένους: a proof of the bitter
hatred entertained toward Sparta by
her allies. — τοὺς ἐπικαιριωτάτους: i.e.
λοχαγοί and other under-officers.

Γενομένων δὲ τούτων, ὁ μὲν εἰς τὴν Λακεδαίμονα ἀγγε- 16
λῶν τὸ πάθος ἀφικνεῖται γυμνοπαιδιῶν τε οὔσης τῆς
τελευταίας καὶ τοῦ ἀνδρικοῦ χοροῦ ἔνδον ὄντος· οἱ δὲ
130 ἔφοροι ἐπεὶ ἤκουσαν τὸ πάθος, ἐλυποῦντο μέν, ὥσπερ,
οἶμαι, ἀνάγκη· τὸν μέντοι χορὸν οὐκ ἐξήγαγον, ἀλλὰ
διαγωνίσασθαι εἴων. καὶ τὰ μὲν ὀνόματα πρὸς τοὺς
οἰκείους ἑκάστου τῶν τεθνεώτων ἀπέδοσαν· προεῖπαν δὲ
ταῖς γυναιξὶ μὴ ποιεῖν κραυγήν, ἀλλὰ σιγῇ τὸ πάθος
135 φέρειν. τῇ δ' ὑστεραίᾳ ἦν ὁρᾶν, ὧν μὲν ἐτέθνασαν οἱ
προσήκοντες, λιπαροὺς καὶ φαιδροὺς ἐν τῷ φανερῷ ἀνα-
στρεφομένους· ὧν δὲ ζῶντες ἠγγελμένοι ἦσαν, ὀλίγους ἂν
εἶδες, τούτους δὲ σκυθρωποὺς καὶ ταπεινοὺς περιιόντας.

Ἐκ δὲ τούτου φρουρὰν μὲν ἔφαινον οἱ ἔφοροι τοῖν 17
140 ὑπολοίποιν μόραιν μέχρι τῶν τετταράκοντα ἀφ' ἥβης·
ἐξέπεμπον δὲ καὶ ἀπὸ τῶν ἔξω μορῶν μέχρι τῆς αὐτῆς
ἡλικίας· τὸ γὰρ πρόσθεν εἰς τοὺς Φωκέας μέχρι τῶν πέντε
καὶ τριάκοντα ἀφ' ἥβης ἐστράτευντο· καὶ τοὺς ἐπ' ἀρχαῖς
δὲ τότε καταλειφθέντας ἀκολουθεῖν ἐκέλευον. ὁ μὲν οὖν 18
145 Ἀγησίλαος ἐκ τῆς ἀσθενείας οὔπω ἴσχυεν· ἡ δὲ πόλις
Ἀρχίδαμον τὸν υἱὸν ἐκέλευεν αὐτοῦ ἡγεῖσθαι. προθύμως

16. *Effect of the news at Sparta.*
γυμνοπαιδιῶν: a Spartan festival,
celebrated with singing, dancing, and
gymnastic exercises.—τελευταίας: sc.
ἡμέρας.—ἔνδον: i.e. ἐν τῷ θεάτρῳ.—
λιπαροὺς καὶ φαιδρούς: cf. the simi-
lar expressions of feeling in iv. 5. 10,
after the annihilation of the Spartan
mora by Iphicrates.

17, 18. *Fresh Preparations by the
Spartans.*

17. τοῖν ὑπολοίποιν μόραιν: i.e.
the two left at Sparta (cf. 1. 17 τὰς
περὶ Λακεδαίμονα). There were six
μόραι altogether. Four of these had

gone with Cleombrotus.—τῶν τεττα-
ράκοντα ἀφ' ἥβης: *those in the fortieth
year of service*, and hence sixty years
of age, the limit of military service.
—ἀπὸ τῶν ἔξω μορῶν: i.e. those in
Sparta between fifty-five and sixty
years of age (in the thirty-fifth and
fortieth years of service), who be-
longed to the four outside μόραι, who
had not been called out till now.—
καὶ τοὺς ἐπ' ἀρχαῖς ὑπολειφθέντας: i.e.
the officials at Lacedaemon.

18. ἐκ τῆς ἀσθενείας: brought on
by the bursting of a vein six years
previously, as mentioned in v. 4. 58.

δ' αὐτῷ συνεστρατεύοντο Τεγεᾶται· ἔτι γὰρ ἔζων οἱ περὶ
Στάσιππον, λακωνίζοντες καὶ οὐκ ἐλάχιστον δυνάμενοι ἐν
τῇ πόλει. ἐρρωμένως δὲ καὶ οἱ Μαντινεῖς ἐκ τῶν κωμῶν
150 συνεστρατεύοντο· ἀριστοκρατούμενοι γὰρ ἐτύγχανον. καὶ
Κορίνθιοι δὲ καὶ Σικυώνιοι καὶ Φλειάσιοι καὶ Ἀχαιοὶ μάλα
• προθύμως ἠκολούθουν, καὶ ἄλλαι δὲ πόλεις ἐξέπεμπον
στρατιώτας. ἐπλήρουν δὲ καὶ τριήρεις αὐτοί τε οἱ Λακε-
δαιμόνιοι καὶ Κορίνθιοι, καὶ ἐδέοντο καὶ Σικυωνίων συμ-
155 πληροῦν, ἐφ' ὧν διενοοῦντο τὸ στράτευμα διαβιβάζειν.
καὶ ὁ μὲν δὴ Ἀρχίδαμος ἐθύετο ἐπὶ τῇ διαβάσει.   19

Οἱ δὲ Θηβαῖοι εὐθὺς μὲν μετὰ τὴν μάχην ἔπεμψαν εἰς
Ἀθήνας ἄγγελον ἐστεφανωμένον, καὶ ἅμα μὲν τῆς νίκης
τὸ μέγεθος ἔφραζον, ἅμα δὲ βοηθεῖν ἐκέλευον λέγοντες
160 ὡς νῦν ἐξείη Λακεδαιμονίους πάντων ὧν ἐπεποιήκεσαν
αὐτοὺς τιμωρήσασθαι. τῶν δὲ Ἀθηναίων ἡ βουλὴ ἐτύγ- 20
χανεν ἐν ἀκροπόλει καθημένη. ἐπεὶ δ' ἤκουσαν τὸ γεγε-
νημένον, ὅτι μὲν σφόδρα ἠνιάθησαν πᾶσι δῆλον ἐγένετο·
οὔτε γὰρ ἐπὶ ξένια τὸν κήρυκα ἐκάλεσαν περί τε τῆς
165 βοηθείας οὐδὲν ἀπεκρίναντο. καὶ Ἀθήνηθεν μὲν οὕτως
ἀπῆλθεν ὁ κῆρυξ. πρὸς μέντοι Ἰάσονα, σύμμαχον ὄντα,
ἔπεμπον σπουδῇ οἱ Θηβαῖοι κελεύοντες βοηθεῖν, διαλογι-
ζόμενοι πῇ τὸ μέλλον ἀποβήσοιτο. ὁ δ' εὐθὺς τριήρεις 21
μὲν ἐπλήρου, ὡς βοηθήσων κατὰ θάλατταν, συλλαβὼν δὲ

—ἔζων οἱ περὶ Στάσιππον: stated
with reference to the subsequent end
of this party, as detailed in 5. 6-10.
— ἐκ κωμῶν: i.e. from the villages
into which Mantinea had been broken
up after the Peace of Antalcidas. See
on v. 2. 7.—διαβιβάζειν: sc. to Creusis.

19-26. *Reception of the Theban am-
bassadors at Athens. Intervention of
Jason. Withdrawal of the Lacedaemo-
nians. Summer of 371 B.C.*

19. ἐθύετο ἐπὶ τῇ διαβάσει: gener-
ally ἐθύετο τὰ διαβατήρια. See on v.
1. 33. — πάντων: gen. of cause.

20. ὅτι μέν: without following δέ.—
ἐπὶ ξένια: foreign ambassadors were
regarded as guests of the state, and
were usually entertained at public
expense in the Prytaneum.—Ἰάσονα:
he had joined the Thebans in their
feud with the Phocians.

21. ἐπλήρου: began to fit out. Ja-

170 τό τε ξενικὸν καὶ τοὺς περὶ αὐτὸν ἱππέας, καίπερ ἀκη-
ρύκτῳ πολέμῳ τῶν Φωκέων χρωμένων, πεζῇ διεπορεύθη
εἰς τὴν Βοιωτίαν, ἐν πολλαῖς τῶν πόλεων πρότερον ὀφθεὶς
ἢ ἀγγελθεὶς ὅτι πορεύοιτο. πρὶν οὖν συλλέγεσθαί τι
παντα χόθεν ἔφθανε πόρρω γιγνόμενος, δῆλον ποιῶν, ὅτι
175 πολλαχοῦ τὸ τάχος μᾶλλον τῆς βίας διαπράττεται τὰ '
δέοντα. ἐπεὶ δὲ ἀφίκετο εἰς τὴν Βοιωτίαν, λεγόντων τῶν 22
Θηβαίων, ὡς καιρὸς εἴη ἐπιτίθεσθαι τοῖς Λακεδαιμονίοις,
ἄνωθεν μὲν ἐκεῖνον σὺν τῷ ξενικῷ, σφᾶς δὲ ἀντιπροσώ-
πους, ἀπέτρεπεν αὐτοὺς ὁ Ἰάσων διδάσκων ὡς καλοῦ
180 ἔργου γεγενημένου οὐκ ἄξιον αὐτοῖς εἴη διακινδυνεῦσαι,
ὥστε ἢ ἔτι μείζω καταπρᾶξαι ἢ στερηθῆναι καὶ τῆς γεγε-
νημένης νίκης. "οὐχ ὁρᾶτε," ἔφη, "ὅτι καὶ ὑμεῖς, ἐπεὶ 23
ἐν ἀνάγκῃ ἐγένεσθε, ἐκρατήσατε; οἴεσθαι οὖν χρὴ καὶ
Λακεδαιμονίους ἄν, εἰ ἀναγκάζοιντο ἐκγενέσθαι τοῦ ζῆν,
185 ἀπονοηθέντας διαμάχεσθαι. καὶ ὁ θεὸς δέ, ὡς ἔοικε,
πολλάκις χαίρει τοὺς μὲν μικροὺς μεγάλους ποιῶν, τοὺς
δὲ μεγάλους μικρούς." τοὺς μὲν οὖν Θηβαίους τοιαῦτα 24
λέγων ἀπέτρεπε τοῦ διακινδυνεύειν· τοὺς δ' αὖ Λακεδαι-
μονίους ἐδίδασκεν, οἷον μὲν εἴη ἡττημένον στράτευμα,
190 οἷον δὲ νενικηκός. "εἰ δ' ἐπιλαθέσθαι," ἔφη, "βούλεσθε τὸ
γεγενημένον πάθος, συμβουλεύω ἀναπνεύσαντας καὶ ἀνα-

son's object was to mislead his ene-
mies.— διεπορεύθη: i.e. through Pho-
cis.
22. ἄνωθεν: from the eminence at
whose foot the Spartans were en-
camped; see 14.— ἐκεῖνον, σφᾶς: in
app. with subj. of ἐπιθέσθαι.— ὥστε:
see on 3. 17.
23. ἐπεὶ ἐν ἀνάγκῃ ἐγένεσθε: i.e. at
Leuctra.— ἐκγενέσθαι τοῦ ζῆν: con-
densed for ἢ κρατῆσαι ἢ ἐκγενέσθαι
τοῦ ζῆν, "win or die."— ἀπονοηθέν-

τας διαμάχεσθαι: fight it out with
desperation.— ὁ θεός: equiv. to οἱ θεοί.
For the thought, cf. An. iii. 2. 10,
where the language is almost identi-
cal.
24. οἷον: rel. instead of the interr.
ὁποῖον.— ἐπιλαθέσθαι κτέ.: to wipe out
the memory of the present disaster, i.e.
by winning a victory. It must be ad-
mitted that this interpretation seems
somewhat forced, and the reading is
very likely wrong.— τὸ πάθος: the

παυσαμένους καὶ μείζους γεγενημένους τοῖς ἀηττήτοις
οὕτως εἰς μάχην ἰέναι. νῦν δέ," ἔφη, "εὖ ἴστε ὅτι καὶ τῶν
συμμάχων ὑμῖν εἰσὶν οἳ διαλέγονται περὶ φιλίας τοῖς
195 πολεμίοις· ἀλλὰ ἐκ παντὸς τρόπου πειρᾶσθε σπονδὰς
λαβεῖν. ταῦτα δ'," ἔφη, "ἐγὼ προθυμοῦμαι, σῶσαι ὑμᾶς
βουλόμενος διά τε τὴν τοῦ πατρὸς φιλίαν πρὸς ὑμᾶς καὶ
διὰ τὸ προξενεῖν ὑμῶν." ἔλεγε μὲν οὖν τοιαῦτα, ἔπραττε 25
δ' ἴσως ὅπως διάφοροι καὶ οὗτοι ἀλλήλοις ὄντες ἀμφό-
200 τεροι ἐκείνου δέοιντο. οἱ μέντοι Λακεδαιμόνιοι, ἀκού-
σαντες αὐτοῦ, πράττειν περὶ τῶν σπονδῶν ἐκέλευον· ἐπεὶ
δ' ἀπηγγέλθη ὅτι εἴησαν αἱ σπονδαί, παρήγγειλαν οἱ
πολέμαρχοι δειπνήσαντας συνεσκευάσθαι πάντας, ὡς τῆς
νυκτὸς πορευσομένους, ὅπως ἅμα τῇ ἡμέρᾳ πρὸς τὸν
205 Κιθαιρῶνα ἀναβαίνοιεν. ἐπεὶ δ' ἐδείπνησαν, πρὶν καθεύ-
δειν παραγγείλαντες ἀκολουθεῖν, ἡγοῦντο εὐθὺς ἀφ' ἑσπέ-
ρας τὴν διὰ Κρεύσιος, τῷ λαθεῖν πιστεύοντες μᾶλλον ἢ
ταῖς σπονδαῖς. μάλα δὲ χαλεπῶς πορευόμενοι, οἷα δὴ ἐν 26
νυκτί τε καὶ ἐν φόβῳ ἀπιόντες καὶ χαλεπὴν ὁδόν, εἰς
210 Αἰγόσθενα τῆς Μεγαρικῆς· ἀφικνοῦνται. ἐκεῖ δὲ περιτυγ-
χάνουσι τῷ μετὰ Ἀρχιδάμου στρατεύματι. ἔνθα δὴ

ἀναμείνας, ἕως καὶ οἱ σύμμαχοι πάντες παρεγένοντο,
ἀπῆγε πᾶν ὁμοῦ τὸ στράτευμα μέχρι Κορίνθου· ἐκεῖθεν
δὲ τοὺς μὲν συμμάχους ἀφῆκε, τοὺς δὲ πολίτας οἴκαδε
215 ἀπήγαγεν.

Ὁ μέντοι Ἰάσων ἀπιὼν διὰ τῆς Φωκίδος Ὑαμπολιτῶν 27
μὲν τό τε προάστειον εἷλε καὶ τὴν χώραν ἐπόρθησε καὶ
ἀπέκτεινε πολλούς· τὴν δ᾽ ἄλλην Φωκίδα διῆλθεν ἀπραγ-
μόνως. ἀφικόμενος δὲ εἰς Ἡράκλειαν κατέβαλε τὸ Ἡρα-
220 κλεωτῶν τεῖχος, δῆλον ὅτι οὐ τοῦτο φοβούμενος, μή τινες
ἀναπεπταμένης ταύτης τῆς παρόδου πορεύσοιντο ἐπὶ τὴν
ἐκείνου δύναμιν, ἀλλὰ μᾶλλον ἐνθυμούμενος, μή τινες τὴν
Ἡράκλειαν ἐπὶ στενῷ οὖσαν καταλαβόντες εἴργοιεν αὐτόν,
εἴ ποι βούλοιτο τῆς Ἑλλάδος πορεύεσθαι. ἐπεὶ δ᾽ 28
225 ἀπῆλθε πάλιν εἰς τὴν Θετταλίαν, μέγας μέν ἦν καὶ διὰ
τὸ τῷ νόμῳ Θετταλῶν ταγὸς καθεστάναι καὶ διὰ τὸ
μισθοφόρους πολλοὺς τρέφειν περὶ αὐτὸν καὶ πεζοὺς καὶ
ἱππέας, καὶ τούτους ἐκπεπονημένους ὡς ἂν κράτιστοι εἶεν·
ἔτι δὲ μείζων καὶ διὰ τὸ συμμάχους πολλοὺς τοὺς μὲν
230 ἤδη εἶναι αὐτῷ, τοὺς δὲ καὶ ἔτι βούλεσθαι γίγνεσθαι.
μέγιστος δ᾽ ἦν τῶν καθ᾽ αὐτὸν τῷ μηδ᾽ ὑφ᾽ ἑνὸς εὐκατα-

---

experienced its difficulties in 377 B.C.
See v. 4. 17. — **ἀπῆγε**: change of sub-
ject. — **τοὺς δὲ πολίτας**: i.e. τὸ πολι-
τικὸν στράτευμα, which expression is
generally used in this connexion. See
on v. 3. 25.

27–32. *Jason's return to Pherae.
His death. Spring of 370 B.C.*

27. **Ὑαμπολιτῶν**: in northeastern
Phocis. — **τὸ Ἡρακλεωτῶν τεῖχος**: *the
walled city of the Heracleans.* The in-
habitants had fought on the Spartan
side at Leuctra. — **μὴ ... πορεύσοιντο**:
not a final clause, but an indir. ques-
tion, as is shown by the tense. φοβού-
μενος μή has the force "in anxiety as

to whether." — **τῆς παρόδου**: the pass
at Thermopylae near the Malian Gulf.
— **ἐκείνου**: for αὐτοῦ or αὑτοῦ, as above,
25. — **μὴ εἴργοιεν**: final. — **εἴ ποι βού-
λοιτο κτέ.**: with reference to the plans
mentioned in 1. 10.

28. **μέγας, μείζων, μέγιστος**: note
the climax: power, influence, respect.
— **ταγός**: cf. i. 18. — **ὡς ἄν**: the opt.
with ἄν in final clauses shows that
the attainment of the purpose is con-
ceived of as contingent. GMT. 330.
Cf. iv. 8. 16. — **μέγιστος δ᾽ ἦν κτέ.**:
*and he was the greatest of his contempo-
raries in that he was not held in light
estimation by anybody.* — **μηδὲ ...**

φρόνητος εἶναι. ἐπιόντων δὲ Πυθίων παρήγγειλε μὲν ταῖς 29
πόλεσι βοῦς καὶ οἶς καὶ αἶγας καὶ ὖς παρασκευάζεσθαι
ὡς εἰς τὴν θυσίαν· καὶ ἔφασαν πάνυ μετρίως ἑκάστῃ
235 πόλει ἐπαγγελλομένων γενέσθαι βοῦς μὲν οὐκ ἐλάττους
χιλίων, τὰ δὲ ἄλλα βοσκήματα πλείω ἢ μύρια. ἐκήρυξε
δὲ καὶ νικητήριον χρυσοῦν στέφανον ἔσεσθαι, ἥτις τῶν
πόλεων βοῦν ἡγεμόνα κάλλιστον τῷ θεῷ θρέψειε. παρήγ- 30
γειλε δὲ καὶ ὡς στρατευσομένοις εἰς τὸν περὶ τὰ Πύθια
240 χρόνον Θετταλοῖς παρασκευάζεσθαι· διενοεῖτο γάρ, ὡς
ἔφασαν, καὶ τὴν πανήγυριν τῷ θεῷ καὶ τοὺς ἀγῶνας αὐτὸς
διατιθέναι. περὶ μέντοι τῶν ἱερῶν χρημάτων ὅπως μὲν
διενοεῖτο ἔτι καὶ νῦν ἄδηλον· λέγεται δὲ ἐπερομένων τῶν
Δελφῶν, τί χρὴ ποιεῖν, ἐὰν λαμβάνῃ τῶν τοῦ θεοῦ χρημά-
245 των, ἀποκρίνασθαι τὸν θεὸν ὅτι αὐτῷ μελήσει. ὁ δ᾽ οὖν 31
ἀνὴρ τηλικοῦτος ὢν καὶ τοσαῦτα καὶ τοιαῦτα διανοού-
μενος, ἐξέτασιν πεποιηκὼς καὶ δοκιμασίαν τοῦ Φεραίων
ἱππικοῦ, καὶ ἤδη καθήμενος καὶ ἀποκρινόμενος, εἴ τις
· δεόμενός του προσίοι, ὑπὸ νεανίσκων ἑπτὰ προσελθόντων
250 ὡς διαφερομένων τι ἀλλήλοις ἀποσφάττεται καὶ κατακό-

ἑνός: emphatic for μηδενός. See on
v. 4. 1.

29. ἐπιόντων δὲ Πυθίων: the Pyth-
ian games occurred late in the sum-
mer of the third year of each Olym-
piad, here 370 B.C.— ὡς εἰς τὴν θυσίαν:
after the analogy of the fut. partic.
with ὡς, following παρασκευάζεσθαι.
— ἐπαγγελλομένων: as subj. supply
αὐτῶν, referring to the various kinds
of animals previously mentioned. —
βοῦν ἡγεμόνα κάλλιστον: brachylogy
for βοῦν κάλλιστον ὥστε ἡγεμόνα γενέ-
σθαι, i.e. to take the lead in the pro-
cession of the sacrificial victims.

30. παρήγγειλε κτέ.: order: παρήγ-
γειλε δὲ καὶ Ὀετταλοῖς παρασκευάζεσθαι

εἰς τὸν περὶ τὰ Πύθια χρόνον ὡς στρα-
τευσομένοις.— ὡς στρατευσομένοις: it
is uncertain whether the expedition
here proposed was to be for warlike
purposes or simply to add lustre to
the celebration of the games. — αὐτὸς
διατιθέναι: to conduct (the festival)
himself. The direction of the Pythian
games was in the hands of the mem-
bers of the Amphictyonic Council.
Jason, as ταγός of Thessaly, actually
controlled a majority of these. —
ἱερῶν χρημάτων: the treasures of the
temple. — λαμβάνῃ τῶν χρημάτων: lay
hold of, etc. Part. genitive. G. 170,
1; H. 736.

31. ὡς διαφερομένων: cf. the simi-

πτεται. βοηθησάντων δὲ ἐρρωμένως τῶν παραγενομένων 32
δορυφόρων εἷς μὲν ἔτι τύπτων τὸν Ἰάσονα λόγχῃ πληγεὶς
ἀποθνῄσκει· ἕτερος δὲ ἀναβαίνων ἐφ' ἵππον ἐγκαταλη-
φθεὶς καὶ πολλὰ τραύματα λαβὼν ἀπέθανεν· οἱ δ' ἄλλοι
255 ἀναπηδήσαντες ἐπὶ τοὺς παρεσκευασμένους ἵππους ἀπέ-
φυγον· ὅποι δὲ ἀφίκοιντο τῶν Ἑλληνίδων πόλεων, ἐν ταῖς
πλείσταις ἐτιμῶντο. ᾧ καὶ δῆλον ἐγένετο, ὅτι ἰσχυρῶς
ἔδεισαν οἱ Ἕλληνες αὐτὸν μὴ τύραννος γένοιτο.

Ἀποθανόντος μέντοι ἐκείνου Πολύδωρος ἀδελφὸς αὐτοῦ 33
260 καὶ Πολύφρων ταγοὶ κατέστησαν. καὶ ὁ μὲν Πολύδωρος,
πορευομένων ἀμφοτέρων εἰς Λάρισαν, νύκτωρ καθεύδων
ἀποθνῄσκει ὑπὸ Πολύφρονος τοῦ ἀδελφοῦ, ὡς ἐδόκει· ὁ
γὰρ θάνατος αὐτοῦ ἐξαπιναῖός τε καὶ οὐκ ἔχων φανερὰν
πρόφασιν ἐγένετο. ὁ δ' αὖ Πολύφρων ἦρξε μὲν ἐνιαυτόν, 34
265 κατεσκευάσατο δὲ τὴν ταγείαν τυραννίδι ὁμοίαν. ἔν τε
γὰρ Φαρσάλῳ τὸν Πολυδάμαντα καὶ ἄλλους τῶν πολιτῶν
ὀκτὼ τοὺς κρατίστους ἀπέκτεινεν, ἔκ τε Λαρίσης πολλοὺς
φυγάδας ἐποίησε. ταῦτα δὲ ποιῶν καὶ οὗτος ἀποθνῄσκει
ὑπ' Ἀλεξάνδρου, ὡς τιμωροῦντος τῷ Πολυδώρῳ καὶ τὴν
270 τυραννίδα καταλύοντος. ἐπεὶ δ' αὐτὸς παρέλαβε τὴν 35
ἀρχήν, χαλεπὸς μὲν Θετταλοῖς ταγὸς ἐγένετο, χαλεπὸς δὲ
Θηβαίοις καὶ Ἀθηναίοις πολέμιος, ἄδικος δὲ λῃστὴς καὶ
κατὰ γῆν καὶ κατὰ θάλατταν. τοιοῦτος δ' ὢν καὶ αὐτὸς
αὖ ἀποθνῄσκει, αὐτοχειρίᾳ μὲν ὑπὸ τῶν τῆς γυναικὸς

lar circumstances connected with the
murder of Tarquinius Priscus, as
narrated by Livy, i. 40.

32. τῶν δορυφόρων: Jason's body-
guards. — εἷς: sc. νεανίσκων. — ἀνα-
βαίνων: conative. — αὐτόν: prolepsis.

33–37. Jason's successors.

33. Πολύδωρος καὶ Πολύφρων: i.e.
first Polydorus and after him Poly-
phron. — Πολύφρων: also a brother,

as shown by what follows. — πρόφα-
σιν: here cause.

34. Πολυδάμαντα: he who had
come to Sparta to advise the Lace-
daemonians of Jason's growing power.
See i. 2. ff.

35. αὐτός: i.e. Alexander. — Θη-
βαίοις: they supported Alexander's
Thessalian opponents. — ἀποθνῄσκει:
in 358–357 B.C. — γυναικός: Thebe,

275 ἀδελφῶν, βουλῇ. δὲ ὑπ' αὐτῆς ἐκείνης. τοῖς τε γὰρ ἀδελ- 36
φοῖς ἐξήγγειλεν ὡς ὁ Ἀλέξανδρος ἐπιβουλεύοι αὐτοῖς καὶ
ἔκρυψεν αὐτοὺς ἔνδον ὄντας ὅλην τὴν ἡμέραν, καὶ δεξα-
μένη μεθύοντα τὸν Ἀλέξανδρον, ἐπεὶ κατεκοίμισεν, ὁ μὲν
λύχνος ἐκάετο, τὸ δὲ ξίφος αὐτοῦ ἐξήνεγκεν. ὡς δ' ᾔσθετο
280 ὀκνοῦντας εἰσιέναι ἐπὶ τὸν Ἀλέξανδρον τοὺς ἀδελφούς,
εἶπεν ὡς, εἰ μὴ ἤδη πράξοιεν, ἐξεγερεῖ αὐτόν. ὡς δ'
εἰσῆλθον, ἐπισπάσασα τὴν θύραν εἴχετο τοῦ ῥόπτρου,
ἕως ἀπέθανεν ὁ ἀνήρ. ἡ δὲ ἔχθρα λέγεται αὐτῇ πρὸς τὸν 37
ἄνδρα γενέσθαι ὑπὸ μέν τινων ὡς ἐπεὶ ἔδησε τὰ ἑαυτοῦ
285 παιδικὰ ὁ Ἀλέξανδρος, νεανίσκον ὄντα καλόν, δεηθείσης
αὐτῆς λῦσαι ἐξαγαγὼν αὐτὸν ἀπέσφαξεν· οἱ δέ τινες ὡς
ἐπεὶ παῖδες αὐτῷ οὐκ ἐγίγνοντο ἐκ ταύτης, ὅτι πέμπων εἰς
Θήβας ἐμνήστευε τὴν Ἰάσονος γυναῖκα λαβεῖν. τὰ μὲν
οὖν αἴτια τῆς ἐπιβουλῆς ὑπὸ τῆς γυναικὸς οὕτω λέγεται·
290 τῶν δὲ ταῦτα πραξάντων ἄχρι οὗ ὅδε ὁ λόγος ἐγράφετο
Τεισίφονος πρεσβύτατος ὢν τῶν ἀδελφῶν τὴν ἀρχὴν εἶχε.

daughter of Jason, so named from Jason's friendship for the Thebans.

36. δεξαμένη: as though the clause ὁ μὲν λύχνος ἐκάετο were subord. to ἐξήνεγκεν. — **ἤδη:** *immediately*. — **τοῦ ῥόπτρου:** prob. *the bar*, used to fasten the door. Its location is uncertain. If it was on the outside, Thebe's aim was to keep her brothers in the apartment until they had despatched Alexander; if it was on the inside, her purpose was to prevent the approach of help from without. In view of the context, the former explanation is the more natural.

37. ὡς ἀπέσφαξεν: introduced as though instead of ἡ ἔχθρα λέγεται κτέ., had stood περὶ τῆς ἔχθρας λέγεται. — **τὰ ἑαυτοῦ παιδικά:** said by Plutarch to have been Thebe's young-

est brother. — **ἐξαγαγών:** complying with the letter of the request. — **ὅτι:** resuming the previous ὡς, in consequence of the interruption. So also in 5. 13. — **Ἰάσονος γυναῖκα:** she was living at Thebes in consequence of Jason's previous friendly relations with that city. — **ὑπὸ τῆς γυναικός:** ὑπό is used not only with passive verbs, but also with verbal nouns having a passive meaning. Prepositional phrases with attrib. force do not require the repetition of the art. after a verbal noun; hence here τῆς ἐπιβουλῆς ὑπὸ τῆς γυναικός instead of τῆς ἐπιβουλῆς τῆς ὑπὸ κτέ. Cf. iii. 5. 3 λύειν τὰς σπονδὰς πρὸς τοὺς συμμάχους. — **ἐγράφετο:** Xenophon adapts the statement to the time of his readers.

Καὶ τὰ μὲν Θετταλικά, ὅσα περὶ Ἰάσονα ἐπράχθη καὶ 5
μετὰ τὸν ἐκείνου θάνατον μέχρι τῆς τοῦ Τεισιφόνου ἀρχῆς
δεδήλωται· νῦν δ' ἐπάνειμι ἔνθεν ἐπὶ ταῦτα ἐξέβην. ἐπεὶ
γὰρ Ἀρχίδαμος ἐκ τῆς ἐπὶ Λεῦκτρα βοηθείας ἀπήγαγε τὸ
5 στράτευμα, ἐνθυμηθέντες οἱ Ἀθηναῖοι, ὅτι οἱ Πελοποννή-
σιοι ἔτι οἴονται χρῆναι ἀκολουθεῖν καὶ οὔπω διακέοιντο οἱ
Λακεδαιμόνιοι ὥσπερ τοὺς Ἀθηναίους διέθεσαν, μεταπέμ-
πονται τὰς πόλεις ὅσαι βούλοιντο τῆς εἰρήνης μετέχειν,
ἣν βασιλεὺς κατέπεμψεν. ἐπεὶ δὲ συνῆλθον, δόγμα ἐποιή- 2
10 σαντο μετὰ τῶν κοινωνεῖν βουλομένων ὀμόσαι τόνδε τὸν
ὅρκον· "Ἐμμενῶ ταῖς σπονδαῖς, ἃς βασιλεὺς κατέπεμψε
καὶ τοῖς ψηφίσμασι τοῖς Ἀθηναίων καὶ τῶν συμμάχων.
ἐὰν δέ τις στρατεύῃ ἐπί τινα πόλιν τῶν ὀμοσασῶν τόνδε
τὸν ὅρκον, βοηθήσω παντὶ σθένει." οἱ μὲν οὖν ἄλλοι
15 πάντες ἔχαιρον τῷ ὅρκῳ· Ἠλεῖοι δὲ ἀντέλεγον ὡς οὐ δέοι
αὐτονόμους ποιεῖν οὔτε Μαργανέας οὔτε Σκιλλουντίους
οὔτε Τριφυλίους· σφετέρας γὰρ εἶναι ταύτας τὰς πόλεις.
οἱ δ' Ἀθηναῖοι καὶ οἱ ἄλλοι ψηφισάμενοι, ὥσπερ βασι- 3

5. 1-3. *Alliance of the Athenians
with the Peloponnesians. Autumn of
371 B.C.*
    1. ἔνθεν ἐξέβην: *cf.* the similar form
of transition in i. 19 ὅθεν ἐξέβην. —
ἀπήγαγε τὸ στράτευμα: see 4. 26. —
οἱ Πελοποννήσιοι: *i.e.* the allies of
the Spartans. — ἀκολουθεῖν: as in-
dicated by the Spartans taking the
oath in the name of their allies (3.19),
and by the ready service which the
latter had rendered in the recent cam-
paign. — καὶ οὔπω διακέοιντο κτέ.:
"and that the Lacedaemonians had
not yet come to take the same atti-
tude (in admitting the independence
of the allies), which they (the Lace-
daemonians) had compelled the Athe-

nians to take." — μεταπέμπονται: *sc.*
to a congress. — ἥν βασιλεὺς κατέ-
πεμψεν: *i.e.* the Peace of Antalcidas.
See v. 1. 28. This had also been
made the basis of the Peace of Cal-
lias. See 3. 18.
    2. δόγμα ἐποιήσαντο: equiv. to
ἔδοξε αὐτοῖς. Hence the inf. ὀμόσαι. —
τῶν συμμάχων: *i.e.* those present at
the congress who became σύμμαχοι
by taking the oath. — σθένει: this
poetic word is confined in prose to
the expression παντὶ σθένει. — Μαρ-
γανέας, Σκιλλουντίους, Τριφυλίους:
after the Battle of Leuctra the Ele-
ans had again taken possession of
these cities, which had been inde-
pendent since 397 B.C.

λεὺς ἔγραψεν, αὐτονόμους εἶναι ὁμοίως καὶ μικρὰς καὶ
20 μεγάλας πόλεις, ἐξέπεμψαν τοὺς ὁρκωτὰς καὶ ἐκέλευσαν
τὰ μέγιστα τέλη ἐν ἑκάστῃ πόλει ὁρκῶσαι. καὶ ὤμοσαν
πάντες πλὴν Ἠλείων.

Ἐξ ὧν δὴ καὶ οἱ Μαντινεῖς, ὡς ἤδη αὐτόνομοι παντά-
πασιν ὄντες, συνῆλθόν τε πάντες καὶ ἐψηφίσαντο μίαν
25 πόλιν τὴν Μαντίνειαν ποιεῖν καὶ τειχίζειν τὴν πόλιν. οἱ 4
δ' αὖ Λακεδαιμόνιοι ἡγοῦντο, εἰ τοῦτο ἄνευ τῆς σφετέρας
γνώμης ἔσοιτο, χαλεπὸν ἔσεσθαι. πέμπουσιν οὖν Ἀγη-
σίλαον πρεσβευτὴν πρὸς τοὺς Μαντινέας, ὅτι ἐδόκει
πατρικὸς φίλος αὐτοῖς εἶναι. ἐπεὶ δὲ ἀφίκετο πρὸς
30 αὐτούς, τὸν μὲν δῆμον τῶν Μαντινέων οἱ ἄρχοντες οὐκ
ἤθελον συλλέξαι αὐτῷ, πρὸς δὲ σφᾶς ἐκέλευον λέγειν ὅτου
δέοιτο. ὁ δὲ ὑπισχνεῖτο αὐτοῖς, ἐὰν νῦν ἐπίσχωσι τῆς
τειχίσεως, ποιήσειν ὥστε μετὰ τῆς Λακεδαίμονος γνώ-
μης καὶ μὴ δαπανηρῶς τειχισθῆναι τὸ τεῖχος. ἐπεὶ δὲ 5
35 ἀπεκρίναντο ὅτι ἀδύνατον εἴη ἐπισχεῖν, δόγματος γεγε-
νημένου πάσῃ τῇ πόλει ἤδη τειχίζειν, ἐκ τούτου ὁ μὲν
Ἀγησίλαος ἀπῄει ὀργιζόμενος· στρατεύειν γε μέντοι ἐπ'
αὐτοὺς οὐ δυνατὸν ἐδόκει εἶναι, ἐπ' αὐτονομίᾳ τῆς εἰρήνης
γεγενημένης. τοῖς δὲ Μαντινεῦσιν ἔπεμπον μὲν καὶ τῶν

---

3. **εἶναι**: pres. for fut., as in v. 1.
32.—**τὰ μέγιστα τέλη**: the highest offi-
cials. — **ἐν ἑκάστῃ πόλει**: in contrast
with the procedure in 5. 19, where
the Spartans took the oath on behalf
of their allies. — **ἐξ ὧν**: like the
usual ἐκ τούτου. — **οἱ Μαντινεῖς**: their
city had been captured by the Spar-
tans in 386 B.C. and broken up into
its four original villages. See v. 2.
5-7. — **πάντες**: including, of course,
the democratic exiles (v. 2. 6), who
now returned.

4, 5. *Restoration of the city of Man-*

*tinea. Autumn of 371 B.C. to summer
of 370 B.C.*

4. **πατρικὸς φίλος**: on this account
he had been unwilling to take charge
of the expedition against Mantinea
in 386 B.C. See v. 2. 3. — **οἱ ἄρχον-
τες**: they were now democratic. —
ποιήσειν ὥστε: ποιεῖν in this sense is
more commonly followed by the sim-
ple inf. or by ὅπως with the fut. ind.;
yet by ὥστε with inf., as here, v. 4.
21.

5. **ἐπ' αὐτονομίᾳ**: on the basis of
autonomy.

40 Ἀρκαδικῶν πόλεών τινες συντειχιοῦντας, οἱ δὲ Ἠλεῖοι καὶ
ἀργυρίου τρία τάλαντα συνεβάλοντο αὐτοῖς εἰς τὴν περὶ
τὸ τεῖχος δαπάνην. καὶ οἱ μὲν Μαντινεῖς περὶ ταῦτ'
ἦσαν.

Τῶν δὲ Τεγεατῶν οἱ μὲν περὶ τὸν Καλλίβιον καὶ Πρόξε- 6
45 νον συνῆγον ἐπὶ τὸ συνιέναι τε πᾶν τὸ Ἀρκαδικόν, καὶ
ὅ τι νικῴη ἐν τῷ κοινῷ, τοῦτο κύριον εἶναι καὶ τῶν πόλεων·
οἱ δὲ περὶ τὸν Στάσιππον ἔπραττον ἐᾶν τε κατὰ χώραν
τὴν πόλιν καὶ τοῖς πατρίοις νόμοις χρῆσθαι. ἡττώμενοι 7
δὲ οἱ περὶ τὸν Πρόξενον καὶ Καλλίβιον ἐν τοῖς θεαροῖς,
50 νομίσαντες, εἰ συνέλθοι ὁ δῆμος, πολὺ ἂν τῷ πλήθει
κρατῆσαι, ἐκφέρονται τὰ ὅπλα. ἰδόντες δὲ τοῦτο οἱ περὶ
τὸν Στάσιππον, καὶ αὐτοὶ ἀνθωπλίσαντο, καὶ ἀριθμῷ μὲν
οὐκ ἐλάττους ἐγένοντο· ἐπεὶ μέντοι εἰς μάχην ὥρμησαν,
τὸν μὲν Πρόξενον καὶ ἄλλους ὀλίγους μετ' αὐτοῦ ἀποκτεί-
55 νουσι, τοὺς δ' ἄλλους τρεψάμενοι οὐκ ἐδίωκον· καὶ γὰρ
τοιοῦτος ὁ Στάσιππος ἦν οἷος μὴ βούλεσθαι πολλοὺς ἀπο-
κτιννύναι τῶν πολιτῶν. οἱ δὲ περὶ τὸν Καλλίβιον ἀνακε- 8
χωρηκότες ὑπὸ τὸ πρὸς Μαντίνειαν τεῖχος καὶ τὰς πύλας,
ἐπεὶ οὐκέτι αὐτοῖς οἱ ἐναντίοι ἐπεχείρουν, ἡσυχίαν εἶχον

6-9. *Victory of the popular party in Tegea. Autumn of 371 B.C.*

6. συνῆγον ἐπὶ τὸ συνιέναι κτἑ.: τὸ Ἀρκαδικόν, is subj. of συνιέναι. With συνῆγον supply τοὺς Ἀρκάδας as object. "They were trying to bring together the Arcadians for the purpose of forming an Arcadian league." συνῆγον is conative imperfect. The project referred to was realized in 370 B.C. by the union of forty different communities in the city of Megalopolis. Xenophon does not directly allude to this event, but in vii. 5. 5 he refers to the inhabitants of the new city. — ὅ τι νικῴη: *whatever meas-* ures *prevailed.* — κύριον τῶν πόλεων: *binding on the cities.* For the gen., see G. 180, 1; H. 753 b. — εἶναι: dependent upon the idea of *planning* or *proposing* involved in συνῆγον. — κατὰ χώραν: "as it was."

7. τοῖς θεαροῖς: Doric form for θεωροῖς. These apparently constituted a board similar to the ephors at Sparta. — ὥρμησαν: here intransitive. — τρεψάμενοι: concessive. — οἷος μὴ βούλεσθαι: *such as not to wish;* on οἷος with the inf. (of result), see H. 1000.

8. τὰς πύλας: sc. τὰς πρὸς Μαντίνειαν. These were on the north side of the town.

60 ἠθροισμένοι. καὶ πάλαι μὲν ἐπεπόμφεσαν ἐπὶ τοὺς Μαν-
τινέας βοηθεῖν κελεύοντες · πρὸς δὲ τοὺς περὶ Στάσιππον
διελέγοντο περὶ συναλλαγῶν. ἐπεὶ δὲ καταφανεῖς ἦσαν
οἱ Μαντινεῖς προσιόντες, οἱ μὲν αὐτῶν ἀναπηδῶντες ἐπὶ
τὸ τεῖχος ἐκέλευον βοηθεῖν τὴν ταχίστην, καὶ βοῶντες
65 σπεύδειν διεκελεύοντο · ἄλλοι δὲ ἀνοίγουσι τὰς πύλας
αὐτοῖς. οἱ δὲ περὶ τὸν Στάσιππον ὡς ᾔσθοντο τὸ γιγνό- 9
μενον, ἐκπίπτουσι κατὰ τὰς ἐπὶ τὸ Παλλάντιον φερούσας
πύλας καὶ φθάνουσι πρὶν καταληφθῆναι ὑπὸ τῶν διωκόν-
των εἰς τὸν τῆς Ἀρτέμιδος νεὼν καταφυγόντες, καὶ ἐγκλει-
70 σάμενοι ἡσυχίαν εἶχον. οἱ δὲ μεταδιώξαντες ἐχθροὶ
αὐτῶν ἀναβάντες ἐπὶ τὸν νεὼν καὶ τὴν ὀροφὴν διελόντες
ἔπαιον ταῖς κεραμίσιν. οἱ δ' ἐπεὶ ἔγνωσαν τὴν ἀνάγκην,
παύεσθαί τε ἐκέλευον καὶ ἐξιέναι ἔφασαν. οἱ δ' ἐναντίοι
ὡς ὑποχειρίους ἔλαβον αὐτούς, δήσαντες καὶ ἀναβαλόντες
75 ἐπὶ τὴν ἁρμάμαξαν ἀπήγαγον εἰς Τεγέαν. ἐκεῖ δὲ μετὰ
τῶν Μαντινέων καταγνόντες ἀπέκτειναν.

Τούτων δὲ γιγνομένων ἔφυγον εἰς Λακεδαίμονα τῶν περὶ 10
Στάσιππον Τεγεατῶν περὶ ὀκτακοσίους. μετὰ δὲ ταῦτα
τοῖς Λακεδαιμονίοις ἐδόκει βοηθητέον εἶναι κατὰ τοὺς
80 ὅρκους τοῖς τεθνεῶσί τε τῶν Τεγεατῶν καὶ ἐκπεπτωκόσι ·
καὶ οὕτω στρατεύουσιν ἐπὶ τοὺς Μαντινέας, ὡς παρὰ τοὺς
ὅρκους σὺν ὅπλοις ἐληλυθότων αὐτῶν ἐπὶ τοὺς Τεγεάτας.

9. Παλλάντιον: situated to the
west of Tegea. — τὴν ἀνάγκην: i.e.
their inevitable fate. — παύεσθαι :
sc. παίοντας. — τὴν ἁρμάμαξαν: i.e.
the one brought along for the pur-
pose.

10–12. Expedition of Agesilaus
against Mantinea. Autumn of 370 B.C.

10. κατὰ τοὺς ὅρκους : i.e. the Peace
of Callias, made in 371 B.C. By the
provisions of that treaty each state

had been authorized to engage volun-
tarily in the defence of any city
whose rights, as defined by the treaty,
were violated. — παρὰ τοὺς ὅρκους:
the Mantineans were held to have
violated the autonomy of Tegea by
forcibly interfering in its affairs. —
ἐληλυθότων: the gen. abs. in loose
const., where the acc. in agreement
with Μαντινέας would have been more
regular. See on 4. 8.

καὶ φρουρὰν μὲν οἱ ἔφοροι ἔφαινον, Ἀγησίλαον δ' ἐκέ-
λευεν ἡ πόλις ἡγεῖσθαι. οἱ μὲν οὖν ἄλλοι Ἀρκάδες εἰς 11
85 Ἀσέαν συνελέγοντο· Ὀρχομενίων δὲ οὐκ ἐθελόντων κοι-
νωνεῖν τοῦ Ἀρκαδικοῦ διὰ τὴν πρὸς Μαντινέας ἔχθραν,
ἀλλὰ καὶ δεδεγμένων εἰς τὴν πόλιν τὸ ἐν Κορώνθῳ συνει-
λεγμένον ξενικόν, οὗ Πολύτροπος ἦρχεν, ἔμενον οἴκοι οἱ
Μαντινεῖς τούτων ἐπιμελόμενοι. Ἡραιεῖς δὲ καὶ Λεπρεᾶ-
90 ται συνεστρατεύοντο τοῖς Λακεδαιμονίοις ἐπὶ τοὺς Μαντι-
νέας. ὁ δὲ Ἀγησίλαος, ἐπεὶ ἐγένετο αὐτῷ τὰ διαβατήρια, 12
εὐθὺς ἐχώρει ἐπὶ τὴν Ἀρκαδίαν. καὶ καταλαβὼν πόλιν
ὅμορον οὖσαν Εὔταιαν, καὶ εὑρὼν ἐκεῖ τοὺς μὲν πρεσβυ-
τέρους καὶ τὰς γυναῖκας καὶ τοὺς παῖδας οἰκοῦντας ἐν
95 ταῖς οἰκίαις, τοὺς δ' ἐν τῇ στρατευσίμῳ ἡλικίᾳ οἰχομένους
εἰς τὸ Ἀρκαδικόν, ὅμως οὐκ ἠδίκησε τὴν πόλιν, ἀλλ' εἴα
τε αὐτοὺς οἰκεῖν, καὶ ὠνούμενοι ἐλάμβανον ὅσων δέοιντο·
εἰ δέ τι καὶ ἡρπάσθη, ὅτε εἰσῄει εἰς τὴν πόλιν, ἐξευρὼν
ἀπέδωκε. καὶ ἐπῳκοδόμει δὲ τὸ τεῖχος αὐτῶν ὅσα ἐδεῖτο,
100 ἕωσπερ αὐτοῦ διέτριβεν ἀναμένων τοὺς μετὰ Πολυτρόπου
μισθοφόρους.

Ἐν δὲ τούτῳ οἱ Μαντινεῖς στρατεύουσιν ἐπὶ τοὺς Ὀρχο- 13
μενίους. καὶ ἀπὸ μὲν τοῦ τείχους μάλα χαλεπῶς ἀπῆλ-

---

11. οἱ ἄλλοι Ἀρκάδες: proleptic;
excepting the Orchomenians and
Mantineans. — Ἀσέαν: in southern
Arcadia. At the meeting here men-
tioned the definite organization of
the Arcadian league was apparently
perfected. See Introd. p. 7. — τὴν
πρὸς Μαντινέας ἔχθραν: the hostility
was of long standing. — Πολύτροπος:
prob. a Spartan ξεναγός. — τούτων ἐπι-
μελόμενοι: *watching these, i.e.* the Or-
chomenians and their allies. ἐπιμε-
λόμενοι is used as in i. 1. 22 τοῦ τε
χωρίου ἐπιμελεῖσθαι καὶ τῶν ἐκπλεόντων

πλοίων. — Ἡραιεῖς, Λεπρεᾶται: the
former from western Arcadia, the lat-
ter from southern Elis.

12. ἐγένετο: *i.e.* εὖ ἐγένετο, *turned
out favorably.* — εἰς τὸ Ἀρκαδικόν: *i.e.*
to the assembly at Asea. — ἐλάμβα-
νον: transition from the general to
his soldiers. — τὸ τεῖχος αὐτῶν ὅσα
κτέ.: equiv. to τοῦ τείχους ὅσα, as
much of their wall as needed to be re-
paired.

13, 14. *Attack of the Mantineans on
Orchomenus. Autumn of 370 B.C.*

13. ἀπὸ τοῦ τείχους: *i.e.* from an

θον, καὶ ἀπέθανόν τινες αὐτῶν· ἐπεὶ δὲ ἀποχωροῦντες ἐν
105 τῇ Ἐλυμίᾳ ἐγένοντο, καὶ οἱ μὲν Ὀρχομένιοι ὁπλῖται
οὐκέτι ἠκολούθουν, οἱ δὲ περὶ τὸν Πολύτροπον ἐπέκειντο
καὶ μάλα θρασέως, ἐνταῦθα γνόντες οἱ Μαντινεῖς ὡς εἰ μὴ
ἀποκρούσονται αὐτούς, ὅτι πολλοὶ σφῶν κατακοντισθή-
σονται, ὑποστρέψαντες ὁμόσε ἐχώρησαν τοῖς ἐπικειμένοις.
110 καὶ ὁ μὲν Πολύτροπος μαχόμενος αὐτοῦ ἀποθνῄσκει· τῶν 14
δ' ἄλλων φευγόντων πάμπολλοι ἂν ἀπέθανον, εἰ μὴ οἱ
Φλειάσιοι ἱππεῖς παραγενόμενοι καὶ εἰς τὰ ὄπισθεν περι-
ελάσαντες τῶν Μαντινέων ἐπέσχον αὐτοὺς τῆς διώξεως.
καὶ οἱ μὲν Μαντινεῖς ταῦτα πράξαντες οἴκαδε ἀπῆλθον.
115 Ὁ δὲ Ἀγησίλαος ἀκούσας ταῦτα καὶ νομίσας οὐκ ἂν 15
ἔτι συμμεῖξαι αὐτῷ τοὺς ἐκ τοῦ Ὀρχομενοῦ μισθοφόρους,
οὕτω προῄει. καὶ τῇ μὲν πρώτῃ ἐν τῇ Τεγεάτιδι χώρᾳ
ἐδειπνοποιήσατο, τῇ δ' ὑστεραίᾳ διαβαίνει εἰς τὴν Μαντι-
νικὴν καὶ ἐστρατοπεδεύσατο ὑπὸ τοῖς πρὸς ἑσπέραν ὄρεσι
120 τῆς Μαντινείας· καὶ ἐκεῖ ἅμα ἐδῄου τὴν χώραν καὶ ἐπόρ-
θει τοὺς ἀγρούς. τῶν δὲ Ἀρκάδων οἱ συλλεγέντες ἐν τῇ
Ἀσέᾳ νυκτὸς παρῆλθον εἰς τὴν Τεγέαν. τῇ δ' ὑστεραίᾳ 16
ὁ μὲν Ἀγησίλαος ἀπέχων Μαντινείας ὅσον εἴκοσι στα-
δίους ἐστρατοπεδεύσατο· οἱ δ' ἐκ τῆς Τεγέας Ἀρκάδες,
125 ἐχόμενοι τῶν μεταξὺ Μαντινείας καὶ Τεγέας ὀρῶν παρῆ-

---

attack against the town. —Ἐλυμίᾳ:
between Mantinea and Orchomenus;
otherwise unknown. —ὡς, ὅτι: ὅτι re-
dundant as 4. 37.

15-21. *Agesilaus's campaign against
Mantinea. Winter of 370 B.C.*

15. συμμεῖξαι: for the form, see
on v. 1. 26.—οὕτω: resuming the
grounds just alleged in ἀκούσας and
νομίσας. — διαβαίνει: through the
pass which separates the districts of
Tegea and Mantinea. —τῆς Μαντι-

νείας: dependent upon πρὸς ἑσπέραν.
—ἐδῄου, ἐπόρθει: laid waste, plun-
dered.

16. ὁπλῖται: in app. with the subj.
—καὶ γάρ: with ellipsis of ἐβούλοντο
συμμεῖξαι κτλ. —Ἀργεῖοι οὐ πανδημεὶ
κτέ.: the emphasis rests on the words
οὐ πανδημεί. They wished to unite
with the Mantineans, because their
present force, owing to insufficient
help from Argos, was so small. —
Ἀρκάδες: i.e. the Tegeans and the

σαν μάλα πολλοὶ ὁπλῖται, συμμεῖξαι βουλόμενοι τοῖς
Μαντινεῦσι· καὶ γὰρ οἱ Ἀργεῖοι οὐ πανδημεὶ ἠκολούθουν
αὐτοῖς· καὶ ἦσαν μέν τινες οἳ τὸν Ἀγησίλαον ἔπειθον
χωρὶς τούτοις ἐπιθέσθαι· ὁ δὲ φοβούμενος μὴ ἐν ὅσῳ
130 πρὸς ἐκείνους πορεύοιτο, ἐκ τῆς πόλεως οἱ Μαντινεῖς ἐξελ-
θόντες κατὰ κέρας τε καὶ ἐκ τῶν ὄπισθεν ἐπιπέσοιεν αὐτῷ,
ἔγνω κράτιστον εἶναι ἐᾶσαι συνελθεῖν αὐτούς, καὶ εἰ βού-
λοιντο μάχεσθαι, ἐκ τοῦ δικαίου καὶ φανεροῦ τὴν μάχην
ποιεῖσθαι.   καὶ οἱ μὲν δὴ Ἀρκάδες ὁμοῦ ἤδη ἐγεγένηντο.
135 οἱ δ᾽ ἐκ τοῦ Ὀρχομενοῦ πελτασταὶ καὶ οἱ τῶν Φλειασίων 17
ἱππεῖς μετ᾽ αὐτῶν τῆς νυκτὸς διεξελθόντες παρὰ τὴν
Μαντίνειαν θυομένῳ τῷ Ἀγησιλάῳ πρὸ τοῦ στρατοπέδου
ἐπιφαίνονται ἅμα τῇ ἡμέρᾳ καὶ ἐποίησαν τοὺς μὲν ἄλλους
εἰς τὰς τάξεις δραμεῖν, Ἀγησίλαον δ᾽ ἐπαναχωρῆσαι πρὸς
140 τὰ ὅπλα.   ἐπεὶ δ᾽ ἐκεῖνοι μὲν ἐγνώσθησαν φίλοι ὄντες,
Ἀγησίλαος δὲ ἐκεκαλλιέρητο, ἐξ ἀρίστου προῆγε τὸ
στράτευμα.   ἑσπέρας δ᾽ ἐπιγιγνομένης ἔλαθε στρατοπε-
δευσάμενος εἰς τὸν ὄπισθεν κόλπον τῆς Μαντινικῆς, μάλα
σύνεγγυς καὶ κύκλῳ ὄρη ἔχοντα.   τῇ δ᾽ ὑστεραίᾳ ἅμα τῇ 18
145 ἡμέρᾳ ἐθύετο μὲν πρὸ τοῦ στρατεύματος· ἰδὼν δὲ συλλε-
γομένους ἐκ τῆς τῶν Μαντινέων πόλεως ἐπὶ τοῖς ὄρεσι τοῖς
ὑπὲρ τῆς οὐρᾶς τοῦ ἑαυτῶν στρατεύματος, ἔγνω ἐξακτέον
εἶναι τὴν ταχίστην ἐκ τοῦ κόλπου.   εἰ μὲν οὖν αὐτὸς
ἀφηγοῖτο, ἐφοβεῖτο, μὴ τῇ οὐρᾷ ἐπίθοιντο οἱ πολέμιοι·
150 ἡσυχίαν δὲ ἔχων καὶ τὰ ὅπλα πρὸς τοὺς πολεμίους φαίνων
ἀναστρέψαντας ἐκέλευε τοὺς ἀπ᾽ οὐρᾶς εἰς δόρυ ὄπισθεν

Mantineans. — τινές : sc. Lacedaemo-
nians. — κατὰ κέρας : on the flank. —
τὴν μάχην : the intended battle.
17. πρὸς τὰ ὅπλα : rhetorical va-
riation for στρατόπεδον. — ἐξ ἀρί-
στου : immediately after breakfast.
— κόλπον : here in the sense of a

hollow surrounded by hills. — σύνεγ-
γυς : const. with ὄρη ἔχοντα. — ἔχοντα :
const. with κόλπον.
18. ἑαυτῶν : instead of ἑαυτοῦ, —
himself and his soldiers. — τὰ ὅπλα . . .
φαίνων : i.e. facing the enemy. — εἰς
δόρυ : to the right. The spear was car-

τῆς φάλαγγος ἡγεῖσθαι πρὸς αὐτόν. καὶ οὕτως ἅμα ἔκ
τε τοῦ στενοῦ ἐξῆγε καὶ ἰσχυροτέραν ἀεὶ τὴν φάλαγγα
ἐποιεῖτο. ἐπειδὴ δὲ ἐδεδίπλωτο ἡ φάλαγξ, οὕτως ἔχοντι 19
155 τῷ ὁπλιτικῷ προελθὼν εἰς τὸ πεδίον ἐξέτεινε πάλιν ἐπ'
ἐννέα ἢ δέκα τὸ στράτευμα ἀσπίδων. οἱ μέντοι Μαντι-
νεῖς οὐκέτι ἐξῇεσαν · καὶ γὰρ οἱ Ἠλεῖοι συστρατευόμενοι
αὐτοῖς ἔπειθον μὴ ποιεῖσθαι μάχην, πρὶν οἱ Θηβαῖοι
παραγένοιντο · εὖ δὲ εἰδέναι ἔφασαν ὅτι παρέσοιντο · καὶ
160 γὰρ δέκα τάλαντα δεδανεῖσθαι αὐτοὺς παρὰ σφῶν εἰς τὴν
βοήθειαν. οἱ μὲν δὴ Ἀρκάδες ταῦτα ἀκούσαντες ἡσυχίαν 20
εἶχον ἐν τῇ Μαντινείᾳ · ὁ δ' Ἀγησίλαος καὶ μάλα βουλό-
μενος ἀπάγειν τὸ στράτευμα, καὶ γὰρ ἦν μέσος χειμών,
ὅμως ἐκεῖ κατέμεινε τρεῖς ἡμέρας, οὐ πολὺ ἀπέχων τῆς τῶν
165 Μαντινέων πόλεως, ὅπως μὴ δοκοίη φοβούμενος σπεύδειν
τὴν ἄφοδον. τῇ δὲ τετάρτῃ πρωὶ ἀριστοποιησάμενος
ἀπῆγεν ὡς στρατοπεδευσόμενος ἔνθαπερ τὸ πρῶτον ἀπὸ
τῆς Εὐταίας ἐξωρμήσατο. ἐπεὶ δὲ οὐδεὶς ἐφαίνετο τῶν 21

ried in the right hand, the shield in
the left; hence εἰς ἀσπίδα, *to the left*.
— ὄπισθεν τῆς φάλαγγος : thus doub-
ling the depth.

Agesilaus stood at the head of a
long column, the van of which was
at the outlet of the κόλπος, while the
rear was at its opposite end and near
to the enemy. Agesilaus's first ma-
noeuvre was to turn his whole column
to face the enemy. The next move-
ment was for the troops nearest the
enemy to double on the remainder
of the column, thus making the pha-
lanx twice as deep as before, besides
gradually withdrawing it from the
enemy. By these precautions Agesi-
laus was able to retreat from his dan-
gerous position without once exposing
his rear to the enemy.

19. τῷ ὁπλιτικῷ : dat. of accompa-
niment. G. 188, 5; II. 774. — ἐπ' ἐν-
νέα ἢ δέκα ἀσπίδων : *to the depth of
nine or ten men.* The doubled pha-
lanx must accordingly have had a
depth of eighteen or twenty men. —
ἐξῇεσαν : *i.e.* from the city, after their
return on the present occasion. — οἱ
Θηβαῖοι : these had been asked to
ally themselves with the Arcadians.
The Eleans seem to have already
made such an alliance.

20. καὶ βουλόμενος : καί strengthens
the concessive force of the participle.
G. 277, N. 1, *b ;* H. 979. — ἔνθαπερ . . .
ἐξωρμήσατο : *i.e.* where he had first
encamped after leaving Eutaea, at
the time of his invasion. ἐξωρμήσατο
is unusual in prose. The customary
aor. is ἐξωρμήθη.

Ἀρκάδων, ἦγε τὴν ταχίστην εἰς τὴν Εὔταιαν, καίπερ μάλα
170 ὀψίζων, βουλόμενος ἀπαγαγεῖν τοὺς ὁπλίτας πρὶν καὶ τὰ
πυρὰ τῶν πολεμίων ἰδεῖν, ἵνα μή τις εἴποι ὡς φεύγων
ἀπαγάγοι. ἐκ γὰρ τῆς πρόσθεν ἀθυμίας ἐδόκει τι ἀνει-
ληφέναι τὴν πόλιν, ὅτι καὶ ἐνεβεβλήκει εἰς τὴν Ἀρκαδίαν
καὶ δῃοῦντι τὴν χώραν οὐδεὶς ἠθελήκει μάχεσθαι. ἐπεὶ
175 δ᾽ ἐν τῇ Λακωνικῇ ἐγένετο, τοὺς μὲν Σπαρτιάτας ἀπέλυσεν
οἴκαδε, τοὺς δὲ περιοίκους ἀφῆκεν ἐπὶ τὰς ἑαυτῶν πόλεις.

Οἱ δὲ Ἀρκάδες, ἐπεὶ ὁ Ἀγησίλαος ἀπεληλύθει καὶ 22
ᾔσθοντο διαλελυμένον αὐτῷ τὸ στράτευμα, αὐτοὶ δὲ ἠθροι-
σμένοι ἐτύγχανον, στρατεύουσιν ἐπὶ τοὺς Ἡραιέας, ὅτι τε
180 οὐκ ἤθελον τοῦ Ἀρκαδικοῦ μετέχειν καὶ ὅτι συνεισεβε-
βλήκεσαν εἰς τὴν Ἀρκαδίαν μετὰ τῶν Λακεδαιμονίων.
ἐμβαλόντες δὲ ἐνεπίμπρων τε τὰς οἰκίας καὶ ἔκοπτον τὰ
δένδρα.

Ἐπεὶ δὲ οἱ Θηβαῖοι βεβοηθηκότες παρεῖναι ἐλέγοντο
185 εἰς τὴν Μαντίνειαν, οὕτως ἀπαλλάττονται ἐκ τῆς Ἡραίας
καὶ συμμιγνύουσι τοῖς Θηβαίοις. ὡς δ᾽ ὁμοῦ ἐγένοντο, 23
οἱ μὲν Θηβαῖοι καλῶς σφίσιν ᾤοντο ἔχειν, ἐπεὶ ἐβεβοη-
θήκεσαν μέν, πολέμιον δὲ οὐδένα ἔτι ἑώρων ἐν τῇ χώρᾳ,

---

21. πρὶν ... ἰδεῖν: implies that
Agesilaus was aware that the Arca-
dians were in pursuit and that their
near presence would be indicated by
watch-fires. If the Spartans should
see these, their retreat might be in-
terpreted as the result of fear. — **τῆς
πρόσθεν ἀθυμίας**: i.e. after Leuctra.
— **ἑαυτῶν**: the reflexive, referring to
the obj. of ἀφῆκεν, as though οἱ περί-
οικοι had been written.

22-32. *Expedition of the Arcadians
against Heraea. Epaminondas's first
invasion of Peloponnesus. Winter of
370-369 B.C.*

22. οὐκ ἤθελον: instead of joining
the Arcadian league they had accom-
panied Agesilaus against Mantinea.
See 11. — **ἐνεπίμπρων**: unusual form,
as if from *ἐμπιπράω, instead of ἐνε-
πίμπρασαν from ἐμπίπρημι. — **βεβοη-
θηκότες**: see 19. — **οὕτως**: introduces
the apodosis as in 15. — **συμμιγνύουσι**:
unusual form for συμμιγνύασι, as
though from *συμμιγνύω. II. 488 a;
cf. ἐπιδεικνύοντες in 23; v. 2. 43 ἀπε-
κτίννυον.

23. καλῶς σφίσιν ἔχειν: the ad-
vantage lay in the fact that they had
shown their readiness to help, but no

καὶ ἀπιέναι παρεσκευάζοντο· οἱ δὲ Ἀρκάδες καὶ Ἀργεῖοι
190 καὶ Ἠλεῖοι ἔπειθον αὐτοὺς ἡγεῖσθαι ὡς τάχιστα εἰς τὴν
Λακωνικήν, ἐπιδεικνύοντες μὲν τὸ ἑαυτῶν πλῆθος, ὑπερ-
επαινοῦντες δὲ τὸ τῶν Θηβαίων στράτευμα. καὶ γὰρ οἱ
μὲν Βοιωτοὶ ἐγυμνάζοντο πάντες περὶ τὰ ὅπλα, ἀγαλλό-
μενοι τῇ ἐν Λεύκτροις νίκῃ· ἠκολούθουν δ' αὐτοῖς καὶ
195 Φωκεῖς ὑπήκοοι γεγενημένοι καὶ Εὐβοεῖς ἀπὸ πασῶν τῶν
πόλεων καὶ Λοκροὶ ἀμφότεροι καὶ Ἀκαρνᾶνες καὶ Ἡρα-
κλεῶται καὶ Μηλιεῖς· ἠκολούθουν δ' αὐτοῖς καὶ ἐκ Θεττα-
λίας ἱππεῖς τε καὶ πελτασταί. ταῦτα δὴ συνειδόμενοι καὶ
τὴν ἐν Λακεδαίμονι ἐρημίαν λέγοντες ἱκέτευον μηδαμῶς
200 ἀποτρέπεσθαι, πρὶν ἐμβαλεῖν εἰς τὴν τῶν Λακεδαιμονίων
χώραν. οἱ δὲ Θηβαῖοι ἤκουον μὲν ταῦτα, ἀντελογίζοντο 24
δὲ ὅτι δυσεμβολωτάτη μὲν ἡ Λακωνικὴ ἐλέγετο εἶναι,
φρουρὰς δὲ καθεστάναι ἐνόμιζον ἐπὶ τοῖς εὐπροσοδωτά-
τοις. καὶ γὰρ ἦν Ἰσχόλαος μὲν ἐν Οἰῷ τῆς Σκιρίτιδος,
205 ἔχων νεοδαμώδεις τε φρουροὺς καὶ τῶν Τεγεατῶν φυγάδων
τοὺς νεωτάτους περὶ τετρακοσίους· ἦν δὲ καὶ ἐπὶ Λεύκτρῳ
ὑπὲρ τῆς Μαλεάτιδος ἄλλη φρουρά. ἐλογίζοντο δὲ καὶ
τοῦτο οἱ Θηβαῖοι, ὡς καὶ συνελθοῦσαν ἂν ταχέως τὴν τῶν

enemy appeared to compel them to
fight. — ἐπιδεικνύοντες: transition to
the thematic conjugation, as in συμ-
μιγνύουσι in the preceding paragraph.
— Εὐβοεῖς: the Euboeans had at-
tached themselves to the Thebans
after the battle of Leuctra. They
had previously been in alliance with
Athens. — Λοκροὶ ἀμφότεροι: the
Opuntian Locrians opposite Euboea
and the Ozolian Locrians on the Gulf
of Corinth. — Ἀκαρνᾶνες: perhaps
erroneously for Αἰνιᾶνες, who are said
by Diod. xv. 85 to have fought at
Mantinea with the Thebans. — συνει-
δόμενοι: seeing. Pres. mid. partic.

from συνεῖδον. προειδόμενος is found
Thuc. iv. 64. 1. — ἐρημίαν: lack of
allies and of sufficient troops of their
own. — λέγοντες: depicting, as in 25.

24. δυσεμβολωτάτη: the valley of
the Eurotas was surrounded by lofty
mountains. — ἐλέγετο: for the mood
and tense see on v. 4. 19. — Σκιρίτι-
δος: in northern Laconia on the bor-
der of Arcadia. — φρουρούς: predica-
tively, with νεοδαμώδεις. — Λεύκτρῳ:
in southern Arcadia. — ὡς καὶ συνελ-
θοῦσαν κτέ.: the two considerations
involved are 1) that the forces of the
Lacedaemonians could be mustered
quickly in case of need, and 2) that

Λακεδαιμονίων δύναμιν καὶ μάχεσθαι ἂν αὐτοὺς οὐδαμοῦ
210 ἄμεινον ἢ ἐν τῇ ἑαυτῶν. ἃ δὴ πάντα λογιζόμενοι οὐ πάνυ
προπετεῖς ἦσαν εἰς τὸ ἰέναι εἰς τὴν Λακεδαίμονα. ἐπεὶ 25
μέντοι ἧκον ἔκ᾽ τε Καρυῶν λέγοντες τὴν ἐρημίαν καὶ
ὑπισχνούμενοι αὐτοὶ ἡγήσεσθαι, καὶ κελεύοντες, ἄν τι
ἐξαπατῶντες φαίνωνται, ἀποσφάττειν σφᾶς, παρῆσαν δέ
215 τινες καὶ τῶν περιοίκων ἐπικαλούμενοι καὶ φάσκοντες
ἀποστήσεσθαι, εἰ μόνον φανείησαν εἰς τὴν χώραν, ἔλεγον
δὲ ὡς καὶ νῦν καλούμενοι οἱ περίοικοι ὑπὸ τῶν Σπαρτια-
τῶν οὐκ ἐθέλοιεν βοηθεῖν· πάντα οὖν ταῦτα ἀκούοντες
καὶ παρὰ πάντων οἱ Θηβαῖοι ἐπείσθησαν, καὶ αὐτοὶ μὲν
220 κατὰ Καρύας ἐνέβαλον, οἱ δὲ Ἀρκάδες κατὰ Οἰὸν τῆς
Σκιρίτιδος. καὶ εἰ μὲν ἐπὶ τὰ δύσβατα προελθὼν ὁ 26
Ἰσχόλαος ὑφίστατο, οὐδένα ἂν ταύτῃ γε ἔφασαν ἀνα-
βῆναι· νῦν δὲ βουλόμενος τοῖς Οἰάταις συμμάχοις χρῆ-
σθαι, ἔμεινεν ἐν τῇ κώμῃ· οἱ δὲ ἀνέβησαν παμπληθεῖς
225 Ἀρκάδες. ἐνταῦθα δὴ ἀντιπρόσωποι μὲν μαχόμενοι οἱ

the Lacedaemonians could not fight on more advantageous ground than in their own country. The grammatical const. in ὡς ... συνελθοῦσαν is peculiar; we should expect either ὡς καὶ συνέλθοι ἄν ... (καὶ μάχοιντο ἄν) or else καὶ συνελθεῖν ἄν ... (καὶ μάχε- σθαι ἄν). Another possibility would be τοῦτο, συνελθοῦσαν τὴν δύναμιν (cf. An. vii. 2. 4 ἔχαιρε τοῦτο ἀκούων δια- φθειρόμενον τὸ στράτευμα, he rejoiced to hear this, that the army was destroyed). Instead of either of these three nor- mal modes of expression, we have apparently a confusion of the first and the third, viz. ὡς συνέλθοι ἂν ἡ δύναμις and συνελθοῦσαν ἂν τὴν δύνα- μιν. For a similar instance, cf. Cyr. iii. 1. 29 οὐ τοῦτο αἰτιώμενοι αὐτοὺς κατακτείνουσιν, ὡς ἀφρονεστέρας ποιοῦν-

τας τὰς γυναῖκας (ποιοῦντας and ὡς ποιοῦσιν).
25. ἧκόν τε, παρῆσαν δέ: anacolu- thon. The copulative const. begun by τέ is taken up by the adversative δέ. — Καρυῶν: Caryae was in northern Laconia. — λέγοντες: sc. τινές. — φα- νείησαν: sc. οἱ Θηβαῖοι. — πάντα οὖν ταῦτα ἀκούοντες: resuming the pro- tasis introduced by ἐπεί.
26. τὰ δύσβατα: i.e. the summit of the pass. — εἰ ὑφίστατο: if he had of- fered resistance. Past condition con- trary to fact, — the impf. to denote the continuance of the act. G. 222; H. 895 a. — οὐδένα ἂν ἀναβῆναι: di- rect, οὐδεὶς ἂν ἀνέβη. — νῦν δέ: con- trasting the actual with the hypothet- ical case. — βουλόμενος ... χρῆσθαι: implying that they could not be de-

περὶ τὸν Ἰσχόλαον ἐπεκράτουν· ἐπεὶ δὲ καὶ ὄπισθεν καὶ
ἐκ πλαγίου καὶ ἀπὸ τῶν οἰκιῶν ἀναβαίνοντες ἔπαιον καὶ
ἔβαλλον αὐτούς, ἐνταῦθα ὅ τε Ἰσχόλαος ἀποθνῄσκει
καὶ οἱ ἄλλοι πάντες, εἰ μή τις ἀμφιγνοηθεὶς διέφυγε.
230 διαπραξάμενοι δὲ ταῦτα οἱ Ἀρκάδες ἐπορεύοντο πρὸς 27
τοὺς Θηβαίους ἐπὶ τὰς Καρύας. οἱ δὲ Θηβαῖοι ἐπεὶ
ᾔσθοντο τὰ πεπραγμένα ὑπὸ τῶν Ἀρκάδων, πολὺ δὴ
θρασύτερον κατέβαινον. καὶ τὴν μὲν Σελλασίαν εὐθὺς
ἔκαον καὶ ἐπόρθουν· ἐπεὶ δὲ ἐν τῷ πεδίῳ ἐγένοντο ἐν τῷ
235 τεμένει τοῦ Ἀπόλλωνος, ἐνταῦθα ἐστρατοπεδεύσαντο· τῇ
δ' ὑστεραίᾳ ἐπορεύοντο. καὶ διὰ μὲν τῆς γεφύρας οὐδ'
ἐπεχείρουν διαβαίνειν ἐπὶ τὴν πόλιν· καὶ γὰρ ἐν τῷ τῆς
Ἀλέας ἱερῷ ἐφαίνοντο ἐναντίοι οἱ ὁπλῖται· ἐν δεξιᾷ δ'
ἔχοντες τὸν Εὐρώταν παρῇσαν κάοντες καὶ πορθοῦντες
240 πολλῶν κἀγαθῶν μεστὰς οἰκίας. τῶν δ' ἐκ τῆς πόλεως 28
αἱ μὲν γυναῖκες οὐδὲ τὸν καπνὸν ὁρῶσαι ἠνείχοντο, ἅτε
οὐδέποτε ἰδοῦσαι πολεμίους· οἱ δὲ Σπαρτιᾶται ἀτείχιστον
ἔχοντες τὴν πόλιν, ἄλλος ἄλλῃ διαταχθείς, μάλα ὀλίγοι
καὶ ὄντες καὶ φαινόμενοι ἐφύλαττον. ἔδοξε δὲ τοῖς τέλεσι
245 καὶ προειπεῖν τοῖς Εἵλωσιν, εἴ τις βούλοιτο ὅπλα λαμβά-
νειν καὶ εἰς τάξιν τίθεσθαι, τὰ πιστὰ λαμβάνειν ὡς ἐλευ-
θέρους ἐσομένους ὅσοι συμπολεμήσαιεν. καὶ τὸ μὲν 29

pended upon if left to themselves.
—ἀναβαίνοντας: sc. ἐπὶ τὰς οἰκίας.—
ἀμφιγνοηθείς: sc. as to whether he
was friend or foe.

27. Σελλασίαν: in northern Laco-
nia.—ἐν τῷ πεδίῳ: on the left bank
of the Eurotas.—τῆς γεφύρας: sc.
which led over the Eurotas.—ἐπὶ τὴν
πόλιν: Sparta.—Ἀλέας: epithet of
Athena.—ἱερῷ: near the city and on
the same side of the river.

28. τῶν ἐκ τῆς πόλεως: ἐκ (instead
of ἐν) is to be accounted for by the

notion involved in ὁρῶσαι.—ἠνεί-
χοντο: on the double augment, see
G. 105, N. 3; II. 361 a.—ἄλλος: part.
apposition.—φαινόμενοι: pass., being
seen to be few. — τοῖς τέλεσι: the
ephors. — τὰ πιστὰ λαμβάνειν: to be
assured. The inf. is the same as in ii.
4. 1 προεῖπον τοῖς ἔξω μὴ εἰσιέναι, bade
those outside not to come in.—ὡς ἐσομέ-
νους: agreeing in sense with πάντας
or some similar word to be supplied
from ὅσοι as subj. of λαμβάνειν. The
emancipation of the helots was re-

πρῶτον ἔφασαν ἀπογράψασθαι πλέον ἢ ἑξακισχιλίους,
ὥστε φόβον αὖ οὗτοι παρεῖχον συντεταγμένοι καὶ λίαν
250 ἐδόκουν πολλοὶ εἶναι· ἐπεὶ μέντοι ἔμενον μὲν οἱ ἐξ Ὀρχο-
μενοῦ μισθοφόροι, ἐβοήθησαν δὲ τοῖς Λακεδαιμονίοις
Φλειάσιοί τε καὶ Κορίνθιοι καὶ Ἐπιδαύριοι καὶ Πελληνεῖς
καὶ ἄλλαι δέ τινες τῶν πόλεων, ἤδη καὶ τοὺς ἀπογεγραμ-
μένους ἧττον ὠρρώδουν. ὡς δὲ προϊὸν τὸ στράτευμα 30
255 ἐγένετο κατ᾽ Ἀμύκλας, ταύτῃ διέβαινον τὸν Εὐρώταν.
καὶ οἱ μὲν Θηβαῖοι, ὅπου στρατοπεδεύοιντο, εὐθὺς ὦν
ἔκοπτον δένδρων κατέβαλλον πρὸ τῶν τάξεων ὡς ἐδύναντο
πλεῖστα, καὶ οὕτως ἐφυλάττοντο· οἱ δὲ Ἀρκάδες τούτων
τε οὐδὲν ἐποίουν, καταλιπόντες δὲ τὰ ὅπλα εἰς ἁρπαγὴν
260 ἐπὶ τὰς οἰκίας ἐτρέποντο. ἐκ τούτου δὴ ἡμέρᾳ τρίτῃ ἢ
τετάρτῃ προῆλθον οἱ ἱππεῖς εἰς τὸν ἱππόδρομον εἰς Γαιαό-
χου κατὰ τάξεις, οἵ τε Θηβαῖοι πάντες καὶ οἱ Ἠλεῖοι καὶ
ὅσοι Φωκέων ἢ Θετταλῶν ἢ Λοκρῶν ἱππεῖς παρῆσαν. οἱ 31
δὲ τῶν Λακεδαιμονίων ἱππεῖς, μάλα ὀλίγοι φαινόμενοι,
265 ἀντιτεταγμένοι αὐτοῖς ἦσαν. ἐνέδραν δὲ ποιήσαντες
ὁπλιτῶν τῶν νεωτέρων ὅσον τριακοσίων ἐν τῇ τῶν Τυνδα-
ριδῶν, ἅμα οὗτοι μὲν ἐξέθεον, οἱ δ᾽ ἱππεῖς ἤλαυνον· οἱ δὲ
πολέμιοι οὐκ ἐδέξαντο, ἀλλ᾽ ἐνέκλιναν. ἰδόντες δὲ ταῦτα
πολλοὶ καὶ τῶν πεζῶν εἰς φυγὴν ὥρμησαν. ἐπεὶ μέντοι

sorted to on account of the extensive
defection of the Perioeci. *Cf.* 25.
   29. ἔμενον: *were steadfast*, which
had not been expected. — **οἱ μισθοφό-
ροι**: those mentioned in 15; Agesi-
laus apparently had taken them with
him to Sparta. — **ἄλλαι δέ τινες**: they
are enumerated vii. 2. 2.
   30. Ἀμύκλας: situated a few miles
south of Sparta, near the Eurotas. —
ὦν: attracted into the case of its an-
tec. *δένδρων*. — **τούτων**: here equiv.

to *τοιούτων*. — **τούτων τε, καταλιπόντες
δέ**: anacoluthon as in 25. — **Γαιαό-
χου**: Dor. for Γαιηόχου. Supply ἱερόν
or *τέμενος*, of which the ἱππόδρομος
was a part.
   31. ἐνέδραν δὲ ποιήσαντες κτέ.:
anacoluthon. The subj. with which
ποιήσαντες agrees has no verb corre-
sponding to it; instead we have οὗτοι
(referring to ὁπλῖται) ἐξέθεον κτέ. —
ἐν τῇ Τυνδαριδῶν: *sc.* οἰκίᾳ, the house
of Castor and Pollux, in which they

270 οἵ τε διώκοντες ἐπαύσαντο καὶ τὸ τῶν Θηβαίων στράτευμα
ἔμενε, πάλιν δὴ κατεστρατοπεδεύσαντο. καὶ τὸ μὲν μὴ 32
πρὸς τὴν πόλιν προσβαλεῖν ἂν ἔτι αὐτοὺς ἤδη τι ἐδόκει
θαρραλεώτερον εἶναι· ἐκεῖθεν μέντοι ἀπᾶραν τὸ στρά-
τευμα ἐπορεύετο τὴν ἐφ᾽ Ἕλος καὶ Γύθειον. καὶ τὰς μὲν
275 ἀτειχίστους τῶν πόλεων ἐνεπίμπρασαν, Γυθείῳ δέ, ἔνθα
τὰ νεώρια τοῖς Λακεδαιμονίοις ἦν, καὶ προσέβαλλον τρεῖς
ἡμέρας. ἦσαν δέ τινες τῶν περιοίκων οἳ καὶ ἐπέθεντο καὶ
συνεστρατεύοντο τοῖς μετὰ Θηβαίων.

Ἀκούοντες δὲ ταῦτα οἱ Ἀθηναῖοι ἐν φροντίδι ἦσαν, ὅ τι 33
280 χρὴ ποιεῖν περὶ Λακεδαιμονίων, καὶ ἐκκλησίαν ἐποίησαν
κατὰ δόγμα βουλῆς. ἔτυχον δὲ παρόντες πρέσβεις Λακε-
δαιμονίων τε καὶ τῶν ἔτι ὑπολοίπων συμμάχων αὐτοῖς.
ὅθεν δὴ οἱ Λακεδαιμόνιοι Ἄρακος καὶ Ὤκυλλος καὶ
Φάραξ καὶ Ἐτυμοκλῆς καὶ Ὀλονθεὺς σχεδὸν πάντες
285 παραπλήσια ἔλεγον. ἀνεμίμνησκόν τε γὰρ τοὺς Ἀθη-
ναίους ὡς ἀεί ποτε ἀλλήλοις ἐν τοῖς μεγίστοις καιροῖς
παρίσταντο ἐπ᾽ ἀγαθοῖς· αὐτοί τε γὰρ ἔφασαν τοὺς
τυράννους συνεκβαλεῖν Ἀθήνηθεν καὶ Ἀθηναίους, ὅτε

---

were said to have lived at Amyclae.
Pausanias saw it in his day, iii. 16. 3.
— ἔμενε: as in 20.

32. καὶ τὸ μὲν κτέ.: *and it already
seemed more certain that they would not
attack the city.* — ἔτι: with μή. — αὐ-
τούς: τοὺς Θηβαίους. — θαρραλεώτερον:
generally meaning *more confident*, but
here in the sense *matter for greater
confidence*, *more certain.* — τήν: sc.
ὁδόν. — ἐνεπίμπρασαν: here inflected
as a μι-verb; cf. on the other hand 5.
22 ἐνεπίμπρων and note. — Ἕλος, Γύ-
θειον: on the Laconian Gulf. — προσ-
έβαλλον κτέ.: Xenophon omits to
state the fact that they captured the

place. — ἐπέθεντο: sc. Γυθείῳ. — For
Epaminondas's share in the founding
of Messene and Megalopolis during
the present campaign, see Introd.
p. 7.

33–36. *Deliberations at Athens.
Speeches of the Spartan envoys and
their effect. January, 369 B.C.*

33. δόγμα βουλῆς: i.e. a προβού-
λευμα. — αὐτοῖς: dependent upon ὑπο-
λοίπων. On its position, cf. 44 τῶν
παρόντων συμμάχων αὐτοῖς. — ὅθεν δή:
assigns reason only for ἔλεγον, not for
παραπλήσια. — ἀνεμίμνησκον: cona-
tive. — ἐπ᾽ ἀγαθοῖς: *to their mutual
advantage.* — τοὺς τυράννους: i.e. the

αὐτοὶ ἐπολιορκοῦντο ὑπὸ Μεσσηνίων, προθύμως βοηθεῖν.
290 ἔλεγον δὲ καὶ ὅσ᾽ ἀγαθὰ εἴη, ὅτε κοινῇ ἀμφότεροι ἔπρατ- 34
τον, ὑπομιμνήσκοντες μὲν ὡς τὸν βάρβαρον κοινῇ ἀπεμα-
χέσαντο, ἀναμιμνήσκοντες δὲ ὡς Ἀθηναῖοί τε ὑπὸ τῶν
Ἑλλήνων ᾑρέθησαν ἡγεμόνες τοῦ ναυτικοῦ καὶ τῶν κοινῶν
χρημάτων φύλακες, τῶν Λακεδαιμονίων ταῦτα συμβου-
295 λομένων, αὐτοί τε κατὰ γῆν ὁμολογουμένως ὑφ᾽ ἁπάντων
τῶν Ἑλλήνων ἡγεμόνες προκριθείησαν, συμβουλομένων
αὖ ταῦτα τῶν Ἀθηναίων. εἷς δὲ αὐτῶν καὶ ὧδέ πως 35
εἶπεν· "Ἐὰν δὲ ὑμεῖς καὶ ἡμεῖς, ὦ ἄνδρες, ὁμονοήσωμεν,
νῦν ἐλπὶς τὸ πάλαι λεγόμενον δεκατευθῆναι Θηβαίους."
300 οἱ μέντοι Ἀθηναῖοι οὐ πάνυ ἐδέξαντο, ἀλλὰ θροῦς τις
τοιοῦτος διῆλθεν ὡς νῦν ταῦτα λέγοιεν, "ὅτε δὲ εὖ ἔπρατ-
τον, ἐπέκειντο ἡμῖν." μέγιστον δὲ τῶν λεχθέντων παρὰ
Λακεδαιμονίων ἐδόκει εἶναι ὅτι ἡνίκα κατεπολέμησαν
αὐτούς, Θηβαίων βουλομένων ἀναστάτους ποιῆσαι τὰς
305 Ἀθήνας, σφεῖς ἐμποδὼν γένοιντο. ὁ δὲ πλεῖστος ἦν 36
λόγος ὡς κατὰ τοὺς ὅρκους βοηθεῖν δέοι· οὐ γὰρ ἀδικη-
σάντων σφῶν ἐπιστρατεύοιεν οἱ Ἀρκάδες καὶ οἱ μετ᾽
αὐτῶν τοῖς Λακεδαιμονίοις, ἀλλὰ βοηθησάντων τοῖς Τε-

Pisistratidae in 510 B.C. — ἐπολιορ-
κοῦντο ὑπὸ Μεσσηνίων: *viz.* in the
Third Messenian War, 464–455 B.C.
    34. εἴη: irregular employment of
the opt. in indir. disc. for the impf.
ind. of dir. discourse. G. 243, N. 1;
H. 935 b. — τὸν βάρβαρον: Xerxes. —
τῶν κοινῶν χρημάτων: *i.e.* the com-
mon funds of the Confederacy of
Delos, kept first at Delos, afterwards
at Athens. — τῶν Λακεδαιμονίων συμ-
βουλομένων: exaggerates the facts.
— προκριθείησαν: notice the change
of mode from that in ᾑρέθησαν.
    35. δεκατευθῆναι: const. as in 3.

20. — ὅτε ... ἡμῖν: abrupt transition
to dir. discourse. — αὐτούς: *i.e.* the
Athenians at Aegospotami. — ἀνα-
στάτους ποιῆσαι τὰς Ἀθήνας: Calli-
stratus alludes in 3. 13 to the grati-
tude of the Athenians toward the
Spartans for preventing this harsh
treatment.
    36. ὁ δὲ πλεῖστος λόγος: "the
point upon which most stress was
laid." — κατὰ τοὺς ὅρκους: see 3. 18.
— σφῶν: *i.e.* the Lacedaemonians. —
ἐπιστρατεύοιεν: still dependent upon
ὡς, as in vii. 1. 23 οἰκοῖεν. — τοῖς Λα-
κεδαιμονίοις: instead of σφίσιν, for

γεάταις, ὅτι οἱ Μαντινεῖς παρὰ τοὺς ὅρκους ἐπεστράτευ-
310 σαν αὐτοῖς. διέθει οὖν καὶ κατὰ τούτους τοὺς λόγους
θόρυβος ἐν τῇ ἐκκλησίᾳ· οἱ μὲν γὰρ δικαίως τοὺς Μαντι-
νέας ἔφασαν βοηθῆσαι τοῖς περὶ Πρόξενον ἀποθανοῦσιν
ὑπὸ τῶν περὶ τὸν Στάσιππον, οἱ δὲ ἀδικεῖν, ὅτι ὅπλα
ἐπήνεγκαν Τεγεάταις.

315 Τούτων δὲ διοριζομένων ὑπ' αὐτῆς τῆς ἐκκλησίας, ἀν- 37
έστη Κλειτέλης Κορίνθιος καὶ εἶπε τάδε· "'Αλλὰ ταῦτα
μέν, ὦ ἄνδρες 'Αθηναῖοι, ἴσως ἀντιλέγεται, τίνες ἦσαν οἱ
ἄρξαντες ἀδικεῖν· ἡμῶν δέ, ἐπεὶ εἰρήνη ἐγένετο, ἔχει τις
κατηγορῆσαι ἢ ὡς ἐπὶ πόλιν τινὰ ἐστρατεύσαμεν ἢ ὡς
320 χρήματά τινων ἐλάβομεν ἢ ὡς γῆν ἀλλοτρίαν ἐδῃώσαμεν;
ἀλλ' ὅμως οἱ Θηβαῖοι εἰς τὴν χώραν ἡμῶν ἐλθόντες καὶ
δένδρα ἐκκεκόφασι καὶ οἰκίας κατακεκαύκασι καὶ χρή-
ματα καὶ πρόβατα διηρπάκασι. πῶς οὖν, ἐὰν μὴ βοη-
θῆτε οὕτω περιφανῶς ἡμῖν ἀδικουμένοις, οὐ παρὰ τοὺς
325 ὅρκους ποιήσετε; καὶ ταῦτα ὧν αὐτοὶ ἐπεμελήθητε ὅρκων
ὅπως πᾶσιν ὑμῖν πάντες ἡμεῖς ὀμόσαιμεν;" ἐνταῦθα μέντοι
οἱ 'Αθηναῖοι ἐπεθορύβησαν ὡς ὀρθῶς τε καὶ δίκαια εἰρη-
κότος τοῦ Κλειτέλους. ἐπὶ δὲ τούτῳ ἀνέστη Προκλῆς 38
Φλειάσιος καὶ εἶπεν· "'Ότι μέν, ὦ ἄνδρες 'Αθηναῖοι, εἰ
330 ἐκποδὼν γένοιντο Λακεδαιμόνιοι, ἐπὶ πρώτους ἂν ὑμᾶς
στρατεύσαιεν οἱ Θηβαῖοι, πᾶσιν οἶμαι τοῦτο δῆλον εἶναι·
τῶν γὰρ ἄλλων μόνους ἂν ὑμᾶς οἴονται ἐμποδὼν γενέσθαι

the purpose of emphasis and contrast.
— τοῖς περὶ Πρόξενον: see 6 f.

37–48. *Speeches of the Corinthian
Cliteles and the Phliasian Procles.*

37. τούτων διοριζομένων: *while these
things were being discussed*, lit. *bounded
and hence settled by discussion.* —
ἡμῶν: with κατηγορῆσαι, made em-
phatic by its position. — ἐλάβομεν: i.e.
by force. — οἱ Θηβαῖοι ἐλθόντες: on

their march to Mantinea.— καὶ ταῦτα:
and that too. G. 277, 6, N. 1, b; H.
612 a. — καὶ ταῦτα ὧν αὐτοὶ ἐπεμελή-
θητε ὅρκων κτέ.: for καὶ παρὰ τοὺς
ὅρκους ὧν αὐτοὶ ἐπεμελήθητε κτέ., *in
violation of the oaths which you your-
selves took pains to have us all swear.* —
ὀρθῶς τε καὶ δίκαια: co-ordinate union
of adv. and substantive. *Cf.* vii. 1.
9 πλεῖστοι καὶ τάχιστ' ἂν ἐξέλθοιεν.

τοῦ ἄρξαι αὐτοὺς τῶν Ἑλλήνων. εἰ δὲ οὕτως ἔχει, ἐγὼ 39
μὲν οὐδὲν μᾶλλον Λακεδαιμονίοις ἂν ὑμᾶς ἡγοῦμαι στρα-
335 τεύσαντας βοηθῆσαι ἢ καὶ ὑμῖν αὐτοῖς. τὸ γὰρ δυσμε-
νεῖς ὄντας ὑμῖν Θηβαίους καὶ ὁμόρους οἰκοῦντας ἡγεμόνας
γενέσθαι τῶν Ἑλλήνων πολὺ οἶμαι χαλεπώτερον ἂν ὑμῖν
φανῆναι ἢ ὁπότε πόρρω τοὺς ἀντιπάλους εἴχετε. συμφο-
ρώτερόν γε μεντἂν ὑμῖν αὐτοῖς βοηθήσαιτε ἐν ᾧ ἔτι εἰσὶν
340 οἳ συμμαχοῖεν ἂν ἢ εἰ ἀπολομένων αὐτῶν μόνοι ἀναγκά-
ζοισθε διαμάχεσθαι πρὸς τοὺς Θηβαίους. εἰ δέ τινες 40
φοβοῦνται, μὴ ἐὰν νῦν ἀναφύγωσιν οἱ Λακεδαιμόνιοι, ἔτι
ποτὲ πράγματα παρέχωσιν ὑμῖν, ἐνθυμήθητε ὅτι οὐχ οὓς
ἂν εὖ ἀλλ᾽ οὓς ἂν κακῶς τις ποιῇ φοβεῖσθαι δεῖ μή ποτε
345 μέγα δυνασθῶσιν. ἐνθυμεῖσθαι δὲ καὶ τάδε χρή, ὅτι
κτᾶσθαι μέν τι ἀγαθὸν καὶ ἰδιώταις καὶ πόλεσι προσήκει,
ὅταν ἐρρωμενέστατοι ὦσιν, ἵνα ἔχωσιν, ἐάν ποτ᾽ ἀδύνατοι
γένωνται, ἐπικουρίαν τῶν προπεπονημένων. ὑμῖν δὲ νῦν 41
ἐκ θεῶν τινος καιρὸς παραγεγένηται, ἐὰν δεομένοις βοηθή-
350 σητε Λακεδαιμονίοις, κτήσασθαι τούτους εἰς τὸν ἅπαντα
χρόνον φίλους ἀπροφασίστους. καὶ γὰρ δὴ οὐκ ἐπ᾽
ὀλίγων μοι δοκοῦσι μαρτύρων νῦν ἂν εὖ παθεῖν ὑφ᾽ ὑμῶν·
ἀλλ᾽ εἴσονται μὲν ταῦτα θεοὶ οἱ πάντα ὁρῶντες καὶ νῦν καὶ
εἰς ἀεί, συνεπίστανται δὲ τὰ γιγνόμενα οἵ τε σύμμαχοι
355 καὶ οἱ πολέμιοι, πρὸς δὲ τούτοις καὶ ἅπαντες Ἕλληνές τε

38. τοῦ ἄρξαι τῶν Ἑλλήνων: that
the ambitious designs here imputed
to the Thebans were real, is shown
by vii. 1. 36.

39. μέν: with force of μήν, as else-
where when following a pronoun. —
ἢ καί: for simple ἤ, as v. 1. 14. — ἢ
ὁπότε εἴχετε: inexact for ἢ τὸ ἔχειν,
co-ordinate with τὸ γενέσθαι. — πόρρω:
at a distance, i.e. in Lacedaemon.

40. ἀναφύγωσιν: sc. τὸ ἀπολέσθαι.
— πράγματα παρέχωσιν: prob. allud-
ing to 35 ὅτε δὲ εὖ ἔπραττον, ἐπέκειντο
ἡμῖν. — ἐνθυμήθητε: change of person.
— ἐρρωμενέστατοι: on the peculiar
comparison, see H. 251 b. — τῶν προ-
πεπονημένων: from their previous ef-
forts, — gen. dependent upon ἐπικου-
ρίαν, instead of τὰ προπεπονημένα as
dir. obj. of ἔχωσιν.

καὶ βάρβαροι· οὐδενὶ γὰρ τούτων ἀμελές. ὥστε εἰ κακοὶ 42
φανείησαν περὶ ὑμᾶς, τίς ἄν ποτε ἔτι πρόθυμος εἰς αὐτοὺς
γένοιτο; ἐλπίζειν δὲ χρὴ ὡς ἄνδρας ἀγαθοὺς μᾶλλον ἢ
κακοὺς αὐτοὺς γενήσεσθαι· εἰ γάρ τινες ἄλλοι, καὶ οὗτοι
360 δοκοῦσι διατετελεκέναι ἐπαίνου μὲν ὀρεγόμενοι, αἰσχρῶν
δὲ ἔργων ἀπεχόμενοι. πρὸς δὲ τούτοις ἐνθυμήθητε καὶ 43
τάδε. εἴ ποτε πάλιν ἔλθοι τῇ Ἑλλάδι κίνδυνος ὑπὸ βαρ-
βάρων, τίσιν ἂν μᾶλλον πιστεύσαιτε ἢ Λακεδαιμονίοις;
τίνας δ' ἂν παραστάτας ἥδιον τούτων ποιήσαισθε, ὧν γε
365 καὶ οἱ ταχθέντες ἐν Θερμοπύλαις ἅπαντες εἵλοντο μαχό-
μενοι ἀποθανεῖν μᾶλλον ἢ ζῶντες ἐπεισφέρεσθαι τὸν
βάρβαρον τῇ Ἑλλάδι; πῶς οὖν οὐ δίκαιον ὧν τε ἕνεκα
ἐγένοντο ἄνδρες ἀγαθοὶ μεθ' ὑμῶν καὶ ὧν ἐλπὶς καὶ
αὖθις γενέσθαι πᾶσαν προθυμίαν εἰς αὐτοὺς καὶ ὑμᾶς καὶ
370 ἡμᾶς παρέχεσθαι; ἄξιον δὲ καὶ τῶν παρόντων συμμάχων 44
αὐτοῖς ἕνεκα προθυμίαν ἐνδείξασθαι. εὖ γὰρ ἴστε ὅτι
οἵπερ τούτοις πιστοὶ διαμένουσιν ἐν ταῖς συμφοραῖς, οὗτοι
καὶ ὑμῖν αἰσχύνοιντ' ἂν μὴ ἀποδιδόντες χάριτας. εἰ δὲ
μικραὶ δοκοῦμεν πόλεις εἶναι αἱ τοῦ κινδύνου μετέχειν
375 αὐτοῖς ἐθέλουσαι, ἐνθυμήθητε ὅτι ἐὰν ἡ ὑμετέρα πόλις
προσγένηται, οὐκέτι μικραὶ πόλεις ἐσόμεθα αἱ βοηθοῦσαι
αὐτοῖς. ἐγὼ δέ, ὦ ἄνδρες Ἀθηναῖοι, πρόσθεν μὲν ἀκούων 45

41. ἀμελές: in passive sense, *un-cared for.*

42. ὡς γενήσεσθαι: apparently a blending of two constructions, ὡς γενήσονται and γενήσεσθαι. *Cf.* ii. 2. 2 εἰδὼς ὅτι ἔσεσθαι.

43. ὑπὸ βαρβάρων: the const. is justified by the passive notion involved in ἔλθοι. — ὧν οἱ ταχθέντες: *whose champions.* — ζῶντες ἐπεισφέρεσθαι κτέ.: "remain alive at the price of admitting the barbarian to Greece";

referring to the attitude of the Thebans at this juncture. — ὧν τε ἕνεκα: *both because;* as in 3. 13, for τούτων τε ἕνεκα ἅ, in which ἅ (acc. of spec.) is equiv. to ὅτι. — καὶ ὧν: for καὶ ὧν ἕνεκα, as already explained. — γενέσθαι: aor. inf. after ἐλπίς as in v. 4. 43. — ὑμᾶς, ἡμᾶς: subjs. of παρέχεσθαι.

44. αὐτοῖς: dependent upon παρόντων. The position is the same as in 33. — οἵ περ: sc. σύμμαχοι. — τούτοις: *i.e.* τοῖς Λακεδαιμονίοις.

ἐζήλουν τήνδε τὴν πόλιν ὅτι πάντας καὶ τοὺς ἀδικουμένους
καὶ τοὺς φοβουμένους ἐνθάδε καταφεύγοντας ἐπικουρίας
380 ἤκουον τυγχάνειν. νῦν δ᾽ οὐκέτ᾽ ἀκούω, ἀλλ᾽ αὐτὸς ἤδη
παρὼν ὁρῶ Λακεδαιμονίους τε τοὺς ὀνομαστοτάτους καὶ
μετ᾽ αὐτῶν τοὺς πιστοτάτους φίλους αὐτῶν πρὸς ὑμᾶς τε
ἥκοντας καὶ δεομένους αὖ ὑμῶν ἐπικουρῆσαι. ὁρῶ δὲ 46
καὶ Θηβαίους, οἳ τότε οὐκ ἔπεισαν Λακεδαιμονίους ἐξαν-
385 δραποδίσασθαι ὑμᾶς, νῦν δεομένους ὑμῶν περιιδεῖν ἀπο-
λομένους τοὺς σώσαντας ὑμᾶς. τῶν μὲν οὖν ὑμετέρων
προγόνων καλὸν λέγεται, ὅτε τοὺς Ἀργείων τελευτήσαντας
ἐπὶ τῇ Καδμείᾳ οὐκ εἴασαν ἀτάφους γενέσθαι· ὑμῖν δὲ
πολὺ κάλλιον ἂν γένοιτο, εἰ τοὺς ἔτι ζῶντας Λακεδαιμο-
390 νίων μήτε ὑβρισθῆναι μήτε ἀπολέσθαι ἐάσαιτε. καλοῦ 47
γε μὴν κἀκείνου ὄντος, ὅτε σχόντες τὴν Εὐρυσθέως ὕβριν
διεσώσατε τοὺς Ἡρακλέους παῖδας, πῶς οὐκ ἐκείνου τόδε
κάλλιον, εἰ μὴ μόνον τοὺς ἀρχηγέτας, ἀλλὰ καὶ ὅλην τὴν
πόλιν περισώσαιτε; πάντων δὲ κάλλιστον, εἰ ψήφῳ ἀκιν-

45. φοβουμένους: sc. μὴ ἀδικῶνται.
— **ὅτι ἤκουον**: repeats the preced-
ing partic. ἀκούων, which latter is ex-
pressed in order to bring out more
clearly the antithesis ἀκούων ἐζήλουν
... παρὼν ὁρῶ. — **ὀνομαστοτάτους**: as
opp. to ἀδικουμένους. — **δεομένους αὖ**:
i.e. otherwise than in the past.
46. τότε: euphemistic. The time
was familiar to all, viz. after Aegospo-
tami in 404 B.C. — **οὐκ ἔπεισαν**: i.e.
tried to persuade them but failed. —
καλόν: supply in sense τί πρᾶγμα,
upon which προγόνων depends. — **λέ-
γεται**: equiv. to λέγεται ἐκ τοῦ χρόνου,
— hence the following ὅτε. — **τοὺς τε-
λευτήσαντας**: those who fell in the ex-
pedition of the Seven against Thebes.
When the Thebans were disposed to
leave the bodies of these unburied,

the Athenians marched against the
city and compelled the Thebans to
allow the burial of the slain. Isoc.
IV. 54.
47. κἀκείνου: subj. of the gen. abs.
const. and explained by the following
ὅτε-clause. — **σχόντες**: equiv. to ἐπι-
σχόντες, repressing. — **διεσώσατε**: the
sons of Hercules had been driven
out of Peloponnesus by Eurystheus,
but found protection and assistance
in Athens. Eurystheus was defeated
and forced to withdraw. — **πῶς οὐκ**:
sc. ἂν εἴη. — **κάλλιον**: observe the
three degrees of comparison, καλοῦ,
κάλλιον, κάλλιστον. — **ἀρχηγέτας**: cf.
3. 6 Ἡρακλεῖ τῷ ὑμετέρῳ ἀρχηγέτῃ. —
ψήφῳ ἀκινδύνῳ: alluding again to the
prevention by the Lacedaemonians of
the annihilation of Athens in 404 B.C.

395 δύνω σωσάντων ὑμᾶς τότε τῶν Λακεδαιμονίων, νῦν ὑμεῖς
σὺν ὅπλοις τε καὶ διὰ κινδύνων ἐπικουρήσετε αὐτοῖς.
ὁπότε δὲ καὶ ἡμεῖς ἀγαλλόμεθα οἱ συναγορεύοντες βοηθῆ- 48
σαι ἀνδράσιν ἀγαθοῖς, ἦ που ὑμῖν γε τοῖς ἔργῳ δυναμέ-
νοις βοηθῆσαι γενναῖα ἂν ταῦτα φανείη, εἰ πολλάκις καὶ
400 φίλοι καὶ πολέμιοι γενόμενοι Λακεδαιμονίοις μὴ ὧν ἐβλά-
βητε μᾶλλον ἢ ὧν εὖ ἐπάθετε μνησθείητε καὶ χάριν
ἀποδοίητε αὐτοῖς μὴ ὑπὲρ ὑμῶν αὐτῶν μόνον, ἀλλὰ καὶ
ὑπὲρ πάσης τῆς Ἑλλάδος, ὅτι ἄνδρες ἀγαθοὶ ὑπὲρ αὐτῆς
ἐγένοντο."

405 Μετὰ ταῦτα ἐβουλεύοντο οἱ Ἀθηναῖοι, καὶ τῶν μὲν ἀντι- 49
λεγόντων οὐκ ἠνείχοντο ἀκούοντες, ἐψηφίσαντο δὲ βοηθεῖν
πανδημεί, καὶ Ἰφικράτην στρατηγὸν εἵλοντο. ἐπεὶ δὲ
τὰ ἱερὰ ἐγένετο καὶ παρήγγειλεν ἐν Ἀκαδημείᾳ δειπνο-
ποιεῖσθαι, πολλοὺς ἔφασαν προτέρους αὐτοῦ Ἰφικράτους
410 ἐξελθεῖν. ἐκ δὲ τούτου ἡγεῖτο μὲν ὁ Ἰφικράτης, οἱ δ'
ἠκολούθουν νομίζοντες ἐπὶ καλόν τι ἔργον ἡγήσεσθαι.
ἐπεὶ δὲ ἀφικόμενος εἰς Κόρινθον διέτριβέ τινας ἡμέρας,
εὐθὺς μὲν ἐπὶ ταύτῃ τῇ διατριβῇ πρῶτον ἔψεγον αὐτόν·

48. ὁπότε: here causal, since. —
ἀγαλλόμεθα: sc. συναγορεύοντες, re-
joice in urging. οἱ συναγορεύοντες is in
app. with ἡμεῖς, we who urge you. —
ἦ που ὑμῖν κτέ.: surely to you, who are
actually able to give assistance, it will
appear a noble thing, etc. — **ταῦτα**: ex-
plained by the following εἰ μνησθείητε
κτέ.—**εἰ ... μνησθείητε**: if you should re-
member, not wherein you were injured, but
rather what help you received. — **ὧν, ὧν**:
by attraction for ἅ, ἅ. The acc. with
ἐβλάβητε would be the cognate acc.
retained in the passive construction.

49–52. Iphicrates in Peloponnesus.
Return of the Thebans. Spring of
369 B.C.

49. ἐψηφίσαντο: Callistratus was
the most active in securing the pas-
sage of the decree. His partiality
for Sparta appears in his speech in 3.
13. — **Ἰφικράτην**: after the ratifica-
tion of the Peace of Callias, two years
before (3. 18), he had been recalled
and had since been living privately at
Athens. — **Ἀκαδημείᾳ**: a gymnasium
six stadia north of Athens on the Ce-
phisus, famous as the seat of Plato's
teaching; the grounds were planted
with fine plane-trees and olive-trees
and were adorned with statues and
altars. The place is spoken of in ii.
2. 8 as ἡ Ἀκαδήμεια, — the art. is here
omitted.

ὡς δ' ἐξήγαγέ ποτε, προθύμως μὲν ἠκολούθουν ὅποι
415 ἡγοῖτο, προθύμως δ', εἰ πρὸς τεῖχος προσάγοι, προσέ-
βαλλον. τῶν δ' ἐν τῇ Λακεδαίμονι πολεμίων Ἀρκάδες 50
μὲν καὶ Ἀργεῖοι καὶ Ἠλεῖοι πολλοὶ ἀπεληλύθεσαν, ἅτε
ὅμοροι οἰκοῦντες, οἱ μὲν ἄγοντες οἱ δὲ φέροντες ὅ τι ἡρπά-
κεσαν. οἱ δὲ Θηβαῖοι καὶ οἱ ἄλλοι τὰ μὲν καὶ διὰ τοῦτο
420 ἀπιέναι ἐβούλοντο ἐκ τῆς χώρας, ὅτι ἑώρων ἐλάττονα τὴν
στρατιὰν καθ' ἡμέραν γιγνομένην, τὰ δέ, ὅτι σπανιώτερα
τὰ ἐπιτήδεια ἦν· τὰ μὲν γὰρ ἀνήλωτο, τὰ δὲ διήρπαστο,
τὰ δὲ ἐξεκέχυτο, τὰ δὲ κατεκέκαυτο· πρὸς δ' ἔτι καὶ
χειμὼν ἦν, ὥστ' ἤδη πάντες ἀπιέναι ἐβούλοντο. ὡς δ' 51
425 ἐκεῖνοι ἀπεχώρουν ἐκ τῆς Λακεδαίμονος, οὕτω δὴ καὶ ὁ
Ἰφικράτης τοὺς Ἀθηναίους ἀπῆγεν ἐκ τῆς Ἀρκαδίας εἰς
Κόρινθον. εἰ μὲν οὖν ἄλλο τι καλῶς ἐστρατήγησεν, οὐ
ψέγω· ἐκεῖνα μέντοι, ἃ ἐν τῷ χρόνῳ ἐκείνῳ ἔπραξε, πάντα
εὑρίσκω τὰ μὲν μάτην, τὰ δὲ καὶ ἀσυμφόρως πεπραγμένα
430 αὐτῷ. ἐπιχειρήσας μὲν γὰρ φυλάττειν ἐπὶ τῷ Ὀνείῳ,
ὅπως μὴ δύναιντο οἱ Βοιωτοὶ ἀπελθεῖν οἴκαδε, παρέλιπεν
ἀφύλακτον τὴν καλλίστην παρὰ Κεγχρειὰς πάροδον.

---

50. ἐν τῇ Λακεδαίμονι : in the broad sense of "the land of the Lacedaemonians." So also in 51. — ἄγοντες, φέροντες : the former used of living booty, the latter of other plunder. The words are generally combined in the inverse order, φέρειν καὶ ἄγειν. — τὰ μέν, τὰ δέ : partly, partly. — πρὸς δ' ἔτι : and besides. πρός is here used adverbially.

51. ἀπεχώρουν ἐκ τῆς Λακεδαίμονος : Xenophon omits all reference to the fact that Epaminondas had meanwhile repaired to Messenia and assisted in the reorganization of that district, helping to build the city of Messene on Mt. Ithome. — Ὀνείῳ : mountain-range on the Isthmus of Corinth. — ὅπως μὴ δύναιντο οἱ Βοιωτοὶ κτέ.: Xenophon clearly misapprehends the intention of Iphicrates in the present instance. It was a part of his strategy to avoid a pitched battle. The Thebans outnumbered him, were under admirable discipline, and were flushed with success; his own army consisted largely of young and untrained soldiers and was smaller by several thousands than that of his opponents. His real object was to hasten the departure of the Thebans from Peloponnesus, — not to impede their passage, and in this he was successful.

μαθεῖν δὲ βουλόμενος εἰ παρεληλυθότες εἶεν οἱ Θηβαῖοι 52
τὸ Ὄνειον ἔπεμψε σκοποὺς τούς τε Ἀθηναίων ἱππέας καὶ
435 τοὺς Κορινθίων ἅπαντας. καίτοι ἰδεῖν μὲν οὐδὲν ἧττον
ὀλίγοι τῶν πολλῶν ἱκανοί· εἰ δὲ δέοι ἀποχωρεῖν, πολὺ
ῥᾷον τοῖς ὀλίγοις ἢ τοῖς πολλοῖς καὶ ὁδοῦ εὐπόρου τυχεῖν
καὶ καθ' ἡσυχίαν ἀποχωρῆσαι· τὸ δὲ πολλούς τε προσά-
γειν καὶ ἥττονας τῶν ἐναντίων πῶς οὐ πολλὴ ἀφροσύνη;
440 καὶ γὰρ δὴ ἅτε ἐπὶ πολὺ παραταξάμενοι χωρίον οἱ ἱππεῖς
διὰ τὸ πολλοὶ εἶναι, ἐπεὶ ἔδει ἀποχωρεῖν, πολλῶν καὶ
χαλεπῶν χωρίων ἐπελάβοντο· ὥστε οὐκ ἐλάττους ἀπώ-
λοντο εἴκοσιν ἱππέων. καὶ τότε μὲν οἱ Θηβαῖοι ὅπως
ἐβούλοντο ἀπῆλθον.

52. **πολὺ ῥᾷον**: sc. εἴη ἄν. — **ἐπὶ πολὺ παραταξάμενοι χωρίον**: *having drawn themselves up over a considerable* space, on account of their great numbers. — **ἐπελάβοντο**: *came upon*. — **ἀπῆλθον**: sc. homeward.

Ζ.

Τῷ δὲ ὑστέρῳ ἔτει Λακεδαιμονίων καὶ τῶν συμμάχων 1
πρέσβεις ἦλθον αὐτοκράτορες 'Αθήναζε, βουλευσόμενοι
καθ' ὅ τι ἡ συμμαχία Λακεδαιμονίοις καὶ 'Αθηναίοις
ἔσοιτο. λεγόντων δὲ πολλῶν μὲν ξένων, πολλῶν δὲ
5 'Αθηναίων, ὡς δέοι ἐπὶ τοῖς ἴσοις καὶ ὁμοίοις τὴν συμ-
μαχίαν εἶναι, Προκλῆς Φλειάσιος εἶπε τόνδε τὸν λόγον·
" Ἐπείπερ, ὦ ἄνδρες 'Αθηναῖοι, ἀγαθὸν ὑμῖν ἔδοξεν εἶναι 2
Λακεδαιμονίους φίλους ποιεῖσθαι, δοκεῖ μοι χρῆναι τοῦτο
σκοπεῖν, ὅπως ἡ φιλία ὅτι πλεῖστον χρόνον συμμενεῖ.
10 ἐὰν οὖν ᾖ ἑκατέροις μάλιστα συνοίσει, ταύτῃ καὶ τὰς
συνθήκας ποιησώμεθα, οὕτω κατά γε τὸ εἰκὸς μάλιστα
συμμένοιμεν ἄν. τὰ μὲν οὖν ἄλλα σχεδόν τι συνωμο-
λόγηται, περὶ δὲ τῆς ἡγεμονίας νῦν ἡ σκέψις. τῇ μὲν
οὖν βουλῇ προβεβούλευται ὑμετέραν μὲν εἶναι τὴν κατὰ
15 θάλατταν, Λακεδαιμονίων δὲ τὴν κατὰ γῆν· ἐμοὶ δὲ καὶ
αὐτῷ δοκεῖ ταῦτα οὐκ ἀνθρωπίνῃ μᾶλλον ἢ θείᾳ φύσει τε
καὶ τύχῃ διωρίσθαι. πρῶτον μὲν γὰρ τόπον ἔχετε κάλ- 3
λιστα πεφυκότα πρὸς τοῦτο· πλεῖσται γὰρ πόλεις τῶν

Book VII. 369 b.c. to 362 b.c.
Grote, *History of Greece*, chaps. lxxix,
lxxx ; Curtius, *History of Greece*,
Book VI, chap. ii.

1. 1–11. *Debate on the alliance be-
tween Athens and Sparta. Speech of
the Phliasian Procles. Summer of
369 B.C.*

1. καθ' ὅ τι: *on what conditions.*—
ἡ συμμαχία: *the alliance* already de-
termined upon. See vi. 5. 49.—ἐπὶ
τοῖς ἴσοις καὶ ὁμοίοις: standing for-
mula to indicate full equality. *Cf.*

Thuc. v. 79. 1; Hdt. ix. 7. 2. — Προ-
κλῆς: *cf.* vi. 5. 38.

2. οὕτω: referring to the previous
condition. So in vi. 5. 22 and fre-
quently. — σκέψις: *sc. ἐστίν.* — τῇ
βουλῇ: *i.e.* the Athenian council of
500. Their preliminary action, in the
form of a προβούλευμα, was necessary
for bringing any measure before the
popular assembly, the ἐκκλησία. — τὴν
κατὰ θάλατταν: *sc. ἡγεμονίαν.*

3. πρὸς τοῦτο: *i.e.* for the naval
supremacy. — τῶν δεομένων κτέ.: *of*

δεομένων τῆς θαλάττης περὶ τὴν ὑμετέραν πόλιν οἰκοῦσι,
20 καὶ αὗται πᾶσαι ἀσθενέστεραι τῆς ὑμετέρας.   πρὸς τού-
τοις δὲ λιμένας ἔχετε, ὧν ἄνευ οὐχ οἷόν τε ναυτικῇ δυνάμει
χρῆσθαι.   ἔτι δὲ τριήρεις κέκτησθε πολλάς, καὶ πάτριον
ὑμῖν ἐστι ναυτικὸν ἐπικτᾶσθαι.   ἀλλὰ μὴν τάς γε τέχνας 4
τὰς περὶ ταῦτα πάσας οἰκείας ἔχετε.   καὶ μὴν ἐμπειρίᾳ
25 γε πολὺ προέχετε τῶν ἄλλων περὶ τὰ ναυτικά· ὁ γὰρ
βίος τοῖς πλείστοις ὑμῶν ἀπὸ τῆς θαλάττης· ὥστε τῶν
ἰδίων ἐπιμελόμενοι ἅμα καὶ τῶν κατὰ θάλατταν ἀγώνων
ἔμπειροι γίγνεσθε.   ἔτι δὲ καὶ τόδε· οὐδαμόθεν ἂν τριή-
ρεις πλείους ἀθρόαι ἐκπλεύσειαν ἢ παρ᾽ ὑμῶν.   ἔστι δὲ
30 τοῦτο οὐκ ἐλάχιστον πρὸς ἡγεμονίαν· πρὸς γὰρ τὸ πρῶ-
τον ἰσχυρὸν γενόμενον ἥδιστα πάντες συλλέγονται.   ἔτι 5
δὲ καὶ ἀπὸ τῶν θεῶν δέδοται ὑμῖν εὐτυχεῖν ἐν τούτῳ·
πλείστους γὰρ καὶ μεγίστους ἀγῶνας ἠγωνισμένοι κατὰ
θάλατταν ἐλάχιστα μὲν ἀποτετυχήκατε, πλεῖστα δὲ κατωρ-
35 θώκατε.   εἰκὸς οὖν καὶ τοὺς συμμάχους μεθ᾽ ὑμῶν ἂν
ἥδιστα τούτου τοῦ κινδύνου μετέχειν.   ὡς δὲ δὴ καὶ
ἀναγκαία καὶ προσήκουσα ὑμῖν αὕτη ἡ ἐπιμέλεια ἐκ

those dependent upon the sea. — οἰ-
κοῦσι: *are situated.* — ὧν ἄνευ: when
construed with the rel. pron., ἄνευ is
occasionally post-positive. — πάτριον:
a national custom. — ναυτικὸν ἐπικτᾶ-
σθαι: *to keep adding ships.* At the
establishment of the Confederacy of
Delos, in 477 B.C., Themistocles had
persuaded the Athenians to build
twenty new ships annually. Diod.
xi. 43. It is probable that a similar
policy was followed by Athens in her
second maritime confederacy, which
was established in 378 B.C. See v. 4. 34.
    4. τὰς τέχνας τὰς περὶ ταῦτα: *i.e.*
ship-building and related arts. — οἰ-
κείας ἔχετε: *you possess as your own.*

— βίος: *living, support.* — τῶν ἰδίων
ἐπιμελόμενοι: *while attending to your
private business.* — ἀγώνων: *struggles.*
— ἔτι δὲ καὶ τόδε: elliptical, *this also
is to be considered.* — οὐκ ἐλάχιστον:
no trifling argument. — πρὸς τὸ πρῶτον
κτέ.: *to the power which first becomes
strong.*
    5. ἐλάχιστα ἀποτετυχήκατε: *have
had very few misfortunes.* The verb
is here used as transitive. *Cf.* iv. 5.
19 τἄλλα ἐπετύγχανεν, vi. 3. 16 ἐάν
τι ἐπιτύχωσιν. Kühn. 416, 3, note
9. — μεθ᾽ ὑμῶν: serves as the prot.
to the apod. ἂν . . . μετέχειν, — *would
share the danger most cheerfully, if it
should be in your company.*

τῶνδε ἐνθυμήθητε. Λακεδαιμόνιοι ὑμῖν ἐπολέμουν ποτὲ 6
πολλὰ ἔτη, καὶ κρατοῦντες τῆς χώρας οὐδὲν προὔκοπτον
40 εἰς τὸ ἀπολέσαι ὑμᾶς. ἐπεὶ δ' ὁ θεὸς ἔδωκέ ποτε αὐτοῖς
κατὰ θάλατταν ἐπικρατῆσαι, εὐθὺς ὑπ' ἐκείνοις παντελῶς
ἐγένεσθε. οὐκοῦν εὔδηλον ἐν τούτοις ἐστὶν ὅτι ἐκ τῆς
θαλάττης ἅπασα ὑμῖν ἤρτηται ἡ σωτηρία. οὕτως οὖν 7
πεφυκότων πῶς ἂν ἔχοι καλῶς ὑμῖν Λακεδαιμονίοις ἐπι-
45 τρέψαι κατὰ θάλατταν ἡγεῖσθαι, οἳ πρῶτον μὲν καὶ αὐτοὶ
ὁμολογοῦσιν ἀπειρότεροι ὑμῶν τούτου τοῦ ἔργου εἶναι,
ἔπειτα δ' οὐ περὶ τῶν ἴσων ὁ κίνδυνός ἐστιν ἐν τοῖς κατὰ
θάλατταν ἀγῶσιν, ἀλλ' ἐκείνοις μὲν περὶ τῶν ἐν ταῖς
τριήρεσι μόνων ἀνθρώπων, ὑμῖν δὲ καὶ περὶ παίδων καὶ
50 γυναικῶν καὶ ὅλης τῆς πόλεως. καὶ τὰ μὲν δὴ ὑμέτερα 8
οὕτως ἔχει · τὰ δὲ δὴ τῶν Λακεδαιμονίων ἐπισκέψασθε.
πρῶτον μὲν γὰρ οἰκοῦσιν ἐν μεσογαίᾳ · ὥστε τῆς γῆς
κρατοῦντες καὶ εἰ θαλάττης εἴργοιντο, δύναιντ' ἂν καλῶς
διαζῆν. ἐγνωκότες οὖν καὶ οὗτοι ταῦτα εὐθὺς ἐκ παίδων
55 πρὸς τὸν κατὰ γῆν πόλεμον τὴν ἄσκησιν ποιοῦνται. καὶ
τὸ πλείστου δ' ἄξιον, τὸ πείθεσθαι τοῖς ἄρχουσιν, οὗτοι
μὲν κράτιστοι κατὰ γῆν, ὑμεῖς δὲ κατὰ θάλατταν. ἔπειτα 9
δὲ ὥσπερ ὑμεῖς ναυτικῷ, οὕτως αὖ ἐκεῖνοι κατὰ γῆν πλεῖ-

---

6. πολλὰ ἔτη: refers to the Pe-
loponnesian War. — κρατοῦντες τῆς
χώρας: viz. by the occupation of De-
celea and the consequent interruption
of agriculture in Attica. — κατὰ θά-
λατταν ἐπικρατῆσαι: alluding to the
Lacedaemonian victory at Aegospo-
tami in 405 B.C. Observe the consid-
erate form of expression (ὁ θεὸς ἔδωκέ
ποτε αὐτοῖς) in which Procles refers
to this great Athenian disaster. — ἐν
τούτοις: i.e. in view of the points
already mentioned. — ὅτι . . . ἡ σω-
τηρία: that all your safety depends

upon the sea. — ὑμῖν: dat. of interest.
G. 184, 3, N. 4 ; H. 767.

7. οὕτως οὖν πεφυκότων: such now
being the situation. The subj. of the
gen. abs. const. is omitted, as in v. 3.
27 προκεχωρηκότων. — ἔπειτα κτέ.:
transition from the rel. const. to a
principal clause. G. 156; H. 1005.
In the English idiom we should ex-
pect οἷς. — ἐκείνοις: sc. κίνδυνός ἐστιν.

8. τὸ . . . ἄξιον, τὸ πείθεσθαι: τὸ
πείθεσθαι is in app. with τὸ ἄξιον,
which is acc. of specification limiting
κράτιστοι. G. 160, 1 ; H. 718.

στοι καὶ τάχιστ' ἂν ἐξέλθοιεν· ὥστε πρὸς τούτους αὖ
60 εἰκὸς τοὺς συμμάχους εὐθαρσεστάτους προσιέναι. ἔτι δὲ
καὶ ὁ θεὸς αὐτοῖς δέδωκεν, ὥσπερ ὑμῖν κατὰ θάλατταν
εὐτυχεῖν, οὕτως ἐκείνοις κατὰ γῆν· πλείστους γὰρ αὖ
οὗτοι ἀγῶνας ἐν τῇ γῇ ἠγωνισμένοι ἐλάχιστα μὲν ἐσφαλ-
μένοι εἰσί, πλεῖστα δὲ κατωρθωκότες. ὡς δὲ καὶ ἀναγ- 10
65 καία οὐδὲν ἧττον τούτοις ἡ κατὰ γῆν ἐπιμέλεια ἢ ὑμῖν ἡ
κατὰ θάλατταν ἐκ τῶν ἔργων ἔξεστι γιγνώσκειν. ° ὑμεῖς
γὰρ τούτοις πολλὰ ἔτη πολεμοῦντες καὶ πολλάκις κατα-
ναυμαχοῦντες οὐδὲν προὔργου ἐποιεῖτε πρὸς τὸ τούτους
καταπολεμῆσαι· ἐπεὶ δ' ἅπαξ ἡττήθησαν ἐν τῇ γῇ, εὐθὺς
70 καὶ περὶ παίδων καὶ περὶ γυναικῶν καὶ περὶ ὅλης τῆς
πόλεως κίνδυνος αὐτοῖς ἐγένετο. πῶς οὖν οὐ τούτοις αὖ 11
δεινὸν ἄλλοις μὲν ἐπιτρέπειν κατὰ γῆν ἡγεῖσθαι, αὐτοὺς
δὲ ἄριστα τῶν κατὰ γῆν ἐπιμελεῖσθαι; ἐγὼ μὲν οὖν,
ὥσπερ τῇ βουλῇ προβεβούλευται, ταῦτα εἴρηκά τε καὶ
75 συμφορώτατα ἡγοῦμαι ἀμφοῖν εἶναι· ὑμεῖς δὲ εὐτυχοῖτε
τὰ κράτιστα πᾶσιν ἡμῖν βουλευσάμενοι."

Ὁ μὲν ταῦτ' εἶπεν. οἱ δ' Ἀθηναῖοί τε καὶ οἱ τῶν 12
Λακεδαιμονίων παρόντες ἐπῄνεσαν ἀμφότεροι ἰσχυρῶς
τὸν λόγον αὐτοῦ. Κηφισόδοτος δὲ παρελθών, "Ἄνδρες
80 Ἀθηναῖοι," ἔφη, "οὐκ αἰσθάνεσθε ἐξαπατώμενοι· ἀλλ' ἐὰν

---

9. **πλεῖστοι καὶ τάχιστα**: *in the
greatest numbers and most speedily.*
The combination of adj. and adv. is
the same as in vi. 5. 37 ὀρθῶς τε καὶ
δίκαια. — **ἐλάχιστα**: cognate acc. G.
159, N. 2; H. 716 b. — Observe the
close parallelism between this section
and the corresponding remarks con-
cerning the Athenians in 5; so also,
in what follows, the parallelism be-
tween 6 and 10, 7 and 11.

10. **οὐδὲν προὔργου ἐποιεῖτε**: *you*

accomplished nothing. — **ἅπαξ ἡττήθη-
σαν**: *viz.* by the Thebans, at Leuctra.
— **κίνδυνος αὐτοῖς ἐγένετο**: *i.e.* upon
the invasion of Laconia by Epami-
nondas. See vi. 5. 22–32.

11. **αὐτοὺς ... ἐπιμελεῖσθαι**: logi-
cally subord. to the preceding ἡγεῖ-
σθαι, — *when they themselves are the
best directors of affairs on land.*

12–14. *Counter-proposition of Cephi-
sodotus.*

12. **Κηφισόδοτος**: one of the Athe-

ἀκούσητέ μου, ἐγὼ ὑμῖν αὐτίκα μάλα ἐπιδείξω. ἤδη γὰρ
ἡγήσεσθε κατὰ θάλατταν· Λακεδαιμόνιοι δὲ ὑμῖν ἐὰν
συμμαχῶσι, δῆλον ὅτι πέμψουσι τοὺς μὲν τριηράρχους
Λακεδαιμονίους καὶ ἴσως τοὺς ἐπιβάτας, οἱ δὲ ναῦται
85 δῆλον ὅτι ἔσονται ἢ Εἵλωτες ἢ μισθοφόροι. οὐκοῦν ὑμεῖς
μὲν τούτων ἡγήσεσθε. οἱ δὲ Λακεδαιμόνιοι ὅταν παραγ- 13
γείλωσιν ὑμῖν κατὰ γῆν στρατείαν, δῆλον ὅτι πέμψετε
τοὺς ὁπλίτας καὶ τοὺς ἱππέας. οὐκοῦν οὕτως ἐκεῖνοι μὲν
ὑμῶν αὐτῶν γίγνονται ἡγεμόνες, ὑμεῖς δὲ τῶν ἐκείνων
90 δούλων καὶ ἐλαχίστου ἀξίων. ἀπόκριναι δέ μοι," ἔφη, "ὦ
Λακεδαιμόνιε Τιμόκρατες, οὐκ ἄρτι ἔλεγες ὡς ἐπὶ τοῖς ἴσοις
καὶ ὁμοίοις ἥκοις τὴν συμμαχίαν ποιούμενος;" "Εἶπον
ταῦτα." "Ἔστιν οὖν," ἔφη ὁ Κηφισόδοτος, "ἰσαίτερον ἢ 14
ἐν μέρει μὲν ἑκατέρους ἡγεῖσθαι τοῦ ναυτικοῦ, ἐν μέρει δὲ
95 τοῦ πεζοῦ, καὶ ὑμᾶς τε, εἴ τι ἀγαθόν ἐστιν ἐν τῇ κατὰ
θάλατταν ἀρχῇ, τούτων μετέχειν, καὶ ἡμᾶς ἐν τῇ κατὰ
γῆν;" ἀκούσαντες ταῦτα οἱ Ἀθηναῖοι μετεπείσθησαν καὶ
ἐψηφίσαντο κατὰ πενθήμερον ἑκατέρους ἡγεῖσθαι.

Στρατευομένων δ' ἀμφοτέρων αὐτῶν καὶ τῶν συμμάχων 15
100 εἰς Κόρινθον ἔδοξε κοινῇ φυλάττειν τὸ Ὄνειον. καὶ ἐπεὶ

---

nian delegates to the conference of
371 B.C. vi. 3. 2. — **μάλα**: const. with
αὐτίκα. — **ἐπιδείξω**: sc. ὑμᾶς ἐξαπατω-
μένους. — **ἤδη κτέ.**: "for it is proposed
that you shall have the hegemony by
sea." ἤδη refers to the προβούλευμα
and to the proposition of Procles. —
Λακεδαιμονίους: predicatively, —
"the trierarchs, whom they send, will
be Lacedaemonians."

13. **παραγγείλωσιν στρατιάν**: an-
nounce a campaign, i.e. make a call for
troops. — **τοὺς ὁπλίτας καὶ τοὺς ἱπ-
πέας**: i.e. regular Athenian citizens,
since only such served as hoplites
and cavalry. — **ὑμῶν αὐτῶν**: of you

yourselves. Not refl. here. — **ἐκείνων**:
dependent upon δούλων. — **ποιούμενος**:
conative, — endeavoring to make.

14. **ἰσαίτερον**: sc. τι, — "Does any-
thing make a nearer approach to
equality?" On the comp., see G. 71,
N. 2; H. 250 a. — **ἐν μέρει**: in turn. —
τούτων: pl. in consequence of the
collective force of εἴ τι. — **καὶ ἡμᾶς
ἐν τῇ κατὰ γῆν**: brachylogy for καὶ
ἡμᾶς, εἴ τι ἀγαθόν ἐστιν ἐν τῇ κατὰ
γῆν ἀρχῇ, τούτων μετέχειν.

15–17. Second expedition of Epami-
nondas into Peloponnesus. Summer of
369 B.C.

15. **τὸ Ὄνειον**: a mountain near

ἐπορεύοντο οἱ Θηβαῖοι καὶ οἱ σύμμαχοι, παραταξάμενοι
ἐφύλαττον ἄλλοι ἄλλοθι τοῦ Ὀνείου, Λακεδαιμόνιοι δὲ καὶ
Πελληνεῖς κατὰ τὸ ἐπιμαχώτατον. οἱ δὲ Θηβαῖοι καὶ
οἱ σύμμαχοι ἐπεὶ ἀπεῖχον τῶν φυλαττόντων τριάκοντα
105 στάδια, κατεστρατοπεδεύσαντο ἐν τῷ πεδίῳ. συντεκμη-
ράμενοι δὲ ἡνίκ᾽ ἂν ᾤοντο ὁρμηθέντες κατανύσαι ἅμα
κνέφᾳ, πρὸς τὴν τῶν Λακεδαιμονίων φυλακὴν ἐπορεύοντο.
καὶ μέντοι οὐκ ἐψεύσθησαν τῆς ὥρας, ἀλλ᾽ ἐπιπίπτουσι 16
τοῖς Λακεδαιμονίοις καὶ τοῖς Πελληνεῦσιν ἡνίκα αἱ μὲν
110 νυκτεριναὶ φυλακαὶ ἤδη ἔληγον, ἐκ δὲ τῶν στιβάδων
ἀνίσταντο ὅποι ἐδεῖτο ἕκαστος. ἐνταῦθα οἱ Θηβαῖοι
προσπεσόντες ἔπαιον παρεσκευασμένοι ἀπαρασκευάστους
καὶ συντεταγμένοι ἀσυντάκτους. ὡς δὲ οἱ σωθέντες ἐκ 17
τοῦ πράγματος ἀπέφυγον ἐπὶ τὸν ἐγγύτατα λόφον, ἐξὸν
115 τῷ Λακεδαιμονίων πολεμάρχῳ λαβόντι ὁπόσους μὲν ἐβού-
λετο τῶν συμμάχων ὁπλίτας, ὁπόσους δὲ πελταστάς,
κατέχειν τὸ χωρίον, — καὶ γὰρ τὰ ἐπιτήδεια ἐξῆν ἀσφα-
λῶς ἐκ Κεγχρειῶν κομίζεσθαι, — οὐκ ἐποίησε ταῦτα, ἀλλὰ
μάλα ἀπορούντων τῶν Θηβαίων πῶς χρὴ ἐκ τοῦ πρὸς

Corinth. Cf. vi. 5. 51. — ἐφύλαττον:
the subj. is ἀμφότεροι. — τοῦ Ὀνείου:
part. gen. with the adv. ἄλλοθι. G.
182, 2; H. 757. — κατὰ τὸ ἐπιμαχώτα-
τον: at the most accessible point. —
ἡνίκα . . . ἄμα κνέφᾳ: "when they
would have to set out, in order to
arrive at dawn at the Spartan camp."
With κατανύσαι supply ὁδόν. See on
v. 4. 20. Const. ἡνίκα (rel. for inter-
rogative) with ὁρμηθέντες, and ἄν with
κατανύσαι. — ἄμα κνέφᾳ: at dawn. For
the omission of the art., see on v. 1.
7. Cf. An. iv. 5. 9 ἀμφὶ κνέφας, also
ἄμ᾽ ἡμέρᾳ, ἅμα ἕῳ. The word κνέφας
is poetic and rarely occurs in prose.

16. τῆς ὥρας: gen. of separation.
G. 174; H. 748. — ἀνίσταντο ὅποι:
ὅποι is justified by the notion of mo-
tion involved in ἀνίσταντο, were rising
and going whither, etc. So also ii. 4.
6. — παρεσκευασμένοι κτέ.: Xeno-
phon, as usual, seeks to depreciate
the achievements of the Thebans.
Cf. vi. 4. 8 τοῖς δὲ (i.e. the Thebans)
πάντα καὶ ὑπὸ τῆς τύχης κατωρθοῦτο.
See Introd. p. 10.

17. ἐκ τοῦ πράγματος: i.e. the bat-
tle. — ἐξόν: acc. abs. with concessive
force. — ἐποίησε: sc. ὁ πολέμαρχος. —
ἐκ τοῦ πρὸς Σικυῶνα βλέποντος: on
the side looking toward Sicyon, i.e. the

120 Σικυῶνα βλέποντος καταβῆναι ἢ πάλιν ἀπελθεῖν, σπονδὰς
ποιησάμενος, ὡς τοῖς πλείστοις ἐδόκει, πρὸς Θηβαίων
μᾶλλον ἢ πρὸς ἑαυτῶν, οὕτως ἀπῆλθε καὶ τοὺς μεθ᾽ αὑτοῦ
ἀπήγαγεν.

Οἱ δὲ Θηβαῖοι ἀσφαλῶς καταβάντες καὶ συμμείξαντες 18
125 τοῖς ἑαυτῶν συμμάχοις, Ἀρκάσι τε καὶ Ἀργείοις καὶ
Ἠλείοις, εὐθὺς μὲν προσέβαλον πρὸς Σικυῶνα καὶ Πελλή-
νην· στρατευσάμενοι δὲ εἰς Ἐπίδαυρον ἐδῄωσαν αὐτῶν
πᾶσαν τὴν χώραν. ἀναχωροῦντες δὲ ἐκεῖθεν μάλα πάν-
των ὑπεροπτικῶς τῶν ἐναντίων, ὡς ἐγένοντο ἐγγὺς τοῦ τῶν
130 Κορινθίων ἄστεως, δρόμῳ ἐφέροντο πρὸς τὰς πύλας τὰς
ἐπὶ Φλειοῦντα ἰόντι, ὡς εἰ ἀνεῳγμέναι τύχοιεν, εἰσπεσού-
μενοι. ἐκβοηθήσαντες δέ τινες ψιλοὶ ἐκ τῆς πόλεως 19
ἀπαντῶσι τῶν Θηβαίων τοῖς ἐπιλέκτοις οὐδὲ τέτταρα
πλέθρα ἀπέχουσι τοῦ τείχους· καὶ ἀναβάντες ἐπὶ τὰ
135 μνήματα καὶ τὰ ὑπερέχοντα χωρία, βάλλοντες καὶ ἀκοντί-
ζοντες ἀποκτείνουσι τῶν πρώτων καὶ μάλα συχνούς, καὶ
τρεψάμενοι ἐδίωκον ὡς τρία ἢ τέτταρα στάδια. τούτου δὲ
γενομένου οἱ Κορίνθιοι τοὺς νεκροὺς πρὸς τὸ τεῖχος ἑλκύ-

side toward Peloponnesus. — καταβῆ-
ναι: there was danger lest in descend-
ing he should be attacked by his ene-
mies from the rear. — πάλιν ἀπελθεῖν:
sc. towards the north. — ὡς ἐδόκει: to
be construed with what follows. —
πρὸς Θηβαίων: to the advantage of the
Thebans. — ἑαυτῶν: of himself and his
troops, as frequently.

18, 19. Capture of Sicyon. Skirmish
at Corinth. Autumn of 369 B.C.

18. συμμείξαντες: for the orthogra-
phy, cf. v. 1. 26 συμμείξαι. — προσέβα-
λον: the assault on Sicyon was suc-
cessful, and the city renounced its
allegiance to Sparta. Diod. xv. 69.
Concerning the result at Pellene,

nothing is known. — αὐτῶν: i.e. of
the Epidaurians. — μάλα: const. with
ὑπεροπτικῶς. — πάντων ἐναντίων: ob-
jective gen. dependent upon ὑπεροπτι-
κῶς. G. 180, 2; II. 754 b. Cf. v. 4. 25
ἀπολυτικῶς αὐτοῦ. — τὰς ἐπὶ Φλειοῦντα
ἰόντι: "the gates through which one
passes in going to Phlius." These were
situated on the west side of the city.
On the dat., see G. 184, 5; II. 771 b.

19. ψιλοί: acc. to Diod. xv. 69,
these were Athenians under Chabrias.
— τοῖς ἐπιλέκτοις: the 'Sacred Band'
of 300. — μνήματα: see on vi. 2. 20.
— καὶ μάλα συχνούς: a very great
many. On the force of καὶ μάλα see
on v. 2. 3.

σαντες καὶ ὑποσπόνδους ἀποδόντες τροπαῖον ἔστησαν. καὶ
140 ταύτῃ μὲν ἀνεψύχθησαν οἱ τῶν Λακεδαιμονίων σύμμαχοι.

Ἅμα δὲ δὴ πεπραγμένων τούτων καταπλεῖ Λακεδαι- 20
μονίοις ἡ παρὰ Διονυσίου βοήθεια, τριήρεις πλέον ἢ
εἴκοσιν· ἦγον δὲ Κελτούς τε καὶ Ἴβηρας καὶ ἱππέας ὡς
πεντήκοντα. τῇ δ' ὑστεραίᾳ οἱ Θηβαῖοί τε καὶ οἱ ἄλλοι
145 αὐτῶν σύμμαχοι διαταξάμενοι καὶ ἐμπλήσαντες τὸ πεδίον
μέχρι τῆς θαλάττης καὶ μέχρι τῶν ἐχομένων τῆς πόλεως
γηλόφων ἔφθειρον εἴ τι χρήσιμον ἦν ἐν τῷ πεδίῳ. καὶ
οἱ μὲν τῶν Ἀθηναίων καὶ οἱ τῶν Κορινθίων ἱππεῖς οὐ
μάλα ἐπλησίαζον τῷ στρατεύματι, ὁρῶντες ἰσχυρὰ καὶ
150 πολλὰ τἀντίπαλα· οἱ δὲ παρὰ τοῦ Διονυσίου ἱππεῖς, 21
ὅσοιπερ ἦσαν, οὗτοι διεσκεδασμένοι ἄλλος ἄλλῃ παρα-
θέοντες ἠκόντιζόν τε προσελαύνοντες, καὶ ἐπεὶ ὥρμων ἐπ'
αὐτούς, ἀνεχώρουν, καὶ πάλιν ἀναστρέφοντες ἠκόντιζον.
καὶ ταῦτα ἅμα ποιοῦντες κατέβαινον ἀπὸ τῶν ἵππων καὶ
155 ἀνεπαύοντο. εἰ δὲ καταβεβηκόσιν ἐπελαύνοιέν τινες,
εὐπετῶς ἀναπηδῶντες ἀνεχώρουν. εἰ δ' αὖ τινες διώξειαν
αὐτοὺς πολὺ ἀπὸ τοῦ στρατεύματος, τούτους, ὁπότε ἀπο-

20-26. *Arrival of assistance from Dionysius of Syracuse. The Thebans withdraw from Peloponnesus. Lycomedes and the Arcadians. Quarrel of the latter with the Eleans. Autumn of 369 B.C.*

20. ἅμα δὲ δὴ πεπραγμένων: cf. iii. 1, 20 ἅμα λέγων ᾔει. — ἡ βοήθεια: the expected *help.* — πλέον ἥ: the neut. sing. (instead of πλέονες), as in v. 4. 66. — Κελτούς: *Gauls.* — οἱ ἄλλοι αὐτῶν σύμμαχοι: lit. *the others, allies of them.* σύμμαχοι is in app. with οἱ ἄλλοι. *Cf.* the Homeric οἱ ἄλλοι μνηστῆρες, *the others, the suitors,* not *the other suitors.* G. 142, 2, s. 3; H. 705. αὐτῶν accordingly presents no peculiar-

ity in its position, as it would were ἄλλοι an attrib. modifier of σύμμαχοι. — διαταξάμενοι: *having drawn themselves up at intervals.* — ἐν τῷ πεδίῳ: *i.e.* on the plain between Sicyon and Corinth. — ὁρῶντες κτέ.: *seeing that the opposition was strong and numerous.* ἰσχυρά and πολλά are pred. modifiers of τἀντίπαλα.

21. ὅσοιπερ: with concessive force, *for though they were, viz.* only 50. — ὥρμων: *sc.* οἱ Ὀηβαῖοι. — ἅμα ποιοῦντες: ἅμα as in 20. — εἰ ἐπελαύνοιεν: note the variation from the impf. (ὥρμων) to the frequentative optative. — τούτους δεινά: const. with εἰργάζοντο, — *did these great injury.*

χωροῖεν, ἐπικείμενοι καὶ ἀκοντίζοντες δεινὰ εἰργάζοντο
καὶ πᾶν τὸ στράτευμα ἠνάγκαζον ἑαυτῶν ἕνεκα καὶ
160 προιέναι καὶ ἀναχωρεῖν. μετὰ ταῦτα μέντοι οἱ Θηβαῖοι 22
μείναντες οὐ πολλὰς ἡμέρας ἀπῆλθον οἴκαδε, καὶ οἱ ἄλλοι
δὲ ἕκαστος οἴκαδε. ἐκ δὲ τούτου ἐμβάλλουσιν οἱ παρὰ
Διονυσίου εἰς Σικυῶνα, καὶ μάχῃ μὲν νικῶσι τοὺς Σικυω-
νίους ἐν τῷ πεδίῳ, καὶ ἀπέκτειναν περὶ ἑβδομήκοντα·
165 Δέρας δὲ τεῖχος κατὰ κράτος αἱροῦσι. καὶ ἡ μὲν παρὰ
Διονυσίου πρώτη βοήθεια ταῦτα πράξασα ἀπέπλευσεν εἰς
Συρακούσας. Θηβαῖοι δὲ καὶ πάντες οἱ ἀποστάντες ἀπὸ
Λακεδαιμονίων μέχρι μὲν τούτου τοῦ χρόνου ὁμοθυμαδὸν
καὶ ἔπραττον καὶ ἐστρατεύοντο ἡγουμένων Θηβαίων.
170 ἐγγενόμενος δέ τις Λυκομήδης Μαντινεύς, γένει τε οὐδενὸς 23
ἐνδεὴς χρήμασί τε προήκων καὶ ἄλλως φιλότιμος, οὗτος
ἐνέπλησε φρονήματος τοὺς Ἀρκάδας, λέγων ὡς μόνοις
μὲν αὐτοῖς πατρὶς Πελοπόννησος εἴη, — μόνοι γὰρ αὐτό-
χθονες ἐν αὐτῇ οἰκοῖεν, — πλεῖστον δὲ τῶν Ἑλληνικῶν
175 φῦλον τὸ Ἀρκαδικὸν εἴη καὶ σώματα ἐγκρατέστατα ἔχοι.
καὶ ἀλκιμωτάτους δὲ αὐτοὺς ἀπεδείκνυε, τεκμήρια παρεχό-
μενος ὡς ἐπικούρων ὁπότε δεηθεῖέν τινες, οὐδένας ᾑροῦντο
ἀντ᾽ Ἀρκάδων. ἔτι δὲ οὔτε Λακεδαιμονίους πώποτε ἄνευ

---

22. ἕκαστος: in partitive app. with οἱ ἄλλοι. — εἰς Σικυῶνα: *into the territory of Sicyon.* — νικῶσι, ἀπέκτειναν: obs. the change of tense from historical pres. to aor., as in v. 2. 36. — Δέρας: the locality is unknown. — τεῖχος: prob. merely *a fortification*, not a *walled town*, as is sometimes meant by τεῖχος. — ἡ πρώτη βοήθεια: several years before this (373 B.C.) Dionysius had sent a fleet of ten ships to the assistance of the Lacedaemonians, but Iphicrates had captured them

before they reached their destination. vi. 2. 33 ff.

23. οὐδενὸς ἐνδεής: *inferior to no one.* ἐνδεής is equiv. to ἥττων, and hence is construed with the gen. of comparison. — οὗτος: resumes the subj. after the interruption. — πατρίς: *fatherland.* — οἰκοῖεν: opt. in an explanatory sent. continuing the quotation, as if dependent upon ὡς. Cf. vi. 5. 36. — ἐπικούρων: euphemistic for μισθοφόρων. — ᾑροῦντο: representing the pres. ind. of dir. discourse. See

σφῶν ἐμβαλεῖν εἰς τὰς Ἀθήνας οὔτε νῦν Θηβαίους ἐλθεῖν
180 ἄνευ Ἀρκάδων εἰς Λακεδαίμονα. "Ἐὰν οὖν σωφρονῆτε, τοῦ 24
ἀκολουθεῖν ὅποι ἄν τις παρακαλῇ φείσεσθε· ὡς πρότερόν
τε Λακεδαιμονίοις ἀκολουθοῦντες ἐκείνους ηὐξήσατε, νῦν
δέ, ἂν Θηβαίοις εἰκῇ ἀκολουθῆτε καὶ μὴ κατὰ μέρος ἡγεῖ-
σθαι ἀξιῶτε, ἴσως τάχα τούτους ἄλλους Λακεδαιμονίους
185 εὑρήσετε." οἱ μὲν δὴ Ἀρκάδες ταῦτα ἀκούοντες ἀνε-
φυσῶντό τε καὶ ὑπερεφίλουν τὸν Λυκομήδην καὶ μόνον
ἄνδρα ἡγοῦντο· ὥστε ἄρχοντας ἔταττον οὕστινας ἐκεῖνος
κελεύοι. καὶ ἐκ τῶν συμβαινόντων δὲ ἔργων ἐμεγαλύ-
νοντο οἱ Ἀρκάδες· ἐμβαλόντων μὲν γὰρ εἰς Ἐπίδαυρον 25
190 τῶν Ἀργείων καὶ ἀποκλεισθέντων τῆς ἐξόδου ὑπό τε τῶν
μετὰ Χαβρίου ξένων καὶ Ἀθηναίων καὶ Κορινθίων, βοη-
θήσαντες μάλα πολιορκουμένους ἐξελύσαντο τοὺς Ἀργεί-
ους, οὐ μόνον τοῖς ἀνδράσιν, ἀλλὰ καὶ τοῖς χωρίοις
πολεμίοις χρώμενοι. στρατευσάμενοι δὲ καὶ εἰς Ἀσίνην
195 τῆς Λακαίνης ἐνίκησάν τε τὴν τῶν Λακεδαιμονίων φρου-
ρὰν καὶ τὸν Γεράνορα τὸν πολέμαρχον ἀπέκτειναν καὶ τὸ
προάστειον τῶν Ἀσιναίων ἐπόρθησαν. ὅπου δὲ βουλη-
θεῖεν ἐξελθεῖν, οὐ νύξ, οὐ χειμών, οὐ μῆκος ὁδοῦ, οὐκ ὄρη

on v. 4. 19.— εἰς τὰς Ἀθήνας: i.e.
εἰς τὴν Ἀττικήν. Cf. 22 εἰς Σικυῶνα.
— νῦν: i.e. on their recent invasion.
vi. 5. 23, 27. — εἰς Λακεδαίμονα: i.e.
into Laconia. Cf. vi. 5. 50, 51.
24. ἐὰν σωφρονῆτε: transition to
dir. disc. without ἔφη. — τοῦ ἀκολου-
θεῖν φείσεσθε: "you will stop follow-
ing."— πρότερόν τε, νῦν δέ: anacolu-
thon, as in vi. 5. 30.— κατὰ μέρος:
in turn, like ἐν μέρει in 14.— ἴσως
τάχα: perhaps soon. τάχα here is not
redundant in the sense of perhaps, as
it sometimes is in this phrase. — τού-
τους κτέ.: you will find these to be
other Lacedaemonians.

25. μάλα: const. with βοηθήσαντες,
having lent vigorous assistance. — οὐ
μόνον κτέ.: although they found not only
the inhabitants but also the character of
the country against them. πολεμίοις is
pred. modifier of τοῖς ἀνδράσιν and
τοῖς χωρίοις. χρώμενοι has concessive
force. The natural obstacles were
found in the mountainous character
of the country invaded. — Ἀσίνην:
strongly fortified town in southern
Laconia. — τῆς Λακαίνης: this desig-
nation of Laconia is found only here
and below in 29. The regular ex-
pression is ἡ Λακωνική. — ὅπου: here
temporal, whenever. Cf. iii. 3. 6.—

δύσβατα ἀπεκώλυεν αὐτούς· ὥστε ἐν ἐκείνῳ τῷ χρόνῳ
200 πολὺ ᾤοντο κράτιστοι εἶναι. οἱ μὲν δὴ Θηβαῖοι διὰ 26
ταῦτα ὑποφθόνως καὶ οὐκέτι φιλικῶς εἶχον πρὸς τοὺς
Ἀρκάδας. οἵ γε μὴν Ἠλεῖοι ἐπεὶ ἀπαιτοῦντες τὰς πόλεις
τοὺς Ἀρκάδας, ἃς ὑπὸ Λακεδαιμονίων ἀφῃρέθησαν, ἔγνω-
σαν αὐτοὺς τοὺς μὲν ἑαυτῶν λόγους ἐν οὐδενὶ λόγῳ ποιου-
205 μένους, τοὺς δὲ Τριφυλίους καὶ τοὺς ἄλλους τοὺς ἀπὸ
σφῶν ἀποστάντας περὶ παντὸς ποιουμένους, ὅτι Ἀρκάδες
ἔφασαν εἶναι, ἐκ τούτων αὖ καὶ οἱ Ἠλεῖοι δυσμενῶς εἶχον
πρὸς αὐτούς.

Οὕτω δ᾿ ἑκάστων μέγα ἐφ᾿ ἑαυτοῖς φρονούντων τῶν 27
210 συμμάχων, ἔρχεται Φιλίσκος Ἀβυδηνὸς παρ᾿ Ἀριοβαρ-
ζάνους χρήματα ἔχων πολλά. καὶ πρῶτα μὲν εἰς Δελφοὺς
συνήγαγε περὶ εἰρήνης Θηβαίους καὶ τοὺς συμμάχους καὶ
τοὺς Λακεδαιμονίους. ἐκεῖ δὲ ἐλθόντες τῷ μὲν θεῷ οὐδὲν
ἐκοινώσαντο ὅπως ἂν ἡ εἰρήνη γένοιτο, αὐτοὶ δὲ ἐβου-

πολὺ κράτιστοι : i.e. altogether the
strongest of any of the Greek states.
26. γὲ μήν : as in v. i. 29. — ἀπαι-
τοῦντες : asking back, as having for-
merly owned them. — ἅς : acc. re-
tained in the passive construction.
G. 197, 1, N. 2 ; II. 724 a. — ἀφῃρέθη-
σαν : they had been deprived. — ἔγνω-
σαν αὐτοὺς ... ποιουμένους : they no-
ticed that they took no account of their
request. — αὐτούς : i.e. the Arcadians.
— τοὺς ἑαυτῶν λόγους : i.e. of the
Eleans. Indir. reflexive. — λόγους,
λόγῳ : the 'paronomasia' lends sar-
castic force to the sentence. — Τρι-
φυλίους : obj. of ποιουμένους. — περὶ
παντὸς κτέ.: holding in high favor.
— ὅτι Ἀρκάδες κτέ.: because they
said they were Arcadians. — αὖ : i.e.
the Eleans as well as the The-
bans.

27. Ariobarzanes attempts a recon-
ciliation of the Greek states. Spring of
368 B.C.
μέγα ... φρονούντων : having a
proud confidence in themselves. Cf. vi.
2. 30 μεγάλα φρονοῦντος ἐφ᾿ ἑαυτῷ. —
Φιλίσκος : a subordinate of Ariobar-
zanes. The latter was now the suc-
cessor of Pharnabazus as satrap of
Phrygia. Cf. v. i. 28. His object, in
opening the present negotiations, was
to secure the support of the Atheni-
ans and the Lacedaemonians in his
meditated revolt from the king of
Persia. — εἰς Δελφούς : as being neu-
tral ground. — συνήγαγε : i.e. invited
to a conference. — τῷ μὲν θεῷ κτέ.:
lit. they communicated nothing to the
god, i.e. they did not consult him
through the oracle. — ὅπως ἂν κτέ.:
potential opt. in indir. question. —

215 λεύοντο. ἐπεὶ δὲ οὐ συνεχώρουν οἱ Θηβαῖοι Μεσσήνην
ὑπὸ Λακεδαιμονίοις εἶναι, ξενικὸν πολὺ συνέλεγεν ὁ Φιλί-
σκος, ὅπως πολεμοίη μετὰ Λακεδαιμονίων.
Τούτων δὲ πραττομένων ἀφικνεῖται καὶ ἡ παρὰ Διονυ- 28
σίου δευτέρα βοήθεια. λεγόντων δὲ 'Αθηναίων μὲν ὡς
220 χρεὼν εἴη αὐτοὺς ἰέναι εἰς Θετταλίαν τἀναντία Θηβαίοις,
Λακεδαιμονίων δὲ ὡς εἰς τὴν Λακωνικήν, ταῦτα ἐν τοῖς
συμμάχοις ἐνίκησεν. ἐπεὶ δὲ περιέπλευσαν οἱ παρὰ
Διονυσίου εἰς Λακεδαίμονα, λαβὼν αὐτοὺς ὁ 'Αρχίδαμος
μετὰ τῶν πολιτικῶν ἐστρατεύετο. καὶ Καρύας μὲν ἐξαι-
225 ρεῖ κατὰ κράτος, καὶ ὅσους ζῶντας ἔλαβεν, ἀπέσφαξεν·
ἐκεῖθεν δὲ εὐθὺς στρατευσάμενος εἰς Παρρασίους τῆς
'Αρκαδίας μετ' αὐτῶν ἐδῄου τὴν χώραν. ἐπεὶ δ' ἐβοήθη-
σαν οἱ 'Αρκάδες καὶ οἱ 'Αργεῖοι, ἐπαναχωρήσας ἐστρατο-
πεδεύσατο ἐν τοῖς ὑπὲρ Μηδέας γηλόφοις. ἐνταῦθα δ'
230 ὄντος αὐτοῦ Κισσίδας ὁ ἄρχων τῆς παρὰ Διονυσίου βοη-

Μεσσήνην κτέ.: Epaminondas, at the
time of his first invasion of Pelo-
ponnesus, had restored to the Messe-
nians their independence and helped
them to found the city of Messene
on the slope of Mt. Ithome. Diod.
xv. 66. Xenophon, ignoring, as he uni-
formly does, Epaminondas's achieve-
ments, omits all mention of these
facts. See Introd. p. 10, and on vi. 5.
51. — συνέλεγεν: sc. with the money
above mentioned.
28–32. *Dionysius again sends help
to the Spartans. Victory of Archida-
mus over the Arcadians. Summer of
368 B.C.*
  28. χρεὼν εἴη: the partic. is equiv.
to a pred. adjective. Cf. i. 6. 32 εἴη
καλῶς ἔχον, i.e. καλῶς ἔχοι. II. 981.
— αὐτούς: i.e. the Sicilian auxiliaries.
— τἀναντία Θηβαίοις: τἀναντία is ad-
verbial. The Thessalian cities had

sought help from the Thebans against
Alexander of Pherae, and Pelopidas,
taking the field in response to this
appeal, had rendered the Thessalians
such effective aid, that Alexander was
compelled to sue for peace. The Athe-
nians were naturally disturbed at the
great increase of Theban influence in
this quarter. Diod. xv. 67. Plut.
Pelop. 26. — εἰς τὴν Λακωνικήν: sc.
to ward off the assaults of the Arca-
dians. — ταῦτα: the latter, i.e. to help
the Lacedaemonians. — ἐνίκησεν: pre-
vailed. — περιέπλευσαν: sc. around Pe-
loponnesus to southern Laconia. —
τῶν πολιτικῶν: i.e. the Lacedaemo-
nians as opposed to the allies. So v.
4. 41 and frequently. — Καρύας: in
northern Laconia. — Παρρασίους:
in southern Arcadia. — μετ' αὐτῶν:
i.e. with his united forces. — Μηδέας:
the place is not otherwise known. —

θείας ἔλεγεν ὅτι ἐξήκοι αὐτῷ ὁ χρόνος, ὃς εἰρημένος ἦν
παραμένειν. καὶ ἅμα ταῦτ᾽ ἔλεγε καὶ ἀπῄει τὴν ἐπὶ
Σπάρτης. ἐπεὶ δὲ ἀποπορευόμενον ὑπετέμνοντο αὐτὸν οἱ 29
Μεσσήνιοι ἐπὶ στενὸν τῆς ὁδοῦ, ἐνταῦθα δὴ ἔπεμπεν ἐπὶ
235 τὸν Ἀρχίδαμον καὶ βοηθεῖν ἐκέλευε· κἀκεῖνος μέντοι
ἐβοήθει. ὡς δ᾽ ἐγένοντο ἐν τῇ ἐπ᾽ Εὐτρησίους ἐκτροπῇ,
οἱ μὴν Ἀρκάδες καὶ Ἀργεῖοι προσέβαινον εἰς τὴν Λάκαι-
ναν, καὶ οὗτοι ὡς ἀποκλείσοντες αὐτὸν τῆς ἐπ᾽ οἶκον ὁδοῦ.
ὁ δέ, οὗπέρ ἐστι χωρίον ἐπίπεδον ἐν ταῖς συμβολαῖς τῆς
240 τε ἐπ᾽ Εὐτρησίων καὶ τῆς ἐπὶ Μηδέας ὁδοῦ, ἐνταῦθα ἐκβὰς
παρετάξατο ὡς μαχούμενος. ἔφασαν δ᾽ αὐτὸν καὶ πρὸ 30
τῶν λόχων παριόντα τοιάδε παρακελεύσασθαι· "Ἄνδρες
πολῖται, νῦν ἀγαθοὶ γενόμενοι ἀναβλέψωμεν ὀρθοῖς ὄμμα-
σιν· ἀποδῶμεν τοῖς ἐπιγιγνομένοις τὴν πατρίδα οἵανπερ
245 παρὰ τῶν πατέρων παρελάβομεν. παυσώμεθα αἰσχυ-
νόμενοι καὶ παῖδας καὶ γυναῖκας καὶ πρεσβυτέρους καὶ
ξένους, ἐν οἷς πρόσθεν γε πάντων τῶν Ἑλλήνων περιβλε-
πτότατοι ἦμεν." τούτων δὲ ῥηθέντων ἐξ αἰθρίας ἀστραπὰς 31

ἐξήκοι: had expired. — ὃς εἰρημένος ἦν
παραμένειν: equiv. to ὃν παραμένειν
εἴρητο. — ἅμα . . . καὶ κτέ.: as soon as
he had said this he departed. Cf. Lat.
simul atque.
  29. ὑποτέμνοντο κτέ.: in pregnant
sense, — were trying to cut him off and
confine him in a narrow part of the
way. Cf. i. 1. 23 ἑάλωσαν εἰς Ἀθή-
νας, were captured and taken to Ath-
ens. — Εὐτρησίους: locality in south-
ern Arcadia. — ἐκτροπῇ: side road.
— προσέβαινον κτέ.: were advanc-
ing towards Laconia. — Λάκαιναν: as
in 25. — καὶ οὗτοι: these also, i.e.
besides the Messenians before men-
tioned. — ὁ δέ: i.e. Archidamus, who
had joined Cissidas. — συμβολαῖς:

meeting. — ἐκβάς: emerging from the
pass.
  30. γενόμενοι κτέ.: "let us show
ourselves brave men, and be able to
look people in the face." Before
this battle, acc. to Plut. Ages. 33, the
Spartans, out of shame at their re-
verses, feared to look their country-
women in the face. — παυσώμεθα:
note the force of the Laconic asyn-
deton.
  31. ἐξ αἰθρίας κτέ.: thunder and
lightning were among the most sig-
nificant omens, in the mind of the
Greeks. Cf. Apol. Socr. 12 βροντὰς δὲ
ἀμφιλέξει τις μὴ μέγιστον οἰωνιστήριον
εἶναι; When they appeared upon the
right they were held to be favorable,

τε καὶ βροντὰς λέγουσιν αἰσίους αὐτῷ φανῆναι. συνέβη
250 δὲ καὶ πρὸς τῷ δεξιῷ κέρατι τέμενός τι καὶ ἄγαλμα Ἡρα-
κλέους εἶναι. τοιγαροῦν ἐκ τούτων πάντων οὕτω πολὺ
μένος καὶ θάρρος τοῖς στρατιώταις φασὶν ἐμπεσεῖν ὥστε
ἔργον εἶναι τοῖς ἡγεμόσιν ἀνείργειν τοὺς στρατιώτας
ὠθουμένους εἰς τὸ πρόσθεν. ἐπεὶ μέντοι ἡγεῖτο ὁ Ἀρχί-
255 δαμος, ὀλίγοι μὲν τῶν πολεμίων δεξάμενοι εἰς δόρυ αὐτοὺς
ἀπέθανον· οἱ δ' ἄλλοι φεύγοντες ἔπιπτον, πολλοὶ μὲν ὑπὸ
ἱππέων, πολλοὶ δὲ ὑπὸ τῶν Κελτῶν. ὡς δὲ ληξάσης τῆς 32
μάχης τροπαῖον ἐστήσατο, εὐθὺς ἔπεμψεν οἴκαδε ἀγγε-
λοῦντα Δημοτέλη τὸν κήρυκα τῆς τε νίκης τὸ μέγεθος καὶ
260 ὅτι Λακεδαιμονίων μὲν οὐδὲ εἷς τεθναίη, τῶν δὲ πολεμίων
παμπληθεῖς. τοὺς μέντοι ἐν Σπάρτῃ ἔφασαν ἀκούσαντας
ἀρξαμένους ἀπὸ Ἀγησιλάου καὶ τῶν γερόντων καὶ τῶν
ἐφόρων πάντας κλάειν. οὕτω κοινόν τι ἄρα χαρᾷ καὶ
λύπη δάκρυά ἐστιν. ἐπὶ μέντοι τῇ τῶν Ἀρκάδων τύχῃ
265 οὐ πολύ τι ἧττον Λακεδαιμονίων ἤσθησαν Θηβαῖοί τε καὶ
Ἠλεῖοι· οὕτως ἤδη ἤχθοντο ἐπὶ τῷ φρονήματι αὐτῶν.

—all the more so, if, as here, they came from a clear sky. — συνέβη κτέ.: the significance of this circumstance lay in the fact that Hercules was the ancestor of both the royal lines at Sparta. *Cf.* Hdt. vi. 51. — ὥστε ἔργον εἶναι: so that it was difficult. — δεξάμενοι εἰς δόρυ: *i.e.* allowing the enemy to approach so near that use could be made of the spear, *within a spear-throw.* — ἔπιπτον: as opposed to the aor. ἀπέθανον, the impf. indicates the continuance of the engagement. — ὑπὸ ἱππέων: gen. of agency. The const. is employed in consequence of the passive idea involved in ἔπιπτον, were cut down. — Κελτῶν: Gauls seem to have formed a part of the

second body of auxiliaries sent by Dionysius, as well as of the first. See 20.

32. τὸ μέγεθος καὶ ὅτι: note the combination of subst. and subst. clause. — οὐδὲ εἷς: more emphatic than οὐδείς. This battle is known as 'The Tearless Battle,' ἡ ἄδακρυς μάχη. Plut. *Ages.* 33. — παμπληθεῖς: Diodorus, xv. 72, gives the loss of the Arcadians as 10,000. — ἀρξαμένους ἀπὸ Ἀγησιλάου: *i.e.* from highest to lowest. — οὕτω κοινὸν κτέ.: "so true is it that tears are a thing common to both joy and grief." — οὐ πολύ τι: on this strengthening of πολύ, *cf.* iii. 1. 16 οὐ πάνυ τι. — φρονήματι: *cf.* 23.

Συνεχῶς δὲ βουλευόμενοι Θηβαῖοι ὅπως ἂν τὴν ἡγεμο- 33
νίαν λάβοιεν τῆς Ἑλλάδος, ἐνόμισαν, εἰ πέμψειαν πρὸς
τὸν Περσῶν βασιλέα, πλεονεκτῆσαι ἄν τι ἐν ἐκείνῳ.
270 καὶ ἐκ τούτου παρακαλέσαντες ἤδη τοὺς συμμάχους ἐπὶ
προφάσει, ὅτι καὶ Εὐθυκλῆς ὁ Λακεδαιμόνιος εἴη παρὰ
βασιλεῖ, ἀναβαίνουσι Θηβαίων μὲν Πελοπίδας, Ἀρκάδων
δὲ Ἀντίοχος ὁ παγκρατιαστής, Ἠλείων δὲ Ἀρχίδαμος·
ἠκολούθει δὲ καὶ Ἀργεῖος. καὶ οἱ Ἀθηναῖοι ἀκούσαντες
275 ταῦτα ἀνέπεμψαν Τιμαγόραν τε καὶ Λέοντα. ἐπεὶ δ᾽ ἐκεῖ 34
ἐγένοντο, πολὺ ἐπλεονέκτει ὁ Πελοπίδας παρὰ τῷ Πέρσῃ.
εἶχε γὰρ λέγειν καὶ ὅτι μόνοι τῶν Ἑλλήνων βασιλεῖ συνε-
μάχοντο ἐν Πλαταιαῖς, καὶ ὅτι ὕστερον οὐδεπώποτε στρα-
τεύσαιντο ἐπὶ βασιλέα, καὶ ὡς Λακεδαιμόνιοι διὰ τοῦτο
280 πολεμήσειαν αὐτοῖς, ὅτι οὐκ ἐθελήσαιεν μετ᾽ Ἀγησιλάου
ἐλθεῖν ἐπ᾽ αὐτὸν οὐδὲ θῦσαι ἐάσαιεν αὐτὸν ἐν Αὐλίδι τῇ
Ἀρτέμιδι, ἔνθαπερ ὅτε Ἀγαμέμνων εἰς τὴν Ἀσίαν ἐξέπλει

33–38. *Conference of Greek ambas-sadors at Susa. Autumn of 368 B.C.*
33. ὅπως ἂν λάβοιεν: for the const. *cf.* 27. — ἐν ἐκείνῳ: *i.e.* in the king, through his power. — ἐπὶ προφάσει: in reality they were filled with alarm at the mission of Philiscus and at his secret negotiations with the Atheni-ans and Spartans. See also on vi. 3. 12. — Πελοπίδας: here first men-tioned, though long a recognized leader. — παγκρατιαστής: *i.e.* victor in the παγκράτιον, a contest in box-ing and wrestling (πυγμή, πάλη). — Ἀργεῖος: possibly the Elean Argeüs mentioned in 4. 15. Others take it as *an Argive;* but in that case the omission of τὶς is irregular.
34. μόνοι: *i.e.* the Thebans alone. For the facts, see on vi. 3. 20. — συνε-μάχοντο, στρατεύσαιντο: the impf. is retained as regularly in indir. disc.,

while the aor. ind. is changed to the optative. — διὰ τοῦτο: explained by what follows. — ὅτι οὐκ ἐθελήσαιεν: the aor. ind. of a subord. clause of dir. disc. regularly remains unchanged in indir. disc., but in case of a causal clause may, after a secondary tense, as here, be changed to the optative. G. 247, N. 2; *cf.* H. 935 c. — ἐπ᾽ αὐτόν: *i.e.* against the king. — ἐάσαιεν αὐτόν: *i.e.* Agesilaus. The reference is to the events preceding Agesilaus's in-vasion of Asia in 396 B.C. See iii. 4. 3 f.; Introd. p. 1. — ἔνθαπερ θύσας κτέ.: *where he sacrificed before he took Troy,* implying that, if Agesilaus had been permitted to sacrifice here, he likewise would have succeeded in his expedition into Asia Minor, and that the Thebans by preventing the sacri-fice had rendered an important ser-vice to the king.

θύσας εἷλε Τροίαν. μέγα δὲ συνεβάλλετο τῷ Πελοπίδᾳ 35
εἰς τὸ τιμᾶσθαι καὶ ὅτι ἐνενικήκεσαν οἱ Θηβαῖοι μάχῃ ἐν
285 Λεύκτροις καὶ ὅτι πεπορθηκότες τὴν χώραν τῶν Λακεδαι-
μονίων ἐφαίνοντο. ἔλεγε δὲ ὁ Πελοπίδας, ὅτι οἱ Ἀργεῖοι
καὶ οἱ Ἀρκάδες μάχῃ ἡττημένοι εἶεν ὑπὸ Λακεδαιμονίων,
ἐπεὶ αὐτοὶ οὐ παρεγένοντο. συνεμαρτύρει δ' αὐτῷ ταῦτα
πάντα ὡς ἀληθῆ λέγοι ὁ Ἀθηναῖος Τιμαγόρας, καὶ ἐτι-
290 μᾶτο δεύτερος μετὰ τὸν Πελοπίδαν · ἐκ δὲ τούτου ἐρωτώ- 36
μενος ὑπὸ βασιλέως ὁ Πελοπίδας, τί βούλοιτο ἑαυτῷ
γραφῆναι, εἶπεν ὅτι Μεσσήνην τε αὐτόνομον εἶναι ἀπὸ
Λακεδαιμονίων καὶ Ἀθηναίους ἀνέλκειν τὰς ναῦς · εἰ δὲ
ταῦτα μὴ πείθοιντο, στρατεύειν ἐπ' αὐτούς · εἴ τις δὲ πόλις
295 μὴ ἐθέλοι ἀκολουθεῖν, ἐπὶ ταύτην πρῶτον ἰέναι. γραφέν- 37
των δὲ τούτων καὶ ἀναγνωσθέντων τοῖς πρέσβεσιν, εἶπεν
ὁ Λέων ἀκούοντος τοῦ βασιλέως · "Νὴ Δία, ὦ Ἀθηναῖοι,
ὥρα γε ὑμῖν, ὡς ἔοικεν, ἄλλον τινὰ φίλον ἀντὶ βασιλέως

---

35. **συνεβάλλετο κτέ.**: the logical
subj. is found in ὅτι ἐνενικήκεσαν, —
*it contributed much to Pelopidas's dis-
tinction that the Thebans, etc.* Arta-
xerxes was anxious to secure the ser-
vices of Greek soldiers to meet the
threatened uprising of men like Ario-
barzanes. This help could not be
obtained unless there was peace be-
tween the Greek states themselves.
Hence special consideration was paid
to Pelopidas as the representative of
that nation whose present military
prowess seemed most likely to ensure
the maintenance of peace, when it
should once become established. —
ἡττημένοι εἶεν: as related in 30. —
Τιμαγόρας: he seems to have been a
willing tool of Pelopidas. Plutarch,
Pelop. 30, speaks of the rich presents
which Timagoras received from the

king. Dem. xix. 137 mentions forty
talents as the reward paid for his ser-
vices on this occasion.

36. **ἑαυτῷ γραφῆναι**: *to be written
for him,* i.e. made the basis of the
treaty. — **ὅτι**: sc. βούλοιτο ἑαυτῷ γρα-
φῆναι. — **αὐτόνομον ἀπὸ Λακεδαιμο-
νίων**: for the const., see on v. 1. 36.
— **ἀνέλκειν**: *draw up* on land, and
hence, *disband.* — **στρατεύειν, ἰέναι**:
to be construed with γραφῆναι under-
stood ; as subj. supply 'the parties to
the treaty.' — **πρῶτον ἰέναι**: *cf.* v. 4.
37.

37. **τοῦ βασιλέως**: the art. with
βασιλεύς, meaning *the king of Persia,*
is unusual. It is prob. here employed
to indicate him as previously men-
tioned. *Cf. An.* ii. 4. 4 ; 5. 38. —
ἄλλον τινὰ φίλον: doubtless said with
reference to an eventual support of

ζητεῖν." ἐπεὶ δὲ ἀπήγγειλεν ὁ γραμματεὺς ἃ εἶπεν ὁ Ἀθη-
300 ναῖος, πάλιν ἐξήνεγκε προσγεγραμμένα· εἰ δέ τι δικαιό-
τερον τούτων γιγνώσκουσιν οἱ Ἀθηναῖοι, ἰόντας πρὸς
βασιλέα διδάσκειν. ἐπεὶ δὲ ἀφίκοντο οἱ πρέσβεις οἴκαδε 38
ἕκαστοι, τὸν μὲν Τιμαγόραν ἀπέκτειναν οἱ Ἀθηναῖοι,
κατηγοροῦντος τοῦ Λέοντος ὡς οὔτε συσκηνοῦν ἑαυτῷ
305 ἐθέλοι μετά τε Πελοπίδου πάντα βουλεύοιτο. τῶν δὲ
ἄλλων πρέσβεων ὁ μὲν Ἠλεῖος Ἀρχίδαμος, ὅτι προυτί-
μησε τὴν Ἦλιν πρὸ τῶν Ἀρκάδων, ἐπήνει τὰ βασιλέως, ὁ
δὲ Ἀντίοχος, ὅτι ἠλαττοῦτο τὸ Ἀρκαδικόν, οὔτε τὰ δῶρα
ἐδέξατο ἀπήγγειλέ τε πρὸς τοὺς μυρίους ὅτι βασιλεὺς
310 ἀρτοκόπους μὲν καὶ ὀψοποιοὺς καὶ οἰνοχόους καὶ θυρω-
ροὺς παμπληθεῖς ἔχοι, ἄνδρας δὲ οἳ μάχοιντ᾽ ἂν Ἕλλησι
πάνυ ζητῶν οὐκ ἔφη δύνασθαι ἰδεῖν. πρὸς δὲ τούτοις καὶ
τὸ τῶν χρημάτων πλῆθος ἀλαζονείαν οἷ γε δοκεῖν ἔφη
εἶναι, ἐπεὶ καὶ τὴν ὑμνουμένην ἂν χρυσῆν πλάτανον οὐχ
315 ἱκανὴν ἔφη εἶναι τέττιγι σκιὰν παρέχειν.

Ὡς δὲ οἱ Θηβαῖοι συνεκάλεσαν ἀπὸ τῶν πόλεων ἀπα- 39
σῶν ἀκουσομένους τῆς παρὰ βασιλέως ἐπιστολῆς καὶ ὁ

Ariobarzanes by the Athenians. — ἐξή-
νεγκε προσγεγραμμένα: *he brought out*
(from the apartment of the king) *an
additional clause.* The substance of
this clause is explained by what
follows. — διδάσκειν: inf. in indir.
disc. representing the imv. of dir.
disc., and depending upon the notion
of *bidding* involved in προσγεγραμ-
μένα.

38. ἐθέλοι, βούλοιτο: representing
the impf. ind. of dir. disc. G. 243,
N. 1; H. 935 b. — προυτίμησε: *sc.* βα-
σιλεύς. This partiality probably con-
sisted in recognizing Triphylia as
belonging to Elis instead of to Ar-
cadia. — τὰ βασιλέως: the action of

the king. — οὔτε, τέ: *cf.* Lat. ne-
que, et. — τὰ δῶρα: *the gifts*, which
it was customary to give to ambassa-
dors. — τοὺς μυρίους: the newly es-
tablished federal council, which man-
aged the affairs of Arcadia. See In-
trod. p. 7. — ζητῶν: concessive. — τὸ
... πλῆθος: in pregnant sense; *the
talk about the great wealth.* — οἷ: gen-
erally enclitic, but here orthotone to
give emphasis. So also *An.* i. 1. 8.
— τὴν ὑμνουμένην κτέ.: *the celebrated
golden plane tree.* This tree and a
golden vine had been presented to
King Darius by Pythius, a wealthy
Lydian. *Cf.* Hdt. vii. 27. — ἂν: const.
with εἶναι. — ἱκανήν: *large enough.*

Πέρσης ὁ φέρων τὰ γράμματα δείξας τὴν βασιλέως
σφραγῖδα ἀνέγνω τὰ γεγραμμένα, οἱ μὲν Θηβαῖοι ὀμνύναι
320 ταῦτα ἐκέλευον βασιλεῖ καὶ ἑαυτοῖς τοὺς βουλομένους
φίλους εἶναι, οἱ δὲ ἀπὸ τῶν πόλεων ἀπεκρίναντο ὅτι οὐκ
ὀμούμενοι ἀλλ' ἀκουσόμενοι πεμφθείησαν· εἰ δέ τι ὅρκων
δέοιντο, πρὸς τὰς πόλεις πέμπειν ἐκέλευον. ὁ μέντοι
Ἀρκὰς Λυκομήδης καὶ τοῦτο ἔλεγεν, ὅτι οὐδὲ τὸν σύλ-
325 λογον ἐν Θήβαις δέοι εἶναι, ἀλλ' ἔνθα ἂν ᾖ ὁ πόλεμος.
χαλεπαινόντων δ' αὐτῷ τῶν Θηβαίων καὶ λεγόντων ὡς
διαφθείροι τὸ συμμαχικόν, οὐδ' εἰς τὸ συνέδριον ἤθελε
καθίζειν, ἀλλ' ἀπιὼν ᾤχετο καὶ μετ' αὐτοῦ πάντες οἱ ἐξ
Ἀρκαδίας πρέσβεις. ὡς δ' ἐν Θήβαις οὐκ ἠθέλησαν οἱ 40
330 συνελθόντες ὀμόσαι, ἔπεμπον οἱ Θηβαῖοι πρέσβεις ἐπὶ
τὰς πόλεις, ὀμνύναι κελεύοντες ποιήσειν κατὰ τὰ βασιλέως
γράμματα, νομίζοντες ὀκνήσειν μίαν ἑκάστην τῶν πόλεων
ἀπεχθάνεσθαι ἅμα ἑαυτοῖς τε καὶ βασιλεῖ. ἐπεὶ μέντοι εἰς
Κόρινθον πρῶτον αὐτῶν ἀφικομένων ὑπέστησαν οἱ Κορίν-
335 θιοι καὶ ἀπεκρίναντο ὅτι οὐδὲν δέοιντο πρὸς βασιλέα
κοινῶν ὅρκων, ἐπηκολούθησαν καὶ ἄλλαι πολλαὶ πόλεις
κατὰ ταὐτὰ ἀποκρινόμεναι. καὶ αὕτη μὲν ἡ Πελοπίδου
καὶ τῶν Θηβαίων τῆς ἀρχῆς περιβολὴ οὕτω διελύθη.

Αὖθις δ' Ἐπαμεινώνδας, βουληθεὶς τοὺς Ἀχαιοὺς προσ- 41

39, 40. *Failure of the congress at
Thebes. Spring of 367 B.C.*
39. ὁ Πέρσης: so also in 387 B.C.
the Persian Tiribazus had announced
to the assembled Greeks the terms of
the Peace of Antalcidas. See v. i.
30. — ὀμνύναι ταῦτα: unusual expres-
sion, equiv. to ὀμνύναι τοὺς ὅρκους τού-
τους. — τὶ δέοιντο: τὶ cognate acc. as
in v. 4. 36. — Λυκομήδης: see 23. —
τὸ συμμαχικόν: *i.e.* the treaty of alli-
ance. — εἰς τὸ συνέδριον ἤθελε καθί-

ζειν: *i.e. would* come *into the congress*
and *sit* there.
40. περιβολή: used of striving for
something which does not properly
belong to one. *Cf.* also περιβάλλεσθαι
iv. 8. 18.
41–46. *Third expedition of Epami-
nondas into Peloponnesus. Establish-
ment and overthrow of Theban influence
in Achaea. Euphron gains control in
Sicyon. Summer of 367 B.C.*
41. Ἐπαμεινώνδας: here first men-

340 ἀγαγέσθαι, ὅπως μᾶλλον σφίσι καὶ οἱ Ἀρκάδες καὶ οἱ
ἄλλοι σύμμαχοι προσέχοιεν τὸν νοῦν, ἔγνω ἐκστρατευτέον
εἶναι ἐπὶ τὴν Ἀχαΐαν. Πεισίαν οὖν τὸν Ἀργεῖον στρα-
τηγοῦντα ἐν τῷ Ἄργει πείθει προκαταλαβεῖν τὸ Ὄνειον.
καὶ ὁ Πεισίας μέντοι καταμαθὼν ἀμελουμένην τὴν τοῦ
345 Ὀνείου φυλακὴν ὑπό τε Ναυκλέους, ὃς ἦρχε τοῦ ξενικοῦ
τῶν Λακεδαιμονίων, καὶ ὑπὸ Τιμομάχου τοῦ Ἀθηναίου,
καταλαμβάνει νύκτωρ μετὰ δισχιλίων ὁπλιτῶν τὸν ὑπὲρ
Κεγχρειῶν λόφον, ἔχων ἑπτὰ ἡμερῶν τὰ ἐπιτήδεια. ἐν δὲ 42
ταύταις ταῖς ἡμέραις ἐλθόντες οἱ Θηβαῖοι ὑπερβαίνουσι
350 τὸ Ὄνειον, καὶ στρατεύουσι πάντες οἱ σύμμαχοι ἐπ'
Ἀχαΐαν, ἡγουμένου Ἐπαμεινώνδου. προσπεσόντων δ'
αὐτῷ τῶν βελτίστων ἐκ τῆς Ἀχαΐας, ἐνδυναστεύει ὁ
Ἐπαμεινώνδας ὥστε μὴ φυγαδεῦσαι τοὺς κρατίστους μηδὲ
πολιτείαν μεταστῆσαι, ἀλλὰ πιστὰ λαβὼν παρὰ τῶν
355 Ἀχαιῶν ἦ μὴν συμμάχους ἔσεσθαι καὶ ἀκολουθήσειν
ὅποι ἂν Θηβαῖοι ἡγῶνται, οὕτως ἀπῆλθεν οἴκαδε. κατη- 43
γορούντων δὲ αὐτοῦ τῶν τε Ἀρκάδων καὶ τῶν ἀντιστα-
σιωτῶν ὡς Λακεδαιμονίοις κατεσκευακὼς τὴν Ἀχαΐαν
ἀπέλθοι, ἔδοξε Θηβαίοις πέμψαι ἁρμοστὰς εἰς τὰς
360 Ἀχαΐδας πόλεις. οἱ δ' ἐλθόντες τοὺς μὲν βελτίστους
σὺν τῷ πλήθει ἐξέβαλον, δημοκρατίας δ' ἐν τῇ Ἀχαΐᾳ

tioned. See Introd. p. 10.—σφίσι: i.e. the Thebans.—Ὄνειον: see on 15.

42. προσπεσόντων κτέ.: at the entreaty of the aristocrats.—ἐνδυναστεύει: effected by his personal influence.—φυγαδεῦσαι: as subj. supply τὸ πλῆθος. The popular party was dominant, owing to the presence of Epaminondas.—τοὺς κρατίστους: unusual expression for τοὺς βελτίστους. So also 3.1.—ἦ μήν: regular expression

in taking an oath. So iii. 4. 5; vii. 4. 38.—οὕτως: resuming the foregoing partic., as frequently.

43. ἀντιστασιωτῶν: not only the democratic element in Achaea, but also Epaminondas's political opponents at home.—Λακεδαιμονίοις κατεσκευακὼς κτλ.: viz. by leaving the aristocratic party in power in the Achaean cities.—ἁρμοστάς: generally used only of Spartan governors of subject states.—σὺν τῷ πλήθει: const. with

κατέστησαν. οἱ μέντοι ἐκπεσόντες συστάντες ταχύ, ἐπὶ
μίαν ἑκάστην τῶν πόλεων πορευόμενοι, ὄντες οὐκ ὀλίγοι,
κατῆλθόν τε καὶ κατέσχον τὰς πόλεις. ἐπεὶ δὲ κατελ-
365 θόντες οὐκέτι ἐμέσευον, ἀλλὰ προθύμως συνεμάχουν τοῖς
Λακεδαιμονίοις, ἐπιέζοντο οἱ Ἀρκάδες ἔνθεν μὲν ὑπὸ
Λακεδαιμονίων, ἔνθεν δὲ ὑπὸ Ἀχαιῶν. ἐν δὲ τῷ Σικυῶνι 44
τὸ μὲν μέχρι τούτου κατὰ τοὺς ἀρχαίους νόμους ἡ πολι-
τεία ἦν. ἐκ δὲ τούτου βουλόμενος ὁ Εὔφρων, ὥσπερ παρὰ
370 τοῖς Λακεδαιμονίοις μέγιστος ἦν τῶν πολιτῶν, οὕτω καὶ
παρὰ τοῖς ἐναντίοις αὐτῶν πρωτεύειν, λέγει πρὸς τοὺς
Ἀργείους καὶ τοὺς Ἀρκάδας ὡς, εἰ μὲν οἱ πλουσιώτατοι
ἐγκρατεῖς ἔσοιντο τοῦ Σικυῶνος, σαφῶς, ὅταν τύχῃ, πάλιν
λακωνιεῖ ἡ πόλις. "Ἐὰν δὲ δημοκρατία γένηται, εὖ ἴστε,"
375 ἔφη, "ὅτι διαμενεῖ ὑμῖν ἡ πόλις. ἐὰν οὖν μοι παραγέ-
νησθε, ἐγὼ ἔσομαι ὁ συγκαλῶν τὸν δῆμον καὶ ἅμα ἐγὼ
ὑμῖν ταύτην πίστιν ἐμαυτοῦ δώσω καὶ τὴν πόλιν βέβαιον
ἐν τῇ συμμαχίᾳ παρέξω. ταῦτα δ'," ἔφη, "ἐγὼ πράττω,
εὖ ἴστε ὅτι, πάλαι μὲν χαλεπῶς φέρων, ὥσπερ ὑμεῖς, τὸ
380 φρόνημα τῶν Λακεδαιμονίων, ἄσμενος δ' ἂν τὴν δουλείαν
ἀποφυγών." οἱ οὖν Ἀρκάδες καὶ οἱ Ἀργεῖοι ἡδέως ταῦτ' 45
ἀκούσαντες παρεγένοντο αὐτῷ. ὁ δ' εὐθὺς ἐν τῇ ἀγορᾷ
παρόντων τῶν Ἀργείων καὶ τῶν Ἀρκάδων συνεκάλει τὸν

οἱ δέ,— they, in conjunction with the
populace.— οὐκέτι ἐμέσευον: no longer
continued neutral, as they had done
before.

44. τὸ μέχρι τούτου: the preposi-
tional phrase is treated as a subst.
and takes the article. The const. is
that of duration of time. Cf. iv. 6.
12 τὸ ἀπὸ τούτου, vi. 2. 7 εἰς τἀπὶ
θάτερα.— ὅταν τύχῃ: at the first oppor-
tunity. Supply ἡ πόλις as subj. and
λακωνίζουσα as predicate. Cf. iv. 1.

34 ἂν οὕτω τύχωσιν. — ταύτην πίστιν
ἐμαυτοῦ δώσω: I will give you this as
a pledge of my good faith. Instead of
ταύτην (i.e. τὸ συγκαλεῖν) we expect
τοῦτο, but this is attracted into the
fem. by πίστιν. H. 632 a. — εὖ ἴστε
ὅτι: parenthetical, as εὖ οἶδ' ὅτι vi. 1. 4
and frequently. — ἄσμενος ἂν ἀποφυ-
γών: equiv. to ὃς ἄσμενος ἂν ἀπέφυγον
(εἰ δυνατὸν ἦν), i.e. who would gladly
have escaped the oppression, had I been
able.

δῆμον, ὡς τῆς πολιτείας ἐσομένης ἐπὶ τοῖς ἴσοις καὶ
385 ὁμοίοις.   ἐπεὶ δὲ συνῆλθον, στρατηγοὺς ἐκέλευσεν ἐλέ-
σθαι οὕστινας αὐτοῖς δοκοίη · οἱ δ' αἱροῦνται αὐτόν τε τὸν
Εὔφρονα καὶ Ἱππόδαμον καὶ Κλέανδρον καὶ Ἀκρίσιον καὶ
Λύσανδρον.   ὡς δὲ ταῦτα ἐπέπρακτο, καὶ ἐπὶ τὸ ξενικὸν
καθίστησιν Ἀδέαν τὸν αὐτοῦ υἱόν, Λυσιμένην τὸν πρό-
390 σθεν ἄρχοντα ἀποστήσας.   καὶ εὐθὺς μὲν τούτων τῶν 46
ξένων ὁ Εὔφρων πιστούς τινας εὖ ποιῶν ἐποιήσατο, καὶ
ἄλλους προσελάμβανεν, οὔτε τῶν δημοσίων οὔτε τῶν
ἱερῶν χρημάτων φειδόμενος.   καὶ ὅσους δ' ἐξέβαλεν ἐπὶ
λακωνισμῷ, καὶ τοῖς τούτων χρήμασιν ἐχρῆτο, καὶ τῶν
395 συναρχόντων δὲ τοὺς μὲν δόλῳ ἀπέκτεινε, τοὺς δὲ ἐξέ-
βαλεν · ὥστε πάντα ὑφ' ἑαυτῷ ἐποιήσατο καὶ σαφῶς
τύραννος ἦν.   ὅπως δὲ ταῦτα ἐπιτρέποιεν αὐτῷ οἱ σύμ-
μαχοι, τὰ μέν τι καὶ χρήμασι διεπράττετο, τὰ δὲ καί,
εἴ ποι στρατεύοιντο, προθύμως ἔχων τὸ ξενικὸν συνη-
400 κολούθει.   •

   Οὕτω δὲ τούτων προκεχωρηκότων, καὶ τῶν τε Ἀργείων 2

45. ἐπὶ τοῖς ἴσοις καὶ ὁμοίοις: see
on 1. — καὶ καθίστησιν: he also ap-
pointed. — ἀποστήσας: sc. τῆς ἀρχῆς,
having removed him from his command.
   46. πιστούς τινας: τινάς obj., πι-
στούς predicate. — προσελάμβανεν :
conative. — καὶ ὅσους, καὶ τούτων:
καί before ὅσους really belongs with
τούτων, being repeated with the latter
in consequence of the intervening
words. — ὅπως ἐπιτρέποιεν: to be con-
strued both with διεπράξατο and συνη-
κολούθει. With the former of these
verbs the const. is according to sense,
as though the thought, he used bribery,
were alone prominent in the writer's
mind. διαπράττεσθαι is regularly fol-
lowed by the inf. or ὥστε with the

infinitive. — τὰ μέν τι : in the mean-
ing partly, partly, τὰ μέν and τὰ δέ
have become so thoroughly mere
particles, that no plural quality is
longer recognized as belonging to
them; hence τὰ μέν τι. Cf. An. iv.
1. 14 τὰ μέν τι μαχόμενοι, τὰ δὲ καὶ
ἀναπαυόμενοι. On τί cf. vii. 4. 5 οὐδέν
τι. Besides μέν, δέ, we find often,
as here, the particles καί, καί in the
same sentence. Cf. iv. 1. 15 αἱ μὲν
καί, αἱ δὲ καί. — προθύμως : const. with
συνηκολούθει.
   2. 1–4. *Fidelity of the Phliasians
to the Spartans. Invasion of Phlius by
the Argives. Summer of 369 B.C.*
   The events narrated in this chapter
are but an episode in the great strug-

ἐπιτετειχικότων τῷ Φλειοῦντι τὸ ὑπὲρ τοῦ Ἡραίου Τρικά-
ρανον καὶ τῶν Σικυωνίων ἐπὶ τοῖς ὁρίοις αὐτῶν τειχιζόντων
τὴν Θυαμίαν, μάλα ἐπιέζοντο οἱ Φλειάσιοι καὶ ἐσπάνιζον
5 τῶν ἐπιτηδείων· ὅμως δὲ διεκαρτέρουν ἐν τῇ συμμαχίᾳ.
ἀλλὰ γὰρ τῶν μὲν μεγάλων πόλεων, εἴ τι καλὸν ἔπραξαν,
ἅπαντες οἱ συγγραφεῖς μέμνηνται· ἐμοὶ δὲ δοκεῖ, καὶ εἴ
τις μικρὰ πόλις οὖσα πολλὰ καὶ καλὰ ἔργα διαπέπρακται,
ἔτι μᾶλλον ἄξιον εἶναι ἀποφαίνειν. Φλειάσιοι τοίνυν φίλοι 2
10 μὲν ἐγένοντο Λακεδαιμονίοις, ὅτ᾽ ἐκεῖνοι μέγιστοι ἦσαν·
σφαλέντων δ᾽ αὐτῶν ἐν τῇ ἐν Λεύκτροις μάχῃ, καὶ ἀπο-
στάντων μὲν πολλῶν περιοίκων, ἀποστάντων δὲ πάντων
τῶν Εἱλώτων ἔτι δὲ τῶν συμμάχων πλὴν πάνυ ὀλίγων,
ἐπιστρατευόντων δ᾽ αὐτοῖς ὡς εἰπεῖν πάντων τῶν Ἑλλήνων,
15 πιστοὶ διέμειναν καὶ ἔχοντες πολεμίους τοὺς δυνατωτάτους
τῶν ἐν Πελοποννήσῳ Ἀρκάδας καὶ Ἀργείους ὅμως ἐβοή-
θησαν αὐτοῖς, καὶ διαβαίνειν τελευταῖοι λαχόντες εἰς Πρα-

gle waging between the Thebans and
Spartans, and as such are of minor
importance for an understanding of
the war in general.

1. **ἐπιτετειχικότων κτέ.**: *having for-
tified Tricaranum against Phlius.* Cf.
iii. 2. 1 ἐπιτετειχίσθαι τῇ οἰκήσει. —
Τρικάρανον: a hill with three sum-
mits, lying to the northeast of the
Phliasian plain. — **αὐτῶν** : *i.e.* the
Phliasians. — **Θυαμίαν** : north of
Phlius. — **ἐν τῇ συμμαχίᾳ** : *viz.* the
alliance with the Lacedaemonians.
Cf. vi. 4. 9; 5. 14, 17. — **ἀλλὰ γάρ** :
elliptical; *but* I will speak more par-
ticularly concerning Phlius, *for, etc.*
— **μικρά**: Phlius was one of the
smallest of the independent states of
Peloponnesus; but the city itself was
relatively large, having a population
of over 25,000. See v. 3. 16, where
the able-bodied male citizens are re-

ferred to as exceeding 5000 in num-
ber.

2. **ἀποστάντων κτέ.**: see vi. 5. 28,
32. Xenophon, however, exaggerates
the extent of the defection among the
helots. Many of them were faithful
to the Spartans at this juncture and
received their freedom as a reward.
— **ὡς εἰπεῖν**: *so to speak.* On this
loose const. of the inf., see G. 268;
H. 956. — **διαβαίνειν . . . λαχόντες**:
although it fell to their lot to cross last.
The reference is to the passage of the
Spartan allies by water from Argolis
to Prasiae on the eastern coast of
Laconia, at the time of Epaminon-
das's first invasion of Peloponne-
sus. See vi. 5. 29. The order of
transfer was evidently determined by
lot. Xenophon means that the fact
of their being left till the last, might

σιὰς τῶν συμβοηθησάντων — ἦσαν δ' οὗτοι Κορίνθιοι,
Ἐπιδαύριοι, Τροιζήνιοι, Ἑρμιονεῖς, Ἁλιεῖς, Σικυώνιοι καὶ
20 Πελληνεῖς, οὐ γάρ πω τότε ἀφέστασαν· — ἀλλ' οὐδ' ἐπεὶ 3
ὁ ξεναγὸς τοὺς προδιαβεβῶτας λαβὼν ἀπολιπὼν αὐτοὺς
ᾤχετο, οὐδ' ὡς ἀπεστράφησαν, ἀλλ' ἡγεμόνα μισθωσά-
μενοι ἐκ Πρασιῶν, ὄντων τῶν πολεμίων περὶ Ἀμύκλας,
ὅπως ἐδύναντο διαδύντες εἰς Σπάρτην ἀφίκοντο. καὶ μὴν
25 οἱ Λακεδαιμόνιοι ἄλλως τε ἐτίμων αὐτοὺς καὶ βοῦν ξένια
ἔπεμψαν. ἐπεὶ δ' ἀναχωρησάντων τῶν πολεμίων ἐκ τῆς 4
Λακεδαίμονος οἱ Ἀργεῖοι ὀργιζόμενοι τῇ τῶν Φλειασίων
περὶ τοὺς Λακεδαιμονίους προθυμίᾳ ἐνέβαλον πανδημεὶ
εἰς τὸν Φλειοῦντα καὶ τὴν χώραν αὐτῶν ἐδῄουν, οὐδ' ὡς
30 ὑφίεντο, ἀλλὰ καὶ ἐπεὶ ἀπεχώρουν φθείραντες ὅσα ἐδύ-
ναντο, ἐπεξελθόντες οἱ τῶν Φλειασίων ἱππεῖς ἐπηκολούθουν
αὐτοῖς, καὶ ὀπισθοφυλακούντων τοῖς Ἀργείοις τῶν ἱππέων
ἀπάντων καὶ λόχων τῶν μετ' αὐτοὺς τεταγμένων, ἐπιθέ-
μενοι τούτοις ἑξήκοντα ὄντες ἐτρέψαντο πάντας τοὺς ὀπι-
35 σθοφύλακας· καὶ ἀπέκτειναν μὲν ὀλίγους αὐτῶν, τροπαῖον
μέντοι ἐστήσαντο ὁρώντων τῶν Ἀργείων οὐδὲν διαφέρον
ἢ εἰ πάντας ἀπεκτόνεσαν αὐτούς.

Αὖθις δὲ Λακεδαιμόνιοι μὲν καὶ οἱ σύμμαχοι ἐφρού- 5
ρουν τὸ Ὄνειον, Θηβαῖοι δὲ προσῇεσαν ὡς ὑπερβησό-

naturally have induced them to return
home. — οὔπω ἀφέστασαν: *cf.* 1. 18.
3. ἀλλ' οὐδέ: ἀλλά is introduced
as if, in place of the partic. λαχόντες,
a finite verb had been employed. —
οὐδ' ὡς: *not even thus*; for the accent,
see G. 29, N. 1; H. 120. — ἡγεμόνα:
his function would naturally have
been performed by the ξεναγός. —
Ἀμύκλας: see vi. 5. 30.
4. εἰς τὸν Φλειοῦντα: *into the terri-
tory of Phlius,*as frequently.—ὑφίεντο:
sc. οἱ Φλειάσιοι.—ἀπεχώρουν: sc. οἱ

Ἀργεῖοι. — ὀπισθοφυλακούντων: the
subj. is ἱππέων καὶ λόχων. — ἑξήκοντα
ὄντες: concessive, — *though numbering
only sixty.*—οὐδὲν κτέ.: *just as if.*
διαφέρον is to be taken grammatically
with τροπαῖον, though logically it
modifies the whole sentence.
5-9. *Unsuccessful attack upon the
citadel of Phlius. Summer of 369 B.C.*
5. αὖθις: *viz.* in 369 B.C., on the
occasion of Epaminondas's second
invasion of Peloponnesus. See 1. 15.
— ὑπερβησόμενοι: sc. Mt. Oeneum.

40 μενοι. πορευομένων δὲ διὰ Νεμέας τῶν Ἀρκάδων καὶ
Ἠλείων, ὅπως συμμείξαιεν τοῖς Θηβαίοις, προσήνεγκαν
μὲν λόγον τῶν Φλειασίων φυγάδες ὡς, εἰ ἐθελήσειαν ἐπιφα-
νῆναι μόνον σφίσι, λάβοιεν ἂν Φλειοῦντα· ἐπεὶ δὲ ταῦτα
συνωμολογήθη, τῆς νυκτὸς ὑπεκαθίζοντο ὑπ᾽ αὐτῷ τῷ
45 τείχει κλίμακας ἔχοντες οἵ τε φυγάδες καὶ ἄλλοι μετ᾽
αὐτῶν ὡς ἑξακόσιοι. ἐπεὶ δὲ οἱ μὲν σκοποὶ ἐσήμαινον
ἀπὸ τοῦ Τρικαράνου ὡς πολεμίων ἐπιόντων, ἡ δὲ πόλις
πρὸς τούτους τὸν νοῦν εἶχεν, ἐν δὴ τούτῳ οἱ προδιδόντες
ἐσήμαινον τοῖς ὑποκαθημένοις ἀναβαίνειν. οἱ δ᾽ ἀνα- 6
50 βάντες καὶ λαβόντες τῶν φρουρῶν τὰ ὅπλα ἔρημα ἐδίω-
κον τοὺς ἡμεροφύλακας ὄντας δέκα· ἀφ᾽ ἑκάστης δὲ τῆς
πεμπάδος εἷς ἡμεροφύλαξ κατελείπετο· καὶ ἕνα μὲν ἔτι
καθεύδοντα ἀπέκτειναν, ἄλλον δὲ καταφυγόντα πρὸς τὸ
Ἥραιον. φυγῇ δ᾽ ἐξαλλομένων κατὰ τοῦ τείχους τοῦ εἰς
55 τὸ ἄστυ ὁρῶντος τῶν ἡμεροφυλάκων, ἀναμφισβητήτως
εἶχον οἱ ἀναβάντες τὴν ἀκρόπολιν. ἐπεὶ δὲ κραυγῆς εἰς 7
τὴν πόλιν ἀφικομένης ἐβοήθουν οἱ πολῖται, τὸ μὲν πρῶτον
ἐπεξελθόντες ἐκ τῆς ἀκροπόλεως οἱ πολέμιοι ἐμάχοντο ἐν

—Ἀρκάδων καὶ Ἠλείων: acc. to 8
and 1. 18, the Argives also were
with them. — προσήνεγκον λόγον: pro-
posed. — σφίσι: refers not only to
the exiles but also to their partisans
in the city, the οἱ προδιδόντες men-
tioned below. — ἀπὸ τοῦ Τρικαράνου:
const. with ἐσήμαινον. — πολεμίων ἐπι-
όντων: i.e. the Argives, Arcadians,
and Eleans, who were approaching
from the south. This manoeuvre
was intended to divert attention from
the exiles, who were lying in wait at
the foot of the wall. — οἱ προδιδόντες:
the partic. has conative force. — ἀνα-
βαίνειν: dependent upon the notion

of commanding involved in ἐσήμαι-
νον.

6. τὰ ὅπλα : the posts, by metonymy;
so often in the sense of camp. Cf. iv.
5. 6. — ἔρημα: predicatively, thinly
manned. — ἀφ᾽ ἑκάστης κτέ.: from each
squad of five day-guards one was regu-
larly left behind at night in the citadel.
There were ten squads of ἡμεροφύ-
λακες, as it appears, each consisting of
five men. Hence by day fifty guards
were on duty in the citadel. Ten of
these, one from each squad (chosen
probably in turn), seem to have been
detailed for duty at night. — ὁρῶντος:
looking toward. Cf. 1. 17 βλέποντος.

τῷ πρόσθεν τῶν εἰς τὴν πόλιν φερουσῶν πυλῶν· ἔπειτα
60 πολιορκούμενοι ὑπὸ τῶν προσβοηθούντων ἐχώρουν πάλιν
πρὸς τὴν ἀκρόπολιν· οἱ δὲ πολῖται συνεισπίπτουσιν
αὐτοῖς. τὸ μὲν οὖν μέσον τῆς ἀκροπόλεως εὐθὺς ἔρημον
ἐγένετο· ἐπὶ δὲ τὸ τεῖχος καὶ τοὺς πύργους ἀναβάντες οἱ
πολέμιοι ἔπαιον καὶ ἔβαλλον τοὺς ἔνδον· οἱ δὲ χαμόθεν
65 ἠμύνοντο καὶ κατὰ τὰς ἐπὶ τὸ τεῖχος φερούσας κλίμακας
προσεμάχοντο. ἐπεὶ δὲ τῶν ἔνθεν καὶ ἔνθεν πύργων 8
ἐκράτησάν τινων οἱ πολῖται, ὁμόσε δὴ ἐχώρουν ἀπονενοη-
μένως τοῖς ἀναβεβηκόσιν. οἱ δὲ ὠθούμενοι ὑπ᾿ αὐτῶν τῇ
τόλμῃ τε καὶ μάχῃ εἰς ἔλαττον συνειλοῦντο. ἐν δὲ τούτῳ
70 τῷ καιρῷ οἱ μὲν Ἀρκάδες καὶ οἱ Ἀργεῖοι περὶ τὴν πόλιν
ἐκυκλοῦντο, καὶ κατὰ κεφαλὴν τὸ τεῖχος τῆς ἀκροπόλεως
διώρυττον· τῶν δὲ ἔνδοθεν οἱ μὲν τοὺς ἐπὶ τοῦ τείχους, οἱ
δὲ καὶ τοὺς ἔξωθεν ἔτι ἐπαναβαίνοντας, ἐπὶ ταῖς κλίμαξιν
ὄντας, ἔπαιον, οἱ δὲ πρὸς τοὺς ἀναβεβηκότας αὐτῶν ἐπὶ
75 τοὺς πύργους ἐμάχοντο, καὶ πῦρ εὑρόντες ἐν ταῖς σκηναῖς
ὑφῆπτον αὐτούς, προσφοροῦντες τῶν δραγμάτων ἃ ἔτυχον

---

7. **ἐν τῷ** : in the space. — **πολιορκού-**
μενοι : here in the sense, being beset on
all sides. — **τὸ μέσον** : the interior space
in the acropolis was extensive. Paus.
ii. 13. 3–5. — **ἔρημον** : i.e. clear of the en-
emy, who now took refuge on the walls
and towers. — **κλίμακας** : here, steps.
8. **τῶν πύργων** : dependent upon
τινῶν. — **ἔνθεν καὶ ἔνθεν** : on this side
and on that. — **εἰς ἔλαττον** : i.e. in a
space growing constantly smaller.
Cf. vi. 2. 22 ἀεὶ δ᾿ ἐλείπετο σὺν ἐλάτ-
τοσι. — **οἱ Ἀργεῖοι** : see on 5. The
Eleans, who are there mentioned, are
here omitted. — **κατὰ κεφαλήν** : of
uncertain meaning, — perhaps from
above, referring to the high north side
of the citadel. Cf. 11. — **διώρυττον** :

conative. — **οἱ μὲν ... ἔπαιον** : the pas-
sage in the Mss. is manifestly cor-
rupt. The present text follows the
conjecture of Hertlein. According
to this, three distinct classes of the
enemy are recognized : 1) those who
had already mounted the walls,
2) those who are now climbing up
the walls on the north side by means
of the ladders, 3) those who had
mounted the towers on the walls. —
δράγματα : the inner space of the
acropolis (τὸ μέσον in 7) contained
cultivated ground. — **ἔτυχον** : Xeno-
phon freq. construes a neut. pl. subj.
with a pl. verb, as here, especially if
the idea of plurality is to be made
prominent. G. 135, 2 ; H. 604 a.

ἐξ αὐτῆς τῆς ἀκροπόλεως τεθερισμένα. ἐνταῦθα δὴ οἱ
μὲν ἀπὸ τῶν πύργων τὴν φλόγα φοβούμενοι ἐξήλλοντο, οἱ
δὲ ἐπὶ τῶν τειχῶν ὑπὸ τῶν ἀνδρῶν παιόμενοι ἐξέπιπτον.
80 ἐπεὶ δ' ἅπαξ ἤρξαντο ὑπείκειν, ταχὺ δὴ πᾶσα ἡ ἀκρόπολις 9
ἔρημος τῶν πολεμίων ἐγεγένητο. εὐθὺς δὲ καὶ οἱ ἱππεῖς
ἐξήλαυνον· οἱ δὲ πολέμιοι ἰδόντες αὐτοὺς ἀπεχώρουν,
καταλιπόντες τάς τε κλίμακας καὶ τοὺς νεκρούς, ἐνίους δὲ
καὶ ζῶντας ἀποκεχωλευμένους. ἀπέθανον δὲ τῶν πολε-
85 μίων οἵ τε ἔνδον μαχόμενοι καὶ οἱ ἔξω ἁλλόμενοι οὐκ
ἐλάττους τῶν ὀγδοήκοντα. ἔνθα δὴ θεάσασθαι παρῆν
ἐπὶ τῆς σωτηρίας τοὺς μὲν ἄνδρας δεξιουμένους ἀλλή-
λους, τὰς δὲ γυναῖκας πιεῖν τε φερούσας καὶ ἅμα χαρᾷ
δακρυούσας· πάντας δὲ τοὺς παρόντας τότε γε τῷ ὄντι
90 κλαυσίγελως εἶχεν.

Ἐνέβαλον δὲ καὶ τῷ ὑστέρῳ ἔτει εἰς τὸν Φλειοῦντα οἵ τε 10
Ἀργεῖοι καὶ οἱ Ἀρκάδες ἅπαντες. αἴτιον δ' ἦν τοῦ ἐπι-
κεῖσθαι αὐτοὺς ἀεὶ τοῖς Φλειασίοις ὅτι ἅμα μὲν ὠργίζοντο
αὐτοῖς, ἅμα δὲ ἐν μέσῳ εἶχον, καὶ ἐν ἐλπίδι ἦσαν ἀεὶ διὰ
95 τὴν ἀπορίαν τῶν ἐπιτηδείων παραστήσεσθαι αὐτούς. οἱ
δ' ἱππεῖς καὶ οἱ ἐπίλεκτοι τῶν Φλειασίων καὶ ἐν ταύτῃ τῇ
ἐμβολῇ ἐπὶ τῇ διαβάσει τοῦ ποταμοῦ ἐπιτίθενται σὺν τοῖς
παροῦσι τῶν Ἀθηναίων ἱππεῦσι· καὶ κρατήσαντες ἐποίη-

9. ταχὺ ἐγεγένητο: the plpf. to
designate the rapidity of the action.
So 4. 23 ταχὺ ἐτέτρωτο. — ἐξήλαυνον:
i.e. out of the city, and in pursuit of
the retreating enemy. — ἀπεχώρουν:
they now presumably effected their
intended junction with the Thebans;
see 5; i. 18. — τῶν ὀγδοήκοντα: on
the art. with numerals to express an
approximate round number, see H.
664 c; cf. 4. 23, 27. — πιεῖν: inf. of
purpose. G. 265; II. 951. — τῷ ὄντι:

implying that the expression κλαυσί-
γελως εἶχεν was a proverbial one.
For the general sentiment cf. 1. 32.
— κλαυσίγελως: compounds in -γελως
and -κερως are accented after the anal-
ogy of the Attic second declension.
Kühn. 79, 2.

10-15. *Third and fourth attacks
upon Phlius. Summer of 368 B.C.
and summer of 367 B.C.*

10. ἐν μέσῳ: Phlius lay between
Arcadia and Argolis. — τοῦ ποταμοῦ:

σαν τοὺς πολεμίους τὸ λοιπὸν τῆς ἡμέρας ἐπὶ τὰς ἀκρω-
100 ρείας ὑποχωρεῖν, ὥσπερ ἀπὸ φιλίου καρποῦ τοῦ ἐν τῷ
πεδίῳ φυλαττομένους μὴ καταπατήσειαν.

Αὖθις δέ ποτε ἐστράτευσεν εἰς τὸν Φλειοῦντα ὁ ἐν τῷ 11
Σικυῶνι ἄρχων Θηβαῖος, ἄγων οὕς τε αὐτὸς εἶχε φρουροὺς
καὶ Σικυωνίους καὶ Πελληνέας· ἤδη γὰρ τότε ἠκολούθουν
105 τοῖς Θηβαίοις· καὶ Εὔφρων δὲ τοὺς αὑτοῦ ἔχων μισθοφό-
ρους περὶ δισχιλίους συνεστρατεύετο. οἱ μὲν οὖν ἄλλοι
αὐτῶν διὰ τοῦ Τρικαράνου κατέβαινον ἐπὶ τὸ Ἥραιον, ὡς
τὸ πεδίον φθεροῦντες· κατὰ δὲ τὰς εἰς Κόρινθον φερούσας
πύλας ἐπὶ τοῦ ἄκρου κατέλιπε Σικυωνίους τε καὶ Πελλη-
110 νέας, ὅπως μὴ ταύτῃ περιελθόντες οἱ Φλειάσιοι κατὰ κεφα-
λὴν αὐτῶν γένοιντο ὑπὲρ τοῦ Ἡραίου. ὡς δ' ἔγνωσαν οἱ 12
ἐκ τῆς πόλεως τοὺς πολεμίους ἐπὶ τὸ πεδίον ὡρμημένους,
ἀντεξελθόντες οἵ τε ἱππεῖς καὶ οἱ ἐπίλεκτοι τῶν Φλειασίων
ἐμάχοντο καὶ οὐκ ἀνίεσαν εἰς τὸ πεδίον αὐτούς. καὶ τὸ
115 μὲν πλεῖστον τῆς ἡμέρας ἐνταῦθα ἀκροβολιζόμενοι διῆγον,
οἱ μὲν περὶ τὸν Εὔφρονα ἐπιδιώκοντες μέχρι τοῦ ἱππασί-
μου, οἱ δὲ ἔνδοθεν μέχρι τοῦ Ἡραίου. ἐπεὶ δὲ καιρὸς 13

the Asopus, which separated Phlius from Arcadia. — τὸ λοιπὸν ... ὑπο-χωρεῖν: retire to the heights and remain there the rest of the day. — ὥσπερ κτέ.: ironical; "as if they wished to avoid trampling down the grain, as belonging to friends." Obs. the pred. position of φιλίου. The ironical force is heightened by connecting καρποῦ with φυλαττόμενοι, instead of with καταπα-τήσειαν as we should naturally expect. — φιλίου: here equiv. to τῶν φίλων.

11. ἄρχων: a Theban harmost. See 1. 43. — ἤδη ἠκολούθουν: cf., on the other hand, 2 οὔπω τότε, viz. in

369 B.C. — Εὔφρων: now tyrant of Sicyon. Cf. 1. 44 ff. — οἱ ἄλλοι: proleptic, the others as opposed to the Sicyonians and Pellenians. — κατὰ τὰς πύλας κτέ.: i.e. on the northeast side of the citadel, from which point the Phliasians might otherwise attack those in the Heraeum. — κατὰ κεφα-λὴν αὐτῶν: above them.

12. οὐκ ἀνίεσαν: equiv. to οὐκ εἴων ἀναβαίνειν, as in ii. 4. 11. We must accordingly assume that there was some depression in the ground between the Phliasians and the enemy. — μέχρι τοῦ ἱππασίμου: as far as they could ride.

ἐδόκει ἰέναι, ἀπῇεσαν οἱ πολέμιοι κύκλῳ τοῦ Τρικαράνου·
ὥστε γὰρ τὴν σύντομον πρὸς τοὺς Πελληνέας ἀφικέσθαι
120 ἡ πρὸ τοῦ τείχους φάραγξ εἶργε. μικρὸν δ' αὐτοὺς πρὸς
τὸ ὄρθιον προπέμψαντες οἱ Φλειάσιοι ἀποτρεπόμενοι ἵεντο
τὴν παρὰ τὸ τεῖχος ἐπὶ τοὺς Πελληνέας καὶ τοὺς μετ'
αὐτῶν. καὶ οἱ περὶ τὸν Θηβαῖον δὲ αἰσθόμενοι τὴν σπου- 14
δὴν τῶν Φλειασίων ἡμιλλῶντο, ὅπως φθάσειαν τοῖς Πελ-
125 ληνεῦσι βοηθήσαντες. ἀφικόμενοι δὲ πρότεροι οἱ ἱππεῖς
ἐμβάλλουσι τοῖς Πελληνεῦσι. δεξαμένων δὲ τὸ πρῶτον,
ἐπαναχωρήσαντες πάλιν σὺν τοῖς παραγεγενημένοις τῶν
πεζῶν ἐνέβαλον καὶ ἐκ χειρὸς ἐμάχοντο. καὶ ἐκ τούτου
δὴ ἐγκλίνουσιν οἱ πολέμιοι καὶ ἀποθνήσκουσι τῶν τε
130 Σικυωνίων τινὲς καὶ τῶν Πελληνέων μάλα πολλοὶ καὶ
ἄνδρες ἀγαθοί. τούτων δὲ γενομένων οἱ μὲν Φλειάσιοι 15
τροπαῖον ἵσταντο λαμπρὸν παιανίζοντες, ὥσπερ εἰκός· οἱ
δὲ περὶ τὸν Θηβαῖον καὶ τὸν Εὔφρονα περιεώρων ταῦτα,
ὥσπερ ἐπὶ θέαν περιδεδραμηκότες. τούτων δὲ πραχθέν-
135 των, οἱ μὲν ἐπὶ Σικυῶνος ἀπῆλθον, οἱ δ' εἰς τὸ ἄστυ
ἀπεχώρησαν.

Καλὸν δὲ καὶ τοῦτο διεπράξαντο οἱ Φλειάσιοι· τὸν 16

13. κύκλῳ τοῦ Τρικαράνου: in a
half-circle on Mt. Tricaranum. — ὥστε
ἀφικέσθαι: this inf. without μή can-
not depend upon εἶργε. We must
assume the omission of some such
notion as οὕτως ἀπιέναι, prevented him
from withdrawing in such a way as to
reach. — τὴν σύντομον: sc. ὁδόν, adv.
acc. G. 160, 2; H. 719 a. — ἡ φά-
ραγξ: the ravine of a small tributary
emptying into the Asopus. — τοὺς
Πελληνέας: those mentioned in 11. —
προπέμψαντες: generally escort, here
in hostile sense, pursuing. — τὴν παρὰ
τεῖχος: the same as τὴν σύντομον
above.

14. οἱ ἱππεῖς: i.e. the Phliasians.
— δεξαμένων: gen. abs. Supply αὐτῶν
referring to Πελληνεῦσι. G. 278, 1,
N.; H. 972 b. — ἐκ χειρός: hand to
hand. — καὶ ἄνδρες ἀγαθοί: and more-
over brave men.

15. λαμπρόν: cognate acc. with
adv. force. Cf. Hor. Odes, i. 22. 23
dulce ridentem. — ἐπὶ θέαν: to
look on, instead of to render help. —
εἰς τὸ ἄστυ: viz. Phlius.

16. Magnanimity of the Phliasians.
τοῦτο: the following, for which usu-
ally τόδε, when the explanatory words
form an independent sentence, as
here.

γὰρ Πελληνέα Πρόξενον ζῶντα λαβόντες, καίπερ πάντων
σπανιζόμενοι, ἀφῆκαν ἄνευ λύτρων.   γενναίους μὲν δὴ
140 καὶ ἀλκίμους πῶς οὐκ ἄν τις φαίη εἶναι τοὺς τοιαῦτα
διαπραττομένους ;
"Ως γε μὴν καὶ διὰ καρτερίας τὴν πίστιν τοῖς φίλοις 17
διέσωζον περιφανές · οἳ ἐπεὶ εἴργοντο τῶν ἐκ τῆς γῆς
καρπῶν, ἔζων τὰ μὲν ἐκ τῆς πολεμίας λαμβάνοντες, τὰ
145 δὲ ἐκ Κορίνθου ὠνούμενοι, διὰ πολλῶν κινδύνων ἐπὶ τὴν
ἀγορὰν ἰόντες, χαλεπῶς μὲν τιμὴν πορίζοντες, χαλεπῶς
δὲ τοὺς πορίζοντας διαπραττόμενοι, γλίσχρως δ' ἐγγυητὰς
καθιστάντες τῶν ἀξόντων ὑποζυγίων.   ἤδη δὲ παντάπασιν 18
ἀποροῦντες Χάρητα διεπράξαντο σφίσι παραπέμψαι τὴν
150 παραπομπήν.   ἐπεὶ δ' ἐν Φλειοῦντι ἐγένοντο, ἐδεήθησαν
αὐτοῦ καὶ τοὺς ἀχρείους συνεκπέμψαι εἰς τὴν Πελλήνην.
κἀκείνους μὲν ἐκεῖ κατέλιπον, ἀγοράσαντες δὲ καὶ ἐπι-
σκευασάμενοι ὁπόσα ἐδύναντο ὑποζύγια νυκτὸς ἀπῇεσαν,
οὐκ ἀγνοοῦντες, ὅτι ἐνεδρεύσοιντο ὑπὸ τῶν πολεμίων,
155 ἀλλὰ νομίζοντες χαλεπώτερον εἶναι τοῦ μάχεσθαι τὸ μὴ
ἔχειν τἀπιτήδεια.   καὶ προῇεσαν μὲν οἱ Φλειάσιοι μετὰ 19
Χάρητος · ἐπεὶ δὲ ἐνέτυχον τοῖς πολεμίοις, εὐθὺς ἔργου
τε εἴχοντο καὶ παρακελευσάμενοι ἀλλήλοις ἐνέκειντο καὶ

17-23. *The Phliasians are assisted by
the Athenian Chares. Capture of Thya-
mia. Spring of 366 B.C.*
17. **διὰ καρτερίας**: *under privation.*—
τιμήν: *i.e.* money to pay for what they
purchased. — **τοὺς πορίζοντας**: *those
who would furnish* provisions. **τὰ ἐπιτή-
δεια** or its equiv. is to be supplied from
the context; so also with the following
ἀξόντων.—**ὑποζυγίων**: these were likely
to fall into the hands of the enemy.
18. **Χάρητα**: an Athenian general
of disreputable character, who sub-
sequently figured in the Social War

and in the contest with Philip. —
τὴν παραπομπήν: *the train of sup-
plies.*— **τοὺς ἀχρείους**: *i.e.* the old
men, women, and children. — **εἰς τὴν
Πελλήνην** : this city seems now to
have resumed friendly relations with
Phlius, possibly in consequence of
the magnanimous treatment accorded
Proxenus by the Phliasians. See 16.
—**ἐνεδρεύσοιντο**: fut. mid. in pass.
sense, as not infrequently. *Cf.* ii. 3.
11 **πολιτεύσοιντο**, vi. 4. 6 **πολιορκή-
σοιντο.**— **τὸ μὴ ἔχειν**: subj. of εἶναι.
19. **ἔργου εἴχοντο** : *they began battle ;*

ἅμα Χάρητα ἐπιβοηθεῖν ἐβόων. νίκης δὲ γενομένης καὶ
160 ἐκβληθέντων ἐκ τῆς ὁδοῦ τῶν πολεμίων, οὕτω δὴ οἴκαδε
καὶ ἑαυτοὺς καὶ ἃ ἦγον ἀπέσωσαν. ὡς δὲ τὴν νύκτα
ἠγρύπνησαν, ἐκάθευδον μέχρι πόρρω τῆς ἡμέρας. ἐπεὶ 20
δὲ ἀνέστη ὁ Χάρης, προσελθόντες οἵ τε ἱππεῖς καὶ οἱ
χρησιμώτατοι τῶν ὁπλιτῶν ἔλεγον · "Ὦ Χάρης, ἔξεστί
165 σοι τήμερον κάλλιστον ἔργον διαπράξασθαι. χωρίον
γὰρ ἐπὶ τοῖς ὅροις ἡμῖν οἱ Σικυώνιοι τειχίζουσιν, οἰκοδό-
μους μὲν πολλοὺς ἔχοντες, ὁπλίτας δὲ οὐ πάνυ πολλούς.
ἡγησόμεθα μὲν οὖν ἡμεῖς οἱ ἱππεῖς καὶ τῶν ὁπλιτῶν οἱ
ἐρρωμενέστατοι · σὺ δὲ τὸ ξενικὸν ἔχων ἐὰν ἀκολουθῇς,
170 ἴσως μὲν διαπεπραγμένα σοι καταλήψῃ, ἴσως δὲ ἐπιφα-
νεὶς σὺ τροπήν, ὥσπερ ἐν Πελλήνῃ, ποιήσεις. εἰ δέ τι
δυσχερές σοί ἐστιν ὧν λέγομεν, ἀνακοίνωσαι τοῖς θεοῖς
θυόμενος · οἰόμεθα γὰρ ἔτι σε μᾶλλον ἡμῶν τοὺς θεοὺς
ταῦτα πράττειν κελεύσειν. τοῦτο δὲ χρή, ὦ Χάρης, εὖ
175 εἰδέναι ὅτι, ἐὰν ταῦτα πράξῃς, τοῖς μὲν πολεμίοις ἐπιτετει-
χικὼς ἔσει, φιλίαν δὲ πόλιν διασεσωκώς, εὐκλεέστατος δὲ
ἐν τῇ πατρίδι ἔσει, ὀνομαστότατος δὲ καὶ ἐν τοῖς συμμά-
χοις καὶ πολεμίοις." ὁ μὲν δὴ Χάρης πεισθεὶς ἐθύετο · 21
τῶν δὲ Φλειασίων εὐθὺς οἱ μὲν ἱππεῖς τοὺς θώρακας ἐνε-

ἔργον as in v. 3. 2. — ἐβόων: here
equiv. to κελεύοντες ἐβόων. βοάω is
generally followed by the dat. of the
person, with the infinitive. — οὕτω δή:
resumptive, as frequently. — μέχρι
πόρρω κτέ.: till late in the day. The
gen. depends upon the adv. πόρρω.
G. 182, 2 ; H. 757.
20. χωρίον ἐπὶ τοῖς ὅροις: as nar-
rated in 1. — ἡμῖν: dat. of interest.
G. 184, 3, N. 4 ; H. 767. — ἐρρωμενέστα-
τοι: for the irreg. comp., see H. 251 b.
— ἴσως μὲν διαπεπραγμένα κτέ.: per-
haps you will find the business finished.

— σοί: ethical dat. — ἀνακοίνωσαι:
consult. The act. is commoner in
this sense ; but cf. 1. 27 κοινοῦσθαι. —
ἔτι μᾶλλον ἡμῶν τοὺς θεοὺς κτέ.: that
the gods will bid you to do this, even
more urgently than we do. — τοῦτο: the
following, as in 16. — τοῖς πολεμίοις:
dependent upon ἐπιτετειχικώς, like τῷ
Φλειοῦντι in 1. — ἐπιτετειχικὼς ἔσει:
used in an absolute sense, — " you
will have a fortified place, from which
to attack the enemy." On this pe-
riphrasis for the fut. perf. act., see G.
118, 3 ; H. 467 a.

180 δύοντο καὶ τοὺς ἵππους ἐχαλίνουν, οἱ δὲ ὁπλῖται ὅσα εἰς
πεζὸν παρεσκευάζοντο. ἐπεὶ δὲ ἀναλαβόντες τὰ ὅπλα
ἐπορεύοντο ἔνθα ἐθύετο, ἀπήντα αὐτοῖς ὁ Χάρης καὶ ὁ
μάντις καὶ ἔλεγον ὅτι καλὰ τὰ ἱερά. " Ἀλλὰ περιμένετε,"
ἔφασαν· " ἤδη γὰρ καὶ ἡμεῖς ἔξιμεν." ὡς δὲ τάχιστα
185 ἐκηρύχθη, θείᾳ τινὶ προθυμίᾳ καὶ οἱ μισθοφόροι ταχὺ
ἐξέδραμον. ἐπεὶ δὲ Χάρης ἤρξατο πορεύεσθαι, προῆε- 22
σαν αὐτῷ οἱ τῶν Φλειασίων ἱππεῖς καὶ πεζοί· καὶ τὸ μὲν
πρῶτον ταχέως ἡγοῦντο, ἔπειτα δὲ ἐτρόχαζον· τέλος δὲ
οἱ μὲν ἱππεῖς κατὰ κράτος ἤλαυνον, οἱ δὲ πεζοὶ κατὰ κρά-
190 τος ἔθεον ὡς δυνατὸν ἐν τάξει, οἷς καὶ ὁ Χάρης σπουδῇ
ἐπηκολούθει. ἦν μὲν οὖν τῆς ὥρας μικρὸν πρὸ δύντος
ἡλίου· κατελάμβανον δὲ τοὺς ἐν τῷ τείχει πολεμίους τοὺς
μὲν λουομένους, τοὺς δ᾽ ὀψοποιουμένους, τοὺς δὲ φυρῶντας,
τοὺς δὲ στιβάδας ποιουμένους. ὡς δ᾽ εἶδον τὴν σφοδρό- 23
195 τητα τῆς ἐφόδου, εὐθὺς ἐκπλαγέντες ἔφυγον καταλιπόντες
τοῖς ἀγαθοῖς ἀνδράσι πάντα τἀπιτήδεια. κἀκεῖνοι μὲν
ταῦτα δειπνήσαντες καὶ οἴκοθεν ἄλλα ἐλθόντα, ὡς ἐπ᾽
εὐτυχίᾳ σπείσαντες καὶ παιανίσαντες καὶ φυλακὰς κατα-
στησάμενοι, κατέδαρθον. οἱ δὲ Κορίνθιοι, ἀφικομένου
200 τῆς νυκτὸς ἀγγέλου περὶ τῆς Θυαμίας, μάλα φιλικῶς
κηρύξαντες τὰ ζεύγη καὶ τὰ ὑποζύγια πάντα καὶ σίτου
γεμίσαντες εἰς τὸν Φλειοῦντα παρήγαγον· καὶ ἔωσπερ ἐτει-
χίζετο τὸ τεῖχος, ἑκάστης ἡμέρας παραπομπαὶ ἐγίγνοντο.

---

21. ὅσα εἰς πεζόν: sc. ἔδει παρα-
σκευάζεσθαι. — ἐπορεύοντο: supply
ἐκεῖσε as antec. of ἔνθα. — ἀλλά: hor-
tatory, as in vi. 4. 21. — ἔφασαν: sc.
οἱ περὶ Χάρητα. — ὡς τάχιστα: as soon
as. — μισθοφόροι: i.e. those of Chares.
　22. προῆεσαν αὐτῷ: αὐτῷ is dat.
of interest, as in v. 4. 59. — ὡς δυνα-
τὸν ἐν τάξει: sc. ἦν, — so far as was
possible for men who were drawn up

in order. — τῆς ὥρας: part. gen. de-
pendent upon the temporal notion
involved in μικρὸν πρὸ δύντος ἡλίου.
　23. ἐλθόντα: personification. — ὡς
ἐπ᾽ εὐτυχίᾳ: equiv. to ὡς εὐτυχοῦντες.
— περὶ τῆς Θυαμίας: i.e. concerning
the capture of Thyamia. Brachylogy.
— κηρύξαντες τὰ ζεύγη: also brachy-
logical, "having collected teams by
issuing a call." — ἐτειχίζετο τὸ τεί-

Περὶ μὲν δὴ Φλειασίων, ὡς καὶ πιστοὶ τοῖς φίλοις ἐγέ- 3
νοντο καὶ ἄλκιμοι ἐν τῷ πολέμῳ διετέλεσαν, καὶ ὡς πάντων
σπανίζοντες διέμενον ἐν τῇ συμμαχίᾳ, εἴρηται. σχεδὸν
δὲ περὶ τοῦτον τὸν χρόνον Αἰνέας Στυμφάλιος, στρατηγὸς
5 τῶν Ἀρκάδων γεγενημένος, νομίσας οὐκ ἀνεκτῶς ἔχειν τὰ
ἐν τῷ Σικυῶνι, ἀναβὰς σὺν τῷ ἑαυτοῦ στρατεύματι εἰς τὴν
ἀκρόπολιν συγκαλεῖ τῶν Σικυωνίων τῶν τε ἔνδον ὄντων
τοὺς κρατίστους καὶ τοὺς ἄνευ δόγματος ἐκπεπτωκότας
μετεπέμπετο. φοβηθεὶς δὲ ταῦτα ὁ Εὔφρων καταφεύγει 2
10 εἰς τὸν λιμένα τῶν Σικυωνίων, καὶ μεταπεμψάμενος Πασί-
μηλον ἐκ Κορίνθου, διὰ τούτου παραδίδωσι τὸν λιμένα
τοῖς Λακεδαιμονίοις καὶ ἐν ταύτῃ αὖ τῇ συμμαχίᾳ ἀνε-
στρέφετο, λέγων ὡς Λακεδαιμονίοις διατελοίη πιστὸς ὤν·
ὅτε γὰρ ψῆφος ἐδίδοτο ἐν τῇ πόλει, εἰ δοκοίη ἀφίστασθαι,
15 μετ' ὀλίγων ἀποψηφίσασθαι ἔφη· ἔπειτα δὲ τοὺς προδόν- 3
τας ἑαυτὸν βουλόμενος τιμωρήσασθαι δῆμον καταστῆσαι.
"Καὶ νῦν," ἔφη, "φεύγουσιν ὑπ' ἐμοῦ πάντες οἱ ὑμᾶς προδι-

χος: the Phliasians now finished the
fortification at Thyamia for them-
selves.

3. 1-3. *Downfall of Euphron in
Sicyon. Spring of 366 B.C.*

The account of affairs in Sicyon,
which was interrupted at the close of
chap. 2, is here resumed.

1. ἄλκιμοι διετέλεσαν: without ὄν-
τες, as vi. 3. 10 and elsewhere. — ἐν τῇ
συμμαχίᾳ: *viz.* with the Lacedae-
monians. — Στυμφάλιος: Stymphalus
bordered upon Phlius, Sicyon, and
Argolis. — τὰ ἐν τῷ Σικυῶνι: *i.e.* the
rule of Euphron. — εἰς τὴν ἀκρόπο-
λιν: this was done with the consent
and approval of the resident Theban
harmost. See 4. — τοὺς κρατίστους:
equiv. to τοὺς βελτίστους, *the aristo-
crats*, as in i. 42. — τοὺς ἄνευ κτέ.:

i.e. those banished arbitrarily by Eu-
phron; see i. 46.

2. λιμένα: its name was Mecone.
Sicyon itself lay some miles inland
from the Gulf of Corinth. *Cf.* also
the situation of Athens and Megara,
both of which were at some dis-
tance from their respective harbors,
Piraeus and Nisaea. — Πασίμηλον:
prob. the same as the one mentioned
in iv. 4. 4, 7. — αὖ: *i.e.* although he
had recently opposed the Spartans.
— ψῆφος: *the voting*, abstract for the
concrete. — ἀποψηφίσασθαι: *sc.* on
occasion of the Theban attack men-
tioned in i. 18, when Sicyon, appar-
ently by a popular vote, allied itself
with the Thebans.

3. δῆμον: *i.e.* a popular govern-
ment. — οἱ προδιδόντες: the partic.

δόντες. εἰ μὲν οὖν ἐδυνάσθην ἐγώ, ὅλην ἂν ἔχων τὴν
πόλιν πρὸς ὑμᾶς ἀπέστην· νῦν δ᾽ οὐ ἐγκρατὴς ἐγενόμην
20 τὸν λιμένα παραδέδωκα ὑμῖν." ἠκροῶντο μὲν δὴ πολλοὶ
αὐτοῦ ταῦτα· ὁπόσοι δὲ ἐπείθοντο οὐ πάνυ κατάδηλον.
Ἀλλὰ γὰρ ἐπείπερ ἠρξάμην, διατελέσαι βούλομαι τὰ 4
περὶ Εὔφρονος. στασιασάντων γὰρ ἐν τῷ Σικυῶνι τῶν
τε βελτίστων καὶ τοῦ δήμου, λαβὼν ὁ Εὔφρων Ἀθήνηθεν
25 ξενικὸν πάλιν κατέρχεται. καὶ τοῦ μὲν ἄστεως ἐκράτει
σὺν τῷ δήμῳ· Θηβαίου δὲ ἁρμοστοῦ τὴν ἀκρόπολιν
ἔχοντος, ἐπεὶ ἔγνω οὐκ ἂν δυνάμενος τῶν Θηβαίων ἐχόν-
των τὴν ἀκρόπολιν τῆς πόλεως κρατεῖν, συσκευασάμενος
χρήματα ᾤχετο, ὡς τούτοις πείσων Θηβαίους ἐκβάλλειν
30 μὲν τοὺς κρατίστους, παραδοῦναι δ᾽ αὐτῷ πάλιν τὴν
πόλιν. αἰσθόμενοι δὲ οἱ πρόσθεν φυγάδες τὴν ὁδὸν 5
αὐτοῦ καὶ τὴν παρασκευὴν ἀντεπορεύοντο εἰς τὰς Θήβας.
ὡς δ᾽ ἑώρων αὐτὸν οἰκείως τοῖς ἄρχουσι συνόντα, φοβη-
θέντες μὴ διαπράξαιτο ἃ βούλεται, παρεκινδύνευσάν τινες
35 καὶ ἀποσφάττουσιν ἐν τῇ ἀκροπόλει τὸν Εὔφρονα, τῶν
τε ἀρχόντων καὶ τῆς βουλῆς συγκαθημένων. οἱ μέντοι
ἄρχοντες τοὺς ποιήσαντας εἰσήγαγον εἰς τὴν βουλήν, καὶ
ἔλεγον τάδε·

has conative force,—*those who wanted
to betray.* — **ἐδυνάσθην** : Xenophon
prefers this form to ἐδυνήθην. So
also ii. 3. 33; vii. 3. 3, 7, 9; 5. 25. —
οὐ : neuter. As its antec. we natu-
rally expect τοῦτο, instead of which
we have the more specific τὸν λι-
μένα.

4, 5. *Assassination of Euphron at
Thebes. Autumn of 366 B.C.*

4. ἀλλὰ γάρ : elliptical, as in 2. 1 ;
but I will proceed *for.* — **τὰ περὶ Εὔ-
φρονος** : for the gen., see on v. 2. 7. —
Ἀθήνηθεν : Athens, as Sparta's ally,

now naturally lent assistance to Eu-
phron.— **τοῦ ἄστεως, τῆς πόλεως** :
ἄστυ is local, the city as opposed to
the acropolis ; πόλις refers to the city
as an organic whole, with a govern-
ment and institutions.— **οὐκ ἂν δυνά-
μενος** : equiv. to ὅτι οὐκ ἂν δύναιτο. —
ἐκβάλλειν : note the pres., *to keep in a
state of exile.*

5. τὴν παρασκευήν : *his purpose.* —
ἀντεπορεύοντο : *i.e.* they set out with
the intention of thwarting Euphron's
plans.—**τοῖς ἄρχουσι** : *i.e.* the Boeo-
tarchs.

"Ὦ ἄνδρες πολῖται, ἡμεῖς τουτουσὶ τοὺς ἀποκτείναντας 6
40 Εὔφρονα διώκομεν περὶ θανάτου, ὁρῶντες ὅτι οἱ μὲν
σώφρονες οὐδὲν δήπου ἄδικον οὐδὲ ἀνόσιον ποιοῦσιν, οἱ
δὲ πονηροὶ ποιοῦσι μέν, λανθάνειν δὲ πειρῶνται, οὗτοι δὲ
τοσοῦτον πάντας ἀνθρώπους ὑπερβεβλήκασι τόλμῃ τε καὶ
μιαρίᾳ, ὥστε παρ' αὐτάς τε τὰς ἀρχὰς καὶ παρ' αὐτοὺς
45 ὑμᾶς τοὺς κυρίους οὕστινας δεῖ ἀποθνῄσκειν καὶ οὕστι-
νας μή, αὐτογνωμονήσαντες ἀπέκτειναν τὸν ἄνδρα. εἰ οὖν
οὗτοι μὴ δώσουσι τὴν ἐσχάτην δίκην, τίς ποτε πρὸς τὴν
πόλιν θαρρῶν πορεύσεται; τί δὲ πείσεται ἡ πόλις, εἰ ἐξ-
έσται τῷ βουλομένῳ ἀποκτεῖναι πρὶν δηλῶσαι ὅτου ἕνεκα
50 ἥκει ἕκαστος; ἡμεῖς μὲν δὴ τούτους διώκομεν ὡς ἀνοσιω-
τάτους καὶ ἀδικωτάτους καὶ ἀνομωτάτους καὶ πλεῖστον δὴ
ὑπεριδόντας τῆς πόλεως· ὑμεῖς δὲ ἀκηκοότες, ὁποίας τινὸς
ὑμῖν δοκοῦσιν ἄξιοι εἶναι δίκης, ταύτην αὐτοῖς ἐπίθετε."

Οἱ μὲν ἄρχοντες τοιαῦτα εἶπον· τῶν δὲ ἀποκτεινάντων 7
55 οἱ μὲν ἄλλοι ἠρνοῦντο μὴ αὐτόχειρες γεγενῆσθαι· εἷς δὲ
ὡμολογήκει καὶ τῆς ἀπολογίας ὧδέ πως ἤρχετο· "Ἀλλ'
ὑπερορᾶν μέν, ὦ Θηβαῖοι, οὐ δυνατὸν ὑμῶν ἀνδρὶ ὃς

6-12. *Trial of the assassins. Their defence and acquittal.*

6. **διώκομεν περὶ θανάτου**: *arraign on a capital charge.* περὶ θανάτου is rare in this sense. Generally the simple gen. is employed. G. 173, 2; II. 745. — **ὥστε ἀπέκτειναν**: where we naturally expect the inf.; so 4. 32 and not infrequently. — **παρ' αὐτὰς τὰς ἀρχάς**: *in the presence of the very magistrates.* Abstract for concrete. — **ὑμᾶς κτέ.**: *you, who decide who must be put to death and who not.* — **αὐτογνω-μονήσαντες**: *taking the law into their own hands.* — **τίς ποτε**: *who will ever?* ποτέ does not here have the force

of Lat. **tandem**, as in v. 1. 4. — **τί πείσεται κτέ.**: " What will become of the city!" — **εἰ ἐξέσται κτέ.**: " if a man knows he may be murdered before he has had an opportunity to state the object of his coming." ἕκαστος, instead of standing as obj. of ἀποκτεῖναι and subj. of δηλῶ-σαι, is joined with ἥκει. — **ὑπεριδόν-τας**: here and in 7 is construed with the gen.; generally with the accusative. — **ὁποίας τινός**: see on v. 4. 13.

7. **ὡμολογήκει**: sc. before they were brought before the tribunal. — **δυνατόν**: sc. ἦν, as is indicated by

εἰδείη κυρίους μὲν ὄντας ὅ τι βούλεσθε αὐτῷ χρῆσθαι·
τίνι μὴν πιστεύων ἀπέκτεινα τὸν ἄνδρα; εὖ ἴστε ὅτι
60 πρῶτον μὲν τῷ νομίζειν δίκαιον ποιεῖν, ἔπειτα δὲ τῷ
ὑμᾶς ὀρθῶς γνώσεσθαι. ᾔδειν γὰρ ὅτι καὶ ὑμεῖς τοὺς
περὶ Ἀρχίαν καὶ Ὑπάτην, οὓς ἐλάβετε ὅμοια Εὔφρονι
πεποιηκότας, οὐ ψῆφον ἀνεμείνατε, ἀλλὰ ὁπότε πρῶτον
ἐδυνάσθητε ἐτιμωρήσασθε, νομίζοντες τῶν τε περιφανῶς
65 ἀνοσίων καὶ τῶν φανερῶς προδοτῶν καὶ τυραννεῖν ἐπι-
χειρούντων ὑπὸ πάντων ἀνθρώπων θάνατον κατεγνῶσθαι.
οὐκοῦν καὶ Εὔφρων πᾶσι τούτοις ἔνοχος ἦν· παραλαβὼν 8
μὲν γὰρ τὰ ἱερὰ μεστὰ καὶ ἀργυρῶν καὶ χρυσῶν ἀναθη-
μάτων κενὰ πάντων τούτων ἀπέδειξε. προδότης γε μὴν
70 τίς ἂν περιφανέστερος Εὔφρονος εἴη, ὃς φιλαίτατος μὲν ὢν
Λακεδαιμονίοις ὑμᾶς ἀντ' ἐκείνων εἵλετο· πιστὰ δὲ δοὺς
καὶ λαβὼν παρ' ὑμῶν πάλιν προύδωκεν ὑμᾶς καὶ παρ-
έδωκε τοῖς ἐναντίοις τὸν λιμένα; καὶ μὴν πῶς οὐκ ἀπροφα-
σίστως τύραννος ἦν, ὃς δούλους μὲν οὐ μόνον ἐλευθέρους

---

the opt. εἰδείη.—κυρίους μὲν ὄντας:
sc. ὑμᾶς. μέν here, without following
δέ, is equiv. to μήν, as v. 1. 10; vi. 5.
39. — ὅς ... εἰδείη: *whoever knew that
you were vested with authority to treat
him as you wish.* — τίνι μήν: correla-
tive with the sent. ὑπερορᾶν μὲν κτέ.
— τῷ νομίζειν, τῷ γνώσεσθαι: depend-
ent upon πιστεύων to be supplied
with ὅτι. — ὀρθῶς γνώσεσθαι: *that you
would decide rightly, i.e. acquit me of
crime.* — Ὑπάτην: a prominent mem-
ber of Archias's party. He was mur-
dered along with Archias at the time
the Spartan power was overthrown
in Thebes, 378 B.C. *Cf.* v. 4. 6. —
ἀνεμείνατε: strictly this should have
been in the participial const., ἀναμεί-
ναντες, instead of which, it is put
in the indicative, for the sake of

better bringing out the contrast with
ἐτιμωρήσασθε, while the object of the
latter, τοὺς περὶ κτέ., gains special em-
phasis by its position. — ὁπότε πρῶ-
τον: as soon as. *Cf.* Lat. cum pri-
mum. — τῶν ἀνοσίων κτέ.: the gens.
depend upon κατεγνῶσθαι, *that sentence
of death had been passed upon the trai-
tors, etc.* — φανερῶς: limits the verbal
idea involved in προδοτῶν.

8. ἔνοχος κτέ.: *liable to punishment
on account of all these.* — παραλαβὼν
... ἀπέδειξε: *cf.* 1. 46. — γὲ μήν: the
three counts of the indictment are
connected by μέν, γὲ μήν, καὶ μήν. —
φιλαίτατος: on the comp. see G. 71,
N. 2; H. 250 b. — εἵλετο: *cf.* 1. 44.
— παρέδωκε τὸν λιμένα: *cf.* above, 2.
— ἀπροφασίστως: i.e. without mak-
ing any pretext at concealing his pur-

75 ἀλλὰ καὶ πολίτας ἐποίει, ἀπεκτίννυε δὲ καὶ ἐφυγάδευε καὶ
χρήματα ἀφῃρεῖτο οὐ τοὺς ἀδικοῦντας, ἀλλ᾽ οὓς αὐτῷ
ἐδόκει· οὗτοι δὲ ἦσαν οἱ βέλτιστοι. αὖθις δὲ μετὰ τῶν 9
ἐναντιωτάτων ὑμῖν Ἀθηναίων κατελθὼν εἰς τὴν πόλιν
ἐναντία μὲν ἔθετο τὰ ὅπλα τῷ παρ᾽ ὑμῶν ἁρμοστῇ· ἐπεὶ
80 δ᾽ ἐκεῖνον οὐκ ἐδυνάσθη ἐκ τῆς ἀκροπόλεως ἐκβαλεῖν,
συσκευασάμενος χρήματα δεῦρο ἀφίκετο. καὶ εἰ μὲν
ὅπλα ἠθροικὼς ἐφάνη ἐφ᾽ ὑμᾶς, καὶ χάριν ἄν μοι εἴχετε,
εἰ ἀπέκτεινα αὐτόν· ὃς δὲ χρήματα ἦλθε παρασκευα-
σάμενος, ὡς τούτοις ὑμᾶς διαφθερῶν καὶ πείσων πάλιν
85 κύριον αὐτὸν ποιῆσαι τῆς πόλεως, τούτῳ ἐγὼ τὴν δίκην
ἐπιθεὶς πῶς ἂν δικαίως ὑφ᾽ ὑμῶν ἀποθάνοιμι; καὶ γὰρ οἱ
μὲν ὅπλοις βιασθέντες βλάπτονται μέν, οὐ μέντοι ἄδικοί
γε ἀναφαίνονται. οἱ δὲ χρήμασι παρὰ τὸ βέλτιστον δια-
φθαρέντες ἅμα μὲν βλάπτονται, ἅμα δὲ αἰσχύνῃ περιπί-
90 πτουσι. εἰ μὲν τοίνυν ἐμοὶ μὲν πολέμιος ἦν, ὑμῖν δὲ 10
φίλος, κἀγὼ ὁμολογῶ μὴ καλῶς ἄν μοι ἔχειν παρ᾽ ὑμῖν
τοῦτον ἀποκτεῖναι· ὁ δὲ ὑμᾶς προδιδοὺς τί ἐμοὶ πολεμιώ-
τερος ἦν ἢ ὑμῖν; ''Ἀλλὰ νὴ Δία,' εἴποι ἄν τις, 'ἑκὼν ἦλθε.'
κᾆτα εἰ μὲν ἀπεχόμενον τῆς ὑμετέρας πόλεως ἀπέκτεινέ

pose. — ἀπεκτίννυε: thematic forma-
tion instead of ἀπεκτίννυν. Cf. v. 2. 43
ἀπεκτίννυον, vi. 5. 22 συμμιγνύουσι, 23
ἐπιδεικνύοντες. — οἱ βέλτιστοι: the aris-
tocrats.

9. ὅπλα ἠθροικώς: having collected
soldiers, ὁπλίτας. On this use of ὅπλα
see vi. 2. 27. — ὅς: its antec. is τούτῳ
below. — ἀποθάνοιμι: be put to death;
hence the const. of ὑπό with the geni-
tive. II. 820. — ἄδικοι: guilty. — οἱ
... διαφθαρέντες: those who allow them-
selves to be corrupted by gold.

10. πολεμιώτερος: equiv. to μᾶλλον
πολέμιος. How was he more my enemy

than yours? — ἀλλὰ νὴ Δία κτέ.: the
connexion of thought here seems to
be as follows: Some one might urge
that Euphron was entitled to protec-
tion at the hands of the Thebans, as
having voluntarily entered (ἑκὼν ἦλθε)
their city. To this the speaker re-
plies in substance: "I understand;
it is because he was killed in Thebes,
that you are displeased. Had anyone
killed him elsewhere, you would have
commended the act. But consider!
Was not the man deserving of death,
who had once wrought you mischief
and was only waiting to work more!"

95 τις αὐτόν, ἐπαίνου ἂν ἐτύγχανε· νῦν δὲ ὅτι πάλιν ἦλθεν
ἄλλα πρὸς τοῖς πρόσθεν κακὰ ποιήσων, οὐ δικαίως φησί
τις αὐτὸν τεθνάναι; ποῦ ἔχων Ἕλλησι σπονδὰς ἀποδεῖξαι
ἢ προδόταις ἢ παλιναυτομόλοις ἢ τυράννοις; πρὸς δὲ τού- 11
τοις ἀναμνήσθητε ὅτι καὶ ἐψηφίσασθε δήπου τοὺς φυγά-
100 δας ἀγωγίμους εἶναι ἐκ πάντων τῶν συμμάχων. ὅστις δὲ
ἄνευ κοινοῦ τῶν συμμάχων δόγματος κατέρχεται φυγάς,
τοῦτον ἔχοι τις ἂν εἰπεῖν ὅπως οὐ δίκαιόν ἐστιν ἀποθνή-
σκειν; ἐγώ φημι, ὦ ἄνδρες, ἀποκτείναντας μὲν ὑμᾶς ἐμὲ
τετιμωρηκότας ἔσεσθαι ἀνδρὶ τῷ πάντων ὑμῖν πολεμιω-
105 τάτῳ· γνόντας δὲ δίκαια πεποιηκέναι αὐτοὺς τετιμωρη-
κότας φανεῖσθαι ὑπέρ τε ὑμῶν αὐτῶν καὶ ὑπὲρ τῶν συμ-
μάχων ἁπάντων."

Οἱ μὲν οὖν Θηβαῖοι ταῦτα ἀκούσαντες ἔγνωσαν δίκαια 12
τὸν Εὔφρονα πεπονθέναι· οἱ μέντοι πολῖται αὐτοῦ ὡς
110 ἄνδρα ἀγαθὸν κομισάμενοι ἔθαψάν τε ἐν τῇ ἀγορᾷ καὶ
ὡς ἀρχηγέτην τῆς πόλεως σέβονται. οὕτως, ὡς ἔοικεν, οἱ
πλεῖστοι ὁρίζονται τοὺς εὐεργέτας ἑαυτῶν ἄνδρας ἀγαθοὺς
εἶναι.

—ἔχων: *being able.*— σπονδὰς κτέ.:
*that treaties exist with traitors, rene-
gades, or tyrants.*—προδόταις: con-
strued with σπονδάς, after the analogy
of σπένδεσθαί τινι.

11. δήπου: *of course.* — ἀγωγίμους:
subject to extradition. — κατέρχεται:
i.e. is restored to his own city or finds
refuge (as here) in another. — τοῦ-
τον: subj. of ἀποθνῄσκειν. — ὅπως οὐ
δίκαιόν ἐστιν: really an indir. quest.,
but equiv. to ὅτι οὐ δίκαιον κτέ. — τετι-
μωρηκότας κτέ.: *you will have avenged
the death of your worst enemy.*—γνόντας
δὲ κτέ.: supply ὑμᾶς with γνόντας and
ἐμέ as subj. of πεποιηκέναι, *but if you
come to the decision that I have acted
rightly, you will yourselves be found, etc.*

12. οἱ πολῖται: *i.e.* his democratic
fellow-citizens in Sicyon, the oppo-
nents of the assassins. — κομισάμενοι:
sc. from Thebes. — ἐν τῇ ἀγορᾷ κτέ.:
this was an unusual distinction and
all the more honorable, since burial
within the city walls was regularly
prohibited among the Greeks. The
same honor was also granted to the
Spartan Brasidas, who was buried in
the market-place of Amphipolis and
honored as a hero with games and
sacrifices. Thuc. v. 11. — οἱ πλεῖστοι:
equiv. to τὸ πλῆθος, *the multitude.* —
ὁρίζονται: *decide;* lit. *define.* — ἑαυ-
τῶν: when the refl. pron. is used as
a possessive gen., it regularly stands
in the attrib. position. ἑαυτῶν, in the

Καὶ τὰ μὲν περὶ Εὔφρονος εἴρηται· ἐγὼ δὲ ἔνθεν εἰς 4
ταῦτα ἐξέβην ἐπάνειμι. ἔτι γὰρ τειχιζόντων τῶν Φλεια-
σίων τὴν Θυαμίαν καὶ τοῦ Χάρητος ἔτι παρόντος Ὠρωπὸς
ὑπὸ τῶν φευγόντων κατελήφθη. στρατευσαμένων δὲ πάν-
5 των Ἀθηναίων ἐπ' αὐτὸν καὶ τὸν Χάρητα μεταπεμψαμένων
ἐκ τῆς Θυαμίας, ὁ μὲν λιμὴν αὖ ὁ τῶν Σικυωνίων πάλιν
ὑπ' αὐτῶν τε τῶν πολιτῶν καὶ τῶν Ἀρκάδων ἁλίσκεται·
τοῖς δ' Ἀθηναίοις οὐδεὶς τῶν συμμάχων ἐβοήθησεν, ἀλλ'
ἀνεχώρησαν Θηβαίοις παρακαταθέμενοι τὸν Ὠρωπὸν
10 μέχρι δίκης.

Καταμαθὼν δὲ ὁ Λυκομήδης μεμφομένους τοὺς Ἀθη- 2
ναίους τοῖς συμμάχοις, ὅτι αὐτοὶ μὲν πολλὰ πράγματα
εἶχον δι' ἐκείνους, ἀντεβοήθησε δ' αὐτοῖς οὐδείς, πείθει
τοὺς μυρίους πράττειν περὶ συμμαχίας πρὸς αὐτούς. τὸ
15 μὲν οὖν πρῶτον ἐδυσχέραινόν τινες τῶν Ἀθηναίων τὸ
Λακεδαιμονίοις ὄντας φίλους γενέσθαι τοῖς ἐναντίοις
αὐτῶν συμμάχους· ἐπειδὴ δὲ λογιζόμενοι ηὕρισκον οὐδὲν
μεῖον Λακεδαιμονίοις ἢ σφίσιν ἀγαθὸν τὸ Ἀρκάδας μὴ

present passage, apparently stands in
the pred. position in consequence of
its objective force. Cf. Kühn. 464, 4,
note 2, last example.

4. 1. *The Athenians lose Oropus.
Summer of 366 B.C.*
τὰ περὶ Εὔφρονος: the gen. as in
3. 4. — τειχιζόντων: see 2.23. — Ὠρω-
πός: situated on the Euripus on the
borders of Attica and Boeotia. In
411 B.C. it had been conquered by
the Thebans, but in 387 B.C., after
the Peace of Antalcidas, it had again
passed into the power of Athens. —
τῶν φευγόντων: i.e. those banished
from Oropus in 387 B.C. They were
assisted by Themison, tyrant of Ere-
tria, and also by the Thebans. — ἐπ'
αὐτόν: Oropus. — αὖ, πάλιν: each

particle with its independent force,
as in v. 1. 5. — ἀνεχώρησαν: sc. the
Athenians. — μέχρι δίκης: *pending a
judicial decision.*

2, 3. *Alliance of the Arcadians with
Athens. Death of Lycomedes. Summer
of 366 B.C.*
2. Λυκομήδης: see 1. 23. — τοῖς
συμμάχοις: viz. the Spartans, Corin-
thians, and others. — τοὺς μυρίους:
see 1. 38. — πράττειν: *negotiate.* — ἐδυ-
σχέραινον κτέ.: *some of the Athenians
were displeased at the proposal, that,
when they were friends of the Spartans,
they should become allies of their ene-
mies.* ἐδυσχέραινον is equiv. to δυσχε-
ρῶς ἔφερον and takes the same const.
— ἀγαθόν: sc. ὄν. Its subj. is τὸ μὴ
προσδεῖσθαι.

προσδεῖσθαι Θηβαίων, οὕτω δὴ προσεδέχοντο τὴν τῶν
20 Ἀρκάδων συμμαχίαν. καὶ Λυκομήδης ταῦτα πράττων, 3
ἀπιὼν Ἀθήνηθεν δαιμονιώτατα ἀποθνῄσκει. ὄντων γὰρ
παμπόλλων πλοίων, ἐκλεξάμενος τούτων ὃ ἐβούλετο, καὶ
συνθέμενος τοίνυν ἀποβιβάσαι ὅποι αὐτὸς κελεύοι, εἵλετο
ἐνταῦθα ἐκβῆναι ἔνθα οἱ φυγάδες ἐτύγχανον ὄντες. κἀκεῖ-
25 νος μὲν οὕτως ἀποθνῄσκει, ἡ μέντοι συμμαχία ὄντως
ἐπεραίνετο.

Εἰπόντος δὲ Δημοτίωνος ἐν τῷ δήμῳ τῶν Ἀθηναίων, 4
ὡς ἡ μὲν πρὸς τοὺς Ἀρκάδας φιλία καλῶς αὐτῷ δοκοίη
πράττεσθαι, τοῖς μέντοι στρατηγοῖς προστάξαι ἔφη χρῆ-
30 ναι ὅπως καὶ Κόρινθος σῷα ᾖ τῷ δήμῳ τῶν Ἀθηναίων·
ἀκούσαντες δὲ ταῦτα οἱ Κορίνθιοι, ταχὺ πέμψαντες ἱκανοὺς
φρουροὺς ἑαυτῶν πάντοσε ὅπου Ἀθηναῖοι ἐφρούρουν,
εἶπαν αὐτοῖς ἀπιέναι, ὡς οὐδὲν ἔτι δεόμενοι φρουρῶν. οἱ
δ’ ἐπείθοντο. ὡς δὲ συνῆλθον οἱ ἐκ τῶν φρουρίων Ἀθη-
35 ναῖοι εἰς τὴν πόλιν, ἐκήρυξαν οἱ Κορίνθιοι, εἴ τις ἀδικοῖτο
Ἀθηναίων, ἀπογράφεσθαι, ὡς ληψομένους τὰ δίκαια.
οὕτω δὲ τούτων ἐχόντων Χάρης ἀφικνεῖται μετὰ ναυτικοῦ 5
πρὸς Κεγχρειάς. ἐπεὶ δ’ ἔγνω τὰ πεπραγμένα, ἔλεξεν
ὅτι ἀκούσας ἐπιβουλεύεσθαι τῇ πόλει βοηθῶν παρείη. οἱ

---

3. **δαιμονιώτατα**: *i.e.* under cir-
cumstances which suggested a dis-
pensation of the gods. — **συνθέμενος**:
i.e. with the captain, who is to be
thought of also as subj. of ἀποβιβά-
σαι. — **οἱ φυγάδες**: *i.e.* Lycomedes's
political opponents.

4, 5. *Estrangement of Athens and
Corinth. Autumn of 366 B.C.*

4. **εἰπόντος Δημοτίωνος, ἔφη**: a
similar anacoluthon occurs also iv.
8. 9. — **καλῶς πράττεσθαι**: *i.e.* that it
was well for it to be negotiated. —
προστάξαι: in pregnant sense, *to en-*

join upon them the importance of see-
ing to it. — **σῷα**: *i.e.* retained under
the control of the Athenians. — **εἶ-
παν**: forms of the aor. εἶπα, acc. to
Veitch, occur only in Xenophon of
Attic writers, and even here some
editors, as Dindorf, write εἶπον etc.
against the weight of Ms. authority.
— **εἰς τὴν πόλιν**: *viz.* Corinth. — **ἀπο-
γράφεσθαι**: as subj. supply αὐτούς
from εἴ τις, *that they should state it in
writing.* — **τὰ δίκαια**: *their just claims.*

5. **ἀκούσας**: Chares hoped by this
pretext to gain admission to the har-

40 δ' ἐπαινέσαντες αὐτὸν οὐδέν τι μᾶλλον ἐδέχοντο τὰς ναῦς
εἰς τὸν λιμένα, ἀλλ' ἀποπλεῖν ἐκέλευον· καὶ τοὺς ὁπλίτας
δὲ τὰ δίκαια ποιήσαντες ἀπέπεμψαν. ἐκ μὲν οὖν τῆς
Κορίνθου οἱ Ἀθηναῖοι οὕτως ἀπηλλάγησαν. τοῖς μέντοι 6
Ἀρκάσι πέμπειν ἠναγκάζοντο τοὺς ἱππέας ἐπικούρους διὰ
45 τὴν συμμαχίαν, εἴ τις στρατεύοιτο ἐπὶ τὴν Ἀρκαδίαν·
τῆς δὲ Λακωνικῆς οὐκ ἐπέβαινον ἐπὶ πολέμῳ.

Τοῖς δὲ Κορινθίοις ἐνθυμουμένοις ὡς χαλεπῶς ἔχοι
αὐτοὺς σωθῆναι, κρατουμένους μὲν καὶ πρόσθεν κατὰ
γῆν, προσγεγενημένων δὲ αὐτοῖς Ἀθηναίων ἀνεπιτηδείων,
50 ἔδοξεν ἀθροίζειν καὶ πεζοὺς καὶ ἱππέας μισθοφόρους.
ἡγούμενοι δὲ τούτων, ἅμα μὲν τὴν πόλιν ἐφύλαττον, ἅμα
δὲ πολλὰ τοὺς πλησίον πολεμίους κακῶς ἐποίουν· εἰς
μέντοι Θήβας ἔπεμψαν ἐπερησομένους εἰ τύχοιεν ἂν
ἐλθόντες εἰρήνης. ἐπεὶ δὲ οἱ Θηβαῖοι ἰέναι ἐκέλευον, ὡς 7
55 ἐσομένης, ἐδεήθησαν οἱ Κορίνθιοι ἐᾶσαι σφᾶς ἐλθεῖν καὶ
ἐπὶ τοὺς συμμάχους, ὡς μετὰ μὲν τῶν βουλομένων ποιησό-
μενοι τὴν εἰρήνην, τοὺς δὲ πόλεμον αἱρουμένους ἐάσοντες
πολεμεῖν. ἐφέντων δὲ καὶ ταῦτα πράττειν τῶν Θηβαίων,
ἐλθόντες εἰς Λακεδαίμονα οἱ Κορίνθιοι εἶπον· "Ἡμεῖς, 8

bor of Corinth. — ἐπιβουλεύεσθαι : sup-
ply τὴν πόλιν as subject. — τῇ πόλει :
const. with βοηθῶν. — βοηθῶν : the
pres. partic. sometimes stands with
the force of the fut., denoting pur-
pose, — a purpose whose realization,
as here, is already beginning. So
also v. 1. 10. Cf. 1. 13 ποιοίμενος.
— οὐδέν τι κτέ.: "nevertheless they
did not admit the vessels." On the
strengthened neg. in οὐδέν, cf. 21.
— μᾶλλον : i.e. no more than if they
had not commended him (ἐπαινέσαν-
τες). — τοὺς ὁπλίτας : i.e. τοὺς τῶν
Ἀθηναίων φρουρούς mentioned in 4.

6-11. *Treaty of Peace between Thebes
and Corinth. 366 B.C.*

6. διὰ τὴν συμμαχίαν : i.e. in con-
sequence of the terms of alliance. —
ἐπὶ πολέμῳ : for the purpose of waging
war. — κρατουμένους κατὰ γῆν : i.e. by
the Thebans upon their first invasion
of Peloponnesus, as described vi. 5.
37. — εἰ . . . εἰρήνης : "whether they
could secure peace if they came
to Thebes." A prot. is involved in
ἐλθόντες.

7. ἐσομένης : sc. εἰρήνης, "that peace
would be made with them." — μετά :
along with.

60 ὦ ἄνδρες Λακεδαιμόνιοι, πρὸς ὑμᾶς πάρεσμεν ὑμέτεροι
φίλοι, καὶ ἀξιοῦμεν, εἰ μέν τινα ὁρᾶτε σωτηρίαν ἡμῖν,
ἐὰν διακαρτερῶμεν πολεμοῦντες, διδάξαι καὶ ἡμᾶς · εἰ δὲ
ἀπόρως γιγνώσκετε ἔχοντα τὰ ἡμέτερα, εἰ μὲν καὶ ὑμῖν
συμφέρει, ποιήσασθαι μεθ᾽ ἡμῶν τὴν εἰρήνην · ὡς οὐδὲ
65 μετ᾽ οὐδένων ἂν ἥδιον ἢ μεθ᾽ ὑμῶν σωθείημεν · εἰ μέντοι
ὑμεῖς λογίζεσθε συμφέρειν ὑμῖν πολεμεῖν, δεόμεθα ὑμῶν
ἐᾶσαι ἡμᾶς εἰρήνην ποιήσασθαι. σωθέντες μὲν γὰρ ἴσως
ἂν αὖθις ἔτι ποτὲ ἐν καιρῷ ὑμῖν γενοίμεθα · ἐὰν δὲ νῦν
ἀπολώμεθα, δῆλον ὅτι οὐδέποτε χρήσιμοι ἔτι ἐσόμεθα."
70 ἀκούσαντες δὲ ταῦτα οἱ Λακεδαιμόνιοι τοῖς τε Κορινθίοις 9
συνεβούλευον τὴν εἰρήνην ποιήσασθαι καὶ τῶν ἄλλων
συμμάχων ἐπέτρεψαν τοῖς μὴ βουλομένοις σὺν ἑαυτοῖς
πολεμεῖν ἀναπαύεσθαι · αὐτοὶ δ᾽ ἔφασαν πολεμοῦντες
πράξειν ὅ τι ἂν τῷ θεῷ φίλον ᾖ · ὑφήσεσθαι δὲ οὐδέποτε,
75 ἣν παρὰ τῶν πατέρων παρέλαβον Μεσσήνην, ταύτης στε-
ρηθῆναι. οἱ οὖν Κορίνθιοι ἀκούσαντες ταῦτα ἐπορεύοντο 10
εἰς τὰς Θήβας ἐπὶ τὴν εἰρήνην. οἱ μέντοι Θηβαῖοι ἠξίουν
αὐτοὺς καὶ συμμαχίαν ὀμνύναι · οἱ δὲ ἀπεκρίναντο ὅτι ἡ
μὲν συμμαχία οὐκ εἰρήνη ἀλλὰ πολέμου μεταλλαγὴ εἴη ·
80 εἰ δὲ βούλοιντο, παρεῖναι ἔφασαν τὴν δικαίαν εἰρήνην

---

8. **ὑμέτεροι φίλοι**: *as friends of
yours.* — **σωτηρίαν . . . πολεμοῦντες**:
with σωτηρίαν supply ἐσομένην, upon
which the clause ἐὰν . . . πολεμοῦντες
depends; *any safety in continuing the
war.* — **εἰ συμφέρει**: const. with ποιή-
σασθαι, which latter depends upon
ἀξιοῦμεν. — **οὐδὲ μετ᾽ οὐδένων**: specially
emphatic, *with nobody at all.* — **ἐν και-
ρῷ**: "of service."
9. **ἀναπαύεσθαι**: sc. πολεμοῦντας. —
αὐτοί: agrees with the subj. of πρά-
ξειν and is made emphatic by its posi-
tion. — **πράξειν ὅ τι κτέ.**: *would fare*

as it pleased the gods. φίλον in this
sense is Homeric, rather than Attic,
and is apparently confined to religious
formulas. *Cf.* Plato, *Crito* 43 d εἰ
ταύτῃ τοῖς θεοῖς φίλον. — **ὑφήσεσθαι
κτέ.**: *would never submit to be deprived
of that Messene, which, etc.* See 1. 27.
— **ἣν Μεσσήνην**: incorporation of
antec. with relative. G. 154; H. 995.
Note the emphatic position of Μεσσή-
νην.
10. **βούλοιντο**: *viz.* the Thebans.
— **ποιησόμενοι**: *ready to make.* — **δι-
καίαν**: i.e. without the obligation of

ποιησόμενοι. ἀγασθέντες δὲ αὐτοὺς οἱ Θηβαῖοι, ὅτι καί-
περ ἐν κινδύνῳ ὄντες οὐκ ἤθελον τοῖς εὐεργέταις εἰς πόλε-
μον καθίστασθαι, συνεχώρησαν αὐτοῖς καὶ Φλειασίοις καὶ
τοῖς ἐλθοῦσι μετ' αὐτῶν εἰς Θήβας τὴν εἰρήνην ἐφ' ᾧ τε
85 ἔχειν τὴν ἑαυτῶν ἑκάστους. καὶ ἐπὶ τούτοις ὡμόσθησαν
οἱ ὅρκοι. οἱ μὲν δὴ Φλειάσιοι, ἐπεὶ οὕτως ἡ σύμβασις 11
ἐγένετο, εὐθὺς ἀπῆλθον ἐκ τῆς Θυαμίας· οἱ δὲ Ἀργεῖοι
ὀμόσαντες ἐπὶ τοῖς αὐτοῖς τούτοις εἰρήνην ποιήσασθαι,
ἐπεὶ οὐκ ἐδύναντο καταπρᾶξαι ὥστε τοὺς τῶν Φλειασίων
90 φυγάδας μένειν ἐν τῷ Τρικαράνῳ ὡς ἐν τῇ ἑαυτῶν πόλει
ἔχοντας, παραλαβόντες ἐφρούρουν, φάσκοντες σφετέραν
τὴν γῆν ταύτην εἶναι, ἣν ὀλίγῳ πρότερον ὡς πολεμίαν
οὖσαν ἐδῄουν. καὶ δίκας τῶν Φλειασίων προσκαλουμένων
οὐκ ἐδίδοσαν.

95   Σχεδὸν δὲ περὶ τοῦτον τὸν χρόνον τετελευτηκότος ἤδη 12
τοῦ πρόσθεν Διονυσίου ὁ υἱὸς αὐτοῦ πέμπει βοήθειαν τοῖς
Λακεδαιμονίοις δώδεκα τριήρεις καὶ ἄρχοντα αὐτῶν Τιμο-
κράτην. οὗτος δ' οὖν ἀφικόμενος συνεξαιρεῖ αὐτοῖς Σελ-
λασίαν· καὶ τοῦτο πράξας ἀπέπλευσεν οἴκαδε.

100   Μετὰ δὲ τοῦτο οὐ πολλῷ ὕστερον καταλαμβάνουσιν οἱ

συμμαχία. — τοῖς εὐεργέταις: i.e. the
Spartans. — τοῖς ἐλθοῦσι: i.e. Epidau-
rians and other Argives. See 11. —
ἐφ' ᾧ τε κτέ.: on these terms, that each
nation should continue in possession of
its own territory. This was the basis
also of the Peace of Antalcidas. Cf.
v. 1. 31.

11. τῆς Θυαμίας: the Phliasians
are represented in 1 as actively en-
gaged in fortifying Thyamia against
the Sicyonians. See 2. 20. Its aban-
donment implies that the Sicyonians
also were parties to the peace. — κα-
ταπρᾶξαι: here construed with ὥστε
instead of the simple infinitive. So

also freq. διαπράττεσθαι. — ἐν τῷ Τρι-
καράνῳ: cf. 2. 1. — ὡς ἐν τῇ ἑαυτῶν
κτέ.: as holding it (Tricaranum) in
their own (the exiles') country, i.e. on
the plea that they would be holding
nothing but their own. — παραλαβόν-
τες: sc. from the exiles. — σφετέραν:
referring to the Argives. — δίκας: a
judicial decision of the matter, as in
1.

12, 13. The Syracusans again send
help to the Lacedaemonians. Beginning
of hostilities between the Eleans and
Arcadians. Summer of 365 B.C.

12. τετελευτηκότος: in 367 B.C. —
Σελλασίαν: it had been captured from

Ἠλεῖοι Λασιῶνα, τὸ μὲν παλαιὸν ἑαυτῶν ὄντα, ἐν δὲ τῷ
παρόντι συντελοῦντα εἰς τὸ Ἀρκαδικόν. οἱ μέντοι Ἀρκά- 13
δες οὐ παρωλιγώρησαν, ἀλλ' εὐθὺς παραγγείλαντες ἐβοή-
θουν. ἀντεβοήθησαν δὲ καὶ τῶν Ἠλείων οἱ τριακόσιοι
105 καὶ ἔτι τετρακόσιοι. ἀντεστρατοπεδευμένων δὲ τὴν ἡμέ-
ραν ἐν ἐπιπεδεστέρῳ χωρίῳ τῶν Ἠλείων τῆς νυκτὸς οἱ
Ἀρκάδες ἀναβαίνουσιν ἐπὶ τὴν τοῦ ὑπὲρ τῶν Ἠλείων
ὄρους κορυφήν· ἅμα δὲ τῇ ἡμέρᾳ κατέβαινον ἐπὶ τοὺς
Ἠλείους. οἱ δὲ ἰδόντες ἅμα μὲν ἐξ ὑπερδεξίου προσιόν-
110 τας, ἅμα δὲ πολλαπλασίους, ἐκ πολλοῦ μὲν ἀπελθεῖν
ᾐσχύνθησαν, ὁμόσε δ' ἦλθον καὶ εἰς χεῖρας δεξάμενοι
ἔφυγον· καὶ πολλοὺς μὲν ἄνδρας, πολλὰ δὲ ὅπλα ἀπώλε-
σαν, κατὰ δυσχωρίας ἀποχωροῦντες.

Οἱ δὲ Ἀρκάδες διαπραξάμενοι ταῦτα ἐπορεύοντο ἐπὶ 14
115 τὰς τῶν Ἀκρωρείων πόλεις. λαβόντες δὲ ταύτας πλὴν
Θραύστου ἀφικνοῦνται εἰς Ὀλυμπίαν, καὶ περισταυρώ-
σαντες τὸ Κρόνιον ἐνταῦθα ἐφρούρουν καὶ ἐκράτουν τοῦ

---

the Spartans by the Boeotians in 370
or 369 B.C. Cf. vi. 5. 27. — Λασιῶνα:
in Triphylia, in eastern Elis. — τὸ
παλαιόν: i.e. down to 400 B.C. — συν-
τελοῦντα: lit. *paying taxes along with*
others, i.e. *belonging to*. For the facts,
see on l. 26.

13. παραγγείλαντες: *having mus-
tered* troops. The full expression oc-
curs l. 13 παραγγείλωσιν στρατείαν. —
οἱ τριακόσιοι: prob. the name of a
select troop. — ἐπιπεδεστέρῳ: this pe-
culiar comparative of ἐπίπεδος occurs
only here. — ὑπερδεξίου: the attack
therefore was not only from higher
ground, but upon the unprotected
flank of the troops, since the shield
was carried on the left arm. — ἐκ
πολλοῦ: i.e. while at a distance from
the enemy. — ὁμόσε δέ: logically δέ

introduces ἔφυγον, to which ὁμόσε ἦλ-
θον stands in subord. relation: "were
ashamed to retreat while at a dis-
tance, but did flee after they had
met them and engaged in hand to
hand conflict." — εἰς χεῖρας δεξάμενοι:
cf. l. 31 δεξάμενοι εἰς δόρυ. — πολλούς:
more than 200, acc. to Diod. xv.
77.

14–18. *Repeated invasions of Elis
by the Arcadians. Dissensions of the
Eleans. The Arcadians in Pellene.
Autumn of 365 B.C.*

14. Ἀκρωρείων: inhabitants of the
western slope of Mt. Erymanthus. —
Ὀλυμπίαν: the seat of the Olympic
games. — Κρόνιον: a hill 400 feet
in height, north of the sacred pre-
cinct (Altis) at Olympia, and form-
ing part of τὸ Ὀλυμπιακὸν ὄρος. —

Ὀλυμπιακοῦ ὄρους · ἔλαβον δὲ καὶ Μαργανέας ἐνδόντων
τινῶν. οὕτω δὲ προκεχωρηκότων οἱ μὲν Ἠλεῖοι αὖ παντά-
120 πασιν ἠθύμησαν, οἱ δὲ Ἀρκάδες ἔρχονται ἐπὶ τὴν πόλιν.
καὶ μέχρι μὲν τῆς ἀγορᾶς ἦλθον · ἐκεῖ μέντοι ὑποστάντες
οἵ τε ἱππεῖς καὶ οἱ ἄλλοι αὐτῶν ἐκβάλλουσί τε αὐτοὺς καὶ
ἀπέκτεινάν τινας καὶ τροπαῖον ἐστήσαντο. ἦν μὲν οὖν 15
καὶ πρότερον διαφορὰ ἐν τῇ Ἤλιδι. οἱ μὲν γὰρ περὶ
125 Χάροπόν τε καὶ Θρασωνίδαν καὶ Ἀργεῖον εἰς δημοκρα-
τίαν ἦγον τὴν πόλιν, οἱ δὲ περὶ Στάλκαν τε καὶ Ἱππίαν
καὶ Στρατόλαν εἰς ὀλιγαρχίαν. ἐπεὶ δὲ οἱ Ἀρκάδες
μεγάλην δύναμιν ἔχοντες σύμμαχοι ἐδόκουν εἶναι τοῖς
δημοκρατεῖσθαι βουλομένοις, ἐκ τούτου δὴ θρασύτεροι
130 οἱ περὶ τὸν Χάροπον ἦσαν, καὶ συ:θέμενοι τοῖς Ἀρκάσιν
ἐπιβοηθεῖν καταλαμβάνουσι τὴν ἀκρόπολιν. οἱ δ᾽ ἱππεῖς 16
καὶ οἱ τριακόσιοι οὐκ ἐμέλλησαν, ἀλλ᾽ εὐθὺς ἐχώρουν ἄνω
καὶ ἐκκρούουσιν αὐτούς · ὥστ᾽ ἔφυγον σὺν τῷ Ἀργείῳ καὶ
Χαρόπῳ τῶν πολιτῶν περὶ τετρακοσίους. οὐ πολὺ δ᾽
135 ὕστερον οὗτοι παραλαβόντες τῶν Ἀρκάδων τινὰς κατα-
λαμβάνουσι Πύλον. καὶ πολλοὶ μέντοι πρὸς αὐτοὺς ἐκ
τῆς πόλεως ἀπῄεσαν τοῦ δήμου, ἅτε χωρίον τε καλὸν καὶ
μεγάλην ῥώμην τὴν τῶν Ἀρκάδων σύμμαχον ἔχοντας.
ἐνέβαλον δὲ καὶ ὕστερον εἰς τὴν χώραν τὴν τῶν Ἠλείων
140 οἱ Ἀρκάδες ὑπὸ τῶν φευγόντων ἀναπειθόμενοι ὡς ἡ πόλις
προσχωρήσοιτο. ἀλλὰ τότε μὲν οἱ Ἀχαιοὶ φίλοι γεγενη- 17
μένοι τοῖς Ἠλείοις τὴν πόλιν αὐτῶν διεφύλαξαν · ὥστε οἱ

Μαργανέας: inhabitants of Margana.
— **ἐνδόντων**: here equiv. to προδόν-
των, *having betrayed*. — **οὕτω δὲ προκε-
χωρηκότων**: see on v. 3. 27. — **ἐπὶ τὴν
πόλιν**: i.e. to the capital city, Elis. —
αὐτῶν: i.e. τῶν Ἠλείων.

15. **ἦγον**: conative ; *were trying to
bring the city, etc.* — **ἐκ τούτου δή**: re-

sumptive of the preceding ἐπεί-clause.
— **ἐπιβοηθεῖν**: the subj. is to be sup-
plied from τοῖς Ἀρκάσι.

16. **Πύλον**: situated 80 stadia east
of the city of Elis. Paus. vi. 22. 5.
— **ἐκ τῆς πόλεως**: Elis. — **ῥώμην**: al-
ternating with δύναμις (15), as in vi.
1. 15.

Ἀρκάδες οὐδὲν ἄλλο πράξαντες ἢ δηώσαντες αὐτῶν τὴν
χώραν ἀπῆλθον. εὐθὺς μέντοι ἐκ τῆς Ἠλείας ἐξιόντες,
145 αἰσθόμενοι τοὺς Πελληνέας ἐν Ἤλιδι ὄντας, νυκτὸς μακρο-
τάτην ὁδὸν ἐλθόντες καταλαμβάνουσιν αὐτῶν Ὄλουρον·
ἤδη γὰρ πάλιν προσεκεχωρήκεσαν οἱ Πελληνεῖς εἰς τὴν
τῶν Λακεδαιμονίων συμμαχίαν. ἐπεὶ δ' ᾔσθοντο τὰ περὶ 18
Ὀλούρου, περιελθόντες αὖ καὶ οὗτοι ὅπῃ ἐδύναντο εἰς τὴν
150 αὐτῶν πόλιν Πελλήνην εἰσῆλθον. καὶ ἐκ τούτου δὴ ἐπο-
λέμουν τοῖς ἐν Ὀλούρῳ Ἀρκάσι τε καὶ τῷ ἑαυτῶν παντὶ
δήμῳ μάλα ὀλίγοι ὄντες· ὅμως δὲ οὐ πρόσθεν ἐπαύσαντο
πρὶν ἐξεπολιόρκησαν τὸν Ὄλουρον.

Οἱ δ' αὖ Ἀρκάδες πάλιν ποιοῦνται ἄλλην στρατείαν εἰς 19
155 τὴν Ἦλιν. μεταξὺ δὲ Κυλλήνης καὶ τῆς πόλεως στρατο-
πεδευομένοις αὐτοῖς ἐπιτίθενται οἱ Ἠλεῖοι, ὑποστάντες δὲ
οἱ Ἀρκάδες ἐνίκησαν αὐτούς. καὶ Ἀνδρόμαχος μὲν ὁ
Ἠλεῖος ἵππαρχος, ὅσπερ αἴτιος ἐδόκει εἶναι τὴν μάχην
συνάψαι, αὐτὸς αὑτὸν διέφθειρεν· οἱ δ' ἄλλοι εἰς τὴν
160 πόλιν ἀπεχώρησαν. ἀπέθανε δὲ ἐν ταύτῃ τῇ μάχῃ παρα-
γενόμενος καὶ Σωκλείδης ὁ Σπαρτιάτης· ἤδη γὰρ τότε οἱ
Λακεδαιμόνιοι σύμμαχοι τοῖς Ἠλείοις ἦσαν. πιεζόμενοι 20
δὲ οἱ Ἠλεῖοι ἐν τῇ ἑαυτῶν, ἠξίουν καὶ τοὺς Λακεδαιμο-
νίους πέμποντες πρέσβεις ἐπιστρατεύειν τοῖς Ἀρκάσι,

---

17. **αὐτῶν Ὄλουρον** : their town
Olurus, a small city in the district of
Pellene, in Achaea. — **προσεκεχωρή-
κεσαν**: *cf.* 2. 18.

18. **τὰ περὶ Ὀλούρου**: for the gen.,
see on v. 2. 7. — **περιελθόντες**: *sc.* by
circuitous and unfrequented routes.
— **τῷ ἑαυτῶν δήμῳ**: *i.e.* the popular
party from Pellene, who apparently
had fled to Olurus and there joined
the Arcadians.— **ἐπαύσαντο**: *sc.* πο-
λεμοῦντες.

19-25. *Capture of Cromnus by Ar-*

*chidamus. The Arcadians invest the
city. Their victory over the Lacedae-
monians. Spring of 364 B.C.*

19. **Κυλλήνης**: the port of the city
of Elis, situated on the western coast.
— **αἴτιος**: followed by the inf. with-
out τοῦ. So also 5. 17; *Cyneg.* 1. 13
Ὀδυσσεὺς δὲ καὶ Λυκομήδης αἴτιοι
Τροίαν ἀλῶναι. *Cf.* μεταίτιος with inf.
ii. 3. 32. The inf. may be regarded
as an acc. analogous to that in αἴτιός
τι *An.* vi. 6. 15, *i.e.* cognate accusa-
tive. G. 159, N. 1; H. 717.

165 νομίζοντες οὕτως ἂν μάλιστα ἀπολαβεῖν τοὺς Ἀρκάδας,
εἰ ἀμφοτέρωθεν πολεμοῖντο. καὶ ἐκ τούτου δὴ Ἀρχί-
δαμος στρατεύεται μετὰ τῶν πολιτῶν καὶ καταλαμβάνει
Κρῶμνον. καταλιπὼν δ' ἐν αὐτῷ φρουρὰν τῶν δώδεκα
λόχων τρεῖς, οὕτως ἐπ' οἴκου ἀνεχώρησεν. οἱ μέντοι 21
170 Ἀρκάδες, ὥσπερ ἔτυχον ἐκ τῆς εἰς Ἦλιν στρατείας συν-
ειλεγμένοι, βοηθήσαντες περιεσταύρωσαν τὸν Κρῶμνον
διπλῷ σταυρώματι, καὶ ἐν ἀσφαλεῖ ὄντες ἐπολιόρκουν
τοὺς ἐν τῷ Κρώμνῳ. χαλεπῶς δὲ ἡ τῶν Λακεδαιμονίων
πόλις φέρουσα ἐπὶ τῇ πολιορκίᾳ τῶν πολιτῶν ἐκπέμπει
175 στρατιάν· ἡγεῖτο δὲ καὶ τότε Ἀρχίδαμος. ἐλθὼν δὲ
ἐδῄου καὶ τῆς Ἀρκαδίας ὅσα ἐδύνατο καὶ τῆς Σκιρίτιδος,
καὶ πάντα ἐποίει, ὅπως, εἰ δύναιτο, ἀπαγάγοι τοὺς πολιορ-
κοῦντας. οἱ δὲ Ἀρκάδες οὐδέν τι μᾶλλον ἐκινοῦντο, ἀλλὰ
ταῦτα πάντα παρεώρων. κατιδὼν δέ τινα λόφον ὁ Ἀρχί- 22
180 δαμος, δι' οὗ τὸ ἔξω σταύρωμα περιεβέβληντο οἱ Ἀρκά-
δες, ἐνόμισεν ἑλεῖν ἂν τοῦτον, καὶ εἰ τούτου κρατήσειεν,
οὐκ ἂν δύνασθαι μένειν τοὺς ὑπὸ τοῦτον πολιορκοῦντας.
κύκλῳ δὲ περιάγοντος αὐτοῦ ἐπὶ τοῦτο τὸ χωρίον, ὡς εἶδον
οἱ προθέοντες τοῦ Ἀρχιδάμου πελτασταὶ τοὺς ἐπαρίτους
185 ἔξω τοῦ σταυρώματος, ἐπιτίθενται αὐτοῖς, καὶ οἱ ἱππεῖς

20. ἀπολαβεῖν: intercept. Cf. Thuc. v. 59. 3 ἐν μέσῳ δὲ ἀπειλημμένοι ἦσαν οἱ Ἀργεῖοι. — πολεμοῖντο: sc. οἱ Ἀρκάδες. — τῶν πολιτῶν: Spartans as opposed to allies, as frequently. See on v. 3. 25. The Lacedaemonians were at present without allies. — Κρῶμνον: in southern Arcadia, near Megalopolis. — τῶν δώδεκα λόχων: i.e. of the twelve λόχοι which he had brought with him. Twelve λόχοι constituted three μόραι, only half the number which the Lacedaemonians had maintained before the Battle of Leuctra. See on vi. 4. 17.

21. ἐν ἀσφαλεῖ: i.e. between the two lines of circumvallation drawn about the city. — τῆς Σκιρίτιδος: the inhabitants of this district had formerly been allies of Sparta (see on v. 2. 24), but apparently had recently attached themselves to the Arcadians. — οὐδέν τι μᾶλλον: as in 5.

22. δι' οὗ: the outer line of circumvallation passed over the slope of the hill lying toward the city, and did not encircle the whole hill. — ὑπὸ τοῦτον: sc. τὸν λόφον. — ἐπαρίτους: a select body of paid Arcadian troops.

συνεμβάλλειν ἐπειρῶντο. οἱ δ' οὐκ ἐνέκλιναν, ἀλλὰ συν-
τεταγμένοι ἡσυχίαν εἶχον. οἱ δ' αὖ πάλιν ἐνέβαλον.
ἐπεὶ δὲ οὐδὲ τότε ἐνέκλιναν, ἀλλὰ καὶ ἐπῇεσαν, ἤδη οὔσης
πολλῆς κραυγῆς ἐβοήθει δὴ καὶ αὐτὸς ὁ Ἀρχίδαμος,
190 ἐκτραπόμενος κατὰ τὴν ἐπὶ Κρῶμνον φέρουσαν ἁμαξιτόν,
εἰς δύο ἄγων, ὥσπερ ἐτύγχανεν ἔχων. ὡς δ' ἐπλησίασαν 23
ἀλλήλοις, οἱ μὲν σὺν τῷ Ἀρχιδάμῳ κατὰ κέρας, ἅτε καθ'
ὁδὸν πορευόμενοι, οἱ δ' Ἀρκάδες ἀθρόοι συνασπιδοῦντες,
ἐν τούτῳ οὐκέτι ἐδύναντο οἱ Λακεδαιμόνιοι ἀντέχειν τῷ
195 τῶν Ἀρκάδων πλήθει, ἀλλὰ ταχὺ μὲν ὁ Ἀρχίδαμος ἐτέ-
τρωτο τὸν μηρὸν διαμπάξ, ταχὺ δὲ οἱ μαχόμενοι πρὸ
αὐτοῦ ἀπέθνησκον, Πολυαινίδας τε καὶ Χίλων ὁ τὴν ἀδελ-
φὴν τοῦ Ἀρχιδάμου ἔχων, καὶ οἱ πάντες δὲ αὐτῶν τότε
ἀπέθανον οὐκ ἔλαττον τῶν τριάκοντα. ὡς δὲ κατὰ τὴν 24
200 ὁδὸν ἀναχωροῦντες εἰς τὴν εὐρυχωρίαν ἐξῆλθον, ἐνταῦθα
δὴ Λακεδαιμόνιοι ἀντιπαρετάξαντο. καὶ μὴν οἱ Ἀρκάδες,
ὥσπερ εἶχον, συντεταγμένοι ἔστασαν, καὶ πλήθει μὲν ἐλεί-
ποντο, εὐθυμότερον δὲ πολὺ εἶχον, ἐπεληλυθότες ἀποχω-
ροῦσι καὶ ἄνδρας ἀπεκτονότες. οἱ δὲ Λακεδαιμόνιοι μάλα
205 ἀθύμως εἶχον, τετρωμένον μὲν ὁρῶντες τὸν Ἀρχίδαμον,

See 33. — αὖ πάλιν : pleonastic, as in
v. 1. 5. — εἰς δύο : in double file, as iii.
1. 22 and elsewhere.

23. κατὰ κέρας: i.e. in long line
with narrow front. Cf. vi. 2. 30 ἐπὶ
κέρως. — τῷ πλήθει: not absolutely, but
relatively, as a result of the arrange-
ment. As regarded numbers, the
Arcadians were fewer than their op-
ponents. Cf. 24 πλήθει ἐλείποντο. —
ἐτέτρωτο : the plpf., as in 2. 9, to de-
note the rapidity of the action. — τὸν
μηρόν: in the thigh ; acc. of the act.
const. retained in the passive. G. 197,
1, N. 2. — οἱ μαχόμενοι πρὸ αὐτοῦ: his

body-guard. — ἔχων: sc. as wife. — καὶ
οἱ πάντες κτέ.: and in all there died
of them. H.672 a. αὐτῶν refers gram-
matically to οἱ μαχόμενοι πρὸ αὐτοῦ,
but in sense seems rather to relate to
the Lacedaemonians in general. —
οὐκ ἔλαττον: instead of ἐλάττονες.
See on v. 1. 66 πλέον. — τῶν τριά-
κοντα: the art. to express a round
number as in 2. 9 ; 4. 27.

24. ὥσπερ εἶχον : just as they were.
See 22. — εὐθυμότερον : adv. with
εἶχον. — πολύ : post-positive, as παν-
τελῶς v. 3. 2. — ἀποχωροῦσι : i.e. at
the time of the attack.

ἀκηκοότες δὲ τὰ ὀνόματα τῶν τεθνηκότων, ἀνδρῶν τε
ἀγαθῶν καὶ σχεδὸν τῶν ἐπιφανεστάτων. ὡς δὲ πλησίον 25
ὄντων ἀναβοήσας τις τῶν πρεσβυτέρων εἶπε· "Τί δεῖ ἡμᾶς,
ὦ ἄνδρες, μάχεσθαι, ἀλλ' οὐ σπεισαμένους διαλυθῆναι;"
210 ἄσμενοι δὴ ἀμφότεροι ἀκούσαντες ἐσπείσαντο. καὶ οἱ
μὲν Λακεδαιμόνιοι τοὺς νεκροὺς ἀνελόμενοι ἀπῆλθον, οἱ
δ' Ἀρκάδες ἐπαναχωρήσαντες ἔνθα τὸ πρῶτον ἤρξαντο
ἐπιέναι τροπαῖον ἐστήσαντο.

Ὡς δ' οἱ Ἀρκάδες περὶ τὸν Κρῶμνον ἦσαν, οἱ ἐκ τῆς 26
215 πόλεως Ἠλεῖοι πρῶτον μὲν ἰόντες ἐπὶ τὴν Πύλον περιτυγ-
χάνουσι τοῖς Πυλίοις ἀποκεκρουμένοις ἐκ τῶν Θαλαμῶν.
καὶ προσελαύνοντες οἱ ἱππεῖς τῶν Ἠλείων ὡς εἶδον αὐ-
τούς, οὐκ ἐμέλλησαν, ἀλλ' εὐθὺς ἐμβάλλουσι, καὶ τοὺς
μὲν ἀποκτιννύουσιν, οἱ δέ τινες αὐτῶν καταφεύγουσιν ἐπὶ
220 γήλοφον. ἐπεὶ μέντοι ἦλθον οἱ πεζοί, ἐκκόπτουσι καὶ
τοὺς ἐπὶ τῷ λόφῳ καὶ τοὺς μὲν αὐτοῦ ἀπέκτειναν, τοὺς δὲ
καὶ ζῶντας ἔλαβον ἐγγὺς διακοσίων. καὶ ὅσοι μὲν ξένοι
ἦσαν αὐτῶν, ἀπέδοντο, ὅσοι δὲ φυγάδες, ἀπέσφαττον.
μετὰ δὲ ταῦτα τούς τε Πυλίους, ὡς οὐδεὶς αὐτοῖς ἐβοήθει,
225 σὺν αὐτῷ τῷ χωρίῳ αἱροῦσι καὶ τοὺς Μαργανέας ἀναλαμ-
βάνουσι. καὶ μὴν οἱ Λακεδαιμόνιοι ὕστερον αὖ ἐλθόντες 27
νυκτὸς ἐπὶ τὸν Κρῶμνον ἐπικρατοῦσι τοῦ σταυρώματος

---

25. πλησίων ὄντων: sc. τῶν Ἀρκά-
δων.—ἀλλ' οὐ κτέ.: and not rather
make a truce and depart? — νεκρούς:
sc. ὑποσπόνδους, as is implied by σπει-
σάμενοι and τροπαῖον ἐστήσαντο.

26, 27. Capture of Pylos by the
Eleans. Retaking of Cromnus by the
Arcadians. Spring of 364 B.C.

26. πρῶτον μέν: correlative with
μετὰ δὲ ταῦτα below.—Πυλίοις: among
them the democratic exiles from Elis.
See 16.—ἀποκεκρουμένοις κτέ.: the
Pylians had apparently gained tempo-
rary possession of Thalamae, and had
subsequently been driven out. Tha-
lamae probably was situated to the
north of Pylos.—ἀποκτιννύουσιν: for
the inflexion, see on 3. 8.—οἱ πεζοί:
the cavalry had preceded them.—
ἐγγὺς διακοσίων: nearly two hundred.
ἐγγύς with numerals is sometimes used
with the gen., as here; sometimes it
is a mere adv., e.g. Ages. 7. 5 ἐγγὺς
μύριοι. — φυγάδες: i.e. Elean exiles,
belonging to the party of Charopus.
See 15. — τοὺς Μαργανέας: cf. 14.

τοῦ κατὰ τοὺς Ἀργείους, καὶ τοὺς πολιορκουμένους τῶν
Λακεδαιμονίων εὐθὺς ἐξεκάλουν. ὅσοι μὲν οὖν ἐγγύτατά
230 τε ἐτύγχανον ὄντες καὶ ὠξυλάβησαν, ἐξῆλθον· ὁπόσους
δὲ ἔφθασαν πολλοὶ τῶν Ἀρκάδων συμβοηθήσαντες, ἀπε-
κλείσθησαν ἔνδον καὶ ληφθέντες διενεμήθησαν· καὶ ἐν
μὲν μέρος ἔλαβον Ἀργεῖοι, ἐν δὲ Θηβαῖοι, ἐν δὲ Ἀρκάδες,
ἐν δὲ Μεσσήνιοι. οἱ δὲ σύμπαντες ληφθέντες Σπαρτια-
235 τῶν τε καὶ περιοίκων πλείους τῶν ἑκατὸν ἐγένοντο.

Ἐπεί γε μὴν οἱ Ἀρκάδες ἐσχόλασαν ἀπὸ τοῦ Κρώμνου, 28
πάλιν δὴ περὶ τοὺς Ἠλείους εἶχον καὶ τήν τε Ὀλυμ-
πίαν ἐρρωμενέστερον ἐφρούρουν, καὶ ἐπιόντος Ὀλυμπια-
κοῦ ἔτους παρεσκευάζοντο ποιεῖν τὰ Ὀλύμπια σὺν Πισά-
240 ταις τοῖς πρώτοις φάσκουσι προστῆναι τοῦ ἱεροῦ. ἐπεὶ
δὲ ὅ τε μὴν ἧκεν ἐν ᾧ τὰ Ὀλύμπια γίγνεται, αἵ τε ἡμέραι
ἐν αἷς ἡ πανήγυρις ἀθροίζεται, ἐνταῦθα δὴ οἱ Ἠλεῖοι ἐκ
τοῦ φανεροῦ συσκευασάμενοι καὶ παρακαλέσαντες Ἀχαι-
οὺς ἐπορεύοντο τὴν Ὀλυμπιακὴν ὁδόν. οἱ δὲ Ἀρκάδες 29
245 ἐκείνους μὲν οὐκ ἄν ποτε ᾤοντο ἐλθεῖν ἐπὶ σφᾶς, αὐτοὶ
δὲ σὺν Πισάταις διετίθεσαν τὴν πανήγυριν. καὶ τὴν μὲν

27. **τοῦ κατὰ τοὺς Ἀργείους**: *the
palisade opposite the Argives, i.e.* that
part of the palisade which the Ar-
gives were assisting the Arcadians to
guard.—**τοὺς πολιορκουμένους**: *i.e.* the
three λόχοι mentioned in 20. — **ὠξυλά-
βησαν**: *took prompt advantage of the
opportunity.* The word is found only
here. — **Θηβαῖοι**: prob. some left by
Epaminondas, upon his return from
Peloponnesus. See i. 42. — **οἱ σύμ-
παντες**: *cf.* 23 οἱ πάντες. — **τῶν ἑκατόν**:
the art. as in 23.

28-32. *Struggle at Olympia. Cele-
bration of the games by the Arcadians.
Summer of 364 B.C.*

28. **περὶ τοὺς Ἠλείους εἶχον**: *they*

were concerned with the Eleans. Xeno-
phon's usual phrase for this notion
is εἶναι περί τι or ἔχειν ἀμφί τι. —
Ὀλυμπιακοῦ ἔτους: Olympiad 104.
— **τοῖς πρώτοις κτέ.**: *who said that
they were the first to have charge of
the festival.* Acc. to Strabo viii. p.
355, the Eleans had had charge of
the games until Olympiad 26, after
which the Pisatans obtained it and
held it until 572 B.C., when the Ele-
ans, with the help of the Lacedae-
monians, again gained control. — **ὁ
μήν**: *the month.* The exact time was
the full moon after the summer sol-
stice.

29. **διετίθεσαν πανήγυριν**: *cf.* vi.

ἱπποδρομίαν ἤδη ἐπεποιήκεσαν καὶ τὰ δρομικὰ τοῦ πεντά-
θλου· οἱ δ' εἰς πάλην ἀφικόμενοι οὐκέτι ἐν τῷ δρόμῳ,
ἀλλὰ μεταξὺ τοῦ δρόμου καὶ τοῦ βωμοῦ ἐπάλαιον. οἱ
250 γὰρ Ἠλεῖοι σὺν τοῖς ὅπλοις παρῆσαν ἤδη εἰς τὸ τέμενος.
οἱ δὲ Ἀρκάδες πορρωτέρω μὲν οὐκ ἀπήντησαν, ἐπὶ δὲ
τοῦ Κλαδάου ποταμοῦ παρετάξαντο, ὃς παρὰ τὴν Ἄλτιν
καταρρέων εἰς τὸν Ἀλφειὸν ἐμβάλλει. καὶ σύμμαχοι δὲ
παρῆσαν αὐτοῖς, ὁπλῖται μὲν Ἀργείων εἰς δισχιλίους,
255 Ἀθηναίων δὲ ἱππεῖς περὶ τετρακοσίους. καὶ μὴν οἱ 30
Ἠλεῖοι τἀπὶ θάτερα τοῦ ποταμοῦ παρετάξαντο, σφαγια-
σάμενοι δὲ εὐθὺς ἐχώρουν. καὶ τὸν πρόσθεν χρόνον εἰς
τὰ πολεμικὰ καταφρονούμενοι μὲν ὑπ' Ἀρκάδων καὶ
Ἀργείων, καταφρονούμενοι δὲ ὑπ' Ἀχαιῶν καὶ Ἀθη-
260 ναίων, ὅμως ἐκείνῃ τῇ ἡμέρᾳ τῶν μὲν συμμάχων ὡς
ἀλκιμώτατοι ὄντες ἡγοῦντο, τοὺς δ' Ἀρκάδας — τούτοις
γὰρ πρώτοις συνέβαλον — καὶ εὐθὺς ἐτρέψαντο καὶ ἐπι-

---

4. 30.—τὰ δρομικὰ τοῦ πεντάθλου:
"those parts of the pentathlon which
were held in the δρόμος or race-course,"
i.e. the first four events, viz. jumping,
running, discus-throwing, and javelin-
hurling. The fifth, or wrestling, was
held elsewhere, as is here indicated.
— οἱ δ' εἰς πάλην ἀφικόμενοι : i.e. those
who had successfully passed through
the preceding contests in the pen-
tathlon and now came to the last. —
μεταξὺ τοῦ βωμοῦ: the great altar of
Zeus, whose sacred character was
expected to protect them from the
attacks of the Eleans. It was situ-
ated near the centre of the sacred
enclosure and was elliptical in shape,
being 22 feet in height and 125 in
circumference. — εἰς τὸ τέμενος: the
consecrated precinct, known as the
Ἄλτις. — τοῦ Κλαδάου: a tributary of

the Alpheus, flowing from the north,
and elsewhere designated Κλάδεος, e.g.
Paus. v. 7. 1. It ran to the west of
the Altis, and in antiquity was pre-
vented from inundating Olympia by
a wall erected along its eastern bank.
When this wall subsequently fell into
decay, the river changed its course,
and flowed for a time through the
Altis itself, covering the ancient site
with heavy deposits from its in-
undations, so that, when the German
archaeologists began excava-
tions here in 1875, they were obliged
to remove a layer of sand and gravel
averaging over fifteen feet in thick-
ness.
   30. τἀπὶ θάτερα: on the other side;
followed by the genitive. See on vi.
2. 7. — ἐχώρουν: sc. to battle. — καί,
καί, δέ: cf. ii. 4. 6 τέ, καί, δέ.

βοηθήσαντας δὲ τοὺς Ἀργείους δεξάμενοι καὶ τούτων
ἐκράτησαν. ἐπεὶ μέντοι κατεδίωξαν εἰς τὸ μεταξὺ τοῦ 31
265 βουλευτηρίου καὶ τοῦ τῆς Ἑστίας ἱεροῦ καὶ τοῦ πρὸς
ταῦτα προσήκοντος θεάτρου, ἐμάχοντο μὲν οὐδὲν ἧττον
καὶ ἐώθουν πρὸς τὸν βωμόν, ἀπὸ μέντοι τῶν στοῶν τε καὶ
τοῦ βουλευτηρίου καὶ τοῦ μεγάλου ναοῦ βαλλόμενοι καὶ
ἐν τῷ ἰσοπέδῳ μαχόμενοι ἀποθνήσκουσιν ἄλλοι τε τῶν
270 Ἠλείων καὶ αὐτὸς ὁ τῶν τριακοσίων ἄρχων Στρατόλας.
τούτων δὲ πραχθέντων ἀπεχώρησαν εἰς τὸ αὐτῶν στρα-
τόπεδον. οἱ μέντοι Ἀρκάδες καὶ οἱ μετ' αὐτῶν οὕτως 32
ἐπεφόβηντο τὴν ἐπιοῦσαν ἡμέραν ὥστε οὐδ' ἀνεπαύσαντο
τῆς νυκτός, ἐκκόπτοντες τὰ διαπεπονημένα σκηνώματα
275 καὶ ἀποσταυροῦντες. οἱ δ' αὖ Ἠλεῖοι ἐπεὶ τῇ ὑστεραίᾳ
προσιόντες εἶδον καρτερὸν τὸ τεῖχος καὶ ἐπὶ τῶν ναῶν
πολλοὺς ἀναβεβηκότας, ἀπῆλθον εἰς τὸ ἄστυ, τοιοῦτοι
γενόμενοι οἵους τὴν ἀρετὴν θεὸς μὲν ἂν ἐμπνεύσας δύναιτο
καὶ ἐν ἡμέρᾳ ἀποδεῖξαι, ἄνθρωποι δ' οὐδ' ἂν ἐν πολλῷ
280 χρόνῳ τοὺς μὴ ὄντας ἀλκίμους ποιήσειαν.

Χρωμένων δὲ τοῖς ἱεροῖς χρήμασι τῶν ἐν τοῖς Ἀρκά- 33

---

31. **οὐδὲν ἧττον**: i.e. in spite of the fact that they were at a great disadvantage, as subsequently explained. — **ἐώθουν**: sc. τοὺς ἐναντίους. So also above with κατεδίωξαν. — **τοῦ μεγάλου ναοῦ**: the great temple of Zeus, containing Phidias's famous statue of the god. — **ἐν τῷ ἰσοπέδῳ**: as opposed to the elevated position of their enemies. — **ἄλλοι**: in partitive app. with the subject. — **τῶν τριακοσίων**: see on 13. — **Στρατόλας**: cf. 15.

32. **ὥστε ἀνεπαύσαντο**: ind. instead of the inf., as 3. 6 and elsewhere. — **τὰ διαπεπονημένα σκηνώματα**: the tents, which had been carefully erected. Those who attended the festival erected

their own tents on the ground outside the τέμενος. Booths were erected also by the numerous traders, who held a sort of fair during the games. Plut. Alc. 12; Vell. Paterc. i. 8. — **ἀποσταυροῦντες**: absolutely, — erecting a palisade. — **τὸ τεῖχος**: the palisade. — **τὸ ἄστυ**: i.e. Elis. — **τοιοῦτοι**: i.e. so brave. — **γενόμενοι**: having shown themselves. So v. 1. 16 γίγνεσθαι. — **τὴν ἀρετήν**: obj. of ἐμπνεύσας. — **ἐν ἡμέρᾳ**: in the course of a single day, as opposed to ἐν πολλῷ χρόνῳ. — **τοὺς μὴ ἀλκίμους**: the cowardly.

33–35. Dissensions among the Arcadians. Summer of 363 B.C.

33. **τοῖς ἱεροῖς χρήμασι**: i.e. the

σιν ἀρχόντων καὶ ἀπὸ τούτων τοὺς ἐπαρίτους τρεφόντων,
πρῶτοι Μαντινεῖς ἀπεψηφίσαντο μὴ χρῆσθαι τοῖς ἱεροῖς
χρήμασι. καὶ αὐτοὶ τὸ γιγνόμενον μέρος εἰς τοὺς ἐπαρί-
285 τους ἐκ τῆς πόλεως ἐκπορίσαντες ἀπέπεμψαν τοῖς ἄρχου-
σιν. οἱ δὲ ἄρχοντες φάσκοντες αὐτοὺς λυμαίνεσθαι τὸ
Ἀρκαδικὸν ἀνεκαλοῦντο εἰς τοὺς μυρίους τοὺς προστάτας
αὐτῶν· καὶ ἐπεὶ οὐχ ὑπήκουον, κατεδίκασαν αὐτῶν καὶ
τοὺς ἐπαρίτους ἔπεμπον ὡς ἄξοντας τοὺς κατακεκριμένους.
290 οἱ μὲν οὖν Μαντινεῖς κλείσαντες τὰς πύλας οὐκ ἐδέχοντο
αὐτοὺς εἴσω. ἐκ δὲ τούτου τάχα δὴ καὶ ἄλλοι τινὲς 34
ἔλεγον ἐν τοῖς μυρίοις ὡς οὐ χρὴ τοῖς ἱεροῖς χρήμασι
χρῆσθαι οὐδὲ καταλιπεῖν εἰς τὸν ἀεὶ χρόνον τοῖς παισὶν
ἔγκλημα τοῦτο πρὸς τοὺς θεούς. ὡς δὲ καὶ ἐν τῷ κοινῷ
295 ἀπέδοξε μηκέτι χρῆσθαι τοῖς ἱεροῖς χρήμασι, ταχὺ δὴ οἱ
μὲν οὐκ ἂν δυνάμενοι ἄνευ μισθοῦ τῶν ἐπαρίτων εἶναι δι-
εχέοντο, οἱ δὲ δυνάμενοι παρακελευσάμενοι αὐτοῖς καθί-
σταντο εἰς τοὺς ἐπαρίτους, ὅπως μὴ αὐτοὶ ἐπ᾽ ἐκείνοις,
ἀλλ᾽ ἐκεῖνοι ἐπὶ σφίσιν εἶεν. γνόντες δὲ οἱ τῶν ἀρχόντων
300 διακεχειρικότες τὰ ἱερὰ χρήματα, ὅτι εἰ δώσοιεν εὐθύνας,
κινδυνεύσοιεν ἀπολέσθαι, πέμπουσιν εἰς Θήβας, καὶ διδά-
σκουσι τοὺς Θηβαίους ὡς εἰ μὴ στρατεύσοιεν, κινδυνεύ-
σοιεν οἱ Ἀρκάδες πάλιν λακωνίσαι. καὶ οἱ μὲν παρ- 35

treasures of the Olympian temples. —
τοὺς ἐπαρίτους: see on 22. — τὸ γιγνό-
μενον μέρος κτέ.: the part towards the
pay of the ἐπάριτοι which fell to their
share. — εἰς τοὺς μυρίους: see on I. 38.

34. οὐ χρή: it was not right. — ἔγ-
κλημα κτέ.: this as a ground of accu-
sation on the part of the gods. We
naturally expect πρὸς τῶν θεῶν, but
cf. Lys. XVI. 10 οὕτω βεβίωκα ὥστε
μηδέποτέ μοι μηδὲ πρὸς ἕνα μηδὲν ἔγ-
κλημα γενέσθαι, so that there is no accu-

sation against me on the part of (lit. in
my relations to) any one; also Lys. x.
23. — ἐν τῷ κοινῷ: i.e. by the Ten
Thousand. — οἱ ... δυνάμενοι: equiv.
to οἱ οὐκ ἂν ἐδύναντο. — τῶν ἐπαρίτων:
pred. part. gen. limiting οἱ μέν. — αὐ-
τοῖς: here with the force of the re-
ciprocal ἀλλήλοις. — καθίσταντο: en-
rolled themselves. — ἐπ᾽ ἐκείνοις: in their
power, i.e. of the faction represented
by the Mantineans.

35. οἱ μέν: the Thebans. — οἱ δὲ

εσκευάζοντο ὡς στρατευσόμενοι· οἱ δὲ τὰ κράτιστα τῇ
305 Πελοποννήσῳ βουλευόμενοι ἔπεισαν τὸ κοινὸν τῶν Ἀρκά-
δων πέμψαντες πρέσβεις εἰπεῖν τοῖς Θηβαίοις μὴ ἰέναι
σὺν ὅπλοις εἰς τὴν Ἀρκαδίαν, εἰ μή τι καλοῖεν. καὶ ἅμα
μὲν ταῦτα πρὸς τοὺς Θηβαίους ἔλεγον, ἅμα δὲ ἐλογίζοντο
ὅτι πολέμου οὐδὲν δέοιντο. τοῦ τε γὰρ ἱεροῦ τοῦ Διὸς
310 προεστάναι οὐδὲν προσδεῖσθαι ἐνόμιζον, ἀλλ' ἀποδιδόντες
ἂν καὶ δικαιότερα καὶ ὁσιώτερα ποιεῖν, καὶ τῷ θεῷ οἴεσθαι
μᾶλλον ἂν οὕτω χαρίζεσθαι. βουλομένων δὲ ταῦτα καὶ
τῶν Ἠλείων, ἔδοξεν ἀμφοτέροις εἰρήνην ποιήσασθαι· καὶ
ἐγένοντο σπονδαί.

315   Γενομένων δὲ τῶν ὅρκων καὶ ὀμοσάντων τῶν τε ἄλλων 36
ἁπάντων καὶ τῶν Τεγεατῶν καὶ αὐτοῦ τοῦ Θηβαίου, ὃς
ἐτύγχανεν ἐν Τεγέᾳ ἔχων τριακοσίους ὁπλίτας τῶν Βοιω-
τῶν, οἱ μὲν Ἀρκάδες ἐν τῇ Τεγέᾳ αὐτοῦ ἐπικαταμείναντες
ἐδειπνοποιοῦντό τε καὶ εὐθυμοῦντο καὶ σπονδὰς καὶ παιᾶ-
320 νας ὡς εἰρήνης γεγενημένης ἐποιοῦντο, ὁ δὲ Θηβαῖος καὶ
τῶν ἀρχόντων οἱ φοβούμενοι τὰς εὐθύνας σύν τε τοῖς
Βοιωτοῖς καὶ τοῖς ὁμογνώμοσι τῶν ἐπαρίτων κλείσαντες
τὰς πύλας τοῦ τῶν Τεγεατῶν τείχους, πέμποντες ἐπὶ τοὺς

κτἑ.: "those who had the best inter-
ests of Peloponnesus at heart." Acc.
to Xenophon's views, these, of course,
were the aristocrats. *Cf.* 5. 1 οἱ κηδό-
μενοι τῆς Πελοποννήσου. — τί καλοῖεν:
the acc. is cognate. *Cf.* below οὐδὲν
δέοιντο. — ἅμα ἔλεγον, ἅμα ἐλογίζοντο:
the two clauses are grammatically
co-ord., but logically the former is
subord. to the latter; *while . . . at the
same time.* — πολέμου οὐδὲν δέοιντο:
i.e. not even with the Eleans. — ἀπο-
διδόντες: *sc.* τὸ προεστάναι, the charge
of the festival. — οἴεσθαι: redund-
ant, as though ἔλεγον had been writ-

ten instead of ἐνόμιζον. *Cf.* Aeschi-
nes, *de falsa Leg.* 35 παρεκελεύετο καὶ
μὴ νομίζειν, ὥσπερ ἐν τοῖς θεάτροις διὰ
τοῦτο οἴεσθαί τι πεπονθέναι.

36–40. *Seizure of Mantineans and
other Arcadians by the Theban com-
mander at Tegea. Autumn of 363 B.C.*
36. τοῦ Θηβαίου: prob. a Theban
harmost, as in the Achaean cities.
Cf. I. 43; 2. 11. — ἐν τῇ Τεγέᾳ αὐτοῦ:
there in Tegea. αὐτοῦ is in app. with
ἐν τῇ Τεγέᾳ. *Cf.* iv. 8. 39 ἐν χώρᾳ
αὐτοῦ. — σπονδάς: *libations.* — τῶν
ἀρχόντων οἱ φοβούμενοι: *cf.* 34. —
τοὺς σκηνοῦντας: *the feasters. Cf. Cyr.*

σκηνοῦντας συνελάμβανον τοὺς βελτίστους. ἄτε δὲ ἐκ
325 πασῶν τῶν πόλεων παρόντων τῶν Ἀρκάδων καὶ πάντων
εἰρήνην βουλομένων ἔχειν, πολλοὺς ἔδει τοὺς συλλαμβα-
νομένους εἶναι· ὥστε ταχὺ μὲν αὐτοῖς τὸ δεσμωτήριον
μεστὸν ἦν, ταχὺ δὲ ἡ δημοσία οἰκία. ὡς δὲ πολλοὶ οἱ 37
εἰργμένοι ἦσαν, πολλοὶ δὲ κατὰ τοῦ τείχους ἐκπεπηδη-
330 κότες, ἦσαν δὲ οἳ καὶ διὰ τῶν πυλῶν ἀφεῖντο — οὐδεὶς
γὰρ οὐδενὶ ὠργίζετο, ὅστις μὴ ᾤετο ἀπολεῖσθαι — ἀπο-
ρῆσαι δὴ μάλιστα ἐποίησε τόν τε Θηβαῖον καὶ τοὺς μετ'
αὐτοῦ ταῦτα πράττοντας, ὅτι Μαντινέας, οὓς μάλιστα
ἐβούλοντο λαβεῖν, ὀλίγους τινὰς πάνυ εἶχον· διὰ γὰρ τὸ
335 ἐγγὺς τὴν πόλιν εἶναι σχεδὸν πάντες ᾤχοντο οἴκαδε.
ἐπεὶ δὲ ἡμέρα ἐγένετο καὶ τὰ πεπραγμένα ἐπύθοντο οἱ 38
Μαντινεῖς, εὐθὺς πέμποντες εἴς τε τὰς ἄλλας Ἀρκαδικὰς
πόλεις προηγόρευον ἐν τοῖς ὅπλοις εἶναι καὶ φυλάττειν
τὰς παρόδους. καὶ αὐτοὶ δὲ οὕτως ἐποίουν, καὶ ἅμα
340 πέμψαντες εἰς τὴν Τεγέαν ἀπῄτουν ὅσους ἔχοιεν ἄνδρας
Μαντινέων· καὶ τῶν ἄλλων δὲ Ἀρκάδων οὐδένα ἀξιοῦν
ἔφασαν οὔτε δεδέσθαι οὔτε ἀποθνήσκειν πρὸ δίκης. εἰ
δὲ καί τινες ἐπαιτιῶντο, ἔλεγον ἐπαγγέλλοντες ὅτι ἡ τῶν

iv. 2. 11; 5. 8.—τοὺς βελτίστους: in
a political sense, as usual in this for-
mula.—πολλοὺς ἔδει κτέ.: those seized
were necessarily many.—ἡ δημοσία
οἰκία: prob. the town-hall.
37. πολλοί, πολλοί: the first, pred.
of οἱ εἰργμένοι, the second, subj. of
ἦσαν to be supplied with ἐκπεπηδηκό-
τες.—ἦσαν οἵ: some.—οὐδεὶς οὐδενί:
i.e. none of the gate-keepers inter-
fered with any of those who fled.—
ὅστις ... ἀπολεῖσθαι: with reference
to the ἄρχοντες, who knew their ruin
was certain, if they should be called
to account for their mis-appropriation

of the temple treasures.—ἐποίησε:
its subj. is the clause ὅτι ... εἶχον.
—πάνι: post-positive. Cf. 24 πολύ,
v. 3. 2 παντελῶς.—ἐγγύς: Mantinea
was only eight miles from Tegea.
—ᾤχοντο: either before or during
the banqueting.
38. οὐδένα, οὔτε, οὔτε: in strictness
we should expect μηδένα, μήτε, μήτε,
but Xenophon conceives the expres-
sion as equiv. to indir. disc. (said they
would not permit men to be imprisoned,
etc.), and so uses οὐ. G. 283, 3;
H. 1024.—δεδέσθαι: to be arrested
and kept in prison. For the tense,

Μαντινέων πόλις ἐγγυῷτο ἦ μὴν παρέξειν εἰς τὸ κοινὸν
345 τῶν Ἀρκάδων ὁπόσους τις προσκαλοῖτο. ἀκούων οὖν ὁ 39
Θηβαῖος ἠπόρει τε ὅ τι χρήσαιτο τῷ πράγματι καὶ
ἀφίησι πάντας τοὺς ἄνδρας. καὶ τῇ ὑστεραίᾳ συγκα-
λέσας τῶν Ἀρκάδων ὁπόσοι γε δὴ συνελθεῖν ἠθέλησαν
ἀπελογεῖτο ὡς ἐξαπατηθείη. ἀκοῦσαι γὰρ ἔφη ὡς Λακε-
350 δαιμόνιοί τε εἶεν σὺν τοῖς ὅπλοις ἐπὶ τοῖς ὁρίοις προδι-
δόναι τε μέλλοιεν αὐτοῖς τὴν Τεγέαν τῶν Ἀρκάδων τινές.
οἱ δὲ ἀκούσαντες ἐκεῖνον μέν, καίπερ γιγνώσκοντες ὅτι
ἐψεύδετο περὶ σφῶν, ἀφίεσαν· πέμψαντες δ' εἰς Θήβας
πρέσβεις κατηγόρουν αὐτοῦ ὡς δεῖν ἀποθανεῖν. τὸν δ' 40
355 Ἐπαμεινώνδαν ἔφασαν, καὶ γὰρ στρατηγῶν τότε ἐτύγ-
χανε, λέγειν ὡς πολὺ ὀρθότερον ποιήσειεν, ὅτε συνελάμ-
βανε τοὺς ἄνδρας ἢ ὅτε ἀφῆκε. "Τὸ γὰρ ἡμῶν δι' ὑμᾶς
εἰς πόλεμον καταστάντων ὑμᾶς ἄνευ τῆς ἡμετέρας γνώμης
εἰρήνην ποιεῖσθαι, πῶς οὐκ ἂν δικαίως προδοσίαν τις ὑμῶν
360 τοῦτο κατηγοροίη; εὖ δ' ἴστε," ἔφη, "ὅτι ἡμεῖς καὶ στρα-
τευσόμεθα εἰς τὴν Ἀρκαδίαν καὶ σὺν τοῖς τὰ ἡμέτερα
φρονοῦσι πολεμήσομεν."

Ὡς δὲ ταῦτα ἀπηγγέλθη πρός τε τὸ κοινὸν τῶν Ἀρκά- 5
δων καὶ κατὰ πόλεις, ἐκ τούτου ἀνελογίζοντο Μαντινεῖς τε
καὶ τῶν ἄλλων Ἀρκάδων οἱ κηδόμενοι τῆς Πελοποννήσου,

---

see on v. 4. 7 κεκλεῖσθαι. — ἦ μήν : the
customary formula in oaths or solemn
asseverations ; so also I. 42 ; iii. 4. 5.
39. ὅ τι χρήσαιτο : for the const.
of τί, see on vi. I. 15. — ὁπόσοι γε δή :
γὲ δή restricts the meaning of ὁπόσοι.
Not many came together. — ὡς δεῖν
ἀποθανεῖν : that he ought to be put to
death. δεῖν is for δέον, pres. partic.
of δεῖ (cf. πλεῖν for πλέον). The
const. is the acc. abs. G. 278, 2 ;
H. 973 and a.

40. στρατηγῶν : viz. in his capacity
of Boeotarch. — τὸ γὰρ ἡμῶν : tran-
sition to dir. disc. without ἔφη. —
προδοσίαν : pred. acc. to τοῦτο, which
latter is in app. with τὸ ὑμᾶς ποιεῖ-
σθαι.

5. 1-3. Alliance of the Achaeans,
Eleans, and part of the Arcadians, with
the Athenians and Lacedaemonians.
Beginning of 362 B.C.
1. οἱ κηδόμενοι τῆς Πελοποννήσου :
i.e. the oligarchical element. Cf. 4.

ὡσαύτως δὲ καὶ Ἠλεῖοι καὶ Ἀχαιοί, ὅτι οἱ Θηβαῖοι δῆλοι
5 εἶεν βουλόμενοι ὡς ἀσθενεστάτην τὴν Πελοπόννησον εἶναι,
ὅπως ὡς ῥᾷστα αὐτὴν καταδουλώσαιντο. "Τί γὰρ δὴ πολε- 2
μεῖν ἡμᾶς βούλονται ἢ ἵνα ἡμεῖς μὲν ἀλλήλους κακῶς
ποιῶμεν, ἐκείνων δ' ἀμφότεροι δεώμεθα; ἢ τί, λεγόντων
ἡμῶν ὅτι οὐ δεόμεθα αὐτῶν ἐν τῷ παρόντι, παρασκευά-
10 ζονται ὡς ἐξιόντες; οὐ δῆλον, ὡς ἐπὶ τῷ κακόν τι ἐργά-
ζεσθαι ἡμᾶς στρατεύειν παρασκευάζονται;" ἔπεμπον δὲ
καὶ Ἀθήναζε βοηθεῖν κελεύοντες· ἐπορεύθησαν δὲ καὶ εἰς 3
Λακεδαίμονα πρέσβεις ἀπὸ τῶν ἐπαρίτων παρακαλοῦντες
Λακεδαιμονίους, εἰ βούλοιντο κοινῇ διακωλύειν, ἄν τινες
15 ἴωσι καταδουλωσόμενοι τὴν Πελοπόννησον. περὶ μέντοι
ἡγεμονίας αὐτόθεν διεπράττοντο ὅπως ἐν τῇ ἑαυτῶν ἕκα-
στοι ἡγήσοιντο.

Ἐν ὅσῳ δὲ ταῦτα ἐπράττετο, Ἐπαμεινώνδας ἐξῄει Βοιω- 4
τοὺς ἔχων πάντας καὶ Εὐβοέας καὶ Θετταλῶν πολλοὺς

35 τὰ κράτιστα τῇ Πελοποννήσῳ οἱ
βουλευόμενοι. — Ἠλεῖοι καὶ Ἀχαιοί:
these also had oligarchical govern-
ments. See 4. 15; 1. 43.

2. τί γάρ: transition to dir. disc.,
as in 4. 40. — πολεμεῖν ἡμᾶς: that we
wage war with each other. — ἢ ἵνα:
unless it is in order that. In neg. sen-
tences or interr. sentences implying a
negative, ἤ sometimes has the force
of εἰ μή, unless. This is owing to the
omission of some form of ἄλλος in
the main clause. Cf. Lys. XIII. 90
οὐδένα γὰρ ὅρκον οἱ ἐν Πειραιεῖ ἢ (= εἰ
μή) τοῖς ἐν ἄστει, no oath except to
those in the city. — ἐκείνων: equiv.
here to ἑαυτῶν. See on vi. 4. 25. —
οὐ: for οὐκ ἄρα. Cf. Lat. non for
nonne.

3. βοηθεῖν κελεύοντες: sc. in ac-
cordance with the terms of the alli-

ance mentioned in 4. 2, 6. — ἀπὸ τῶν
ἐπαρίτων: i.e. from the aristocrats,
who had recently entered the ranks
of the ἐπάριτοι as volunteers. See
4. 34. — ἄν τινες ἴωσι: if any should
come. — αὐτόθεν: on the spot, at once;
without the lengthy negotiations de-
tailed in 1. 2-14. — διεπράττοντο,
ὅπως: διαπράττεσθαι is regularly fol-
lowed by the infinitive. Cf. 1. 46.
The clause with ὅπως indicates that
the notion of caring or providing for
was prominent in the writer's mind,
— succeeded in making provision that.
G. 217; H. 885.

4-17. Fourth expedition of Epami-
nondas into Peloponnesus. He enters
Sparta. Cavalry battle near Mantinea.
Spring and summer of 362 B.C.

4. Εὐβοέας: these had been for
some time in alliance with the The-

20 παρά τε Ἀλεξάνδρου καὶ τῶν ἐναντίων αὐτῷ. Φωκεῖς
μέντοι οὐκ ἠκολούθουν, λέγοντες ὅτι συνθῆκαι σφίσιν
αὐτοῖς εἶεν, εἴ τις ἐπὶ Θήβας ἴοι, βοηθεῖν· ἐπ᾽ ἄλλους δὲ
στρατεύειν οὐκ εἶναι ἐν ταῖς συνθήκαις. ὁ μέντοι Ἐπα- 5
μεινώνδας ἐλογίζετο καὶ ἐν Πελοποννήσῳ σφίσιν ὑπάρ-
25 χειν Ἀργείους τε καὶ Μεσσηνίους καὶ Ἀρκάδων τοὺς τὰ
σφέτερα φρονοῦντας. ἦσαν δ᾽ οὗτοι Τεγεᾶται καὶ Μεγα-
λοπολῖται καὶ Ἀσεᾶται καὶ Παλλαντιεῖς, καὶ εἴ τινες δὴ
πόλεις διὰ τὸ μικραί τε εἶναι καὶ ἐν μέσαις ταύταις
οἰκεῖν ἠναγκάζοντο. ἐξῆλθε μὲν δὴ ὁ Ἐπαμεινώνδας διὰ 6
30 ταχέων· ἐπεὶ δὲ ἐγένετο ἐν Νεμέᾳ, ἐνταῦθα διέτριβεν,
ἐλπίζων τοὺς Ἀθηναίους παριόντας λήψεσθαι καὶ λογι-
ζόμενος μέγα ἂν τοῦτο γενέσθαι τοῖς μὲν σφετέροις συμ-
μάχοις εἰς τὸ ἐπιρρῶσαι αὐτούς, τοῖς δὲ ἐναντίοις εἰς τὸ
εἰς ἀθυμίαν ἐμπεσεῖν, ὡς δὲ συνελόντι εἰπεῖν, πᾶν ἀγαθὸν
35 εἶναι Θηβαίοις ὅ τι ἐλαττοῖντο Ἀθηναῖοι. ἐν δὲ τῇ δια- 7
τριβῇ αὐτοῦ ταύτῃ συνῇεσαν πάντες οἱ ὁμοφρονοῦντες
εἰς τὴν Μαντίνειαν. ἐπεὶ μέντοι ὁ Ἐπαμεινώνδας ἤκουσε

bans. See on 4. 1. — **παρὰ Ἀλεξάν-**
δρου: tyrant of Pherae. See vi. 4.
34. Owing to his complete defeat by
the Thebans in 364 B.C., he had been
compelled to abandon his alliance
with the Athenians and to become
tributary to Thebes. Plut. *Pelop.* 35.
— **τῶν ἐναντίων:** inhabitants of various
Thessalian cities, who had been freed
from the tyranny of Alexander by
the help of the Thebans.
5. **σφίσιν:** *i.e.* Epaminondas and
his countrymen. — **ὑπάρχειν:** *favored.*
— **τὰ σφέτερα φρονοῦντας:** *cf.* 4. 40 τὰ
ἡμέτερα φρονοῦντα. — **Μεγαλοπολῖται:**
Megalopolis had been founded in
370 B.C., though Xenophon nowhere
alludes to the event. See on vi. 5. 6.

— **τινὲς δή:** δή restrictive, as in 4. 39
ὁπόσοι γε δή. — **οἰκεῖν:** *i.e.* τὸ οἰκεῖν, also
dependent upon διά. — **ἠναγκάζοντο:**
sc. τὰ ἐκείνων φρονεῖν.
6. **διὰ ταχέων:** so also Thuc. i. 80.
3; Plato *Apol.* 32 d; generally, how-
ever, διὰ τάχους. — **ὡς δὲ συνελόντι**
εἰπεῖν: *and in a word.* The subst.
notion with which συνελόντι agrees, is
dat. of interest. G. 184, 5; H. 771 b.
On εἰπεῖν, inf. in loose const., see
G. 268; H. 956. — **πᾶν ἀγαθὸν κτέ.:**
that whatever loss the Athenians experi-
enced was all an advantage to the The-
bans. ὅ τι is cognate acc. retained in
the pass. H. 725 c.
7. **πάντες οἱ ὁμοφρονοῦντες:** *i.e.*
his opponents — **ἤκουσε:** he was de-

τοὺς Ἀθηναίους τὸ μὲν κατὰ γῆν πορεύεσθαι ἀπεγνωκέ-
ναι, κατὰ θάλατταν δὲ παρασκευάζεσθαι ὡς διὰ Λακεδαί-
40 μονος βοηθήσοντας τοῖς Ἀρκάσιν, οὕτω δὴ ἀφορμήσας
ἐκ τῆς Νεμέας ἀφικνεῖται εἰς τὴν Τεγέαν. εὐτυχῆ μὲν οὖν 8
οὐκ ἂν ἔγωγε φήσαιμι τὴν στρατηγίαν αὐτῷ γενέσθαι·
ὅσα μέντοι προνοίας ἔργα καὶ τόλμης ἐστίν, οὐδέν μοι
δοκεῖ ἀνὴρ ἐλλιπεῖν. πρῶτον μὲν γὰρ ἔγωγε ἐπαινῶ
45 αὐτοῦ ὅτι τὸ στρατόπεδον ἐν τῷ τείχει τῶν Τεγεατῶν
ἐποιήσατο, ἔνθ᾽ ἐν ἀσφαλεστέρῳ τε ἦν ἢ εἰ ἔξω ἐστρατο-
πεδεύετο καὶ τοῖς πολεμίοις ἐν ἀδηλοτέρῳ ὅ τι πράττοιτο.
καὶ παρασκευάζεσθαι δέ, εἴ του ἐδεῖτο, ἐν τῇ πόλει ὄντι
εὐπορώτερον. τῶν δ᾽ ἑτέρων ἔξω στρατευομένων ἐξῆν
50 ὁρᾶν, εἴτε τι ὀρθῶς ἐπράττετο εἴτε τι ἡμάρτανον. καὶ
μὴν οἰόμενος κρείττων τῶν ἀντιπάλων εἶναι, ὁπότε ὁρῴη
χωρίοις πλεονεκτοῦντας αὐτούς, οὐκ ἐξήγετο ἐπιτίθεσθαι.
ὁρῶν δὲ οὔτε πόλιν αὐτῷ προσχωροῦσαν οὐδεμίαν τόν τε 9
χρόνον προβαίνοντα, ἐνόμισε πρακτέον τι εἶναι· εἰ δὲ μή,
55 ἀντὶ τῆς πρόσθεν εὐκλείας πολλὴν ἀδοξίαν προσεδέχετο.
ἐπεὶ οὖν κατεμάνθανε περὶ μὲν τὴν Μαντίνειαν τοὺς ἀντιπά-
λους πεφυλαγμένους, μεταπεμπομένους δὲ Ἀγησίλαόν τε
καὶ πάντας τοὺς Λακεδαιμονίους, καὶ ᾔσθετο ἐξεστρατευ-
μένον τὸν Ἀγησίλαον καὶ ὄντα ἤδη ἐν τῇ Πελλήνῃ, δει-

ceived by false reports. See 15.
— τὸ πορεύεσθαι ἀπεγνωκέναι: *had
given up going.* — παρασκευάζεσθαι :
sc. ἐπέρχεσθαι. — οὕτως δή: resump-
tive of the protasis, as vi. 5. 22 and
frequently.

8. αὐτοῦ: dependent upon the obj.
clause ὅτι ἐποιήσατο, — *I praise his
pitching his camp.* Cf. Ages. 8. 4 τοῦτο
ἐπαινῶ Ἀγησιλάου. II. 733. — ἐν τῷ
τείχει: the same as the subsequent ἐν
τῇ πόλει. — τῶν ἑτέρων: i.e. τῶν πο-

λεμίων. — ἔξω: i.e. of Mantinea. —
ἐπράττετο: sc. ὑπ᾽ αὐτῶν. — οἰόμενος:
with concessive force. — κρείττων: he
is said by Diodorus, xv. 84, to have
had 33,000 troops, while his oppo-
nents had but 22,000. — χωρίοις:
causal.

9. εἰ δὲ μή: sc. πράττοι. — πεφυ-
λαγμένους: *on guard.* — Πελλήνη: Pel-
lene in northern Laconia in the upper
valley of the Eurotas, not to be con-
founded with the Achaean town of

60 πνοποιησάμενος καὶ παραγγείλας ἡγεῖτο τῷ στρατεύματι
εὐθὺς ἐπὶ Σπάρτην. καὶ εἰ μὴ Κρὴς θείᾳ τινὶ μοίρᾳ προσ- 10
ελθὼν ἐξήγγειλε τῷ Ἀγησιλάῳ προσιὸν τὸ στράτευμα,
ἔλαβεν ἂν τὴν πόλιν ὥσπερ νεοττιὰν παντάπασιν ἔρημον
τῶν ἀμυνουμένων. ἐπεὶ μέντοι προπυθόμενος ταῦτα ὁ
65 Ἀγησίλαος ἔφθη εἰς τὴν πόλιν ἀπελθών, διαταξάμενοι οἱ
Σπαρτιᾶται ἐφύλαττον, καὶ μάλα ὀλίγοι ὄντες· οἵ τε γὰρ
ἱππεῖς αὐτοῖς πάντες ἐν Ἀρκαδίᾳ ἀπῆσαν καὶ τὸ ξενικὸν
καὶ τῶν λόχων δώδεκα ὄντων οἱ τρεῖς. ἐπεὶ δὲ ἐγένετο 11
Ἐπαμεινώνδας ἐν τῇ πόλει τῶν Σπαρτιατῶν, ὅπου μὲν
70 ἔμελλον ἔν τε ἰσοπέδῳ μαχεῖσθαι καὶ ἀπὸ τῶν οἰκιῶν
βληθήσεσθαι, οὐκ εἰσήει ταύτῃ, οὐδ' ὅπου γε μηδὲν
πλείους μαχεῖσθαι τῶν ὀλίγων πολλοὶ ὄντες· ἔνθεν δὲ
πλεονεκτεῖν ἂν ἐνόμιζε, τοῦτο λαβὼν τὸ χωρίον κατέβαινε
καὶ οὐκ ἀνέβαινεν εἰς τὴν πόλιν. τό γε μὴν ἐντεῦθεν 12
75 γενόμενον ἔξεστι μὲν τὸ θεῖον αἰτιᾶσθαι, ἔξεστι δὲ λέγειν

the same name.—παραγγείλας: sc.
to hold themselves in readiness for
the march.
10. Κρής: acc. to Plut. Ages. 34,
he was a Thespian deserter named
Euthymus. Diodorus, xv. 82, men-
tions Cretan couriers as bearers of
the information. — ἔφθη ἀπελθών: he
came back betimes, viz. from Pellene.—
διαταξάμενοι: having stationed them-
selves at different points. — καὶ μάλα:
on the force of this expression, see on
v. 2. 3. — δώδεκα ὄντων: see on 4. 20.
— οἱ τρεῖς: the art. here distinguishes
the three as a part of the whole to
which it belongs. II. 664 a. Cf. i.
1. 18 ταῖς εἴκοσι.
11. ὅπου μὲν ... οὐκ εἰσήει ταύτῃ:
he did not enter at a point where they
(the Thebans) would be likely to fight
on level ground and be showered with

missiles from the houses.—ἔν τε ἰσο-
πέδῳ κτέ.: cf. 4. 31 ἀπὸ τῶν στοῶν
βαλλόμενοι καὶ ἐν τῷ ἰσοπέδῳ μαχόμε-
νοι. — ἀπὸ τῶν οἰκιῶν: the house-tops,
acc. to Diodorus, were covered with
old men, women, and children. —
οὐδ' ὅπου κτέ.: nor at a point where
being themselves numerous, they would
fail to have the advantage over their
few enemies. πλείους, apparently, is
used in the sense of superior power,
not of superior numbers. With μαχεῖ-
σθαι supply ἔμελλον from the previous
clause. — ἔνθεν: its antec. is χωρίον. —
κατέβαινε: i.e. he entered the city at
a point where he marched down into it,
not up into it, thus avoiding this lat-
ter disadvantage, as well as those be-
fore enumerated.
12. τὸ γενόμενον: acc. of specifica-
tion. G. 160, 1; II. 718.—τοῖς ἀπο-

ὡς τοῖς ἀπονενοημένοις οὐδεὶς ἂν ὑποσταίη. ἐπεὶ γὰρ
ἡγεῖτο Ἀρχίδαμος οὐδὲ ἑκατὸν ἔχων ἄνδρας καὶ διαβὰς
ὅπερ ἐδόκει τι ἔχειν κώλυμα ἐπορεύετο πρὸς ὄρθιον ἐπὶ
τοὺς ἀντιπάλους, ἐνταῦθα δὴ οἱ πῦρ πνέοντες, οἱ νενι-
80 κηκότες τοὺς Λακεδαιμονίους, οἱ τῷ παντὶ πλείους καὶ
προσέτι ὑπερδέξια χωρία ἔχοντες, οὐκ ἐδέξαντο τοὺς περὶ
τὸν Ἀρχίδαμον, ἀλλ' ἐγκλίνουσι. καὶ οἱ μὲν πρῶτοι τῶν 13
Ἐπαμεινώνδα ἀποθνήσκουσιν · ἐπεὶ μέντοι ἀγαλλόμενοι
τῇ νίκῃ ἐδίωξαν οἱ ἔνδοθεν πορρωτέρω τοῦ καιροῦ, οὗτοι
85 αὖ ἀποθνήσκουσι · περιεγέγραπτο γάρ, ὡς ἔοικεν, ὑπὸ
τοῦ θείου μέχρι ὅσον νίκη ἐδέδοτο αὐτοῖς. καὶ ὁ μὲν δὴ
Ἀρχίδαμος τροπαῖόν τε ἵστατο ἔνθα ἐπεκράτησε καὶ τοὺς
ἐνταῦθα πεσόντας τῶν πολεμίων ὑποσπόνδους ἀπεδίδου. ὁ 14
δ' Ἐπαμεινώνδας λογιζόμενος ὅτι βοηθήσοιεν οἱ Ἀρκάδες
90 εἰς τὴν Λακεδαίμονα, ἐκείνοις μὲν οὐκ ἐβούλετο καὶ πᾶσι
Λακεδαιμονίοις ὁμοῦ γενομένοις μάχεσθαι, ἄλλως τε καὶ
ηὐτυχηκόσι, τῶν δὲ ἀποτετυχηκότων · πάλιν δὲ πορευθεὶς
ὡς ἐδύνατο τάχιστα εἰς τὴν Τεγέαν τοὺς μὲν ὁπλίτας ἀνέ-
παυσε, τοὺς δ' ἱππέας ἔπεμψεν εἰς τὴν Μαντίνειαν, δεηθεὶς
95 αὐτῶν προσκαρτερῆσαι, καὶ διδάσκων ὡς πάντα μὲν εἰκὸς

νενοημένοις: the dat. as in *An.* iii. 2.
11 ὑποστῆναι αὐτοῖς Ἀθηναῖοι τολμή-
σαντες. The acc. is the commoner
construction with ὑποστῆναι. — Ἀρχί-
δαμος: son of Agesilaus. — ὅπερ: the
antec. of ὅπερ is the omitted obj. of
διαβάς, referring prob. to some brook
or ravine. — τι ἔχειν κώλυμα: *to in-
volve some hindrance.* On the position
of τὶ *cf.* iv. 5. 10 εἰ δέ τι ἦν λοιπὸν
δένδρον. — οἱ πῦρ πνέοντες: poetical
expression. — οἱ νενικηκότες τοὺς Λα-
κεδαιμονίους: *viz.* at Leuctra. *Cf.* vi.
5. 23 ἀγαλλόμενοι τῇ ἐν Λεύκτροις νίκῃ.
— τῷ παντί: *altogether.* — ὑπερδέξια:
see on 4. 13.

13. οἱ ἔνδοθεν: *i.e.* οἱ ἐν πόλει, at-
tracted by ἐδίωξαν. — πορρωτέρω τοῦ
καιροῦ: *too far. Cf.* v. 3. 5.
14. οἱ Ἀρκάδες: *i.e.* the Mantine-
ans and their followers. — ἐκείνοις:
obs. its emphatic position. — ἄλλως τε
καί: *especially.* — ηὐτυχηκόσι: instead
of τῶν μὲν ηὐτυχηκότων, in conse-
quence of the foregoing Λακεδαιμο-
νίοις. — τῶν δέ: *i.e.* the Thebans. —
ὡς τάχιστα: the haste was for the
purpose of surprising the Mantineans.
— προσκαρτερῆσαι: *to endure this
hardship in addition* to what they
had already undergone. — εἰκός: sc.
εἴη.

ἔξω εἶναι τὰ τῶν Μαντινέων βοσκήματα, πάντας δὲ τοὺς
ἀνθρώπους, ἄλλως τε καὶ σίτου συγκομιδῆς οὔσης. καὶ 15
οἱ μὲν ᾤχοντο· οἱ δ' Ἀθηναῖοι ἱππεῖς ὁρμηθέντες ἐξ
Ἐλευσῖνος ἐδειπνοποιήσαντο μὲν ἐν Ἰσθμῷ, διελθόντες δὲ
100 τὰς Κλεωνὰς ἐτύγχανον προσιόντες εἰς τὴν Μαντίνειαν καὶ
καταστρατοπεδευσάμενοι ἐντὸς τείχους ἐν ταῖς οἰκίαις.
ἐπεὶ δὲ δῆλοι ἦσαν προσελαύνοντες οἱ πολέμιοι, ἐδέοντο
οἱ Μαντινεῖς τῶν Ἀθηναίων ἱππέων βοηθῆσαι, εἴ τι
δύναιντο· ἔξω γὰρ εἶναι καὶ τὰ βοσκήματα πάντα καὶ
105 τοὺς ἐργάτας, πολλοὺς δὲ καὶ παῖδας καὶ γεραιτέρους τῶν
ἐλευθέρων· ἀκούσαντες δὲ ταῦτα οἱ Ἀθηναῖοι ἐκβοηθοῦ-
σιν, ἔτι ὄντες ἀνάριστοι καὶ αὐτοὶ καὶ οἱ ἵπποι. ἐνταῦθα 16
δὴ τούτων αὖ τὴν ἀρετὴν τίς οὐκ ἂν ἀγασθείη; οἳ καὶ
πολὺ πλείους ὁρῶντες τοὺς πολεμίους, καὶ ἐν Κορίνθῳ
110 δυστυχήματος γεγενημένου τοῖς ἱππεῦσιν οὐδὲν τούτων
ἐπελογίσαντο, οὐδ' ὅτι καὶ Θηβαίοις καὶ Θετταλοῖς τοῖς
κρατίστοις ἱππεῦσιν εἶναι δοκοῦσιν ἔμελλον μάχεσθαι,
ἀλλ' αἰσχυνόμενοι, εἰ παρόντες μηδὲν ὠφελήσειαν τοὺς
συμμάχους, ὡς εἶδον τάχιστα τοὺς πολεμίους, συνέρρα-
115 ξαν, ἐρῶντες ἀνασώσασθαι τὴν πατρῴαν δόξαν. καὶ 17
μαχόμενοι αἴτιοι μὲν ἐγένοντο τὰ ἔξω πάντα σωθῆναι τοῖς
Μαντινεῦσιν, αὐτῶν δὲ ἀπέθανον ἄνδρες ἀγαθοί, καὶ ἀπέ-

---

15. **Κλεωνάς** : city in Argolis,
southwest of Corinth. — **προσιόντες,
καταστρατοπεδευσάμενοι** : i.e. part had
already encamped within the walls,
the rest were still coming up. — **εἶναι** :
dependent upon the notion of say-
ing involved in ἐδέοντο. — **γεραιτέ-
ρους** : for the comp., see G. 71, N. 2;
H. 250.

16. **αὖ** : with reference to the brav-
ery of the Spartans in defending their
city. — **δυστυχήματος** : what is re-

ferred to, is unknown. It is possi-
ble that the Corinthians, who since
366 B.C. had not been friendly to
Athens, had inflicted some injury
upon the Athenians during their re-
cent passage through Corinthian ter-
ritory. — **εἶναι δοκοῦσιν** : *reputed to be.*
— **ὡς τάχιστα** : *as soon as.*

17. **αἴτιοι σωθῆναι** : inf. without
τοῦ, as in 4. 19. — **ἄνδρες ἀγαθοί** : Xen-
ophon does not mention their names,
but from other sources we learn that

κτειναν δὲ δῆλον ὅτι τοιούτους· οὐδὲν γὰρ οὕτω βραχὺ
ὅπλον ἑκάτεροι εἶχον ᾧ οὐκ ἐξικνοῦντο ἀλλήλων. καὶ
120 τοὺς μὲν φιλίους νεκροὺς οὐ προήκαντο, τῶν δὲ πολεμίων
ἦν οὓς ὑποσπόνδους ἀπέδοσαν. ὁ δ' αὖ Ἐπαμεινώνδας, 18
ἐνθυμούμενος ὅτι ὀλίγων μὲν ἡμερῶν ἀνάγκη ἔσοιτο ἀπιέ-
ναι διὰ τὸ ἐξήκειν τῇ στρατείᾳ τὸν χρόνον, εἰ δὲ καταλεί-
ψοι ἐρήμους οἷς ἦλθε σύμμαχος, ἐκεῖνοι πολιορκήσοιντο
125 ὑπὸ τῶν ἀντιπάλων, αὐτὸς δὲ λελυμασμένος τῇ ἑαυτοῦ
δόξῃ παντάπασιν ἔσοιτο, ἡττημένος μὲν ἐν Λακεδαίμονι
σὺν πολλῷ ὁπλιτικῷ ὑπ' ὀλίγων, ἡττημένος δὲ ἐν Μαντι-
νείᾳ ἱππομαχίᾳ, αἴτιος δὲ γεγενημένος διὰ τὴν εἰς Πελο-
πόννησον στρατείαν τοῦ συνεστάναι Λακεδαιμονίους καὶ
130 Ἀρκάδας καὶ Ἀχαιοὺς καὶ Ἠλείους καὶ Ἀθηναίους·
ὥστε οὐκ ἐδόκει αὐτῷ δυνατὸν εἶναι ἀμαχεὶ παρελθεῖν
λογιζομένῳ ὅτι, εἰ μὲν νικῴη, πάντα ταῦτα ἀναλύσοιτο·
εἰ δὲ ἀποθάνοι, καλὴν τὴν τελευτὴν ἡγήσατο ἔσεσθαι
πειρωμένῳ τῇ πατρίδι ἀρχὴν Πελοποννήσου καταλιπεῖν.

among the bravest of the dead were his own son Gryllus, whom Xenophon had sent, along with his other son, Diodorus, to Athens, to serve in the cavalry. — ᾧ ἐξικνοῦντο : *i.e.* so fierce was the struggle. The rel. clause here expresses result. — τοὺς μὲν οὐ προήκαντο : *they did not abandon the bodies of their friends.* The forms of this aor. (from προίημι) are rare, being confined to the indicative. — ἦν οὓς : *some.* II. 998.

18-25. *Battle of Mantinea. June 3, 362 B.C.*

18. ὁ δ' αὖ Ἐπαμεινώνδας : the sent. is not completed, but is taken up with a different const. by the words ὥστε ἐδόκει αὐτῷ. — διὰ τὸ ἐξήκειν κτέ.: *on account of the expiration of the time of the expedition.* The duration of the campaign was apparently limited to a definite time, either by the authorities at Thebes or by some agreement with the allies. — πολιορκήσοιντο : middle in passive sense, as in vi. 4. 6. — λελυμασμένος ἔσοιτο : periphrastic fut. perf. middle. — τῇ δόξῃ : the dat. as in ii. 3. 26. λυμαίνομαι generally governs the accusative. — αἴτιος τοῦ συνεστάναι : the regular construction. *Cf.* 17. — Λακεδαιμονίους καί, καὶ κτέ.: the polysyndeton as in vi. 2. 3. — δυνατόν : *viz.* in a moral sense. — ἀναλύσοιτο : *would make good.* So Dem. xiv. 34 τὰς προτέρας ἀναλύσονται ἁμαρτίας. — ἡγήσατο : resumes the notion in λογιζομένῳ, and in finite form. — ἀρχήν : without art., as *Cyr.* viii. 5. 25 ἦν τις ἀρχῆς Κῦρον ἐπιχειρῇ καταπαύειν.

135 τὸ μὲν οὖν αὐτὸν τοιαῦτα διανοεῖσθαι οὐ πάνυ μοι δοκεῖ 19
θαυμαστὸν εἶναι· φιλοτίμων γὰρ ἀνδρῶν τὰ τοιαῦτα δια-
νοήματα· τὸ μέντοι τὸ στράτευμα παρεσκευακέναι ὡς
πόνον τε μηδένα ἀποκάμνειν μήτε νυκτὸς μήτε ἡμέρας
κινδύνου τε μηδενὸς ἀφίστασθαι σπάνιά τε τὰ ἐπιτήδεια
140 ἔχοντας ὅμως πείθεσθαι ἐθέλειν, ταῦτά μοι δοκεῖ θαυμα-
στότερα εἶναι. καὶ γὰρ ὅτε τὸ τελευταῖον παρήγγειλεν 20
αὐτοῖς παρασκευάζεσθαι ὡς μάχης ἐσομένης, προθύμως
μὲν ἐλευκοῦντο οἱ ἱππεῖς τὰ κράνη κελεύοντος ἐκείνου,
ἐπεγράφοντο δὲ καὶ οἱ τῶν Ἀρκάδων ὁπλῖται ῥόπαλα,
145 ὡς Θηβαῖοι ὄντες, πάντες δὲ ἠκονῶντο καὶ λόγχας καὶ
μαχαίρας καὶ ἐλαμπρύνοντο τὰς ἀσπίδας. ἐπεὶ μέντοι 21
οὕτω παρεσκευασμένους ἐξήγαγεν, ἄξιον αὖ κατανοῆσαι
ἃ ἐποίησε. πρῶτον μὲν γάρ, ὥσπερ εἰκός, συνετάττετο.
τοῦτο δὲ πράττων σαφηνίζειν ἐδόκει ὅτι εἰς μάχην παρε-
150 σκευάζετο· ἐπεί γε μὴν ἐτέτακτο αὐτῷ τὸ στράτευμα ὡς
ἐβούλετο, τὴν μὲν συντομωτάτην πρὸς τοὺς πολεμίους οὐκ
ἦγε, πρὸς δὲ τὰ πρὸς ἑσπέραν ὄρη καὶ ἀντιπέραν τῆς
Τεγέας ἡγεῖτο· ὥστε δόξαν παρεῖχε τοῖς πολεμίοις μὴ
ποιήσεσθαι μάχην ἐκείνῃ τῇ ἡμέρᾳ. καὶ γὰρ δὴ ὡς 22
155 πρὸς τῷ ὄρει ἐγένετο, ἐπεὶ ἐξετάθη αὐτῷ ἡ φάλαγξ, ὑπὸ
τοῖς ὑψηλοῖς ἔθετο τὰ ὅπλα, ὥστε εἰκάσθη στρατοπεδευο-
μένῳ. τοῦτο δὲ ποιήσας ἔλυσε μὲν τῶν πλείστων πολε-

---

19. αὐτόν: intensive; *he himself*,
as contrasted with his army. — τὰ
τοιαῦτα: *cf.* vi. 3. 16 τῶν τοιούτων.
The art. in each instance is used to
indicate something before mentioned.
— διανοήματα: sc. ἐστίν. — ὡς: here
equiv. to ὥστε. — πόνον . . . ἀποκά-
μνειν: *flinch from no toil.* — σπάνια:
used predicatively.

20. ἐλευκοῦντο τὰ κράνη: as in ii.
4. 25. — ἐπεγράφοντο ῥόπαλα: sc. on

their shields. The ῥόπαλον was the
emblem of the Thebans, being the
weapon of their national hero Her-
cules. — ὡς: equiv. to ὥσπερ, *just
as if.*

21. τὴν συντομωτάτην: sc. ὁδόν. —
τὰ πρὸς ἑσπέραν ὄρη: Mt. Maenalus,
lying west of the long valley between
Tegea and Mantinea. — δόξαν παρ-
εῖχε: "created the impression."

22. τοῦτο ποιήσας: *by doing this.* —

μίων τὴν ἐν ταῖς ψυχαῖς πρὸς μάχην παρασκευήν, ἔλυσε
δὲ τὴν ἐν ταῖς συντάξεσιν. ἐπεί γε μὴν παραγαγὼν
160 τοὺς ἐπὶ κέρως πορευομένους λόχους εἰς μέτωπον ἰσχυρὸν
ἐποιήσατο τὸ περὶ ἑαυτὸν ἔμβολον, τότε δὴ ἀναλαβεῖν
παραγγείλας τὰ ὅπλα ἡγεῖτο· οἱ δ' ἠκολούθουν. οἱ δὲ
πολέμιοι ὡς εἶδον παρὰ δόξαν ἐπιόντας, οὐδεὶς αὐτῶν
ἡσυχίαν ἔχειν ἠδύνατο, ἀλλ' οἱ μὲν ἔθεον εἰς τὰς τάξεις,
165 οἱ δὲ παρετάττοντο, οἱ δὲ ἵππους ἐχαλίνουν, οἱ δὲ θώρακας
ἐνεδύοντο, πάντες δὲ πεισομένοις τι μᾶλλον ἢ ποιήσουσιν
ἐῴκεσαν. ὁ δὲ τὸ στράτευμα ἀντίπρωρον ὥσπερ τριήρη 23
προσῆγε, νομίζων, ὅπῃ ἐμβαλὼν διακόψειε, διαφθερεῖν
ὅλον τὸ τῶν ἐναντίων στράτευμα· καὶ γὰρ δὴ τῷ μὲν
170 ἰσχυροτάτῳ παρεσκευάζετο ἀγωνίζεσθαι, τὸ δὲ ἀσθενέ-
στατον πόρρω ἀπέστησεν, εἰδὼς ὅτι ἡττηθὲν ἀθυμίαν ἂν
παράσχοι τοῖς μεθ' ἑαυτοῦ, ῥώμην δὲ τοῖς πολεμίοις. καὶ
μὴν τοὺς ἱππέας οἱ μὲν πολέμιοι ἀντιπαρετάξαντο ὥσπερ
ὁπλιτῶν φάλαγγα βάθος ἐφεξῆς καὶ ἔρημον πεζῶν ἀμίπ-
175 πων· ὁ δ' Ἐπαμεινώνδας αὖ καὶ τοῦ ἱππικοῦ ἔμβολον 24

παραγαγὼν ... εἰς μέτωπον: "wheel-
ing the λόχοι, who were marching in
column, into a battle-line," *i.e.* suc-
cessive detachments of the column
wheeled to the right, thus forming
a line of battle similar to that at
Leuctra, though doubtless deeper.
See on vi. 4. 12. — ἰσχυρόν: pred.
with τὸ ἔμβολον. — τὸ ἔμβολον: *the*
attacking column. Its position was on
the left wing, as at Leuctra.

23. ἀντίπρωρον ὥσπερ τρίηρη: the
comparison implies that the attacking
column (τὸ ἔμβολον) was wedge-
shaped, like the prow of a ship. —
τῷ ἰσχυροτάτῳ: *i.e.* with the left
wing, which consisted of the Thebans
and Arcadians. — τὸ δὲ ... ἀπέστη-

σεν: but the weakest troops he stationed
at a distance, *viz.* on the right wing.
These were the Argives. Diod. xv.
85. — ἡττηθέν: *sc.* τὸ ἀσθενέστατον, to
be supplied as subj. of παράσχοι. —
ἀντιπαρετάξαντο ὥσπερ ὁπλιτῶν κτέ.:
they drew up their cavalry like a
phalanx of infantry, *i.e.* probably
about eight men deep, and with the
horsemen arranged one behind an-
other (ἐφεξῆς), not separated, as was
often the case, by light-armed troops
(πεζοὶ ἄμιπποι) standing in the inter-
vals. — βάθος: acc. of specification
limiting ἐφεξῆς, which is to be con-
strued with ἀντιπαρετάξαντο. — ἔρη-
μον: grammatically limiting φάλαγγα,
but logically τοὺς ἱππέας.

ἰσχυρὸν ἐποιήσατο καὶ ἀμίππους πεζοὺς συνέταξεν αὐ-
τοῖς, νομίζων τὸ ἱππικὸν ἐπεὶ διακόψειεν, ὅλον τὸ ἀντί-
παλον νενικηκὼς ἔσεσθαι· μάλα γὰρ χαλεπὸν εὑρεῖν τοὺς
ἐθελήσοντας μένειν, ἐπειδάν τινας φεύγοντας τῶν ἑαυτῶν
180 ὁρῶσι· καὶ ὅπως μὴ ἐπιβοηθῶσιν οἱ Ἀθηναῖοι ἀπὸ τοῦ
εὐωνύμου κέρατος ἐπὶ τὸ ἐχόμενον, κατέστησεν ἐπὶ γηλό-
φων τινῶν ἐναντίους αὐτοῖς καὶ ἱππέας καὶ ὁπλίτας, φόβον
βουλόμενος καὶ τούτοις παρέχειν ὡς, εἰ βοηθήσαιεν, ὄπι-
σθεν οὗτοι ἐπικείσοιντο αὐτοῖς· τὴν μὲν δὴ συμβολὴν
185 οὕτως ἐποιήσατο καὶ οὐκ ἐψεύσθη τῆς ἐλπίδος· κρατή-
σας γὰρ ᾗ προσέβαλεν ὅλον ἐποίησε φεύγειν τὸ τῶν
ἐναντίων.   ἐπεί γε μὴν ἐκεῖνος ἔπεσεν, οἱ λοιποὶ οὐδὲ τῇ 25
νίκῃ ὀρθῶς ἔτι ἐδυνάσθησαν χρήσασθαι, ἀλλὰ φυγούσης
μὲν αὐτοῖς τῆς ἐναντίας φάλαγγος οὐδένα ἀπέκτειναν οἱ
190 ὁπλῖται οὐδὲ προῆλθον ἐκ τοῦ χωρίου, ἔνθα ἡ συμβολὴ
ἐγένετο· φυγόντων δ' αὐτοῖς καὶ τῶν ἱππέων, ἀπέκτειναν
μὲν οὐδ' οἱ ἱππεῖς διώκοντες οὔτε ἱππέας οὔθ' ὁπλίτας,
ὥσπερ δὲ ἡττώμενοι πεφοβημένως διὰ τῶν φευγόντων
πολεμίων διέπεσον.   καὶ μὴν οἱ ἄμιπποι καὶ οἱ πελτα-

24. χαλεπόν: sc. ἐστίν, — a general
observation. — ἐπὶ τὸ ἐχόμενον: to
those standing next them in the line
of battle, i.e. the troops on the en-
emy's right, opposite Epaminondas
himself, and at the point where he
proposed to make his main attack.
The troops here stationed were the
Mantineans, while next them stood
the Lacedaemonians. The former
occupied the place of honor, in ac-
cordance with the principle already
agreed upon, that each state should
exercise command in its own terri-
tory. Cf. 3. — τούτοις: referring,
like αὐτοῖς below, to the Athenians.
— οὗτοι: viz. ἱππεῖς καὶ ὁπλῖται. —

ὡς ἐπικείσοιντο: indir. disc. (depen-
dent upon the notion of thinking in-
volved in φόβον), where an object
clause, μὴ ἐπικείσοιντο, was to be
expected.

25. ἐπεί γε μὴν ἔπεσεν: Xenophon
generally avoids describing in detail
the fall of a leader. Lysander's death
at Haliartus and Mnasippus's at Cor-
inth, are indicated only by an inci-
dental reference such as is contained
in the present passage concerning
Epaminondas. See iii. 5. 19; vi. 2. 23.
— φυγούσης: concessive; so also φυ-
γόντων below. — αὐτοῖς: dat. of inter-
est.   G. 184, 3, N. 6; H. 770. — διέπε-
σον: i.e. they fell back through the

195 σταὶ συννενικηκότες τοῖς ἱππεῦσιν ἀφίκοντο μὲν ἐπὶ τοῦ
εὐωνύμου, ὡς κρατοῦντες, ἐκεῖ δ' ὑπὸ τῶν Ἀθηναίων οἱ
πλεῖστοι αὐτῶν ἀπέθανον.

Τούτων δὲ πραχθέντων τοὐναντίον ἐγεγένητο οὗ ἐνόμι- 26
σαν πάντες ἄνθρωποι ἔσεσθαι. συνεληλυθυίας γὰρ σχε-
200 δὸν ἁπάσης τῆς Ἑλλάδος καὶ ἀντιτεταγμένων, οὐδεὶς ἦν
ὅστις οὐκ ᾤετο, εἰ μάχη ἔσοιτο, τοὺς μὲν κρατήσαντας
ἄρξειν, τοὺς δὲ κρατηθέντας ὑπηκόους ἔσεσθαι· ὁ δὲ θεὸς
οὕτως ἐποίησεν, ὥστε ἀμφότεροι μὲν τροπαῖον ὡς νενικη-
κότες ἐστήσαντο, τοὺς δὲ ἱσταμένους οὐδέτεροι ἐκώλυον,
205 νεκροὺς δὲ ἀμφότεροι μὲν ὡς νενικηκότες ὑποσπόνδους
ἀπέδοσαν, ἀμφότεροι δὲ ὡς ἡττημένοι ὑποσπόνδους ἀπε-
λάμβανον, νενικηκέναι δὲ φάσκοντες ἑκάτεροι οὔτε χώρᾳ 27
οὔτε πόλει οὔτ' ἀρχῇ οὐδέτεροι οὐδὲν πλέον ἔχοντες ἐφά-
νησαν ἢ πρὶν τὴν μάχην γενέσθαι· ἀκρισία δὲ καὶ
210 ταραχὴ ἔτι πλείων μετὰ τὴν μάχην ἐγένετο ἢ πρόσθεν
ἐν τῇ Ἑλλάδι. ἐμοὶ μὲν δὴ μέχρι τούτου γραφέσθω· τὰ
δὲ μετὰ ταῦτα ἴσως ἄλλῳ μελήσει.

disordered and fleeing bands of the en-
emy, to their original position.— συν-
νενικηκότες: sc. on the Theban right.

26, 27. Results of the battle.

26. οὗ: attracted into the case of
its omitted antec.— ἁπάσης τῆς Ἑλ-
λάδος: cf. Diod. xv. 86 οὐδέποτε, Ἑλ-
λήνων πρὸς Ἕλληνας ἀγωνιζομένων, πλῆ-
θος ἀνδρῶν τοσοῦτο παρετάξατο.— ἀντι-
τεταγμένων: const. acc. to sense, as
though ἁπάντων τῶν Ἑλλήνων had
preceded.— ἐποίησεν ὥστε: see on vi.
5. 4.

27. χώρᾳ: dat. of degree of differ-
ence. The terms of peace, concluded
immediately after the battle, con-
firmed the status quo, though the
Lacedaemonians protested against

recognizing the independence of Mes-
senia and refused to sign the treaty.
Diod. xv. 89.— ἀκρισία καὶ ταραχή:
cf. the similar language of Demos-
thenes, xviii. 18 ἀλλά τις ἄκριτος καὶ
παρὰ τούτοις καὶ παρὰ τοῖς ἄλλοις ἅπα-
σιν ἔρις καὶ ταραχή. The fact, how-
ever, must not be overlooked that
Epaminondas's plans and hopes were
in large measure realized; in spite of
Sparta's protest, the freedom of the
Messenians was established, along
with that of Thebes's Arcadian al-
lies.— γραφέσθω: the pres. and not
the perf. (as in de re eq. 10. 17), since
Xenophon does not regard his work
as complete, but looks forward to its
continuation by other hands.

Xenophon Hellenica—Note Edition.

APPENDIX.

I. MANUSCRIPTS, EDITIONS, AND AUXILIARIES.

A. MANUSCRIPTS.

Codex Parisinus 1738 (B): in the National Library at Paris, of the fourteenth century.

Cod. Parisinus 1642 (D): in the National Library at Paris, of the fifteenth century.

Cod. Marcianus 368 (V): in the Library of St. Mark at Venice, of the fourteenth century.

Cod. Parisinus 317 (L): at Paris, of the fourteenth century.

Cod. Ambrosianus (M): in the Ambrosian Library at Milan, of the fourteenth century.

Cod. Parisinus 2080 (C): at Paris, of the fifteenth century.

Cod. Leidensis 6 (F): in Leyden, of the fifteenth century.

Of these Mss., BDVLM are held by Otto Keller (*Xenophontis Historia Graeca*, p. xxv), to be closely related and to constitute the best class, with B as the best single Ms., while CF are also related and form an inferior class.

B. EDITIONS AND AUXILIARIES.

1. Text Editions of the Hellenica.

Ludwig Dindorf: Oxford, 1853, second edition, enlarged and corrected.
C. G. Cobet: Amsterdam, 1862, in usum scholarum.
Gustav Sauppe: editio stereotypa, Leipsic, 1866.
Otto Keller: Xenophontis Historia Graeca, *editio major*, Leipsic, 1890. Keller's edition contains the latest and most complete critical apparatus yet published, also an *index verborum*, and is of the first importance for the study of all questions pertaining to the text of the *Hellenica*.

2. Explanatory Editions (Books v–vii).

B. Büchsenschütz: Leipsic, fourth edition, 1881. The basis of the present work.

Ludwig Breitenbach: Berlin, 1876, with exhaustive historical commentary.

Emil Kurz: Munich, 1874.

Richard Grosser: Gotha, 1888.

3. AUXILIARIES.

Gustav Sauppe: Lexilogus Xenophonteus, Leipsic, 1869.

F. G. Sturz: Lexicon Xenophonteum, 4 vols., Leipsic, 1801–1804.

K. Thiemann: Wörterbuch zu Xenophons Hellenika, second edition, Leipsic, 1887.

II. CRITICAL NOTES.

BOOK V.

1. 4. ἀξιολογώτερον Dindorf; the Mss. ἀξιολογώτατον, followed by Büchsenschütz.

1. 13. After αὖ the Mss. have ἐπὶ ταύτῃ, which Sauppe omits; Cobet reads ἐπὶ τὰς ταύτῃ ναῦς.

1. 18. ἅπερ καὶ ὡς Stephanus, Sauppe; ὥσπερ καί Dindorf, Cobet; ἅπερ καὶ ὡς the Mss.

1. 27. διὰ τῶν βραδυτέρων Laves, followed by Grosser. καὶ τῶν the Mss., followed by Büchsenschütz; καὶ πρὸς τῶν Cobet; καὶ ὑπό Breitenbach.

1. 32. αὐτονόμους εἶναι. So the Mss.; ἔσεσθαι Cobet and Sauppe.

1. 34. ἄκοντες Grosser; ἑκόντες the Mss., followed by Büchsenschütz.

1. 36. φρουρὰν . . . Κορίνθου omitted by Laves.

2. 5. διοικιοῖντο Cobet's emendation; the Mss. διοικοῖντο.

2. 6. ἀργολιζόντων Stephanus; the Mss. ἀργυρολιζόντων.

2. 12. τῶν πόλεων. D has πολλάς after πόλεων, which is adopted by Sauppe.

2. 14. ὀκτακοσίων. Mitford conjectures ὀκτακισχιλίων. See also Schambach, *Untersuchungen über Xenophons Hellenika,* pp. 42–51.

2. 16. γιγνομένης Schneider's conjecture; γενομένης BMDVF; ἂν γινομένης Hertlein; γενησομένης Weiske.

2. 35. συνεκαθίζετο D, followed by Sauppe; συνεκαθίζετο τὸ δικαστήριον BMD; συνεκάθιζε πρὸς δικαστήριον F; συνεκάθιζον πρὸς δικαστήριον C; συνεκάθησαν εἰς τὸ δικαστήριον V.

2. 37. ἅπαντας Weiske's conjecture; ἅπαντες the Mss.; ἅπασαν Schneider; ἀθροίσαντες Laves; ἁλίσαντες Sintenis; ἄραντες Grosser. If we read ἅπαντας, the word must be taken as in apposition with the collective noun σύνταξιν.

3. 5. τοῦ τείχους. V omits τοῦ. So Sauppe and Hartman.

3. 10. τίς ἂν εἴη. ἂν is lacking in the Mss.; restored by Cobet and Hertlein. — οὐδὲν εἰσήκουον Cobet, Dindorf, and others; the Mss. have οὐδένες ἤκουον, whence Hertlein reads οὐδὲν ἐσήκουον.

3. 12. σφᾶς αὐτούς the Mss.; σφᾶς τούς Cobet.

3. 17. καὶ εἰς τὰ ἐπιτήδεια the Mss.; καὶ ὅσον εἰς Leonclavius; καὶ ἀργύριον εἰς Portus.

3. 23. πρεσβείᾳ ἰούσῃ conjecture of Portus, supported by Dindorf, Cobet, Keller; πρεσβείαν ἰοῦσι the Mss., followed by Sauppe.

3. 26. ταύταις Leonclavius; τούτοις Stephanus; the Mss. ταῦτα. — ἐμμενεῖν Schneider; the Mss. ἐμμένειν.

4. 1. αὐτῶν μόνων BCFMD; αὐτῶν μόνον V. — πρότερον Wolf; πρὸ τοῦ Hertlein; πρῶτον the Mss.

4. 8. ἀναγκαῖον the Mss.; ἀνάκειον Dindorf.

4. 9. Various proposals have been made for filling the lacuna after ἀπεστάλκεσαν. Leonclavius conjectured ᾤχοντο, Schäfer ᾖεσαν, Weiske δρόμῳ αὐτοῖς ἀπήντων, Dobree ἐβοήθουν. Yet no one of these is thoroughly satisfactory. Voigtländer proposes δύο στρατηγοὺς εἰδότας τὸ πρᾶγμα.

4. 13. λέξοιεν Schäfer; λέξειαν ἂν Matthiae; λέξειαν the Mss.

4. 17. ἐξέπνευσεν Dindorf, from ἐξέπλευσεν, the reading of the better Mss.; ἐξέπεσε the poorer Mss., followed by Cobet, Sauppe, Keller.

4. 21. οὐδὲν ἐντεῦθεν Dindorf; οὐδὲν ἐνταῦθα Voigtländer, Keller; οὐδὲ ταῦτα the Mss.

4. 39. Θηβαίων Dindorf; Ἀθηναίων the Mss.

4. 42. οὐδαμοῦ the Mss. except D, which has οὐδαμῶς, adopted by Sauppe; οὐδαμοῖ Cobet.

4. 43. τροπήν Leonclavius; πρὸς τήν the Mss.

4. 62. νομίσαντες ἔσεσθαι Büchsenschütz, followed by Keller; ἔσοιτο the Mss.; Castalio supplied ὅτι with ἔσοιτο, and his reading has been adopted by nearly all subsequent editors although at variance with the usage of the language, which does not admit the construction with ὅτι after νομίζειν. Grosser reads λογισάμενοι ὅτι ἔσοιτο.

BOOK VI.

1. 3. ἐνδεὴς εἴη the Mss.; ἐνδεήσειε Dindorf, Cobet, Sauppe, Keller.

1. 7. δύναισθε Castalio; δύνασθε the Mss.

1. 11. εἰκὸς εἶναι Schäfer; εἰκός ἐστι the Mss.

1. 13. ἐφῆκε Cobet, Sauppe, Hertlein; ἀφῆκε the Mss. — θεοὶ διδῶσιν Cobet in *Mnemosyne* I. 322 (but σοὶ διδῶσιν in his edition); σοὶ θεοὶ δῶσιν Dobree; οἱ θεοὶ διδῶσιν Voigtländer. — εἰ τῇ πατρίδι Madvig; ἐν τῇ πατρίδι the Mss.

1. 14. δοκοῦσαν Stephanus; δοκεῖν the Mss.; ὡς ἐμοὶ δοκεῖν Hertlein.

1. 15. ὅτι after εὖ γὰρ ἴστε is omitted by Dindorf and Sauppe and bracketed by Keller, on the authority of B. — νυκτὶ ὅσαπερ Dindorf, Cobet: νυκτὸς ἅπερ the Mss.; νυκτὶ ἅπερ Stephanus, Sauppe.

2. 10. στρατηγόν Dindorf, Breitenbach, Cobet; ταγόν CFMDV, ταγήν B, κατὰ γῆν Nitzsche.

2. 22. πολῖται Dindorf; ὁπλῖται the Mss.

2. 28. ὅπου Dindorf; ὅπῃ Sauppe, Keller, following D; ὅποι the other Mss.

2. 30. ἑκάστῳ the Mss.; ἕκαστον van den Es, Cobet, Dindorf, Hertlein, Keller.

2. 30. οὕτω θρασέως μήτε the Mss.: οὕτως ἔδρασεν ὡς Hertlein; οὕτω θρασέως ὡς Morus; οὕτως ἐθάρσει ὡς Wyttenbach.

3. 3. ἐπεί . . . συμμάχους is probably dittography, borrowed from the following.

3. 4. οὐκ ἐγώ the Mss.; οὐκ ἔχω Fritzsche; οὐκ ἐγὼ ⟨ἔχω⟩ Keller.

3. 11. ἃς . . . πόλεις Breitenbach, Hartman; ὡς . . . τὰς πόλεις the Mss. followed by Büchsenschütz; ὅσας . . . πόλεις Kurz; ὧν . . . τὰς πόλεις Grosser; οἷς . . . τὰς πόλεις Keller.

3. 13. τῶν συμμάχων τινές. The Mss. have εἰ before τῶν, which Büchsenschütz retains; Liebhold conjectures ἔνιοι for εἰ.

3. 16. ἐπιτύχωσι from the margin of Leonclavius's edition; ἀποτύχωσι the Mss.

3. 17. ὥστ᾽ ἤ Dindorf, Hirschig; ὥστε the Mss.

4. 3. ἀντιτάττοιντο πρὸς αὐτόν Brodaeus: ἀντετάττοντο πρὸς αὐτούς the Mss., followed by Sauppe; Keller brackets ὡς ἀντετάττοντο πρὸς αὐτούς.

4. 6. μαχοῖντο Dindorf; μάχοιντο the Mss., defended by Goodwin, *Moods and Tenses*, 689, 3, 2.

4. 11. δοθείη Dobree; ἂν δοθῇ Schneider: δοίη the Mss.

4. 14. οἱ μὲν ἱππεῖς Stephanus; οἱ μὲν ἵπποι the Mss., followed by Büchsenschütz.

4. 16. οὔσης Gesner; οὐσῶν the Mss.

4. 17. ἐστράτευντο Dindorf: ἐστρατεύοντο the Mss.

4. 27. εἴ ποι D; εἴ που BFMV; ὅπου C.

4. 29. ἐπαγγελλομένων Schneider; ἐπαγγελλομένῳ the Mss., followed by Keller.

5. 7. θεαροῖς Dobree; θεάτροις the Mss.

5. 9. ἀναβαλόντες Dindorf; ἀναλαβόντες the Mss.

5. 20. ἔνθαπερ ἐξωρμήσατο the Mss.; ἐξώρμητο Sauppe, Cobet, Keller; ἔνθενπερ ἐξώρμητο Dindorf.

5. 23. συνειδόμενοι most Mss.; συνηδόμενοι BCDE; συνοιδόμενοι V; συνιδόμενοι Dindorf, Cobet.

5. 24. καθεστάναι Schäfer; καθιστάναι the Mss. — Λεύκτρῳ Wolf; Λεύκτρων the Mss.

5. 34. συμβουλομένων Dindorf; συμβουλευομένων the Mss.

5. 35. σφεῖς Dobree, Cobet, Dindorf, Sauppe, Keller; σφίσιν B; σφίσιν CFMDV.

5. 39. οἱ συμμαχοῖεν ἄν Dindorf, Keller; οἱ σύμμαχοι ἄν the Mss.; οἱ συμμαχοῖεν Stephanus.

5. 41. οὐδενί Dobree, Keller; οὐδέν the Mss.

5. 43. ποιήσαισθε BMDV; ποιήσεσθε F; ποιήσοισθε C. — ἐπεισφέρεσθαι the Mss.; ἐπεισφρέσθαι Cobet, Dindorf, Sauppe, Büchsenschütz, Keller.

5. 46. ἰάσαιτε Schneider; ἰάσοιτε CFMDV; ἰάσητε B.

BOOK VII.

1. 15. ἄλλοι ἄλλοθι Halbertsma, Dindorf; ἄλλος ἄλλοθι Sauppe; ἄλλοι ἄλλοθεν Cobet; ἄλλος ἄλλοθεν the Mss., followed by Keller.

1. 25. After πολέμαρχον the Mss. have Σπαρτιάτην γεγενημένον which Büchsenschütz retains, but Breitenbach and Kruse omit. Dindorf, followed by Keller, transposes Σπαρτιάτην, putting it before πολέμαρχον.

1. 28. αὐτοὺς ἰέναι. ἰέναι omitted in CF.

1. 38. οὐκ ἔφη Dindorf; οὐκ ἄν ἔφη the Mss.

1. 41. ἔγνω ἐκστρατευτέον Hertlein; ἔγνωκε στρατευτέον the Mss.

1. 43. ἐπὶ τοῖς ἴσοις Weiske; ἐν τοῖς ἴσοις the Mss.

1. 46. μέν τι M; μέντοι CFDV.

2. 1. τῷ Φλιοῦντι Dindorf; ἐν τῷ Φλιοῦντι the Mss., followed by Hertlein.

2. 3. πῶ τότε Hertlein; πώ ποτε the Mss.

2. 4. λόχων Stephanus; λόχους the Mss.

2. 6. ὁρῶντος Dindorf; ὁρώντων the Mss.

2. 7. πολῖται Dindorf and Dobree; ὁπλῖται the Mss.

2. 8. οἱ μὲν τοὺς ἐπὶ τοῦ τείχους, οἱ δὲ καὶ τοὺς ἔξωθεν Hertlein, followed by Keller. The Mss. have ἐπὶ τὸ τεῖχος, and omit τούς before ἔξωθεν; followed by Büchsenschütz.—ἐπαναβαίνοντας Hertlein, Tillmanns; ἀναβαίνοντας the Mss.

2. 20. ὁπλιτῶν Schäfer; πολιτῶν the Mss.

2. 22. αὐτῷ Castalio; αὐτοῦ the Mss. followed by Keller.

2. 23. ἔωσπερ ἐτειχίζετο Dindorf; ἔως περιτειχίζετο the Mss.

3. 6. πείσεται Schäfer; εἴσεται the Mss.

3. 11. πάντων τῶν συμμάχων Dindorf; πάντων τῶν συμμαχίδων the Mss.; πασῶν τῶν συμμαχίδων Cobet, Sauppe.

4. 7. ἐσομένης Leonclavius; ἐσομένων the Mss.

4. 16. ἔχοντας Morus; ἔχοντες the Mss.

4. 20. ἀπολαβεῖν Jacobs; ἀπαγαγεῖν Hertlein; ἀποκαμεῖν Madvig, followed by Keller; ἀποβαλεῖν the Mss.

4. 22. τοῦτον . . . τοῦτον Stephanus; τοῦτο . . . τοῦτο the Mss. — ἄγων, ἔχων Schäfer; ἔχων, ἄγων the Mss.

4. 27. τοῦ κατὰ τοὺς Ἀργείους. The Mss. read καὶ τοὺς Ἀργείους. Palmer conjectured κατά and Schneider added τοῦ.

4. 31. κινδυνεύσοιεν, στρατεύσοιεν Dindorf; κινδυνεύσαιεν, στρατεύσαιεν the Mss.; Keller retains στρατεύσαιεν.

4. 38. ἐπαγγέλλοντες Dindorf; ἀπαγγέλλοντες the Mss.

5. 10. ἀπῆσαν Schneider; the Mss. ἀπήεσαν.

5. 11. μηδὲν πλέονες μαχεῖσθαι the Mss.; μηδὲν πλέον ἔχοντες Voigtländer, followed by Keller; μηδὲν πλέον μάχῃ οἴεσθαι Schneider; μηδὲν πλέον μαχεῖσθαι Büchsenschütz.

5. 14. βοηθήσοιεν Schneider; βοηθήσαιεν the Mss.

5. 18. καταλείψοι Budaeus; καταλήψοι the Mss.

5. 19. τὸ στράτευμα Dindorf. In the Mss. the article is wanting.

5. 23. ἀντιπαρετάξαντο Dindorf; αὐτοὶ παρετάξαντο the Mss.

5. 24. βοηθήσοιεν Dindorf; βοηθήσαιεν the Mss.

INDEX OF PROPER NAMES.

GRAMMATICAL INDEX.

Prepositional phrases,
used as substs. and accompanied by
the art., v. 4. 38, 49; vi. 2. 7;
vii. 1. 44; 4. 30.
used as attrib. modifiers of a noun
which is unaccompanied by the
art., vi. 1. 6.
Present tense,
hist. pres. alternating with aor., v.
2. 30; vii. 1. 22.
for fut., vi. 1. 9.
Prolepsis, v. 1. 14; 4. 23; vi. 4. 5, 32;
5. 11; vii. 2. 11.

Redundant expressions,
αὖ πάλιν, vii. 4. 22.
πάλιν αὖ, v. 1. 5; 4. 46.
ἔφη, v. 4. 32.
μᾶλλον, vi. 1. 7.
ὅτι, resuming preceding ὡς after in-
terruption, vi. 4. 37; 5. 13.
σχεδὸν περί, vi. 2. 38.
ὡς εἰς, v. 2. 40.
ὡς περί, v. 4. 14.
Relative, for interr., vi. 4. 24; vii. 1.
15.

συμμαχία, auxiliaries, vi. 1. 13.
συμμεῖξαι, its orthography, v. 1.
26.
συμφορεῖς, ἅπαξ λεγ., vi. 4. 14.
συνειδόμενοι, ἅπαξ λεγ., vi. 5. 23.
σφεῖς, referring to sing. subj., vii.
5. 5.

Subject, omitted, vi. 2. 28.

τἄγαθὰ καὶ καλά, Spartan formula,
v. 1. 16.
τὰ μέν τι, vii. 1. 46.
τἀπιτήδεια, money, pay, vi. 2. 19.
τί, δέ, correlative, vi. 5. 25, 30.
τί, δὲ καί, correlative, v. 1. 28.
τί, καί, δέ, correlative, v. 2. 37.
τελεῖν, consume, v. 3. 21.
τεχνάσματα, Ionic form for τεχνή-
ματα, vi. 4. 7.

τοῦτο, the following, v. 4. 24; vii. 2.
16, 20.

Transitive verbs used as intrans.,
v. 2. 28; vi. 2. 21; 5. 7.

ὑπέρ, = περί, v. 4. 47.
ὑπομένω, with dat., v. 4. 40.
ὑποφαινόμενος, for ὑποφαίνων, v. 3. 1.

Verbals,
in -τός, with act. force, v. 3. 7; vi.
3. 10.
in -τέος, with force of middle, vi. 1.
13.
Verbs, μι-verbs inflected as ω-verbs,
ἀπεδείκνυε, v. 4. 13.
ἀπεκτίννυε, vii. 3. 8.
ἀπεκτίννυον, v. 2. 43.
ἀποκτιννύουσιν, vii. 4. 26.
ἐνεπίμπρων, vi. 5. 22.
ἐπιδεικνύοντες, vi. 5. 23.
συμμιγνύουσι, vi. 5. 22.
Vocative, in -α of proper names in
-ας, gen. -αντος, vi. 1. 5.

φίλον, Homeric use, vii. 4. 9.
φυγή, = φυγάδες, v. 2. 9.

χαλεπῶς φέρειν, constructions after,
v. 1. 29.

ὧν ἕνεκα, = τούτων ἕνεκα ὅτι, vi. 3. 13;
5. 43.
ὡξυλάβησαν, ἅπαξ λεγ., vii. 4. 27.
ὡς,
with prepositional clause of pur-
pose, vi. 4. 20.
ὡς-clause
after οἴομαι, vi. 3. 12.
after φημί, vi. 3. 7.
with ind. denoting result, for inf.,
v. 4. 22; vi. 1. 15.
with inf. to express purpose, v. 2.
38; vi. 1. 13.
with opt. in final clause, for inf. of
result, vi. 2. 31.

ὡς,

　ὡς ἄν with opt. in final clause, vi.
　　4. 28.

= ὥσπερ, vii. 5. 20.

ὡς, v. 1. 18; vii. 2. 3.

ὡς τάχιστα, as soon as, vii. 2. 21;
　　5. 16.

ὥστε,

　with ind., instead of ὥστε with inf.,
　　v. 4. 19; vi. 2. 15; vii. 4. 32.

with inf. of purpose, v. 3. 14; 4. 1,
　　21; vi. 1. 10.

ὥστ' οὐκ for ὥστε μή with inf., vi.
　　2. 6.

www.ingramcontent.com/pod-product-compliance
Lightning Source LLC
Chambersburg PA
CBHW020112030726

47498CB00006B/2065